Middlesex

Jeffrey Eugenides

中 性

[美] 杰弗里·尤金尼德斯 著
主万 叶尊 译

上海译文出版社

图书在版编目(CIP)数据

中性 / (美) 杰弗里·尤金尼德斯(Jeffrey Eugenides)著；
主万, 叶尊译. — 上海：上海译文出版社, 2019.7
书名原文：Middlesex
ISBN 978-7-5327-8191-1

Ⅰ. ①中… Ⅱ. ①杰… ②主… ③叶… Ⅲ. ①长篇小说-美国-现代 Ⅳ. ①I712.45

中国版本图书馆 CIP 数据核字(2019)第 087418 号

Jeffrey Eugenides
MIDDLESEX
Copyright © 2002 by Jeffrey Eugenides
First Picador Edtion: September 2003
Through Janklow & Nesbit Associates
All rights reserved including the rights of reproduction
in whole or in part or in any form.

图字：09-2003-574 号

中性

[美] 杰弗里·尤金尼德斯　著　主万　叶尊　译
责任编辑 / 龚容　装帧设计 / 柴昊洲

上海译文出版社有限公司出版、发行
网址：www.yiwen.com.cn
200001　上海福建中路 193 号
上海市崇明县裕安印刷厂

开本 890×1240　1/32　印张 20.25　插页 2　字数 450,000
2019 年 7 月第 1 版　2019 年 7 月第 1 次印刷
印数：00,001—10,000 册

ISBN 978-7-5327-8191-1/I · 5034
定价：75.00 元

本书中文简体字专有出版权归本社独家所有，非经本社同意不得连载、摘编或复制
如有质量问题，请与承印厂质量科联系．T：021-59404766

目 录

第一卷
银匙 ································· 3
做媒 ································· 22
一次很不得体的求婚 ············· 47
丝绸之路 ···························· 75

第二卷
亨利·福特的英语熔化锅 ········ 95
弥诺陶洛斯 ························ 128
关系冷淡的婚姻 ··················· 154
骗术 ································· 181
单簧管小夜曲 ····················· 199
国际新闻 ···························· 219
EX OVO OMNIA ················ 237

第三卷
自制影片 ···························· 257
啊，着了！ ························ 278
米德尔塞克斯 ····················· 302
地中海沿岸地区的饮食 ········· 326
狼獾队 ······························ 350
热蜡脱毛抒情诗 ··················· 371
那朦胧的人儿 ····················· 386
提瑞西阿斯坠入情网 ············ 412
肉与血 ······························ 438
墙上的步枪 ························ 458

第四卷
模糊不清的外阴 ··················· 485
在韦氏大词典里查找我自己 ··· 512
到西部去，年轻人 ··············· 530

在旧金山的性焦虑 …………………………… 554
赫马佛洛狄忒斯 …………………………… 578
空中飘游 …………………………………… 602
最后的停靠点 ……………………………… 621

后记 ………………………………………… 642

第 一 卷

银 匙

我出生过两次：第一次是一九六〇年一月，出生在底特律的一个丝毫没有烟雾的日子，那时我是一个女婴儿；第二次是一九七四年八月，出生在密执安州皮托斯基①附近的一个急诊室里，那时我是一个十几岁的男孩子。专业读者说不定会在彼得·卢斯医生一九七五年发表在《儿科内分泌学杂志》上的论文《5α-还原假两性体的性别认同》中碰巧见到我。或者，您也许会在那本如今可惜已经过时的《遗传学与遗传特征》的第十六章中看到我的照片。在第五七八页上，正是我赤身露体地站在一张身高图表旁，两只眼睛给一个黑框子遮着。

在我的出生证上，我的姓名是卡利俄珀·海伦·斯蒂芬尼德斯。在我那（由德意志联邦共和国②颁发的）最近的汽车驾驶执照上，我的名字只是卡尔。我早先是一名曲棍球守门员，也是拯救海牛基金会③的老会员，我难得参加希腊正教会的圣餐仪式，而且成年后的大部分时期一直是美国联邦政府的一名雇员。跟提瑞西阿斯④一样，我先是一种人，后来又是另一种人。同班同学嘲笑我，大夫把我当作实验品，专家对我触摸检查，出生缺陷基金会⑤对我进行研究。格罗斯角的一个红头发的姑娘爱上了我，不知道我究竟是个什么人（她哥哥也喜欢我）。有一次我在一辆陆军坦克的引导下参加了市内的一场战斗；一个游泳池使我变成了神话中的人物。我脱离了自己的躯体，以便成为其他的人——所有这一切都是在我十六岁以前发生的。

但是现在,到了四十一岁,我感到又要开始另一番新生。经过几十年的轻慢忽略以后,我不知不觉地想起了已故的男女祖先,早已不为人知的列祖列宗,不认识的远亲,或者就一个像我这样近亲交配的家庭而言,合在一起的所有这些情况。因此,趁着如今还有时间,我想把一切都永远记录下来,也就是说,一个单纯的基因穿过时光环滑车道的那种不断起伏升降的行程。啊,缪斯⑥,现在为我的第五条染色体的隐性突变歌唱吧!歌唱它两个半世纪以前在奥林匹斯山山坡上如何生气蓬勃,当时山羊咩咩叫着,橄榄纷纷落下;歌唱它如何经过九代人的传递,隐而不现地聚在斯蒂芬尼德斯家族这个受到污染的水池里;还要歌唱上天如何假借一场屠杀,使这个基因又飞到空中;它如何像一颗种子似的给吹过大海,到了美国,并在这儿我们的工业阵雨中飘过,直到后来落在中西部我母亲子宫的那片肥沃的土地上。

要是我有时变得有点儿诗兴大作,请读者原谅。这也是遗传的。

我出生前三个月,就在星期天我们一起吃的一顿精美的晚饭结束后,我奶奶黛斯德蒙娜·斯蒂芬尼德斯吩咐我哥哥去给她把她的桑蚕盒拿来。第十一回当时正朝厨房走去,想再吃一块大米布丁;这时,她挡住了他的去路。我奶奶那会儿五十七岁,身材矮矮胖胖,戴着一个十分吓人的发网,完全适合于挡住人家的去路。当天最大的一支女性小分队就聚集在她身后的厨房里,时而哈哈大笑,时而悄声细语。第十一回动了好奇心,侧过身子去瞧瞧究竟出了什么事,但是黛斯德蒙娜却伸出手去,紧紧拧着他

---

① 皮托斯基,美国密执安州北部城市,濒临密执安湖的小特拉弗斯湾。
② 德意志联邦共和国,即西德,系一九四九年由英、法、美三国占领区合并而成,一九九〇年东西德已统一为德国。
③ 拯救海牛基金会,一个旨在保护哥斯达黎加境内濒于灭绝的海牛的基金会。
④ 提瑞西阿斯,古希腊城邦忒拜的一位盲人先知。
⑤ 出生缺陷基金会,一个美国的公益性健康机构,该基金会的目的是通过预防先天性缺陷、早产和婴孩死亡,来改善婴孩的健康。
⑥ 缪斯,希腊神话中司文艺和科学的九位女神,均为宙斯和记忆女神之女,九位缪斯中的最长者名卡利俄珀。

的脸蛋儿。等她重新引起第十一回的注意后，她便用手在空中划出一个长方形，又指指天花板。接着，透过不大合口的假牙，她说道，"快去给奶奶拿来，我的小娃娃。"

第十一回知道该怎么办。他跑过门厅，进了起居室。他手脚并用地爬上那道正规的楼梯，到了二楼。他沿着楼上的走廊跑过那几间卧室。在远处的走廊尽头，有一扇几乎看不大出来的房门，上面贴满了糊墙纸，好似一条秘密通道的入口。第十一回用自己的头确定了那个小小的门把手的高低，使出全力把门拉开。门里边又有一道楼梯。我哥哥踌躇不决地两眼紧盯着楼梯上面的那片黑暗，过了好半响，才慢吞吞地爬到奶奶住的顶楼上去。

那儿的屋椽上面挂着十二个用湿报纸包着的鸟笼，他蹑手蹑脚地在这些鸟笼下面走过，满脸勇气地沉浸在长尾小鹦鹉发出的那股酸臭难闻的气味里，沉浸在我爷爷奶奶自身的那股特殊的香味（一种樟脑丸和大麻混合在一起的气味）里。他顺利地走过我爷爷的那张堆满书的书桌和他收藏的那些希腊通俗歌曲的唱片。最后，他撞上了那张软皮垫椅子和那张用黄铜做的圆咖啡桌，找到了我的爷爷奶奶的床，以及放在床底下的那个桑蚕盒。

这个盒子是用橄榄木雕制成的，比一个鞋盒略微大一点，有一个白铁皮盖子，上面有几个小气孔，还嵌着一个几乎辨不出来的圣徒肖像。圣徒的脸已经给磨掉了，但是他仍然举起右手手指，为一棵矮小、紫色、样子显得特别自信的桑树祝福。第十一回对着这棵活生生的植物凝视了一会儿，接着便把这个盒子从床底下拖出来，打开盖子。盒子里面放着两个用绳子编制成的结婚花冠，还有两条像蛇那样盘绕着的长辫子，每条辫子都用一根破裂的黑缎带捆扎着。他用食指在一条辫子上戳了一下。就在这当口，一只长尾小鹦鹉嘎嘎嘎嘎地叫了一声，把我哥哥吓了一跳。他赶紧关上盒子，把它夹在胳膊下边，带到楼下去交给黛斯德蒙娜。

她仍然在门道那儿等着。她从第十一回手里接过桑蚕盒后，就转身回进厨房。这时,第十一回总算得到机会,看了一眼房里的情景,所有的女人那时都安静下来。她们纷纷走到旁边,好让黛斯德蒙娜过去。我母亲就待在房里那块油地毡的中央。特茜·斯蒂芬尼德斯正仰靠在厨房的一张椅子上,受到自己那怀有身孕、鼓一般紧绷着的又大又圆的肚子牵制。她那兴奋的泛出红晕的脸上露出一种快乐、迷茫的神情。黛斯德蒙娜把那个桑蚕盒放在厨房的桌子上,打开盖子,把手伸到结婚花冠跟辫子下面,掏出一样第十一回先前没有看到的东西:一把银匙。她在银匙的柄上扎了一根细绳子。接着,她俯身向前,拿着那把银匙在我母亲隆起的肚子上晃动,而且经过延伸,也对着我晃动。

到这时为止,黛斯德蒙娜一直保持着完美无瑕的记录:一共猜对了二十三次。她确信特茜会是特茜。她预测出我哥哥的性别,以及教堂里她朋友所怀的所有婴儿的性别。她唯一没有猜到的那几个孩子的性别,就是她自己的儿女,因为一位母亲去探测自己子宫的奥秘是不吉祥的。然而,她却大胆地探测我母亲的子宫的奥秘。经过开始时的一阵摇摆不定,那把银匙从北方朝南方摆动起来,这意思说,我会是一个男孩。

我母亲叉开两腿坐在椅子上,极力想要现出笑容,她不想要一个男孩。她已经有了一个。实际上,她已经十分肯定我是一个女孩,所以只给我取好了一个名字:卡利俄珀。但是我奶奶却用希腊语嚷道,"是一个男孩!"这声喊叫当下传遍了厨房,传到外面的门厅,又越过门厅,传进了起居室,男人们正在那儿议论政治。我母亲听到这声喊叫重复了那么多遍,于是认为这种推测也许正确无误。

不过这声喊叫一传到我父亲的耳朵里,他就大踏步走进厨房去对他母亲说,她的银匙这回至少推测错了。"你怎么会知道得这么多?"黛斯德蒙娜问他。对于这个问题,他用的是他那一代的许多美国人所会有的答复。

"靠了科学,妈。"

自从他们决定再养一个孩子后(餐馆的营业很不错,而第十一回也早就不用系尿布了),米尔顿和特茜一致同意想要一个女儿。第十一回那时刚刚五岁。他新近在院子里发现一只死鸟,便把它拿进屋来给他母亲看。他爱好对着东西射击,把东西敲打击碎,还爱好跟父亲角力。在这样一个男性的家庭中,特茜开始感到自己好像一个受到排斥的古怪的女人,设想自己在以后十年的时间里都会给禁锢在一个自命不凡、惟我独尊的人物的天地中。我母亲想像着一个身为反暴战士的女儿,一个同样爱好赏玩小狗的人,一个赞成参加白雪溜冰表演团①提议的人。一九五九年春天,他们正对有关我受胎的问题进行讨论,我母亲当时无法预见到妇女们不久就会把胸罩大批烧掉。她的胸罩装有衬垫,硬僵僵的,有着阻燃作用。尽管特茜很爱她的儿子,但她知道有些事情她只能跟女儿分享。

我父亲早晨驾车去工作的时候,眼前曾出现一个非常可爱的黑眼睛的小女孩的幻象。她坐在他旁边的座位上(多半是在遇到红灯的时候)对着他那耐心的、无所不知的耳朵提出问题。"那东西你说叫什么来着,爸爸?""那个吗?那是卡迪拉克的标志。""卡迪拉克的标志是什么?""哦,多年以前,法国有个探险家,他姓卡迪拉克;就是他发现了底特律。那个标志是他家族的标志,从法国带来的。""法国是什么?""法国是欧洲的一个国家。""欧洲又是什么呢?""那是一片大陆,就像一大片土地,比一个国家要大得多。但现在卡迪拉克牌汽车不再从法国运来了,小宝贝。它们直接在美好、古老的美国这儿生产出来。"绿灯亮了,他继续朝前驶去。不过我的原型并没有离开。她在下一个和再下一个有红绿灯的路口都待在一旁。有她陪在身边多么愉快,因此我父亲这个富有首创精神的男子汉,决定看看自己可以做点儿什么好让这种幻想变为现实。

因此,男人们在他们议论政治的起居室里也一直在讨论精子的速度问题。这种情况已经持续了一段时间。彼得·塔塔基斯(我们管他叫"彼特

---

① 白雪溜冰表演团,美国著名的冰上舞蹈表演团体,一九四〇年由美国宾夕法尼亚州匹兹堡的约翰·H·赫尔希所创建。

大伯")是每个星期坐在我们黑色双人沙发上的那个辩论协会的主要成员。他一辈子都是个单身汉,在美国没有家人,所以就成了我们家的一分子。每星期天,他总驾着他那辆深红色的别克牌汽车前来,他身材高大,脸色深红,神情忧伤,却长着一个不大相称的生气勃勃、头发鬈曲的脑袋。他对孩子不感兴趣。彼特大伯是经典名著丛书的支持者(他把那套书读了两遍),他对宗教的思想和意大利歌剧极感兴趣。在历史方面,他特别喜欢爱德华·吉本①,而在文学方面,则特别爱好斯塔尔夫人②的日记。他喜欢引用这位谈吐诙谐的夫人对德语的意见。也就是说,德语不大适合用来交谈,因为你得等到句子结尾才听到动词,因此你不能中途把一句话打断。彼特大伯曾经想成为一位医生,但是那场"灾难"打消了他的这种梦想。在美国,他去上了两年教授按摩疗法的学校,如今在伯明翰③开了一家小诊疗所,里面放着一个他仍在分期付款的人体骨骼标本。当时,按摩医师具有一种多少令人怀疑的名声。人家不到彼特大伯那儿去释放他们的生命力。他把颈项弄得噼啪作响,拉直脊椎,还用泡沫橡胶做了一些定制的足弓支座。话虽如此,在那些个星期天的下午,他仍是我们家最近似于医生的人物。年轻的时候,他的胃给切除掉一半,所以如今晚饭以后,他总喝一杯百事可乐来帮助消化。他十分睿智地告诉我们,软性饮料④就是因为具有帮助消化的胃蛋白酶,才如此命名,所以很适宜于消化食物。

我父亲就是因为彼特大伯的这类知识,才在遇到生殖时间表这个问题时对他说的话深信不疑。彼特大伯把头靠在一个小枕头上,两只鞋都脱掉了,一边听着我父母的立体声唱机里轻声播放的《蝴蝶夫人》⑤,一边解

---

① 爱德华·吉本(1737—1794),英国历史学家,写有史学巨著《罗马帝国衰亡史》六卷,记述从二世纪起到一四五三年君士坦丁堡陷落为止的历史。
② 斯塔尔夫人(1766—1817),法国女作家、文艺理论家。
③ 伯明翰,美国密执安州东南部一城市,位于底特律附近。
④ 软性饮料,指不含酒精的充碳酸气饮料。
⑤ 蝴蝶夫人:意大利歌剧作曲家普契尼(1858—1924)所作二幕歌剧。

释说在显微镜下,我们可以观察到带着男性染色体的精子比带着女性染色体的精子游得要快。这种说法立刻在聚集在我们起居室里的那些餐馆老板和皮货加工商中间引起一阵欢笑。可是,我父亲却采取了《沉思者》[①]的那种姿势;这是他最喜爱的一件雕塑作品。房间那头一张搁电话的小桌上就放着一个这件雕塑的小复制品。虽然这个话题是在星期天午饭后那种公开讨论的气氛中提出来的,但是,显而易见,他们所谈论的精子却是我父亲的,尽管讨论的语气相当客观。彼特大伯说得十分明白:想要一个女孩,夫妻俩应该"在排卵前二十四小时性交"。这样,行动迅速的男性精子就会冲向前去,相继死去。女性精子尽管行动迟缓,却较为可靠,它会正好在排卵时到达。

我父亲在说动母亲按照这项计划行事时遇到了困难,特茜·齐兹莫二十二岁嫁给米尔顿·斯蒂芬尼德斯的时候,还是处女。他们订婚的时候恰好第二次世界大战爆发,所以两个人始终关系纯洁。我母亲设法既激起我父亲的欲火,又把他的这种欲火压制下去,使其在那场全球性的大灾难中始终不过于旺盛,她对自己的这种方式感到十分自负。其实,这并不十分困难,因为当时她住在底特律,而米尔顿则待在安纳波利斯[②]的美国海军学院里。有那么一年多时间,特茜总到希腊正教教堂去为自己的未婚夫点蜡烛,而米尔顿则注视着她的一些钉在自己床铺上方的照片。他喜欢按照电影杂志的方式让特茜摆好姿势,侧身站着,把一只高跟鞋高高地踏在一个台阶上,露出一大片黑色长统袜。在那些旧照片里,我母亲显得特别柔顺,仿佛她就爱让自己那身穿军服的心上人安排自己靠着他们这个简陋地区里的门廊和灯柱拍照似的。

一直等到日本投降以后,她才依顺了他。接着,从他们结婚的那个夜晚开始(据我哥哥对着我两手遮着的耳朵说),我父母经常十分愉快地交

---

① 《沉思者》:法国雕塑家罗丹(1840—1917)所作的一件著名雕塑作品。
② 安纳波利斯,美国马里兰州首府,是美国海军学院所在地。

欢。不过到了生孩子的问题上，我母亲有她自己的想法。她认为一个胎儿可以感觉到产生他的那一份爱。出于这个原因，她并不怎么赞同我父亲的提议。

"你认为这是什么，米尔特①，是奥林匹克运动会吗？"

"我们只是从理论上讲，"我父亲说。

"彼特大伯对生孩子又知道点儿什么？"

"他是在《美国科学》月刊上看到这篇文章的，"米尔顿说。接着，为了使他说的话显得有力，他又说道："他订阅那份刊物。"

"听着，要是我的脊背扭伤了，我就去找彼特大伯。要是我像你一样是平脚，我就去找他。但也就此而已。"

"这一点已经完全得到证实。在显微镜底下，男性精子游得要快一点。"

"他们管保也愚蠢一点。"

"说下去。你爱怎么说男性精子的坏话就只管说好了。随你的便。咱们并不要男性精子。咱们所要的是一个相当老成、缓慢、可靠的女性精子。"

"就算情况真是这样，仍然荒唐可笑。我可没法十分精确地做到这一点，米尔特。"

"与你比起来，对我难度更大。"

"我可不想听下去。"

"我还以为你想要一个女儿呢。"

"我是想要。"

"唔，"我父亲说，"我们这样就可以生个女儿。"

特茜对这个提议一笑置之。不过在她的嘲笑背后，还有一种严肃的道德上的保留意见。擅自干预生儿育女这么一件神秘而不可思议的事情，是

---

① 米尔特是米尔顿的昵称。

一种狂妄自大的举动。首先,特茜并不相信任何人能做到这一点。就算哪个人能做到,她也不认为他应该作出尝试。

当然,一个处在我这种地位的叙述者(当时我还没有结成胚胎),对于这种情况中的任何细节都无法完全肯定。我只能解释说,我父亲在一九五九年春天所染上的那种对科学的狂热,是当时所有的人都染上的那种相信进步的症状。请读者记住,不过在两年以前,刚发射了第一颗人造地球卫星①。脊髓灰质炎也给索尔克疫苗②征服了;而在我父母童年时的夏天,他们都因这种疾病而被隔离在家。人们并不知道病毒要比人类聪明,以为病毒不久即将成为往事。在我只抓到末端的那个充满乐观气氛的战后美国,所有的人都是他们自己命运的主人,因此我父亲想要掌握自己的命运,这是很自然的。

在米尔顿把他的计划向特茜提出后几天,有天晚上,他带着一件礼物回到家里。那是一个用一条缎带扎着的珠宝盒。

"这是为什么?"特茜猜疑地问。

"你这话什么意思,这是为什么吗?"

"今儿不是我的生日,也不是咱们的结婚纪念日。你干吗要送给我一件礼物?"

"送给你一件礼物,我还得有个理由吗? 来。把盒子打开。"

特茜撇起一边嘴角,不大相信。不过手里拿着珠宝盒而不打开看看,这可不容易做到。所以,最终她迅速解开缎带,喀嚓一声把盒子打开。

盒子里,放在黑色丝绒上面的,原来是一个体温表。

"一个体温表,"我母亲说。

"这不只是一个普通的体温表,"米尔顿说。"我不得不去了三家不同的药房,才买到一个这样的体温表。"

---

① 第一颗人造地球卫星由前苏联于一九五七年发射入轨道。
② 索尔克疫苗,由美国医师索尔克一九五三年所研制成的预防脊髓灰质炎的灭活疫苗。

"一个精美昂贵的标准产品,是吗?"

"对啊,"米尔顿说。"这就是你所谓的基础体温表。它可以显示体温每一度的十分之一。"他扬起眉毛。"普通体温表只显示出每一度的十分之二。这个体温表显示出每一度的十分之一。你试试看。把它放到你的嘴里。"

"我又没有发热,"特茜说。

"这并不是为了量热度的。你用它去查明你的基本体温是多少。它比一个普通的用来量热度的体温表要精确得多。"

"下一次,给我带串项链回来。"

但是米尔顿坚持说道:"你的体温一直在变,特丝①。你可能没有注意到,但情况的确如此。你的体温在不断变化。举个例子来说吧"——他轻轻咳了一声——"你正好在排卵。那么你的体温就会升高。在大多数个案中,升高十分之六度。现在,"我父亲继续往下说道,越说越来劲儿,一点也没注意到他的妻子正皱起眉头,"假如咱们要实行几天前谈起的那个计划——只是举例而言——那你所要做的,首先就是确定你的基本体温。它可能不是九十八点六度。所有的人都略有不同。这是我从彼特大伯那儿学到的另一件事。不管怎么说,等你确定了基本体温以后,你就等着往上升高的那十分之六度。那就是,如果咱们要实行这项计划的话,你知道,那就是咱们知道该去调和鸡尾酒的时候了。"

我母亲没说什么。她只把体温表收进盒子,关上盒盖,随后递还给她丈夫。

"成,"他说。"很好。随你的便。咱们也许会再有个男孩。第二个男孩。要是你想要这样,那就这样吧。"

"我可拿不准眼下咱们会再有孩子,"我母亲答道。

---

① 特丝是特茜的昵称。

这时，我待在降落人世的休息室里等候。我父亲的眼睛里还没有闪现出一丝光芒（他正闷闷不乐地瞅着放在膝头的那个装体温表的盒子）。这时，我母亲从所谓的情人沙发①上站起身来，一只手捂着前额，朝楼梯走去；我有朝一日来到人世的那种可能似乎正变得越来越遥远。这时，我父亲也站起身来，准备到各处去转一圈，关上电灯，锁上门。在他上楼梯的时候，我又有了希望。这件事的时间安排不得不如此，以便让我成为我这样一个人。只要把这个行动延迟一个小时，你就改变了基因的选择。我的孕育成胎还是好几个星期以后的事，不过我的父母已经开始了他们彼此缓慢的接触。在我们楼上的过道里，正点着雅典卫城式的夜明灯，这是杰基·哈拉斯送的一件礼物。她开了一家出售纪念品的商店。父亲走进卧室的时候，母亲正坐在梳妆台前。她用两只手指把诺克斯齐玛②抹到脸上，随后又用一张手巾纸把它擦掉。父亲只要说上一句温柔亲切的话，她就会原谅他。这样一来，那天晚上，不是我，而是一个像我这样的人，就可能会产生。门口挤满了无数可能被选中的自我，我也是其中之一，只是没有得到可靠的入场券，时间缓缓地流逝，天上的星辰按照通常的速度绕着圈子，天气也会插手参与，因为母亲害怕雷暴雨，那天夜里要是下雨，她就会依偎在父亲的怀抱里。可是，没有，天气一直晴好，就跟我爸妈的固执脾气一样。卧室里的灯熄灭了。他们睡在床上各自的那一侧。最后，我母亲说了声"晚安"。我父亲说了一句"明儿见"。导致母亲怀上我的时刻好像命中注定了似的变得明朗起来。我猜这就是我老是想到这些时刻的原因。

下一个星期天，母亲领着黛斯德蒙娜和我哥哥上教堂去。我父亲自从八岁因为还愿的蜡烛代价过高而成为背教者后，就从没有和他们一块儿前去。同样，我爷爷也宁愿把上午的时间花在用现代希腊文翻译经过"修

---

① 情人沙发，即双人沙发。
② 诺克斯齐玛，美国一种用蓝色小罐罐装的润肤霜。

复"的萨福①诗篇上。在接下去的七年里,尽管一次又一次中风,但我爷爷总在那张小书桌上工作,把萨福诗篇的那些传说中的片断凑集拢来,成为一幅较大的镶嵌画,这儿加上一节,那儿添一个结尾,把一行抑抑扬格的诗句或一行抑扬格的诗句连接起来。晚上,他总演奏他的妓院乐曲,还抽上一筒水烟。

一九五九年,希腊正教圣母升天会教堂就坐落在沙勒瓦。在不到一年以后,我就在那儿受洗,而且会在正教会的信仰中长大成人。圣母升天会周而复始出现的祭司长,他们中的每一位都是通过君士坦丁堡的牧首派到我们这儿来的,每一位来的时候都留着象征他职权的一大把胡须,穿着代表他的神圣地位的绣花法衣,不过每一位待了一段时间以后(一般是六个月),就感到疲惫不堪;主要由于下面各种原因,即教堂会众的争吵,对他唱圣歌的方式进行人身攻击,他经常不得不叫那些把教堂当作老虎体育场里露天座位的堂区居民安静下来,以及最后,每周还得费力地把一篇布道文宣讲两次,先用希腊语,再用英语。圣母升天会教堂有气氛热烈的喝咖啡的时间,它的房基不好,屋顶也漏雨,它总努力维持传统的文化节日,在它的教理问答班里,我们的传统依然在我们中间短暂地保存着,没有让其在那场大迁徙中消失。特茜跟陪同她的人一起朝前顺着中央走道走去,经过那一盘盘盛满沙土的许愿蜡烛。上面,大得跟梅西百货公司主办的感恩节游行②的彩车一样,是万能的基督。他弯弯曲曲地呈现在圆屋顶上,看去就像太空本身。与那些画在眼前教堂墙壁上的受苦受难、局限于地上的救世主不同,我们万能的基督无疑是超然的,具有无上权力,高踞于天空之上。他从圣坛上向下伸出手来,把那四个卷起的羊皮纸《福音》递给使徒们。我母亲毕生都极力想相信上帝,却始终没有完全取得成功,这时她抬起头来,望着他求他作出指点。

万能的基督的两眼在朦胧的光线里闪烁,似乎把特茜吸了上去。在那

---

① 萨福(约公元前612—?),古希腊女诗人,作品有抒情诗九卷,哀歌一卷,仅有残篇传世。
② 该项活动始于一九二七年,以彩车、乐队,尤其是卡通片角色巨型气球吸引无数观众。

片香烟缭绕中,救世主的两眼像电视机那样闪现出新近一些事件的场景……

首先是一个星期以前,黛斯德蒙娜正在劝告她的媳妇。"你干吗要多生孩子呢,特茜?"当时黛斯德蒙娜故意冷漠地这么开口问道。她弯身朝着炉灶里望望,掩饰起脸上的惊慌神色(这种样子会原因不明地再持续十六年),想要摆脱这个念头。"多生孩子,多烦恼……"

接着就是我们那位年长的家庭大夫菲洛博西安医生。这个老大夫多年前就领到行医执照,这时作出了他的论断。"胡说八道。男性精子游得要快一些吗?你听着。头一个通过显微镜看见精子的人是列文虎克①。你知道精子在他看来像什么吗?就像软体虫……"

这时,黛斯德蒙娜从另一个角度又谈到这个问题:"决定孩子性别的是上帝,不是你们……"

这些场景在那个没完没了的星期日礼拜仪式进行的时候掠过我母亲的心头。会众起立、坐下。在前面一排的坐椅上,我的表兄、表姐苏格拉底、柏拉图、亚里士多德和克娄巴特拉都烦躁不安。迈克神甫从圣像围屏后面走了出来,摆动着他的香炉。我母亲想要祈祷,但并没有用。她勉强挺到了喝咖啡的时间。

我母亲从十二岁那个幼小的年龄起,要是不至少喝两杯异常浓烈、不加糖的、墨黑的咖啡,就无法开始一天的生活。她是在提供膳食的寄宿舍长大的,那儿住的都是一些拖船船长和身穿佐特套装②的单身汉。她就是从这伙人那儿学会了喝这样的咖啡。当时她是一个女中学生,身高五英尺一英寸,在上第一节课以前,就在路角的一家小餐馆里坐在几个汽车工人旁边喝咖啡,工人们浏览赛马小报的时候,特茜便做完了她公民学的家庭作业。这时候,在教堂的地下室里,她叫第十一回去跟别的孩子们玩耍,

---

① 列文虎克(1632—1723),荷兰生物学家、显微镜学家,最早用透镜观察细菌和原生动物,发现精子、血红细胞和水中微生物。
② 佐特套装,流行于二十世纪四十年代的一种上衣肩宽而长、裤子高腰裤口狭窄的男子服装。

她可以喝一杯咖啡，恢复一下精神。

她刚喝第二杯的时候，有个带有女性特点的柔和的声音好像叹息似的在她耳旁说道，"早上好，特茜。"原来是米尔顿的妹夫迈克尔·安东尼奥神甫。

"你好，迈克神甫。今儿的礼拜仪式非常好，"特茜说，说完立刻后悔起来。迈克神甫是圣母升天会教堂里的助理祭司。前一位祭司来了只有三个月就夸夸其谈地回雅典去了，当时家里人都指望迈克神甫会得到提升。但结果，另一位出生在外国的新祭司，格雷戈里奥神甫得到了这个职位。佐姑姑遇到机会就为自己的婚姻哀叹伤心，用餐的时候曾经用她那女喜剧演员似的嗓音说，"我丈夫总是当伴娘，永远当不成新娘。"

特茜在赞美礼拜仪式时，原没有打算赞美格雷格①神甫。多年以前，特茜曾经和迈克尔·安东尼奥订婚，这一事实使当时的局面变得更为微妙。因为如今她嫁给了米尔顿，而迈克神甫却娶了米尔顿的妹妹。特茜到地下室来是想让自己的头脑清醒一下，喝上两杯咖啡；而这天的情况眼下已变得无法控制。

然而，迈克神甫似乎并没有注意到那句没有把他放在眼里的话。他面带笑容地站在一旁，两只眼睛在有如轰鸣的瀑布一般的胡须上显得相当柔和。迈克神甫性情温和，在做礼拜的寡妇们中很受欢迎。她们喜欢聚集在他周围，给他甜饼干吃，沉浸在他那快乐安详的精神实质中。这种精神实质部分来自迈克神甫对自己那只有五英尺四英寸的身高十分满足。他那矮小的个子有其宽厚的一面，好像他是自愿放弃了身高似的。他似乎早已原谅了特茜多年以前解除了与他的婚约，但这件事却似乎总存在于他们之间，就像不时从他那教士的衣领上所散发出来的爽身粉的香味。

迈克神甫小心翼翼地捧着咖啡杯和碟子，笑嘻嘻地问道，"唔，特茜，家里都好吗？"

---

① 格雷格是格雷戈里奥的昵称。

我母亲当然知道，迈克神甫每个星期日都到我们家做客，完全清楚那个体温表的计划。她望着他的眼睛，似乎看到其中闪现出一丝顽皮的神情。

"今儿你就要上家里来，"她漫不经心地说。"你可以自己来瞧瞧。"

"我巴不得马上就来，"迈克神甫说。"在你们家，我们总进行一些很有意思的讨论。"

特茜又仔细端量了一下迈克神甫的眼睛，可是这时他的眼睛里似乎充满了真诚热情的神采。接着，发生了一件事，完全把她的注意力从迈克神甫身上引开了。

房间那头，第十一回站在一把椅子上，伸手去摸咖啡壶的壶嘴。他想把一个咖啡杯盛满，但是等他把壶嘴打开后，又关不起来了。滚烫的咖啡倾泻到了桌面上。这种热的饮料还溅到了站在旁边的一个姑娘身上。那个姑娘往后一跳，嘴大张着，但却没有发出声音。我母亲飞快地跑过房间，迅速把那姑娘领进女厕所。

谁也不记得那个姑娘的名字。她不是哪一位经常来做礼拜的堂区居民的孩子，甚至也不是希腊人。她那天出现在教堂里，后来就再也没有露过面。她的存在似乎就为了让我母亲改变主意。在厕所间里，那个姑娘把她直冒热气的衬衫掀起来，不让它贴在身上，同时特茜拿来几条湿毛巾。"你没问题吧，亲爱的？你给烫着了吗？"

"那个男孩，他真是笨手笨脚，"那个姑娘说。

"他是那样。他对什么都感兴趣。"

"男孩子是会无法无天。"

特茜露出了笑容。"你倒很会说话。"

那个姑娘听到这句夸奖，咧开嘴笑了。"'无法无天'是我最爱说的一个词。我哥哥也老是无法无天。上个月，我最爱说的一个词是'夸夸其谈'。不过你不能老用那个词。你细想一下，也没有那么许多事可以夸夸其谈。"

"你这话可说对了,"特茜笑着说。"不过无法无天的情形到处都可以见到。"

"您说的这句话我再同意不过了,"姑娘说。

两星期后,也就是一九五九年的复活节①。我们信仰的宗教所遵守的是儒略历②,这使我们再一次跟邻近一带的居民不相协调。两个星期日以前,我哥哥看着这个街区的其他孩子在附近的灌木丛里寻找彩蛋③。他看见他的朋友们把巧克力兔子的头吃掉,还把一把把的软心豆粒糖扔进口腔很大的嘴里(我哥哥当时站在窗口,特别想要信奉一位就在那天复活的美国的上帝)。第十一回只到昨天才最终获准染他自己的蛋,而且只染成一种颜色:红色。在整个屋子里,红蛋闪射出不断延长的、夏至的光彩。饭厅桌上的一个个碗里放满了红蛋。门道里挂着一个个套在网线袋里的红蛋,壁炉台上也摆满了红蛋,它们给烘成十字形的甜面包④。

且说那时已是黄昏时分;晚餐已经用完。我哥哥面带笑容。因为马上就到希腊正教复活节中他所喜欢的那部分了,也就是寻找蛋和软心豆粒糖:砸蛋游戏。大伙儿都聚集在饭桌周围。第十一回咬着嘴唇,从碗里挑了一个蛋,仔细瞧了瞧,又还了回去。他挑了另一个。"这个看上去像是个好蛋,"米尔顿说,一边在给自己挑选。"体形像一辆布林克斯公司的防弹卡车。"米尔顿把手里的蛋举起来。第十一回准备把蛋砸开。这时,我母亲突然拍拍我父亲的背。

"等一下,特茜。我们正要把蛋敲开。"

---

① 复活节,纪念"耶稣复活"的节日,一般指每年过春分月圆后的第一个星期日。
② 儒略历,古罗马统帅尤利乌斯·恺撒开始采用的历法。十六世纪西欧各国改用格列高利历即今公历后,正教仍沿用儒略历,故正教的复活节在具体日期上常比天主教和新教晚两个星期。
③ 彩蛋,用蛋煮熟着色,或用巧克力等制成蛋形,作为复活节礼物或摆设。
④ 甜面包,希腊人在复活节所做的传统食品。

她又使劲拍拍他。

"什么事?"

"我的体温。"她停顿了一下。"我的体温升高了十分之六度。"

她一直在使用那个体温表。这是我父亲头一次听说这件事。

"现在吗?"我父亲低声说。"天哪,特茜,你肯定吗?"

"不,我并不肯定。是你叫我注意有关我的体温任何升高的情况;现在我告诉你,我的体温升高了十分之六度。"接着,她压低嗓音说,"再加上这是我上次以后的十三天,你知道。"

"来呀,爸爸,"第十一回恳求说。

"暂停一下,"米尔顿说。他把手里的蛋放到烟灰缸里。"这是我的蛋。在我回来以前,谁也不要碰它。"

楼上,在那间主卧室里,我的父母完成了那件事。一个孩子生来的端庄稳重,使我没有去想像那一幕的详情细节。我只想到,等他们完事以后,就仿佛把水箱重新装满水那样。我父亲说,"这该行啦。"结果,他说对了。五月里的时候,特茜知道自己怀孕了,于是开始等待。

不出六个星期,我有了眼睛和耳朵。到了七个星期,已经有了鼻孔,甚至嘴唇。生殖器官也开始形成。胎儿的荷尔蒙接受了染色体的指示,抑制住米勒结构,促成了沃尔夫管的发育①。我的二十三对配合好的染色体都彼此连结、交叉,同时转动起它们的轮盘赌转盘,这时,我老爸把一只手放在我母亲的肚子上,说道,"带来好运的老二!"我的基因成群地排列起来,执行它们得到的指示。只有两个除外,这两个恶棍——或者根据你的看法,也可以说是革命党人——隐藏在第五条染色体中。它们一起通过吸管吸出一种酶,这阻止了某种荷尔蒙的生产,使我的生活变得复杂

---

① 早期两性的胚胎在形态上没有什么差别,性腺还没有分化,胚胎内同时存在两套导管,即发育成女性内外生殖器官的前身米勒管和发育成男性内外生殖器官的前身沃尔夫管。在正常性分化过程中,两种性腺只有一种发育正常继续存留,而另一种则逐渐退化而消失。

混乱。

在起居室里,男人们不再谈论政治,相反他们为米尔特的这个新生的孩子究竟是男是女,打起赌来。我父亲信心十足。在那件事过去后二十四小时,我母亲的体温又升高了十分之二度,证实已经排卵了。那会儿,男性精子精疲力竭,已经放弃。女性精子则像乌龟似的赢得了胜利(那时,特茜把体温表递给了米尔顿,告诉他自己再也不要见到这个体温表了)。

所有这一切就导致了那天黛斯德蒙娜用一把银匙悬在我母亲的肚子上晃动。当时还没有超声波扫描图。银匙是次一等的最好工具。黛斯德蒙娜蹲在那儿。厨房里变得十分安静。别的女人都咬着下嘴唇,在一旁观察等候。一开头,那把银匙压根儿没动。黛斯德蒙娜的手颤动起来,经过漫长的好几秒钟,利娜姨婆用手把它扶扶稳。银匙快速转动了一下;我踢了一脚;我母亲尖叫起来。接着,受到一阵无人感觉的风的推动,银匙缓缓地以那种超自然的灵应牌的方式移动起来,起先成一个小圆圈摆动,不过每次的轨道都逐渐变得越加椭圆,直到最终平展开来,成了一条直线,从炉灶指向搁板。也就是说,从北方指向南方。黛斯德蒙娜喊道,"男孩!"[1]房间里顿时爆发出"男孩,男孩"[2]的喊声。

那天晚上,我父亲说,"连续二十三次猜中,意味着她必然要栽倒一次。这一次,她错了。相信我。"

"我倒不在意是不是一个男孩,"我母亲说。"我实际上并不在意。只要它手脚俱全,身体健康,那就成。"

"这个'它'是指什么。你在说的是我的女儿。"

我在一九六〇年一月八日,元旦过后一个星期,出生了。我父亲待在等候室里(那儿只供应扎着粉红缎带的雪茄烟)大声嚷道,"瞧!"我是个女孩。身长十九英寸。体重七磅四盎司。

---

[1][2] 原文为希腊语。

也就在一月八日同一天，我爷爷经受了他十三次中风中的头一次。我父母赶往医院时吵醒了他；他起床走下楼去，想给自己调一杯咖啡。一小时后，黛斯德蒙娜发现他躺在厨房的地板上。尽管我爷爷的智力仍然完好无损，但是那天清晨，当我在妇产科医院发出头一声喊叫时，他却失去了说话的能力。根据黛斯德蒙娜的说法，我爷爷在把咖啡杯打翻在地，从渣滓里看到自己的命运后立刻倒下了。

彼特大伯听说我是一个女孩后，拒绝接受一切祝贺的表示。其中并不涉及什么法术。"再说，"他开玩笑地说道，"所有的活儿都是米尔特干的。"黛斯德蒙娜变得神色阴沉。她在美国出生的儿子结果没有说错。经过新近这场失败以后，她仍然极力想生活在其中的那个位于四千英里以外、离开了已有三十八年的古老国家，又往远处后退了一级。我的诞生既标志着她对婴儿性别猜测的结束，也标志着她丈夫的健康长期衰退的开始。虽然她偶尔还拿出那个桑蚕盒子，但里面所收藏的珍宝中已经没有那把银匙了。

我按照下面的顺序先给用力拉了出来，接着拍打屁股，用水冲洗。他们用一条毛毯把我裹起来，跟其他六个婴儿，四个男孩，两个女孩，放在一起供人观看。那六个婴儿跟我不同，都给正确地系上标签。那不可能是真的，但我却记得：一个黑暗的屏幕上缓缓地布满了火花。

有人一下子使我睁开了眼睛。

做 媒

等这个故事传到世上以后,我可能会成为历史上最著名的两性人。在我之前还有别的几个人。亚历克西娜·巴尔班在成为阿贝尔之前,曾就读于法国的一所女子寄宿学校。她留下一部被米歇尔·福柯①在法国公共卫生部的档案中所发现的自传(她的自传在写到她自杀前不久就结束了,读来使人很不满意;我在好几年前看完她的自传后,才最初动念也想写一部自传)。戈特利布·戈特利希生于一七九八年,三十三岁以前一直被称作玛丽·罗西纳。有一天,玛丽感到腹部疼痛,就去找医生看看。那位大夫替她做了检查,看看是不是疝气,结果发现没有降落的睾丸。从那时起,玛丽才穿上男子服装,使用了戈特利布这个名字,在欧洲四处旅行,向医务人员展示自己的身体,赢得一笔钱财。

就大夫而言,我比戈特利布还要好一些,就胎儿的荷尔蒙对大脑的化学组成和组织结构的影响而言,我具有一个男性的头脑。但我是给当作一个女孩养大的。如果你想计划进行一场实验,测量一下先天的禀性与后天的培养两者相互比较而言的影响,你无法提供什么比我的生活更好的实例。将近三十年前,我在医疗中心里的时候,卢斯医生让我接二连三地经受了各种测试。我做了本顿视觉记忆测试②和本德视觉动作完形测试③。我在言语方面的智商也经过测试,另外还做了其他许多测试。卢斯甚至分析了我的文风,想看看我是用一种直线的、男性的方式书写呢,还是用环形的女性方式书写。

我所知道的就是这一点：尽管我的头脑给注入了超剂量的雄激素，但在我不得不讲的这个故事里，却有一种天生的女性环行系统。在任何遗传史中，我总是一个圆周句的最后一个子句，那句句子很早以前就用另一种语言给写起来了。你不得不把它从头念到末尾，那就是我的出世。

如今既然我已出生，我就要把影片往回倒去，于是我的粉红色的毯子突然消失了，我的脐带给重新连接起来，我的小床快速地掠过地板；我给吸回到母亲的两腿之间，哭喊起来。她又变得很胖。接着，又倒回去一点儿，只见一把不再摆动的银匙，一个重新回到丝绒盒子里的体温表。苏联人造地球卫星追踪着它的火箭轨迹回到发射台上，脊髓灰质炎症在大地上蔓延。还有一些快速的连续镜头：我父亲是一个二十岁的单簧管手，对着电话吹奏阿蒂·肖④的一支乐曲；还有他八岁的时候在教堂里，对蜡烛的价钱颇为反感；接着，是我爷爷一九三一年在一台现金出纳机前取出他的头一张美元钞票。随后，我们压根儿不在美国；我们在大海中间，反向的声迹听起来十分滑稽有趣。出现了一条轮船，甲板上面有条救生船十分古怪地来回摆动；但这时那条小船尾部在前，靠上码头；我们又踏上了陆地。到了这儿，影片就放完了，又回到了开头……

　　　　　　＊　　　＊　　　＊

一九二二年晚夏，我奶奶黛斯德蒙娜·斯蒂芬尼德斯并不在预料生下的孩子究竟是男是女，而是在预料生死，特别是有关她自己的生死。当时

---

① 米歇尔·福柯(1926—1984)，法国哲学家和"思想系统的历史学家"。他对文学批评及其理论、哲学、历史学、科学史、批评教育学和知识社会学均具有很大的影响。他在发现两性人亚历克西娜·巴尔班所写的自传后，于一九七〇年将其翻译出版。
② 本顿视觉记忆测试，美国精神病学家Ａ·Ｌ·本顿一九六三年所制订的一种简单的单项神经心理测验，主要用于对视知觉、视觉记忆、视觉空间结构能力的评估。
③ 本德视觉动作完形测试，美国精神病学家本德于一九三八年制订的一种测定知觉组织原则和知觉异常的几何图形测验。
④ 阿蒂·肖(1910—2004)，美国单簧管演奏家、乐队指挥，首创摇摆乐大乐队，在二十世纪三十到四十年代很受欢迎。

她高高地待在小亚细亚奥林匹斯山山坡上的养蚕室里，忽然她的心脏事先毫无预兆地停跳了一拍。那是一种十分清楚的感觉：她感到心脏停了下来，给挤压成一团。接着，她身体发僵，心脏又狂跳起来，顶着她的肋骨发出怦怦的声响。她发出一声微弱、惊讶的喊叫。她那两万只蚕对人类的情绪十分敏感，马上停止作茧。我奶奶在暗淡的光线里眯起眼睛，低头看到自己的束腰外衣明显地不住颤动。在那一瞬间，黛斯德蒙娜认识到自己体内的变动，变成了她后来生活中的那种情况，也就是一个给囚禁在健康身体内的病人。不过，尽管她的心脏已经趋于平静，但她仍然不能相信自己的忍耐力。她走出养蚕室，最后看了一眼这个她还要过上五十八年才会离开的世界。

　　眼前的景象令人难忘。一千英尺下面，便是古老的奥斯曼帝国①的首都布尔萨②，它像一个十五子棋③的棋盘那样在峡谷的绿色毛毡上展开。一片片宛如红钻石似的屋瓦嵌在钻石一般刷得雪白的房屋顶上。四处堆叠着一些苏丹的陵墓，看去好像闪亮的水晶饰品。早在一九二二年，街道当时还没有被往来的车辆所堵塞。山上的松树林也没有给滑雪者乘坐的上山吊椅大片大片地夷为平地。那座城市并没有给冶金厂和纺织厂弄得充满丁丁当当的声响，空气中也没有烟雾弥漫。布尔萨看上去（至少从一千英尺的高处看下去）就和它在过去六百年里的样子差不多，它是一座神圣的城市，也是奥斯曼土耳其人的墓地和丝绸贸易的中心，在它的寂静、倾斜的街道两旁，满是清真寺院的尖塔和柏树。绿色清真寺的屋瓦因为年深月久而变成了蓝色，情况大概就是这样。不过，黛斯德蒙娜·斯蒂芬尼德斯从远处旁观，往下注视着那个棋盘，却看到了棋手所忽视的情况。

　　对我奶奶心脏不规则的跳动作一番心理分析吧，那是悲痛的表现。她的父母去世了——在新近对土耳其人的战争中给打死了。希腊军队受到协

---

① 奥斯曼帝国，系奥斯曼土耳其人建立的军事封建帝国（1290—1922）。
② 布尔萨，土耳其西北部城市，十四世纪时曾是奥斯曼帝国首都。
③ 十五子棋，一种双方各有十五个棋子、掷骰子决定行棋格数的游戏。

约国的怂恿，在一九一九年侵入了土耳其西部，想要重新收复古代希腊在小亚细亚的领土。经过多年脱离其他同胞地居住在高山之上，比提尼奥，我奶奶居住的那个村子里的居民早就产生了一个没有危险的雄心勃勃的念头，也就是有关希腊那个大希腊的梦想。当时布尔萨正被希腊军队所占领。以前奥斯曼帝国的王宫上飘扬着一面希腊国旗。土耳其人和他们的领袖穆斯塔法·凯末尔①退到东部的安哥拉②。居住在小亚细亚的希腊人一生中头一次摆脱了土耳其人的统治。非伊斯兰教徒（"信奉异教的狗"）身穿色彩鲜艳的衣服，骑马驰骋，使用鞍鞴都不再受到禁止。奥斯曼帝国的官员再也不像过去几个世纪那样，每年都到村子里来，把身体最健壮的小伙子用大车运送到土耳其军队中去服役。如今，遇到村里人把丝拿到布尔萨的市场上去卖的时候，他们都是一座自由的希腊城市里的自由的希腊人。

然而，黛斯德蒙娜悼念着自己的父母，仍然受到往事的束缚。因此，她站在山上，朝下看着这座被解放的城市，因为无法像所有其他的人那样感到欣喜快乐，而感到受了哄骗。多年以后，在她孀居期间，她花了十年时间躺在床上，充满活力地寻求死亡，那时她会最终同意，半世纪前，战争之间的那两年是她一生当中唯一过得还算不错的日子，不过到那时候，她认识的人全都死了，她只能对着电视说这番话。

黛斯德蒙娜在一小时的大部分时间里，都尽力不去理会自己的预感，就在养蚕室里干活儿。她走出屋子的后门，穿过那个散发出甜美芳香的气味的葡萄棚，又从一个好似露天平台的院子走进那个有着茅草屋顶的低矮的小屋。小屋里面没有那种刺鼻的幼虫气味并没有使她感到不安。那个养蚕室是我奶奶自己个人的臭气熏天的绿洲。在她四周的空中，柔软、雪白的蚕紧紧爬在一捆捆的桑树细枝上，黛斯德蒙娜看着它们织出一个个蚕

---

① 凯末尔（1881—1938），土耳其共和国缔造者、首任总统，废除哈里发制度，被授予"土耳其之父"的称号。
② 安哥拉，土耳其首都安卡拉的旧称。

茧，一面仿佛按着音乐节拍似的摆动着它们的脑袋。她就这么看着，忘却了外部世界，忘却了那里的变动和骚乱，忘却了那里新的可怕的乐曲（这种乐曲不久就要被人演唱）。相反，她听见自己的母亲尤弗罗西尼·斯蒂芬尼德斯多年以前就在这个养蚕室里说话，说明蚕的种种不可思议的情形——"要有好的丝，你非纯洁不可，"她总这么对她女儿说。"蚕什么都知道。只要凭着别人手里丝的外表，你始终可以说出那个人在干些什么"——等等等等，尤弗罗西尼还举了一些例子——"玛丽亚·波洛斯，她不是老向人家掀起自己的裙子？你有没有见过她的蚕茧？每个男人都在上面留下一个污点。你下次该看看"——黛斯德蒙娜当时只有十一二岁，对她母亲说的每句话都深信不疑。如今她虽然是一个二十一岁的年轻女子，但却仍然无法全然不信她母亲的教训，总是仔细观察那一堆堆蚕茧，看看有没有自己不纯洁的迹象（她做过一些什么样的梦啊！）她也从蚕茧上寻找其他的迹象，因为她母亲还坚持认为蚕对历史上的暴行也有所反应。每发生一次屠杀，就连在五十英里外的一个村庄里，蚕的细丝也会变成血红色——"我曾看到它们像基督本人的脚那样流血，"尤弗罗西尼又说。多年以后，她女儿想起了这句话，便在暗淡的光线里眯起眼睛，看看是否有什么蚕茧变成了红色。她抽出一盘，把它晃动了一下，接着又抽出另一盘；就在那时，她感到自己的心脏停了下来，给挤压成一团，并开始从体内对她不停冲撞。她扔下盘子，看见自己的束腰外衣由于内部的力量不住颤动，于是明白她的心房正自说自话地不住跳动；她无法对它进行控制，或者甚至无法对任何别的事物进行控制。

我奶奶就这样患上了她想像中的第一场疾病，她站在那儿，朝下望着布尔萨，仿佛可以看出什么证实自己无形的恐惧的明显迹象。接着，这种迹象便从屋子里通过声音传来：她的弟弟埃莱夫塞里奥斯·斯蒂芬尼德斯（"左撇子"）唱起歌来了。他用发音不准、没有什么意思的英语唱道：

"每天早晨，每天晚上，我们不是玩得很开心吗，"左撇子站在他们卧室的镜子前唱着；每天下午大约这个时候，他总把一个赛璐珞新衣领装在那件雪白的新衬衫上，然后在手掌心里挤上一小团有酸橙香味的润发脂，把它抹到自己新剪的瓦伦蒂诺①式的头发中去，一边这么唱着。他继续往下唱道："同时，在中间这段时间里，我们不是玩得很开心吗？"这些歌词对他也没有什么意义，不过有曲调就够了。这种曲调向左撇子表现了爵士时代轻浮无聊的举动、杜松子鸡尾酒、卖香烟的姑娘，也使他神气活现地把头发向后抹得光溜溜的……而在外边院子里，黛斯德蒙娜听到他的歌声，却作出了不同的反映。对她说来，这首歌只叫她想起她弟弟在山下城里所去的那些声名狼藉的酒馆，在那些乱七八糟的地方，人们演奏着希腊通俗歌曲和美国乐曲，还有唱歌的放荡的女人……这时左撇子穿上他那套崭新的条纹衣服，把与他的红领带相配的大红手帕折叠起来……她心里觉得很滑稽可笑，特别是她的肚子；她的肚子里翻腾着各种复杂的情感，既有悲伤、愤怒，也有一种她说不出名称的最最伤人的情感。"房租没付，亲爱的，我们也没有车，"左撇子用我后来经过遗传得到的那种悦耳动听的男高音低声哼着。透过歌声，黛斯德蒙娜这时又听到了她母亲的声音，就是在尤弗罗西尼·斯蒂芬尼德斯给一颗枪弹击中以后、临死之前说的最后几句话，"照顾好左撇子。答应我。给他找个妻子！"……而黛斯德蒙娜则哭哭啼啼地答道，"我保证这么做，我保证！"……在黛斯德蒙娜穿过院子走进屋子里去的时候，她脑子里一下子回响起所有这些话语的声音。她经过自己在那儿（给一个人）烧饭的厨房，笔直地大步走进她和弟弟合住的那间卧室。左撇子仍在唱着——"没有多少钱，唉！可是宝贝儿"——他把袖扣扣好，又把头发往两边梳了一下，不过这时，他抬头看见了姐姐——"我们不是玩得"——他的声音变得很轻——"很开心吗"——接着便默不作声。

　　有一刹那，镜子里出现了他们的两张脸。我奶奶在二十一岁的时候，也就是在她假牙不合口和自以为患病以前很久，多少算是个美人儿。她总

----

① 瓦伦蒂诺(1895—1926)，美国电影演员，出生于意大利。由其主演的影片均富有浪漫色彩，曾引起众多女影迷的狂热崇拜。

把黑头发编成几股别在方头巾下的长长的发辫。这些发辫并不像小姑娘的发辫那样纤细,而是成年女人的很粗的发辫,具有自然的力量,看去就像海狸的尾巴。岁月、季节以及各种不同的天气都渗入到这些发辫当中。晚上,她把这些发辫解开,头发就披散下来,一直垂到她的腰部。当时,她还用黑缎带束着她的发辫,使它们显得更有气派,要是你能见到的话,不过几乎没有哪个人见到。大伙儿都可以欣赏到的是黛斯德蒙娜的脸:她的两只忧伤的大眼睛,她那苍白的、给烛光照亮的肤色。我还应当提到黛斯德蒙娜以前一度胸部平坦,曾经担心自己发育不全,眼下却体态丰满。她的身体老是叫她感到局促不安,因为她的身体总以某种她并不赞同的方式表现自己。当她在教堂里跪下的时候,当她在院子里拍打地毯的时候,当她在桃树下采摘桃子的时候,她那女性身体的精微之处都摆脱了她的色调灰暗、紧箍在身上的衣衫的束缚。在她的撩拨人的身体上面,她那在头巾当中的脸却仍然保持着距离,对于自己的胸部和臀部所唤起的欲望显得微微有点儿反感。

埃莱夫塞里奥斯身材比她高点儿,也瘦点儿。在当时的照片里,他看上去就像他所十分崇拜的那些下层社会的人物,那些留着两撇小胡子的小偷和赌棍,当时在雅典①和君士坦丁堡②海滨的酒吧里满是这样的人。他长着一个鹰钩鼻子,两只目光锐利的眼睛,脸给人的总的印象是像一只老鹰。然而,当他露出笑容的时候,你看到了他眼睛里柔和的一面。这向你清楚地表明左撇子其实并不是一个歹徒,而是一个受到家境相当宽裕的父母娇生惯养、颇有书生气的儿子。

一九二二年那个夏天的午后,黛斯德蒙娜并没有朝她弟弟的脸上看。相反,她的眼睛却转向他的那件上衣、亮光光的头发和那条有条纹的裤子,一边极力想弄明白过去短短这几个月里他究竟出了什么事。

左撇子比黛斯德蒙娜小一岁;她常常感到纳闷,不知道在没有他的情

---

① 雅典,希腊首都,位于该国东南部。
② 君士坦丁堡,土耳其西北部港口城市伊斯坦布尔的旧称。

况下,自己最初那十二个月是怎么活下来的。因为就她记忆所及,他一直都睡在把他们的两张床铺分隔开的那条羊毛毯子的另一边。他在毯子那边做木偶戏,把他的两只手变成一直用计欺哄土耳其人的那个机灵、驼背的卡拉吉奥齐斯①。在黑暗中,他还赋诗、唱歌,黛斯德蒙娜厌恶他所唱的美国新歌曲的一个原因就是他只为他自己唱。黛斯德蒙娜一向爱自己的弟弟,只有一个在山里长大的姐姐才会对自己的弟弟爱到那种程度:他是她的全部乐趣,她的最好的朋友和知己,跟她一块儿发现捷径和修道士小屋的人。早年,她和左撇子在情感方面的共鸣毫无保留,因而她往往忘了他们是两个独立的人。孩提时期,他们摸索着爬下有台地的山腰,看去就像一只长着四条腿、两只脑袋的小动物。她对傍晚他们那联体双胎似的影子一下子出现在粉得雪白的屋墙上已经习以为常,每逢她碰到自己孤独的外形时,反而觉得似乎给切掉了一半。

　　和平时期好像使一切都有了变化。左撇子利用了这种新的自由。在过去一个月里,他一共下山到布尔萨去了十七次。有三次他都待在瓦罕苏丹的清真寺对面的蚕茧客店里过夜。早上,他穿着皮靴、中统袜、马裤、无袖上衣和背心离开,第二天傍晚,又穿着一套条纹衣服回来,还像一个歌剧演唱家那样用一条绸围巾裹着领口,头上戴一顶黑礼帽。他的身上还有一些别的变化。他开始从一本小小的紫红色封面的法语常用语手册中自学法语。他还学会了一些装腔作势的动作,比如两只手插在口袋里,把找的零钱弄得叮当作响,或者脱帽致意。黛斯德蒙娜在洗衣服的时候,发现左撇子的口袋里有几块碎纸片,上面写满了数目字。他的衣服发出麝香的气味、烟味,往往还有好闻的香味。

　　且说他们在镜子中会合在一起的两张脸,并不能掩盖他们实际日益加大的分离。我奶奶的影响体质的忧郁心情早已发展成体内心脏的轰鸣。她望着她的弟弟,就像以前望着自己的影子那样,感到自己失去了什么

---

① 卡拉吉奥齐斯,希腊传统木偶戏中的主角,一个热情、有趣、说话尖刻、机敏圆滑的人物,随时准备欺哄他的仇敌。

东西。

"哦,你打扮得这么整整齐齐,又要上哪儿去?"

"你认为我要上哪儿去呢?上蚕茧市场那儿去。去卖掉一些蚕茧。"

"你昨儿去过了。"

"这是收购的季节。"

左撇子用一把玳瑁梳子把头发在右边梳出一道头路,又给一绺翘起的鬈发抹了点儿润发脂。

黛斯德蒙娜走近了一点。她拿起润发脂来闻闻。这并不是他衣服上的气味。"你在那儿还做点儿什么?"

"没做什么。"

"你有时整夜都待在那儿。"

"去一次得花很长时间。等我走到那儿,天已经很晚了。"

"你在那些酒吧里抽什么烟?"

"水烟筒里装什么就抽什么。细问是不礼貌的。"

"要是爸妈知道你这样抽烟喝酒……"她没有说下去。

"他们不知道,是吗?"左撇子说。"所以没事。"他的轻快的语调真叫人难以相信。左撇子表现得好像已经从父母去世的悲伤中恢复过来,但黛斯德蒙娜看穿了他的这种外表。她对着弟弟冷冷地笑了笑,没有多加评论,就伸出一个拳头。左撇子一边欣赏着自己在镜子里的样子,一边不经思索地也伸出一个拳头,他们嘴里数着,"一、二、三……开始!"

"石头压死蛇。我赢了,"黛斯德蒙娜说。"所以告诉我。"

"告诉你什么?"

"告诉我布尔萨有什么东西这么有趣。"

左撇子又把头发往前梳梳,在左边分了条缝儿。他对着镜子来回转动着脑袋。"分在哪一边好看点儿?左边还是右边?"

"让我瞧瞧。"黛斯德蒙娜体贴地把一只手举到左撇子的头发上面——把它弄乱。

"嘻!"

"你想在布尔萨得到什么?"

"别来跟我搅和。"

"告诉我!"

"你一定要知道吗?"左撇子说,这时他给姐姐问得心头火起。你认为我想要什么?他带着郁积在脑中的怒气说道,"我想要一个女人。"

黛斯德蒙娜一下子捏紧自己的肚子,拍拍自己的心房。她往后倒退了两步,随后从那个有利的地位重新仔细打量了一下她的弟弟。这个睡在她的床旁的那张床上、长着和她一样的眼睛和眉毛的左撇子,竟然会有这样一种欲望,这是黛斯德蒙娜先前所从没有想到的。黛斯德蒙娜尽管在体质上已经发育成熟,但她的身体对她还是显得相当陌生。夜晚,在他们的卧室里,她曾看见她那睡熟了的弟弟把身子紧贴着他的粗绳索编的床垫,仿佛在跟床垫生气似的。童年的时候,她曾看见他在养蚕室里天真地用手摩擦着一根木头柱子。但是这两件事都没有给她留下深刻的印象。"你在干吗?"当时,她问过左撇子八九次;左撇子紧紧握着那根木柱,把两个膝盖在柱子上上下移动。他用沉着坚定的声音回答说,"我想要得到那种感觉。"

"什么感觉?"

"你知道"——他一边哼哼唧唧,喘着粗气,上下移动着膝盖——"那种感觉。"

但她并不知道。又过了几年,黛斯德蒙娜在切黄瓜的时候,身子总倚着厨房那张桌子的角,而且总往里倚得有点儿着力,但她并没有意识到这一点。后来她发现自己每天都采取这种姿势,让桌子角温暖舒适地伸在她的两腿之间。如今,在她给弟弟预备饭菜的时候,往往把餐桌当作老相识那样倚靠着,但她并没有意识到这一点。是她的身体凭借各处都能见到的人体那种狡猾与沉默的方式这么做的。

她弟弟一次次地进城却并不相同。显然他知道自己要寻找什么;他跟自己的身体保持充分的交流。他的身心已经成为一个实体，他有一个想法，心里老萦绕着一个念头。黛斯德蒙娜破天荒第一次无法看透他的心思。她所知道的只是，那跟她一点也没有关系。

这叫她感到十分气恼。而且我猜想，还有点儿嫉妒。她不是他最好的朋友吗？他们不是彼此总把所有的事儿都讲给对方听吗？她不是什么事儿都给他做吗？烧饭、缝纫、收拾屋子，就像他们的母亲过去所做的那样。她不是独自一人照料着那些蚕吗？这样一来，她这个聪明的小弟弟就可以到祭司①那儿上课，学习古希腊文。她不是对他说过，"你一心好好读书，我来照管养蚕室。你要做的事就是到市场上去把蚕茧卖掉。"再说，当他开始滞留在城里的时候，她有没有发出抱怨？她有没有提到那些碎纸片，他的血红的眼睛，或是他衣服上的那种麝香好闻的气味？黛斯德蒙娜曾经疑心自己的爱好幻想的弟弟成了一个抽大麻的人。凡是播放希腊通俗乐曲的地方，总免不了有大麻。左撇子对于失去父母所能采取的唯一办法就是让自身消失在大麻的烟雾里，一边听着世界上那种无疑最伤感的乐曲。所有这一切黛斯德蒙娜都能理解，因此什么也没有说。可是如今她看到自己的弟弟正设法以一种出乎她的预料的方式来避免心里的悲伤；她不再满足于保持沉默了。

"你想要一个女人？"黛斯德蒙娜用表示怀疑的声音问。"什么样的女人？一个土耳其女人吗？"

左撇子没有说什么。在他发作了一阵后，他又开始梳头发。

"也许，你是想要一个舞女。对不对？你以为我不知道那种生活放荡的女人，那些骚货吗？我当然知道。我可不那么傻。你是不是喜欢一个胖姑娘在你面前扭动她的肚子？她的胖肚子上还有一颗宝石？你想要一个那样的女人吗？让我来告诉你一件事。你知道为什么那些土耳其姑娘要把脸遮起来吗？你以为这是宗教方面的原因吗？不是的。这是因为要是不把她

---

① 祭司，指掌管祭神活动的人。十一世纪基督教分裂后，东正教继续使用此词作六品以上神职人员的称谓。

们的脸遮住,谁也不会站定了去看她们!"

这时,她嚷道,"你应该感到羞耻,埃莱夫塞里奥斯!你究竟怎么啦?你干吗不在村里找一个姑娘?"

左撇子正在刷他的短上衣,这时他才把姐姐的注意力引到她所一直忽略的一件事上。"也许,你没有注意到,"他说,"这个村子里连一个姑娘也没有。"

实际上村子里几乎就是这种情形。比提尼奥从来就不是个很大的村子,在一九二二年,它却显得前所未有的小。一九一三年,当村子里的茶蔍子受到根瘤蚜的虫害而枯萎后,不少村民就动身离开。在巴尔干战争期间,继续有一些人离开。左撇子和黛斯德蒙娜的表姐索梅利娜就在这时去了美国,如今住在一个叫底特律的地方。比提尼奥修建在大山一个坡度平缓的山坡上,并不是一个危险的、有着悬崖峭壁的地方。那是一组风格雅致,或者至少是和谐一致的黄色拉毛粉饰的屋子,上边有着红色的屋顶。最豪华的房屋(共有两幢)都有伸向街道装着凸窗的封闭楼台。穷人家的房屋可不少;它们基本上只有一间厨房。另外,还有几幢像黛斯德蒙娜和左撇子家的房屋;这类房屋有一间塞满东西的客厅,两间卧室,一个厨房,以及一个装着欧洲盥洗设备的后院厕所。比提尼奥没有店铺,没有邮局或银行,只有一座教堂和一家餐馆。你要是想买什么东西,就得到布尔萨去,先走上一段路,然后再乘公共马车。

一九二二年,住在村子里的人几乎还不到一百,其中半数不到是女人。在四十七名女性中,有二十一个是老婆子,另外二十个是中年妇女。有三个是年轻的母亲,每一个都有一个用尿布的女儿。还有一个是他姐姐。这样一来就只剩下两个适合结婚的姑娘。黛斯德蒙娜这时赶紧提到那两个姑娘。

"你说一个姑娘也没有,这话是什么意思?露西尔·卡夫卡利斯怎么样?她是个挺不错的姑娘。再不然,维多利亚·帕帕斯怎么样?"

"露西尔身上有股气味,"左撇子合情合理地说。"也许她每年只洗一次澡。在她命名的那一天。至于维多利亚嘛?"他用一个手指在自己的上嘴唇上飞快抹了一下。"维多利亚嘴上的胡须比我的还浓密。我可不想跟我的女人合用一把剃刀。"说完,他放下刷衣服的刷子,穿上短上衣。"晚上别等我,"他说,接着便离开了卧室。

"这就走吗?"黛斯德蒙娜在他身后喊道。"嗨,这管我什么事!只是记住,等你的土耳其妻子摘下她的面具的时候,别吓得跑回村子!"

但是左撇子走了。他的脚步声渐渐远去。黛斯德蒙娜又感到她的血液里涌起了那种神秘的毒汁。她并没有加以注意。"我可不喜欢一个人吃饭!"她并不对哪个人这么嚷道。

山谷里的风像每天下午那样又变大了。风从屋子敞开的窗户里刮了进来,把她放嫁妆的箱子上的碰锁和她父亲的那串放在箱顶的旧安神念珠刮得嘎啦啦直响。黛斯德蒙娜拿起念珠。她开始把念珠一个接一个地从手指间掠过,就像她父亲所做的那样,还有她的祖父和曾祖父,保持着家里遇到明确的、系统化的、彻底令人发愁的事情时的传统。在念珠咔嗒咔嗒碰到一块儿的时候,黛斯德蒙娜忘我地投身其中。上帝究竟怎么啦?为什么他要夺走她的父母,让她来为自己的弟弟发愁呢?她该拿他怎么办呢?"抽烟,喝酒,现在更糟!他打哪儿弄到钱来干所有这些蠢事呢?从我的蚕茧上,就是这么回事!"从她手指间掠过的每一颗念珠都记录下和释放出又一份怨恨。黛斯德蒙娜睁着两只神情忧伤的眼睛,露出一个被迫成长得过快的姑娘的那种脸庞,拿着手里的念珠发愁,就和在她以前和以后所有斯蒂芬尼德斯家的人(一直到我,如果我也算一分子的话)一样。

她走到窗口,伸出头去,听见风吹得松树和白桦树沙沙作响。她不停地数着安神念珠;那些念珠渐渐产生了作用。她觉得好过一些了。她决定继续过她的生活。左撇子今晚不会回来。谁在乎呢?有谁不管好歹都需要他呢?要是他从此不回来,那她只有变得安逸。不过她答应过母亲,要注意不让他染上什么可耻的疾病,或者更糟,跟一个土耳其姑娘私奔。念珠继续一颗接一颗地从黛斯德蒙娜的两只手里落下,但她已经不再计算自己的痛苦了。相反，那些念珠这时却在她的心里唤起了藏在他们父亲旧书桌里的一本杂志上的许多形象。一颗念珠代表一种发式。下一颗念珠则是一条绸衬裙。再下一颗是一个黑色胸罩。我奶奶开始做起媒来。

这时，左撇子提着一袋蚕茧，正朝山下走去。等他到了城里以后，他便顺着有顶的市场大街走去，到了博尔萨街就转了进去，不一会儿就穿过拱门，进了蚕茧市场的院子。里面，在那个浅绿色的喷水池周围，放着好几百个紧绷绷的、齐腰高的口袋，上边好像泡沫似的露出一些蚕茧。到处都挤满了做买卖的人。从那天上午十点摇铃开市以来，那些人就不住吆喝，他们的嗓音都嘶哑了。"好价钱！好质量！"左撇子手里拿着口袋，挤着穿过蚕茧之间那些狭窄的小路。他对家里的生计从来就没有一点兴趣。他并不能像他姐姐那样凭借手摸或嗅觉就能判断蚕茧的好坏。他把蚕茧送到市场来的唯一原因就是女人是不可以上市场来的。人们挤挤碰碰，搬运工的冲撞，口袋的避让，都叫他神经紧张。他暗自想到，要是每个人都停止移动一会儿，要是他们肯站住脚，在黄昏的光线里观赏一下发亮的蚕茧，那该有多好啊！不过当然谁也没有那样做。他们继续吆喝，还把蚕茧塞到彼此的面前，说谎欺哄，讨价还价。左撇子的父亲过去喜欢蚕茧市场的买卖活动季节，但这种做买卖的冲动并没有传给他的儿子。

在有顶的柱廊附近，左撇子看见一个他认识的做买卖的人。他把口袋拿给那个人看。那个人把手深深地探进口袋，拿出一个茧子。他把茧子浸在一碗水里，然后仔细察看。接着，他又把茧子浸在一杯酒里。

"我需要把这些茧子做成经丝。它们还不够牢固。"

左撇子并不相信这番话。黛斯德蒙娜的丝一向是最好的。他知道自己应该大叫大嚷，装得十分气恼，假装要到别的地方去卖。但是他来得太晚了。市场停止买卖的铃声不久就要响起。他的父亲一直叮嘱他不要把蚕茧太晚送来，因为那样你就只好削价出售。左撇子的皮肤在他那套新衣服底下有种针扎似的感觉。他想了结掉这笔交易。他心里感到十分困窘：为人类而感到困窘,为他们一心专注于金钱,为他们喜欢欺诈而感到困窘。当时,他没有反对就接受了那个人出的价钱。等完成了这笔交易后,他马上离开蚕茧市场,赶紧去办理他在城里的正事。

事情并不像黛斯德蒙娜所以为的那样。留神注意:左撇子十分潇洒地歪戴着他的常礼帽,沿着布尔萨倾斜的街道走去。然而,当他走过一个咖啡亭的时候,他并没有进去。店主向左撇子打了个招呼,但左撇子只挥了挥手。在下一条街上;他经过一个窗口,百叶窗里传出好几个大声叫唤的女人的声音,但他并没有在意,只是沿着那些弯弯曲曲的街道走过水果摊和餐馆,直到他来到另一条街上;在那儿,他进了一座教堂。说得更加准确一点,是一座以前的清真寺,尖塔已拆毁;墙上刻的《古兰经》经文也给灰泥涂没,好有空白的地方来画基督教的圣徒。就连这时,依然在教堂内部绘制那些圣徒画像。左撇子给那个卖蜡烛的老婆子一个硬币,点起一支蜡烛,把它笔直地插在沙里。他在后排的一个座位上坐下。我叔祖左撇子斯蒂芬尼德斯用我母亲后来为了怀上我而祈求上帝指点时所采用的那种相同方式,(特别)抬头注视着天花板上尚未完成的万能的基督画像。他的祈祷开头的话是他小时候就学会的,"主啊,怜悯我们,主啊,怜悯我们[①],我不配来到您的宝座前,"但是很快他的祈祷就离了题,变得跟个人有关。"我不知道为什么我有这样的感觉,这很不自然……"接着又带点儿责难的口气,祈祷道,"是您使我这样的,我并不要求对情况如此进行考虑……"但最终口气又变得相当凄婉,说道,"给我力量,基督,不要让我这样,即便她知道了……"他双目紧闭,两只手把常礼帽的边都弄弯了。那些祈祷的词语随着香烟朝着那个尚未画完的基督飘去。

他祈祷了五分钟,然后走出教堂,重新戴上帽子,把口袋里的零钱弄得叮当作响。他往回顺着那些倾斜的街道朝上走去;这一次(他的心里已经没有什么负担),他在先前往下走的时候没肯停留的地方都驻足停留。

---

① 原文为希腊语,系希腊正教和罗马天主教的各种祷告中简短的起始语。

他走进一个咖啡亭去喝咖啡和抽烟,又到一家餐馆去喝了一杯茴香利口酒。正在下十五子棋的人喊道,"喂,瓦伦蒂诺,来下一盘怎么样?"他不禁受到哄骗,去只下一盘,结果输了,只好再来一盘,要不就一无所获(黛斯德蒙娜在左撇子的裤子口袋里发现的那些计算的数字,就是他赌博的欠帐)。夜晚慢慢消逝。一杯杯茴香利口酒喝下肚去。乐师们来了,希腊通俗乐曲也开始奏起来。他们演奏有关肉欲、死亡、监狱和街道生活的歌曲。"海滨大麻烟馆,我天天都去,"左撇子跟着唱道,"每天清早,阳光灿烂,把心中的愁闷一扫而空。我遇到两个坐在沙土上的回教女子;人家朝着这两个可怜的人儿猛扔石头;她们却显得很有尊严。"这时,水烟筒里也装满了烟。到了午夜时分,左撇子又回到街上游荡。

有条小巷朝下延伸,转了个弯,眼前没有出路。有扇门开了。有张脸笑盈盈地示意叫他进去。接下去的事左撇子十分熟悉,他跟三个希腊士兵一起坐在一张沙发上,望着坐在对面两张沙发上的七个体态丰满、香气袭人的女人(一台留声机正放着到处都在演奏的那首流行歌曲:"每天早晨,每天晚上……")。这时,他先前做的祈祷已给抛到了九霄云外;老鸨说,"好人儿,你欢喜哪一个?"于是左撇子的眼睛就扫过那个金发碧眼的切尔卡西亚姑娘,那个带有挑逗意味地吃桃子的亚美尼亚姑娘和那个留着前刘海的蒙古姑娘;他的两只眼睛继续朝前扫去,盯住了坐在沙发远端的一个文静的姑娘,一个眼神忧伤、皮肤光洁、黑头发梳成辫子的姑娘("每把短剑都有一个剑鞘",老鸨用土耳其话说道,妓女们听了哈哈大笑)。左撇子并没有意识到自己的魅力所起的作用,他站起身来,把自己的短上衣抹抹平,朝着他选中的那个姑娘伸出手去……只是在那姑娘领着他走上楼梯的时候,他脑子里才有个声音向他指出这个姑娘如何正好符合……而她的侧面不是就像……但是这时,他们已经到了房间里面,那儿有肮脏的被单、血红色的油灯,以及玫瑰香水和腥臊脚丫子的气味。左撇子在自己年轻的感官的陶醉下,并没有注意到那个姑娘脱去衣服后身体上所显露出的越来越多的相似之处。他的眼睛看到了两个很大的乳房,纤细的腰,披垂下的头发，直到那根毫无防护的尾骨，不过左撇子并没有作出什么联想。那个姑娘替他装满一筒水烟。不久，他就迷迷糊糊，再也听不见脑子里的声音了。在接下去的那几个小时里，他在毒性不强的大麻所产生的梦境中失去了意识，不知道自己是谁，也不知道自己跟谁待在一起。那个妓女的四肢成了另一个女人的四肢。有那么几次，他嘴里喊着一个名字，但那时候，他已经神思恍惚，不去注意了。等到后来，那个姑娘领他出去，才使他回到现实之中。"顺带说一句，我叫艾里妮。我们这儿没有一个叫黛斯德蒙娜的姑娘。"

第二天早晨，他在蚕茧客店醒来，心里充满自责。他离开那座城市，登上大山，返回比提尼奥。他的口袋已经空了，没有发出什么响声。左撇子还没有从大麻中完全清醒，心里十分兴奋，暗暗叮嘱自己，他姐姐的话是对的，他是到了该结婚的时候了。他会娶露西尔或者维多利亚。他会有几个儿女，不再前往布尔萨，他会逐渐改变。他的岁数会大一点儿；如今他所感到的一切都会淡化为回忆，最终完全给忘却。他点点头，戴好帽子。

在比提尼奥，黛斯德蒙娜正在给那两个初出道的人上进修的课程。左撇子仍在蚕茧客店酣睡的时候，她把露西尔·卡夫卡利斯和维多利亚·帕帕斯请到家里来。这两个姑娘比黛斯德蒙娜还要年轻，仍然跟着他们的父母住在家里。她们尊敬地把黛斯德蒙娜视为一家之主。她们对她长得这么美丽感到十分歆羡，都非常仰慕地瞅着她，又因为得到她的关心垂顾而很得意，都把自己的心事告诉了她。当她对她们的外表提出一些意见的时候，她们都仔细倾听。她叫露西尔洗澡洗得更勤一点，并且建议她用醋作为一种止汗剂清洗腋窝。她叫维多利亚去找一个擅长除去多余毛发的土耳其女人。在下一个星期，黛斯德蒙娜把自己从唯一见到的那本美容杂志上所了解到的一切都教给了这两个姑娘。那本杂志实际是一份名为《巴黎内衣》的破旧的目录。这份目录是她父亲的，里面有三十二页戴着胸罩、穿着紧身胸衣、系着吊袜束腰带、穿着长统袜的模特儿照片。夜晚,等大伙儿都睡了以后,她父亲总从书桌底层的一个抽屉里把它拿出来。如今黛斯德蒙娜也暗地里研究这份目录,把那些图片记在心里,好在往后使它们再现出来。

她叫露西尔和维多利亚每天下午都到她这儿来。她们走进屋子,像她教她们的那样摆动着臀部,然后穿过葡萄架。左撇子总喜欢在那儿看书。她们每次都穿一件不同的衣服,还变换她们的发型和走路的姿态,戴着多种珠宝首饰,做出各种独特的动作。在黛斯德蒙娜的指点下,这两个平庸乏味的姑娘把自己变成了一大群不同的女人,每一个都有她特有的笑声,个人的宝石,还哼着一首自己最喜爱的歌曲。两个星期后的一天下午,黛斯德蒙娜走到外边葡萄架下,问她弟弟说,"你在这儿干什么?为什么不下山到布尔萨去。我还以为目前你已经找到一个不错的可以娶回家来的土耳其姑娘了呢,要不她们都像维多利亚那样长着胡子?"

"你提到这件事真可笑,"左撇子说。"你有没有注意到,维姬①现在没有胡子了。你还知道什么别的情况吗?"——这时,他笑嘻嘻地站起身来——"就连露西尔身上的气味也不难闻了。每次她走过来,我都闻到花香"(当然,他在撒谎。其实两个姑娘,无论哪个的外貌或气息对他都不比先前更具有一点吸引力。他表现出的热情只不过是他向那种不可避免的局面的屈服,那种局面就是一场安排好的婚姻、家庭生活、生儿育女——一场彻底的不幸)。他走到黛斯德蒙娜面前。"你说得对,"他说。"世上最美丽的姑娘就在这儿,在这个村子里。"

她羞怯地抬头望着他的眼睛。"你认为这样吗?"

"有时,连你眼皮底下的人,你也会没有看到。"

他们站在那儿彼此定睛注视着对方。这时,黛斯德蒙娜肚里又开始感到不对劲。为了说明那种感觉,我得讲给你听另外一个故事。在一九六八

---

① 维姬系维多利亚的昵称。

年科学研究性欲协会的年会上，协会主席卢斯医生在就职演说中提出了"周边状态"这个概念。（那年的大会是在马萨特兰[①]许多撩动情欲的彩罐[②]中举行的）。"周边状态"这个词本身并没有什么意义；卢斯创造出这个词以避免任何词源方面的联想。不过周边状态的情况是众所周知的。它意味着人类男女交合最初的高度兴奋。它使人头晕目眩，欢快兴奋，胸壁上一阵发痒，产生了想要凭借心爱的人的发丝作为绳索，爬上一座阳台的那种冲动。周边状态指的是就寝时最初那种神魂飘荡的快乐的时刻，那时你那心爱的人就像一朵发出香气的罂粟，你一连几个小时都能闻到她的气味（卢斯解释说，这最多要持续两年）。古人就会解释说，黛斯德蒙娜当时所有的感觉是爱神发挥的作用。现在，根据专家的意见，会把它说成是脑子的化学作用与演变。但是我还是要坚持说：黛斯德蒙娜觉得周边状态宛如一片温暖的湖水，从她的腹部向上涌起，漫过她的胸部。周边状态又像一百八十度的薄荷绿的芬兰利口酒那样汹涌灼热地在她周身四下蔓延。凭着她颈部那两个直接产生结果的腺的抽吸，那种状态使她的脸变得火热。接着，这股热流有了其他的意念，开始伸展到黛斯德蒙娜那样一个姑娘不允许它进入的地方，于是黛斯德蒙娜不再瞅着她的弟弟，转身走开。她走到窗前，把周边状态丢在身后。山谷里吹来的微风使她冷静下来。"我去对姑娘们的父母说，"她说，极力使自己的声音听上去像她的母亲。"随后，你就得去求婚。"

第二天晚上，月亮看上去就像土耳其未来的国旗，只是一个月牙儿。在山下的布尔萨，希腊军队四处寻找食物，尽情喝酒，又炮轰了一座清真寺。在安哥拉，穆斯塔法·凯末尔让人在报上报道说，他要在钱卡雅举行一场茶话会，而实际上，他却离开安哥拉前往他的战地司令部。他跟士兵

[①] 马萨特兰，墨西哥西部港口城市。
[②] 彩罐，通常为陶质或纸质，墨西哥人过节时将糖果、玩具等装于其中吊起，让小孩在蒙住眼睛后用棒击破而得其中物品。

一块儿喝了战斗结束前的最后一杯雷基酒①。土耳其军队趁着黑夜,并没有像大伙儿料想的那样朝北面的埃斯基谢希尔②开去,而是朝南面的重兵把守的阿菲永③进发。在埃斯基谢希尔,土耳其军队点亮了营火虚张声势。一支旨在牵制的人数不多的军队假装向北朝布尔萨行进。就在军队的这些部署中,左撇子斯蒂芬尼德斯拿着两束花儿出了他家的前门,开始走到维多利亚·帕帕斯的家去。

这是一桩同生死一样重大的事情。比提尼奥的将近一百个公民都已听说左撇子即将进行的访问。年老的寡妇、已婚的妇女、年轻的母亲,以及不少老头儿都等着瞧他挑选哪一个姑娘。由于人口稀少,以往求婚的那套仪式几乎都不举行了。既然没有多少谈情说爱的可能,就造成了一种恶性循环。没有人可去爱,也就没有爱。没有爱,也就没有婴儿。没有婴儿,也就没有人可去爱。

维多利亚·帕帕斯站在那儿,身子一半在明处,一半在暗处,她身体上的明暗正和《巴黎内衣》第八页上的那幅照片一样。黛斯德蒙娜(一身兼任服装设计师、舞台监督和总导演)用发针替维多利亚把头发别了起来,让长长的鬈发披垂到她的前额上,告诉她始终要把那个较大的鼻子留在暗处。维多利亚搽了香水,除去汗毛,又涂了润肤剂,还在眼睛四周敷上眼圈粉,任由左撇子观看。她感觉到左撇子炽热的目光,听见他直喘粗气,还听见他两次想要开口说话——干燥的喉咙里发出一些短促的声音——接着,她听见他朝她走来。她回过身子,脸上做出黛斯德蒙娜教她做的那种样子,但她尽力想像那个法国内衣模特儿那样撅起嘴唇,完全分散了自己的注意力,根本没有意识到脚步并不是越来越近,而是在朝后退去。她转过身子看到左撇子斯蒂芬尼德斯,这个镇上唯一合适的单身汉,已经离开了……

---

① 雷基酒,一种近东、南欧等地用粮食或葡萄等水果酿成的烈酒。
② 埃斯基谢希尔,土耳其西部一城市。
③ 阿菲永,土耳其西部一城市。

……与此同时,在家里,黛斯德蒙娜打开了自己放嫁妆的箱子。她把手伸进箱子,抽出自己的紧身胸衣。好多年前,她母亲预想着她结婚的夜晚,把这件紧身胸衣交给她,说道,"我希望你将来有一天会相当合身地穿上这件衣服。"眼下,在卧室的镜子前面,黛斯德蒙娜把这件奇特、复杂的衣服比着自己的身子试试。她的中统袜和她的灰色的内衣都脱了下来。她的腰身很高的裙子和她那高领的束腰外衣也都脱了下来。她甩掉了方头巾,解开她的发辫,头发就披垂到她裸露的肩膀上。紧身胸衣是用白色丝绸做的。黛斯德蒙娜穿上身的时候感到仿佛在给自己吐丝作茧,等候改变自己的形态。

可是她又朝镜子里一看,却瞥见了自己的形象。这毫无用处。她永远也不会结婚。左撇子今晚回来的时候已经选中一个新娘,随后他会把这个新娘带回家来,跟他们一起生活。黛斯德蒙娜会待在自己原来的地方。咔嗒咔嗒地数着自己的念珠,变得比她所感到的还要衰老。一条狗叫起来。村里有人踢翻了一捆柴,发出一声咒骂。我的奶奶默默地开始流泪,因为她这就要把自己的余生用于计算那永远无法摆脱的忧愁……

……与此同时,露西尔·卡夫卡利斯完全按照她所受到的盼咐,站在那儿,身子一半在明处,一半在暗处,头上戴着一顶上面有着玻璃樱桃装饰的白帽子,裸露的肩膀上披着一条披肩,穿着一件鲜绿色的袒胸露臂的衣衫,脚上穿着高跟鞋;她站着不动,生怕摔倒。她那身体肥胖的母亲摇摇摆摆地走进来,咧嘴笑着大声说道,"他来啦!他跟维多利亚连一分钟也待不下去!"……

……左撇子已经可以闻到醋味。他刚走进卡夫卡利斯家低矮的门道,露西尔的父亲就向他表示欢迎,随后说道,"我们就让你们俩单独待在一块儿,好熟悉熟悉。"露西尔的父母就离开了。房间里光线很暗。左撇子转过身子……又抛下了另一束花。

黛斯德蒙娜所没有料到的是,她的弟弟也仔细看过那本《巴黎内衣》杂志。事实上,从他刚十二岁那年到他十四岁的时候,他一直都在翻阅这本杂志，他十四岁那年才发现了真正有价值的东西，那是十张明信片大小的照片，藏在一个旧提箱里，照片上是"游乐场的姑娘塞尔明"——一个神情厌倦、梨形的二十五岁的姑娘，在一个舞台上搭的闺房里那饰有流苏的枕头上摆出各种不同的姿势。在放梳妆用品的口袋里发现了她，就像摩擦一盏神灵的灯似的。她在一片闪闪发亮的尘土中袅袅升起：脚上穿着一双《天方夜谭》中的拖鞋，腰上束着一条亮晃晃的彩带，除此之外，身上什么都没有穿；她懒洋洋地躺在一张老虎皮上，抚弄着一把亮晃晃的短弯刀；在花格窗里灯光的照射下，她在一个云石的土耳其浴室里洗澡。这十张深褐色的照片就是促使左撇子迷恋城市生活的物品。不过他始终没有完全忘记他在《巴黎内衣》中的那些初恋的对象。他可以凭着想像随意把她们召来。左撇子看到维多利亚·帕帕斯显得就像第八页上那个女郎的时候，叫他感受最深的就是维多利亚跟他童年时代的理想人物所有的差别。他设法想像自己娶了维多利亚，和她生活在一起，但出现在脑海中的所有图像的中央都有一片裂开的空白，缺少他比无论哪个别的人都要更爱也更熟悉的那个人。因此，他从维多利亚·帕帕斯那儿逃了出来，顺着街道前行，结果发现露西尔·卡夫卡利斯同样令人失望，并不符合第二十二页上那个女郎的标准……

……恰巧就在这时，黛斯德蒙娜哭哭啼啼地脱掉了紧身胸衣，把它重新折叠起来，又收进放嫁妆的箱子去了。她一下子扑到床上，是左撇子的床，继续哭泣。枕头上散发出左撇子的酸橙润发脂的香味；她吸了进去，呜呜咽咽……

……后来，她给哭泣这一催眠剂带入了睡乡。她做了她新近常做的那个梦。在梦中，一切都像过去那样。她和左撇子又成了孩子（但他们具有成人的身体）。他们正躺在同一张床上（但如今那是他们父母的床）。他们在睡梦中移动着四肢（而且他们移动时的那种感觉美妙极了，床铺湿漉漉的）……这当儿，黛斯德蒙娜像平时一样，醒了过来。她脸上发热；肚子深处感到有点儿不对劲；她这时几乎可以说出那种感觉……

……我坐在这儿我的埃伦坐椅①上,默想着爱·奥·威尔逊②的思想。那究竟是爱情还是繁殖?究竟是机遇还是命运?究竟是犯罪还是天性所起的作用?也许,那个遗传基因包含一个超驰控制装置,确保它能得到表现,这就说明了黛斯德蒙娜的泪水跟左撇子对妓女的兴趣。这并不是喜爱,也不是感情上的共鸣,只是需要这种新事物来到世上,于是产生了那种操纵人的情感的游戏。但我无法作出解释,就跟黛斯德蒙娜或左撇子一样,就跟我们所有的人一样,坠入情网可以把荷尔蒙所有的感觉跟那种神圣的感觉分开,或许,我是出于某种与保存人类密切相关的利他主义,固守着崇拜上帝的事业;我也说不大准。我设法在心中回溯到遗传学之前的一个时期,那时大家对一切事物还没有习以为常地说,"这存在于基因之中。"那是一个在我们目前所享有的自由以前、因而也就自由得多的时期!黛斯德蒙娜并不知道出了什么事。她并没有把自己内脏想像成一个庞大的计算机编码,所有的 I 和 O,一个无穷大的序列。其中任何一个都可能含有一个病毒。如今我们知道我们把自己的这幅遗传图谱带到各处。就连我们站在马路拐角的时候,它也支配着我们的命运。它给我们脸上带来了我们父母所有的那种皱纹和老年斑。它使我们的嗅觉具有个人特有的、可以辨认出的家庭习惯。基因在我们身上所埋藏的深度足以控制我们眼睛的肌肉,因此两个姐妹有着同样的眨眼睛的方式,而一对孪生兄弟也常一起流口水。我感到自己焦虑不安的时候往往会揉着鼻子的软骨,就像我哥哥所做的那样。我们的咽喉根据同样的指示形成,用类似的声调和分贝把声音吐出来。而且这种情形还能在时间上反向推断,因此在我说话的时候,黛斯德蒙娜也在说话。如今她正把这些话写下来。黛斯德蒙娜并不知道自己体内的这支大军,执行着大军的无数道命令;她也不知道其中有个士兵不听号令,擅离职守……

……就像左撇子从露西尔·卡夫卡利斯那儿跑开,回到他姐姐这儿来

---

① 埃伦坐椅,一九九四年由唐·查德威克和比卡·斯顿夫所设计的办公坐椅。
② 爱·奥·威尔逊(1929—),美国生物学家。

一样。她正把裙子重新扎好,就听见左撇子急促的脚步声。她用手帕擦干眼泪,脸上露出一丝微笑;左撇子这时走进门来。

"告诉我,你选中了哪一个?"

左撇子仔细打量着他姐姐,什么话也没说。他跟她一直同住在一间卧室里,怎么会瞧不出她刚刚哭过。她披头散发,把大半个脸都遮住了,但仰望着他的那两只眼睛里却充满了感情。"一个也没有,"他说。

听到这句话,黛斯德蒙娜感到非常高兴。但嘴里却说,"你怎么啦?你总得选一个嘛。"

"那两个姑娘看上去就像一对妓女。"

"左撇子!"

"我说的是实话。"

"你不想把他们娶回家来吗?"

"对。"

"你总得娶一个。"她说着伸出一个拳头。"要是我赢了,你就娶露西尔。"

左撇子对于打赌从来无法抵制,便也伸出一个拳头。"一、二、三……开始!"

"石头给斧劈开,"左撇子说。"我赢了。"

"再来一次,"黛斯德蒙娜说。"这一次,要是我赢了,你就娶维姬。一、二、三……"

"斧头给蛇吞下。我又赢了!再见维姬。"

"那么你要娶谁呢?"

"我也不知道"——说着,他握住她的两只手,低头望着她。"你怎么样?"

"太糟啦,我是你姐姐。"

"你不只是我姐姐。你还是我的远房表姐。远房表亲可以结婚。"

"你发疯了,左撇子。"

"这样会比较好办一点。咱们家也用不着重新安排布置。"

像开玩笑又不是玩笑，黛斯德蒙娜和左撇子彼此拥抱在一起。开始，他们只是按通常的方式搂抱着，可是经过十秒钟后，这种搂抱起了变化；他们的手所安放的位置和手指的抚摸所表现的不再是通常同胞手足之间的那种情感。这些情况本身构成一种语言，在那个寂静的房间里传达出一个全新的信息，左撇子按照欧洲的方式开始与黛斯德蒙娜跳起华尔兹舞；他把黛斯德蒙娜带到屋子外面，越过院子，来到养蚕室外边，接着又回到葡萄架下。她笑起来，用一只手掩着嘴。"你舞跳得真不错，表弟，"她说。她的心又怦怦乱跳，不禁想到自己说不定当时会在那儿死在左撇子的怀里，当然她并没有。他们继续跳着舞。咱们可别忘了他们是在哪儿跳舞；他们是在比提尼奥那个山上的村子里；那儿，人们往往和自己的远房表亲结婚；大家多少都有亲戚关系。因此他们一边跳舞，一边彼此搂得更紧一点，停下来开个玩笑，接着又一起跳下去，就像男人和女人在孤独和紧迫的环境中往往会做的那样。

在他们跳舞跳到半当中的时候，在他们坦率地说出什么言辞或者做出什么决定以前(在激情为他们作出那些决定以前)，就在那会儿，在华尔兹舞中，他们听见远处的爆炸声，于是低头朝山下看去，在火光中只见希腊军队正在全线撤退。

一次很不得体的求婚

我出生在美国,是小亚细亚希腊人的后代,如今住在欧洲。明确地说,我住在柏林的舍内贝格区。美国驻外使领馆人员分为两个部分:外交使团和文化官员。大使和他的助手在新城区教堂大街上占地广阔、戒备森严的新开设的大使馆内执行外交政策。我们的(负责阅读、演讲和举办音乐会的)部门则在美国大使馆那富有色彩、用混凝土修建的岗亭外面开展工作。

今儿上午,我像平常一样,乘地铁去工作。地铁载着我缓缓地西行,从克莱斯特公园开到柏林大街,然后再转而往北面的动物园前进。一个接一个地经过以前西柏林的车站。大部分都在二十世纪七十年代经过最后的改建,具有我童年时代郊区厨房的那种色彩:鳄梨、肉桂、向日葵的黄色。到了施皮切恩大街,地铁停了下来,调换一下车身,在外面站台上,有个街头乐师正用手风琴演奏着斯拉夫人的一首催人泪下的歌曲。我皮鞋上的翼波状盖饰闪闪发亮,我的头发仍然潮呼呼的,我正翻阅着《法兰克福汇报》,她推着她那辆难以置信的自行车走进车厢。

凭一个人的脸,你过去一般总能说出他的国籍。外来移民终止了这种情形。于是你凭一个人穿的鞋去辨别他的国籍。商品全球化又终止了这种情形。芬兰的那些小海豹皮鞋,德国的那些鲽皮鞋——你不大再看得到多少。在巴斯克人[①]、荷兰人,西伯利亚人的脚上你只看见耐克牌运动鞋。

骑自行车的是亚洲人,至少从遗传学上讲如此。她的黑发剪成乱蓬蓬的一团，身上穿着一件橄榄绿的短防风茄克、一条喇叭形的黑色滑雪裤和一双样子很像保龄球鞋的紫褐色旅游鞋。自行车上的筐子里放着一个照相机的套子。

我凭直觉认为她是美国人。那是一辆重新流行起来的自行车。车身是青绿色的铬钢做的，挡泥板跟雪佛兰牌汽车的挡泥板一样阔，轮胎跟手推车的轮胎一样厚实，看来重量至少有一百磅。那辆自行车可是一个外国侨民的离奇的念头。我正预备将它用作开始一场谈话的借口，地铁又停了下来。那个骑自行车的人抬起头来。她的头发从那张美丽的、头兜遮着的脸旁分散开来；有一刹那，我们的目光相遇。她脸色平静，皮肤光滑，因而整个脸看上去好像一个面具，里面藏着两只活生生的人眼。这时，她急速移开自己的目光，她握住自行车的把手，把那辆很大的自行车推出地铁车厢，朝着电梯走去。地铁又开动了，但我没有再去看报。我坐在座位上，内心充满骚动不安的欲念，陷入欲火炎炎的骚动不安的境地。后来地铁到了我要下去的那一站，我摇摇晃晃地走出车厢。

我解开那件短上衣，从上装里面的口袋里抽出一支雪茄，又从一个更小的口袋里拿出切雪茄的小刀和火柴。尽管当时并不是餐后，但我却点着了雪茄——一支大卫杜夫顶级三号——站在那儿抽起来，极力想要定下神来。雪茄烟、双排纽扣的套装——这未免有点儿过分。这一点我很清楚。但我需要这些东西。这些东西让我觉得好受一点。在我经历了那种情形后，我指望得到某种过度的补偿。我穿着那身定做的衣服和我的格子衬衫，抽着那支中等粗细的雪茄，直到我的欲火消退下去。

有件事你应当理解。我一点儿也不两性畸形。5α-还原酶基因缺失综合征需要考虑到新生期和青春期的子宫内睾酮的正常生物合成和周围神经系统的作用。换句话说，我在社会上是以男人的身份活动。我使用男厕所。从来不用小便池，总用分隔成小间的厕所。在健身房的男子更衣室

---

① 巴斯克人，欧洲比利牛斯山西部地区的古老居民，绝大多数居住在西班牙北部。

里，我甚至洗淋浴，尽管相当谨慎。我具有一个正常男子的所有次要特征，只有一点：我不能合成二氢睾酮，这使我不会秃发无毛。我大半生都是作为一个男子生活的；至今一切都很自然。在卡利俄珀出现的时候，她很像一种童年的言语障碍。突然，她又出现了。把头发一甩，或者查看自己的指甲。这种情形有点儿像着了魔。卡利[1]在我的体内出现了，把我的皮肤好像一件宽松的长袍似的披在身上。她把一双小手伸进套着我胳膊的宽大的袖子里。她把两只像黑猩猩似的脚塞进套着我两条腿的裤脚管里。我会感到她那姑娘家的走路姿态在人行道上占了上风。而那种动作使我重新产生一种情感，对我看见从学校回家的那些姑娘有一种凄凉的想跟她们闲聊的同情。这种情形又持续了好几步。卡利俄珀的头发使我的后颈窝发痒。我感到她作出试探地重重压住我的胸口——她以往那种神经过敏的习惯——想瞧瞧那儿是否出现什么情况。在她血管里流过的那种青春期失望的不健康的液体，又充满了我的血管。但是这时，正像来的时候一样，突然她又动身离开，在我体内渐渐收缩，消失不见了。我转过身来看看我在窗口上所映现出的形象，只见眼前是个这种样子的人：一个四十一岁的男子，留着鬈曲的长头发，嘴上有两撇小小的八字须，下巴上有一把山羊胡子。看上去是一种现代的火枪手。

不过眼下，有关我的情况，先说这点儿就够了。我得从昨天我的叙述给爆炸声打断的那个地方接着往下说。不管怎么说，要是没有接着发生的事，卡尔或者卡利俄珀就都不会存在。

* * *

"我跟你说过！"黛斯德蒙娜大声嚷着说。"我跟你说过，这一切好运气都不会有好结果！他们就用这种方式把我们解放了？只有希腊人才会这

---

[1] 卡利是卡利俄珀的昵称。

么愚蠢！"

听我说，在他们跳华尔兹舞后的第二天早上，黛斯德蒙娜的这些预感就都给证实了。那个雄心勃勃的念头破灭了。土耳其人攻占了阿菲永。溃败的希腊军队正向海边逃去。在撤退时，他们把路上的一切都放火烧掉。黛斯德蒙娜和左撇子，在熹微的晨光中站在山腰上，观察着眼前所发生的破坏。黑烟从山谷对面好几英里以外升起。每个村庄，每片田地，每棵树木都燃烧起来了。

"咱们不能待在这儿，"左撇子说。"土耳其人会进行报复的。"

"他们从哪个时候起需要有个理由？"

"咱们上美国去吧。咱们可以跟索梅利娜住在一块儿。"

"待在美国也不会很好，"黛斯德蒙娜坚持说，一边摇了摇头。"你不该相信利娜信上的话。她夸大其词。"

"只要咱们守在一块儿，咱们就没有问题。"

他用前一天晚上的那种神气望着她。黛斯德蒙娜飞红了脸。他想用胳膊搂着她，但她止住了他。"瞧。"

山下，烟雾一时间散了开来。这时他们可以看见大路上尽是难民，充满了二轮轻便马车、货车、水牛、骡子以及从城里匆匆逃出去的人。

"咱们在哪儿可以搭上一条船？是不是在君士坦丁堡？"

"咱们上士麦那①去，"左撇子说。"大家都说士麦那是最安全的道路。"黛斯德蒙娜沉默了一会儿，想要弄清这种新的现实。其他的房子里也人声嘈杂，人们一边开始收拾行囊，一边咒骂着希腊人和土耳其人。突然，黛斯德蒙娜毅然决然地说，"我得把养蚕的盒子带着。还带些蚕子。这样咱们可以赚点儿钱。"

左撇子抓住她的胳膊肘儿，开玩笑地摇了摇她的胳膊。"美国那儿的人不养殖桑蚕。"

---

① 士麦那，土耳其西部港市伊兹密尔的旧称。

"他们总穿衣服吧。他们总不见得光着身子走来走去吧。要是他们穿衣服,他们就需要丝。那么他们就可以来向我购买。"

"好吧,你要带什么就带什么吧。只是要抓紧时间。"

斯蒂芬尼德斯家的埃莱夫塞里奥斯和黛斯德蒙娜于一九二二年八月三十一日离开了比提尼奥。他们徒步离开,手里提着两个小提箱,里面装着衣服和盥洗用具、黛斯德蒙娜的详梦手册和安神念珠,以及左撇子的两本古希腊文课本。黛斯德蒙娜的一只胳膊底下还夹着她的桑蚕盒,里面放着几百个蚕子,都用一块白布包着。这时左撇子的衣服口袋里的一些碎纸片上记着的不是赌债,而是在雅典或阿斯托里亚中转的地址。在一个星期内,比提尼奥原来那一百名左右留下来的人都收拾好行李,动身去希腊本土,大多数都要前往美国(那是一场本该阻止我存在的大迁徙,但并没有)。

离开以前,黛斯德蒙娜走到房屋外边的院子里,依照正教的方式,用大拇指开始在自己身上画了个十字。她向养蚕室里那种粉末的发臭的气味、沿着墙的那排桑树、她不必再攀登的那些石级以及生活在世界上方的那种感觉告别。她走进养蚕室,最后看了一眼她养的蚕。这些蚕都不再吐丝作茧。她伸出手去,从一根小桑树枝上摘下一个蚕茧,收在自己外衣的口袋里。

一九二二年九月六日,小亚细亚希腊军队的总司令哈杰内斯蒂斯将军醒来,觉得自己的两条腿像是玻璃做的。他不敢下床,把理发师打发走,放弃了早上刮脸的常规。下午,他谢绝了上岸去津津有味地饮用通常他在士麦那水边喝的冰柠檬汁。相反,他安静而警觉地躺在床上,吩咐他的参谋——他们带着前线来的紧急公文出出进进——不必砰地把门关上,也不必跺脚立正。这是司令官的一个神智比较清醒、工作比较有成效的日子。两个星期前,在土耳其军队攻打阿菲永的时候,哈杰内斯蒂斯曾经认为自己已经死了,而在他的舱房墙上所反映出的波纹似的亮光就是天国的烟火。

两点钟,他的副官蹑手蹑脚地走进司令官的舱房,低声说道:"司令,我正在等候您下令发起反攻,司令?"

"你听见它们怎么嘎吱嘎吱地响吗?"

"司令?"

"我是说我的腿。我的玻璃状的瘦腿。"

"司令,我知道您的两条腿不舒服,但是恕我直言,司令,我认为"——这时他的嗓音稍微响了一点——"眼下可不是把注意力集中在这种事情上的时候。"

"你以为这是一种玩笑吧,副官?不过假如你的腿是用玻璃做的,你就明白了。我不能走到岸边去。那正是凯末尔所指望的!让我站起来,好把我的腿炸成碎片。"

"这些是最新的报告,将军。"他的副官把一张纸递到哈杰内斯蒂斯面前。"在士麦那以东一百英里的地方,出现了土耳其骑兵的踪影,"他念道。"'难民的人数现在是十八万。'这就是说,从昨天起增加了三万人。"

"我早先并不知道死亡会是这样,副官。我觉得靠你很近。我完啦。我已经走上到阴间去的旅程,可是我仍然能够看见你。听我说。死并不是终结。这是我所发现的。咱们留了下来,咱们坚持下去。死去的人把我看成他们中的一员。他们都围着我。你瞧不见他们,但他们都在这儿。携儿带女的母亲,老年妇女——所有的人都在这儿。叫厨师把我的午餐给我端来。"

外面,那个有名的海港里满是船只。大商船、驳船和狭长的木头划艇并排停泊在一个长长的码头边。远远的在港口外边,停泊着几条协约国的军舰。看到那些军舰,士麦那的希腊和亚美尼亚市民(以及成千上万的希腊难民)安下心来。每逢有什么谣言传开(前一天,有份亚美尼亚报纸报道说,协约国急切地想为它们支持希腊的入侵作出补偿,正计划把这座城市交给胜利的土耳其人），市民们就望着那些仍然停在附近保护欧洲人在士麦那的商业利益的法国驱逐舰和英国军舰。于是他们的恐惧又平息了。

尼尚·菲洛博西安医生那天下午出发到港口去，就是为了寻求这种令人安心的情况。他吻别了妻子图克希和女儿罗丝和阿妮塔，又在儿子卡雷金和斯蒂潘的背上拍上一下，指着棋盘，用装出来的一副严肃的口气说，"别动这些棋子。"他出了前门，随即锁上，用一个肩膀撞了撞，接着便顺着苏阳街往前走去，经过亚美尼亚人居住区那些关闭的店铺和合上百叶窗的窗户。他在伯布里恩的面包房外边站住了脚，不知道查尔斯·伯布里恩是否已经带着家人逃出城去了，还是像菲洛博西安家里人那样躲在楼上。他们这样足不出户地把自己关在家里已经有五天了，菲洛博西安医生和他的两个儿子下了无数盘国际象棋，罗丝和阿妮塔在看一本《电影故事》（这是他新近到美国人居住的天堂郊区去替他们找来的），图克希白天黑夜都在烹饪食物，因为食物是使大家解除忧虑的唯一方法。面包房只贴着一张通知说**即将开业**，还贴着一幅叫菲洛博西安看了发憷的凯末尔的画像，这个土耳其人的领袖，戴着羔皮帽和皮领，神色坚毅，一双蓝眼睛在两道好像交叉起的军刀似的眉毛下显得十分锐利。菲洛博西安医生转身不再去看着凯末尔的那张脸，继续往前走去，暗自反复说着反对如此张贴凯末尔像的种种理由。首先——正如那个星期他一直对他妻子所说的那样——欧洲各个大国决不会让土耳其人进城。第二，即便他们进去了，港口里的那些军舰也会阻止土耳其人四处抢劫。就连在一九一五年的那场大屠杀中，士麦那的亚美尼亚人也平安无事。最后——至少就他的家而言——还有他正要到诊所去拿回来的那封信。他一边暗自这么推论，一边继续下山，来到欧洲人的居住区。这儿，房屋变得越加华美。街道两旁，耸立着不少幢两层楼的别墅，它们都有装饰华丽的阳台和高高的、装着防护装置的围墙。在社交方面，菲洛博西安医生从来没有给邀请到这些别墅里去，不过他时常应邀出诊，去给住在这些屋子里面的那些地中海东部地区的姑娘看病。这些十八九岁的姑娘在院子里的"水榭"内等着他，在茂盛的果树丛中懒洋洋地躺在长沙发上,这些姑娘孤注一掷地需要找个欧洲丈夫,这使她们享有不少骇人听闻的自由,从而给士麦那带来了对军官们异常友善的名声,也导致那些姑娘在菲洛博西安医生上午前来诊治时脸红发热,身上还出现各种病痛:从在舞池里扭伤脚踝,到部位更高的更为隐秘的擦伤。那些姑娘把所有这些病痛之处都毫不羞怯地展露出来,敞开绸晨衣说,"全都红肿了,大夫,务必想点儿办法。十一点钟,我还得到夜总会去。"现在,这些姑娘都走了,在最初几个星期的战斗过去后,都被她们的父母带出城去,去到巴黎和伦敦——那儿,社交活动季节正好开始——眼下那些房子在菲洛博西安医生走过的时候,都显得静悄悄的。他想到那些姑娘身上解开的晨衣,目前的危机不禁在他的心里变得模糊起来。不过等他转过街角,到了码头上,心里就又想起了当下的紧急状况。

从港口的一头到另一头,不少希腊士兵正步履蹒跚地朝着城市西南位于切斯默的上船地点走去,等待撤退;他们精疲力竭,脸色惨白,身上都很肮脏;他们那破烂的制服都给他们撤退时放火烧毁村庄的煤烟熏黑了。就在一星期前,海滨那些陈设讲究的露天咖啡馆里还坐满了海军军官和外交官;现在码头却成了一个收容所。最初逃来的难民带着地毯、扶手椅、收音机、留声机、落地灯、梳妆台,他们把这些东西在港口前面空旷的天空下一字排开。新近到来的难民则只带着一个粗布口袋或者一个小提箱。在那片混乱中,搬运工四处奔忙,把烟草、无花果、乳香、丝绸和马海毛装到船上。仓库在土耳其人到来前就都给搬空了。

菲洛博西安医生看到一个难民在一堆垃圾里拾鸡骨头和土豆皮。那是一个年轻人,穿着一套裁剪精致但相当肮脏的衣服。就连隔开一段距离,菲洛博西安医生那种大夫的目光也注意到那个年轻人手上的伤口和营养不良的苍白的脸色。可是等那个难民抬起头来,医生只看到他脸上毫无表情。在拥到码头上来的难民中间,他一点儿也不显眼。话虽如此,医生紧盯着他那毫无表情的脸,大声问道,"你病了吗?"

"我有三天没吃东西啦,"那个年轻人说。

医生叹了一口气。"跟我来。"

他领着那个难民经过一些僻静的小街,前往他的诊所。他把那个年轻人领进诊所,从一个放药品的柜子里拿出纱布、杀菌剂和胶带,随后仔细检查了一下他的手。

那个人的大拇指受了伤,指甲也没有了。

"这是怎么回事?"

"先是希腊人打来,"那个难民说。"接着土耳其人又打来。我的手碍了他们的事。"

菲洛博西安医生把伤口清洗干净,没有说什么。"我只好付给您一张支票,大夫,"那个难民说。"希望您别在意。眼下我身边没有多少钱。"

菲洛博西安医生把手伸进自己的口袋。"我有一点儿钱,你先拿去。"

那个难民略微踌躇了一下。"谢谢您,大夫。我一到美国,就立刻还给您。请您把您的地址告诉我。"

"你要小心自己喝的饮料,"菲洛博西安医生没有理会他的请求。"办得到的话,要喝开水。如果一切顺利,不久就会有船开来。"

那个难民点了点头。"您是亚美尼亚人吗,大夫?"

"是的。"

"您不走吗?"

"士麦那是我的家乡。"

"那么祝您好运。愿上帝保佑您。"

"也保佑你。"说完这话,菲洛博西安医生把他送出诊所。他看着那个难民离开。那没法医治,他心里暗想。不出一个星期,他就要死去。即使他得的不是斑疹伤寒,那也是什么别的疾病。不过这不是他所关心的事儿。他把手伸进一台打字机,从色带下边抽出厚厚的一叠钱。他在一个又一个抽屉里翻找，直到从他的行医执照里找出一封颜色暗淡的用打字机打的信函："尼尚·菲洛博西安医生于一九一九年四月三日曾为穆斯塔法·凯末尔帕夏①治疗憩室炎。凯末尔帕夏郑重要求所有见到本函的人士尊重、信任和保护菲洛博西安医生。特此证明。"持有这封信函的人这时把信折好，塞进他的口袋。

这时，那个难民正在码头上的一个面包房买面包。等他把热面包藏在自己充满污垢的衣服里，转身走开的时候，他的脸给水面上的阳光照亮了，充分显示出他的个人特征：一个鹰钩鼻子，老鹰似的神情，两只褐色的眼睛里所闪现出的柔和神色。

自从来到士麦那以后，左撇子斯蒂芬尼德斯第一次脸上露出笑容，在以前的几次出袭中，他只带回去一个烂桃子和六个橄榄。他怂恿黛斯德蒙娜把桃核也一块儿吞下去充饥。眼下，他带着那个撒了芝麻、不含酵母的面包，重又挤进人群。他沿着那些露天起居室（一家家人坐在那儿收听几乎没有声音的收音机）的边上往前走去，跨过他希望已经睡着了的那些人的身体。事态的另一种发展也使他感到颇受鼓舞。就在那天上午，有消息说，希腊正派遣了一支船队来撤退难民。左撇子望着外面的爱琴海。他在山上居住了二十年，以前还从来没有见过大海。在海的那边某处，就是美国和他们的表姐索梅利娜。他闻到了大海的气息、热面包的香味以及他那包扎好的大拇指上杀菌剂的气味。接着，他看见了她——黛斯德蒙娜，坐在手提箱上，仍在他刚才离开她的那个地方——心里感到越发高兴。

左撇子无法确定自己究竟是什么时候开始想到他姐姐的。起先，他只是好奇地想看看一个真正的女人的乳房是什么样子。是他姐姐的乳房也没有什么关系。他设法忘掉那是他姐姐的乳房。在把他们两人的床分隔开的那条挂着的毯子后边，他看见黛斯德蒙娜脱衣服时的侧影。那只不过是个人体，它可能是任何人的身体，再不左撇子爱假装这么想。"你在那边干

---

① 帕夏，旧时奥斯曼帝国高级文武官员的称号，置于姓名后。

吗？"黛斯德蒙娜一边脱衣服，一边问道。"你怎么这么不声不响的？"

"我在看书。"

"看什么书？"

"《圣经》。"

"噢，当然啦。你从没有念过《圣经》。"

不久，等灯熄了以后，他不知不觉地想像着他姐姐的样子，黛斯德蒙娜出现在左撇子的各种幻想之中，但左撇子设法加以抵制。他下山到城里去，寻找跟自己无关的裸体女人。

然而，自从他们一起跳华尔兹舞的那个夜晚起，他就不再加以抵制。这是由于黛斯德蒙娜手指所传达出的信息，由于他们的父母都已亡故，他们的村子也毁了，由于士麦那没有一个人知道他们的身世，而且也由于黛斯德蒙娜当时坐在手提箱上的神态。

而黛斯德蒙娜呢？她有什么感觉呢？首先是恐惧，接着是担忧，还有心头不时涌起的一阵阵前所未有的欢乐。她以前坐在一辆牛车上，从来没有把头靠在一个男人的膝盖上。她也从来没有像调羹似的侧身睡着，由一个男人用两只胳膊搂着自己。她也从来没有体验过这样一种感觉，也就是一个男人贴着她的脊椎骨，那话儿坚硬起来，一边却设法找些话说，好像什么事也没有发生。"只不过再有五十多英里，"在上士麦那来的那段艰苦的旅程中，有天晚上左撇子曾经这么说。"也许咱们明儿会碰到好运气，搭上一辆汽车。等咱们到了士麦那，咱们就坐船到雅典去"——他的嗓音很不自然，听上去十分可笑，有几个音比平时高——"随后，从雅典咱们再坐船到美国去。听起来是不是挺不错？对，我想是挺不错。"

我究竟在干什么？黛斯德蒙娜想道。他是我弟弟啊！她望着码头上的其他难民，以为会看见他们摇摇手，说，"你们真不要脸！"可是他们却只露出毫无生气的脸和目光呆滞的眼睛。谁也不知道。谁也不在意。接着，她听见她弟弟把面包朝下拿到她面前的时候那激动的嗓音。"瞧，上天所赐的食物。"

黛斯德蒙娜抬起头来朝他瞥了一眼。左撇子把那个不含酵母的面包一分为二,黛斯德蒙娜嘴里的口水都快流出来了。不过她脸上仍然显得十分忧伤。"我并没有看见有哪条船开来,"她说。

"它们会来的。别发愁。吃吧。"左撇子挨着她在手提箱上坐下。他们的肩膀碰到了。黛斯德蒙娜赶紧把身子移开。

"出了什么事?"

"没什么。"

"每次我一坐下,你就把身子挪开。"他望着黛斯德蒙娜,样子显得十分困惑,但随后他的神色平和下来;他用胳膊搂住了她。她的身体变得直僵僵的。

"好吧。随你的便吧。"他又站起身来。

"你上哪儿去?"

"再去找点儿食物。"

"别走,"黛斯德蒙娜恳求道。"对不起。我不喜欢一个人坐在这儿。"

可是左撇子仍然气冲冲地走了。他离开码头,在城里的街道上四处转悠,一边喃喃自语。他为受到黛斯德蒙娜的拒绝而感到生气,又为自己对她生气而跟自己生气,因为他知道黛斯德蒙娜说的话是对的。不过他并没有气上多久。这不是他的性格。左撇子身子疲惫,忍饥挨饿,喉咙疼痛,一只手也受了伤,可是尽管如此,他还不过二十岁,头一次真正地离开家乡,对一切新鲜的事物都很注意。你一离开码头,就几乎忘了眼前正有一场危机迫近。在码头这儿,有些经营高档商品的店铺和时髦的酒吧仍在营业。他顺着法兰西街走去,不知不觉地走到体育俱乐部外边。尽管情况紧急,但是两个外国领事仍在后面的草地网球场上打网球。他们在逐渐变暗的光线中来回奔跑,猛力击球,同时一个黑皮肤的男孩子穿着白色短上衣,捧着一个放着杜松子酒补剂的托盘待在球场旁边。左撇子继续朝前走去。他来到一个有喷泉的广场上，洗了洗脸。起了一阵微风，把茉莉的香气从布拿巴特①一路吹来。就在左撇子站住脚把香气吸到身体里去的当口，我想利用这个机会生动地描述一下——纯粹出于哀悼的原因，而且也只用一段文字——那座在一九二二年一下子永远消失的城市。

今天士麦那仍在几首希腊通俗歌曲和《荒原》②的一节诗中出现：

> 士麦那的商人，尤金尼德斯先生
> 胡子拉碴，带着一口袋葡萄干
> 伦敦到岸价格：见票即付，
> 操着一口通俗的法语请我
> 到大炮街饭店去吃午饭
> 随后在大都会度过周末。

你需要知道的有关士麦那的一切都包含在上面这节诗里。商人相当富裕；士麦那也如此。他的提议很有吸引力，士麦那也如此，它是近东地区最国际性的城市。在它的那些著名的创建者中，首先应该提到的是亚马孙族③（她们跟我的主题十分协调），其次是坦塔罗斯④本人。荷马就出生在这儿，还有阿里斯托特尔·奥纳西斯⑤。在士麦那，东方和西方、歌剧和合奏曲、小提琴和双簧管、钢琴和双面鼓，趣味高雅地融合在一起，就像当地糕点中的玫瑰花瓣和蜂蜜那样。

左撇子又开始往前走去，不久就来到士麦那的夜总会门前。正门两侧放着好些种在盆里的棕榈树，但门却大开着。他走了进去。没有受到任何

---

① 布拿巴特，土耳其位于伊兹密尔附近的小镇。
② 《荒原》，英国诗人艾略特（1888—1965）的长诗，所引的一节见该诗的第三章"火诫"。
③ 亚马孙族，希腊神话中相传居住在黑海边的一族女战士。
④ 坦塔罗斯，希腊神话中宙斯之子，因泄露天机，被罚立在齐下巴深的水中，头上有果树，口渴欲饮时，水即流失，腹饥欲食，果子就被风吹去。士麦那当地有传说中的坦塔罗斯之墓。
⑤ 阿里斯托特尔·奥纳西斯（1906—1975），二十世纪最有名的希腊船王。

人的阻拦,四周一个人也没有。他顺着一条红地毯走上二楼,进了那个赌场。赌桌周围都空着。轮盘赌台边也没有一个人。然而,在远处一个角落里,有一群人正在打牌。他们抬头朝左撇子瞥了一眼,随后又把目光回到牌上,并不理会他的那身肮脏的衣服。这时他才意识到这几个赌徒并不是正规的俱乐部成员,而是像他一样的难民。每一个都是从敞开的门口晃荡进来,希望赢俩钱儿,好买张船票离开士麦那。左撇子走到那张桌子旁。有个打牌的人问道,"你参加吗?"

"我参加。"

他不懂规则。以前,他从没有打过扑克,只下过十五子棋。在头半个小时里,他连连输钱。不过,最终左撇子开始明白了五张牌的抽补和七张牌的"沙蟹"之间的不同。牌桌四周的胜负渐渐变了。"三张这种牌,"左撇子说,抽出三张爱司;那几个人嘀咕起来。他们更加密切注意他的出牌,把他的笨拙动作错当作一个作弊老手的花招。左撇子玩得十分开心,在赢了一大笔钱后,喊道,"大伙儿都来一杯茴香酒!"但是接着并没有什么动静,他抬起头来,才又意识到夜总会实实在在地被废弃了。眼前的景象使他深切地感到他们所下的巨大赌注。生命。他们是在拿自己的生命作赌注打牌。左撇子斯蒂芬尼德斯仔细打量着跟他一起打牌赌博的人,看见他们的脑门上渗出了点点汗珠,又闻到他们喷出来的难闻的气息,那时他所表现出的自制力要比四十年后他在底特律玩彩票赌博时大得多。他站起身来,说,"我不打了。"

他们差点儿杀了他。左撇子的口袋鼓鼓囊囊地塞满了赢来的钱,那几个人坚持说,要是他不给他们一个机会赢一些回去,就不让他离开。他弯下身子在腿上搔了搔,坚持说,"我要什么时候走出去,就可以什么时候走出去。"那几个人中的一个人一把揪住他那肮脏的上衣翻领;于是左撇子接着说道,"可我眼下还不想走。"他坐了下来,又搔了搔另一条腿;此后便开始一输再输起来。等手里的钱都输光了以后,左撇子站起身来,怒气冲冲地说,"我可以走了吗?"那些人说当然啦,走吧,一边笑着发下一副牌。左撇子腿脚僵硬、垂头丧气地走出了夜总会。在大门口那两排栽在盆里的棕榈树之间,他弯下身子,把自己难闻的袜子里的钱收集在一起。

他回到码头上,找到了黛斯德蒙娜。"瞧我找到了些什么,"他说,一边把钱亮了出来。"一定是有人扔下的。现在,咱们可以登上一条船啦。"

黛斯德蒙娜尖叫了一声,一下子抱住了他,在他嘴上吻了一下。接着,她退后一步,飞红了脸,转身对着海水。"听着,"她说,"那些英国人又在演奏音乐了。"

她指的是"铁公爵号"上的军乐队。每天晚上,军官们吃饭的时候,乐队便开始在甲板上演奏。维瓦尔迪①和勃拉姆斯②的乐曲便从水上飘了过来。皇家海军陆战队的阿瑟·马克斯韦尔少校和他的部属一边喝着白兰地,一边传递着望远镜观察岸上的情况。

"真够拥挤的,对不对?"

"看上去就像圣诞前夕的维多利亚车站③,少校。"

"瞧这些可怜的家伙。给撇下来自谋生计。当希腊司法行政长官要离开的消息传出去后,局势就变得一片混乱。"

"我们要把难民撤走吗,少校?"

"我们所接到的命令是保护英国的财产和公民。"

"但是,少校,要是土耳其人到来,那么肯定会有一场屠杀……"

"关于这一点,咱们一点办法也没有,菲利普斯。我在近东待了好些年。我得到的一个教训就是你拿这些人一点办法也没有。根本没有办法!土耳其人是这伙人里最好的。我把亚美尼亚人比作犹太人。缺乏道德和智

---

① 维瓦尔迪(1678—1741),意大利作曲家,小提琴家。
② 勃拉姆斯(1833—1897),德国作曲家,作品多为标题音乐。
③ 维多利亚车站位于伦敦西敏寺,是伦敦地铁及英国国家铁路交会的铁路车站。

力。至于希腊人,嗜,瞧瞧他们,他们把整个乡野都烧为平地;现在,他们拥到这儿来,大喊大叫地要求援助。挺好的雪茄烟,对不对?"

"非常好,少校。"

"士麦那烟草。世界上最好的烟草。菲利普斯,一想到所有这种烟草都堆在那儿的那些仓库里,我就忍不住流泪。"

"也许我们可以派一小队士兵去挽救那些烟草,少校。"

"听起来有一点儿嘲讽的意味嘛,菲利普斯?"

"微微有一点儿,少校,微微有一点儿。"

"天哪,菲利普斯,我可不是个冷酷无情的人。但愿我们能帮助这些人。但我们不能。这不是我们的战争。"

"这一点您肯定吗,少校?"

"你这话什么意思?"

"我们其实可以支持希腊部队。因为是我们把他们送进去的。"

"他们是给送进去送死的!韦尼泽洛斯①和他的一伙人。我认为你并不了解形势的复杂性。我们在土耳其这儿有自身的利益。我们行事必需极端慎重。我们不能让自己卷入这些错综复杂的纷争。"

"我明白了,少校。再来一点法国白兰地吗,少校?"

"好,谢谢你。"

"不过这是一座美丽的城市,对不对?"

"可不是嘛。你知道斯特拉博②对士麦那说了点什么吗?他把士麦那称作亚洲最美好的城市。那还是在奥古斯都③的时期。已经持续了这么长时间。好好瞧瞧,菲利普斯。花点儿时间好好瞧瞧。"

到一九二二年九月七日,士麦那所有的希腊人,包括左撇子斯蒂芬尼

---

① 韦尼泽洛斯(1864—1936),希腊首相,二十世纪初期最著名的希腊政治家。
② 斯特拉博(公元前64—公元23),古希腊地理学家和历史学家。
③ 奥古斯都(公元前63—公元14),罗马帝国第一代皇帝,恺撒的继承人,在位时扩充版图,改革政治,奖励文化艺术。

德斯在内,都戴着一顶非斯帽①,以便充作土耳其人。希腊的最后一批士兵也从切斯迈撤走了。土耳其军队到了三十英里以外的地方——而且雅典并没有派船来把难民撤出去。

左撇子新近赢了些钱,戴着一顶非斯帽,尽力挤过码头上的戴着酱紫色便帽的人群。他越过电车轨道,朝山上走去。他找到一家轮船办事处。有个职员在办事处里弯身看着旅客名单。左撇子拿出他赢来的钱,说道,"买两张去雅典的船票!"

那个职员仍然低着头。"甲板上的还是舱里的?"

"甲板上的。"

"一千五德拉克马②。"

"不,不要舱里的,"左撇子说,"甲板上就不错。"

"是甲板上的。"

"要一千五吗?我没有一千五。昨天只要五百嘛。"

"那是昨天。"

一九二二年九月八日,哈杰内斯蒂斯将军在他舱房里的床上坐起身来,先揉揉右腿,又揉揉左腿,还用指关节敲了敲,随后站起身来。他走上甲板,神色庄重地迈着步子,就像后来他在雅典因为吃了败仗而被处决,走上刑场时那样。

码头上,希腊民政长官阿里斯泰泽斯·斯泰尔吉阿泽斯登上一条把他送出城去的汽艇。民众嘘声四起,奚落嘲笑,还对他挥动拳头。哈杰内斯蒂斯将军冷静地看着这个场面。码头区以及他最爱去的咖啡馆都被民众遮挡住了。他能看见的只是电影院挑出的遮篷。十天以前,他曾上那儿去看《死亡的探戈》。他短暂地——很可能这又是一次幻觉——又闻到了布拿巴特的新鲜茉莉花香。他把这阵花香也吸到胸中。汽艇驶到了大船边;斯

---

① 非斯帽,地中海东岸各国男人所戴通常为红色并饰有长黑缨的圆筒形无边毡帽。
② 德拉克马,现代希腊货币单位。

泰尔吉阿泽斯脸色灰白地上了大船。

接着,哈杰内斯蒂斯将军发布了过去几周以来他所发布的唯——道军事命令:"起锚。逆向运转。全速往前。"

岸上,左撇子和黛斯德蒙娜看着希腊舰队离去。民众朝海边拥去,举起四十万只手来喊叫。接着,又一下子安静下来。等他们彻底认识到,他们已被自己的国家抛弃,士麦那现在没有政府,而他们和推进的土耳其人之间也没有什么屏障以后,不管哪个人的嘴里都没发出一点儿声音。

(我有没有提到,夏天士麦那的街道两旁如何总放着一篮篮玫瑰花?而且城里每一个人如何都会讲法语、意大利语、希腊语、土耳其语、英语和荷兰语?我有没有向你们说起那些由骆驼商队带来,倾倒在地上的有名的无花果,放在尘土里的大堆大堆的肉鼓鼓的果实,许多身上十分肮脏的女人把果实泡在盐水里,好些孩子蹲在那成簇成簇的果实后面大便。我有没有提到那些处理无花果的女人身上的臭味如何跟杏树、合欢树、月桂树和桃树的比较好闻的气味混合在一起,而在四旬斋前的狂欢节,所有的人如何都戴着面具,在护卫舰的甲板上享用精美的晚餐?我想提到这些事儿,因为它们都发生在这个确切说来无关紧要的城市里,这个代表所有的国家,因而不属于任何国家的城市里,还因为如今要是你上那儿去,就会看到现代的高楼大厦,受到遗忘的林阴大道,多产的血汗工厂,北约组织①的一个司令部以及一块写着伊兹密尔②的指示牌……)

五辆装饰着橄榄树枝的汽车冲过城门。骑兵队纵马疾驰过一个个防御物。汽车在马达的吼叫声中开过有顶篷的街市,穿过土耳其居民区欢呼的人群。在那个地区,每个路灯灯柱上,每扇门和每个窗口都有红布飘扬。根据奥斯曼帝国的法律,土耳其人必须占据一座城市地势最高的地方,因

---

① 即北大西洋公约组织。
② 伊兹密尔,即士麦那现在的名称。

此这时候，那个受到骑兵护卫的车队到了城里最高的地方，向下驶去。不一会儿，那五辆汽车便开过那些空寂荒凉的地区，那儿的房屋都遭到遗弃，不少户人家都躲了起来。阿妮塔·菲洛博西安偷偷朝外张望，看见那几辆漂亮的、上面覆盖着树叶的车辆正越开越近，眼前的景象叫她十分着迷，于是她动手去开百叶窗，她母亲连忙把她拉开……还有一些别的人把脸紧贴在百叶板上，亚美尼亚人、保加利亚人和希腊人的眼睛从隐匿的场所和顶楼上朝外张望，想看一眼征服者，并推测他的意图，但汽车开得飞快，而射在骑兵高举的大刀上的阳光又使人两眼发花，接着汽车就都开过去了，来到码头上，马儿在那儿冲进人群，难民们尖声喊叫，四散逃跑。

穆斯塔法·凯末尔坐在最后一辆汽车的后座上。他因为指挥作战而变得相当清瘦，两只蓝眼睛闪闪发光。他已经两个多星期滴酒未沾（菲洛博西安医生替帕夏治疗的"憩室炎"只是一种掩饰的方式。西方化和土耳其世俗国家的捍卫人凯末尔始终遵守那些行为准则，到五十七岁便患肝硬化而去世）。

经过的时候，他转身朝人群里面看去，忽然有一个年轻女人从坐着的手提箱上站了起来。他的那双蓝眼睛里霎时闪现出一片褐色。只有两秒钟。甚至连两秒钟都不到。接着，凯末尔把脸转到别的地方；那个受到骑兵护卫的车队开走了。

且说这完全是风向的问题。一九二二年九月十三日，星期三，凌晨一点。左撇子和黛斯德蒙娜在城里已经待了七个晚上了。茉莉花香变成了煤油味。在亚美尼亚人居住区周围，已经筑起了路障。土耳其军队封锁了码头的各个出口。但风仍然朝着错误的方向吹去。不过，午夜时分，风向变了；风开始朝西南方向吹去，也就是说，不向土耳其人所在的高地，而是朝着港口吹去。

在黑暗中，火把聚集拢来。三个土耳其士兵站在一家裁缝铺里。他们的火把照亮了一匹匹布料和一套套挂在衣架上的衣服。接着，火光亮起来了，照到了裁缝本人。他坐在一架缝纫机前，右脚仍然踩着踏板。火光变得更亮了，他的整张脸，他那两只张开的眼窝，他那被拔掉的胡须所留下的斑斑血迹都清晰可见。

整个亚美尼亚人的居住区火光冲天。看去好像出现无数萤火虫似的，火花掠过黑暗的城市上空，在它们落下的所有场所播下一个火种。菲洛博西安医生在苏扬纳街的住宅里，把一条湿漉漉的地毯挂在阳台上，然后匆匆回进黑暗的屋子，关上百叶窗。可是火焰还是进入了房间，一道道地照亮了整个房间，照亮了图克希惊慌的眼睛，阿妮塔的额头（她的额头就像《电影故事》中克拉拉·鲍[①]的额头那样，给一条银色的缎带裹着），罗丝光溜溜的颈项以及斯蒂潘和卡雷金那没有生气的、低垂的脑袋。

菲洛博西安医生凭着火光，第五次在那天晚上看了手里的那封信函：" '……郑重要求……尊重、信任和保护……'你们听见了吗？'保护……' "

街道对面，比齐基恩太太唱着《魔笛》[②]中夜女王的咏叹调中形成高潮的三个音。这种乐音在猛烈撞击屋门、人们的尖叫、姑娘们的呼喊等其他那些嘈杂声中显得十分奇特，因而大家都抬起头来。比齐基恩太太把降 B 音、D 音和 F 音又唱了两次，好像在练习那个咏叹调，随后她的嗓音升到了一个他们以前谁都没有听到过的音调。他们这才意识到，比齐基恩太太压根儿就没有在唱一个咏叹调。

"罗丝，把我的包拿来。"

"尼尚，不要去，"他妻子表示反对说。"要是他们看见你出现，就会知道我们藏在家里。"

"不会有人看见的。"

黛斯德蒙娜最初以为火焰是船身上的灯光。橘黄色的笔触在美国的

[①] 克拉拉·鲍(1905—1965)，美国电影演员。
[②] 《魔笛》，奥地利作曲家莫扎特(1756—1791)所作的二幕歌剧。

"李奇菲尔德号"和法国的"皮埃尔·洛蒂号"的吃水线上闪闪烁烁。接着，海水也闪亮起来，好像一群磷光闪闪的鱼游进了港口。

左撇子的头靠在她的肩膀上。她注意地看了看他是不是睡着了。"左撇子，左撇子？"看到他没有应声，她就亲了一下他的头顶心。接着，警报就响起来了。

她看到不只是一处着火，而是许多处着火。小山上面，有二十个橘黄色的斑点。这些火灾具有一种不正常的持续性。等救火部门把一处地方的火扑灭后，另一场火就在其他地方烧起来。这些火灾是在干草车上和垃圾箱里开始的；它们顺着煤油的踪迹从街道的中央一路烧下去，转过路角，进入了砸坏的门道。一处火进入了伯布里恩面包房，面包架子和点心手推车立刻烧了起来。它烧到了居住的区域，烧了屋子前面的楼梯，烧到一半碰到了查尔斯·伯布里恩本人。他想要用一条毯子把火扑灭。但火闪躲开了，飞快地蹿进屋子。从那儿，它迅速在一条东方地毯上蔓延开来，一直烧到后面走廊，敏捷地跃上一排洗晒的衣服，十分艰难地烧到后面的居屋。它从窗口蹿了进去，停留了片刻，仿佛为自己的好运气感到震惊：因为这幢房屋里的所有东西正好制作了供它燃烧——有着长长的流苏的锦缎沙发，桃花心木的茶几和轧光印花棉布的灯罩。热气把墙纸一张张扯了下来。这种情况不仅出现在这幢住宅里，而且出现在十幢或十五幢别的住宅里，接着就出现在二十幢或二十五幢别的住宅里，每幢房子的火都烧到它的邻居那儿，直到整个街区都熊熊燃烧起来。不该燃烧的东西熊熊燃烧的气味飘过全城：鞋油、毒鼠药、牙膏、钢琴琴弦、疝带、婴儿的小床、瓶状体操棒，还有头发和皮肤。这时，可以闻到头发和皮肤的焦味。码头上，左撇子和黛斯德蒙娜同所有其他的人都一起站起身来，那些人有的目瞪口呆，来不及作出反应，有的还没有完全睡醒，有的得了斑疹伤寒和霍乱，有的疲惫得不以为意。接着，山腰上所有的火突然形成一道掠过整个城市的火焰长城，而且——眼下已经无法避免——开始向下朝他们这儿蔓延。

（这会儿，我想起一件别的事儿：我父亲米尔顿·斯蒂芬尼德斯，穿着晨衣和拖鞋，在圣诞节早晨弯下身去点火。每年只有一次，为了处理一大堆包装纸和硬纸包装，才可以不顾黛斯德蒙娜的反对，使用我们的壁炉。"妈，"米尔顿总先告诉她。"我打算把这堆废纸烧掉一些。"黛斯德蒙娜听到这句话总喊上一声，"天哪①"！一边紧紧握住手杖。在壁炉前，我父亲总从六角形的盒子里抽出一根长火柴。不过黛斯德蒙娜那时总已经站起身来，朝厨房里安全的地方走去。厨房里的炉灶是用电的。"你们的奶奶不喜欢火，"我父亲总对我们这么说。他擦着了火柴，总把它对着上面满是小精灵和圣诞老人的纸，看着火苗蹿了起来；我们什么也不懂，美国儿童发疯似的把纸张、盒子和缎带扔进火里。）

菲洛博西安医生走到外面街道上，朝两边望了望，径直跑过街去，进了对面那所房屋的门。他走上楼梯平台，从那儿可以看到坐在起居室里的比齐基恩太太的后脑勺儿。他跑到她的跟前，叫她不要担心，告诉她自己是街对面的菲洛博西安医生。比齐基恩太太似乎点了点头，但她的头并没有再抬起来。菲洛博西安医生在她身旁跪下。他摸了摸她的脖子，感到脉搏很弱。他轻轻地把她从椅子上拉起来，把她放在地板上。就在他这么做的时候，他听见楼梯上有脚步声，于是连忙跑到房间的另一边，恰好赶在士兵们冲进房之前，藏到了帷幔后面。

在十五分钟里面，他们把这所住宅里的东西洗劫一空，把头一伙人所留下的无论什么东西都拿走了。他们倒出抽屉里的东西，划破沙发和衣服，寻找藏在里面的珠宝或金钱。等他们走了以后，菲洛博西安医生等了整整五分钟，才从帷幔后面走出来。比齐基恩太太的脉搏已经停了。他用自己的手帕盖住她的脸，对着她的身体画了个十字。接着，他拾起他那行医的皮包，匆匆地又下了楼。

---

① 原文为希腊语。

热气走在大火的前面。堆在码头上面、没有及时装上船的无花果都给烘熟了,一边发出噗噗声一边渗出汁水。甜美芳香的气味和烟味混合在一起。黛斯德蒙娜和左撇子跟所有其他的人尽量靠近水站着。他们无路可逃。土耳其士兵仍然待在路障后面。大家纷纷祈祷,举起他们的胳膊,向港口里的船只发出恳求。探照灯掠过水面,照亮了游水逃生的人和快要淹死的人。

"咱们要死了,左撇子。"

"不,咱们不会死。咱们要从这儿逃出去。"但左撇子并不相信自己的话。他抬头望着火焰,心里也肯定他们难逃一死。正是由于对此坚信不疑,他才说出一件在别的情况下他决不会说的事,一件他甚至决不会想到的事。"咱们要从这儿逃出去。然后,你就嫁给我。"

"咱们不应该离开的。咱们应该留在比提尼奥。"

火势越来越近,法国领事馆的门开了。一支海军陆战队排成两行,从码头一直排到港口。法国国旗给降了下来。从领事馆的门里走出来好几个人,男人身穿浅黄色的服装,女人头戴草帽,他们挽着胳膊朝一条等在那儿的汽艇走去。隔着海军陆战队士兵交叉着的来复枪,左撇子看到女人们脸上新敷的粉,男人们嘴里含着的已经点着的雪茄。有个女人的胳膊底下还夹着一条小鬈毛狗。另一个女人绊了一下,把鞋后跟折断了;她丈夫连忙对她加以安慰。等汽艇开走后,一名官员转身对着这群人。

"只有法国公民才可以撤走。我们马上就开始办理签证。"

他们听见敲门声,一下子跳起身来。斯蒂潘走到窗口,朝下看了看。"一定是爸爸。"

"去给他开门!快!"图克希说。

卡雷金两级一跨地跑下楼梯。到了门口,他站住了脚,定了定神,悄悄地拉开门闩。当他把门拉开的时候,开始他什么也没看见。随后,有一种轻微的嘶嘶声,接着有一阵东西撕裂的声音。那种声音听起来似乎跟他毫无关系,后来一颗衬衫钮扣突然啪的一声掉下,咔哒一声打在门上。卡雷金低头看去,突然他的嘴里充满了热呼呼的液体。他感到自己给提了起来,双脚离开了地面,那种感觉使他回想起童年时自己给父亲抛到空中的情景,于是他说,"爸,我的钮扣,"他的话还没说完,身子就给高高地挑在空中,这时他才明白一把刺刀正刺进他的胸骨。大火的反光沿着枪管,越过瞄准器和击铁照到那个士兵眉飞色舞的脸。

大火正逼近码头上的人群。美国领事馆的房顶着了火。火焰蹿到了附近的电影院,烧焦了挑出的遮篷。人群在那股热气前逐步向后退却。可是左撇子意识到自己的机会来了,却毫不畏惧。

"谁都不会知道,"他说。"有谁会知道呢?除了我们,一个人也没有留下来。"

"这样不对。"

不少屋顶哗啦一声坍塌了,人们尖声喊叫。左撇子把嘴对着他姐姐的耳朵。"你答应要给我找一个可爱的希腊姑娘。好。你就是那个姑娘。"

一方面,有个男人跳下水去,想要自杀;另一方面,有个女人正要生孩子,她的丈夫用上衣替她遮着。"着火了!着火了!①"大家喊道。"我们给烧到了!我们给烧到了!"黛斯德蒙娜指着火,指着所有的东西。"太晚了,左撇子。现在什么都无关紧要。"

"但如果咱们活下去呢?那时,你就嫁给我好吗?"

她点了点头。情况就是这样。于是左撇子走了,朝火焰那边跑去。

在一个黑色屏幕上,一个双筒望远镜形状的视觉模板来回扫视,把远处的难民都收入眼底。他们无声地尖叫着,还伸出两只胳膊哀求。

---

① 原文为希腊语。

"他们要把这些可怜的人儿活活烧死。"

"请允许我把一个在水里游的人救上来,少校。"

"不行,菲利普斯。我们把一个人救上来,就得接受他们全体。"

"那是一个姑娘,少校。"

"多大啦?"

"看上去大约十一二岁。"

阿瑟·马克斯韦尔少校放低了手里的望远镜。他的下巴上紧绷绷地出现了一小团三角形的肌肉,随后就消失了。

"您瞧瞧她,少校。"

"我们可不能被心里的感情所动摇,菲利普斯。比这更重大的事儿正受到威胁。"

"您瞧瞧她,少校。"

马克斯韦尔少校望着菲利普斯上尉,他的鼻翼张开了。接着,他用手拍了一下大腿,走到船的一侧。

探照灯掠过水面,照亮了它的那个光圈里的一切。海水在亮光下面显得十分特别,好似没有颜色的肉汤,上面杂乱地布满各种不同的东西:一个发亮的橘子;给一圈粪便围在当中的一顶男人的软呢帽;不少好像撕碎了信的小纸片。她出现在这些毫无生气的东西中间,紧紧抓住船缆,这个姑娘穿着粉红色的衣服,海水使她衣服的颜色变深了,她的头发紧贴着她那小小的脑壳,两只眼睛睁得很大,其中并没有露出恳求的神色。尖尖的两只脚好像鱼鳍,每隔一会儿就踢蹬一下。

岸上发射的步枪打中了她四周的水面。她并不在意。

"把探照灯关掉。"

探照灯熄灭了;开火也停止了。马克斯韦尔少校看了看他的表。"现在是二十一点十五分。我要到舱房里去了,菲利普斯。我要在那儿待到明儿早上七点。在这段时间里,万一有哪个难民给救上船来,不必来向我报告。明白了吗?"

"明白,少校。"

菲洛博西安医生压根儿没有想到他在街上跨过的那个扭曲的尸体竟然是他小儿子的尸体。他只发现他家的前门大开着。在门厅里,他站住脚留神听听。四周一片寂静。他依然拿着行医的皮包,缓缓地走上楼梯。这时所有的灯都开着。起居室里灯光明亮。图克希正坐在沙发上等候他。她的头向后仰着,好像十分欢乐;那个角度正好把伤口暴露出来,隐隐地可以看见一段气管。斯蒂潘垂头搭脑地坐在餐桌旁边,右手给一把牛排餐刀牢牢钉在桌上,手里还拿着那封保护他们生命安全的信。菲洛博西安医生走了一步,脚下一滑,这才注意到有道血迹顺着过道流去。他跟着血迹走进那间主卧室。在那儿他找到了两个女儿。她们都赤身露体地仰面躺着。她们的四个乳房中有三个都给割掉了。罗丝的一只手伸向她的妹妹,仿佛想把包着她妹妹前额的那根银色缎带拉拉正。

排的队伍很长,而且走动得很慢。左撇子可以有工夫把词语再念一遍。他复习了语法,迅速瞥了一下法语常用语手册。他学了"第一课:问候用语";等他走到坐在桌子旁边的那个官员面前时,他已经准备好了。

"姓名?"

"埃莱夫塞里奥斯·斯蒂芬尼德斯。"

"出生地?"

"巴黎。"

那个官员抬起头来。"护照。"

"一切都在这场大火中给烧毁了!我失去了所有的身份证件!"左撇子撅起嘴唇,吐了口气,像他以前看见法国人所做的那样。"瞧瞧我穿的是什么。我的好衣服都丢失了。"

那个官员苦笑了笑,在文件上盖了章。"通过。"

"我太太也和我在一起。"

"我想她也生在巴黎吧。"

"当然啦。"

"她的姓名?"

"黛斯德蒙娜。"

"黛斯德蒙娜·斯蒂芬尼德斯吗?"

"对。和我的一样。"

等他带着签证回去的时候,黛斯德蒙娜并不是一个人待在那儿。有个男人挨着她坐在小提箱上。"他想跳海,恰好给我抓住了。"那个人两眼茫然,浑身是血,一只手上还缠着一条闪闪发亮的绷带,嘴里不断地说着,"他们都不识字。他们都是文盲!"左撇子查看了一下这个人究竟什么地方在流血,但他找不到一处伤口。他解开那个人的绷带,一条银白色的缎带,把它扔开。"他们看不懂我的信,"那个人望着左撇子说;左撇子认出了他的脸。

"又是你啊?"那个法国官员说。

"是我的表兄,"左撇子用拙劣的法语说。那个官员盖好了签证,把文件递给他。

他们给一条汽艇送到大船上去。左撇子仍然紧抓着菲洛博西安医生,因为他仍在说要投海自尽。黛斯德蒙娜打开她的桑蚕盒,解开那条白布,看看她的蚕子。在那片丑恶可怕的海水里,漂浮过去不少人的身体。有些人还活着,大声喊叫。一道探照灯的灯光照到一个男孩已顺着一艘战舰的锚链爬了一半。水兵们对着他倒了些油;他又滑跌进水里。

在"让·巴尔特号"的甲板上,这三个法国新公民回头望着那座燃烧的城市,冲天的火光从一头延伸到另一头。这场大火又继续烧了三天,五十英里外都可以看见熊熊的火焰。在海上,水手们会把扬起的烟雾错当作一道巨大的山脉。在他们正要前去的那个国家,美国,士麦那的燃烧有一两天都成为报上的头版新闻；随后就被霍尔-米尔斯凶杀案[1]（一个新教牧师霍尔跟一个妩媚动人的唱诗班成员米尔斯小姐两人的尸体被一起发现）和世界职业棒球锦标赛[2]的开赛所压倒。美国海军上将马克·布里斯托尔对美土关系所受的伤害十分关心，用海底电报拍发了一份新闻稿，说"要确切估计出由于屠杀、大火和处决所造成的死亡人数是不可能的，但总数大概不超过两千"，美国领事乔治·霍顿所估计的数目要更大一些。在大火前士麦那的四十万奥斯曼帝国的基督徒中，到十月一日，有十九万人都生死不明。霍顿把这个数目削减了一半，估计死亡人数为十万。

船锚从海水中冒了出来。驱逐舰的引擎开始反向运转，甲板下面发出隆隆的声响。黛斯德蒙娜和左撇子看着小亚细亚渐渐往后退去。

在他们经过"铁公爵号"的时候，英国军乐队奏起了一支华尔兹舞曲。

---

[1] 霍尔-米尔斯凶杀案发生在一九二二年九月十四日，涉嫌犯案的是牧师的妻子和她的兄弟，但他们因证据不足而并未受到审判。
[2] 即美国两大职业棒球联赛的决赛，定于每年秋季进行。

丝 绸 之 路

根据中国古代的传说，公元前二六四〇年有一天，西陵氏公主①正坐在一棵桑树底下，忽然一只蚕茧掉进了她的茶杯。她想去掉茶杯里的这个蚕茧的时候，发现蚕茧在热茶里已经裂开。她把散开的那一头交给侍女，叫她走开。那个侍女走出公主的房间，来到宫里的庭院里，接着走出宫门，到了紫禁城外，来到半英里外的乡野，那个蚕茧里的丝才被拉完了（在西方，这个传说在三千多年中缓缓地发生变化，后来成了一个物理学家和一个苹果的故事②。不管从哪一方面讲，意义都是一样的：无论是有关蚕丝还是万有引力的重大发现，总是意外的收获。只有在树下悠闲度日的人，才会碰上）。

我觉得有点儿像那个中国公主，她的发现为黛斯德蒙娜提供了生计。像她一样，我查明了我的来历；思绪越长，剩下可说的也就越少。折回原来的线路，你就回到蚕茧在一个小结中的起点，一个最初试验的圆环。我顺着自己故事的线索，回到我中断的地方，我看到了"让·巴尔特号"停泊在雅典。我看到我的爷爷和奶奶又上了岸，正为另一次航行做好准备。他们领了护照，在上半截胳膊上种了麻疹疫苗。另一条船"朱利亚号"出现在码头上。响起一阵雾中警号的声音。

看呀，从"朱利亚号"的甲板上，有样别的什么东西正在松散开来，有样五颜六色的东西正在比雷埃夫斯③附近的水面上旋转着展开。

当时有种习俗，旅客动身前往美国都把一个个纱线团带上甲板，待在码头上的亲属则拉着散开的一头。当"朱利亚号"发出警号,离开码头的时候,好几百条纱线都在水面上伸展开来。大家喊叫着再会,热烈地挥手,还举起婴儿来让他们最后看上一眼,其实他们也不会记得。螺旋桨运转起来,手帕不住挥舞,而在甲板上,那些纱线团开始转动。红的、黄的、蓝的、绿的,这些纱线团朝着码头松散开来,开始很慢,每十秒钟转一圈,接着,随着船的速度加快,转动得越来越迅速。旅客们时间尽量长久地握着纱线团,跟岸上逐渐消失的人脸保持联系。但最后,那些纱线团都一个接一个地给用完了。纱线自由飞去,随风飘扬。

在"朱利亚号"甲板上的两个不同的地方,左撇子和黛斯德蒙娜——现在,我总算可以说了,我的爷爷奶奶——看着空中的那条毯子飘然而去。黛斯德蒙娜正站在两个形状像巨型大号的多支通气管之间。在船身的中部,左撇子没精打采地待在两个单身汉当中。在过去三个小时里,他们彼此都没有相见。那天上午,他们一块儿在港口附近的一家咖啡馆里喝了咖啡。随后,他们便像职业间谍似的拎起各自的小提箱——黛斯德蒙娜还带着她的桑蚕盒——朝不同的方向走去。我的奶奶身边带着伪造的文件。她的护照上写的是她母亲婚前的姓阿里斯托斯,而不是斯蒂芬尼德斯。希腊政府把护照发放给她的条件是她得立即离开希腊。她把这份护照跟她的登船卡一块儿在"朱利亚号"舷梯的顶部出示了一下。随后,她按照计划好的那样,走到船尾,接受欢送。

在航道里,又响起了雾中警号;船转过头来朝西开去,并且速度变得更快。微风中飘动着紧身连衣裙、方头巾和套装,有几顶帽子给风从头上吹掉下来,引起一阵喊叫和欢笑。天空被纱线形成的流网所遮蔽,这时几乎都看不见了。大家时间尽量长久地瞅着眼前的景象。黛斯德蒙娜是最先离开甲板到下面舱房里去的人之一。左撇子在甲板上又待了半个小时。这

---

① 西陵氏公主,即嫘祖,为黄帝正妻。传说中说她是中国养蚕制丝方法的创造者。
② 即英国物理学家、数学家和天文学家牛顿(1642—1727)因为看到苹果落地而发现万有引力定律的故事。
③ 比雷埃夫斯,希腊东南部港口城市。

也是他们计划的一部分。

在海上的头一天，他们彼此都没有说话。他们在规定的开饭时间走上甲板，站在不同的排队行列中吃完饭后，左撇子就和那些在栏杆旁抽烟的人混在一起，而黛斯德蒙娜却耸着肩膀跟一些妇女和儿童在甲板上走动，避到风刮不到的地方。"有人接你吗？"那些女人问。"是不是你的未婚夫？"

"不是。只是我在底特律的一个表姐。"

"一个人上路吗？"那些男人问左撇子。

"对。既安逸又自由。"

晚上，他们从甲板上下到各自的舱房里，各自在用粗麻布裹着海草的铺位上，把救生衣折叠起来充做枕头，设法安睡，尽力适应船的摆动，忍受统舱里的气味。旅客把各种各样的调味品和蜜饯、罐装沙丁鱼、酒糟的章鱼、大蒜和丁香油腌的羊腿都带到船上。当时，你凭气味就能确定一个人的国籍。黛斯德蒙娜闭着眼睛仰卧在铺位上，就能闻到自己右边一个匈牙利女人那泄露身份的洋葱气味和自己左边一个亚美尼亚人身上的生肉气味（而她们反过来凭着黛斯德蒙娜身上的大蒜和酸乳的气味，也可以确定她是希腊人）。左撇子受到困扰的东西既有听觉方面的，也有嗅觉方面的。在他铺位的一边是一个姓卡拉斯的人，打起鼾来就像一个小型的雾中警号；另一边是经常在睡梦中哭泣的菲洛博西安医生。自从离开士麦那以后，大夫一直万分悲伤。他饱受煎熬，内心受到沉重的打击，穿着外衣，身子蜷成一团地躺着，眼窝四周发青。他几乎什么也不吃。他不肯到甲板上去呼吸新鲜空气。在他登上甲板的那少数几次中，他都威胁说要从船上跳下海去自尽。

在雅典，菲洛博西安医生曾经叫他们不要管他。他不肯讨论未来的计划，说他在无论哪个地方都没有家。"我的家已经不存在了。他们把我家里的人都杀害了。"

"可怜的人儿，"黛斯德蒙娜说。"他不想活了。"

"咱们得帮帮他，"左撇子坚持说。"他给了我钱，还用绷带把我的手包扎好。没有哪个别的人对咱们表示关心。咱们就让他跟咱们一起走吧。"在他们等候表姐把钱电汇过来的时候,左撇子竭力安慰大夫,终于说服他跟他们一块儿到底特律去。"不论哪儿都很远,"菲洛博西安说。可是现在,到了船上,他只讲到死。

这次航程估计要花费十二天到十四天。左撇子和黛斯德蒙娜把日程都安排好了。在海上的第二天,吃过午饭以后,左撇子立刻在船上转了一圈,他在那些张开四肢躺在统舱甲板上的人当中小心翼翼地往前走着,经过楼梯,来到驾驶室,侧身挤过那些额外的货物:一箱箱卡拉马塔橄榄①和橄榄油,还有科斯的海绵。他继续向前走去,一路用手摸着救生艇的绿色防水帆布,直到他碰上了那条把统舱和三等舱分隔开的铁链。"朱利亚号"在它最风光的时期曾是奥匈航运公司的一条船。它具有不少值得一提的现代化设施("电灯、通风设备和极为舒适的生活设施"②),它在的里雅斯特③和纽约之间每月航行一次。如今,只有头等舱有电灯,而且就连当时也有时无。铁舷栏也生了锈。那面希腊国旗也被烟囱里冒出的烟染黑了。船上有一股旧拖把水桶和长久以来旅客晕船呕吐的气味。左撇子还没有开始习惯船的颠簸晃动。他老是摔在围栏上。他在那条铁链旁边站了一阵,随后横穿到左舷,又回到船尾。黛斯德蒙娜好像安排好的那样,正一个人站在船栏边上。左撇子经过的时候笑了笑,点了点头。她也冷淡地点了点头,又转过脸去眺望大海。

第三天,左撇子又在午饭以后前去散步。他向前走去,横穿到左舷,随后朝船尾走去。他向黛斯德蒙娜笑了笑,又点了点头。这一次,黛斯德蒙娜也向他笑了笑。等他又回到待在一起抽烟的那伙人那儿后,他问他们有没有哪个人碰巧知道那个独自出门旅行的年轻女人的姓名。

第四天在甲板上,左撇子站住了脚,自我介绍了一下。

---

① 卡拉马塔橄榄,希腊一种形状类似杏仁、呈深紫色、口感鲜嫩多汁的橄榄。
② 原文为罗马尼亚语。
③ 的里雅斯特,意大利东北部港口城市。

"到目前为止,天气一直很好。"

"希望一直都这么好。"

"你一个人出门旅行吗?"

"是呀。"

"我也是这样。你到美国的哪个地方去?"

"底特律。"

"多巧啊!我也要到底特律去。"

他们站在那儿又闲聊了几分钟。接着,黛斯德蒙娜表示了一下歉意,就走到下面舱里去了。

初恋的传闻很快就在整条船上传开了。为了消磨时间,大家不久就都纷纷议论说那个风度优雅的高个子希腊青年如何迷恋上了那个黑美人儿。她不管出现在哪儿,总带着她那个雕花的橄榄木盒子。"他们两人都是一个人出门旅行,"人们说。"他们俩都有亲戚在底特律。"

"我觉得他们彼此不大相配。"

"为什么不相配?"

"他的阶级地位比她高。这绝不会成功。"

"不过他似乎很喜欢她。"

"他是待在海洋中间的一条船上!还有什么其他的事是他非做不可的呢?"

第五天,左撇子和黛斯德蒙娜一块儿在甲板上散步。第六天,他把胳膊递给她;她就挽着他的胳膊。

"我介绍他们认识的!"有一个人夸口说。城里的姑娘们嗤之以鼻。"她把头发编成辫子。她看上去像个乡下人。"

总的看来,我爷爷受到较好的对待。据传他是士麦那的一个丝绸商人,在那场大火中失去了他的家产;又说他是康士坦丁一世[①]和他的一个

[①] 康士坦丁一世(1868—1923),希腊国王。

法国情妇所生的儿子；还说他在世界大战①时是德皇的一名间谍。对任何这种猜测，左撇子都从不加以劝阻。他抓住这趟横渡大西洋旅行的机会来把自己彻底地改头换面。他用一条短披风似的破旧的毯子裹着自己的肩膀。他知道不管眼下发生什么，都会成为事实，不管他看起来是个什么样的人，都会成为他实际的形象——换句话说，他已经是个美国人了——他等着黛斯德蒙娜到甲板上来。等黛斯德蒙娜上来以后，他整理了一下裹在身上的那条毯子，朝他在船上的同伴点点头，漫步穿过甲板去向她致意。

"他给迷住了！"

"不见得吧。像他那类人，只想戏耍一番。那个姑娘最好留神注意，她随身携带的可不只是那个盒子。"

我的爷爷奶奶体味着他们这种装出来的求爱的乐趣。遇到人们听得见的时候，他们就进行头一或第二次约会的那种交谈，给自己编造一些过去的经历。"那么，"左撇子总这么问，"你有弟兄姐妹吗？"

"我有一个弟弟，"黛斯德蒙娜伤感地回答说。"他跟一个土耳其姑娘私奔了。我父亲就不认他这个儿子了。"

"这太严厉啦。我想爱情打破了所有的禁忌。你说对吗？"

他们单独在一起的时候彼此说道，"看来这倒产生了效果。并没有人疑心。"

每次左撇子在甲板上碰见黛斯德蒙娜的时候，他总装着他只是新近才遇到她。他总走上前去和她闲聊，谈论晚霞的艳丽，随后就十分殷勤地继续说起她的容貌有多标致。黛斯德蒙娜也扮演起她的角色。开始她显得疏远冷淡。每逢左撇子开了一个低级趣味的玩笑，她就抽回自己的胳膊。她告诉左撇子母亲曾经告诫她得提防他这样的男人。他们把这场假想的调情表演下去，用以打发航行的时间，渐渐地，他们真的相信起来。他们编造回忆，临时安排命运（他们为什么这么做？他们为什么要操这份心？难道

---

① 指第一次世界大战。

他们就不能说他们已经订婚了吗？或者他们的婚事几年前已经安排好了？不错，他们当然可以那么说。但是他们想要欺骗愚弄的并不是其他的旅客，而是他们自己）。

旅行使他们这么做比较容易。在船上的五百多名完全陌生的人中越洋航行，会有一种隐姓埋名的感觉；我的爷爷奶奶凭借这种感觉才能重新塑造他们自己的形象。"朱利亚号"上的起着推动作用的精神就是自我转变。大家都凝望着船外的大海，种植烟草的农民把自己想像成赛车车手，丝绸染色工把自己想像成华尔街巨头，女帽制造商把自己想像成《齐格飞歌舞剧》①里的扇舞舞女。灰蒙蒙的海洋伸向四面八方。欧洲和小亚细亚都完全落在他们后面。前面是美国和新的天地。

在海上的第八天，左撇子斯蒂芬尼德斯当着六百六十三名统舱旅客的面，跪下一条腿，神态庄严地向当时正坐在一个系缆墩上的黛斯德蒙娜·阿里斯托斯求婚；年轻的妇女都屏住呼吸。已婚男子用胳膊肘捅了捅未婚男子。"留神注意，你们会学到一些东西。"我奶奶表现出一种与她的癔想症②相近的夸张做作的敏感，流露出种种复杂的情绪：意外的惊讶、最初的欣喜、进一步的考虑、近乎拒绝的慎重，接着，在已经开始响起的掌声中头晕眼花地表示接受。

婚礼在甲板上举行。黛斯德蒙娜把一条借来的丝围巾裹着头，用以替代结婚礼服，孔图利斯船长把一条沾了几点肉汁污迹的领带借给左撇子。"你把上衣扣好，谁也不会看见，"他说。至于花冠③，我的爷爷奶奶戴着两个用绳子编成的结婚花冠。大海上面无法得到鲜花；伴郎④也是如此，一个叫佩洛斯的人充当男傧相，他把麻绳编的国王的花冠戴到王后头上，又把王后的花冠戴到国王头上，随后再调换回来。

---

① 《齐格飞歌舞剧》，由美国戏剧演出人弗罗伦兹·齐格飞(1869—1932)精心编排的滑稽短剧和轻歌舞剧，以富丽堂皇的场面和美丽的女演员著称。
② 癔想症，指一种疑心自己身体的某部分有病的不正常状态。
③④ 原文为希腊语。

新娘和新郎表演了以赛亚之舞①，髋部对着髋部，胳膊缠绕在一起，手握着手，黛斯德蒙娜和左撇子绕着船长转了一圈，两圈，随后又是一圈，把他们的生活像蚕吐丝作茧似的连接在一起。这儿并没有家长制的直线性。我们希腊人绕着圈儿结婚，好使婚姻的基本事实深深印在我们的心上：即你要获得幸福，就得在重复中找到变化；你要前进，就得回到开始的地点。

或者，拿我爷爷奶奶的情况来说，这种绕圈是这样发挥作用的：当左撇子和黛斯德蒙娜头一次在甲板上转悠的时候，他们还是姐弟。第二次，他们就是新娘和新郎了。到了第三次，他们就成为夫妻了。

我爷爷奶奶结婚的那天晚上，太阳直接在船头前面落了下去，指出了去纽约的方向。月亮升起来了，在海面上投下一道银光。孔图利斯船长每天晚上都要在甲板上巡视一番，那天晚上他从驾驶室里下到甲板上面，往前走去。风力正在加大。"朱利亚号"在大海中上下颠簸。当甲板来回倾侧的时候，孔图利斯船长一次也没有摔倒，他甚至还能点起一支他喜欢的印度尼西亚香烟，一边把帽子的镶有饰边的帽檐翻下，减缓风力。船长穿着他那身并不特别干净的制服，高齐膝部的克里特人长统靴，仔细查看航行灯、堆叠在一起的甲板躺椅和救生船。"朱利亚号"孤独地在浩瀚的大西洋上航行，舱口都封闭了，防止大浪从船侧打上来。甲板上空荡荡的，只有两个头等舱的旅客，两个美国商人，他们各人盖着一条膝毯，正分享着临睡前喝的一杯酒。"从我听到的情况看，蒂尔登不只是跟他的被保护人打网球，要是你明白我的意思的话。""你是在开玩笑吧。""让他们去恋爱吧。"孔图利斯船长对这一切都不理解，经过的时候只点点头……

在一条救生船里，黛斯德蒙娜说道，"别看。"她正仰面躺着。他们之间并没有挂什么羊毛毯子，所以左撇子用两只手遮着眼睛，从指缝间偷看。防水帆布上有一个小孔，月光就从那儿漏了进来，缓缓地把整条救生

---

① 以赛亚之舞，正教婚礼仪式末尾由新郎和新娘所跳的舞蹈。

船都注满了。左撇子好多次都看见黛斯德蒙娜脱衣服，不过通常只不过是一个黑影，从来没在月光底下。黛斯德蒙娜也从没有像这样蜷曲起身子，抬起脚来脱鞋。他留神注视；在黛斯德蒙娜脱下裙子，掀起她的束腰外衣的时候，他深深地感到自己的姐姐在月光底下，在一条救生船里，显得多么不同。她闪闪发亮。她发出白光。左撇子在他的手后面眨着眼睛。月光不断上升，遮住了他的颈项；它到了他的眼睛上，后来他明白了：原来黛斯德蒙娜穿着一件紧身胸衣。这是她随身带出来的另一件东西，原来裹着蚕子的那块白布就是黛斯德蒙娜的结婚胸衣。她原以为自己决不会穿的，但如今可穿上了。胸罩的罩窝向上直指着帆布顶篷。她的腰受到鲸须的横档的挤压。紧身胸衣下摆的吊袜带空荡在那儿，因为我奶奶没有长统袜。在救生船里，紧身胸衣把所有射进来的月光都吸了进去，结果变得十分特别：黛斯德蒙娜的脸、头和胳膊都失去了踪影。她看上去就像那座希腊胜利女神像①，身子向后靠着，正给大车运到一个征服者的博物馆去。唯一所缺少的就是那对翅膀。

在砂石像雨点似的落下来的时候，左撇子脱下他的鞋袜。他脱掉内衣，救生船里充满一种蘑菇似的气味。有一刹那，他感到很羞愧，但黛斯德蒙娜似乎并不在意。

她给自己内心混杂在一起的矛盾的感情分了神。这件紧身胸衣自然叫黛斯德蒙娜想起了她母亲；突然她为他们正在做的这桩错事而烦乱起来。直到这时，她一直都竭力不让这种事儿发生。在过去这些混乱的日子里，她始终没有时间去仔细思考。

左撇子内心也产生了冲突。尽管他想到黛斯德蒙娜心里倍感痛苦，但他却为救生船里的黑暗而高兴，特别是为自己无法看见黛斯德蒙娜的脸而高兴。有好几个月，左撇子都跟一些长得很像黛斯德蒙娜的妓女睡觉，但

---

① 希腊胜利女神像，即萨莫色雷斯的胜利女神像，高 328 厘米，约创作于公元前 200 年，现收藏于法国巴黎卢浮宫。雕像的头部与手臂在历史岁月中遗失了，但飘逸的裙裾、展翅欲飞的形态仍然动感十足，栩栩如生。

眼下，他感到要装作她是一个陌生人倒较为容易。

那件紧身胸衣，似乎自身也有几双手。一只手正轻轻地按摩她的两条腿之间的部位。另两只手托着她的乳房，一只、二只、三只手按住她，对她加以爱抚；穿着内衣的黛斯德蒙娜用新的眼光察看她自己的身体，她那细细的腰肢，她那丰满的大腿；而最主要的一点，她自己并不感到美丽好看，富有魅力。她跷起两只脚，把小腿肚搁在桨架上。她伸开双腿，同时张开胳膊准备拥抱左撇子。左撇子扭转身子，把他的膝盖和胳膊肘儿都擦疼了，船桨也给推开了，弄得小艇差点儿向外倾斜，最终，他跌落到她柔软的身体上，变得神魂颠倒。黛斯德蒙娜头一次尝到了他嘴的味道，而在他们交欢的时候，她像个姐姐那样所做的唯一的一件事儿，就是一度喘息过来说，"你这个坏孩子。你以前也干过这种事。"但左撇子只是一叠连声地重复说，"并不像这一次，并不像这一次……"

我先前说错了，我收回说过的话。黛斯德蒙娜在下面的船板上打着拍子，同时抬起身来：看去好似一对翅膀。

"左撇子，"黛斯德蒙娜这时气喘吁吁地说。"我大概感觉到了。"

"感觉到什么？"

"你知道。就是那种感觉。"

"新婚夫妇嘛，"孔图利斯船长看到救生船不住晃动，说道。"哦，又感到年轻了。"

在西陵氏公主——我发觉自己把她想像成我几天前在地铁上看见的那个骑自行车人的王族化身；不知出于什么原因，我禁不住老想到她，每天早晨我都不停地寻找她——在西陵氏公主发现了丝以后，她的国家把这个秘密保守了三千一百九十年。凡是试图把蚕子私自运出中国的人，都要面临死刑的惩罚。要不是亏了查士丁尼皇帝[①]，我们家可能永远也不会成为

[①] 查士丁尼皇帝，即查士丁尼一世(483—565)，拜占庭皇帝(527—565)，在位期间主持编纂《查士丁尼法典》，征战波斯，征服北非及意大利等地。

养蚕的人。据普罗科匹厄斯①的记载，查士丁尼皇帝说动了两名传教士冒险一试。在公元五五〇年，那两个传教士把蚕子放在当时用的那种吞没一切的阴茎套（一种空心的小棒子）里偷偷带出中国。他们还带来桑树的种子。结果，拜占庭帝国成了养蚕业的中心。桑树在土耳其各处的山坡上也长得十分茂盛。蚕吃桑树的叶子。一千四百年后，在"朱利亚号"上，我奶奶的桑蚕盒里装满了被偷盗出来的那头一批蚕子的后代。

我也是一项走私买卖的后代。我的爷爷奶奶在去美国的途中，并不知道他们各自都在第五条染色体上带有一个突变的基因。这不是新近的突变。据卢斯医生说，这个基因大约在一七五〇年的某个时候，首次出现在我的血统里，出现在一位名叫佩内洛佩·埃马盖拉托斯的女人的体内，这个女人是我的不知多少代以前的曾祖母。她把这个基因传给了她的儿子佩特拉斯；佩特拉斯又把这个基因传给他的两个女儿；她们又把这个基因传给她们五个儿女中的三个，这样一直不断往下传。这是一个隐性的基因，因而它的表现方式是不规则的。遗传学家将其称作偶发遗传特征。这种特征潜伏了数十年，等大伙儿都把它忘记了，忽然又重新出现。在比提尼奥就是这种情形。不时会有一个两性人出生，表面上看上去是个姑娘，等到长大成人，结果竟然不是。

接下去的六个夜晚，在各种不同的气象条件下，我的爷爷奶奶都在救生船里幽会。白天，黛斯德蒙娜坐在甲板上，暗自纳闷，不知一切是不是都该责怪她和左撇子，心头顿时充满内疚。可是到了夜晚，她又感到十分孤独，想要溜出舱房，于是又悄悄地回到救生船上她那新婚丈夫的身边。

他们的蜜月以相反的方式进行。黛斯德蒙娜和左撇子不是先互相熟悉起来，对彼此的好恶、敏感的地方和特别令人气恼的缺陷逐步了解，而是

---

① 普罗科匹厄斯（490？—562？），拜占庭历史学家，撰写关于拜占庭皇帝查士丁尼一世统治时期的历史。

设法使彼此变得生疏。按照他们在船上所设的那场骗局的精神,他们继续为自己把虚假的经历编造下去,虚构出一些具有看似真实的姓名的兄弟、姐妹、品德方面有缺点的表兄弟姐妹,以及面部肌肉抽搐的姻亲。他们轮流背诵荷马的家谱,里面充满伪造的、从现实生活中所借用的材料,而且他们往往还为这一位或那一位自己喜爱的真实的伯父或伯母争执,并像负责分派角色的导演那样讨价还价。随着一个又一个夜晚的过去,这些虚构的亲戚渐渐开始在他们的心里具体成形。他们总对一些模糊不清的亲戚关系相互查问,左撇子问,"你的远房表兄伊安尼斯娶的是谁?"黛斯德蒙娜回答说,"这很容易。他娶的是阿西娜。脚有点儿跛。"(要是我认为自己受到家族关系的困扰,就是从那儿的救生船里开始的,那是不是错了?我母亲不是也查问我知不知道哪个舅舅、舅母、表兄弟或表姐妹吗?她从不查问我的哥哥,因为他负责雪铲和拖拉机,而我却应当提供使家庭团结和睦的那种女性粘合力,写上一些致谢的短信,并且记住所有人的生日和命名日。听着,我从母亲的嘴里听说过下面这个家系:"这是你的表姐梅莉亚。她是迈克舅舅的妹妹露西尔的大伯子斯塔西斯的女儿。你知道那个邮递员斯塔西斯吗?他行动并不怎么敏捷。梅莉亚是他的第三个孩子,前面是两个男孩,迈克和小约翰。你应该认识她。这个梅莉亚!她通过婚姻,成了你的表嫂!")

　　如今我在这儿为你概略地讲述这一切,恪守本分地表现出女性的粘合力,不过我胸中却有一种隐痛,因为我认识到家系并不能告诉你什么。特茜知道谁跟谁有亲戚关系,但她并不知道她自己的丈夫是谁,或者她的姻亲们彼此是什么关系,整个这件事情是在救生船里创造的一部虚构作品;我的爷爷奶奶就在那儿编造出他们的生活。

　　在性生活方面,事情对他们十分简单。那个伟大的性学家彼得·卢斯医生,可以引用一些令人吃惊的统计数字来说明,一九五〇年以前,在已婚夫妇中并不存在口交。我爷爷奶奶的交合相当欢洽,不过没有什么变化。每天晚上,黛斯德蒙娜总把衣服脱得只剩下她的那件紧身胸衣;左撒子总按着紧身胸衣的扣子和钩子,寻找可以使那件扣紧的衣服一下子松开的秘密机关。那件紧身胸衣就是他们唯一所需要的激发性欲的东西;它仍然是我爷爷生活中独一无二的性爱标志。紧身胸衣使黛斯德蒙娜又变成了新的人物。正如我所说的,左撇子以前瞥见过他姐姐光着身子的样子,但紧身胸衣却具有一种奇特的力量,使黛斯德蒙娜不知怎么似乎显得更加赤裸裸的;它使黛斯德蒙娜变成一个难以接近的罩着铠甲的人儿,具有一个他不得不去寻觅的软绵绵的内在的肉体。制栓咔哒一声,紧身胸衣就啪的一声展开,于是左撇子爬到黛斯德蒙娜的身上;他们俩几乎一动不动。汹涌起伏的海浪为他们干了那件活儿。

他们的周边状况跟一种不太热烈的夫妻交欢同步进行。性交在任何时候都会为安逸舒适所取代。因此,他们在缱绻交合以后,便躺在那儿,从拉回原处的防水帆布下抬眼凝视着在头顶上掠过的夜空,随后认真思考起生活的事务。"也许利娜的丈夫可以给我一份工作,"左撇子说。"他有自己的买卖,是吗?"

"我不知道他是干什么的。利娜始终没有给我一个直接的回答。"

"等咱们积攒起钱来以后,我可以开一家赌场。搞一些赌博,有个酒吧,也许还有一些系列娱乐节目。四处还放上一些种在盆里的棕榈树。"

"你应该去上大学,像爸爸和妈妈所指望的那样成为一位教授。别忘了,咱们还得造一个养蚕室。"

"忘掉你的那些桑蚕吧。我在谈的是轮盘赌、希腊通俗乐曲、饮酒、跳舞。也许,我顺带还要卖点儿大麻。"

"在美国,人家可不会让你抽大麻。"

"谁说的?"

黛斯德蒙娜深信不疑地说:

"美国可不是那样的国家。"

他们把自己蜜月所剩余的时间都花在甲板上,学习使用欺诈手段通过埃利斯岛①混进美国的方法。这在当时已经不再那么容易了。一八九四年成立了移民限制协会②。在美国参议院的议员席上，亨利·卡伯特·洛奇③用拳头捶打着一本《物种起源》④，一边警告说从南欧和东欧涌进来的劣等民族对"我们民族的特有结构"构成威胁。一九一七年通过的《移民法》禁止三十三种不受欢迎的人进入美国，因此一九二二年，在"朱利亚号"的甲板上，旅客们讨论着避免给归入那三十三种人的方法。在紧张的死记硬背的集会上，文盲学会假装识字，重婚的人学会承认只有一个妻子；无政府主义者学会否认读过蒲鲁东⑤的作品，心脏病患者学会装着精力充沛；癫痫患者学会否认自己发病，而遗传性疾病患者也学会不提自己祖上传下来的疾病。我的爷爷奶奶并不知道他们自身的基因突变，把注意力都集中在那些更为明显的不合格条款上。另一类限制是："被判犯有涉及道德堕落的罪行或不端行为的人。"还有从属于这类人中的一小批人员："乱伦的近亲。"

他们避开那些似乎患有沙眼或黄癣的人，遇到哪个时时干咳的人也总马上躲开。偶尔，为了安慰自己，左撇子就拿出那张证明书，上面写着：

埃莱夫塞里奥斯·斯蒂芬尼德斯
已经种过牛痘并清除虱子，
身上无任何寄生虫，
特此证明
比雷埃夫斯海上消毒杀菌局
一九二二年九月二十三日

---

① 埃利斯岛，美国东北部纽约市曼哈顿岛西南的一个小岛，曾是美国入境移民的主要检查站。
② 移民限制协会，一八九四年春创建于波士顿，该组织要求把移民限制在最低限度，强调应该只允许那些适合作美国公民的人移民美国。
③ 亨利·卡伯特·洛奇(1850—1924)，美国参议员。
④ 《物种起源》，英国博物学家、进化论创始者达尔文(1809—1882)的主要著作。
⑤ 蒲鲁东(1809—1865)，法国小资产阶级社会主义者、经济学家，无政府主义创始人之一。

我爷爷奶奶能读会写，一夫一妻（尽管是同胞手足），赞成民主，精神正常，又经官方清除过虱子，因而他们看不出有什么原因会使自己在入境时碰上麻烦。他们各自均有所需的二十五美元。他们还有一个担保人：他们的表姐索梅利娜。就在前一年，《限额法案》把每年从南欧和东欧来的移民人数从每年的七十八万三千减少到十五万五千。要是没有担保人或出众的职业特长，几乎不可能进入美国。为了增进他们自己的机会，左撇子收起他的法语常用语手册，开始背诵英国国王詹姆士一世钦定的《圣经·新约》英译本中的四行。"朱利亚号"上充满熟悉英文测试的提供内部资料的人。不同国籍的人应邀翻译了《圣经》的不同片段。就希腊人而言，则是《马太福音》第十九章第十二节："因为有生来是阉人，也有被人阉的，并有为天国的缘故自阉的。"

"阉人？"黛斯德蒙娜胆怯地问。"这是谁告诉你的？"

"这是一段《圣经》。"

"什么《圣经》？不是希腊《圣经》。去问问别人会测试什么？"

但左撇子把卡片上部的希腊文给她看了，又给她看了下面的英文。他把这一段文字逐句又念了一遍，叫她记住，不管她是不是明白这一段的含意。

"咱们在土耳其难道没有足够的阉人吗？如今在埃利斯岛，咱们就得谈到他们吗？"

"美国人什么人都放进去，"左撇子开玩笑地说。"也包括阉人在内。"

"要是他们这么欢迎大伙儿，那他们就应当让我们讲希腊话，"黛斯德蒙娜低声抱怨说。

夏季正在离开海洋。有天晚上，天气冷得不能在救生船中打开紧身胸衣的机关。于是他们只好紧缩在毛毯下面谈天。

"索梅利娜会到纽约来接咱们吗？"黛斯德蒙娜问道。

"不。咱们得乘火车到底特律去。"

"她干吗不能来接咱们?"

"太远啦。"

"这倒也好。她反正也不会准时前来。"

海风不断把防水帆布的边吹得飘动起来。救生船的舷边都结了霜。他们可以看见"朱利亚号"的烟囱顶,冒出的烟本身也清晰可辨,看去就像一片没有星星的夜空(不过他们并不知道,那个有条纹的、倾斜的烟囱已经在把他们的新家告诉他们;它在低声说着红河城①和尤尼罗亚轮胎厂②,七姐妹和两兄弟③,但他们并没有听;他们皱起鼻子,在救生船里缩下身子避开烟气)。

如果工业的气息并没有非要进入我的故事,如果黛斯德蒙娜和左撇子(他们是在满是松树气息的大山上长大的,绝对无法习惯底特律的那种受到污染的空气)并没有在救生船中缩下身子,那么他们就可能会觉察到在清新的海上空气里飘荡着一股新鲜的气味:一种泥土和湿漉漉的树皮的潮呼呼的气味。陆地。纽约。美国。

"咱们该怎么把咱们的情况告诉索梅利娜呢?"

"她会明白的。"

"她会保持沉默吗?"

"有几件关于她的事儿,她也不怎么想让她的丈夫知道。"

"你是指海伦吗?"

"我什么也没有说,"左撇子说。

随后他们就睡着了,等到醒过来的时候已经有了阳光,看到有个人的脸正向下望着他们。

---

① 红河城,美国密执安州韦恩县城市,邻近底特律西南部,位于底特律河与红河两河河畔。
② 尤尼罗亚轮胎厂,建于一九〇六年,一九八〇年关闭。一九六四年在纽约举办的世界博览会上曾展示了由这家工厂生产制造的一个用作摩天轮的巨型轮胎。这个轮胎当时被称作世界上最大的轮胎,在世界博览会结束后给迁移到底特律郊外,作为该城兴旺发达的汽车制造工业的象征。
③ 指底特律城内电厂的烟囱,被当地人称为"七姐妹"的七个烟囱已在一九九六年八月十日被炸毁,而旁边两个被当地人称作"两兄弟"的烟囱仍然存在。

"你们睡得好吗?"孔图利斯船长说。"也许,我可以拿条毛毯来给你们?"

"对不起,"左撇子说。"我们不会再这么做了。"

"你们也不会再有这样的机会啦,"船长说,为了证明他的观点,他把罩在救生船上的防水帆布完全拉掉。黛斯德蒙娜和左撇子坐起身来。远处,在朝阳的照耀下,便是纽约的空中轮廓线。那并不是一座城市的正常形状——没有圆屋顶,也没有清真寺院的尖塔——这使他们花了一分钟去安排处理那些高大的几何图形。雾气在海湾上空袅袅散去。无数粉红色的镶在窗框里的玻璃闪闪发亮。更近一点,自由女神像①头上戴着自身的阳光冠冕,打扮得像一个典型的希腊人,正在对他们表示欢迎。

"你们觉得这座雕像怎样?"孔图利斯船长问道。

"我所见过的火炬已经足以使我度过余生,"左撇子说。

但这一回,黛斯德蒙娜却较为乐观。"至少那是一个女人,"她说。"也许这儿的人不会每一天都互相残杀。"

---

① 自由女神像,位于纽约港自由岛的巨大铜像,原名"照耀世界之自由女神",系法国为庆祝美国独立一百周年赠予美国人民的礼物。

第二卷

亨利·福特的英语熔化锅

每个建造一座工厂的人也建造了一座圣堂。

——卡尔文·柯立芝[①]

底特律一直是由轮子组成的。早在三大汽车公司[②]和"汽车城"的诨名出现以前,在汽车厂、货船和那种粉红色的神秘的夜晚出现以前,在任何人坐进一辆雷鸟牌跑车[③]或一辆 T 型发动机小汽车[④]以前,也在某个年轻的亨利·福特拆除他的车间墙壁的那个日子以前(在设计"节油汽车"时,他把一切都考虑到了,就是没有想到怎样让这个该死的玩意儿出去),在一八九六年之前差不多一个世纪(那年三月一个寒冷的夜晚,查尔斯·金驾着他那不用马拉的车子[⑤]沿着圣安托万街行驶,经由杰斐逊街,驶上伍德沃德大街,在那儿二冲程的发动机一下子不转了),远在那个以地峡命名的城市[⑥]还只是地峡上的一片被窃取的印第安人的土地,一座被英国人和法国人所争夺、其后在他们垮台后又被美国人所掌握的要塞,早在那时,在汽车和苜蓿叶形的立交路口[⑦]出现以前,底特律就是由轮子组成的。

我九岁,握着我父亲那肉鼓鼓的、出汗的手。我们站在蓬夏特兰饭店顶层的一个窗户前。我上市中心区来吃一顿我们讲好的年度午餐。我穿着一条超短裙和粉红色的紧身裤袜,肩上挂着一个白漆皮的小包。

雾蒙蒙的窗户上斑斑点点。我们待在非常高的地方。我打算马上就叫蒜味明虾。

我父亲的手出汗是因为他害怕高度。两天以前，他刚提出要带我到我想去的随便什么地方。我就尖声叫道，"蓬夏特兰的顶上！"那儿位于城市高处，周围都是权力经纪人和在用工作午餐的人，这就是我想去的地方。米尔顿倒也说话算数。他不管自己跳得飞快的脉搏，还是让侍者头儿把我们安排在窗户旁边的一张桌上；因此我们就在这儿——一个穿着无尾礼服的侍者这时正为我把椅子拖出来——我父亲心里惊吓得无法坐下，就开始讲起以往的历史来了。

为什么要学习历史呢？究竟是为了理解现在，还是为了逃避现在？米尔顿那黄褐色的面色变得有点苍白，嘴里只说道，"哎，看到轮子了吗？"

于是我眯起眼睛。九岁的孩子自然不会想到这样可能会产生鱼尾纹；我凝视着窗外的商业区，凝视着父亲指给我看的那些街道（不过他并没有去看）。眼前出现了这样一幅图景，只见中心城市广场所形成的半个毂盖，而巴格利街、华盛顿街、伍德沃德街、百老汇街和麦迪逊街就是从那儿向四面伸展出去的辐条。

这就是著名的伍德沃德方案⑧所残余的一切。那个喝酒喝得很凶的法官在一八〇七年拟订了这个冠以他的姓氏的方案（两年以前，一八〇五年，整个城市给烧成了一片平地，卡迪拉克在一七〇一年兴建的给人安顿

---

① 卡尔文·柯立芝(1872—1933)，美国第三十任总统(1923—1929)。
② 三大汽车公司指通用、福特和克莱斯勒汽车公司，它们及其他一些汽车公司的总公司均设于底特律市区或近郊。
③ 雷鸟牌跑车，美国福特汽车公司一九五五年投入生产的双座赛车型汽车。
④ T型发动机小汽车，美国福特汽车一九〇八年至一九二七年所生产的一种小汽车。
⑤ 不用马拉的车子是早先人们对汽车的称呼。
⑥ 底特律最初系由法国军人、探险家及法属北美行政官安托万·卡迪拉克(1658—1730)于一七〇一年在底特律河边所建的一座要塞，底特律的蓬夏特兰要塞(Fort Pontchartrain du Detroit)发展而成，法语Detroit，意思即为地峡。
⑦ 苜蓿叶形的立交路口，系高速公路交叉点的一种使车辆畅通的设计。
⑧ 伍德沃德方案，指底特律在一八〇五年被大火焚毁后，密执安地区首席法官奥古斯塔斯·B·伍德沃德(1774—1827)拟定的重建底特律的方案。

居住的那些木房子和带状农舍在三个钟头内就都给烧毁了。一九六九年，凭着敏锐的目力，我仍可以在半英里外大环形公园①的市旗上看到那场大火所留下的踪迹：Speramus meliora; resurget cineribus②。"我们希望出现更美好的事物；这些事物会从灰烬中产生"）。

伍德沃德法官把新底特律设想成一个具有城市特点的阿卡狄亚③，由好多个连锁在一起的六边形组成。每个轮子根据这个年轻国家的联邦制既彼此分离，又相互联合，同时根据杰斐逊④的审美观，也体现出古典式的对称。这种梦想却从来没有得以实现。对于巴黎、伦敦、罗马那些世界上伟大的城市，那些在某种程度上奉献给文化的城市，才需要加以规划，而底特律却是一个美国城市，因而就奉献给了金钱，规划设计也就让位给了自身眼前的利益。自从一八一八年起，城市就沿着河流不断伸展，一座仓库接着一座仓库，一家工厂挨着一家工厂。伍德沃德法官的轮子给压扁了，横切开来，被挤压成一些平凡无奇的长方形。

或者（在一家屋顶餐馆里）从另一个角度来进行观察：轮子并没有完全消失，只不过改变了自己的形状。到了一九〇〇年，底特律已经成了制造载客马车和运货马车的主要场所。等到一九二二年，在我爷爷奶奶来到这儿的时候，底特律也制作一些别的旋转的玩意儿：轮机、自行车、手卷雪茄，当然，最后还有汽车。

所有这一切都能从火车上看见。左撇子和黛斯德蒙娜沿着底特律河的河岸越来越接近底特律，注视着逐渐出现在他们眼前的新的家园的样子。他们看见农田被装着栅栏的场地和卵石铺成的街道所取代。天空黑沉沉的，充满烟雾。眼前掠过一幢又一幢房屋，砖砌的货栈都用实用的布克曼

---

① 大环形公园，位于底特律市中心地带，建于一八五〇年，伍德沃德大街从中横穿而过，把公园分成东西两个部分。
② 拉丁文，意思即为接下去的两句话；这是来到底特律的法国神甫加布里埃尔·里夏尔（1767—1832）在底特律被大火焚毁后所说的名言，后来成为该市的箴铭。
③ 阿卡狄亚，古希腊一山区，在今伯罗奔尼撒半岛中部，以其居民过田园牧歌式淳朴生活著称。
④ 杰斐逊（1743—1826），美国第三任总统，《独立宣言》主要起草人。

白漆刷着字号：**赖特-凯公司**……**布莱克父子公司**……**底特律火炉厂**。河面上，有几条矮胖、乌黑的驳船在缓慢地行驶，街上突然出现了一些人，穿着肮脏的外衣的工人，有用拇指摆弄裤子背带的办事员；接着可以看见一些小餐馆和供应膳食的公寓的招牌：**本店供应斯特罗淡啤酒**……**宾至如归；客饭 15 美分**……

……这些新鲜的景象涌进我爷爷奶奶的脑海，跟前一天他们头脑中所有的形象展开竞争。埃利斯岛像一座总督的府邸似的矗立在水面上。行李寄放处的行李一直堆到天花板。他们成群地被赶上一道通向登记处的楼梯。他们身上都别着"朱利亚号"旅客名单的号码，鱼贯经过一排卫生检查员的面前，这些检查员要查看他们的眼睛跟耳朵，抚摩他们的头皮，用小钩子把他们的眼皮翻开。有个医生注意到菲洛博西安医生的眼睛里发炎，就停止检查，用粉笔在他的上衣上打了个×。他给带出了行列。我的爷爷奶奶没有再看见他。"他准是在船上染上了什么病，"黛斯德蒙娜说。"要不，他的眼睛就是因为哭得太厉害而发炎了。"这时候，在他们的周围，粉笔继续给用来标明各种状况。在一个怀孕的妇女的肚子上写了 Pg①；在一个老人衰退的心脏上涂了个 H，用 C 诊断确定哪个人有结膜炎，用 F 来表示哪个人有黄癣，用 T 来表示哪个人有沙眼。可是，不管受到怎样良好的训练，医务人员的眼睛也无法发现隐藏在第五条染色体中的隐性突变。手指无法摸出来，小钩子也不能使它暴露……

如今，在火车上，我的爷爷奶奶身上挂着的不是旅客名单的号码牌，而是所去目的地的卡片："列车长：请你给持卡人指出该在哪里换车，哪里下车，因为该人不会讲英语。持卡人前往底特律的大干线车站。"他们紧挨着坐在未被预定的座位上。左撇子面对车窗，兴奋地望着外面。黛斯德蒙娜则低头注视着她的桑蚕盒，脸蛋因为过去三十六个小时里她所感受到的羞辱和愤怒而红通通的。

---

① Pg, pregnant 的缩写, 怀孕的意思。

"以后再也不让谁来剪我的头发，"她说。

"你看上去不错。"左撇子说，眼睛并没有看她。"你看上去像个美国佬。"

"我不要看上去像个美国佬。"

在埃利斯岛上的特许区域，左撇子哄黛斯德蒙娜走进基督教女青年会①搭建的一个帐篷。她披着披巾，裹着头巾，走了进去，十五分钟以后，她穿着一件腰身松松垮垮的衣衫，戴着一顶形状像个便壶的软瘪瘪的帽子，出现了。在她脸上新抹的香粉底下仍然闪现出怒恼的神色。那些基督教女青年会中的妇女剪掉了黛斯德蒙娜的带有移民色彩的发辫，把这也作为改变她形象的一部分。

她像一个担心自己的口袋有道很深裂口的人那样，执着地老是举起手来，去摸软瘪瘪的帽子下面自己那光光的头皮。不知这是第十三次还是第十四次了。"这是最后一次理发，"她又说道（她信守自己的誓言。从那天起，黛斯德蒙娜就像戈黛娃夫人②那样留起头发，把一大堆蓬松的头发盛在发网里，每星期五洗一次；只有在左撇子去世以后，她才把头发剪了，交给索菲·沙逊，索菲以两百五十美元卖给了一个假发制作商，这个人用这束头发分别做了五顶假发，据她说，其中一顶后来给白宫后来的居住者和康复者贝蒂·福特③买去了，因而在理查德·尼克松④的葬礼时，我们应当在电视上看到过一次前总统夫人头上所戴的我奶奶的头发）。

可是我奶奶心情不快还有另一个原因。她打开膝头上的桑蚕盒，里面是她那仍然用黑色缎带捆扎着的两根发辫，但是此外盒子里就什么也没有了。黛斯德蒙娜把她的蚕子一路从比提尼奥带来，却不得不在埃利斯岛把它们都倒掉了。蚕子被列入了寄生生物的名单。

---

① 基督教女青年会，一八五五年针对工业革命对女性造成的影响创办于英国。一八九四年成立世界基督教女青年会，总部设于日内瓦，旨在通过各种机会促进女青年在精神、智力、身体和社交等方面的发展。

② 戈黛娃夫人，十一世纪初英国的一位贵妇，相传为促其丈夫减轻赋税曾裸体骑马通过考文垂的街道。

③ 贝蒂·福特(1918—)，美国第三十八任总统杰拉尔德·鲁道夫·福特之妻。

④ 理查德·尼克松(1913—1994)，美国第三十七任总统，一九七四年因水门事件而被迫辞职。

左撇子仍然把脸紧贴着车窗。他从霍博肯①起一路上都凝视着外面奇妙的景象：抬起粉红色的面庞往阿尔巴尼山上开去的有轨电车，在布法罗②的夜晚像火山似的冒出红光的工厂。有一次，火车在破晓的时候经过一座城市，左撇子醒了过来，把一家有柱子的银行错当成了帕台农神庙③，以为自己又到了雅典。

且说底特律河迅速流了过去，眼前隐隐出现了城市的形状。左撇子目不转睛地望着停在路边好像巨大的甲虫似的汽车。到处都是大烟囱，烟雾不断给喷到空气当中。有红砖烟囱和高高的银白色的烟囱，有像兵团似的列成好几排的烟囱，也有独个儿默默地往外喷烟的烟囱，林立的烟囱使阳光都变得暗淡了，接着突然把阳光完全挡住了。一切都变得黑乎乎的，原来他们进了火车站。

大干线车站如今已破败不堪，失去了昔日壮观的规模，当时却是底特律想要胜过纽约一筹的尝试。它的底座是一个新古典主义的巨大的云石博物馆，具有科林斯式④的立柱和雕花的柱顶盘，在这座圣堂上面耸立着一座共有十三层的办公大楼。左撇子一直在观察打希腊传到美国来的所有这些样式，这时他到达了传播终止的地方，换句话说，面前就是未来。他走下火车，去迎接摆在他面前的未来，黛斯德蒙娜一点没有选择的余地，只好跟在他的背后。

可是你不妨想像一下当时的景象！大干线！在上百个运输业务代理行中，丁零零零响的电话铃声仍然是一种相当新鲜的声音，货物给运到东西各处；旅客们到达的到达，出发的出发，有的在棕榈大厅喝咖啡，有的在让擦鞋的把他们的皮鞋擦亮，其中有银行职员的翼波状盖饰皮鞋，有零件供应商的尖头皮鞋；也有私酒贩子的鞍背鞋⑤。大干线，有着用瓦斯塔维

---

① 霍博肯，美国新泽西州东北部海港城市，与纽约市相对。
② 布法罗，美国马里兰州北部海港城市。
③ 帕台农神庙，希腊雅典卫城上供奉希腊雅典娜女神的主神庙，建于公元前五世纪。
④ 科林斯式，为五大古典柱式之一，尤指带有莨苕叶形装饰钟状柱顶的建筑。
⑤ 鞍背鞋，一种帮跗面跨缝着质地颜色不同的帮面的系带浅帮鞋。

诺①花砖做的拱形天花板，有着枝形吊灯，有着用威尔士采石场里的石头铺的面。那儿有家理发店，里面有六个座位，城里的头面人物都在那儿把自己裹在滚热的毛巾里；还有一些供租用的澡盆，以及半透明的蛋形云石灯所照亮的几排电梯。

左撇子把黛斯德蒙娜留在一根柱子后面，接着就在车站上的人群中寻找前来接他们的那个亲戚。索梅利娜·齐兹莫结婚前姓帕帕迪亚曼多普洛，她是我爷爷奶奶的表姐，因而是我的表姨婆。她在我眼里是一个有趣的、年纪较大的女人。老是带着危险的香烟灰的索梅利娜；靛蓝色的洗澡水的索梅利娜；参加神智学会②早餐的索梅利娜。她戴着直到肘部的缎子面手套，满眼泪痕地像母亲般地照护着好多条发出臭味的达克斯猎狗。她的屋子里到处是搁脚凳，让那些短腿的动物跳上沙发和躺椅。可是，在一九二二年，索梅利娜只有二十八岁。在我看来，要把她从大干线的这群人中间找出来，就像要从我父母的结婚相册里识别客人一样困难，相片上的所有面孔都现出一副不真实的、生气蓬勃的样子。左撇子面临的则是另一个难题。他在车站大厅里走来走去，寻找从小和他一起长大的表姐，一个好像戴着喜剧中的面具似的咧嘴而笑的尖鼻子姑娘。太阳从屋顶上的天窗里斜照进来。他眯起眼睛，打量着那些从他身边走过的女人，后来还是索梅利娜向他大声招呼，"在这儿，表弟。你认不出我来了吗？我就是那个叫人一见倾心的人呀。"

"利娜，是你吗？"

"我不再是村子里的那副样子了。"

在离开土耳其后的五年时间里，索梅利娜设法把她身上一切可以看出是希腊人的东西都清除掉，从她的头发（她把头发染成深栗色，剪得很短，烫成波浪形），到她说话的腔调（那种腔调朝西迁移得使她只是隐隐约

---

① 瓜斯塔维诺（1842—1908），西班牙建筑师，他创造的瓜斯塔维诺花砖拱形结构一八八五年在美国获得专利。
② 神智学会，一八七五年由布拉弗斯基夫人等创立于美国纽约的组织，主张在全世界建立一种主要依据婆罗门教和佛教教义的折衷宗教。

约地露出一些"欧洲口音"),她的读物(《柯里尔》杂志①,《哈泼斯》月刊②,她喜爱的食物(烙龙虾,花生酱),最后到她身上的衣服。她穿着一件很短的宽松的绿色衣衫,底边装饰着穗子。她的鞋子是用颜色相配的绿色缎子做的,鞋尖有闪光的金属片装饰,踝部还有细长的扣带。她的肩膀上披着一条黑色的羽毛披肩,头上戴着一顶钟形女帽。上面垂下来的缟玛瑙挂件在她那修整过的眉毛上晃荡。

在接下去的几秒钟里,她向左撇子充分展示了她那时髦的美国式的姿势,但内里(在那顶钟形女帽底下)仍然是原来的利娜,不久就洋溢出她那希腊式的热情,她张开两只胳膊。"亲亲我,表弟。"

他们互相拥抱。利娜把她的红脸蛋贴在他的脖子上。随后她缩回身子仔细打量着他,禁不住哈哈大笑,用一只手托住他的鼻子。"你仍是这副模样。我在随便什么地方都认得这个鼻子。"她的笑声随着她那上下抽动的肩膀直到结束,接着她又关心起另一件事情。"那么,她在哪儿?你的那个新娘在哪儿?你的电报上连个她的名字都没有?什么?她藏起来了吗?"

"她……在厕所里。"

"她一定是个美人。你结婚结得真快。你先做的是哪一件,是先自我介绍还是先求婚的?"

"大概是先求婚的吧。"

"她长得怎么样?"

"她看上去……像你。"

"哦,亲爱的,肯定没有这么好看吧。"

索梅利娜把她的烟嘴含在嘴里,吸了口烟,扫视着人群。"可怜的黛斯德蒙娜!她弟弟坠入了情网,就把她丢在纽约。她好吗?"

---

① 《柯里尔》杂志,美国文学和新闻杂志,由彼得·柯里尔创办于一八八八年。第二次世界大战后销售量下滑,一九五三年由周刊改为双周刊,一九五七年停刊。
② 《哈泼斯》月刊,美国文学和政治杂志,由哈泼斯兄弟创办于一八五〇年。原为周刊,现为月刊。

"她很好。"

"她干吗不和你一起来呢？该不是妒忌你新娶的太太吧？"

"不，不是这么一回事。"

她一把抓住他的胳膊。"我们看到了有关那场大火的报道。真吓人！我着急得不得了，直到接到你的信以后才放心。是土耳其人放的火，我知道是这么回事。当然我丈夫不同意这种看法。"

"他不同意？"

"既然你要和我们住在一起，我有个建议。不要和我的丈夫谈论政治。"

"好吧。"

"村子里怎么样？"索梅利娜问道。

"大家都离开了仓房，利娜，现在什么都没有了。"

"要不是我恨那个地方的话，我倒可能会掉两滴眼泪。"

"利娜，有件事我得向你解释一下……"

可是索梅利娜把目光转向别处，跺了跺脚。"可能她同意了。"

"……黛斯德蒙娜和我的一件事……"

"唔，怎么了？"

"……我太太……黛斯德蒙娜……"

"我没猜错吧？她们合不来？"

"不……黛斯德蒙娜……我太太……"

"唔，怎么了？"

"是同一个人。"他发出了信号。黛斯德蒙娜从柱子后面走了出来。

"喂，利娜，"我的奶奶说。"我们结婚了。别说出去。"

这桩秘密就这样倒数最后一次被予以披露。它在大干线那发出回声的屋顶下，被我奶奶脱口说了出来，传到索梅利娜那女帽遮盖着的耳朵里。这番供认在空中停留了片刻，就随着索梅利娜的香烟头上冒出的烟飘走了。黛斯德蒙娜挽住了她丈夫的胳膊。

我的爷爷奶奶完全有理由相信索梅利娜会为他们保守秘密。索梅利娜早先到美国来的时候也有着她个人的秘密,一个在索梅利娜一九七九年去世前我们家一直为她保守的秘密,正像每个人的秘密那样,这个秘密在她去世后也给公开了,因此人们开始谈起"索梅利娜的女朋友"。换句话说,这只是一个由最不严谨的定义所规定保守的秘密,因此如今——当我自己准备透露内情的时候——我心中只感到一点儿小辈所有的不安。

索梅利娜的秘密(正如佐姑姑所说的那样):"有的女人可以用那个岛屿①的名字命名,利娜就是其中之一。"

索梅利娜作为仓房里的一个姑娘,在有失体面的情形下与其他几个女性朋友被抓住了。"并没有多少,"她好多年后对我说,"两三个。人们认为只要你喜欢姑娘,那你就每一个姑娘都喜欢。我一直十分挑剔。并没有多少可以供你选择。"有一阵子,她与自己的这种癖性展开斗争。"我去教堂。并没有什么帮助。当时那是和女朋友碰头的最好场所。在教堂里!我们大家都祈求着与众不同。"当索梅利娜不是跟另一个姑娘,而是跟一个成年的女人,一个有着两个孩子的母亲一起被抓住的时候,闹出了一桩丑闻。索梅利娜的父母要为她安排一门婚事,却找不到一个想要娶她的人。在比提尼奥要找个丈夫本来就不容易,更别提还是一个冷漠的、有缺陷的新娘了。

她父亲就像当时希腊那些家里有个嫁不出去的女儿的父亲那样行事:他给美国写信。那个充满了美元钞票、棒球强击手、浣熊皮外套、钻石珠宝以及孤独的移民单身汉的美国。凭着一张未来新娘的照片和一份可观的嫁妆,她的父亲找到了一个人。

吉米·齐兹莫(全称齐西莫波洛斯)一九○七年在他三十岁的时候来到美国。索梅利娜的家里人对他的情况并没有多少了解,只知道他是个很会讨价还价的人。在写给索梅利娜的父亲的一系列信件中,齐兹莫用一个律

---

① 指位于爱琴海东北部的莱斯博斯岛,因居于该岛的古希腊女诗人萨福同性恋的传说,遂以之代称同性恋女子。

师的正规语言商谈嫁妆的数额,甚至要求在婚礼日前得到一张银行支票。在索梅利娜收到的照片上,可以看见一个身材高大、相貌英俊的男人,留着浓密的八字须,一只手握着一把手枪,另一只手拿着一瓶烈酒。可是,等她两个月后在大干线车站走下火车的时候,前来迎接她的却是一个身材矮小的男人,脸刮得光光的,神情阴郁,肤色黝黑,像个干体力活的人。这种前后不一致的情况可能会叫一个身心健全的新娘感到失望,但是索梅利娜却一点也不在乎。

索梅利娜经常写信,描述她在美国新的生活,但她主要说的是新的时尚,或是她的晶体收音机,她戴着耳机,转着电台调节器,每天花好几个小时收听的收音机,她不时停下来清除石英晶体上积下的炭灰。她从来不提任何与黛斯德蒙娜所谓的"床铺"有关的事,所以她的表姐妹们只好从这些航空信件的字里行间体会其含义,想要在她叙述星期天驾车去贝尔岛的出游中看看她那坐在方向盘前的丈夫的脸上是高兴还是不满,或者从一个有关索梅利娜最新发式(被称作"虱子车库"的一种式样)的段落中推测是否会让齐兹莫把它搞乱。

这个自身也充满了秘密的索梅利娜如今收留了新的同谋者。"结婚了?你是说睡在一起就是结婚吗?"

左撇子勉强说道,"是的。"

索梅利娜这才头一次注意到她的烟灰,轻轻地把它弹掉。"我真倒霉,刚离开村子不久,情况就变得有趣起来了。"

可是黛斯德蒙娜无法忍受这样的嘲讽。她一把抓住索梅利娜的两只手,恳求说,"你非得答应我永远不说出去。我们活着,我们死去,一切也就结束了。"

"我不会说出去的。"

"甚至不可以让人知道我是你的表妹。"

"我不会说给任何人听的。"

"那你丈夫呢?"

"他以为我来接我的表弟和他的新婚妻子。"

"你不会对他说什么吧?"

"这很容易,"利娜笑着说。"他并不听信我的话。"

索梅利娜坚持要叫一个脚夫把他们的箱子拎到汽车边上,那是一辆黑里带红的帕卡德牌汽车。她给了那个脚夫小费,接着爬到司机开车座位上,真是引人注目。在一九二二年,一个女人驾车行驶仍是一种惊世骇俗的景象。她把烟嘴放在仪表板上,随后拉开阻气门,等了规定需要的五秒钟,接着就把点火按钮一按。汽车的马口铁引擎罩便抖动着活跃起来,皮座位也开始颤动,黛斯德蒙娜抓住她丈夫的胳膊。在前面,索梅利娜脱下她的缎带高跟鞋,以便光着脚板开车。她把汽车挂上排挡,随后也不察看一下交通情况,就一下子斜着开上密执安大街,向卡迪拉克广场驶去。我的爷爷奶奶目光呆滞地望着街上的一切活动,有轨电车咯噔咯噔地向前行驶,铃声丁丁当当,单色的车流突然转进转出。在那时,底特律市中心充满了做买卖的跟前往商店去买东西的人。在赫德森百货公司外面,人群十分密集,他们都你推我挤地想要跨进新型的旋转门。利娜给他们指出那些值得一看的场所:**弗龙特纳克咖啡馆……家庭剧场……**以及那些巨大的电光招牌:**罗尔斯顿……韦特及邦德·布莱克斯通·迈尔德十美分的雪茄。**在上面,有个身高三十英尺的男孩在一片十英尺的面包上涂抹**牧场优质黄油**。一幢建筑物的大门上面亮着一排巨大的油灯,用以宣传直到十月三十一日为止的减价出售。周围乱哄哄的,充满喧闹嘈杂的声音,黛斯德蒙娜仰靠在汽车后座上,已经感受到汽车、烤面包机、草地喷灌器和自动扶梯等现代便利设施在以后的岁月中对她所会造成的焦虑;而左撇子却笑嘻嘻的,摇了摇头。到处都是摩天大楼,还有电影院和饭店。佩诺布斯科特大厦、颜色像根印第安人的腰带的第二布尔大厦、新联合信托基金大厦、卡迪拉克大厦、有着金色屋顶的费希尔大厦,底特律的所有这些高层建筑几乎都是在二十年代修建完成的。在我的爷爷奶奶眼里,底特律就像蚕茧交易时节的一个巨大的蚕茧市场。他们所没有看到的是由于住房短缺而睡在街头的工人,以及城东边的贫民区,一片以利兰街、马库街、黑斯廷斯街和布拉什街为界共有三十个街区的区域,那儿满是城里的黑人,不许他们住在别的地方。总之,左撇子和黛斯德蒙娜并没看到城市毁灭(它的第二次毁灭)的苗头,因为他们也是下面这群人中的一部分,所有那些来自各处,凭借亨利·福特的五十美元一天的许诺赚钱过活的人。

底特律的东区是为教堂的榆树所荫蔽的一片安静的地段,两旁都是单门独户的住宅。利娜开车带他们去的那幢房屋坐落在赫尔伯特街上,是一幢朴素的、用根汁汽水颜色的砖修建的两层楼房。我的爷爷奶奶在车子里目瞪口呆地看着这幢房屋,连身子都无法挪动,后来正门突然打开了,有个人从里面走了出来。

吉米·齐兹莫是一个具有那么许多特点的人,我真不知道该从哪儿说起。他是业余的药草采集者、反对主张扩大参政权的人士、专打大猎物的猎手、过去的罪犯、毒品贩子、绝对戒酒的人——你爱挑哪个头衔都成。他四十五岁,年纪差不多比他的妻子要大一倍。他站在阴暗的门廊上,穿着一套价格低廉的衣服和一件尖领已经不大硬挺的衬衫。他打了好多年光棍,那头拳曲的黑发使他具有单身汉的那种狂放不羁的样子,而他那张好像没有铺好的床似的皱巴巴的脸儿更增强了这种感觉。可是,他的眉毛却像印度舞女的眉毛那样迷人地弯成弓形,他的睫毛浓密,使人以为他可能涂了睫毛膏。不过所有这些,我的奶奶都没察觉,她把注意力集中在别的方面。

"一个阿拉伯人吗?"黛斯德蒙娜等厨房里只剩下她和她的表姐时急忙问道。"你没有在信里向我们谈起他的情况,莫非就为了这个缘故?"

"他不是阿拉伯人。他是黑海那儿的人。"

"这是客厅,"齐兹莫这时正带着左撇子参观房子,向他这么解释道。

"黑海边的!"黛斯德蒙娜一边察看冰箱,一边恐惧地喘着气说。"他不是个穆斯林吧?"

"并不是每个从黑海边来的人都改变了自己的信仰,"利娜嘲笑地说。"你以为一个希腊人在黑海里游了泳就会转变成一个穆斯林吗?"

"可是他有土耳其人的血统吗?"她压低了声音问道。"莫非就是为了这个缘故,他才显得那么黑?"

"我不知道,我也不在乎。"

"你爱住多久就住多久"——齐兹莫这时正领着左撇子上楼——"但有几条在这儿住宿的规定。首先我是一个吃素的人。如果你的女人想要烧肉,就得使用自己的锅子和盘子。此外也不可以喝威士忌。你喝不喝酒?"

"有时喝一点。"

"不可以喝酒。想要喝的话,你就到地下酒店去喝好了。我可不想跟警察有什么纠葛。好,谈谈租金。你刚结了婚吧?"

"不错。"

"你拿到了什么样的嫁妆?"

"嫁妆?"

"对。有多少?"

"可是你知不知道他显得有多老?"黛斯德蒙娜在楼下一边察看炉灶一边低声说。

"反正他不是我弟弟。"

"别作声!连这样的玩笑也不要开。"

"我并没有得到一份嫁妆,"左撇子回答说。"我们是在那边的船上相遇的。"

"没有嫁妆!"齐兹莫在楼梯上站住脚,吃惊地回头望着左撇子。"那你为什么结婚?"

"我们相爱了,"左撇子说。他以前还从来没有向一个陌生人这么说过,这立刻使他感到既高兴,又惊慌。

"要是你拿不到钱,就别结婚,"齐兹莫说。"这就是为什么我等了这么长时间,我非要得到合适的价钱不可。"他眨了眨眼睛。

"利娜说起你现在有自己的买卖,"左撇子带着突然产生的兴趣说,一边跟着齐兹莫走进浴室。"究竟做的是什么买卖呀?"

"我吗?我是个进口商。"

"这我可没听说,"索梅利娜在厨房里答道,"一个进口商。我只知道他把钱带回家来。"

"可是你怎么能嫁给一个对他一点都不了解的人呢?"

"为了离开那个国家,黛斯,我甚至可以嫁给一个瘸子。"

"我对进口有些经验,"左撇子在齐兹莫展示水暖设备的时候设法插了这么一句。"以前在布尔萨,在蚕丝行业。"

"你的那部分租金是二十美元。"齐兹莫并没有领会这种暗示。他拉了拉链条,放出一股水流。

"就我而言,"利娜在楼下继续说,"说到丈夫,那是年纪越大越好。"她打开食品储藏室的门。"年轻的丈夫会老缠着我不放。那会叫我累得受不了。"

"你应该感到害臊,利娜,"不过黛斯德蒙娜却不由自主地笑起来。又见到她的老表姐,一个仍然保持原样的比提尼亚的女人,真叫人感到高兴。那个里面放满了无花果、杏仁、胡桃、哈尔瓦①和干杏子的阴暗的食品储藏室也使她感到较为舒服。

"但我可以从哪儿弄到租金呢?"左撇子在他们又往楼下走的时候终于脱口而出地说。"我并没有剩下一点钱。我可以在哪儿干活呢?"

"这不成问题。"齐兹莫挥了挥手。"我会和几个人说一下。"这时他们又走进客厅。齐兹莫站住脚,意味深长地低头看着地下。"你还没有对我的斑马皮地毯表示赞赏。"

---

① 哈尔瓦,一种由碎芝麻和蜜糖等混合而成的甜食,原产于土耳其。

"这十分漂亮。"

"我从非洲带回来的。是我自己打到的。"

"你到非洲去过吗?"

"我哪儿都去过。"

正如城里别的人那样,他们一起住得很挤。黛斯德蒙娜和左撇子睡的卧房就在齐兹莫和利娜的卧房上面;最初几个夜晚,我奶奶都爬下床去,把耳朵贴在地板上倾听。"什么声音都没有,"她说,"我告诉你。"

"回到床上来吧,"左撇子责怪地说,"那是他们的事。"

"有什么事?这正是我要告诉你的。他们什么事都没有。"

这时在下面的卧房里,齐兹莫正谈论着他们楼上的新房客。"多么浪漫的人!在船上遇到一个姑娘,就跟她结婚了。也没有嫁妆。"

"有些人为了爱而结婚。"

"结婚是为了料理家务和养育孩子。这倒提醒了我。"

"求求你,吉米,今儿晚上不行。"

"那什么时候呢?咱们已经结婚五年了,还没有孩子。你一直身子有病,觉得疲劳,不是这儿不舒服,就是那儿不舒服。你有没有吃蓖麻油?"

"吃了。"

"镁剂呢?"

"吃了。"

"好吧。我们必须降低你的胆汁。假如做母亲的胆汁太多,孩子就会缺少气力,不听父母的话。"

"晚安,当家的[①]。"

"晚安,娘儿们[②]。"

[①][②] 原文为希腊语。

这个星期还没有过完，我的爷爷奶奶对索梅利娜的婚姻所有的问题就都得到了解答。吉米·齐兹莫出于年龄的关系，对待他那年轻的新娘，就像对待女儿，而不把她当作妻子。他总是告诉索梅利娜什么是她可以做的，什么是她不可以做的，对她的服装领口和价钱大喊大叫，吩咐她上床安歇，起床活动，开口说话，闭上嘴巴。他总在索梅利娜亲吻和爱抚的哄骗下才肯把汽车钥匙给她。他凭着有关营养食物的浅薄学识，竟然像个医生似的检查她在生理上的规律，他们之间有几次最大的争吵就源于齐兹莫询问利娜究竟多少时候大便一次。至于两个人的性关系，以前确也发生，最近却没有。因为最近五个月，利娜总诉说着她假想的病痛，觉得她丈夫的草药要比他的求欢更为可取。而齐兹莫对于保住精液在精神上所有的益处模糊地抱着神秘的信念，因此打算等到他的妻子恢复活力后再行事。这幢房子就跟他们昔日的家乡故土的那些房子一样，也把男女分隔开来，男人待在客厅里，女人则待在厨房里。这是两个有着不同的事务、职责，甚至（那些信奉进化论的生物学家可能会说）思想方式的领域。左撇子和黛斯德蒙娜一向习惯住在他们自己的房子里，如今也不得不适应他们新房东的生活方式。再说，我爷爷还需要找份工作。

当时有好多家可以前去工作的汽车公司。有查默斯、梅茨格、布拉什、哥伦比亚和弗兰德斯。还有赫普、佩奇、赫德森、克里特、萨克森、利伯蒂、里肯巴克和道奇。不过吉米·齐兹莫在福特汽车公司有熟人。

"我是一个供应商，"他说。

"供应什么？"

"各种燃料。"

他们又坐上那辆在四只薄薄的轮胎上不住颤动的帕卡德牌汽车。周围起了薄雾。左撇子眯起眼睛看着雾蒙蒙的挡风玻璃外面。他们沿着密执安大街驶去，他渐渐看清了远处隐约出现的一块巨石，一幢建筑，样子好像一架巨大的教堂管风琴，音管都朝着天空。

空气中还有一股气味：那跟好多年后，我在床上或在曲棍球球门边闻到的那种往上游飘来的气味没什么不同。我长着一个跟我爷爷的鼻子十分相似的尖鼻子；正如我的鼻子在这种时候所会出现的情况一样，我爷爷的鼻子也做好准备。他张开鼻孔，把空气吸进体内。一开始还可以辨别出那股气味，那股好像属于有机范围的臭鸡蛋和粪肥的味儿。可是过了一会儿，他的鼻孔就给那股气味的化学性质灼痛了，他用手帕捂住鼻子。

齐兹莫笑起来。"别担心。你会习惯的。"

"不，我不会。"

"你想要知道秘诀吗？"

"是什么呢？"

"屏住气不要呼吸。"

他们一到工厂，齐兹莫就把他带进人事部。

"他在底特律住了多久？"经理问。

"六个月。"

"你能证明这一点吗？"

齐兹莫这时压低声音说起话来。"我可以把必需的文件送到你的家去。"

人事经理显得不置可否。"老木屋？"

"再好不过了。"

经理伸出下嘴唇，打量着我爷爷。"他的英语怎么样？"

"并不像我那么好。不过他学得很快。"

"他得去上课并通过测试。否则就不能在这儿工作。"

"那就这样说定了。哦，如果你写下你的家庭住址，我们可以安排把东西送来。星期一晚上，八点三十分左右，是否对你合适？"

"绕到后门来吧。"

我爷爷在福特汽车公司短暂的就业生涯是任何一个斯蒂芬尼德斯家的人在汽车行业工作的唯一一段时间。如果不是汽车的话，我们便会成为汉堡包和希腊色拉的生产商，菠菜馅饼和烤干酪三明治的实业家，米饭布丁和奶油香蕉馅饼的技术专家。我们的产品装配线就是烤架，我们的重型机械就是冷饮柜。尽管如此，这二十五个星期还是使我们跟那个我们在公路上看到的庞大、严峻、令人敬畏的综合企业产生了个人的联系。那座充满滑道、梯子、狭窄通道、火焰和烟雾的受到控制的维苏威火山①，看去有如一个祸患或是一位君主，身上只有一种颜色："红色"。

左撇子在去工作的头一天，一早走进厨房，展示穿在身上的那条新的工装裤。他张开两只穿着绒布衬衫的胳膊，打了个榧子，就用穿着一双工作靴的两只脚跳起舞来，黛斯德蒙娜哈哈大笑，关上了厨房门，免得把利娜吵醒。左撇子吃着备有李子干和酸奶的早饭，看着一份刚开始发行没有几天的希腊文报纸。黛斯德蒙娜把左撇子那由羊奶干酪、油橄榄和面包组成的希腊式午餐装进一个新的美国容器：一个棕色的纸口袋。在后门口，当左撇子回转身来跟她吻别的时候，她直往后退，生怕给人家看见。可是接着想起他们如今已经结婚，住在一个叫作密执安的地方，这儿的鸟儿看上去似乎只有一种颜色，这儿谁都不认识他们。于是黛斯德蒙娜又迈步向前，朝她丈夫的嘴唇凑去。在房子后面的门廊上，靠近一棵叶子已经脱落的樱桃树，他们完成了在美国广阔的野外的头一个亲吻。黛斯德蒙娜心头突然爆发出一阵短暂的欢乐，带着像雨一般落下的满天火花，直到左撇子绕到房子前面不见了为止。

我爷爷一路走到电车站，心情都很愉快。别的工人已经等在那儿，他们膝部松弛，抽着香烟，开着玩笑。左撇子看到他们手里的金属午餐桶，对自己拿的纸口袋感到不好意思，便把它藏在背后。有轨电车开始露面的时候先只听见他的靴子底下产生一阵嗡嗡声，接着它就迎着朝阳出现了，看上去好像阿波罗②的战车，只不过是用电的。在电车里面，人们根据各自所讲的语言，三五成群地站在一起。眼前是一张张为了前去工作而给擦

---

① 维苏威火山，欧洲大陆著名的活火山，位于意大利南部，那不勒斯东南。
② 阿波罗，希腊神话中的太阳神。

洗干净的脸，但他们的耳朵里却仍然有着深黑色的烟垢。有轨电车又急速往前驶去。不久那种欢快的情绪就消失了，说话声也没有了。在靠近闹市区的地方，有几个黑人上了车，站在外面的滑动装置上，抓住车顶。

随后天空出现了一个红色的物体，巍然从它所产生的滚滚烟雾中升起。开始，眼前所能见到的就是八个主要大烟囱的顶部。每个烟囱都冒出一股黑色的烟雾。这些烟雾袅袅向上升腾，融合成一片笼罩在地面景观之上的烟幕，投下一片逼近电车轨道的阴影；左撇子明白人们的沉默是对这片阴影，对它每天早上不可避免地降临表示认可。出现阴影的时候，人们都转过头去，因此只有左撇子看见光线从天空中消失，当时电车笼罩在阴影之中，人们的脸都变得一片灰白，有一个站在滑动装置上的黑人朝路边吐了口血。一股气味随后渗进了电车，起先还是可以忍受的臭鸡蛋和粪肥的味儿，接着变成难以忍受的、刺鼻难闻的气味；左撇子望着别的人，想看看他们是否意识到这股气味，可他们并没有意识到什么气味，尽管他们仍在呼吸。车门打开了，他们鱼贯走下车去。左撇子透过弥漫在空中的烟雾，看见别的许多工人也正从别的电车上往下走。许许多多的灰色身影吃力地穿过铺着石块的院子，向工厂大门走去。好几辆卡车从他们身旁开过，左撇子随着下一班人流往前走去，那时大约五万、六万、七万人正在赶紧抽完最后一支香烟，再不就在抢着说出最后的话语——因为在接近工厂的时候，他们又开始谈起话来，这倒不是因为他们有什么事要说，而是因为一旦进了工厂大门以后，就不允许说话了。那幢像座黑砖堡垒似的主要建筑高有七层，上面有十七个烟囱。从里面伸出两条顶端都有水塔的滑道。它们通向不少个观察平台和毗连的炼制室，四周布满了许多不那么起眼的烟囱。眼前的景象看上去就像一片小树林，那个红色物体的八个主要的烟囱似乎在向风中撒播种子，而十根、二十根或五十根较小的树干这时正从厂房周围贫瘠的土地中迅速向上生长。左撇子这时可以看见火车轨道，河边巨大的筒仓，里面放着煤、焦炭和铁矿石的巨大的香料盒，以及好像巨大的蜘蛛一般伸展在头上的狭窄通道。在他给吸进门去以前，他瞥见了一条货船和一点儿河上的风光；这条河早在河水因为排出的废物而变成橘黄色或者受到火灾的影响以前，就被一些法国探险家以它那淡红的颜色来加以命名。

历史事实：一九一三年，人们变得不再富有人性。就在这一年，亨利·福特把他的汽车放到了滚轴上面，并要他的工人采用装配线的生产速度。一开始，工人们奋起反抗。他们成群地离去，无法使他们的身体适应时代的新节奏。可是，其后人的适应能力还是代代相传：我们在某种程度上都继承了一点儿这种适应能力，因此我们一下子使用起操纵杆和遥控装置，以便产生好多种往复运动。

可是在一九二二年，机器仍然是一样新鲜的事物。

在厂房所在的那一层，我爷爷为他所干的活儿受了十七分钟培训。新的生产方法的一部分特征就在于把劳动分成不少无需熟练技能的活计。这样一来你就可以雇佣随便哪个人，也可以解雇随便哪个人。工头教左撇子从传送带上拿起一个轴承，在车床上磨光，接着再放回传送带。他拿着一个秒表，测定新雇员的工作时速。随后他点了点头，就把左撇子领到生产装配线上他的位置。左边是一个名叫威尔兹比基的人；右边是一个名叫奥马利的人。一转眼，他们就剩下三个人，一块儿等在那儿。接着哨声便响起来了。

每十四秒威尔兹比基就把一个轴承的孔钻钻大，斯蒂芬尼德斯把轴承磨磨光，而奥马利则把轴承装到凸轮轴上去。这个凸轮轴在一条盘绕着整个厂房的传送带上给送走了，穿过厂房里的金属尘雾和酸性雾气，直到五十码外的另一个工人伸出手去，把那个凸轮轴取下，安装到发动机组上（二十秒）。与此同时，别的工人正从邻近的传送带上取下各种部件——汽化器、配电器、进汽歧管——把它们和发动机组连接到一起。在他们低垂的脑袋上面，一些巨大的指轴正在挥动蒸汽动力的拳头。谁都不说一句话。威尔兹比基把轴承的孔钻钻大，斯蒂芬尼德斯把轴承磨磨光，而奥马利则把轴承装到凸轮轴上去。这个凸轮轴在楼层里绕来绕去，直到一只手伸出去把它从传送带上取下，安装到那个在管子的呼啸声和扇风机叶片的漂亮装束下变得越来越异常的发动机组上。威尔兹比基把一个轴承的孔钻钻大，斯蒂芬尼德斯把轴承磨磨光，而奥马利则把轴承装在一个凸轮轴上。这当儿，其他的工人用螺钉拧紧空气过滤器（十七秒），安装起动马达（二十六秒）和飞轮。到了这个时刻，发动机才安装完毕，最后那个人让它高飞而去……

除此之外，他并不是完成汽车安装的最后那个人。下面有几个别的工人把发动机拖了进来，与滚动过来的底盘相接。这几个人把发动机装在传动装置上面（二十五秒）。威尔兹比基把轴承的孔钻钻大，斯蒂芬尼德斯把轴承磨磨光，而奥马利则把轴承装在一个凸轮轴上。我爷爷只看见他面前的那个轴承，他用两只手把那个轴承拿下传送带，磨一磨光，然后在另一个轴承出现时再把它放回去。他头上的那根传送带往回延伸到那些把轴承冲压出来、把铸块装入熔炉的人面前；那根传送带回到黑人们面对炽烈的光亮和热气瞪着大眼、在里面干活的铸造车间。他们给鼓风炉加进铁矿石，把熔化的钢水从铸杓里浇进砂芯铸模。他们浇铸的速度恰到好处——太快，铸模就会突然破裂；太慢，钢就会硬化。他们甚至不能停下来拣去落在他们手臂上的火热的金属碎屑。有时工头会给他们拣去，有时不会。铸造车间是那个红色物体最幽深的地方，是它浇铸的核心，但生产装配线要向后延伸得更远。它向外伸展到煤和焦炭堆放的场所，伸展到货船靠岸卸下矿石的河边，生产装备线在那个地点成了河流本身，蜿蜒曲折地朝上伸展到北方的森林，直到抵达河的源头，也就是大地本身以及其中的石灰岩和沙岩；随后生产装配线又回过头来，从底土层伸向河流，伸向货船，最后伸向起重机、铁锹和熔炉，在那儿它变成熔化的钢水，给浇进模子，冷却、变硬，成为汽车部件——一九二二年T型发动机小汽车的排档、驱动轴和燃料箱。威尔兹比基把轴承的孔钻钻大，斯蒂芬尼德斯把轴承磨磨光，而奥马利则把轴承装在一个凸轮轴上。在他们的上面和身后，在各个不同的角度，别的工人不是在把沙子装进砂芯铸模，就是在把销钉敲进铸模，再不就是把浇铸箱放进化铁炉去。生产装配线并不是一条单一的线路，而是包括许多分叉、相交的线路。别的工人冲压出车身部件（五十秒），把它们压平（四十二秒），再把各个部分焊接在一起（一分十秒）。威尔兹比基把轴承的孔钻钻大，斯蒂芬尼德斯把轴承磨磨光，而奥马利则把轴承装在一个凸轮轴上。这个凸轮轴在厂房里四处游荡，后来一个人把它从传送带上取下，安装到那个在扇风机叶片、管子和火花塞的衬托下变得越来越异常的发动机组上。随后发动机给安装完毕。有个人使它落向一个滚动过来与其相接的底盘，而另外三个工人则从干燥炉里取出一个汽车车身，上面烘干的黑漆亮得叫他们都可以照见自己的脸，他们根本没有多少时间去辨别自己的面目，赶紧把车身装到了滚动过来与其相接的底盘上面。有个人跳到了前座上面（三秒钟），转开点火开关（两秒钟），把汽车开走了。

白天，什么话都不说；晚上，却得说上好几百句话儿。每天傍晚，在下班的时候，我那精疲力竭的爷爷总走出厂房，踏着沉重的脚步，来到附近福特英语学校所在的一幢房屋里。他坐在一张书桌前，面前摊着他的练习册。那张书桌让他感到好像正以生产装配线那一点二英里的时速不住颤动地越过地面。他抬头望着教室墙壁上那用作饰带的英文字母。他周围的几排座位上，也坐着一些面前有着跟他相同的练习册的人。他们的头发因为上面的汗水干了而变得直撅撅的，眼睛给金属的尘埃弄得红红的，两只手也擦破了皮，他们带着唱诗班的男童歌手那种听话的样子朗读着下面这些话儿：

"员工应该在家里充分使用水和肥皂。"

"什么都不像干净整洁那样有助于健康的生活。"

"不要往家里的地板上吐痰。"

"不要让苍蝇飞进屋子。"

"最先进的人就是最干净整洁的人。"

有时，在干活的时候也继续上英语课。有个星期，在工头作了有关提高生产效率的讲话后，左撇子加快了他的工作速度，不是每十四秒而是每十二秒就把一个轴承磨光。后来等他从盥洗室回来的时候，他发现在他的车床旁边写着"卑鄙小人"几个大字。传动带给割断了。等他在设备箱里找到一根新的传动带时，警报器响了起来。生产装配线停了下来。

"你到底是怎么回事？"工头对他嚷道。"我们每次让生产装配线停止运行，都会损失不少钱。要是再发生这样的事，你就别在这儿干了。明白吗？"

"明白，先生。"

"那好！让它开始运行！"

于是生产装配线又开始运行。工头离开后，奥马利向左右望了望，随后凑近前来低声说道，"不要企图当个活儿干得飞快的头儿。你明白吗？那样的话，我们大家都得干得更快。"

黛斯德蒙娜待在家里烧菜做饭。她既没有桑蚕需要照管，也不用去采摘桑叶，既没有邻居可以闲聊，也没有山羊需要挤奶，于是就做些吃食来打发时间。在左撇子一刻不停地磨光轴承的时候，黛斯德蒙娜则在制作通心面肉馅饼、茄合①和乳糖薄饼卷。她在厨房里的桌上铺满面粉，用一把漂白了的扫帚柄，把面团擀成像纸一样的薄片。这些薄片一块接一块地离开她的生产装配线。厨房里摆满了，起居室里也摆满了，她先在那儿把床单盖在家具上面。黛斯德蒙娜在装配线上不断往返来回，添加胡桃、黄油、蜂蜜、菠菜、干酪，再添加几层生面，随后，在把配制好的调合物摆到烘箱里去烤以前，再加一点儿黄油。在那个红色物体里面，工人们因为热气和劳累而疲惫不堪，而在赫尔伯特街，我奶奶却做两个班次。她一早起来准备早饭，把她丈夫带的午饭装好，随后用酒和蒜汁把一只小羊腿浸

---

① 茄合，一种肉末烧茄片菜肴，以碎羊羔肉与茄子薄片浇以各种调味沙司和干酪等。

泡一下。下午她做些加了茴香的香肠，把它们挂在地下室里的暖气管上面。三点钟她开始准备晚饭，只有在烧煮食物的时候，她才歇一会儿，坐在厨房里的桌子边上翻着她那本解梦的书，想要知道她前一天晚上做的那个梦的含义。不管什么时候，炉子上总至少炖着三锅东西。偶尔，吉米·齐兹莫会把他的几个一起做生意的伙伴带回家来，他们都身体结实，粗大的像火腿似的脑袋上戴着顶软呢帽。黛斯德蒙娜不管在一天的什么时刻都为他们准备好饭菜。饭后他们走了，回进城去。黛斯德蒙娜便把桌子收拾干净。

她唯一不肯做的事儿就是去买东西。美国的店铺使她困惑不安。她觉得那儿的农产品令人丧气。即使在好多年后，看到我们郊区厨房里一个克罗格的麦金托什红苹果①，她仍会拿起来加以嘲笑，说道，"这实在算不上什么。我们用这种苹果去喂山羊。"踏进一家本地市场就会思念布尔萨的桃子，无花果和冬天栗子的风味。黛斯德蒙娜在美国的最初几个月里，已经饱受"那无法治愈的思乡之苦"。因此，左撇子在厂里干完活，上好英语课后，还要前去购买羔羊肉和蔬菜，各种调味品和蜂蜜。

他们就这样生活了……一个月……三个月……五个月。他们经历了他们在密执安的头一个冬天。一月份的有天晚上，刚过半夜一点，黛斯德蒙娜·斯蒂芬尼德斯睡着了，头上戴着她讨厌的基督教女青年会给的那顶帽子，用来遮挡透过薄薄的墙壁吹进来的寒风。暖气装置时而哐啷哐啷，时而发出叹息似的声音。在烛光下，左撇子在完成他的课外作业，笔记本搁在膝盖上面，手里拿着铅笔。从墙那儿传来一阵窸窸窣窣的声音，他抬起头来，看见从护壁板的一个洞里闪现出两只红眼睛。他刚写好老鼠两个字，就立刻把铅笔朝那个讨厌的东西扔去。黛斯德蒙娜继续睡着。他轻轻抹了抹她的头发。他用英语说道，"你好，宝贝儿。"新的国家和那儿的语言帮助他把过去发生的事更远地抛在脑后。每天晚上，他身边的那个睡

---

① 麦金托什红苹果，一种皮薄汁多、带有香味的苹果。

眠的形体变得越来越不像是他的姐姐,而像他的妻子。追诉时效一天天地过去,一切关于罪恶的回忆正被渐渐地消除(可是人忘却的事情,细胞却记得。身体,这个累赘的东西……)。

一九二三年的春天到来了。我爷爷习惯了古希腊文动词的多种词形变化,觉得英语尽管缺乏条理,却是一种掌握起来相当简单的语言。一旦他学会了一大部分英语词汇,他就开始领略到那种熟悉的成分,在词根、前缀和后缀上的希腊作料。为了庆祝从福特英语学校毕业,计划安排一场庆典。左撇子是个成绩优异的学生,因而被邀请参加。

"什么样的庆典?"黛斯德蒙娜问道。

"我不能告诉你。反正会叫人意想不到。不过你得给我缝制一些衣服。"

"什么样子的?"

"就像家乡那儿的样子。"

有个星期三的晚上,左撇子和齐兹莫正待在客厅里,利娜突然走进来收听"罗尼·罗奈特的节目"。齐兹莫不以为然地瞅了她一眼,但是她戴着耳机避开了。

"她认为她是一个那种气派的美国佬,"齐兹莫对左撇子说。"嗨。瞧!她还交叉起双腿。"

"这儿是美国,"左撇子说。"我们现在都是美国佬。"

"这儿不是美国,"齐兹莫反驳说,"这儿是我的住宅。我们并不像这儿的那些美国佬那样生活。你太太明白这一点。你有没有看到她在客厅里展示她的双腿,收听收音机?"

有人敲了敲门。齐兹莫对不速之客素来怀有一种莫明其妙的厌恶,他一下子跳起身来,披上他的外套。他示意左撇子不要移动。利娜注意到发生了什么事情,取下她的耳机。门又给敲了一下。"当家的[①],"利娜说,

---

[①] 原文为希腊语。

"如果他们要杀你，那还会敲门吗？"

"谁要杀人！"黛斯德蒙娜这时从厨房里冲进来说。

"只是一种说法而已，"利娜说，她对自己所讲的有关她丈夫的进口事务其实有更多的了解。她悄悄地走到门口，把门打开。

门毡上站着两个人。他们穿着一身灰衣服，戴着条纹领带，穿着黑色拷花皮鞋。他们蓄着短短的连鬓胡子，手里拿着色调相称的公事皮包。他们摘下帽子的时候，露出相同的都从头顶中间分缝的栗色头发。齐兹莫从外套里伸出一只手来。

"我们是福特汽车公司社会部的人员，"那个高个子的人说。"斯蒂芬尼德斯先生在家吗？"

"在家，什么事？"左撇子说。

"斯蒂芬尼德斯先生，我来告诉你我们上这儿来的缘故。"

"公司管理层预见到，"那个矮个子毫无衔接痕迹地继续说，"某些人每天手里掌握五个美元，可能会十分不利于他们沿着正道过健康的生活，可能会使他们在各方面对社会产生威胁。"

"因而福特先生规定"——那个高个子又把话接过去说——"凡是不能明智审慎地使用金钱的人，就不该把钱发给他。"

"而且"——那个矮个子又接口说——"如果哪个人按照计划看上去似乎合格，后来却有了不良嗜好，那么公司有权剥夺他的那份收入，直到他重新过上正常的生活为止。我们可不可以进来？"

他们一踏进门槛，就分头行动。那个高个子从他的公事皮包里拿出一本拍纸簿。"要是你不介意的话，我想问你几个问题。斯蒂芬尼德斯先生，你喝不喝酒？"

"不，他不喝酒，"齐兹莫替他回答说。

"可不可以问一声你是谁啊？"

"我叫齐兹莫。"

"你是这儿的一个房客吗？"

"这是我的房子。"

"那么斯蒂芬尼德斯先生和太太是你的房客啰?"

"不错。"

"不行,不行,"那个高个子说。"我们鼓励我们的员工取得抵押借款。"

"他正在这么做,"齐兹莫说。

这当儿,那个矮个子已经走进厨房。他时而掀开锅子盖,时而打开烤炉门,时而察看垃圾桶。黛斯德蒙娜刚开始表示反对,便给利娜的一个眼神制止了(于是你可以看到黛斯德蒙娜的鼻子开始一掀一掀地抽动。已经有两天了,她的嗅觉异乎寻常地敏锐。她觉得食物的气味变得十分古怪,费泰干酪①闻着好像脏袜子,油橄榄闻着好像山羊屎)。

"斯蒂芬尼德斯先生,你多长时间洗一次澡?"那个高个子问。

"每天,先生。"

"你多长时间刷一次牙?"

"每天,先生。"

"用什么呢?"

"小苏打。"

那个矮个子这时往楼梯上走去。他闯进我爷爷奶奶的卧房,检查他们的床单和枕套。他走进浴室,仔细察看马桶座圈。

"从现在起,用这个吧,"那个高个子说。"这是一种洁齿剂。这儿是一把新牙刷。"

我爷爷疑虑不安地接过牙刷和洁齿剂。"我们是从布尔萨来的。"他解释说。"那是一个大城市。"

"顺着牙龈线刷。从下往上,从上往下。早晚都刷上两分钟。让我们瞧瞧。来试一下。"

---

① 费泰干酪,希腊产的一种片状羊奶干酪,色白质软,在盐水中腌熟,用于佐食橄榄、番茄或新鲜面包等。

"我们是文明的人。"

"你是不是不愿听从有关卫生的指示?"

"听我说,"齐兹莫说。"从前当盎格鲁-撒克逊人还穿着兽皮的时候,希腊人就修建了帕台农神庙,埃及人就修建了金字塔。"

那个高个子仔细朝齐兹莫看了一眼,在他的拍纸簿上做了一条记录。

"是不是这样?"我爷爷说。他难看地咧嘴笑着,用牙刷在他那干渴的嘴里上下移动。

"不错。很好。"

那个矮个子这时从楼上下来了。他啪地翻开他的拍纸簿。开始说道:"第一条,厨房里的垃圾桶上没有盖子。第二条,厨房桌上有苍蝇。第三条,食物里面大蒜放得太多。这会引起消化不良。"

(这时黛斯德蒙娜找到了产生怪味儿的根源,原来是那个矮个子的头发。他头发上抹的生发油的气味使她感到恶心。)

"谢谢你们到这儿来,关心员工的健康,"齐兹莫说。"我们当然不想要哪个人生病,是不是?那可能会减缓生产速度。"

"我不会声称听见了你的这些话,"那个高个子说。"因为你并不是福特汽车公司的正式员工。可是"——他回转身去对着我的爷爷——"我得通知你,斯蒂芬尼德斯先生,在我的报告中,我要记下你的社会关系。我要劝告你和你太太,在你们的经济条件可行的情况下立刻搬进你们自己的家。"

"先生,可不可以问一声你的职业是什么?"那个矮个子想要知道。

"我是干运输的,"齐兹莫说。

"你们两位先生前来拜访,真是太好了,"利娜插进来说。"不过,请你们原谅,我们正打算吃晚饭。今晚我们得去教堂。当然,左撇子九点前就得上床歇息。他希望早上显得精神饱满。"

"很好,很好。"

他们戴上帽子,一同离开了。

此后就到了预备举行毕业庆典的那几个星期。黛斯德蒙娜所要做的事,就是缝制一件民兵背心,用红、白、蓝三种颜色的线绣上花样。左撇子所要做的事,就是在一个星期五晚上,下班后横穿过米勒路,从一辆防弹卡车上领取工资。左撇子所要做的事,也就是在举行庆典的那个夜晚,坐有轨电车去卡迪拉克广场,然后走进戈尔德服装店。吉米·齐兹莫在那儿跟他碰头,帮他挑选一套衣服。

"已经差不多是夏天了。挑选一套米色的衣服,再配一条黄色的绸领带,你说怎么样?"

"不行。英语教师关照我们说只能穿一套蓝色或灰色的衣服。"

"他们想要把你变成一个新教徒。别听他们的!"

"对不起,我穿那套蓝色的衣服吧,谢谢你,"左撇子用最流利的英语说。

(在这儿,店主好像也欠齐兹莫一份情。他给他们打了个八折。)

这时,在赫尔伯特街,希腊正教圣母升天教堂的祭司长斯蒂利亚诺波洛斯神甫终于前来祈神保佑这幢房屋。黛斯德蒙娜在神甫喝着她递给他的那杯迈塔克瑟白兰地时神色紧张地瞅着他。当她和左撇子成为他的教堂会众的时候,这个老神甫曾经例行公事地问他们是否接受过正教的婚礼仪式。黛斯德蒙娜作了肯定的回答。她从小到大一直以为神甫可以看出一个人讲的是不是实话,但斯蒂利亚诺波洛斯神甫只点了点头,就把他们的姓名写到堂区记录簿里。这时神甫放下手里的杯子。他站起身来,朗诵了祝福保佑的言辞,把圣水撒在门槛上。可是在他完成这套仪式之前,黛斯德蒙娜的鼻子又开始抽动起来。她闻出那个神甫午饭究竟吃了什么。她在神甫划十字的时候闻到了他胳膊下的气味。她在门口让神甫走出去的时候,屏住了气息。"谢谢你,神甫。谢谢你。"斯蒂利亚诺波洛斯走了。可是,这并没有什么用处。等她又开始吸气的时候,她可以闻到施了肥料的花坛以及隔壁切斯劳斯基太太煮白菜的气味,她还可以肯定哪儿有个没盖盖子的芥末罐;所有这些气味都使她觉得难受,她的一只手捂着肚子。

就在这个时候,卧房的门打开了,索梅利娜走了出来。她的半边脸上搽满了粉和胭脂;另外半边脸上却什么都没有,显得有些发青。"你有没有闻到什么气味,"她问道。

"是的,我什么都能闻到。"

"哦,天哪。"

"怎么啦?"

"我想我不会这样的。也许你会,但我不会的。"

且说那天晚上七点钟,在底特律轻型武装警卫队的训练场中的情景。观众席的照明灯暗了下来,汇集在场子里的两千名观众也纷纷就坐。城里那些重要的工商企业的头面人物都彼此握手致意。吉米·齐兹莫穿着一套米色的新衣服,戴着一条黄色的领带,架起一条腿来,抖动着脚上的鞍背鞋。利娜和黛斯德蒙娜手握着手,结成神秘的联盟。

幕布在喘息声和疏疏落落的掌声中拉开了,只见彩绘的布景屏上有一条轮船,两个巨大的烟囱跟一片甲板和栏杆。有块跳板一直伸到舞台的另一个令人关注的中心:一个灰色的大锅,锅上醒目地写着这么一句话:**福特英语学校的熔化锅**。开始奏起一首欧洲的民间歌曲。突然,跳板上出现了一个孤独的身影。这个移民穿着巴尔干人穿的背心、灯笼裤和高统皮靴,挑着他捆扎在一根棍子上的全部家当。他忐忑不安地东张西望,随后向下走进了那个熔化锅。

"多么拙劣的宣传,"齐兹莫在座位上嘟哝道。

利娜叫他不要说话。

叙利亚落进了熔化锅。接着是**意大利**、**波兰**、**挪威**和**巴勒斯坦**,最后才是**希腊**。

"瞧,是左撇子!"

我爷爷穿着绣花的民兵背心、袖子蓬松的棉布衬衫和打褶的白裙子,叉开腿走到了跳板上。他停了一会儿,望着台下的观众,但明亮的灯光令他眼花缭乱。当时我的奶奶正望着他,胸中怀着她那几乎保守不住的秘密,但他却无法看到。**德国**拍了拍他的背。"快走吧①。对不起,快走吧。"

亨利·福特坐在前排,表示赞许地点了点头,十分欣赏这场表演。福特夫人想要凑到他的耳边跟他说句悄悄话,但他挥手叫她不要这样。当英语教师们接着出现在舞台上的时候,他那两只看上去好像海鸥似的蓝眼睛从一张脸扫到另一张脸。他们都拿着一把长长的调羹并把调羹伸进锅去。在这些教师用调羹搅动的时候,灯光闪烁不定,变成了红色。舞台上升起了一片水汽。

在那个锅子里,大家挤在一块儿,急匆匆地脱掉身上的移民服装,穿上本来的衣服。他们的四肢都缠绕在一起,这只脚踩在那只脚的上面。左撇子说,"请原谅,对不起,"在他穿上自己那蓝色的毛料裤子和短上衣时,他感到自己完全像个美国人。在他的嘴里,是按美国方式刷过的三十二颗牙齿。他的胳肢窝里洒了大量的美国除臭剂。现在调羹从上面伸了下来,人们不停地来回搅动⋯⋯

⋯⋯这时候有两个人,身材一高一矮,站在舞台的侧面,手里拿着一张纸⋯⋯

⋯⋯在观众当中,我奶奶脸上露出了惊骇的神色⋯⋯

⋯⋯那个熔化锅沸腾漫溢。红色的灯光变得明亮起来。管弦乐队奏起了扬基歌②。福特英语学校的毕业生一个接一个地从那个锅子里出现了。他们穿着蓝色和灰色的衣服,爬了出来,挥舞着美国国旗,台下爆发出一片雷鸣般的掌声。

幕布刚落下来,公司社会部的那两个人就走上前来。

"我通过了期终考试,"我爷爷告诉他们说。"得了九十三分。今天

---

① 原文为德语。
② 扬基歌,美国独立战争时期流行的一支民间歌曲。

我去开了个储蓄账户。"

"这听上去不错,"那个高个子说。

"但遗憾的是,这太迟了,"那个矮个子说。他从口袋里掏出一个纸条,那个纸条的颜色是大家在底特律都很熟悉的颜色,也就是粉红色。

"我们对你的房东作了一些调查。这个自称吉米·齐兹莫的家伙,他有犯罪记录。"

"我一点也不知道,"我爷爷说。"那肯定是搞错了。他是一个好人。干活很卖力气。"

"很抱歉,斯蒂芬尼德斯先生。不过你明白福特先生不能聘用与这种人保持交往的工人。你星期一不用到厂里来了。"

爷爷尽力想要接受这个消息,那个矮个子凑上前来。"希望你吸取这桩事的教训。跟行为不端的人混在一起会使你沉沦堕落。你看上去像是一个好人,斯蒂芬尼德斯先生。确实如此。我们希望你今后一切顺利。"

过了几分钟,左撇子走过来和他的妻子相见。当着大家的面,黛斯德蒙娜竟然紧紧搂住了他,不肯松开,这叫他感到十分诧异。

"你喜欢庆典吗?"

"并不是这个。"

"那是什么事?"

黛斯德蒙娜窥视着她丈夫的眼睛。不过索梅利娜把一切都解释清楚了。"你的妻子跟我吗?"她用明白无误的英语说。"我们两个人都有了身孕。"

弥诺陶洛斯①

  这是一种我决不会和它有多少关联的事情。像大多数(但并不是所有的)两性人一样，我不可能有孩子。这就是我始终没有结婚的一个原因。撇开羞耻不谈，这也是我决定到美国国务院外事处工作的原因。我从来不想待在一个地方。在我开始像一个男性那样生活以后，我和母亲就从密执安州搬迁到了别处，此后我就一直不停地搬迁。在一两年内，我将离开柏林，被派往别的什么地方。离开柏林，我会黯然神伤。这座一度分离的城市使我想到了自己。为了统一，为了形成一个个体②我所付出的努力。我来自一座仍然因种族仇恨而一分为二的城市，待在柏林，我心里充满希望。

  再就我的羞耻说上一句。我无法忍受这种羞耻的心理。我竭尽全力地想要克服这种羞耻的心理。两性人运动就是致力于终止婴儿生殖器官的改造手术。这场斗争的头一步就是要使整个世界，特别是那些儿科内分泌学专家相信具有两性的生殖器官并不是不健全的现象。每两千个婴儿里面就有一个婴儿带着难以确定的生殖器出生。在美国这个拥有两亿七千五百万人口的国家里，今天就有十三万七千个两性人在世。

  不过，我们这些两性人和所有别的人并没什么不同。我正好不是个搞政治的人。我不喜欢拉帮结派。虽然我是北美中间性社团③的成员，但我从来没有参加过这个团体的示威游行。我过着我个人的生活，细心料理着我自己的伤口。这并不是最好的生活方式，但这是我的生活方式。

历史上最著名的两性人？我？把这些话写下来的滋味真不错，但我还有很长的路要走。我暗自工作，只对几个朋友披露了我个人的情况。在鸡尾酒会上，我发现自己站在以前那个大使（也是一个底特律人）的身边，我们就谈起了老虎棒球队。在柏林这儿，只有少数几个人知道我的秘密。这已超过了以前我告诉过的人数，但我也不是始终如一。有些夜晚，我把自己的秘密讲给我刚遇到的人听。在另一些情况下，我始终保持沉默。

对于我抱有好感的那些女人，尤其如此。当我遇到某个我喜欢的人儿，而她似乎也很喜欢我的时候，我就退缩不前。在柏林，有好多个夜晚，我凭借值得一买的里奥哈红葡萄酒④来为自己壮胆，忘了自己身体的状况，竟然还心存希望。那套定做的衣服脱了下来。托马斯·品克牌衬衫也脱了下来。我的约会对象不会不对我的身体情况产生深刻的印象（在我那钉着双排纽扣的衣服里面，是健身房里所练就的一身发达肌肉）。可是最后那层防护物，我那宽松、朴素的拳击裤⑤，我从不把它脱掉，任何时候都不。相反我找了一些借口，离开了。我离开了，再也不给她们打电话，就像一个男人那样。

不久我就又干起来。我每次作出尝试，脚尖抵着起跑线准备起跑。今儿早上，我又瞧见了那个骑自行车的人。这一次我发现了她的名字：朱莉。菊池朱莉。她生长在加利福尼亚北部，毕业于罗得岛艺术设计学校，目前靠贝塔尼艺术家之家⑥提供的经费待在柏林。可是，更重要的一点就是如今她是我星期五晚上的约会对象。

---

① 弥诺陶洛斯，希腊神话中牛头人身的怪物，是克里特国王弥诺斯的妻子帕西淮和海神波塞冬送来的一头白毛公牛生的，被弥诺斯王之孙禁闭在克里特的迷宫里，每年要吃雅典送来的童男童女各七个，后被雅典国王忒修斯杀死。
② 原文为德语。
③ 北美中间性社团，一九九三年由谢里尔·蔡斯所创建的一个代表美国中间性人士权利的组织，该等人士的身体结构不属于传统观念上的"男性"或"女性"。
④ 里奥哈红葡萄酒，西班牙北部里奥哈地区产的一种淡味红葡萄酒。
⑤ 拳击裤，一种腰间有松紧带的宽松短裤。
⑥ 贝塔尼艺术家之家，坐落在柏林西莫大街附近具有历史意义的贝塔尼建筑群中，它是为"四处周游"的艺术家们建立的工作和创作的共同生活场所。

这是头一次约会。不会取得什么成果。并没什么理由提到我的独特之处，提到这些年来我迷茫地四处彷徨，脱离外界，也与爱情隔绝。

＊　　　＊　　　＊

一九二三年三月二十四日清晨，在他们各自处于垂直位置的卧房里，发生了那次同时完成的受精。头天晚上，他们曾外出看戏。我爷爷并不知道不久他就要被厂方解雇，花钱买了四张票去看在家庭剧场演出的《弥诺陶洛斯》。黛斯德蒙娜开头不肯前去。总的说来，她并不喜欢戏剧，特别是轻歌舞剧，可是，最终她还是禁不住被这出戏的希腊主题吸引，穿上一双新袜子，一条黑色连衣裙和一件大衣，跟其他人一起走下人行道，坐进那辆吓人的帕卡德牌汽车。

当帷幕在家庭剧场拉开的时候，我的亲属指望看到整个故事。克里特国王弥诺斯如何没有向海神波塞冬献祭一头白色的公牛。恼怒的波塞冬如何使弥诺斯的妻子帕西淮突然被一头公牛弄得神魂颠倒，而这种结合所产生的孩子，阿斯特里厄斯出世的时候如何在人的身体上面长着一个牛头。接着便是代达罗斯①、迷宫等等。可是，等脚灯一亮起来，舞台上那出戏的非传统的特点就显得相当明显。那些歌舞队的女演员都在台上欢蹦乱跳。她们穿着银色的三角背心和透明的直筒连衣裙，一边跳舞，一边吟诵着与长笛那怪异的声音一点也不合拍的歌词。弥诺陶洛斯出现了，原来是一个戴着纸板做的公牛脑袋的演员。这个演员完全缺乏对古典戏剧人物心理的认识，把那个半人半兽的角色演成一个纯粹的银幕上的野兽。他连声吼叫；随即响起咚咚的鼓声；歌舞队的女演员都尖叫着纷纷逃跑。弥诺陶洛斯跟在后面追赶，当然他抓住了她们，把每一个人都残忍地吞下肚去，把她们那苍白的、无力自卫的身躯拖到迷宫深处。随后

---

① 代达罗斯，希腊神话中建筑师和雕刻家，曾为克里特国王建造迷宫。

幕布落了下来。

我的奶奶坐在第十八排,说出了她的中肯的意见。"这就像是博物馆里的绘画作品,"她说。"只是用以展示赤身露体的人的一个借口。"

她坚持要在第二幕开始前离开。回到家里,这四个前去看戏的人准备上床就寝,就为他们日常晚间要做的那些事忙活起来。黛斯德蒙娜把她的袜子洗掉,点起门厅里的放在圣像前的祭典灯。齐兹莫喝了一杯番木瓜汁,他认为这对消化食物有益。左撇子利索地挂起他的那套衣服,把裤子上的折缝夹好。而索梅利娜则抹些冷霜,洗去她脸上的脂粉,上床就寝。他们四个人都忙着各自的事儿,装着那出戏并没有对他们产生什么影响。不过吉米·齐兹莫却把卧房里的灯关掉了。他正要爬上他的单人床——却发现已经有人睡在上面!原来索梅利娜梦见了那些歌舞队的女演员,就在梦境中走过了小地毯。她嘴里喃喃地念着歌词,一骨碌爬到她那作为替身演员的丈夫身上("你瞧见吗?"齐兹莫在黑暗中说。"不再有胆汁了。这是蓖麻油的作用。")在楼上,要是黛斯德蒙娜没有假装睡着了的话,那她可能就会透过地板听到一些声响。那出戏使她不由自主地也动了欲念,心里老想着弥诺陶洛斯那粗犷的、肌肉发达的大腿。他的受害者那种带有挑逗意味的手脚摊开的姿势。她为自己内心的骚动感到羞愧,外表却没有流露出一点痕迹。她把灯关了,向她的丈夫道了晚安。她打了个呵欠(也像演戏似的),就背过身去。这时左撇子从后面悄悄挨近了她。

让故事停顿一下。这对包括我在内的所有相关的人都是一个重大的夜晚。我想记录下当时他们的身体姿势(露出脊背的左撇子,俯伏着的利娜)、环境(包容一切的夜晚)以及直接原因(一出关于杂种怪物的戏)。父母应当把自己的身体特征传给他们的子女,但在我看来,各种别的东西也给传了下来:主题,剧情概要,甚至命运。我不是也想悄悄挨近一个假装睡着的姑娘吗?不是也牵涉到一出戏和某个在舞台上死去的人吗?

撇开这些家系的问题不谈,我还是回到生物学上的客观事实。正像合住一间寝室的女大学生那样，黛斯德蒙娜和利娜两个人的月经周期是一致的。那个夜晚是月经过后的十四天。并没有用体温表去确定体温，但过了几个星期，恶心和高度灵敏的嗅觉这些症状就证实了一切。"把这种状况称作早孕反应的人肯定是个男人，"利娜宣称说。"他正好早上在家注意到了。"恶心并不按一定的时间表出现；它可没有表。黛斯德蒙娜和利娜在下午和半夜都感到恶心难受。怀孕的情况就像她们上了一条在风暴中颠簸晃动的小船，无法脱身离开。于是她们就把自己绑在床柱上，顶住风暴。她们所接触到的每件东西，床单、枕头，甚至空气，都开始向她们发起攻击。她们丈夫的气息也变得叫她们无法忍受，在她们不是那么难受得无法动弹的时候，就挥着手臂，示意男人们不要走近。

怀孕使丈夫变得态度谦恭。他们在最初产生的一阵男性的自负后，迅速认识到在生殖这个戏剧性事件中自然界所分配给他们的次要地位，就悄悄地变得失意而矜持；这会引起一场他们自己也无法解释的发作。当他们的妻子在卧房里神色庄严地忍受痛苦的时候，齐兹莫和左撇子则退到客厅里去听音乐，或是开车到希腊人居住区的一家咖啡馆去，那儿没有人会受不了他们身上的气味。那儿的人下着十五子棋，谈论政治，谁也不谈女人，因为在咖啡馆里，每个人都是单身汉，不论他年纪多大，不论他让一个更爱跟自己的子女作伴的妻子生了多少个孩子。谈话的内容不外是土耳其人和他们的暴行，韦尼泽洛斯和他的错误，康斯坦丁国王和他的复辟，以及受到焚毁的士麦那那尚未复仇雪耻的罪恶。

"是不是有谁在意呢？没有！"

"正像贝朗瑞①对克莱孟梭②所说的那句话：'谁拥有了石油，就拥有了整个世界。'"

"这些该死的土耳其人！杀人犯和强奸犯！"

---

① 贝朗瑞(1780—1857)，法国诗人，民歌作家。
② 克莱孟梭(1841—1929)，法国政治家，第三共和国总理(1906—1909；1917—1920)，有"老虎"之称。

"他们亵渎了圣索菲亚大教堂①,如今又捣毁了士麦那!"

这时齐兹莫大声地说道:"别尽抱怨。这场战争是希腊的错误。"

"什么!"

"是谁入侵了谁?"齐兹莫问道。

"是土耳其人入侵。那发生在一四五三年。"

"希腊人连自己的国家都无法管理好,他们干吗还需要另一个国家呢?"

这时,好些人站起身来,椅子都给碰翻了。"你到底是谁,齐兹莫?该死的黑海岸边的小子!土耳其人的支持者!"

"事实真相才是我支持赞成的东西,"齐兹莫嚷道。"并没有证据说明那场大火是土耳其人放的。希腊人放了火,好把责任归到土耳其人的身上。"

左撇子走到双方中间,阻止了一场争斗。此后齐兹莫就不再向人讲述自己的政治见解。他郁闷地坐在那儿喝着咖啡,翻看着对空间旅行和古代文明作出推论的各种零星的杂志或小册子。他嚼着柠檬皮,叫左撇子也这么做。他们一块儿,产生了男人们在自己孩子临近出生时的那种轻易出现的友情。像所有快要当爸爸的人那样,他们脑子里的念头就都转向了金钱。

我爷爷从来没有告诉吉米他被福特汽车公司辞退的原因,但齐兹莫明白为什么会发生这样的事。所以,几个星期以后,他就作出了力所能及的补偿。

"做起来就像我们驾车外出一样。"

"行。"

---

① 圣索菲亚大教堂,君士坦丁堡东正教大教堂。原为拜占庭帝国东正教的宫廷教堂和君士坦丁堡教区牧首的主教座堂。一四五三年土耳其人攻陷君士坦丁堡后,被改为伊斯兰教清真寺。一九三五年改为博物馆。一九八〇年土耳其政府决定将其中一所经堂重新开放,供伊斯兰教徒礼拜之用。

"如果我们受到拦阻，什么话都不要说。"

"行。"

"这份工作要比你在那座红色工厂里干的活儿强。真的。五个美元一天根本不值一提。而干这份工作，你爱吃多少大蒜，就可以吃上多少。"

他们坐上那辆帕卡德牌汽车，穿过电气公园的游乐场。外面雾蒙蒙的，时间相当晚了——刚过半夜三点。老实说，这时游乐场应该关门了。可是，今晚电气公园为我通宵开放，雾气突然散了，因此，我爷爷朝车窗外面望去的时候，看见一辆环滑车在车道上疾驶而过。这只是一时间采用的低级的象征主义手法，接着我不得不服从现实主义的严格规则，也就是说：他们什么东西都看不见。春天的雾气漫过了新近开通的贝尔岛大桥两边的护墙。黄色球形的街灯亮闪闪的，在雾中显出一圈圈光晕。

"这么晚还有许多车来来往往，"左撇子惊讶地说。

"是呀，"齐兹莫说。"夜里交通十分繁忙。"

他们给桥轻轻托到河的上面，放到了河的另一边。贝尔岛是底特律河上的一个形状好像草履虫的岛屿，离加拿大那边的河岸不到半英里。白天，公园里满是举行野餐和四处散步的人。钓鱼的人在泥泞的岸边列成一行。宗教团体在举行帐篷会议。可是，天黑的时候，岛上就有一种脱离河岸的放荡不羁的气氛。情侣在僻静的场所停下车来搂抱抚爱。汽车带着见不得人的使命开过桥来。齐兹莫驾车穿过黑暗，经过八角形的凉亭和南北战争英雄纪念碑，开进奥塔瓦人[①]一度在那儿建立他们的夏季营地的那片树林。雾气拂拭着挡风玻璃。桦树在墨黑的天空下脱皮。

二十世纪二十年代的大多数汽车上都缺少一样东西：后视镜。"把住方向盘，"齐兹莫老这么说，随即回头看看他们是不是受到跟踪。他们以这种方式交替掌握着方向盘，顺着中央大街和河滨街迂回向前，环岛绕了三圈，最后齐兹莫才感到满意。在岛的东北角上，他把汽车开到岸边，面

[①] 奥塔瓦人，加拿大的阿尔冈昆印第安人的部落成员。

对着加拿大。

"我们干吗停下来？"

"等着瞧吧。"

齐兹莫把车头灯一明一暗地亮了三次。接着他下了车，左撇子也下了车。他们站在黑暗当中，周围传来河水的汩汩声，波浪的拍击声和货船发出的雾角声。随后又响起了另一种声音：从远处传来的一阵嗡嗡声。"你是不是有一个办公室？"我爷爷问。"一个仓库？""这就是我的办公室。"齐兹莫朝空中把手一挥。随后他指着那辆帕卡特牌汽车。"而那就是我的仓库。"那种嗡嗡声正变得越来越响；左撇子眯起眼睛朝雾里看去。"我以前在铁路上干活。"齐兹莫从口袋里掏出一个干杏子吃起来。"在西部犹他州那边。累得真让我受不了。后来我变聪明了。"那种嗡嗡声几乎就在他们耳边；齐兹莫打开了汽车后盖。这时，雾中出现了一条尾挂机船，一条造型优美的船，上面有两个人。他们在小船开进芦苇丛的时候就关掉发动机。齐兹莫把一个信封递给其中一个人。另一个人一下子把盖在船尾的油布掀开。月光下隐约可以看见十二个整整齐齐堆放在船里的木板箱。

"现在我经营着一条属于自己的铁路，"齐兹莫说。"开始卸货。"

齐兹莫的进口业务的确切性质就给这样暴露无遗。他并不经营叙利亚的干杏子，土耳其的哈尔瓦和黎巴嫩的蜂蜜。他经过圣劳伦斯河从安大略省进口海勒姆·沃克的威士忌酒，从魁北克省进口啤酒，从巴巴多斯进口朗姆酒。他自己是一个绝对戒酒的人，却靠买卖烈酒为生。"如果这些美国佬都是酒鬼，叫我又有什么法子呢？"他证明自己有理由地这么说，几分钟后就驾着车子离开了。

"你应当告诉我的！"左撇子十分气恼地嚷道。"假如我们给抓住了，我就不能取得公民的身份。他们会把我送回希腊。"

"你还有什么选择？你有一份更好的工作吗？别忘了，你跟我，我们都有一个快要出世的孩子。"

我爷爷的犯罪生涯就这样开始了。在接下来的八个月里，他为齐兹莫的酒类走私活动工作，奉行着那种奇特的作息时间，半夜三更就起床了，在天亮的时候吃晚饭。他采用了非法交易的行话切口，把他的英语词汇量增加四倍。他学会把烈酒称作"黄汤"、"烧刀子"、"松鼠汗"和"猫儿尿"。他把喝酒的场所称作"酒铺"、"酒馆"、"酒窟"和"酒吧"。他知道城里各个地下酒店的位置，那些用杜松子酒而不是防腐液注满尸体的殡仪馆，那些不光提供圣餐用的葡萄酒的教堂，以及劣酒给盛在那些巴比西德消毒剂罐里的理发店。左撇子对底特律河的河岸线、它那地形隐蔽的水湾和人迹罕至的登陆地点变得相当熟悉。他可以在四分之一英里外就认出警察的尾挂机船。酒类走私是一桩需要慎重对待的买卖。大规模的非法贩酒活动由紫红帮和黑手党控制。他们宽厚地允许进行一定数量不正规的走私活动——那些去加拿大当天来回的短途旅行，那些为了半夜航行而出现在河上的渔船。不少妇女坐渡船去温莎①，她们的衣服里面藏着好几瓶酒。只要这类走私活动不影响那些帮派的主要买卖，他们就也不加干涉。不过齐兹莫却远远超出了限度。

他们每星期出去五六次。那辆帕卡德牌汽车的后部行李箱里可以放四箱酒，它那宽敞的有幔子遮挡的后座里可以再放八箱。齐兹莫根本不考虑规则和区域。"他们刚就禁酒②作出表决，我就上图书馆去看了看地图，"他说道，解释他是怎么干上这种买卖的。"就看见加拿大和密执安，它们几乎紧贴在一起。我就买了一张到底特律来的车票。我到这儿的时候身上一个子儿也没有。我就跑到希腊人居住区去见一个婚姻介绍人。我让利娜驾驶这辆汽车的原因嘛是由于她已经付了钱。"他满意地笑起来，接着在顺着自己的思路继续往下想的时候，他又沉下脸来。"请注意，我并不赞成女人开车。如今她们竟取得了表决权！"他暗自嘀咕道。

---

① 温莎，加拿大东南部安大略省南部一城市，位于底特律左岸，对岸即为美国密执安州的底特律市。
② 禁酒，一九一九年美国通过宪法修正案第十八条以国法形式禁止酿造、运输和销售一切酒精饮料，后经一九三三年通过的宪法修正案第二十一条废除。

"还记得我们看的那出戏吗？所有的女人都是那样。只要得到机会，她们就会跟一头公牛私通。"

"吉米，那只是故事啊，"左撇子说。"你不能把它看成真实的事儿。"

"为什么不行？"齐兹莫继续说。"女人不像我们。她们生性淫荡。对待她们的最好办法就是把她们关在迷宫里。"

"你说的是什么话呀？"

齐兹莫笑起来。"怀孕。"

那就好像一座迷宫。黛斯德蒙娜不断地把身体转来转去，时而转向左边，时而转向右边，一直想要找到一个舒服的姿势。她并没有离开床铺，在孕期的那些黑暗的过道里徘徊，给那些在她之前朝着这个方向走的女人的尸骨弄得磕磕绊绊。对那些先行者，也就是她的母亲尤弗罗西尼（突然她变得与她的母亲十分相像）、她的那些外祖母和姨婆，以及她们之前一直可以追溯到史前阶段直至夏娃①的所有那些女人来说，她们的子宫早就受到诅咒。黛斯德蒙娜开始对这些女人有了切身的了解，与她们有着同样的痛苦，同样的叹息，同样的畏惧，同样的防护，同样的愤怒，同样的期待。她像她们一样，也把一只手托着肚子，支撑着世界，她感到无所不能，十分得意，接着她背上有块肌肉抽搐了一下。

现在我把整个孕期按时间的推移给你说一下。黛斯德蒙娜在怀孕八周的时候仰卧在床上，床单给拉到她的腋窝那儿。窗口的光线随着白天和黑夜的变化而忽明忽暗。她的身体不断抽搐；她侧着身子，把肚子搁在一边；盖在身上的被子形状有了改变。一条羊毛毯时隐时现。放食物的盘子一下子飞到床边小几上，接着不等送还就又跳开了。可是在所有这些无生命物体的疯狂舞蹈中，处于中心的仍然是黛斯德蒙娜那不断移动的身体。她的乳房胀鼓鼓的，乳头的颜色也变深了。到了十四周的时候，她的脸开

---

① 夏娃，基督教《圣经》故事人物，所谓"人类的始祖"亚当的妻子。

始变得圆滚滚的，因而我头一次可以认出我童年时的奶奶。到二十周的时候，在她的肚脐下面开始出现一道神秘的纹路。她的肚子高得像个吉费牌爆玉米花饼①。到三十周的时候，她的皮肤变得很薄，头发也浓密起来。她那开始因为恶心而苍白暗淡的脸色变得好一些了，后来竟泛出了红色。她肚子越大就变得越加难以挪动。她不再俯卧，而是一动不动地向照相机挺着大肚子。窗户的闪光效果继续下去。到三十六周的时候，她把自己紧紧裹在被单里面。被单上下起伏，露出她的那张脸来，显出一副精疲力竭、心满意足、逆来顺受、急不可待的样子。她睁着眼睛，大声喊叫。

利娜把两条腿裹在护腿里面，防止静脉曲张。她生怕自己的气息难闻，床边总搁着一罐薄荷糖。她每天早上都咬着下唇，称一下体重，她欣赏着自己新出现的丰满体形，但却对这样产生的后果感到烦恼。"我的乳房再也不会和原来一样了，这一点我知道，生好孩子以后，就会变得松垂耷拉，就像在《国家地理》杂志②上看到的那样。"怀孕使她觉得自己太像一头动物了。这样公然地移地繁殖叫她感到十分难堪。她的脸在荷尔蒙汹涌高涨的时候觉得火辣辣的。她浑身出汗；涂抹在脸上的化妆品都消融了。整个生育过程是进化的较为原始阶段的残余。这种过程使她和低级种类的生物类联系在一起。她想到了排卵的蜂王，她想到了去年春天在后院里挖洞的隔壁那条牧羊犬。

唯一可以借以逃避的东西就是收音机。她在床上、长沙发上和浴缸里都戴着耳机。夏天的时候她把收音机带到屋外，坐在樱桃树底下收听。她使头脑里充满音乐，避免想到自己的身体。

十月份的时候，她们怀孕已有九个月了；有天早上，一辆出租汽车在赫尔伯特街三四六七号门外边停下，从车里走出一个又高又瘦的男人。他查看了一下手里那张纸上的门牌号数，取下他的物品——雨伞和小提箱，

---

① 吉费牌爆玉米花饼，一九五八年由弗雷德·门嫩所研制出的一种爆玉米花饼。
② 《国家地理》杂志，美国地理、旅行、科学和探险杂志，一八八八年由国家地理协会创办于美国首都华盛顿，系目前世界上发行量最大的杂志之一。

接着把车费付给司机。他摘下帽子,两眼盯着帽子里面,好像在看着衬里上的指示。随后他重新戴上帽子,走进门廊。

黛斯德蒙娜和利娜两个人都听见了敲门声。她们在前门口相遇。

等她们打开前门,那个男人来回望着她们俩的肚子。

"我到得正是时候,"他说。

原来是菲洛博西安医生。他目光炯炯,脸刮得光光的,完全从他的哀伤中恢复过来。"我保留了你们的住址。"她们把他请进屋去,他讲述了自己的经历。他确实在"朱利亚号"上得了黄癣眼病。可是亏了他的行医执照,他才没有给送回希腊;美国需要内科大夫。菲洛博西安医生在埃利斯岛的医院里住了一个月,然后在亚美尼亚救济处的担保下,他获准进入美国。在过去十一个月的时间里,他住在纽约市曼哈顿区的东南部。"为一个验光师磨镜片。"最近他设法从土耳其取回了一些资产,来到了中西部。"我想在这儿行医。纽约的医生已经太多了。"

他留下来吃晚饭。两个女人虽然有孕在身,却并不能不做家务。她们挪动着肿胀的双腿,把一碟碟吃的东西端上桌子,有羊肉米饭、用番茄沙司拌和的秋葵豆荚、希腊式色拉①、米饭布丁。随后黛斯德蒙娜煮起希腊咖啡,用小咖啡杯把上面冒着棕色泡沫,也就是沫子的咖啡端到桌上。菲洛博西安医生对在座的两个做丈夫的人说道:"真是难得。你们肯定那是发生在同一个夜晚吗?"

"是的,"索梅利娜答道,一边在桌旁抽着烟。"那天一定有个滚圆的大月亮。"

"通常要五六个月才能叫一个女人怀孕,"医生继续说。"你们两个人在同一个夜晚就都怀上了——真是难得。"

"真是难得?"齐兹莫望着桌子对面的索梅利娜说,索梅利娜却把脸转开了。

---

① 希腊式色拉,一种蔬菜色拉,以费塔干酪、鳀鱼、刺山柑和油醋沙司拌和而成。

"至少相当难得，"医生颇为自信地说。

"这都要怪弥诺陶洛斯，"左撇子开玩笑地说。

"别谈那出戏了，"黛斯德蒙娜责怪地说。

"你干吗这样看着我？"利娜问道。

"我不能看着你吗？"她的丈夫反问道。

索梅利娜恼火地叹了口气，用餐巾擦了擦嘴。出现一片气氛紧张的寂静。菲洛博西安医生又给自己倒了一杯酒，贸然说道：

"分娩是一个十分有趣的话题。就拿畸形来说吧，以前人们以为那是母亲的想像所造成的。在夫妻交合的时候，不论做母亲的当时正好看到或想到什么，都会影响胎儿。在大马士革人中流传着这么一个故事，讲的是有个女人的床头上挂着施洗者约翰①的一幅画像，身上穿的是传统的刚毛衬衣②。那个可怜的女人在放纵情欲前的挣扎中偶然朝那幅画像瞥了一眼。九个月后，她的孩子出世了，身上像熊那样毛茸茸的！"说到这儿，医生突然笑起来了，感到十分愉快，又抿了几口酒。

"不会发生这种事吧？"黛斯德蒙娜突然惊慌起来，想要知道是不是真有这样的事。

可是，菲洛博西安医生说得正好兴起。"还有一个故事，说的是一个女人在交欢的当口碰到了一个癞蛤蟆。她的小孩生出来的时候长着一双凸出的眼睛，身上满是肉赘。"

"是你看过的一本书里这么说的吗？"黛斯德蒙娜的声音显得很紧张。

"帕雷③的《论畸形胎儿和奇迹》中讲的大部分都是这种事儿。教会也对此产生了兴趣。坎贾米拉④在《胚胎骶骨》中建议举行子宫内的洗礼。要是你担心自己怀的可能是一个畸形胎儿，那么，这是一种有疗效的

---

① 施洗者约翰，约公元二十八年出现在犹太的一位先知。
② 刚毛衬衣，指苦行者贴身穿的硬毛布衬衣。
③ 帕雷(1510—1590)，法国外科医生，为近代外科学先驱。
④ 坎贾米拉(1702—1763)，意大利神甫。

方法。你只消把注射器里装满圣水，在孩子出生前给他受洗。"

"别担心，黛斯德蒙娜，"左撇子看见她显得十分焦虑不安，就这么说。"大夫再也不这么想了。"

"当然不啦，"菲洛博西安医生说。"所有这类荒唐的说法都来自于欧洲中世纪。我们现在知道大多数先天畸形是由于父母的血缘关系所造成的。"

"是由于什么？"黛斯德蒙娜问。

"是由于家族里面近亲通婚所造成的。"

黛斯德蒙娜的脸刷地变白了。

"这造成了各种各样的问题。低能、血友病。看看罗曼诺夫家族[①]，看看随便哪个王室。所有这些家族都免不了会有基因变异所产生的突变体。"

"我不记得那天晚上我究竟在想什么，"黛斯德蒙娜后来在洗碗碟的时候说。

"我记得，"利娜说。"从右边数过去第三个演员，长着红头发。"

"我让自己的眼睛闭着。"

"那就不用担心。"

黛斯德蒙娜把水龙头开了，免得让人听见她们说话的声音。"那另一件事该怎么办呢？血……血……"

"血缘关系吗？"

"对呀。你怎么知道孩子是不是会有这方面的问题？"

"只有等他出生了你才知道。"

"天哪！"[②]

"你认为教会为什么不让兄弟姐妹相互结婚呢？就连嫡表兄妹也得取得主教的许可。"

[①] 罗曼诺夫家族，一六一三年至一九一七年的俄罗斯统治家族。
[②] 原文为希腊语。

"大概是因为……"她的声音越来越轻,没有作出回答。

"别担心,"利娜说。"那些大夫都爱夸大其词。要是家族内部相互结婚有那么大害处,那我们都应该是没有腿的六只胳膊的人了。"

可是黛斯德蒙娜实在安不下心来。她回想起比提尼奥,尽力回忆那儿究竟有多少个孩子出生时身上就有缺陷。梅利亚·萨拉卡斯有个脸盘儿中部缺少一块的女儿。她的哥哥约尔戈只活了八岁。有没有哪个孩子好像穿着刚毛衬衣?有没有什么蛙孩?黛斯德蒙娜回想起母亲所讲述的村子里出生的那些反常的婴孩的故事。他们每过几代就要出现,都是一些在某方面不健全的孩子,黛斯德蒙娜想不起当时确切的话语——她母亲说得含含糊糊。每逢这些孩子出现的时候,他们总会遇到悲惨的结局:他们不是自杀,就是离家出走,成为马戏团的演员;好多年后,人家会看到他们在布尔萨沿街乞讨或沦为娼妓。左撇子晚上出外干活的时候,黛斯德蒙娜一个人躺在床上,尽力回想这些故事的细节,但时间隔得太久了,如今尤弗罗西尼·斯蒂芬尼德斯已经去世,找不到哪个人去问了。她回想起自己怀孕的那个夜晚,试图重现当时的情景。她侧过身子,拿一个枕头代替左撇子,用它抵着自己的背。她朝房里四下扫了一眼。墙上什么图片都没有。她也没有碰过什么癞蛤蟆。"当时我看见什么?"她暗自问道。"只有墙壁。"

不过,她并不是唯一感到焦虑不安的人。既然我对自己马上就要告诉读者的那件事的真实性作了不承担责任的正式声明,心里不再有所顾虑——因为在我那中西部的埃皮达鲁斯①的所有演员当中,戴着最大面具的那个演员就是齐兹莫——那我就要设法让读者略微看到一点他在最后那三个月里的情感。他对自己要当父亲了,是不是感到兴奋?他有没有把富于营养的根茎带回家来,泡顺势疗法的茶喝?不,他并不感到兴奋,也没有那么做。自从菲洛博西安医生那天晚上在他们家吃了晚饭以后,吉米·齐兹莫就变了。也许就因为医生说的关于同时发生怀孕的那些话。真是难

---

① 埃皮达鲁斯,古希腊阿尔戈利斯一古镇,为医药之神阿斯克勒皮俄斯的神庙所在地,当地还有保存最为完好的古希腊剧场,其历史可追溯到公元四世纪。

得。也许就因为偶尔听到的这一点儿情况，齐兹莫才变得越来越心情阴郁，老用怀疑的目光扫一眼她那怀孕的妻子。也许他不相信在五个月一无所获的时间内竟会有这种可能：即唯一一次的交欢就导致了成功的怀孕。齐兹莫是不是端详着他那年轻的妻子，感到自己上了年岁？还是他觉得自己受了哄骗？

一九二三年晚秋，好几个弥诺陶洛斯常在我家出没。在黛斯德蒙娜的眼里，它们所表现出的形态不是一些流血不止的孩子，就是一些浑身是毛的娃娃。齐兹莫看到的怪物则是众所周知的那个长着两只绿眼睛的家伙。当他在岸上等着装运烈酒的时候，那个怪物从黑沉沉的河里瞪着他。当他在路上的时候，那个怪物从路旁跳出来，隔着汽车的挡风玻璃对着他。等他在日出之前回到家里的时候，那个怪物在床上翻了个身，那头绿眼睛的怪物正躺在他那年轻的、神秘莫测的妻子身旁，但齐兹莫眨了眨眼睛，那头怪物就消失不见了。

等女人们怀孕满八个月的时候，下了头一场雪。左撇子和齐兹莫都戴上手套和围巾，在贝尔岛的岸边等待。不过，尽管这样来抵御寒气，但我爷爷仍然冷得直打哆嗦。上个月，他们两次都差一点给警察抓到。齐兹莫心里充满猜忌和怀疑，变得行为古怪，不再注意安排接头地点，而是未作什么充分准备就选择交付地点。更糟的是，紫红帮当时正在加强其对城里酒类走私活动的控制。他们早晚会与紫红帮发生冲突。

这时，在赫尔伯特街，一把银匙正在不断摆动。索梅利娜躺在她的卧房里，两条腿给绷带绑在一起，而黛斯德蒙娜则作出了她的头一次预测；她的这类预测会在以后对我作出预测后而告终。

"告诉我是个女儿。"

"你可不要一个女儿。女儿引起的麻烦太多了。你得为她和男孩子的交往担心发愁。你得拿出一份嫁妆，给她找个丈夫——"

"她们在美国可没有嫁妆，黛斯德蒙娜。"

银匙开始晃动。

"如果是一个男孩,我要杀了你。"

"一个你要和她打架的女儿。"

"一个我可以和她闲谈的女儿。"

"一个你会疼爱的儿子。"

银匙的弧度加大了。

"是……是……"

"什么?"

"开始节省金钱。"

"还有呢?"

"把窗关上。"

"是那样?真的是那样吗?"

"准备打架吧。"

"你是说是一个……"

"不错,一个女儿。肯定无疑。"

"哦,谢天谢地。"

……正在出空一个大得能让人走进去的壁橱,四周的墙壁都给刷成白色,她把它用作育儿室。从赫德森商店运来两个相同的有围栏的儿童床。我奶奶把它们安放在育儿室内,随后在两张床之间挂了一条毛毯,免得她生出一个男孩来的话会有所不便。在外面的门厅里,她在点在圣像前的祭典灯前面停下来向一切圣者祈祷:"请不要让我的孩子成为一个血友病患者。左撇子和我并不了解我们所做的事。行行好,我发誓再也不会有另一个孩子了。就这一个。"

三十三周。三十四周。在子宫那个游泳池里,婴儿进行反身跳水,头朝前地往下跳去。不过,索梅利娜和黛斯德蒙娜怀孕的时间尽管完全相同,但她们最后生产的时间却出现了差异。十二月十七日,索梅利娜在听收音机里一出广播剧的时候，忽然取下耳机，宣布说她感到了分娩时的阵痛。三小时后，菲洛博西安医生就如黛斯德蒙娜所预测的那样给她接生下一个女孩。这个孩子的重量只有四磅三盎司，非得在保育箱里放一个星期。"瞧见了吗？"利娜对黛斯德蒙娜说，一边隔着玻璃瞅着那个孩子。"菲尔大夫弄错了。瞧，她的头发是黑色的，不是红色的。"

吉米·齐兹莫接着走到保育箱前。他摘下帽子，弯腰凑近前去观看。他有没有皱眉蹙额？婴儿苍白的肤色是不是证实了他的怀疑？还是提供了什么答案？为什么他妻子老是诉说身上疼痛难受？为什么他妻子又恰好霍然痊愈了好证实他是孩子的父亲？（不论他有什么怀疑，这个孩子都是他的。索梅利娜的那种肤色不过意外引起了注意。遗传现象完全像一场赌博。）

据我所知，齐兹莫在看到他女儿后立刻便想好了他的最后计划。一星期后，他对左撇子说，"做好准备。咱们今晚有买卖。"

沿湖的大楼如今都点亮了圣诞节的灯火。玫瑰街有一大片被白雪所覆盖的草地，道奇大楼有一棵从北部半岛①运来的四十英尺高的圣诞树。好些小精灵在不少个道奇小轿车模型里绕着松树跑来跑去。一头戴着帽子的驯鹿充当圣诞老人的司机（红鼻子驯鹿鲁道夫②还没有被创造出来，所以驯鹿的鼻子是黑的）。在大楼的大门外边，有辆深褐色的帕卡德牌汽车开过去。驾车人径直看着前方。坐在旁边的那个乘客则瞅着窗外这幢高大的楼房。

吉米·齐兹莫开得很慢，因为汽车轮胎上装着防滑链条。他们顺着东杰斐逊街开出来，经过电气公园和贝尔岛大桥。他们继续穿过底特律的东区，沿着杰斐逊大街开去（如今到了这儿，我的那片狭长的树林：格罗斯

---

① 北部半岛，美国苏必利尔湖与密执安湖之间的半岛，构成密执安州的北部。
② 红鼻子驯鹿鲁道夫，一九三九年广告公司经理罗伯特·梅(1905—1976)为在圣诞节提升其雇员蒙哥马利·沃德所写诗的主人公。

角。到了斯塔克家的房子,克莱门蒂娜·斯塔克和我在念三年级前的那个夏天要在这儿"练习"接吻。那儿是贝克-英格利斯女子学校,高高地坐落在俯瞰湖水的山冈上)。我爷爷十分清楚齐兹莫到格罗斯角来并不是为了对那些高大的房屋表示赞赏。他焦急地等着看齐兹莫想打什么主意。在离玫瑰街不远的地方,眼前出现了黑色的冻得硬邦邦的湖边平地,上面空无一人。湖岸近旁,大块大块的冰聚积成堆。齐兹莫顺着湖岸线开去,后来开到夏天船只就在那儿起航的路边上的一个缺口,就把车转进去停了下来。

"咱们要从冰上过去吗?"我爷爷问道。

"这是现在到加拿大的最不费劲的方式。"

"你肯定冰不会塌下去吗?"

作为对爷爷的这个问题的答复,齐兹莫只把车门打开,以便逃脱。左撇子也照着做了。那辆帕卡德牌汽车的前轮落到了冰面上。一时间好像整个冰冻的湖都在移动,接着传来一阵尖厉的声音,仿佛牙齿嚼着嘴里的小方冰块。过了一会儿,这种声音没有了。汽车后轮也落到了冰面上。冰面往下一沉。

我爷爷自从在布尔萨的时候起就没再作过祈祷,这时却突然想要再作一番尝试。圣克莱尔湖是由紫红帮控制的。那儿既没有树木可以躲在后面,也没有旁边的岔道可以钻进去。他咬着自己那已经没有指甲的拇指。

那晚没有月亮,他们只看见好似昆虫的前灯所照亮的一切:车前十五英尺左右、似由颗粒构成的冰蓝色的地面,上面满是纵横交叉的轮胎痕迹。一阵阵的雪花在他们眼前飞舞盘旋。齐兹莫用他的衬衫袖子擦了擦雾蒙蒙的挡风玻璃。"小心提防黑色的冰面。"

"为什么?"

"这表明那儿的冰面很薄。"

不一会儿,眼前就出现了头一块黑色的冰面。凡是沙洲隆起的地方,拍打的波浪就使冰面结得不太牢固。齐兹莫把汽车绕了过去。然而，不久眼前出现了另一块黑色的冰面，他只好朝另一个方向开去。右，左，右。那辆帕卡德牌汽车沿着其他私酒贩子的汽车车胎痕迹，曲折前进。有时，一幢冰屋挡住他们的去路，他们只好向后退去，走回头路。他们时而向左，时而向右，时而往后，时而朝前，在黑暗中那有如云石一般光滑的冰面上移动。齐兹莫身子俯在方向盘上面，朝着光线逐渐消失的前方看去。我爷爷让身旁的车门开着，力图听见冰面上发出的吱嘎声……

……可是，这时在发动机的声音上面，突然响起另一个声音。在这同一个夜晚，在城的另一头，我奶奶正在做一个噩梦。她在"朱利亚号"的一条救生船里面。孔图利斯船长跪在她的两条腿之间，正把她那结婚穿的紧身胸衣脱掉。他解开带子，把她的胸衣扯开，一边抽着一支丁香香烟[①]。黛斯德蒙娜的身体突然这么裸露出来，她觉得十分难堪，就低头看着船长为之入迷的东西：一根粗粗的船缆消失在她的身体里面。"使劲拉啊！"孔图利斯船长嚷道，于是左撇子出现了，显出一副忧虑的神气。他抓住缆绳的一头，开始拉起来。随后：

疼痛。梦中的疼痛，既像真实却又不是真实，只是神经细胞火辣辣的。在黛斯德蒙娜的身体内部，有个里面都是水的气球突然破裂。她的大腿上蓦地感到一阵温暖，同时救生船里满处是血。左撇子用力把缆绳拉了一下，又拉了一下。血溅到了船长的脸上，但他拉下帽檐用以遮挡。黛斯德蒙娜大喊大叫，救生船不断摆动，随后啪的响了一声，她感到十分难受，仿佛自己给拉成两半，而在缆绳的末端，就是她的孩子，一小堆颜色青肿的肉，她想要找孩子的胳膊，却找不到，想要找腿，也找不到，随后那个一丁点小的脑袋抬了起来，她偷看了一眼孩子的脸，只看到一排时开时合的月牙形的牙齿，没有眼睛，没有嘴，只有啪嗒啪嗒、时开时合的牙齿……

黛斯德蒙娜突然醒了过来。她很快意识到当时实际在她身子下面的床

[①] 丁香香烟，印度尼西亚用烟叶和丁香混合卷成的香烟。

铺已经湿透了。她的羊膜已经破了……

……而这时在户外的冰面上，那辆帕卡德牌汽车的前灯随着每次加速而显得更加明亮，因为从电池里流出更多的电。他们如今把汽车开到了湖中间的航线上，和两边的湖岸距离相等。天空有如盖在他们头顶上的一个黑色大碗，透过上面的裂纹可以看见天上的火焰。他们如今想不起他们是从哪条路开来的，他们转过几个弯，哪儿的冰面危险。冰冻的地面上乱七八糟地划着通向四面八方的轮胎痕迹。他们经过一些破旧的汽车的残骸；这些汽车的前端陷在冰块中间，车门上尽是枪弹窟窿。四下里扔着一些车轴、毂盖和几个备用轮胎。在黑暗和盘旋飞舞的雪花中，我爷爷的眼睛老是发花。有两回他以为自己看见一队汽车正在向他们开来。那些汽车似乎在戏耍他们，一会儿出现在前面，一会儿出现在旁边，一会儿出现在后面，穿梭来往得那么快，他简直拿不准自己是否确实看到了它们。这时在那辆帕卡德牌汽车里面，除了皮革和威士忌的气味以外，还有另一股气味，一股盖过了我爷爷身上除臭剂的刺鼻的金属腥味：恐惧。偏巧在这当口儿，齐兹莫平心静气地说，"有件事我一直感到纳闷。为什么你从没有告诉任何人利娜是你的表姐？"

这个突如其来的问题使我爷爷猝不及防。"我们并没有把这件事保密。"

"没有？"齐兹莫说。"我从来没有听你提过。"

"在我们来的那个地方，大家都是表亲，"左撇子想要开个玩笑，接着他又说道："咱们还得往前走多远？"

"在航线的另一边。咱们现在仍在美国的一边。"

"你怎样才能在这儿找到他们呢？"

"咱们会找到的。你要我加快速度吗？"齐兹莫也不等他回答，就把脚踩到油门上。

"现在的速度可以。开慢点儿。"

"还有一件事我一直想弄清楚，"齐兹莫说，一边加大了车速。

"吉米，注意安全。"

"利娜为什么非要离开村子结婚？"

"你开得太快了。我都来不及察看冰面。"

"回答我的问题。"

"她为什么离开？那儿没有人可以结婚。她想要到美国来。"

"这就是她想要的吗？"他又加快了车速。

"吉米。放慢速度！"

可是齐兹莫猛踩油门，同时嚷道，"是不是你！"

"你在说什么呀？"

"是不是你！"齐兹莫又大声嚷道，这时发动机嘎嘎直响，冰面在汽车下面发出嘶嘶声音。"到底是谁？"他要求知道。"告诉我！到底是谁？"……

……可是，在我爷爷能够作出回答以前，另一个回忆歪歪斜斜地越过冰面。那是我童年时一个星期日的夜晚，我父亲带我到底特律帆船俱乐部去看电影。我们走上铺着红地毯的楼梯，经过银色的帆船比赛的奖杯以及水上滑艇赛手加·伍德①的油画像。在二层楼上，我们走进会堂，在一个电影屏幕前面安放了许多张木头折叠椅。里面的灯这时给关掉了，咔嗒咔嗒的放映机射出一道光来，让人看到空中无数的浮尘。

为了逐步让我感受到我的民族传统，我父亲所能想出来的唯一方式就是带我去看配了意大利语的古希腊神话影片。因此，每个星期，我们不是去看海格立斯②如何杀死涅墨亚狮子，就是去看他如何窃取阿玛宗人的腰带（"那是某种腰带，是吗，卡利？"），或是没有一点文本的依据，他无端给扔在蛇洞中。可是我们最爱看的影片是弥诺陶洛斯……

……银幕上出现了一个戴着十分难看的假发的演员。"这是忒修

---

① 加·伍德，即加菲尔德·阿瑟·伍德(1880—1971)，美国发明家、企业家、汽艇建造者和赛艇选手。
② 海格立斯，希腊神话中主神宙斯和阿尔克墨涅之子，力大无比，以完成十二项英雄业绩闻名。

斯①,"米尔顿解释说。"瞧他拿到了他的女友给他的这个线球。他正在用这个线球寻找重新走出迷宫的路。"

且说忒修斯走进迷宫。他的火把照亮了用硬纸板做的石墙。前面的路上满是骸骨和头颅。假造的岩石给斑斑血迹弄得发黑。我仍然用眼睛盯着银幕,伸出一只手来。我父亲在运动上衣的口袋里摸出一块黄油硬糖。他把糖递给我的时候,悄悄地说,"弥诺陶洛斯来了!"我既害怕又高兴地打起了哆嗦。

这个生物的悲惨的命运当时对我来说是一个学术问题。阿斯特里厄斯尽管自身没有任何过错,却生来是个怪物。那个表示背叛的有毒的水果,一桩隐瞒不说的丑事;我八岁的时候对这一切都无法理解。我只为忒修斯喝彩叫好……

……一九二三年,我奶奶准备与藏在她肚子里的生物相见。她捧着肚子,坐在出租汽车的后座上;利娜坐在前面,吩咐司机快开。黛斯德蒙娜呼哧呼哧地喘着气,像个想要控制自己的步速的跑步的人;利娜说,"我并没因为你把我喊醒了而生气。反正我上午要到医院去。他们让我把孩子接回家去。"可是黛斯德蒙娜并没有在听利娜说的话。她打开预先装好的小提箱,在睡衣和拖鞋里摸索着寻找她的安神念珠。那串琥珀念珠看上去就像会在热气下裂开的凝结的蜂蜜,它们保佑她躲过屠杀,经历逃难的跋涉,离开燃烧的城市。她咔哒咔哒地数着念珠,而出租汽车则喀嚓喀嚓地驶过黑暗的街道,力图赶在她的子宫收缩之前……

……这时齐兹莫正驾着那辆帕卡德牌汽车快速驶过冰面。速度计上的指针直往上升。发动机发出轰隆隆的响声。轮胎防滑链激起羽状雪柱。那辆汽车飞驶到黑暗当中,晃动着车尾,在一块块碎冰上滑行。"你们两个人是不是策划好了一切?"他嚷道。"让利娜嫁给一个美国公民,这样她就可以给你们提供担保?"

---

① 忒修斯,希腊神话中的雅典国王,以杀死牛首人身的怪物弥诺陶洛斯而闻名。

"你在说什么呀?"我爷爷想要以理来说服他。"当你和利娜结婚的时候,我还不知道我要到美国来。请把车速放慢一点。"

"你们的计划是不是就是这样?先找好一个丈夫,然后搬进他的房子!"

有关弥诺陶洛斯的影片总有那种永不让人失望的奇巧构思。怪兽总是从你最想不到的方向朝你跑来。同样,在圣克莱尔湖上,我爷爷一直小心提防着紫红帮,而实际上怪物就在他的身旁,在汽车的方向盘前面。在从敞开的车门吹进来的风中,齐兹莫那鬈曲的头发像马鬃似的向后飘动着。他低着头,张开鼻孔,两只眼睛闪现出愤怒的光芒。

"那是谁?"

"吉米!把车掉过头去!冰面!你也不看看冰面。"

"如果你不告诉我,我就不停下来。"

"没有什么好说的。利娜是一个正派的姑娘,也是你的一个贤惠的妻子。这我可以发誓!"

可是那辆帕卡德牌汽车却轰隆隆地继续朝前疾驶。我爷爷把身子紧靠着齐兹莫的坐位。

"吉米,孩子怎么办?想想你的女儿。"

"谁说她是我的?"

"当然是你的。"

"我压根儿就不该和那个姑娘结婚。"

左撇子没有时间去加以辩驳。他不再回答任何问题,而是一骨碌滚出敞开的车门,到了汽车外边。风就像一样质地坚实、具有威力的事物那样击打着他,把他向后打到车尾的挡泥板上。他四下察看,他的围巾缓慢地缠绕到那辆帕卡德牌汽车的后轮上,他的围巾就像套索似的给收紧了,但紧接着脖子上的围巾变松了;说时迟,那时快,左撇子完全给抛到了汽车后面。他摔到冰面上的时候,用手捂住自己的脸,滑了一大段距离。等他又抬起头来,只看见那辆帕卡德牌汽车仍在往前行驶。真不清楚齐兹莫是想要转弯，还是想要刹车。左撇子站起身来，一点也没有骨折，只见齐兹莫正疯狂地把汽车开进黑暗当中……六十码……八十码……一百码……最终突然听见另一种声音。在发动机的轰鸣声之上，传来一阵巨大的噼噼啪啪的声响，跟着脚边闪现出一片火花，原来那辆帕卡德牌汽车开到了冰冻的湖面上一块黑色的冰面上。

正像冰面那样，生命也出现了裂缝。还有人格、身份。吉米·齐兹莫伏在那辆帕卡德牌汽车的方向盘上，已经变得不可理解。这就是踪迹变得暗淡不清的地方。我能向读者提供的情况就是这些，无法再多说什么了。或许他是妒火中烧，或许他只是琢磨着自己的选择余地；把取得的嫁妆和养家的费用权衡比较，认为这种繁荣的禁酒时期不可能永远持续下去。

还有另一种可能：说不定整个这场事故都是由他造出来的假象。

可是我们没有时间来这样反复思考。因为冰面正在发出尖利刺耳的声音。齐兹莫的汽车前轮哗啦一声冲破了冰面。那辆帕卡德牌汽车就像一头用前腿站立的大象那样姿势优美地在它的散热器罩上跳动。霎时间前灯照亮了冰层和下面的水，看上去好像一个游泳池，随后发动机罩哗啦一声冲到冰窟窿里，溅起一大片火花，接着一切又都变得黑魆魆的。

在妇产科医院，黛斯德蒙娜阵痛了六个小时才分娩。菲洛博西安医生把她肚里的婴儿接生下来，用通常的方式展示了孩子的性别，也就是分开他的两条腿看了一看。"恭喜恭喜，是个儿子。"

黛斯德蒙娜如释重负地大声喊道，"只有他的头上有毛发。"

左撇子不久以后赶到医院。他步行回到湖岸上面，免费搭了一辆运奶卡车回家。他站在保育室的窗户边上，胳肢窝里仍然发出一股恐惧所引起的难闻的气味；他的右边脸颊因为摔在冰面上而变得毛毛糙糙，下嘴唇也跌肿了。恰巧就在那天上午，利娜的孩子已经增加了不少体重，可以离开恒温箱了。护士们举起两个孩子。男孩取了个伟大的雅典将军的名字，叫米太亚德①,但通常大家都用那个伟大的英国诗人②的姓名,管他叫米尔顿。女孩则取了索梅利娜所赞赏的那个声名狼藉的拜占庭皇后③的名字,叫西奥多拉。她会在没有父亲的情况下长大成人,以后也会有一个美国讦名。

可是,这两个婴儿身上的有些情况我还是想提一下。那是无法用肉眼看到的情况。仔细看一看吧。好了。这样说就对了:

每个人所会有的因基因变化而产生的突变。

---

① 米太亚德(公元前554—前489),希腊雅典将军。
② 指约翰·米尔顿(或弥尔顿)(1608—1674)。
③ 指西奥多拉(508—548),拜占庭帝国皇后,查士丁尼一世皇帝之妻。

关系冷淡的婚姻

十三天后，经过芝加哥的主教的许可，举行了吉米·齐兹莫的葬礼。他的家人在近两个星期的时间内，受到他的死亡的影响，都待在家里，接待那些不时前来吊唁的来客。镜子上都蒙着黑布。门上悬挂着黑色的飘带。一个人决不该在死亡的面前讲究仪表，因此左撇子不再刮脸剃须，到了葬礼的那一天，已经差不多长了一大把胡须。

警方一直没有找到尸体，才耽搁了这么些时间。在事故发生后的那一天，两个警探去检查现场。冰在夜间又结了起来，还下了几英寸的新雪。警探们步履艰难地来回走动，寻找轮胎压出的痕迹，可是半个小时以后，他们就放弃了。他们相信左撇子的说法，认为齐兹莫已经掉到了冰下面，可能喝醉了酒。一个警探安慰左撇子说尸体往往会在春天出现，因为浸在冰冷的水里面而保存得十分完好。

他的家人悲痛地继续生活下去。斯蒂利亚诺波洛斯神甫把这件事提请主教考虑决定，主教答应了为齐兹莫举行正教会葬礼的请求，但以后找到尸体的话，要在墓边举行落葬典礼。左撇子负责葬礼的各种准备工作。他挑了一口棺材，选了一块地，订了一块墓碑，付钱在报上刊登了讣告。那时希腊移民正开始使用殡仪馆办理丧事，但索梅利娜坚持要在家里开吊。客厅的遮光窗帘给拉了下来，空气里充满了浓烈的花香。有一个多星期，前来吊唁的人都走进这个光线很暗的客厅。来客当中既有齐兹莫的那些行踪诡秘的生意上的伙伴，也有他所供应的那些地下酒店里的人，还有几个利娜的朋友。他们向寡妇表示吊唁后，就穿过起居室，站在那口空棺材的前面。棺材里面，放在枕头上的是一张配了镜框的吉米·齐兹莫的相片。从相片上可以看到齐兹莫四分之三的脸部侧面，他正往上瞅着摄影室的灯光所造出的天光。索梅利娜割断了连接他们结婚花冠的那根缎带，把她丈夫的那个花冠也放进了棺材。

索梅利娜因为丈夫的亡故而感受的痛苦远远超过了她在丈夫生前对他所有的爱。在两天里有十个小时，她都对着吉米·齐兹莫的空棺材号哭，一边吟唱着挽歌①。索梅利娜采用最拿腔作势的乡村里的方式，发出高亢的调子，表达她对丈夫去世的哀伤，并对他竟这么死去加以申斥。等她数落完了齐兹莫以后，就抱怨上帝这么快夺走了她丈夫，同时悲叹她新出生的女儿的命运。"这都怪你！都是你的错！"她嚷道。"你有什么理由去死？撇下我成了一个寡妇！叫你的孩子流落街头！"她一边哀号，一边给孩子喂奶，还不时把孩子举起来，这样齐兹莫和上帝就可以看到他们所做的事了。岁数较大的移民听见利娜的愤怒言辞，觉得自己又回到了他们在希腊时的童年时代，回忆起他们自己的祖父母或父母的葬礼，大家都一致认为这种悲痛的样子会保证吉米·齐兹莫的灵魂得到永久的安宁。

根据教会规定，葬礼给安排在一个工作日举行。斯蒂利亚诺波洛斯神甫头上戴着一顶高高的黑色圆筒帽②，胸前戴着一个大十字架，上午十点来到了房子里。在念过了祷辞以后，索梅利娜给神甫拿来一支放在盘子里的点着的蜡烛。她吹灭蜡烛，随即升起一缕烟来，飘散开去，斯蒂利亚诺波洛斯神甫把蜡烛折成两半。接着，大家都在屋外列成开始前往教堂的送葬队伍。左撇子那天已经租好一辆小客车，为他的妻子和表姐打开车门。当他自己坐进车子以后，他朝那个被选派了站在后面、把门堵住、不让齐兹莫的灵魂再回进房子的人微微挥了挥手。这个人是未来的按摩疗法医师彼得·塔塔基斯。按照传统，彼特大叔在门口把守了两个多小时，一直等

---

①② 原文为希腊语。

到教堂里的仪式结束才离开。

葬礼包含了完整的丧葬仪式，只省略了最后那个部分，即要求教堂会众给死者一个最后的亲吻。这个部分改成索梅利娜走到棺材旁边，亲吻一下里面的那个结婚花冠，黛斯德蒙娜和左撇子也跟在她的后面这么做。圣母升天教堂当时虽然开设在哈特街上一个很小的店堂里，但里面的人数仍然不到店堂的四分之一。吉米和利娜并不是按时上教堂去做礼拜的人。大部分送葬者是一些年老的寡妇，葬礼对她们来说是一项消遣。最后，几个抬棺材的人把棺材抬到外面，以便拍摄有关葬礼的照片。参加葬礼的人都聚集在棺材四周，背景只有哈特街的那座教堂。斯蒂利亚诺波洛斯神甫占据了棺材顶端的那个位置。棺材给重新打开，让人看到安放在打褶的缎子上的吉米·齐兹莫的相片。棺材上面露出两面旗帜，一边是希腊国旗，另一边是美国国旗。没有人在拍照时露出笑容。过后，送葬队伍继续前往范戴克的林间草地公墓，把棺材在那儿存放到春天。尸体仍有可能在春天冰雪融化时出现。

尽管完成了所有这些必要的仪式，但他的家人仍然清楚吉米·齐兹莫的灵魂并没有得到安息。正教会的信徒在死亡以后，灵魂并不直接飞向天堂。他们更爱在尘世间徘徊，骚扰活着的人。在接下来的四十天时间里，每逢我奶奶记不起她的解梦书或安神念珠放在哪儿的时候，她总是责怪齐兹莫的鬼魂。他经常在房子里出没，使新鲜的牛奶凝结变质，窃取浴室里的肥皂。等到服丧期满，黛斯德蒙娜和索梅利娜就开始做起祭奠糕饼①。那看上去很像一块白得耀眼、共有三层的结婚大蛋糕。顶上面那层的周围有一道栅栏，那儿长着不少用绿色明胶做成的杉树；还有一个用蓝色果冻做的池塘；而齐兹莫的姓名则用银色小糖珠给拼写出来。在举办葬礼后的第四十天，在教堂里举行了另一项仪式；仪式结束后，大家都回到了赫尔伯特街。他们聚集在那块糕饼周围，只见上面洒满了来世的糖粉，还混杂

---

① 原文为希腊语。

着永生的石榴树的种子。他们刚吃了那块蛋糕，就都不禁有了下面这样一种感觉：即吉米·齐兹莫的灵魂正在离开尘世，进入天堂，再也不会前来打扰他们了。在宴会达到高潮的时候，索梅利娜竟穿着一件鲜亮的橘黄色的衣衫从她的房间里重新回到客厅，引起了周围人的反感。

"你在干什么呀？"黛斯德蒙娜悄没声儿地说。"一个寡妇在她一生余下的日子里都应该穿黑衣服。"

"穿四十天就够了，"利娜说，随后继续吃起来。

只有到这个时候，孩子才可以接受洗礼。在接下去的那个星期六，当各个孩子的教父在圣母升天教堂把孩子都举到洗礼盆上面的时候，黛斯德蒙娜怀着矛盾的情绪在一旁观看。我奶奶先前走进教堂那会儿就感到十分得意。人们都挤在她的周围，想要看一眼她那新出生的婴儿，这个孩子具有一种神奇的力量，可以使得最衰老的妇女再转变成年轻的母亲。在施行洗礼的时候，斯蒂利亚诺波洛斯神甫剪下米尔顿的一绺头发，把它扔在水里。他在孩子的前额上涂了一个十字，随后把孩子浸在水中。可是在米尔顿给洗去了身上的原罪后，黛斯德蒙娜仍然认识到自己的罪孽。她默默地再次发誓，永不再生另一个孩子了。

"利娜，"几天以后，她羞红了脸开口说道。

"什么？"

"没有什么。"

"不会没有什么吧。总有什么事儿。是什么？"

"我想知道，如果你不想要……你怎么做的……"随后她总算把那句话脱口说了出来："你是怎么不让自己怀孕的？"

利娜低低地笑了一声。"现在这可不是我得担忧的事儿。"

"可是你知不知道该怎么做？有没有一种方法？"

"我母亲总说只要你还在给孩子喂奶，你就不会怀孕。我不知道是不是真是这样，不过她是这么说的。"

"可是在那以后，该怎么做呢？"

"十分简单。别和你的丈夫睡在一块儿。"

目前这么做是办得到的。自从孩子出生以后,我的爷爷奶奶就不再行房。黛斯德蒙娜有半个晚上都要起来给孩子喂奶。她总十分疲惫。再说,她的会阴在分娩的时候给撕裂了,还没有完全愈合。左撇子规规矩矩地没有做出任何求欢的表示,但是等到过了第二个月以后,他就开始爬到床上黛斯德蒙娜睡的那一边。黛斯德蒙娜尽量把时间拖下去不让他亲近。"太快了,"她说。"我们可不想要另一个孩子。"

"干吗不行?米尔顿需要一个弟弟。"

"你要弄疼我的。"

"我会轻轻的。来吧。"

"不,求求你,今晚不成。"

"什么?难道你变成了索梅利娜?一年一次就够了吗?"

"安静。你要把孩子吵醒了。"

"我才不管我是否会把孩子吵醒。"

"别大喊大叫。好,听着,我准备好了。"

可是五分钟以后:"怎么啦?"

"没有什么。"

"别对我说没有什么。这就像跟一座雕像待在一起。"

"哦,左撇子!"她突然呜呜咽咽地哭起来。

左撇子连忙安慰她,向她道歉,但是当他翻过身去睡觉的时候,他感到自己受到隔绝,陷入了当父亲的人那种孤独的处境。随着儿子的出生,埃莱夫塞里奥斯·斯蒂芬尼德斯看到了自己未来在他妻子眼中不断降低的位置。他把脸埋在枕头里面,明白了各处那些做父亲的人所抱怨的根由,因为他们都像寄宿的房客那样住在自己家里。他对自己幼小的儿子不禁有了强烈的妒意。这个孩子的哭声似乎是黛斯德蒙娜所见的唯一声音,他那微小的身体不断受到黛斯德蒙娜的照料和爱抚,而且他通过一种外表显得天衣无缝的花招,就像为了在女人的胸前吮吸而化作一头小猪的天神,得到了黛斯德蒙娜的疼爱，把他自己的父亲挤到一边。在接下去的那几个星期，那几个月里，母亲和婴儿之间的这种恋情变得越来越明显，而左撒子则在他受到流放的床的那一侧观望。他看见他的妻子把脸抬起来紧贴着孩子的脸，柔情地轻声细语。他十分惊讶地发现黛斯德蒙娜竟对孩子排出的粪便一点也不感到厌恶；她总是慈爱地把孩子的屁股擦洗干净，再扑点儿粉，还在上面划圈似的来回抚摩上一阵，甚至有一回，还把孩子的小屁股掰开，用凡士林涂抹了一下中间那个玫瑰花芽似的东西，叫左撒子大吃一惊。

从那时起，我的爷爷奶奶之间的关系就开始有了变化。在米尔顿出生前，左撒子和黛斯德蒙娜一直过着一种当时来说异常亲近、平等的婚姻生活。可是，当左撒子感到自己受到冷落后，他就用传统的习俗来进行报复。他不再管他的妻子叫"俊妞儿"，而开始用"娘儿们"来称呼她。他在房子里重新建立起男女有别的规矩，把客厅保留给他的男性伙伴，把黛斯德蒙娜赶到厨房里。他开始发号施令。"娘儿们，我的晚饭。"或者，"娘儿们，把饮料给我拿来！"在这方面，他表现得跟他同时代的人没有什么两样。除了索梅利娜以外，谁都没有注意到家里有什么不寻常的地方。不过，连她也无法完全摆脱村子里所受的束缚；当左撒子请他的男性朋友上家里来抽着雪茄，唱着希腊游击队员①的歌曲的时候，她就退进她的卧房。

左撒子斯蒂芬尼德斯给关在做父亲的这种孤立的天地中，专心致志地想要找到一种比较安稳的维持生计的方式。他写信给纽约的亚特兰蒂斯出版公司，表示愿意为他们翻译作品，但却只收到一封回信，对他的兴趣表示感谢，还随信寄来一份图书目录。他把这份图书目录给了黛斯德蒙娜，于是后者订购了一本新的解梦书。左撒子穿着他那套蓝色的新教徒的衣服，亲自拜访了当地的好几所大学和学院，打听有没有可能当个希腊语教

---

① 指十五世纪土耳其入侵时在山中抗敌的希腊游击队员。

师。可是这样的职位很少，而且都有人担任。我爷爷缺少必要的古典文学学位，他甚至都没有大学毕业。尽管他学会讲一口流利得多少有点儿异常的英语，但他的英语的写作能力充其量也相当普通。他要养活老婆和孩子，并没有想要再去上学念书。尽管出现这些障碍，说不定也正由于这些障碍，在那四十天的服丧时间里，左撇子在起居室里自己确定了一个研究项目，重新从事他的学术研究。纯粹为了消愁解闷，他顽强地花了不少小时把荷马①和米姆奈尔摩斯②的作品翻译成英语。他使用漂亮的过于奢华的米兰式笔记簿，手里捏着一支灌满绿墨水的自来水笔书写。晚上，别的年轻的移民男子会带着私酿的威士忌，前来找他，他们都喝着酒，下几盘十五子棋。有时候，黛斯德蒙娜还闻到从房门底下透进来的那种熟悉的像麝香一样好闻的气味。

在白天，左撇子要是感到闷在家里难受，就把他那顶新的软毡帽压在额头上面，离开屋子上外面去思考。他顺着街道走到水厂公园③，对美国人竟然造了这样一座宫殿来安置管道的过滤设备和进水阀感到十分惊奇。他走到河边，站在干船坞中的小船中间。被链子拴在结冰的白色场地上的德国牧羊狗向他狂吠。他朝冬天不营业的卖鱼饵的店铺的窗口张了张。他常这么外出转悠，其中有一次，他经过一座毁弃的公寓大楼。大楼的正面被拆掉了，展现出像玩具小屋的内部房间。左撇子看到不少间用鲜亮的花砖装饰的厨房和浴室悬在空中，这些半面有墙围住的房间中的鲜艳色彩使他想起了苏丹的陵墓，他有了一个主意。

第二天上午，他就爬下楼去，走进他们在赫尔伯特街的地下室，开始工作。他把黛斯德蒙娜的那些加了香料的腊肠从暖气管道上移开，把蜘蛛网扫掉，在肮脏的地板上铺了一块地毯。他把吉米·齐兹莫的那张斑马皮从楼上拿下来，钉在墙上。在阴沟前面，他用废弃的木头造了一个小酒

---

① 荷马(约公元前9—8世纪)，古希腊吟游盲诗人。
② 米姆奈尔摩斯(约公元前7世纪下半期)，古希腊抒情诗人。
③ 水厂公园，建于一八七九年，是底特律市区的供水中心，有泵站和标志性的管体式水塔。

吧，贴上捡来的花砖，其中有蓝白相间的蔓藤花状图案的花砖，有那不勒斯方格图案的花砖，有红色的龙的纹章图案的花砖，还有当地土黄色的佩瓦比克花砖。他把一些电缆卷筒倒放在地，用布盖上，就成了一张张桌子。他把床单像帐篷那样在头顶上展开，遮住管子。他从以前干酒类走私买卖结识的熟人那儿租了一台吃角子老虎①，还订购了可以供应一周的啤酒和威士忌。于是在一九二四年二月一个寒冷的星期五夜晚，他开店营业。

斑马餐厅是附近地段的一个营业时间不定的场所。每逢左撇子开门营业的时候，他就把一个圣乔治②的塑像放在起居室的窗口，面对着街道。于是客人们就转回来，照着暗号在地下室的门上先一长两短地敲上三下，再长长地敲上两下。随后他们就脱离了那个有着工厂的活儿和专横的工头的美国，走进了可以忘怀一切的世外桃源的洞穴。我爷爷把留声机放在角落里。他在酒吧里摆出一些麻花似的芝麻小甜饼。他兴高采烈地招呼大家，表现出的正是他们料到一个外国人所会有的那种热情态度。他还跟女人们调情打趣。在酒吧后面，陈列着好些瓶烈酒，亮闪闪的，看去有如一个彩色玻璃的窗户：有蓝色的英国杜松子酒，有深红色的红葡萄酒和马德拉酒，有黄褐色的苏格兰威士忌和波旁威士忌。有盏吊灯在链子上晃动，墙上的斑马皮上灯光斑驳，客人们就此觉得他们比实际上更为酣醉。偶尔，有个人会从椅子上站起来，开始照着那陌生的音乐节拍，曲起两个指头来打榧子，他的伙伴们则乐得直笑。

在这个开在地下室的地下酒店里，我爷爷养成了在他一生余下的日子里做酒吧老板所应具有的品质。他把自己的智力完全用在调酒这门学问上。他学会以一人乐队的方式接待晚上蜂拥而来的大批顾客。他一边用右手倒威士忌，一边用左手把啤酒杯倒满，同时还用胳膊肘推出托垫，用脚

---

① 吃角子老虎，一种投硬币的赌具。
② 圣乔治，传说中的古代基督教殉教者，英国基督徒奉为守护圣人，也被基督教士兵、骑士、十字军和童子军敬为守护圣人，其形象多为身穿盔甲、手持利剑、骑在战马上杀死地狱恶龙的英雄。

一上一下地操纵唧筒，抽出桶里的酒。每天有十四到十六个小时，他都在地下这个装饰华丽的洞穴里干活，一刻不停地走来走去。他不是在为人倒酒，就是在把小甜饼重新摆满盘子。他不是在把一桶新的啤酒滚出来，就是把煮老的鸡蛋放到一个铁丝篮子里。他让自己的身体忙个不停，这样他的头脑就没有机会去思索他的妻子日益冷淡的问题，或是他们犯下的罪孽纠缠他们的方式。左撇子早就梦想开一家夜总会，而斑马餐厅就是他所取得的最相近的结果。这儿没有赌博，没有盆栽的棕榈树，但有希腊通俗乐曲，而且在很多个晚上都供应大麻。只有在一九五八年，等我爷爷从另一家斑马餐厅的柜台后面走出来的时候，他才有空想起年轻时对轮盘赌所怀有的梦想。为了想要弥补失去的时间，他毁了自己，最后在我的生活中永远发不出声音。

黛斯德蒙娜和索梅利娜仍然待在楼上，抚养两个孩子。实际上也就是说，黛斯德蒙娜在早上把他们从床上抱起来，先给他们喂好奶，换好尿布，把他们的脸洗干净，再把他们交给索梅利娜，索梅利娜那时正在接待客人，身上仍然有股她晚上放在眼皮上的黄瓜片的气味。一看见西奥多拉，索梅利娜就伸出双臂，低声说道，"惹人疼爱的宝贝！"①——接着便一把从黛斯德蒙娜的手里接过她那惹人疼爱的女儿，对着她的脸大亲特亲。在上午余下的时间里，利娜一边喝着咖啡，一边在小西奥多拉的睫毛上涂点儿眼圈粉来消遣取乐。等到闻到一股气味，她连忙把孩子交回给黛斯德蒙娜，说道，"出了什么岔子了。"

索梅利娜认为只有等到孩子开始说话的时候，他的身体里才有灵魂。她让黛斯德蒙娜去为孩子的尿布疹、百日咳、耳朵痛和鼻子出血担心发愁。可是，每逢星期天有客前来吃饭的时候，索梅利娜总让那个穿得过于讲究的孩子像件理想的装饰品似的贴着自己的肩膀，出来招呼他们。索梅利娜虽然并不怎么关心婴儿，但在十几岁的孩子眼里，却显得十分了不

---

① 原文为希腊语。

起。她是头一个叫你迷恋而又心碎的人,你也想像她那样穿着宴会服,毫无顾忌、自命风雅地转来转去。于是米尔顿和西奥多拉幼年便一起按照传统的斯蒂芬尼德斯家的方式成长。正如以前一条毯子曾经把姐姐和弟弟隔开,如今表姐和表弟也给一条羊毛毯隔开。正如以前有个双重的影子在山腰上跳跃,如今也有个类似的叠在一起的影子穿过赫尔伯特街上那幢房子的黑色门廊。

他们慢慢长大。一岁的时候,他们一起洗澡。两岁的时候,他们用相同的蜡笔。三岁的时候,米尔顿坐在一架玩具飞机里,而西奥多拉则促使螺旋桨旋转。可是,底特律东区并不是一个小山村。那儿有许多孩子可以一同玩耍。因此米尔顿一到四岁,就不再和他的表姐为伴,而更爱和邻居的孩子们一块儿玩耍。西奥多拉倒并不怎么在意。那时她有另一个表妹可以一块儿玩耍。

黛斯德蒙娜为了履行她不再怀上另一个孩子的诺言,竭尽所能地采取一切办法。她给米尔顿喂奶一直喂到三岁。她继续对左撇子的亲近加以拒绝。可是,无法每晚都能做到。有时候,她嫁给左撇子心里所感到的内疚与她不满足左撇子的欲望而感到的内疚发生冲突。有时候,左撇子的需要看上去那么迫切,那么可怜,她无法抵抗,只好依他。有时候,她也需要肉体上的慰藉和松弛。每年发生的次数相当有限,不过在夏天的那几个月里居多。偶尔,黛斯德蒙娜在哪个人的命名日酒喝多了,就也会发生一次。一九二七年七月里一个炎热的夜晚,意义相当重大地又发生了一次,结果就有了一个女儿:佐薇·海伦·斯蒂芬尼德斯,我的佐姑姑。

我奶奶从听到她怀孕的那个时刻起,就又提心吊胆,生怕孩子会有某种可怕的先天缺陷。在正教会里,就连关系很近的教父教母的子女也不能结婚,理由是这么做无异于精神上的乱伦。那种情况和她的情况相比又算得上什么?她的情况要糟得多!因此,黛斯德蒙娜在新怀上的孩子在她体内生长的时候五内如焚,夜里无法入睡。她曾经向无比神圣、无比圣洁的圣母马利亚保证她再也不会有另一个孩子,这番承诺只使黛斯德蒙娜更加确信如今上帝审判的手会重重落到她的头上。可是她的焦虑不安又一次变得多余。在接下来的那个春天，一九二八年四月二十七日，佐薇·斯蒂芬尼德斯出生了，那是一个很大的健康的女孩，生着她奶奶的近似方形的脑袋，哭声很响，身上一点毛病也没有。

米尔顿对她那新出生的妹妹并没有什么兴趣。他更喜欢和他的朋友一起打弹弓。西奥多拉正好跟他相反。她对佐薇着了迷。她总把这个新出生的婴儿带在身边，好像那是一个新的玩具娃娃。她们俩那经过多次严峻考验的终生不渝的友谊从西奥多拉装作佐薇的母亲的头一天就开始了。

赫尔伯特街的那幢房子因为另一个孩子的到来而显得很挤。索梅利娜决定搬出去另住。她在一家花店里找了份活儿，让左撇子和黛斯德蒙娜去负担房子的抵押借款。在同一年秋天，索梅利娜和西奥多拉住进了附近的奥图尔公寓，这幢公寓就坐落在赫尔伯特街后面的卡迪拉克大道上。两幢房子的背面正好相对，利娜和西奥多拉仍然近得几乎可以每天前来拜访。

一九二九年十月二十四日，星期四，在纽约市华尔街上，不少穿着缝制讲究的服装的男子开始从市里几幢有名的摩天大楼的窗户里跳出去。他们那种盲目的绝望似乎离赫尔伯特街十分遥远，但是乌云渐渐地飘过国土，朝与坏天气相反的方向移动，一直飘到中西部。左撇子发现空着的高脚凳的数量不断增加，才知道出现了大萧条①。经过将近六年的全力经营，开始出现了生意清淡的时期；有几个夜晚，这个地方只上了三分之二的座，或者只有一半客人。什么都无法阻挡那些坚忍的嗜酒如命的人前来喝酒。尽管（库格林神甫在收音机里揭露了）国际银行业的阴谋活动，但每当圣乔治疾驰到窗口的时候，这些坚定分子仍然出席报到。不过那些出外欢聚饮酒的人和有妻子儿女的人不再露面了。到一九三〇年三月，只有原来数量一半的常客用那种秘密的扬抑抑格和扬扬格的暗号敲敲地下室的

---

① 大萧条，指一九二九年到二十世纪三十年代早期的世界性严重经济萧条。

门。生意在夏天有了起色。"别担心,"左撇子对黛斯德蒙娜说。"赫伯特·胡佛①总统正在负责处理。最糟的情况已经过去了。"接下去那一年半的时间一下子就过去了。可是到了一九三二年,每天只有几个客人前来。左撇子允许客人赊账,削价售酒,但毫无用处。不久他就付不出酒的装运费了。有一天,两个人进来把那台吃角子老虎搬走了。

"真可怕,可怕!"黛斯德蒙娜五十年后叙述这段日子的时候仍然这么嚷道。在我的整个童年时代,只要谁稍微提到大萧条,就会使我的奶奶抓着自己的胸部放声恸哭(有一回甚至讲的只是"躁狂抑郁"②)。她会一下子在椅子上变得毫无生气,用两只手紧紧捂着自己的脸,就像蒙克③的《尖叫》中的那个人物形象,接着就会说道:"天哪!大萧条!可怕得你简直都无法相信!每个人都没有工作。我记得反饥饿的游行,所有的人,他们都在街上走着,一百万人,一个接着一个,一个接着一个,走去要亨利·福特把工厂开放。随后有一天夜晚,在小巷里,响起一种令人毛骨悚然的声音。人们在杀老鼠,用棍子啪啦啪啦地打着,好去吃老鼠。哦,天哪!左撇子,那会儿他不在工厂干活。他只有那个人家常来喝酒的地下酒店。可是,在大萧条时期,就像在又一个倒霉的时期当中那样,经济一落千丈。谁都没有钱来喝酒。他们连东西都没得吃,哪能前来喝酒呢?因此,不久爷爷和奶奶,我们也没有钱了。随后"——她把手捂在心口上——"随后他们要我去给那些黑人干活。黑种人!哦,天哪!"

那时发生了这样一桩事。有天夜晚,我爷爷上床时发现床上并不是只有我奶奶一个人。米尔顿当时已经八岁,正舒适地靠在她的身旁,她的另一边则是只有四岁的佐薇。工作得十分疲惫的左撇子低头看着这组动人的景象。他很爱看到这两个睡着的孩子。尽管他的婚姻出现问题,但他决不

---

① 赫伯特·胡佛(1874—1964),美国第三十一任总统(1929—1933)。
② "躁狂抑郁"原文是 manic depression,与大萧条(Great Depression)均有 depression 一词。
③ 蒙克(1863—1944),挪威油画家、版画家。《尖叫》创作于一八九三年,是表现主义绘画的名作。它反映了现代人被存在主义的焦虑侵扰的意境。红色的背景源于一八八三年印尼喀拉喀托火山的爆发,画中的地点是从厄克贝里山上俯视的奥斯陆峡湾。

为此责怪他的儿女。况且他难得见到他们。为了挣到足够的钱，他不得不让他那地下酒店每天营业十六、有时十八个小时。他每周工作七天。为了养家活口，他只好不跟他们待在一起。每天早上，当他在房子里走动的时候，他的孩子们把他当成一个常见的亲戚，也许是位叔叔，但却不是父亲。

另外还有酒吧里的女人所带来的麻烦。他在一个光线暗淡的洞室里日夜侍候客人喝酒，有很多机会碰到跟朋友一块儿前来或独自前来喝酒的女人。一九三二年，我爷爷三十岁。他的身子早就变得十分壮实，完全成了一个成年男子。他亲切友好，讨人喜欢，衣服总是穿得整整齐齐——仍然年富力强。楼上，他的妻子总是心惊胆战，不敢跟他交欢，而在楼下的斑马餐厅里，不少女人却对左撇子投去大胆、炽热的目光。这时，我爷爷低头瞅着床上这三个熟睡的人儿，脑海里立刻包含了下面所有这些感受：对于儿女的爱，对于妻子的爱，他婚姻中遭受的挫折，以及待在酒吧里的女人周围那种孩子气的感到独身的兴奋。他把脸凑近佐薇的脸。这个小姑娘的头发在洗过澡后仍然湿漉漉的，发出浓郁的香味。他领略到做父亲的快乐，但他同时仍然是一个被甩在一边的男人。左撇子知道他脑子中的所有这些想法无法协调一致。因此，在端详了一下他的孩子们的漂亮脸蛋后，他就把他们从床上举起来，抱回他们自己的房间。他再回来，上床躺在他那睡着了的妻子身边。他轻轻地开始抚摸她，把手从她的睡衣下面往上伸去。突然黛斯德蒙娜的眼睛睁开了。

"你在干什么呀？"

"你认为我在干什么？"

"我在睡觉。"

"我把你弄醒了。"

"真不害臊。"我奶奶把他推开了。左撇子变得收敛了一点。他生气地一骨碌翻过身去。沉默了很久，他才开口说话。

"我得不到你的一点抚慰。我成天干活，却什么都得不到。"

"难道我就不干活吗？我有两个孩子需要照顾。"

"如果你是一个正常的妻子，我成天干活也许倒还值得。"

"如果你是一个正常的丈夫，你就会帮着照管孩子。"

"我怎么帮你？你甚至都不明白在这个国家赚钱得花费多少力气。你以为我在下面过得很愉快吗？"

"你演奏乐曲，还喝酒。我在厨房里能听到音乐声。"

"这是我的工作。这就是人家上这儿来的缘故。要是他们不来的话，我们就付不出账款。整个事情都落在我的身上。这就是你不体谅的地方。我白天黑夜地干活，等我要上床的时候，我却无法睡觉。床上没有地方！"

"米尔顿做了噩梦。"

"我每天在做噩梦。"

他把灯开了，在灯光下，黛斯德蒙娜看到她丈夫的眉头皱起来了，露出一种她以前从来没有见过的凶狠的神色。那不再是左撇子的脸，不再是她弟弟或丈夫的脸。那是某个新人，一个跟她住在一起的陌生人的脸。

这张可怕的新的人脸发出了最后通牒：

"明儿早上，"左撇子厉声说道，"你去找份活儿干。"

第二天，利娜过来吃午饭的时候，黛斯德蒙娜请她给自己念一下报纸。

"我怎么能工作？我连英语也不懂。"

"你懂一点儿。"

"我们应该去希腊的。在希腊，丈夫不会要他的妻子出去找份活儿干。"

"别担心，"利娜说，一边拿起再生的新闻纸。"不会有哪个丈夫这么做。"一九三二年面向四百万人口的《底特律时报》的分类广告却只有一栏。索梅利娜眯起眼睛看了看，想要找到什么适当的招聘广告。

"女招待，"利娜念道。

"不行。"

"为什么不行?"

"男人们会要和我吊膀子。"

"你不喜欢吊膀子吗?"

"念下去，"黛斯德蒙娜说。

"工具和染料，"利娜说。

我奶奶皱起眉头。"这是什么?"

"我不知道。"

"是染布吗?"

"可能吧。"

"往下念，"黛斯德蒙娜说。

"卷雪茄烟的工人，"利娜继续道。

"我不喜欢抽烟。"

"女用人。"

"求求你，利娜。我不能做哪个人的女用人。"

"蚕丝工人。"

"什么?"

"蚕丝工人。这就是上面所说的一切。还有一个地址。"

"蚕丝工人? 我就是个蚕丝工人。我懂得一切。"

"那么祝贺你，好有份活儿干了。只要你到那儿的时候还没有别的人去做。"

过了一个小时，我奶奶为了谋求工作打扮整齐，很不情愿地走出房子。索梅利娜想要劝她去借一件领口开得很低的衣衫穿。"穿这样一件衣衫，就没有人会注意你说的英语，"她说。可是黛斯德蒙娜还是穿着她的一件朴素衣衫，一件上有棕色圆点花纹的灰色衣衫去乘有轨电车。她的鞋、帽子和手提包也都是颜色几乎相配的棕色。

虽然要比坐汽车强，但黛斯德蒙娜也不喜欢有轨电车。她无法区分不同的线路。那些不稳定的、有着幽灵似的动力的有轨电车老是意外地左转右转，把她送到城里陌生的地方。当来的第一辆有轨电车在车站停下的时候，她向售票员喊道，"去闹市区吗？"他点点头。她上了有轨电车，歪歪扭扭地坐到一个坐位上。接着便从她的小包里掏出利娜写下来的那个地址。等售票员经过的时候，她拿给那个售票员看。

"黑斯廷斯街？这就是你要去的那条街吗？"

"是的。黑斯廷斯街。"

"在这辆电车上坐到格拉蒂奥。然后再乘格拉蒂奥的有轨电车去闹市区。在黑斯廷斯街下车。"

听他提到格拉蒂奥，黛斯德蒙娜感到松了口气。她曾和左撇子乘这条线路到城里的希腊人居住区去。现在一切都变得合乎情理了。那么，在底特律人家不做蚕丝？她得意洋洋地问她那不在场的丈夫。这是你所知道的情况。有轨电车加快速度。麦克大街的沿街店面在她的眼前掠过，不少店铺都关掉了，橱窗也给清洗过了。黛斯德蒙娜把脸贴着车窗玻璃，这时，因为只有她一个人，她要向左撇子再多说上几句话。如果埃利斯岛上的那些警察不抢走我的桑蚕，我就可以在后院里造一个养蚕室。我就不会非得去找份活儿干了。我们可以赚很多钱。我肯定会这样。车上乘客身上的衣着当时仍算讲究，但是都显得很旧：有好几个月没用帽模楦过的帽子，磨损的衣服边沿和袖口，沾上肉汁的领带和上衣翻领。在紧靠人行道的路边上，有个人带着一块上面用漆写了字的牌子：**我要的是工作，而不是帮我找份工作的慈善团体。在底特律住了七年。身上什么钱都没有。受到解雇。提供最好的服务证明。**瞧瞧这个可怜的人。天哪！他看上去像个难民。可能也是士麦那那座城里来的。有什么不同？有轨电车颠簸着向前驶去，离开了她熟悉的蔬菜水果店、电影院、消防龙头和附近的报摊这些地面标志物。她一眼就可以把树木和灌木区分开来，如今这双山村人的眼睛无精打采地瞅着一路上出现的各种标志：既有相互盘绕在一起的毫无意义的罗马字体，也有破烂的广告牌，广告牌上可以看见好些皮肤剥落的美国人的脸，这些脸不是没有眼睛，就是没有嘴巴，或者光有一个鼻子。等她认出格拉蒂奥那条斜向的狭长街道的时候，她就站起身来，用清脆响亮的声音喊道："他妈的！"她并不知道这个英语词的意思。她听见索梅利娜在错过了停靠地点的时候总使用这个词。像平常一样，这也起了作用。司机把有轨电车煞住，乘客们迅速地站到一边让她下车。当她面带笑容地向他们道谢的时候，他们看上去好像很吃惊。

在格拉蒂奥街的有轨电车上，她向售票员说，"对不起，我要到黑斯廷斯街去。"

"黑斯廷斯？你肯定吗？"

她给他看了地址，声音更大地说道："黑斯廷斯街。"

"行，我会叫你的。"

有轨电车朝希腊人居住区驶去。黛斯德蒙娜看了看自己映在车窗上的形象，把帽子戴戴好。自从她怀过孩子以后，她的体重就增加了，腰也变粗了，但她的皮肤和头发仍然显得很美，她仍然是一个妩媚动人的女人。在把自己打量了一番以后，她又注意起窗外掠过的景致。我奶奶在一九三二年底特律的街道上大概还会看到什么呢？她会看到戴着松软的帽子的小贩在街角上出售苹果。她会看到卷雪茄烟的工人走到没有窗户的工厂外面呼吸新鲜空气，他们的脸给烟草灰染成一片难以洗去的棕色。她会看到工人们在分发支持工会的小册子，而平克顿全国侦探事务所[①]的侦探则悄悄跟着他们。在小街小巷里，她可能看到破坏工会的打手也在对那些分发小册子的人采取行动。她会看到步行和骑着马的警察，他们中有百分之六十私下是黑色军团白人新教徒修会的成员，他们有自己的一套消灭黑人、共产党人和天主教徒的方式。"得啦，卡尔，"我听到我母亲的声音说，

[①] 平克顿全国侦探事务所，一八五〇年由苏格兰裔侦探阿伦·平克顿（1819—1894）创办于芝加哥，曾破获许多铁路抢劫案。后被许多工商业主雇作私人警察部队从事破坏罢工活动，因此而声名狼藉。

"你就没有什么好话可说吗?"行,好吧。底特律在一九三二年常被称作"林木之城"。城里每平方英里所有的树木要多于全国任何一座城市。要买东西,你可以去克恩百货公司和赫德森百货公司。在伍德沃德大街上,那些汽车巨头修建了漂亮的底特律艺术馆,就在黛斯德蒙娜坐车去求职面试的这一刻,那儿有个名叫迭戈·里韦拉的墨西哥艺术家正在干他新接到的任务:一幅描绘新的汽车工业神话的壁画。在脚手架上,他坐在一把折叠椅上,勾勒出这幅巨作的草图:上层板面上的那四个体兼两性的人正向下瞅着红河城上的装配线,汽车工人在那儿干活,他们的身体协调一致。在许多小一点的板面上可以看到裹在植物球茎中的一个婴儿的"生殖细胞",对医学的惊叹和畏惧,密执安当地的水果和谷物;而且在一个角上还可以看到亨利·福特本人,灰色的脸,举止拘泥,正在清理书籍。

电车经过麦克杜格尔街、乔斯·坎波街和切因街,随后颤动了一下,穿过黑斯廷斯街。这时候,每个乘客,全是白人,都做了个驱邪避凶的动作,男人们拍拍自己的皮夹子,女人们重新把手提包扣紧。司机拉了下把后部车门关上的控制杆。黛斯德蒙娜注意到所有这一切,就朝外望去,看到电车已经开进了黑人洼地居住区。

那儿没有路障,没有栅栏。有轨电车在越过这道无形的关卡时连停都没停,但是同时,在那一长段街区中,外面的天地是不同的。光线似乎变了,透过许多晾衣绳后成了灰色。积聚在那些没有电的住宅和屋前门廊里的阴郁气氛渗到了外面的街上。笼罩在这个地区上空的那片贫困的乌云使人向下注意到清楚出现在眼前的那些凄凉的、没有影子的物体:门廊那坍塌破碎的红砖,一堆堆的垃圾和猪的大腿骨,旧轮胎,去年集市上买来压坏了的玩具纸风车,什么人的一只失落的旧鞋。这种遭到弃置的寂静才持续了一会儿,黑人洼地的所有小巷和屋门口就涌现出不少东西。瞧瞧所有这些孩子!这么许多!突然孩子们在有轨电车旁边跑起来,一边挥手,一边喊叫,他们有的比试胆量,在电车轨道前面跳来跳去。别的一些孩子则爬到电车后面。黛斯德蒙娜忙用一只手护住喉咙。为什么他们有这么许多孩子？这些人到底怎么啦？黑种女人应该把给她们孩子喂奶的时间拖得更久一些。哪个人应该告诉她们。这时在小巷里，她看见有些男人正在开着的水龙头旁冲洗身子。有些没有完全穿好衣服的女人在二楼的阳台上伸出臀部。黛斯德蒙娜丧魂落魄地看着挤在窗户里的所有这些脸，挤在街上的所有这些身体，差不多有五十万人挤在二十五个方形的街区里。自从第一次世界大战时，帕卡特汽车公司的经理Ｅ·Ｉ·韦斯通过他的报告，把"头一车黑人"运到城里来以后，黑人洼地就成了当局想要把他们留在那儿的地方。这儿汇集齐了各种职业的人，有翻砂工人和律师，有女佣和木匠，有医生和地痞流氓，可是在一九三二年，大多数人都失业了。而且每年，每个月仍有越来越多的人来到这儿，想在北方地区找份工作。他们睡在每幢房子里的每张长沙发上。他们在院子里搭起小木屋。他们在房顶上扎营寄宿。（这种状况当然不可能持续下去。这些年来，黑人洼地——尽管所有的白人试图对它加以遏制，同时也因为有关贫困和种族歧视的无情法律——仍在一条街一条街、一个地段一个地段地逐渐向周围扩展，直到这个所谓的隔离居住区成为整个城市的本身，到了二十世纪七十年代，在科尔曼·扬市政当局管理下的那个没有计税基数、白人迁移、充满杀人犯罪的底特律，黑人最终可以随意住到他们想住的地方……）

可是眼下咱们还是回到一九三二年，正在发生一件奇怪的事儿。有轨电车渐渐慢了下来。在黑人洼地的中部，它停了下来，而且——真是前所未闻！——还开开车门。车上的乘客都心神不定。售票员拍了拍黛斯德蒙娜的肩膀。"女士，到站了。黑斯廷斯。"

"黑斯廷斯街？"她简直不相信售票员嘴里说的话。她又把地址拿给售票员看。售票员指着车门。

"蚕丝工厂在这儿吗？"她问售票员说。

"不知道这儿有什么。我的这个地段没有吧。"

于是我奶奶走下有轨电车，来到黑斯廷斯街上。电车往前开去。好多张白色的人脸回过来望着她，这个给抛到电车外边的女人。她开始迈步，抓紧手提包，急匆匆地顺着黑斯廷斯街走去，仿佛知道自己要去哪儿。她眼睛始终笔直地盯着前方。孩子们在人行道上跳绳。在一个三层楼的窗户里，有个男人把一张纸撕成碎片，一边嚷道，"从现在起，邮递员，你可以把我的信寄到巴黎去。"房子前面的门廊里都堆满了起居室的家具，破旧的长沙发和扶手椅，人们在那儿下着跳棋，争长论短，挥动手指，哈哈大笑。这些黑种人老是笑个不停。笑啊笑的，好像一切都怪有趣的。告诉我，什么事这么有趣？到底是什么——哦，天哪！——有个男人竟在街上拉屎！我可不看。她经过一个废料艺术家的院子：有用瓶盖做成的世界七大奇迹①。一个戴着颜色鲜艳的阔边帽的年老的醉汉慢吞吞地走着，咂着他那没有牙齿的嘴，伸出一只手来讨取多余的零钱。可是他们能做什么呢？他们没有任何水暖设备。没有下水道，糟透了，糟透了。她走过一家理发店，里面那些男人正在让理发师傅把他们的头发弄直，他们像女人一样戴着淋浴帽。街对面有几个小伙子对她大声嚷道：

"宝贝儿，你身上显出这么许多曲线，真会引得汽车相撞！"

"你准是一个非常甜蜜的人儿，宝贝儿，因为你勾起了我的欲火！"

她急匆匆地往前走去，后面爆发出一片笑声。她越走越远，经过一些她也不知道名字的街道。这时空气中有股从附近的河里打到的鱼、猪蹄、玉米粗粉、煎红肠、豇豆等不熟悉的食物的气味。不过也有许多房子里根本没在烧煮什么东西，也没有人发出笑声或说话，只看见黑暗的房间里充满了神色疲惫的面孔和到处找东西吃的狗。有个人终于从这样一所房子的门廊上开腔了。是个女人，感谢上帝。

"你是不是迷路了？"

黛斯德蒙娜注意到那个女人的轮廓柔和的脸。"我在找一家工厂。蚕丝工厂。"

---

① 世界七大奇迹，指古代七项著名的建筑和雕塑，一般指埃及的金字塔、巴比伦的空中花园、奥林匹亚的宙斯神像、以弗所的阿耳特弥斯神庙、哈利卡纳苏斯的摩索拉斯陵墓、罗得岛的巨像和亚历山大的灯塔。

"这儿周围没有工厂。就算有的话也关掉了。"

黛斯德蒙娜把地址交给她。

那个女人指着街对面。"就在那儿。"

黛斯德蒙娜转过身去,她看见了什么?她有没有看见一幢直到最近还被称作麦克弗森会堂的棕色砖砌大楼?一个出租给那个偶然的富有眼力的游客举行政治会议、婚礼或商品宣传的场所?她有没有注意到入口处的那些装饰点缀,那些涌出花岗石水果的罗马古瓮,那些色彩斑驳的云石?她的眼睛有没有转而去注意那两个在前门外边立正站着的年轻黑人?她有没有注意到他们那无可挑剔的服装?一个人的衣服是地球仪上表现水的部分的那种淡蓝色,另一个人的衣服则是像法国芳香熏剂那样的淡紫色。当然她一定注意到了他们的军人风度,他们那十分光亮的皮鞋,他们的色彩鲜艳的领带。她一定感到这两个年轻人充满信心的神态跟这片遭受压迫的地区的气氛所形成的对照,但是不管当时她有什么感觉,她的那种复杂的反应,在我看来,实质上意味着一种简单的、惊愕的认识。

非斯帽。他们戴着非斯帽。以前让我爷爷奶奶吃苦受罪的那些人所戴的柔软的、褐红色的平顶帽子。这种帽子所取的是摩洛哥一座城市的名字,因为那种血红色的染料就来自这座城市,而且(士兵头上的)这种帽子在土耳其以外还一直追逐着我的爷爷奶奶,把地上染上一块深褐红色。如今在底特律,这种帽子又出现在两个英俊的黑人小伙子头上(而且非斯帽会在我的故事里再次出现,在举行一场葬礼的那一天,但是那种巧合是只有现实生活里才会发生的事,因此实在美妙得我目前还不想披露)。

黛斯德蒙娜犹犹豫豫地走过街去。她告诉那两个人自己是看了那份广告前来应聘的。其中的一个人点了点头。"你得绕到后面去,"他说。他很有礼貌地把她引入一条小巷,来到一个打扫得很干净的后院里。这时,好像得到一个不显眼的信号,后门一下子打开了,黛斯德蒙娜又吃了一惊。眼前出现了两个披着披巾的女人。在我奶奶眼里,她们看上去很像布尔萨的虔诚的穆斯林,只是她们服装的颜色不对。她们身上披的不是黑色披巾，而是白色披巾。披巾从她们的下巴颏儿一直垂到她们的脚踝。头发上还包着白色的头巾。她们并没有戴面纱，不过她们迎上前来的时候，黛斯德蒙娜看到她们脚上的棕色牛津式便鞋。

非斯帽、披巾，此外还有一座清真寺。以前的麦克弗森会堂内部按照摩尔人的主题重新进行装修。这两个侍从引着黛斯德蒙娜跨过排成几何图形的石板地面。她们领着她经过了挡住外面光线、边上饰有流苏的、厚厚的帷幔。周围一片寂静，只有那两个女人衣衫的窸窣声，接着从远处传来一种仿佛说话或祈祷的声音。最后，她们把她带进一个办公室，有个女人正在那儿挂一幅画。

"我是万达嬷嬷，"那个女人并没有转过身子，这么说道，"第一圣堂的最高主管。"她全身披着另一种披巾，上面有滚边和肩饰。她正在挂的那幅画上表现的是一个在纽约的天际盘旋的飞碟。它射出许多道光线。

"你是来申请那份工作的吗？"

"是的。我是个蚕丝工人。有丰富的经验。养蚕，搭建养蚕室，编织……"

万达嬷嬷转过身来，向黛斯德蒙娜的脸仔细打量了一下。"我们遇到一个难题。你是什么国家的人？"

"我是希腊人。"

"嘿！希腊人。这是不是算是一种白人？你生在希腊吗？"

"不，在土耳其。我们是从土耳其来的。我和我丈夫。"

"土耳其！为什么你这么说？土耳其是一个穆斯林的国家。你是一个穆斯林吗？"

"不，希腊人。信希腊正教。"

"可是你出生在土耳其。"

"不。"

"什么？"

"是的。"

"而你们是从土耳其来的?"

"是的。"

"因此,你大概有点儿混血,对吗?你并不完全是白人。"

黛斯德蒙娜迟疑着没有回答。

"瞧,我正在想要知道我们怎么把事情做好,"万达嬷嬷继续说。"法德教长从圣城麦加①来到我们这儿,他老是要我们牢记自力更生的重要性。不能再依靠什么白人。得为我们自己工作,明白吗?"她压低了嗓音。"麻烦的是,看到广告前来应聘的那些人没有一个中用的。他们上这儿来,说他们懂得如何取得蚕丝,可是实际上他们根本不懂。只是希望受到聘用,随后再给辞退。拿上一天工钱。"她眯起眼睛。"这就是你所打算的吗?"

"不,我只想要受到聘用。不想遭到辞退。"

"可是你是哪个国家的人?希腊人,土耳其人,还是什么别的国家的人?"

黛斯德蒙娜又迟疑起来。她想到了她的孩子。她想像着自己回到家里,什么吃的东西都没有。随后她用力咽下一口唾液。"每个人的血统都并不纯粹。土耳其人,希腊人,都同样如此。"

"这正是我想要听的话。"万达嬷嬷毫不拘束地笑起来。"法德教长,他的血统也不纯粹。我来让你看一下我们需要的东西。"

她领黛斯德蒙娜顺着一条装了护墙板的很长的走廊走去,穿过电话接线员的办公室,走进另一条更加黑暗的过道。在远远的过道尽头,厚厚的帷幔挡住了大厅的入口。有两个年轻的卫兵立正站在那儿。"你来给我们工作,有少数几件事儿你得知道。决不要穿过那些帷幔。那儿是主要的殿堂;法德教长在那儿布道。你留在这边妇女的区域内。最好把你的头发也包起来。这顶帽子没有遮住你的耳朵,这是一种诱惑。"

---

① 麦加,沙特阿拉伯西部城市,伊斯兰教创立人穆罕默德的诞生地,伊斯兰教圣地之一。

黛斯德蒙娜本能地摸摸自己的耳朵,回头看着卫兵。他们的脸上仍然毫无表情。她转过身子,跟着最高主管。

"让我给你看一下我们得进行的工作,"万达嬷嬷说。"我们把一切都弄齐了。我们所需要的,嗯,只是一点儿专有技术。"她开始上楼,黛斯德蒙娜跟在后面。

(那是一道很长的楼梯,共有三段,万达嬷嬷的两个膝关节不好,所以她们走到上面要花不少时间。趁她们俩爬楼梯的当口,我来解释一下我奶奶所进入的究竟是个什么机构。)

"一九三〇年夏天的某一天,底特律的黑人居住区突然出现了一个讨人喜欢、但有点儿神秘的商贩。"(我引用的是 C·埃里克·林肯①《美国的黑色穆斯林》中的一段文字。)"人家以为他是个阿拉伯人,不过并无确实证据说明他是哪个种族和什么国家的人。他受到一些文化饥荒的美国黑人家庭的欢迎,他们热切地向他购买丝织品和手工艺品,他说这些丝织品和手工艺品都是他们在大海对面家乡的黑人所穿戴的……他的客人们迫不及待地想了解他们的过去以及他们原来国家的情况,因而这个商贩不久就在社区各处的一所又一所房子里举行会议。

"一开始,这位'先知'(后来人家就对他这么称呼)仅把他的教诲局限于叙述他在异国他乡的经历,告诫人们别吃某些食物,同时对如何改进各位听众的身体健康提出一些建议。他显得亲切友好,谦逊耐心。"

"在引起招待他的那些人的兴趣后"(我们现在转引克劳德·安德鲁·克莱格第二②所著《一个独特的人》中的话),"[那个商贩]于是就贩卖起他那有关美国黑人的历史和未来的宣传学说。这种策略十分有效,结果他成功地发展到把不少好奇的黑人召集到私人的家里举行会议。后来,租赁了公共会场供他演说,他那'伊斯兰国'③的组织结构开始在贫

---

① C·埃里克·林肯(1924—2000),美国学者和作家。
② 克劳德·安德鲁·克莱格第二,美国当代学者、作家,历史教授。
③ "伊斯兰国",一九三〇年由黑人民族主义者瓦利·法拉德建立的组织,其成员通称为黑色穆斯林。

困的底特律城中形成。"

这个商贩有许多名字。有时候他称自己为法拉德·穆罕默德，或者F·穆罕默德·阿里。别的时候，他把自己称作弗雷德·多德，福特教授，华莱士·福特，W·D·福特，瓦利·费拉德，沃德尔·法德，或者W·D·法德。对他的原籍也有很多种说法。有人声称他是一个牙买加黑人，父亲是个叙利亚的穆斯林。根据某种传说，他是一个巴勒斯坦的阿拉伯人，在迁移到底特律之前曾在印度、南非和伦敦挑起种族动乱。根据另一种传说，他出生在库莱氏部落、也就是先知穆罕默德[①]的部落的一个有钱人家，而根据联邦调查局的记录，法德则出生在新西兰或俄勒冈州的波特兰[②]，父母不是夏威夷人，就分别是英国人和波利尼西亚人。

有件事情很清楚：到一九三二年，法德已经在底特律建立了第一圣堂。黛斯德蒙娜不知不觉地往上攀登的就是这座圣堂的后楼梯。

"我们就在圣堂出售丝织品，"万达嬷嬷在楼梯上面解释道。"根据法德教长的设计，我们自己制作衣服。那是我们的祖先在非洲所穿的。过去我们只订购织物，自己缝制衣服。可是，出现了大萧条，越来越难弄到织物了。因此法德教长作出一项新的启示。有天早上他走到我的面前来说，'我们必须掌握养蚕的方法和结果。'他就是这么说的。口才流利吧？这个人简直可以讲得叫一头狗从一辆装肉的货车上下来。"

黛斯德蒙娜上楼梯的时候，开始对周围的事物有了意识。外面那些男人身上别致的服装。内部的重新装修。万达嬷嬷走到楼梯顶上的平台——"这里面就是我们的训练班"———边把门推开。黛斯德蒙娜走上平台，看见了房里的人。

原来有二十三个身上披着鲜艳的披巾、头上包着头巾的十几岁的姑娘

[①] 穆罕默德(570?—632)，伊斯兰教创立人，生于麦加城，自称安拉使者，在麦加城创立伊斯兰教，后在麦地那建立神权国家。

[②] 波特兰，美国俄勒冈州西北部海港城市。

正在缝衣服。在最高主管把陌生人领进房间的时候,她们甚至都没有从手里的活计上抬起头来。眼前是一个个低着的脑袋,一张张吹动直针的嘴巴,以及一只只踩着看不见的踏板的有贴边的牛津式便鞋,她们继续干着。"这是我们的穆斯林女子培训及普通文化班。瞧她们看上去有多干净整洁。你不想开口就别说话。'伊斯兰'的意思就是服从。这你总知道吧?不过咱们还是回过头来说说我刊登那个广告的原因。我们的织物快要用完了。大伙儿看来好像都歇业破产了。"

她领着黛斯德蒙娜穿过房间。有个充满灰尘的木箱子开着。

"因此,我们所采取的行动,就是向一家公司订购了这些蚕。你知道邮购的方式吧?还有更多的蚕仍在途中,没有运到。麻烦的是,这些蚕似乎不喜欢底特律这个地方。我也不责怪它们。它们不断死在我们眼前,它们要到什么时候才合用呢?啊哟,真是臭气熏天!我的天——"她说到半截儿止住了。"这只是一个习惯用语。我从小到大,心灵都很纯净。听着,你说你的名字叫什么?"

"黛斯德蒙娜。"

"听着,黛斯,在我成为最高主管以前,我也修饰自己的头发和指甲。我并不是庄稼汉的女儿,明白吗?你看我这个拇指是不是显得很嫩?这些蚕究竟爱好什么东西?我们怎样才能使它们吐丝呢?"

"这是一项很艰巨的工作。"

"我们并不在乎。"

"需要花钱。"

"我们有的是钱。"

黛斯德蒙娜捡起一个皱缩起来、还没有死掉的蚕。她用希腊话向它低声细语。

"听着,姑娘们,"万达嬷嬷说,于是这些姑娘,动作就像一个人似的,马上不再缝纫,把紧握在一起的两只手搁在膝头,都留神地抬起头来。"这位新来的女士要教我们如何取得蚕丝。她像法德教长一样是个穆拉托人①，她会让我们重新了解我们民众失传的那门技艺。那样我们就可以自己做了。"

那二十三双眼睛都落到黛斯德蒙娜的身上。她鼓起勇气，暗自把她想说的话儿翻成英语，开口以前还重温了两次。随后便给这个穆斯林女子培训及普通文化班开始讲课，说道："要取得好的蚕丝，你们必须纯洁。"

"我们会努力这么做，黛斯。感谢真主。我们会努力这么做。"

---

① 穆拉托人，指黑人与白人的第一代混血儿或有黑白两种血统的人。

骗 术

我奶奶就这样前去为伊斯兰国工作了。像一个在格罗斯角干活的清洁女工那样，她来回都走后门。她头上不戴帽子，而换了一条头巾，好遮住她那两个难以压制的耳朵。她从不高声说话。她从不发问或抱怨。她在一个被他人所统治的国家长大成人，因而觉得周围的一切都很熟悉。非斯帽、跪垫、新月图形：真有点儿像回家了。

对黑人洼地的居民来说，那就像是去到另一个星球似的。那座圣堂的正门跟大多数美国机构的入口正巧相反，只放黑人进去，而不让白人进去。大厅里以前挂的那些画作——洋溢着天定命运论①光彩的风景，表现印第安人遭受屠杀的场面——早给运到地下室里去了。在原来的位置上，挂起了描绘非洲历史的画作：有个王子和王妃在一条清澈见底的河边上散步；一群黑人学者在一个室外的会场上展开辩论。

大家来到第一圣堂倾听法德的演讲。他们也来购买东西。在以前的衣帽间里，万达嬷嬷陈列了一些服装，也就是跟先知所说"黑人民众在他们东方的家园里所穿的一样的服装"。在信徒们走近前来付钱的时候，她在灯光下抖开彩虹色的织物。不少妇女把她们做闺女时那种显示从属地位的衣衫换成了表示解放的白色披巾。好些男人则用体现尊严的丝织服装替代他们那具有受到压迫痕迹的工作服。圣堂的现金出纳机里满是钱钞。在经济萧条的时期，清真寺却相当富足。福特正在关闭工厂，但是，在黑斯廷斯街三四〇八号，法德却在开门营业。

黛斯德蒙娜在三层楼上对这一切并没怎么觉察。她每天上午都在教室里教课，下午则待在存放那些尚未剪裁的织物的蚕丝室里。有天上午，她把她的桑蚕盒带去进行展示和讲述。她把桑蚕盒四处传递，一边讲述这个盒子在各处的经历。她的奶奶怎样用橄榄木把它雕成，它怎样在一场火灾后幸存下来，她设法在讲述所有一切的时候不说任何贬损这些学生的同一教派教友的话。实际上，这些姑娘显得十分可爱，十分友好，黛斯德蒙娜不禁想起过去希腊人和土耳其人关系融洽的那个时期的情景。

然而，黑种人在我奶奶眼里，仍然显得相当生疏。她对自己的种种发现感到相当吃惊："在手掌心上，"她告诉她的丈夫说，"黑种人的皮肤跟我们的皮肤一样是白的。"或者："黑种人并没有伤疤，只有肿块。"或者："你知道黑种男人是怎样刮脸的吗？竟用一种药粉！我在商店橱窗里看到的。"在黑人洼地的街道上，人们的生活方式使黛斯德蒙娜大吃一惊。"根本没有人打扫。门廊上满是垃圾，谁也不扫，真可怕。"不过在圣堂，情况却不一样。那儿的男人努力干活，也不喝酒。姑娘们打扮得干干净净，样子端庄。

"这位法德先生在做一件正确的事，"她在星期天吃晚饭的时候说道。

"请听我说，"索梅利娜反驳道，"我们早把面纱留在土耳其了。"

可是黛斯德蒙娜摇了摇头。"这些美国姑娘可以用一两块面纱。"

那位先知仍然没有向黛斯德蒙娜露出自己的面目。法德就像一个神那样：无处不在而又哪儿也见不到。他的光辉仍然停留在那些听完演讲离开的人的眼睛里。他把自己说成是个遵守饮食戒律的人，这种戒律赞成食用非洲当地的食物——山药、木薯——而禁止食用猪肉。黛斯德蒙娜时常看见法德的汽车（一辆全新的克莱斯勒牌双门箱式小客车）停在圣堂前面。这辆汽车总显得似乎刚刚经过冲洗、上蜡，它那镀铬的散热器护栅给擦得锃

---

① 天定命运论，十九世纪鼓吹美国对外侵略扩张为天命所定的一种理论。

亮。不过她从来没有看见法德驾车。

"如果他是上帝的话，你怎么能指望看见他呢？"有天晚上，他们上床的时候左撇子饶有兴味地问。黛斯德蒙娜脸上露出笑容，仿佛被她藏在床垫下面的那头一个星期的工资逗乐了。"我非得见一见不可，"她说。

她在第一圣堂的头一项计划就是把屋外厕所转变成一个养蚕室。她要求伊斯兰的子孙①，也就是大家知道的伊斯兰国的军事小组给予帮助？自己站到一边，那些年轻人则把木头便桶从摇摇晃晃的木屋里拉出来。他们用泥土盖没污水池，把旧的美女像月历从墙上取下，随后别转脸去把这些刺眼难看的东西都扔进了垃圾堆。他们安装好架子，在天花板上开了孔以便通风。尽管他们费了不少力气，但仍然有股臭味。"等着吧，"黛斯德蒙娜对他们说。"与蚕相比，这算不了什么。"

楼上，穆斯林女子培训及普通文化班的学生在编制饲用托盘。黛斯德蒙娜想要救活最初那一批蚕。她让它们始终暖和地待在电灯泡底下，一边对它们唱着希腊歌曲，但那些蚕并没有上当受骗。它们孵在黑色的蚕卵上，觉察到干燥室的空气和灯泡发出的虚假的阳光，开始皱缩起来。"有更多的蚕仍在途中没有运到，"万达嬷嬷说，并不把这番挫折当回事儿。"直接运到这儿。"

日子一天天的过去。黛斯德蒙娜对黑人的苍白的手掌已经习以为常。她习惯从后门进出，别人跟她说话的时候她才开口说话。她不给那些姑娘上课的时候就等在楼上的丝绸室里。

说到丝绸室，对它描述一番是合乎情理的（在这片宽十五英尺、长二十英尺的地方发生了那么许多事儿：上帝开口说话；我奶奶抛弃了她自己的种族；天地万物得到了解释，这只是开头的几件）。那是一个天花板很低的小房间，一头摆了一张砧剁桌。好多卷丝绸靠墙放着。长毛绒壁毯从

---

① 伊斯兰的子孙，指美国黑人民族主义运动组织"伊斯兰国"的秘密军事组织，既反对官方军警，又控制运动内部成员并制裁"异端"。

地板一直铺到天花板，让人觉得好像是在一个珠宝盒里面。织物变得更难弄到了，但万达嬷嬷早已储存了不少。

有时丝绸看起来像在婆娑起舞。织物受到来源神秘的气流的吹拂，在屋子里飘浮摆动。于是黛斯德蒙娜只好抓住织物，把它重新卷好。

有一天，在一场阴森可怕的双人舞跳到一半的时候（有块绿色丝绸在黛斯德蒙娜后退时领着路），她听见了一个声音。

"我在一八七七年二月十七日生于圣城麦加。"

一开始，她以为有人走进了房间。可是她转过身子，发现什么人也没有。

"我父亲是阿方索，沙巴兹部落的一个肤色黝黑发亮的人。我母亲名叫巴比·吉。她是一个高加索人，一个魔鬼。"

一个什么？黛斯德蒙娜无法听得十分清楚，也不能确定声音是在什么位置。这会儿声音好像是从地板上传来的。"我父亲在亚洲东部的山中遇见她。他看到她身上所具有的潜能。他用正当的生活方式对她加以引导，直到她成了一个心地纯洁的穆斯林。"

其实激起黛斯德蒙娜的好奇心的并不是那个声音所说的事情——她并没有听清楚说的内容，而是那种声调，一种使她的胸骨嗡嗡作响的深沉的男低音。她放开那块婆娑起舞的丝绸，低下她那包着头巾的脑袋留神倾听。等声音又传来的时候，她移开那几卷丝绸，想要找出它的来源。"为什么我父亲要娶一个高加索魔鬼呢？因为他知道他的儿子命定要对沙巴兹部落的那些迷失方向的人传播福音。"三卷、四卷、五卷丝绸，原来这样：有个暖气格栅。现在声音更响了。"因此，他觉得我，他的儿子，应该具有一种肤色，好让我公正合理地对待白人和黑人。因而我就成了一个穆拉托人，就像在我之前把十诫带给犹太人的摩西[①]一样。"

先知的声音从这幢建筑的深处升起。它从三层楼下面的那个会堂里开

[①] 摩西，犹太教、基督教《圣经》故事中犹太人的古代领袖。

始，透过舞台上的地板门往下传去。在以往烟草商召开的大会上，那个龙德加姑娘身上只披着一条雪茄缎带，常常骤然出现在这个舞台上。这个声音在通向两厢的爬行空隙①里回荡，随即进入暖气出口，在整个建筑中环流，变得失真，有了回音，最后从黛斯德蒙娜目前蹲在跟前的那个格栅里热烘烘地涌出来。"我受到的教育与在我血管里流的王族血液本可以使我去寻求一个有权势的地位。可是我听到了我叔叔的哭声，弟兄们。我听到了我那在美国的叔叔的哭声。"

如今她可以听出模糊的说话音调。她等着想再听一下，却只有一片寂静。暖气炉的气味喷到了她的脸上。她把身子弯得更低一点，留神倾听。可是接下去她听到了万达嬷嬷在楼梯平台上的声音："喂！黛斯！我们为你准备好了。"

她只好很不情愿地离开了。

我奶奶是曾听到 W·D·法德讲道的唯一一个白人，而她对他讲的内容连一半都理解不了。这一方面固然是由于暖气出口的音响效果很差，另一方面则是因为她的英语还不够完善，而且她老把头抬起来去听听是否有人前来。黛斯德蒙娜知道法德的演讲她是不准听的。她最不希望的事儿就是把她这份新的工作给砸了。不过她没有别的地方可去。

每天一点钟的时候，那个格栅就开始嗡嗡作响。最初她听到人们走进会场的声音。随后响起了吟颂声。她在格栅前面放了另外几卷丝绸，好把声音挡掉。她把自己的椅子移到线绸室的远处角上。可是一点儿也没有用处。

"也许你们还记得，在上回的讲演中，我对你们讲了月亮所受到的放逐。"

"不，我不记得，"黛斯德蒙娜说。

"在六十万亿年前，有个神通广大的科学家在地球上挖了一个窟窿，在

---

① 爬行空隙，指天花板上面或地板下面高约二英尺可使工人进入维修管道、电线及设备的爬行空隙。

里面放满了达纳炸药,把地球炸成两半。小的那半块就成了月亮。你们还记得吗?"

我奶奶把两只手猛地捂住耳朵,脸上露出了不同意的神色。有个问题脱口而出:"有人炸了地球?是谁呢?"

"今天我要给你们讲讲另一个神通广大的科学家,一个邪恶的科学家。他名叫雅各布。"

这时她展开手指,让耳朵可以听到那个声音……

"在目前二万五千年周期的历史内,雅各布生活在八千四百年前。这位雅各布,他长着一个不同寻常的大头颅。他是一个聪明的人,一个卓越的人,伊斯兰国一个杰出的学者。就是这个人,在他只有十六岁的时候,发现了磁性的奥秘。他拿着两块钢片玩耍,把它们握在一起,于是发现了那个科学定则:磁性。"

这个声音也像磁铁似的对黛斯德蒙娜起了作用,这会儿正把她的双手往下拉到她的身体两侧,使她在椅子上探身向前……

"可是雅各布并不满足于他发现的磁性。凭着他那很大的头颅,他还产生了其他许多宏伟的设想。所以有一天,雅各布暗自想到如果他能创造出一种与原来的人完全不同,也就是说基因不同的人种,这个种族就可以通过骗术来统治黑人的国家。"

……在探身向前还不足以听清的时候,黛斯德蒙娜就移得更近一点。她穿过房间,把那些卷丝绸移到一边,跪在格栅前面,法德当时继续进行阐述:"每个黑人均由两个胚原基组成:一个黑色胚原基和一个棕色胚原基。因此雅各布说动了五万九千九百九十九个穆斯林移居到佩兰岛。佩兰岛坐落在爱琴海上。你们如今会在欧洲地图上看到它冠以一个错误的名字。雅各布把他那五万九千九百九十九个穆斯林就带到这个岛上。在那儿他开始了他的改造工作。"

这时她也可以听到别的一些声音。法德在台上走来走去的脚步声;他的听众俯身向前、凝神倾听他的每一句话时椅子发出的吱吱嘎嘎的声音。

"雅各布在他的佩兰岛的实验室里,不让那些原来的黑人生殖繁育。如果一个黑女人生了一个孩子,就要把这个孩子杀掉。雅各布只让棕色的婴儿活着。他只让棕色皮肤的人交配。"

"真可怕,"黛斯德蒙娜在三层楼上说。"真可怕,雅各布这个人。"

"你们已经听人说起过达尔文自然选择的理论了吧?这是非自然的选择。雅各布通过他的科学改造,创造出头一批黄色和红色皮肤的人。可是他并没有就此罢手。他继续让这些人的浅肤色的后代交配。经过好多好多年,他在基因方面改变黑人,每次一代,使得这类人变得越加脸色苍白,身体虚弱,降低他们正直端方的道德品行,使他们走上邪恶的道路。随后,教友们,有一天雅各布做完了。有一天雅各布完成了他的工作。他的这种邪恶行径究竟创造出了什么呢?正如我以前讲给你们听过的:同类只能出自同类。雅各布创造出了白人!他们因谎言和杀戮而得以存在。他们是一个蓝眼睛的魔鬼的种族。"

外边,穆斯林女子培训及普通文化班的学生在安置桑蚕盘。她们默默地干着,幻想着各种不同的事儿。鲁比·詹姆斯想着约翰·2X那天早上看上去多么英俊,不知他们是否会在哪天结婚。达琳·伍德正在发脾气,因为所有的男教友都去掉了他们表示从属地位的名字,但法德教长还没有抽出时间来关心她们这些姑娘,因此她们仍然叫达琳·伍德。莉莉·黑尔几乎一心想着自己藏在头巾下面那垂在耳前的鬈发式样,想着今晚她怎样要从自己卧室的窗户里探出头去,假装察看天气,好让隔壁的卢伯克·T·哈斯看到她的发式。贝蒂·史密斯则想着赞美真主,赞美真主,赞美真主。米利·利特尔想要吃口香糖。

这时在楼上,黛斯德蒙娜也不肯接受故事情节的这种新的转折,她的脸给出气口中喷出来的热气弄得火热。"魔鬼?所有的白人?"她喷着鼻息说。她从地板上站起来,掸掸身上的灰尘。"够了。我不再听这个狂人讲的话了。我干活。他们付我工钱。就这么着。"

可是第二天上午，她回到圣堂。等到一点钟的时候，那个声音一开始说话，我奶奶又留神倾听起来：

"现在让我们对白种人和原来的人两者作一番生理上的比较。从解剖学方面来说，白人的骨骼更脆弱，白人的血液也更稀薄。白人大约拥有黑人三分之一的体力。谁能否认这一点呢？你们亲眼所见的证据说明了什么？"

黛斯德蒙娜与那个声音进行争辩。她嘲笑法德的看法。可是随着时间一天天的过去，我奶奶发现自己总是乖乖地在暖气出口前铺开丝绸，好让自己的膝头枕在上面。她向前跪下，把耳朵贴在格栅上，前额几乎碰到了地板。"他只是一个江湖骗子，"她说。"骗取大家的钱。"可是她并没有移动身子。不一会儿，暖气系统就带着最新的启示嗡嗡作响。

黛斯德蒙娜究竟怎么了？她对那个深沉的祭司的声音始终十分轻易地加以接受，是否受到了法德那不见形体的声音的影响？还是她在城里住了十年以后，最终成了一个底特律人？这就是说她总从黑人和白人的不同来看待每一件事。

还有最后一种可能。是否会是奶奶的负罪感，那种几乎季节性地把她脏腑浸没的湿漉漉的如同患了疟疾一般的恐惧——是否会是这种无法治愈的病毒性疾病使她接受了法德的影响？她内心为罪恶感所折磨，难道感觉到了法德指控的分量？难道她个人接受了法德有关种族的谴责？

有天夜晚，她问左撇子说，"你觉得孩子们有什么毛病吗？"

"不。他们很好。"

"你怎么知道？"

"瞧他们的样子。"

"我们究竟怎么啦？我们怎么能干我们过去干的那种事呢？"

"我们并没有什么问题。"

"不，左撇子。我们"——她开始哭起来——"我们不是好人。"

"孩子们都很健康。我们也很幸福。如今发生的那一切都过去了。"

可是黛斯德蒙娜却一下子倒在床上。"我为什么要听你的话啊？"她呜咽着说。"我为什么不像所有别的人那样也跳到水里去？"

我爷爷想要搂住她，但是她摆脱了他。"别碰我！"

"黛斯，求求你……"

"要是死在那场大火里就好了！我可以对你起誓！要是我死在士麦那就好了！"

她开始密切注意她的孩子。至此为止，除了出现过一次恐慌（米尔顿五岁时差点儿死于乳突感染）以外，他们的两个孩子都很健康。他们划破皮肤后，血不久就凝结了。米尔顿在学校里的成绩很好，佐薇在学校里也属中上。可是黛斯德蒙娜并没有就此感到安心。她老等着看会发生什么事，出现什么疾病，什么异常情况，担心对她所犯罪孽的惩罚会以最具有破坏性的方式作出：即并不对她个人的灵魂而对她孩子的身体下手。

我能感到在走向一九三三年的那几个月里房子里所起的变化。一股寒气透过房子那颜色像根汁啤酒似的墙砖，进入房间，吹灭了门厅里点在圣像前的祭典灯。冷风也掀动了黛斯德蒙娜的那本解梦书的页数，她老是翻阅这本书，为自己那不断增加的噩梦寻找解释。她梦见婴孩的胚原基冒着泡儿，不断分裂，梦见丑恶的生物从苍白的泡沫中出现。如今她避免一切房事，甚至在夏天也这样，就连在某个人的命名日喝了三杯酒以后也不例外。过了一段时间以后，左撇子也就不再坚持了。我的爷爷奶奶以前一度形影不离，这时却已逐渐疏远。黛斯德蒙娜早上去第一圣堂的时候，左撇子在把他的地下酒店开了一个通宵后还在睡觉。他在黛斯德蒙娜回家以前就又消失在地下室里。

我跟随着一九三二年深秋时节老刮的那阵冷风，有天上午飘然走下地下室的楼梯，发现我爷爷正在数钱。左撇子斯蒂芬尼德斯无法得到他妻子的恩爱体贴，就把全部精力都放到工作上。不过，他的买卖已经有了一些变化。地下酒店的顾客人数不断下降，为了作出对策，我爷爷还从事其他多种经营活动。

那是一个星期二,刚过八点。黛斯德蒙娜早动身去干活了。在屋前的窗户里,有只手正把圣乔治的塑像移开,不让外面看见。屋外的人行道边上,停着一辆旧的戴姆勒牌汽车,左撇子赶紧跑到外面,坐到了汽车后座上。

我爷爷新的生意上的伙伴就是坐在前座上的梅布尔·里斯,她二十六岁,来自肯塔基,脸上搽着胭脂,头发散发出一种早上刚给烫发钳烫过的焦味。"以前在帕迪尤卡①,"她对汽车司机说,"有个挎着照相机的聋子。他在河边来回走动,拍摄照片。他拍那些最他妈该死的东西。"

"我也干这个,"汽车司机回答说。"不过我是为了赚钱。"莫里斯·普兰塔吉尼特朝梅布尔笑了笑,把汽车开上杰斐逊大街,他的柯达方镜箱照相机就搁在左撇子旁边的后座上。普兰塔吉尼特觉得在公共事业振兴署②设立之前的那些岁月不利于他的艺术爱好。在他们朝贝尔岛驶去时,他阐述了摄影照相的历史,尼塞福尔·涅普斯③怎样作出发明,达盖尔④怎样获得了所有的荣誉。他描述了头一张把人拍摄出来的照片,那片巴黎街景用的曝光时间太长,因而没有拍出一个在街上迅速移动的行人,只能看见一个停下来让人给他擦鞋的长长的身影。"我本人也想置身于历史书中。可是我觉得这实在并不是正确的途径。"

到了贝尔岛后,普兰塔吉尼特驾着那辆戴姆勒牌汽车顺着中央大街开去,但他并没有开向河滨,而是拐了一个小弯,开进一条另一头闭塞不通的土路。他停下汽车,他们都从车里走了出来。普兰塔吉尼特在合适的光线下架设好他的照相机,而左撇子则照料着汽车。他用手帕擦亮轮辐毂盖

---

① 帕迪尤卡,美国肯塔基州西部城市,位于田纳西河与俄亥俄河合流处。
② 公共事业振兴署,二十世纪三十年代经济大萧条时期,美国总统罗斯福为向失业者提供就业机会而提议并由国会通过设立的机构。
③ 尼塞福尔·涅普斯(1765—1833),法国物理学家,是照相机的发明人,一八二七年拍摄出第一张照片。
④ 达盖尔(1789—1851),法国舞台美术家和物理学家,银版照相法的发明人,首创缩型立体布景及幻觉舞台布景。

和前灯；他把踏板上的烂泥踢掉，擦干净车窗和挡风玻璃。普兰塔吉尼特说，"头儿准备好了。"

梅布尔·里斯脱下上衣。她里面只穿着一件紧身胸衣和吊袜束腰带。"你要待在哪儿？"

"在发动机罩上伸展开手脚。"

"像这样吗？"

"对。好。脸贴着发动机罩。现在再把两条腿伸展开一点儿。"

"像这样吗？"

"对。现在转过头来，望着照相机。不错，笑一笑。就像我是你的男朋友那样。"

这就是他们每个星期所干的事。普兰塔吉尼特拍摄照片，我爷爷提供模特儿。姑娘们倒并不难找。她们每天晚上都去地下酒店。她们像其他所有的人一样也需要钱。普兰塔吉尼特向闹市区的一个经销商出售照片，把所得的收入按一定的百分比分给左撇子。方案十分简单：穿着内衣的女人懒洋洋地坐在汽车里。那些穿得很少的姑娘在后座上蜷曲起身子，或是在前面露出自己赤裸的胸部，再不弯着身子，拆换漏了气的轮胎。通常是一个姑娘，但有时两个。普兰塔吉尼特设法选出所有搭配和谐的事物：臀部的曲线和挡泥板的线条，紧身胸衣和软坐垫上的褶裥，吊袜束腰带和风扇皮带。这都是我爷爷的设想。别忘了他父亲以前秘密的藏品，"游乐场的姑娘塞尔明，"他一直梦想把以前的理想更新。后房的年代已经过去了。如今出现了汽车后座的时代！汽车是新的游乐场所。它们把平凡的人转变为畅通无阻的道路上的一个苏丹。普兰塔吉尼特的照片使人联想到在荒僻的地方的郊游野餐。姑娘们在踏板上打盹儿，或者把手伸到汽车行李箱里掏出一根拆轮胎的铁棒。在大萧条时期，民众没有钱购买食物，有些男人却拿得出钱来购买普兰塔吉尼特的汽车色情艺术作品。这些照片为左撇子提供了稳定的额外收入。他开始积攒金钱，这实际上后来又导致了他的另一个机会。

我时常在跳蚤市场①或者在偶尔翻到的摄影书里见到普兰塔吉尼特所拍摄的一张旧照片,因为照片上出现的戴姆勒牌汽车,通常时间总给错误地定在二十年代。这些照片在大萧条时期只卖五分钱,如今却可以卖到六百美元以上。普兰塔吉尼特的"艺术"作品完全被遗忘了,但是他那关于女人和汽车的色情专题作品却依然十分风行。他在过了自己的风光时期以后,也就是认为自己干了有损自己体面的事儿以后留名于史册之中。我翻了一下箱子,望着他拍摄的女人,她们那精心安排的针织品,她们那不稳定的笑容。我凝视着我爷爷好多年前所凝视的这些脸,暗自寻思:为什么左撇子不再四处寻找他姐姐的脸,而开始寻找别的这些脸,寻找金头发、薄嘴唇的女子,寻找有着撩人的臀部的持枪歹徒的姘妇呢?他对这些模特儿的兴趣是否只是金钱上的?刮进房子的那阵冷风是否促使他到别的地方去寻求温暖?还是他也开始起了负罪的感觉,因而为了不再去想他所干过的勾当,最后就跟这些叫梅布尔、露西和多洛雷斯的姑娘厮混在一起?

我无法解答上面这些问题,现在还是回头讲讲第一圣堂的情况,新皈依的信徒正在那儿查看罗盘。那些梨形的上面有着黑色数字的白色罗盘中心受到麦加神石②的吸力影响。这些人心里对新信仰的实际要求仍然相当模糊,他们并没有规定的时间来做祷告。可是至少他们手里有了这些罗盘,这些罗盘也是他们向那位卖给他们衣服的善良的修女买的。他们每次一度,使罗盘上的指针转动,最后转到表示底特律的那个数字:34。他们查看着罗盘边上的箭头来确定麦加的方位。

"我们现在来讲一下颅骨测量法。什么是颅骨测量法?就是对头脑的科学测量,对医学界称作'灰质'的科学测量。一个普通白人的头脑重六盎司。一个普通黑人的头脑重七盎司半。"法德缺乏浸礼会教派牧师的那种激情,那种发自内心的慷慨激昂的言辞,但是对他的那些由心怀不满的基

---

① 跳蚤市场,经营廉价古物、旧货等的露天市场。
② 麦加神石,即黑石,指麦加克尔白石殿东南面壁上镶置的一块带微红的褐色方石。

督徒(和一个正教信徒)组成的听众来说,这反倒成了一项有利条件。他们厌倦了身体晃动、大叫大嚷、挤眉弄眼、呼吸刺耳的那种形式。他们厌倦了那种令他们受到奴役的宗教,白人就是凭借这种宗教来使黑人相信奴役是神圣的。

"可是有件事白种人胜过原来的人。白种人由于天命,由于他们自身的遗传因子编排方式,善于行骗。这一点我还用得着告诉你们吗?这是你们已经知道的情况。欧洲人通过骗术把原来的人从麦加和亚洲东部的其他地方带走。在一五五五年,有个名叫约翰·霍金斯的奴隶贩子把沙巴兹部落的首批成员带到现在这个国家的海岸上。一五五五年。至于那条船的名字嘛?天哪。反正是在历史书中。你们可以到底特律公共图书馆中去查出来。

"这第一代原来的人在美国究竟怎么样了?白人把他们杀了。通过骗术。白人杀害了他们,因此他们的子女从小到大并不知道自己的上代是谁,不知道他们是从哪儿来的。这些子女的后代,这些可怜的孤儿的后代——就是你们,在这间屋子里的你们,以及所有那些生活在所谓美国隔离区的黑人。我到这儿来告诉你们,你们究竟是什么人。你们是沙巴兹部落所失去的成员。"

坐车穿过黑人洼地并没有用。黛斯德蒙娜如今才意识到为什么街上有这么多垃圾,原来市里根本不来清理垃圾。白人房东听任他们的公寓大楼倾圮破败,一边继续提高租金。有一天,黛斯德蒙娜看到一个白人店员不肯从一个黑人顾客手里接钱。"把钱放在柜台上,"她说。不应该碰到女士的手!在那段感到自己罪孽深重的日子里,我奶奶脑子里充满了法德的理论,开始明白了他的意思。城里到处是蓝眼睛的魔鬼。希腊人也有一句古老的格言:"赤须蓝眼,预示魔鬼。"我奶奶的眼睛是褐色的,但这并不能使她觉得好受一点。要有哪个人是魔鬼的话,那就是她。她无法采取任何行动来改变目前的局面。可是她可以确保不再发生那样的事。她跑去见菲洛博西安医生。

"这是一个非常极端的措施,黛斯德蒙娜,"医生对她说。

"我要万无一失。"

"可你还很年轻。"

"不,菲尔大夫,我并不年轻,"我奶奶声音显得很疲倦地说。"我已经活了八千四百岁了。"

一九三二年十一月二十一日,《底特律时报》上刊登了下面这样一个标题:"活人献祭的圣坛场景。"接下去的报道说:"一个黑人邪教领袖因为在家里一个简陋的圣坛上举行活人献祭而被拘留,他的一百名信徒今天受到警察的搜捕审问。那个伊斯兰教团自封的头领是罗伯特·哈里斯,四十四岁,家住杜布瓦大街一四二九号。那个受害人,也就是他承认用车轴猛击、再用镀银的餐刀刺穿心脏的家伙名叫詹姆斯·J·史密斯,四十岁,他是哈里斯家的黑人房客。"这个哈里斯,人称"伏都教①杀手",曾在第一圣堂里闲荡。也许他念了法德的"失而复得的穆斯林课文的第一课和第二课",包括下面这一节:**"所有的穆斯林都要杀死魔鬼,因为他们知道他是一条毒蛇,而且如果让他活着,就会把别的人咬伤。"** 哈里斯随后建立了自己的教团。他曾经出外寻找一个(白色)魔鬼,但是发现在他住的地区很难碰到,于是只好找个手边上的魔鬼算了。

三天以后,法德遭到逮捕。在接受审问时,他坚持说他从来没有指示哪个人去献祭活人。他声称他是"人间的上帝"。(至少这是在他头一次受到审问时所说的话。几个月以后,他再次受到逮捕;根据警方的说法,他"承认"伊斯兰国只不过是"一场骗局"。他编造了种种预言和宇宙哲学"来搞到他能搞到的所有钱财"。)不管事情的真相如何,结果却是这样:为了换取撤销指控,法德同意永远离开底特律。

时间就这样到了一九三三年五月,到了黛斯德蒙娜向穆斯林女子培训

---

① 伏都教,一种西非原始宗教,现仍流行于海地和其他加勒比海诸岛的黑人中。

及普通文化班告别的时候。裹着头巾的那一张张脸，上面满是泪痕。那些姑娘排成一行，吻了吻黛斯德蒙娜的双颊与她告别（我奶奶会很想念这些姑娘。她已经变得非常喜欢她们）。"我母亲以前常告诉我，蚕在气候恶劣的时候就不能吐丝，"她说。"吐出的丝不好，做的茧也不好。"那些姑娘相信这是实情，仔细看了一下新孵的蚕有没有什么令人寒心的迹象。

在丝绸室里，所有的架子上都空荡荡的。法德·穆罕默德把权力转交给一个新的首领。卡里安修士，以前的伊莱贾·普尔，如今成为伊莱贾·穆罕默德，伊斯兰国的最高首领。伊莱贾·穆罕默德对他这个国家的经济前景抱有不同的看法。今后他们经营的将是房地产，而不再是衣服。

且说黛斯德蒙娜正在下楼出去。她到了一层楼，转过头去朝穿堂里看看。在穿堂的入口，破天荒头一次没有伊斯兰的子孙把守。帷幔并没有合拢。黛斯德蒙娜知道她应该脚步不停地走出后门，但是如今她不会有什么损失，所以就大着胆子朝圣堂前部走去。她走到双扇门前，推开门走进至圣所。

在开始十五秒，她一动不动地站着，因为她意想中的那间房一下子转变成了现实中的场所。她曾经想像着这儿会有一个高耸的穹顶，一片色彩富丽的埃济内地毯①，但这间房却只是一个普通的会场。一头有个小小的舞台，靠墙堆着一些折叠椅。她默默地把所有这一切都看在眼里。接着，又一次听到了一个声音：

"喂，黛斯德蒙娜。"

在空荡荡的舞台上，那位先知，马赫迪②，法德·穆罕默德，站在讲台后面。他身材瘦长，姿态优雅，戴着一顶把脸遮暗了的软呢帽，看上去只是个模模糊糊的身影。

"你不该到这儿来的，"他说。"不过，今儿我想没有问题。"

黛斯德蒙娜吓了一大跳，勉强问道，"你怎么知道我的名字？"

---

① 埃济内地毯，一种有名的土耳其地毯。
② 马赫迪，伊斯兰教徒所期待的救世主或领袖。

"你没有听说吗？我知道一切。"

法德·穆罕默德那经过暖气出口的低沉的声音曾经使她的心窝儿颤动。眼下这种声音靠得更近，渗入她的整个身体。嗡嗡的声响顺着她的胳膊往下延伸，后来他的手指开始震颤起来。

"左撇子好吗？"

这个问题使黛斯德蒙娜大吃一惊。她一时讲不出话来。她立刻想到了许多事情，首先，法德怎么会知道她丈夫的名字，她对万达嬷嬷说过吗……其次，如果他真的知道一切，那么他说的其他那些话：蓝眼睛魔鬼、邪恶的科学家以及将要摧毁世界、把穆斯林带走的那个从日本起飞的航天运载飞船就也都是真的。她心里充满恐惧，同时又想起什么事来，暗自琢磨着她以前在哪儿听见过这个声音……

法德·穆罕默德这时从讲台后面走出来。他穿过舞台，走到台下地面上。他朝黛斯德蒙娜走来，一边继续卖弄他那无所不知的能力。

"仍旧在开地下酒店吗？这种日子不会太长了。左撇子还是找个什么别的事干的好。"马赫迪朝她走来，软呢帽歪向一侧，衣服扣得整整齐齐，脸在阴影当中。她想拔脚逃跑，可是无法动弹。"孩子们好吗？"法德问道。"米尔顿如今应该八岁了吧？"

他离她只有十英尺了。黛斯德蒙娜的心怦怦直跳，法德·穆罕默德摘下帽子露出他的脸来。这位先知脸上现出了笑容。

你这会儿一定已经猜到了。不错，原来这个人是吉米·齐兹莫。

"天哪！"[①]

"喂，黛斯德蒙娜。"

"是你啊！"

"还会是谁呢？"

她惊讶地瞪着他。"我们都以为你死了，吉米！在汽车里，在

[①] 原文为希腊语。

湖上。"

"吉米是死了。"

"可你就是吉米呀。"说完这句话后,黛斯德蒙娜意识到那件事的后果,就开始责怪他。"你干吗要抛下你的老婆和孩子?你怎么啦?"

"我只对我的民众负责。"

"什么民众?黑种人吗?"

"原来的人。"她无法看出他的话是否当真。

"为什么你不喜欢白种人?为什么你把他们称作魔鬼?"

"看看摆在眼前的证据吧。这座城市,这个国家。难道你不同意吗?"

"每个地方都有魔鬼。"

"特别是赫尔伯特街上的那幢房子。"

停顿了片刻,黛斯德蒙娜才小心地问道,"你这话怎么讲?"

法德或者齐兹莫脸上又现出了笑容。"隐瞒着的许多事儿都已让我知道了。"

"隐瞒着的什么事儿?"

"我那个所谓的妻子索梅利娜可以说是一个有着反常性欲的女人。至于你跟左撇子嘛?你们以为可以把我瞒哄过去吗?"

"求求你,吉米。"

"别这么称呼我。那不是我的名字。"

"你这话什么意思?你是我的表姐夫啊。"

"你并不认识我!"他嚷道。"你压根儿不认识我!"随后,他平静下来说:"你压根儿不知道我是谁,我是哪儿的人。"说完,马赫迪走过我奶奶的身边,穿过穿堂和双扇门,从我们的生活中消失了。

黛斯德蒙娜并没有看到最后那个部分。不过对此却有翔实完备的记载。首先法德·穆罕默德和伊斯兰的子孙成员握了握手。那些年轻人在他跟他们辞别的时候都强忍住眼泪。随后他穿过待在第一圣堂外的人群,走向他那辆停在人行道边上的克莱斯勒牌双门箱式小汽车。他走上踏板。后来每一个人都坚持说马赫迪的目光当时始终迎着大家的目光。女人们这时公开地哭起来,求他不要离开。法德·穆罕默德摘下帽子,拿在胸前。他和蔼地低头望着她们,说,"别担心。我和你们在一起。"他举起帽子,做了一个把周围整个地区,包括隔离区棚户的门廊、没有铺砌路面的街道和阴暗的洗衣房都囊括在内的动作。"我不久会回到你们中间,把你们领出这个地狱。"随后,法德·穆罕默德走进汽车,开开点火开关,带着最后的令人安心的微笑驾着车走了。

法德·穆罕默德从此再也没有出现在底特律。他就像什叶派的第十二位伊玛目[1]那样隐遁不见了。有种传闻说他一九三四年出现在一条开往伦敦的远洋定期客轮上。根据一九五九年芝加哥的一些报纸报道,W·D·法德是一个"出生在土耳其的纳粹暗探",后来在第二次世界大战中为希特勒工作。持有阴谋论观点[2]的人认为他的死亡与警方或联邦调查局有关。这成了谁都拿不准的一件事。我的外公法德·穆罕默德回到了他生长的那个不为人知的地方。

至于黛斯德蒙娜,她和法德的会面对她大约也在这个时候作出的那个果断的决定可能也有影响。那位先知消失后没过多久,我奶奶就接受了一次相当新颖的医疗手术。有个外科医生在她的肚脐下面开了两条切口。他拉开肌肉和组织,露出了整个输卵管的系统,他把每根管都结扎住,于是再也不会有孩子了。

---

[1] 伊玛目,伊斯兰教什叶派用以称其所拥戴的政教首领,以阿里为第一代伊玛目,其后裔继之。
[2] 阴谋论观点,指认为有权势的组织须对某原因不明的事件负责的观点。

单簧管小夜曲

  我们约会相见。我到克罗伊茨贝格区的朱莉的工作室去接她。我想看看她的作品，但她不愿让我看。因此我们就上一个名叫奥地利的场所去吃饭。
  奥地利像是一所猎舍。墙上挂满了制作好的鹿角，可能有五六十对。这些鹿角看上去小得可笑，仿佛是你赤手空拳就能杀死的动物身上的东西。饭馆里幽暗、温暖，四周满是树木，十分舒适。凡是不喜欢这个地方的人，我就不会喜欢他。朱莉喜欢这个地方。
  "既然你不肯让我看你的作品，"我们坐下的时候我说道，"那你是否可以至少告诉我是什么样的作品？"
  "摄影作品。"
  "你大概不想告诉我什么。"
  "让咱们先喝一杯吧。"
  菊池朱莉三十六岁。她看上去只有二十六岁。她个子不高却并不显得矮小。她目无尊长却并不显得粗鲁。她以前常去拜访一个治疗专家，但后来中止了。因为一场电梯事故，她的右手有一部分得了关节炎。这使她有很长一段时间拿着照相机都感到手疼。"我需要一个助手，"她对我说。"或者一只新的手。"她的手指甲并不特别干净。说实在的，那是我在一个如此可爱、发出奇妙香味的人身上所见到的最肮脏的手指甲。
  她的胸部对我产生的影响跟对任何一个有着我的那种睾酮水平的人一样。

我把菜单翻译给朱莉听,我们开始点菜。于是端来几盘煮熟的牛肉,几碗肉汁红卷心菜,以及那些像垒球一般大的圆子。我们谈着柏林以及欧洲各国之间的差异。朱莉讲给我听一段她在巴塞罗那①的经历,她跟她的男朋友如何在接待时间以后给关在桂尔公园②里。总算开始了,我想道。已经召来了第一个以前的男朋友。不久其余的也会接着给召来。他们会在桌子旁边排成一行,显示出他们的缺点,暴露出他们的嗜好,他们那不忠实的心。然后,就会要求我也展示出自己那些衣衫褴褛的人物。这就是我最初几次约会一般出毛病的地方。我缺少充足的材料。我并没有像我这样年纪的一个身体粗壮的男子所应有的材料。女人们感觉到这一点,眼睛里随即现出一种不自在的探询的神色。于是甜食还没有端上来,我就已经抽身退避……

可是跟朱莉在一起并没有出现这种情况。她那个男朋友冷不丁地在巴塞罗那冒了出来,随即就消失了。接下去并没有出现什么别的人。这肯定不是因为她没有任何别的男朋友,而是因为朱莉并不是个四处寻找丈夫的人。所以,她不必为了这次工作而接见我。

我喜欢菊池朱莉。我非常喜欢她。

于是我想到了我平时的那些问题。她究竟想要得到什么?如果那样她会有什么反应?我是否应该把情况告诉她?不。太快了。我们甚至还没有接过吻。这会儿,我得集中精神地去描述另一场恋爱。

*　　　*　　　*

我们现在从一九四四年夏天的一个夜晚开始。西奥多拉·齐兹莫(如今大伙儿都管她叫特茜)正在涂她的趾甲。她坐在奥图尔膳宿公寓里的一

---

① 巴塞罗那,西班牙东北部海港城市。
② 桂尔公园,建于一九〇〇年至一九一四年,位于巴塞罗那市区北部,原为西班牙著名建筑师安东尼奥·高迪·伊·科尔内(1852—1926)替巴塞罗那富商艾乌塞比桂尔伯爵计划建立的一个社区旧址。一九二二年被市政府收购,开辟为公园对外开放。

张长沙发上，两只脚搁在一个靠垫，一个放在两只脚尖当中的棉布靠垫上。房里满是正在枯萎的花儿和她母亲的各种杂乱的东西：没有盖子的化妆品，丢弃的软管，神智学的书籍，一盒也缺少了盖子的巧克力，还有不少空的包装纸袋，几块上面有着牙齿印痕的厌弃不吃的奶油点心。只有特茜待的那边比较整洁。钢笔和铅笔直直地插在杯子里。在两个小型莎士比亚胸像的黄铜书挡之间插着她在庭院拍卖①上买来的不少本长篇小说。

特茜·齐兹莫二十岁时的两只脚：尺寸是四码半，皮色苍白，上面显出一道道蓝色静脉，那一个个红色的脚趾甲看去就像孔雀开屏时尾巴上所露出的一个个小小的太阳。她严肃地瞅着它们，全神贯注，忽然一只小虫受到涂在她腿上的润肤液的香味吸引，落在她的大脚趾甲上，给粘住了。"呸，"特茜说。"该死的虫。"她拣起那只虫丢开，又开始着手涂起来。

在第二次世界大战中的这个夜晚，不久就要响起一支小夜曲。只要再过几分钟。如果你仔细倾听，你就可以听到有扇窗户吱吱嘎嘎地给打开了，一根新鲜的芦苇正给插进一个木管乐器的吹口。那段引起此后发生的所有事情的乐曲就要开始，而且可以说，我的整个生命完全取决于它。不过，趁曲调还没有给完全奏响，且让我给你讲一下过去这十一年中所发生的事情。

首先，禁酒时期终止了。一九三三年，经全国各州的批准认可，宪法修正案第十八条给宪法修正案第二十一条废除了。在底特律的美国军团②大会上，朱利叶斯·施特罗把他一个装着波希米亚啤酒、涂成金色的酒桶上的塞子拔开。罗斯福总统③也拍了一张在白宫里抿着鸡尾酒的照片。在赫尔伯特街上，我爷爷左撒子斯蒂芬尼德斯取下那张斑马皮，拆除了他的地下酒店，重新出现在地面上的环境中。

---

① 庭院拍卖,指在卖主家院子里进行的清宅旧货出售。
② 美国军团,系美国全国性退伍军人组织。
③ 罗斯福总统,即富兰克林·德拉诺·罗斯福(1882—1945),美国第三十二任总统(1933—1945)。

他凭着出售汽车色情艺术作品所攒下的那些钱，首付了一笔款子，买下平格里街上的一幢房屋，就在西大街的近旁。地面上的斑马餐厅是一家既售酒又供应烤肉的餐厅，坐落在一个热闹的商业地带。我是一个孩子的时候，附近几家商店仍在那儿。我还模模糊糊地记得这些店铺：Ａ·Ａ·劳里的眼镜店和纽约人布店；前者有块外形像副眼镜的霓虹灯招牌，而后者前面的橱窗里，有我头一次见到的那些赤裸的人体模型，它们正跳着动作艰难的探戈舞。接着还有优质肉店、哈格莫泽的鲜鱼店和精剪理发店。街角上是我们的店铺，一所狭小的平房，露出一个探到人行道上的木斑马头。晚上，闪烁的红色霓虹灯光衬托出斑马的口、鼻、颈项和耳朵。

顾客主要是汽车工人。他们下班以后就到店里来。他们常常在上班以前就来了。左撇子每天上午八点开门营业，等到八点半的时候，酒吧高脚凳上就坐满了那些在报到上班前上这儿来用酒麻木一下自己心灵的汉子。左撇子一边给他们的锥形小啤酒杯倒满啤酒，一边也就知道了外边城里发生的事。一九三五年，他的那些客人庆祝汽车工人联合会的成立。两年以后，他们咒骂在"高架道路争斗"中福特的那些殴打他们首领沃尔特·鲁瑟的武装警卫。我爷爷在这些讨论中并不支持任何一方。他的工作只是倾听、点头、重新把酒倒满杯子，脸上挂着微笑。一九四三年，当酒店里的闲谈出现了争吵的势头，他什么话也不说。八月里有个星期天，在贝尔岛上黑人和白人之间发生了殴斗。"有个黑人强奸了一个白种女人，"一个顾客说。"所有那些黑人都要受到惩罚，你们等着瞧吧。"在星期一上午以前，一场种族骚乱已经开始进行。不过，当一群人走进酒店，吹嘘说他们把一个黑人活活打死的时候，我爷爷拒绝卖酒给他们喝。

"你为什么不回到自己的国家去？"他们中的一个人嚷道。

"这是我的国家，"左撇子说，为了证明这一点，他干了件很有美国人的特点的事：他把手伸到柜台下边，拿出一支手枪。

如今（特茜正在涂她的脚趾甲），这些冲突都已过去，与一场更大的冲突相比显得黯然无光。一九四四年在整个底特律，汽车厂都换了新的机械设备。在威洛伦的工厂,从装配线上翻滚而下的不是福特箱式小客车,而是B-24轰炸机。在克莱斯勒汽车厂,人们在制造坦克。实业家最终找到了应付经济停滞的对策:战争。这座还没有得到"汽车城"外号的汽车城一时间成了"民主的军火库"。在卡迪拉克大道的膳宿公寓里,特茜·齐兹莫在涂她的脚趾甲,耳朵里听到了单簧管吹奏出的乐曲声。

阿蒂·肖那首风行一时的歌曲"来跳比津舞吧"在潮湿的空气中飘荡。它使待在电话线上的好几只松鼠一动不动,警觉地把头侧向一边倾听。它使苹果树的叶子飒飒作响,使风信标上的雄鸡转个不停。"来跳比津舞吧"以它那快速的节拍和萦回缭绕的旋律越过了胜利公园和草坪家具,越过了布满刺藤的篱笆和门廊上的秋千;它跃过篱笆进入奥图尔膳宿公寓的后院,绕过一长条玩草地滚球戏的场地,几个被遗忘的打槌球的木槌,这就是大部分男房客的文娱活动;随后这首歌曲顺着爬在砖面上的乱蓬蓬的常春藤往上攀升,经过一个个窗口(窗户里的单身汉不是在打瞌睡,就是抓着自己的胡子,或者拿戴利科夫先生来说,构想着国际象棋的布局);它越升越高,阿蒂·肖早在一九三九年所录的这张最好的也最受人喜爱的唱片,你仍然可以经常从城里各处的收音机里听到,这段乐曲听上去那么清新,那么活泼,似乎可以确保美国纯正的目标和同盟国的最终胜利;不过,眼下,在西奥多拉把涂好的脚趾甲吹干的当口儿,乐曲终于飘进了她的窗户。听到这段乐曲,我母亲转身对着窗口,脸上露出笑容。

吹奏乐曲的原来不是别人,就是正好住在她家背后的一个头发抹得油光光的俄耳甫斯[①]。米尔顿·斯蒂芬尼德斯,一个二十岁的大学生,正站在他卧室的窗口旁,手指灵巧地拿着单簧管吹奏。他穿着美国童子军的制服,抬起下巴颏,两只胳膊肘伸向两边,右膝在卡其裤里合着音乐的节拍,吹奏出他那颂赞夏日的情歌;他表现出的那股热情,等我二十五年以

[①] 俄耳甫斯,希腊神话中的诗人和歌手,善弹竖琴,弹奏时猛兽俯首,顽石点头。

后在我们的阁楼上找到那把塞满绒毛的木管乐器时,早已烟消云散,米尔顿曾是东南中学管弦乐队的第三号单簧管手。在学校的音乐会上,他必须演奏舒伯特、贝多芬和莫扎特的乐曲,但是如今他毕业了,凡是他喜爱的节奏强劲的爵士乐,他都可以随意吹奏。他按照阿蒂·肖的风格,模仿肖的那种热情洋溢、站立不稳的姿势,仿佛被他自己吹奏的那股力量吹得往后倒退。眼下他站在窗口,用肖的那种准确书写的一点一画的动作挥舞着手里的指挥棒。他顺着那根长长的、亮闪闪的黑色乐器朝前看去,望着隔开两个后院的前面那所房子,特别是望着三层楼窗口的那张苍白、羞怯、兴奋的脸。他的视线给树枝和电话线挡住了,但可以隐约看见那像他的单簧管一样发亮的长长的黑发。

她没有挥手,也没有做什么动作(除了微笑)表示她听见了他吹奏的乐曲。在附近的院子里,大家继续干着他们在干的事,并没有注意到这支小夜曲。他们不是在给草地浇水,就是在给鸟儿的喂食盘里添加食物。幼小的孩子在追逐蝴蝶。等米尔顿吹奏完那首歌曲,他就放下乐器,笑嘻嘻地把身子探到窗外。接着他又从头开始吹奏。

黛斯德蒙娜在楼下招待客人,听到她儿子吹奏单簧管的声音,仿佛想要配上和声似地发出一声长长的叹息。格斯·瓦赛拉基斯夫妇和他们的女儿盖亚已经在起居室里坐了三刻钟。那是星期天的下午。咖啡桌上摆着一碟玫瑰色的果冻,映照出成年人正在用来喝酒的那几个晶莹闪亮的酒杯的光泽。盖亚慢慢地喝着一杯温热的弗纳牌干姜水①。桌子上还有一罐开着的黄油小甜饼。

"你对这一点有什么看法?"她父亲跟她打趣地说。"米尔顿生着一双平脚。这是不是叫你十分扫兴?"

"爸爸,"盖亚神色忸怩地说。

"平脚总比把两只脚永远打掉要强,"左撇子说。

---

① 干姜水,一种带姜味的汽水。

"说得对，"乔治娅·瓦赛拉基斯表示同意地说。"你真幸运，他们不愿意接受米尔顿。我觉得这一点也没有什么不光彩的地方。要是我得把自己的儿子送去打仗，那我真不知道自己该怎么办才好。"

在谈话的这段时间里，黛斯德蒙娜不时拍拍盖亚·瓦赛拉基斯的膝盖，说，"米尔蒂就要来了，马上就要来了。"从客人们到了以后，她就一直这么说。在过去一个半月里的每个星期天，她老说着这句话，而且不仅向盖亚·瓦赛拉基斯说，也向上个星期天跟着父母前来拜访的珍妮·戴蒙德说过，还向再前个星期来的维基·洛盖西蒂斯说过。

黛斯德蒙娜刚过四十三岁，按照她那一代女人的习惯，她实际上已经是个老妇人了。她的头发已经灰白。她开始戴起增强视力的无框金丝眼镜，这样一来，她的样子更老是显得惶恐不安。她素来容易犯愁，近来楼上那种有着强劲节奏的乐曲更加深了她的忧虑，使她的心重新怦怦乱跳。如今，这种不规则的跳动每天都要发生。可是，在这种愁烦的环境中，黛斯德蒙娜仍然忙着一大堆事，老在烧菜做饭，清理打扫，疼爱自己的孩子和别人家的孩子，老是尖声大叫，吵吵嚷嚷，充满活力。

尽管我奶奶戴着矫正视力的镜片，但外面的世界仍然模糊不清。黛斯德蒙娜一点也不明白战争是怎么一回事。在士麦那，日本是唯一派遣船只去援救难民的国家。我奶奶对日本始终怀有一种感激之情。当人们谈到日本对珍珠港的偷袭时，她总说，"别跟我谈大海中的那个岛屿的情况。我们这个国家的版图难道还不够大，非得把所有的海岛都囊括在内吗？"自由女神像的性别根本没有改变什么。这儿和所有别的地方一样：只有男人和他们的战争。幸好米尔顿没有被军队接受。他没有离开家去参加战争，反而上了夜校，白天在酒吧帮忙。他是美国童子军的一个中队长，身上穿的唯一制服是童子军队员的制服。他经常带着他的部下到北边去露营。

过了五分多钟，米尔顿仍然没有出现，黛斯德蒙娜打了一个招呼，跑上楼去。她在米尔顿的卧室外站住脚，听着从里面传出来的乐曲，皱起了眉头。随后她也不敲门,径直走了进去。

窗户前面,单簧管竖得笔直,米尔顿正在吹奏,对周围的一切毫不在意。他摆动着臀部,样子很不雅观,他的嘴唇像他的头发一样闪闪发亮。黛斯德蒙娜快步穿过房间,砰地一声关上窗户。

"来吧,米尔蒂①,"她吩咐说。"盖亚在楼底下。"

"我正在练习。"

"等会儿练吧。"她朝窗外院子那头的奥图尔膳宿公寓瞥了一眼,觉得好像看见那幢公寓三楼的窗户里有个脑袋突然低了下去,但是她无法肯定。

"你为什么总在窗户边上吹奏?"

"我身子发热。"

黛斯德蒙娜发起慌来。"你说身子发热是怎么回事?"

"因为吹奏乐器。"

她鼻子里哼了一声。"来吧。盖亚带给你一些小甜饼。"

我奶奶并不是新近才疑心米尔顿和特茜的关系日益亲密。每逢特茜跟索梅利娜过来吃饭的时候,她就看到米尔顿对特茜所表示出的关注。从小到大,佐薇一直是特茜最好的朋友和游戏伙伴。可是如今,坐在门廊上跟特茜一块儿荡秋千的却是米尔顿。黛斯德蒙娜曾经问佐薇,"为什么你不再跟特茜一块儿出去了?"佐薇用略微带点儿苦涩的声音回答说,"她很忙。"

就是为了这个原因,我奶奶的心才又吓得怦怦乱跳。在她采取一切行动来补赎她的罪孽后,在她把自己的婚姻转变成一片寒冷的荒漠,让一个外科医生把自己的输卵管结扎后,对她来说,那种血缘关系并没有就此终止。于是,我奶奶提心吊胆,重新着手进行以前她曾试过一回、结果当然好坏参半的活动。黛斯德蒙娜又忙着为儿子做媒。

---

① 米尔蒂为米尔顿的昵称。

一个又一个星期天,正如在比提尼亚的那幢房子里一样,不少到了婚嫁年龄的姑娘列队而来,走进赫尔伯特街那幢房子的前门。唯一不同的地方,就是眼下来的并不翻来覆去老是那两个同样的姑娘。在底特律,有一大批姑娘可供黛斯德蒙娜选择。有声音尖细的姑娘,也有声音轻柔的姑娘;有体态丰满的姑娘,也有身材瘦削的姑娘;有戴着心形小盒的、稚气未脱的姑娘,也有在保险公司做秘书的少年老成的姑娘。有索菲·乔戈波洛斯之类的姑娘,她们在外出露营时曾踏在炽热的煤块上,自那以后,走路的样子就很滑稽可笑;也有马蒂尔达·利瓦诺斯之类的姑娘,她们十分厌倦漂亮姑娘的那种打扮,对米尔顿没有表现出一点兴趣,甚至连自己的头发也不洗。一个又一个星期,她们在自己父母的支持或逼迫下来到这儿,一个又一个星期,米尔顿·斯蒂芬尼德斯打了个招呼,就上楼回到卧室,对着窗外吹奏单簧管。

　　如今,在黛斯德蒙娜的督促下,他走下楼去和盖亚·瓦赛拉基斯见面。盖亚就坐在那张装填得很厚的海绿色沙发上,两旁坐着她的父母,她是一个体格很大的姑娘,穿着一件带有褶边、袖子蓬松、装着硬毛布衬的白色连衣裙。她那白色的短袜上也有褶边。这使米尔顿想起了盖在厕所间的垃圾箱上那块有花边的罩布。

　　"孩子,你的奖章可真不少,"格斯·瓦赛拉基斯说。

　　"米尔顿要是再拿一个奖章,就可以成为一名最高级的童子军[①]队员,"左撇子说。

　　"那是一个什么奖章?"

　　"游泳方面的奖章,"米尔顿说。"我一点也不会游泳。"

　　"我游得也不怎么好,"盖亚笑着说。

　　"尝一块小甜饼吧,米尔蒂,"黛斯德蒙娜催促说。

　　米尔顿低头看着那个罐子,拿了一块小甜饼。

[①] 童子军,创建于一九一〇年的一个美国青少年组织,旨在通过各种训练活动帮助青少年培养良好的性格和品德,使其身心愉快,健康成长。最高级的童子军队员需赢得二十一枚奖章。

"这是盖亚做的,"黛斯德蒙娜说。"你觉得味道怎么样?"

米尔顿沉思地嚼着。过了一会儿,他举手行了个童子军队员的敬礼。"我不能说谎,"他说。"这块小甜饼真不好吃。"

有什么事会像你自己的父母的爱情故事那样难以置信?这两个始终在伤病名单上的已过壮年的运动员一度也曾是比赛的首发阵容,又有什么会像这一点那样难以理解?在我的印象里,我父亲大都为了利率的下降而激动兴奋,真难想像他也经受过青春期的那种剧烈的充满欲火的恋情。米尔顿躺在床上,梦见我的母亲,那种方式跟我后来梦见那人儿时并没什么两样。米尔顿还给我母亲写了很多封情书,他在夜校念了马韦尔①的"给娇羞的情人"一诗后,甚至也写起情诗来了。米尔顿把伊丽莎白时代的玄学和埃德加·伯根②的用韵风格搀合在一起:

> 特茜·齐兹莫,你真叫人叹赏不已
> 正如一个通用电气公司的经理
> 可能送给好友的一样新的机械玩意
> 你就像个世界博览会上的姑娘……

即使以一个女儿宽容的眼光回头观察,我也得承认这一点:我父亲长得一点儿也不帅。他十八岁的时候还瘦得吓人,好似患有肺病。他的脸上长满粉刺。在他那双神情忧郁的眼睛底下,皮肤已经松垂变暗。他的下巴并不结实,鼻子长得太大,涂了发乳的头发像模子制成的果冻一样厚实发亮。可是,米尔顿一点也没有意识到自己身体上的这些缺陷。他具有一种坚定不移的自信,这好像一层甲壳似的保护着他,不让他受到外部世界的攻击。

---

① 马韦尔(1621—1678),英国诗人,玄学派诗人代表之一。
② 埃德加·伯根(1903—1978),美国腹语术家,喜剧演员,生于芝加哥,演艺生涯长达六十年。

西奥多拉体格上的魅力要更加明显。她生来就有索梅利娜的美貌，只是个子比她母亲要小。她身高只有五英尺一英寸，腰身很细，胸部很小，长着一个修长好看的脖子，上面是一张标致的心形的脸。如果索梅利娜始终是个多少像个欧洲人的美国人，一个玛琳·黛德丽①之类的女人，那么特茜就是黛德丽可能会有的一个完全美国化的女儿。她那甚至显得有点粗俗的面貌的主要倾向一直延伸到她的牙齿和翘鼻子之间的那道不明显的豁缝。面部特征往往会跳过一代，在再下一代人身上显示出来。我看上去就比我母亲更像个典型的希腊人。不知怎的，特茜成了个带有几分美国南方色彩的孩子。她说着像"呸"、"天哪"之类的词。利娜每天在花店干活，只好把特茜托给各式各样的老妇人照管，她们不少都是从肯塔基来的具有苏格兰-爱尔兰血统的女人，这样一来，特茜说话时就夹杂着一种土音。与佐薇的那个强健的、男子气的脸型相比，特茜是一副所谓地道的美国人的外表，这肯定是吸引我父亲的一部分原因。

索梅利娜在花店里的薪水并不高。她们母女俩只好省吃俭用。索梅利娜对旧货店里陈列的拉斯韦加斯②歌舞女演员的服装很感兴趣。特茜则挑一些实用耐穿的衣服。回到奥图尔膳宿公寓，她就缝补毛料裙子，亲手把短上衣洗洗；她除去针织套衫上的绒球，把旧的鞍背鞋擦亮。可是，她的衣服上始终微微有股廉价旧货店的气味（好多年后，在旅途中的时候，我仍然可以感到这种气味）。她既没有父亲，又在穷困中成长，身上免不了会产生这种气味。

杰米·齐兹莫：他所残余的一切都被他遗留在特茜的身上。特茜的身躯像他一样瘦长，特茜那柔软光滑的头发也像他一样是黑色的。要是特茜洗得不够的话，就会出油；特茜闻闻自己的枕头，也许会想，"可能这就是我爸身上的气味。"她在冬天总生口疮（齐兹莫为了医治口疮，曾服维生素C）。不过特茜的皮肤白嫩，很容易给阳光晒黑。

---

① 玛琳·黛德丽(1901—1992)，美籍德国女电影演员。
② 拉斯韦加斯，美国内华达州东南部城市，以其夜总会和赌场著称。

自打米尔顿记事的时候起,特茜就待在这幢房子里,穿着她母亲觉得怪有趣的笔挺的上教堂穿的服装。"瞧我们的这两个孩子,"利娜总这么说。"就像一盘中国菜肴,又甜又酸。"特茜可不爱听利娜这么说。她并不认为自己有什么酸味,只是打扮得相当得体而已。她希望母亲自己行事也更得体一些。每当利娜喝酒喝得太多的时候,总是特茜把她搀回家去,为她脱去衣服,服侍她上床睡觉。因为利娜爱好裸露自己的身体,特茜也就养成了在一旁暗自观赏的习惯;因为利娜喜欢大声嚷嚷,特茜也就变得十分安静。她也演奏一种乐器:手风琴。手风琴就放在她床底下的盒子里。她时常把手风琴取出来,把皮带往肩膀上一套,让那个巨大的、有着许多琴键、呼哧呼哧直响的乐器离开地面。手风琴看上去几乎跟她本人一样高大,她毫不懈怠地拉着,功夫一点也不到家,总令人想到欢宴时的凄凉。

米尔顿和特茜还是小孩子的时候,曾经睡同一个卧室,用同一个澡盆,但那是很久以前的事了。直到最近,米尔顿仍认为特茜是他的一本正经的表姐。每逢他的哪个朋友对特茜表示出兴趣,他总叫这个朋友快打消这个念头。"那是冰箱里的蜂蜜。"他说,阿蒂·肖可能也会说出这样的言辞。"冰冷的甜食不会渗开。"

后来,有一天,米尔顿回家时带着几块从音乐店买来的新的簧片。他把自己的上衣和帽子挂在门厅的钉子上,拿出簧片,把纸口袋在手里捏成一团。他走进起居室,原地投了个篮。纸球飞过房间,击中了垃圾箱的边缘,弹了出来。这时有个声音说道:"你还是别放弃音乐的好。"

米尔顿朝周围看了看,想弄清楚究竟谁在说话。他看到是谁了。可是这个人简直跟过去判若两人。

西奥多拉正躺在长沙发上看书。她穿着一条春季穿的有着红花图案的连衣裙,光着两只脚,上面有着红红的趾甲,正好给米尔顿瞧见。米尔顿从来没有想到西奥多拉竟是那种用趾甲油涂趾甲的姑娘。红趾甲使她看上去像个成年女子,而她身上的其余部分——瘦小苍白的胳膊,纤细的脖子——使她仍然同平时一样显得像个女孩子。"我在照看烤肉,"她解释说。

"我的妈在哪儿?"

"她出去了。"

"她出去了?她从来不出去的。"

"她今儿出去了。"

"我妹妹在哪儿?"

"去四健会①了。"特茜看着他拿着的那个黑盒子。"这是你的单簧管吗?"

"是的。"

"给我吹奏点儿什么吧?"

米尔顿把乐器盒放到沙发上。他打开盒子,拿出单簧管,一边仍然注意着特茜的两条光腿。他把吹口插入,活动一下手指,使手指在键上上下移动。随后,凭着无法抵御的一时冲动,他俯身向前,把单簧管的喇叭口紧贴着特茜光着的膝盖,吹出一个很长的音。

她尖叫一声,赶紧把她的膝盖移开。

"这是降D调,"米尔顿说。"你想要听一下升D调吗?"

特茜仍然用手捂着她的那个嗡嗡作响的膝盖。单簧管的震颤使她膝盖上面的大腿都抖动起来。她觉得很有趣,仿佛就要笑出声来,可是她忍住了。她目不转睛地瞅着她的表弟,暗自想道,"你还是望着他一笑置之吧?他脸上仍然有不少粉刺,却认为自己十分帅气。他在哪儿搞到那些粉刺的?"

"好吧。"她最后回答说。

"那好,"米尔顿说。"升D调是这样的。"

---

① 四健会,原文为4-H clubs,系一九〇二年根据美国农业部的4-H计划创办的九到十九岁的乡村青少年组织,旨在推进对乡村青少年的农牧业、家政等现代科学技术教育,以利其健康成长。4-H系指head(头脑),heart(心灵),hands(双手),health(身体)。

头一天是对着特茜的膝盖吹奏。接下去的那个星期天，米尔顿从后面走上来，用单簧管对着特茜的脖子后面吹奏，发出低沉的声音。她的好几绺头发都给吹得往上直飘。特茜尖声喊叫，但是没有多久就止住了。"来啦，爸爸，"米尔顿说，他正站在她的背后。

于是就这么开始了。米尔顿对着特茜的锁骨吹奏"来跳比津舞吧"，对着特茜光滑的脸蛋吹奏"圆脸"。他把单簧管对准那些令他叹赏不已的红趾甲，吹奏"去到你的脚跟前"。米尔顿和特茜怀着一个他们俩都没有承认的秘密，渐渐走到房子里的僻静场所，在那儿，特茜让米尔顿用单簧管贴着她的皮肤吹奏，使她的体内充满音乐；她不是把裙子拉高一点，就是脱掉一只袜子；有一次趁着没有人在家，甚至还拉起她的衬衫，露出后腰。一开始，这只引得她发笑。可是过了一会儿，吹出来的乐音深深地传到她的身体里面。她感到单簧管的震颤渗入她的肌肉，一阵又一阵地直往里涌，最后她的骨头发出嘎拉嘎拉的声音，她的体内器官也嗡嗡直响。

米尔顿演奏着乐器，用的就是他行童子军队员的敬礼时所用的那几个指头，可是当时他的思绪可决不有益于身心健康。他呼吸急促，身体哆嗦，神情专注地低头看着特茜，样子像个驯蛇人，不断环状地舞动着单簧管。特茜好似一条给单簧管吹出的声音催眠、驯服、迷住心窍的眼镜蛇。最后，有天下午，只有他们俩在一起的时候，米尔顿的表姐特茜仰卧在地上，用一只胳膊挡住脸。"我该在哪儿吹奏呢？"米尔顿悄没声儿地问，他觉得嘴巴干得都吹不出任何曲调了。特茜解开衬衫上的一颗钮扣，声音显得好像透不过气来似的说道，"我肚子上。"

"我不知道哪首关于肚子的歌，"米尔顿大胆地说。

"那就在我的肋骨上。"

"我也不知道有什么关于肋骨的歌。"

"在我的胸骨上？"

"特丝，谁都没有写过一首关于胸骨的歌。"

她闭着眼睛，又解开衬衫上的几颗钮扣，声音十分低微地说："这怎么样?"

"我知道这样的歌,"米尔顿说。

米尔顿不能对着特茜的皮肤吹奏的时候,就打开卧室窗户,从远处向她吹奏小夜曲。有时他打电话给膳宿公寓,问奥图尔太太他是否可以和西奥多拉说几句话。"稍等一下,"奥图尔太太说,接着就朝楼梯上面喊道,"齐兹莫电话!"米尔顿听到跑下楼梯的脚步声,随后电话里传来特茜打招呼的声音。他就开始向电话里吹奏单簧管。

(多年以后,我母亲常回想起米尔顿用单簧管向她求爱的那段时光。"你父亲吹奏得不怎么好。两三首歌,就此而已。""你怎么这样讲呢?"我父亲表示反对说。"我能吹奏一整套曲目。"随即他用口哨吹起"来跳比津舞吧"的曲调,用颤音唱着叫人想起单簧管的震颤效果的旋律,一边手指还在空中弹奏。"为什么你不再对我吹奏小夜曲了?"特茜问。可是,米尔顿心里却想着别的事儿:"我的那根旧的单簧管究竟怎么了?"随后特茜说:"我哪儿知道?难道你指望我对每件事都一清二楚?""是不是在地下室里?""说不定给我扔掉了!""你把它扔掉了!你这是干什么啊?""你打算做什么,米尔特,想要练习一下?你吹奏不出从前那些该死的玩意儿了。")

所有的爱情小夜曲都有终止的一天。不过,一九四四年,音乐并没有中断。七月前,电话铃在奥图尔膳宿公寓响起来的时候,从听筒里往往传出另一种爱情歌曲:"主啊!怜悯我们,主啊!怜悯我们!"有个几乎跟特茜的声音一样女性的轻柔的声音在几个街区以外的电话里喁喁细语。这种歌声起码持续了一分钟。随后,迈克尔·安东尼奥就问道,"这怎么样?"

"真是呱呱叫,"我母亲说。

"真的吗?"

"就像在教堂里一样。你简直可以把我瞒哄过去。"

如今我得说一下在这个情节过于集中的一年中的最后那场纠葛。我奶奶担心米尔顿和特茜俩会有什么名堂,于是不光想为米尔顿娶个别的姑娘。那年夏天,她还得为特茜挑个丈夫。

迈克尔·安东尼奥(我们家里后来管他叫迈克神甫)当时是位于康涅狄格州庞弗里特的希腊正教圣十字神学院的一名学生。他回家来过夏天,对特茜·齐兹莫十分殷勤。一九三三年,圣母升天教堂迁出了它在哈特街店堂的原址。这时教堂会众在弗诺公路上靠近贝尼托的地方有了一座真正的教堂。教堂是用黄砖修建的,上面盖着三个帽子似的鸽灰色的圆顶,下面有个用于交际的地下室。在喝咖啡的休息时间,迈克尔·安东尼奥告诉特茜自己在圣十字神学院的生活,把希腊正教会的一些不甚为人所知的方面讲给她听。他同她说起阿索斯山①的那些修道士,他们怀着追求纯洁的热情,不但禁止女人进入他们在岛上的修道院,而且也不让各种雌性动物去那儿。在阿索斯山,没有雌性的鸟,没有母蛇,没有母狗或母猫。"我觉得这未免有点儿太严格了,"迈克尔·安东尼奥说,一边意味深长地朝着特茜微笑。"我只想做个堂区里的祭司。可以结婚成家,有几个孩子。"我母亲并没有因为迈克尔·安东尼奥对她表示出的兴趣而感到惊讶。她身材矮小,对矮个儿的青年来请她跳舞已经习以为常。她不喜欢由于身高的缘故而被旁人挑中,但迈克尔·安东尼奥相当执着。他可能并非因为特茜是唯一比他个子矮的姑娘才着手追求她。特茜不顾一切地渴望相信世间并非一片虚无,而是存在着某种有意义的事物。他可能只是对特茜蓝眼睛里所表现出的这种需求作出回应。

黛斯德蒙娜抓住这个机会。"迈基②是一个很不错的希腊小伙子,一个很好的小伙子,"她对特茜说。"而且他打算做个祭司!"她对迈克

---

① 阿索斯山,坐落于希腊东北部的一个半岛,是东方教会里最神圣的朝圣地之一,由二十个隐修院和数个自足的团体组成。阿索斯山的隐修院均有很悠久的历史,最老的可以追溯到三世纪,为了避免任何诱惑,该地只准男性进入。虽然位于希腊境内,但阿索斯山的首领却为在土耳其的君士坦丁堡宗主教。

② 迈基是迈克尔的昵称。

尔·安东尼奥则说:"特茜个子虽然矮小,却很结实。迈克神甫,你看她一次能拿几个盘子?""我还不是一个神甫呢,斯蒂芬尼德斯太太。""请你说说看,几个?""六个?""这就是你的看法吗?六个?"这时她举起两只手来:"十个!特茜一次能拿十个盘子。从来没有打碎盘子。"

她开始请迈克尔·安东尼奥星期天来吃午饭。特茜因为这个神学院学生的到场而受到约束,她不再在楼上游荡,接受私下为她演奏的爵士乐。米尔顿看到这种新的发展,脾气变得很坏,他朝饭桌对面说了一句尖刻刺人的话。"我想在美国这儿,做个祭司一定相当艰难吧,唔?"

"你这话是什么意思?"迈克尔·安东尼奥问道。

"我的意思只是说在我们原来的国家,人们没有受到良好的教育,"米尔顿说。"不论祭司告诉他们什么故事,他们都会相信。这儿情况就不同了。你可以去上大学,学会自己思考。"

"教会并没有要人们不去思考,"迈克尔没有动气地答道。"教会认为思考只把一个人引到一定的范围以外。思考一旦终止,上天的启示就开始了。"

"克里索斯托!"①黛斯德蒙娜嚷道。"迈克神甫,你真是一张金口。"

可是米尔顿并不罢休,"我倒想说思考一旦终止,愚蠢就开始了。"

"大家就是这样生活的,米尔特,"——迈克尔·安东尼奥又开口说,语气仍然亲切温和——"靠讲故事。一个孩子学说话的时候,头一句话说的是什么?'给我讲个故事。'我们就是这样明白了我们是谁,我们是哪个地方的人。故事就是一切。教会得讲的故事是什么呢?那很容易。就是曾经讲过的那个最伟大的故事。"

我母亲听着这场争论,无法不注意到她的两个求爱者之间的那种鲜明对比。一边是对宗教的信仰;另一边是对宗教的怀疑。一边亲切友好;另一边充满敌意。一个确实矮小但相当可爱的小伙子跟一个瘦骨嶙峋、满脸

---

① 克里索斯托(约347—407),古代基督教希腊教父,君士坦丁堡牧首(398—404)。他擅长辞令,讲道博得众多赞赏,因有"金口"之誉。

粉刺、像头饿狼一样眼睛下面有着圆圈的4F①小伙子相互对抗。迈克尔·安东尼奥甚至都没有试图去亲吻特茜,而米尔顿却用单簧管把她引入歧途。降D调和升A调宛如无数的火舌不断舔着她的身体,一下子到了膝盖后面,一下子到了颈项上面,一下子又在肚脐下面……这一处处地方使她心里充满羞愧。那天晚半天的时候,米尔顿拦住她的去路。"我要给你演奏一首新歌,特茜。今儿刚学的。"可是特茜对他说,"走开。""为什么?怎么一回事?""那……那……"——她设法想出最决绝的表示——"那不好!""你上星期可不是这么说的。"米尔顿挥舞着单簧管,眨眨眼睛,调整着簧片,后来特茜终于说道:"我不想再这么干了!你明白吗?别管我!"

那年夏天余下的每个星期六,迈克尔·安东尼奥都上奥托尔膳宿公寓来接特茜出去。他们在路上闲逛的时候,他提着特茜的手提包,抓着带子晃动,把它看作一个香炉。"你使的劲儿得正好合适,"他对特茜说。"如果你晃动得不够,香炉的链子就会扣上,里面的余烬就会掉出来。"他们沿街走去,我母亲对自己在公开场合跟一个这样晃动着手提包的男人同行有些不好意思,但她尽量不去理会。在杂货店的冷饮小卖部里,她看见他在吃圣代冰淇淋前,先把餐巾塞到他的衬衫领子里面。米尔顿通常会噗地把樱桃丢进嘴里,而迈克尔·安东尼奥却不这样,总把樱桃让给她吃。后来,他送她回家去,紧握着她的手,真诚地望着她的眼睛。"又是一个令人愉快的下午,真谢谢你。咱们明儿教堂见。"随后他背着手走了,练习着像一个祭司那样走路。

等他走后,特茜就走进公寓,爬上楼梯走进自己的房间,躺在长沙发上看书。有天下午,她无法集中精神,就不再看书,把书盖在自己脸上。就在这当口儿,外面传来吹奏单簧管的声音。特茜一动不动地听了一会儿。后来,她伸手想去移开盖在自己脸上的书。可是她的手并没有往那个

---

① 4F系美国军队征兵时所定级别之一,指生理上、心理上或精神上不适合服役的应征者。

方向移动，而是在空中挥舞，仿佛在指挥音乐，接着，那只手十分乖巧、无可奈何、不顾一切地使劲把窗关上。

"好啊!"黛斯德蒙娜几天后对着电话喊道。随后就把电话的送话口搂在胸前："迈基·安东尼奥刚向特茜求婚! 他们订婚了! 他们打算等迈基在神学院毕业后马上结婚。"

"别显得过于激动，"佐薇对她的哥哥说。

"你干吗不把嘴巴闭上?"

"别对我发火，"她说，并不清楚未来的情况。"并不是我要嫁给他。那样，还是你先把我打死的好。"

"如果她想要嫁给一个祭司，"米尔顿说，"那就让她嫁给一个祭司好了。让她见鬼去吧。"他的脸变红了。他一下子离开餐桌，飞快地跑上楼去。

可是我母亲为什么那么做？她永远也无法解释清楚。人们跟他们想要结婚的人结婚的理由，在那些有关当事人的眼里并不总是那么明显。因此我只能加以揣测。可能我的母亲从小到大都没有父亲，想要嫁给一个类似父亲的人。也可能她的决定是一个相当实际的决定。她有一次问过米尔顿将来想要做什么。"我曾考虑也许接手掌管我爸爸的酒吧。"除了所有其他的反对因素外，下面这一点可能是决定性的：酒吧掌柜跟祭司。

真是想像不出我父亲伤心痛哭的情景，想像不出他拒绝进食的情景，也想像不出他一再给膳食公寓打电话的情景，直到后来奥图尔太太说道，"听着，亲爱的。她不想跟你说话。明白了吗?""噢"——米尔顿用力咽下唾液——"我明白了。""大海里还有许多别的鱼嘛。"真是想像不出任何这类事情，但是一切确实这样发生了。

也许奥图尔太太这个大海的比喻使他脑子里有了一个念头。在特茜订婚后一个星期，一个闷热潮湿的星期二早上，米尔顿永远收起了他的单簧管，走到卡迪拉克广场，把他的童子军队员的制服拿去换了另一套制服。

"噢，我办好了，"那天晚上吃饭的时候他对家里人说。"我参军了。"

"参加陆军!"黛斯德蒙娜惊恐地说。

"你为什么这么做?"佐薇说。"战争都快结束了。希特勒已经完蛋了。"

"希特勒的情况我不知道。我所感到担心的是日本天皇裕仁。我参加了海军,不是陆军。"

"你的脚怎么办,"黛斯德蒙娜喊道。

"他们并没有问我的脚。"

我爷爷像他耐着性子对待所有的事一样,曾经耐着性子听完了所奏的那些单簧管小夜曲,他明白它们的含义,但觉得自己还是不要介入为好;如今他恶狠狠地瞅着他的儿子。"你知不知道?你是一个十分愚蠢的小伙子。你以为这是什么游戏吗?"

"不,爸爸。"

"这是一场战争,你以为这是什么好玩的事儿吗,一场战争?你以为这是跟你父母开的一个什么天大的玩笑吗?"

"不,爸爸。"

"你会明白这是一个什么样的天大的玩笑。"

"海军!"黛斯德蒙娜这时呜咽着说。"要是你的船沉了怎么办?"

"你明白你做的事儿吗?"左撇子摇了摇头。"你会使你的母亲愁出病来。"

"我不会有什么事的,"米尔顿说。

左撇子望着他的儿子,眼前出现一个令人痛苦的景象:他自己在二十年前的模样,身上充满愚蠢的、自以为是的乐观态度。他对自己内心感受到的那种恐惧无法可想,只好气冲冲地大声说出自己的看法。"那好,去参加海军吧,"左撇子说。"不过,你这位差一点就成为最高级童子军队员的先生,你知不知道有件事你忘了?"他朝米尔顿的胸口指了指。"你忘了你从来没有赢得游泳方面的奖章。"

国际新闻

我等了三天才又去拜访朱莉。时间是晚上十点,她仍在她的工作室里工作。她没吃晚饭,我就提出我们去吃点儿东西。我说我会前来接她。这一次她让我进去了。她的工作室里凌乱不堪,开始这种乱糟糟的样子叫我十分吃惊,但是往里走了几步,我就把这些都忘了。我在墙上看到的那些东西引起了我的注意。墙上钉着五六张很大的试验性照片,每张照片都展现出一家化工厂的工业景观。朱莉是从一台吊车上拍摄的,所以观赏的人觉得自己就飘浮在那些弯弯曲曲的管道和烟囱上面。

"好了,够了,"她说,把我推向门口。

"等一下,"我说。"我喜欢工厂。我是底特律人。这在我看来,就像是一幅安塞尔·亚当斯①的作品。"

"现在已经给你看过了,"她说,一边赶我出去,样子既高兴又不自在,脸上挂着笑容,却又相当固执。

"我的起居室里有一幅贝尔恩德·贝歇尔夫妇②的作品,"我夸耀说。

"你有一幅贝尔恩德·贝歇尔夫妇的作品吗?"她不再推我了。

"拍的是一个旧水泥厂。"

"行,好吧,"朱莉说,态度变温和了。"我专门拍摄工厂。这就是我的工作。各个工厂。这些都是I·G·法本公司③工厂的照片。"她皱起眉头。"我担心这就是一个美国人在这儿所做的典型的事。"

"你的意思是说《大屠杀的工业》④那本书吗?"

"我并没有看过那本书,不过是这意思。"

"如果你一直拍摄工厂,我看就不同了,"我对她说。"你就不是窃取利用。如果工厂是你的主题,那你怎么能不拍摄 I·G·法本公司的工厂呢?"

"你觉得这没什么问题吗?"

我指着试验性照片。"这些照片拍得真不错。"

我们陷入了沉默,相互望着;我也没有细想就探身向前,在朱莉的嘴上轻轻吻了一下。

等这个亲吻结束后,她把眼睛瞪得很大。"我们刚见面的时候,我还以为你是个同性恋者。"

"准是因为我的穿着。"

"我的同性恋雷达效应完全消失了。"朱莉摇着脑袋。"作为最后的停靠点,我一直这么疑心。"

"最后的什么?"

"你从来没听说过这种说法吗?亚洲小妞儿是最后的停靠点。如果一个同性恋者在厕所里,他就会去找一个亚洲小妞儿,因为她们的身体更像男孩的身体。"

"你的身体可不像男孩的身体,"我说。

---

① 安塞尔·亚当斯(1902—1984),美国摄影家,以拍摄美国西部风景、尤其是国家公园景色和月出镜头著称,其黑白照片清晰明朗而富于诗意,与绘画风格派摄影作品给人的朦胧印象形成鲜明对比。
② 贝尔恩德·贝歇尔夫妇,即贝尔恩德·贝歇尔(1931—2007)和希拉·贝歇尔(1934—),当代德国摄影家,擅长用理性而冷静的手法对建筑和工业场景进行大面积拍摄。
③ I·G·法本公司,全称为"染料工业集团",建立于一九二五年,曾为德国最大的公司及世界最大的化学工业康采恩之一,总部设在美因河畔法兰克福。第二次世界大战后被同盟国勒令解散,于一九五二年进行清算,拆分为阿克发、拜尔和赫斯特等十家公司。
④ 《大屠杀的工业》,美国犹太学者、教授诺尔曼·G·芬克施泰因(1953—)在二〇〇〇年出版的一本著作。作者在书中认为从二十世纪六十年代后期开始,纳粹屠杀犹太人的历史便被某些人歪曲,甚至被当作一门生意来牟利,同时又把一切对犹太人和以色列的批评都斥责为排犹主义。书中的高潮是分析以美国为首的犹太人组织对瑞士银行的索偿案。他认为这是前者假借受害者名义作出的公然勒索行为。

这句话使朱莉觉得十分不好意思。她把眼睛望着别处。

"你受到很多待在厕所里的同性恋的人追逐吧?"我问她。

"大学里有两次,念研究生的时候三次,"朱莉答道。

我无法对这句话作出别的答复,只好再吻她一下。

*　　　*　　　*

为了重新开始讲述我父母的故事,我需要提到对一个美国希腊后裔的十分难堪的回忆: 站在坦克上面的迈克尔·杜卡基斯①。你们还记得吗?那幅导致我们想由一个希腊人入主白宫的希望注定破灭的唯一画面:戴着一顶过大的钢盔,在一辆M41沃克猛犬式坦克上面蹦蹦跳跳的杜卡基斯。他想显得像个总统,相反看上去却像个待在露天游乐场的旋转木马上的小男孩(每逢一个希腊人接近总统办公室的时候,就会出乱子。开头是被发现逃税的阿格纽②,接着便是站在坦克顶上的杜卡基斯)。在杜卡基斯爬上这辆装甲车之前,在他脱下身上那套普莱诗牌的礼服,换上这身军队工作服前,我们都感到——我要代表我的美国希腊同胞说句话,不论他们是否要我这么做——欢欣鼓舞。这个人是美国总统的民主党候选人!他来自马萨诸塞州,跟肯尼迪兄弟一样!他信奉的是一种比天主教更不寻常的宗教,但是谁也没有提到这一点。那会儿是一九八八年。也许随便哪个人——至少不是那些老一套的知名人物——都可以当总统的时代终于来临。看看民主党全国代表大会上的那些横幅!看看粘贴在每辆沃尔沃牌轿车保险杠上的标语。"杜卡基斯。"一个姓名包含两个元音以上的人在竞选总统!上次姓名这样的人是艾森豪威尔③(他站在坦克上面显得十分神

---

① 迈克尔·杜卡基斯(1933—),生于美国马萨诸塞州布鲁克林的一个希腊移民家庭,马萨诸塞州州长(1975—1979,1983—1990),一九八八年民主党总统候选人。
② 阿格纽(1918—1996),美国副总统(1969—1973),一九七三年因贪污受贿等丑闻而辞职。
③ 艾森豪威尔(1890—1969),美国第三十四任总统(1953—1961)。

气)。一般说来，美国人不喜欢他们总统的姓名超过两个元音。杜鲁门[1]。约翰逊[2]。尼克松。克林顿[3]。他们的姓名如果不止两个元音（里根[4]），则不可超过两个音节。而他们的姓名要是只有一个音节和一个元音就更好，比如布什[5]。因此就出现了两次。马里奥·科莫[6]为什么决定不参加竞选总统？在他退下全面考虑这件事的时候，他究竟得出了什么结论？杜卡基斯来自富有学术气氛的马萨诸塞州，马里奥·科莫跟他不同，来自纽约，通晓世事。科莫知道他绝对赢不了。毫无疑问，当时他太自由开明了。而且，他的姓名包含的元音也太多。

迈克尔·杜卡基斯在一辆坦克顶上朝一排摄影师走去，他的政治生命随即也走向衰落。这幅画面虽然回想起来令人痛苦，但出于某个原因，我还是不得不提出来促使大家注意。我那新入伍的父亲，二等水兵米尔顿·斯蒂芬尼德斯，当他一九四四年秋天跳上加利福尼亚海岸外的一条登陆艇的时候，他的神气活像杜卡基斯在那幅画面上的样子。跟杜卡基斯一样，米尔顿让人只注意到头上的钢盔。跟杜卡基斯一样，米尔顿的颈带看上去也好像是由他母亲帮他系的。跟杜卡基斯一样，从米尔顿的表情也可以看出，他暗自意识到自己的失误。米尔顿也无法从行进中的车辆中跳下来。他也在走向死亡。唯一的区别是当时没有摄影师在场，因为那是深更半夜。

米尔顿参加美国海军后一个月就给分到了圣迭戈[7]的科罗纳多海军基地。他是两栖部队的一员，这支部队的任务就是把军队运往远东。协助他们向海滩发起攻击。米尔顿的任务（幸好至此为止，只是在作演习）就是把

---

[1] 杜鲁门(1884—1972)，美国第三十三任总统(1945—1952)。
[2] 约翰逊(1908—1973)，美国第三十六任总统(1963—1969)。
[3] 克林顿(1946—   )，美国第四十二任总统(1992—2000)。
[4] 里根(1911—2004)，美国第四十任总统(1981—1988)。
[5] 布什(1924—   )，美国第四十一任总统(1989—1993)。其长子乔治·沃尔克·布什(1946—   )二〇〇〇年成功当选为美国第四十三任总统。
[6] 马里奥·科莫(1932—   )，美国纽约州州长(1982—1994)。
[7] 圣迭戈，美国加利福尼亚州西南部海港城市。

登陆艇从运输船边上放下去。整整有一个月，每个星期六天，每天十个小时，他都在干这个——把坐满了人的小船放到各种条件下的海面上。

他不把登陆艇往海里放的时候，就独自一人待着。每星期有三四个晚上，他们还得练习夜间登陆。这种行动很难完成。科罗纳多周围的海岸充满危险。缺乏经验的舵手驾船朝标示海滩的特殊灯光行驶会有很多困难，他们往往把驶向海岸的船撞在礁石上。

尽管钢盔遮蔽了米尔顿目前的视线，但却为他提供了一幅相当美好的未来的画面。钢盔像保龄球一样沉甸甸的，又像汽车发动机罩一样厚实。你把它像顶帽子那样戴在头上，但是它却压根儿不像一顶帽子。经过和脑壳的接触，一顶钢盔直接把不少形象传送到脑海里。这些形象正是钢盔特意用来防御的那些物体的形象。比如子弹，还有榴霰弹。钢盔使头脑只思索着这些基本的现实情况，与外界完全隔绝。

如果你是一个像我父亲那样的人，你就会开始考虑怎样才能避开这种现实情况。只经过一个星期的操练，米尔顿就明白他参加海军是犯了一个严重的错误。亲身作战倒可能会比这种方式的备战略微少些危险。每天夜晚，总有哪个人受伤。海浪使伙伴们在船上站立不稳。他们摔了出去，迅速落到船底下。上个星期，有个从奥马哈①来的年轻人淹死了。

白天他们接受训练，穿着军靴在海难上玩橄榄球，增强他们的腿部力量，夜晚他们进行操练。米尔顿疲惫不堪，又在晕船，像条沙丁鱼似的挤在船上，肩上扛着沉重的背包。他一直想要成为一个美国人，这时他却看到他的那些美国伙伴是一些什么样的人。在关闭的营房里，他忍受着他们粗野下流的举止和愚蠢的谈话。他们一块儿在船上度过好多个小时，从四面八方受到海浪的冲击，身子湿漉漉的。他们在凌晨三四点才上床睡觉。随后，太阳一出来，就得把这一切都从头再做一遍。

他为什么参加海军？为了报复，为了逃避。他想要对特茜进行报复，

---

① 奥马哈，美国内布拉斯加州东部城市。

想要把她遗忘。可是两者都没有成功。沉闷单调的军队生活，没完没了的重复的职责，吃饭、使用盥洗室和刮脸都得排队，这些根本不能用作排遣的手段。整天排队也使米尔顿脑子里出现了他本想避免的那些遐想：在特茜兴奋的大腿上那好像一圈火光似的单簧管印痕，或者从奥马哈来的那个淹死的年轻人范登布罗克：他那血肉模糊的脸，从他断裂的牙齿间灌进嘴去的海水。

这会儿，在米尔顿周围，船上的那些青年都已经开始恶心。在汹涌起伏的海浪中过了十分钟，水兵们就弯下身子，把当天晚饭吃的炖牛肉和土豆泥都从肚子里吐到突起的金属船板上。这并没有引起任何议论。这些呕吐出来的食物在月光底下显出一种怪异的蓝色，也像波浪似的起伏活动，来回泼溅到大家的靴子上。米尔顿抬起脸来，想要吸到一口新鲜空气。

那条船上下颠簸，左右摇晃。它从波浪上滑落下来，砰地冲向下去，船身剧烈颤动。他们正在接近激浪拍击的海岸。别的人重新调整了一下身上的背包，准备发起那场虚幻的攻击，可是斯蒂芬尼德斯水兵却抛开了他那孤零零的钢盔。

"在图书馆里见过，"他旁边的那个水兵正对另一个水兵说。"是在布告板上。"

"什么样的测试？"

"一种录取考试。为了进入安纳波利斯海军学院。"

"噢，对了，他们正打算让两三个像我们这样的青年进入安纳波利斯海军学院。"

"他们究竟让不让我们进去，倒并没什么大不了的。重要的是，凡是参加测试的人都不用再参加操练。"

"你所说的测试是怎么回事？"米尔顿插进来说。

那个水兵向周围扫了一眼，看看是否有别的人听到他刚才说的话。"不要把这件事告诉别人。如果我们都去报名，就不会有什么作用。"

"什么时候测试？"

可是那个水兵还没来得及回答,就传来一个巨大刺耳的响声:他们又撞到了礁石上。突如其来的停顿使每个人都摔向前去。一顶顶钢盔丁丁当当地碰在一起;好些人的鼻子都撞破了。水兵们摔成一堆,前舱盖脱落了。海水朝船里涌来,上尉大声叫嚷。米尔顿和大家一样也陷入了一片混乱,周围是黑色的礁石,吮吸的回流,墨西哥啤酒瓶和受到惊吓的螃蟹。

我们再回到底特律,也在黑暗当中,我母亲在看电影。她的未婚夫迈克尔·安东尼奥已经回到圣十字神学院去了,眼下她星期六有空了。在老爷戏院的银幕上,闪过一个又一个数字……5……4……3……接着开始放映一个新闻短片。声音变得柔和的喇叭发出嘟嘟声。一个播音员开始战事报道。整个战争期间都是这同一个播音员,因此如今特茜觉得自己认识他;他几乎成了她的家人。一个又一个星期,他告诉她蒙哥马利①和英国人如何把隆美尔②的坦克赶出北非,美国军队如何解放了阿尔及利亚,而且在西西里岛登陆。随着岁月的流逝,特茜津津有味地嚼着爆玉米花,看着银幕上的画面。这些新闻短片遵循着一定的路线。开头,主要集中在欧洲。可以看到坦克开过一些小小的村庄,不少法国姑娘在阳台上挥舞着手帕。这些法国姑娘看上去一点也不像是在经历战争;她们穿着有褶边的漂亮的裙子和白色短袜,戴着绸围巾。没有一个男人戴贝雷帽③,这叫特茜感到十分诧异。她一直想去欧洲,倒并不怎么想去希腊,而很想去法国或意大利。特茜在看这些新闻短片的时候,她注意的不是那些被炸毁的房屋,而是人行道上的咖啡馆、喷泉以及那些镇定自若、温文尔雅的小狗。

两个星期前的那个星期六,她看到同盟国解放了安特卫普④和布鲁塞尔⑤。

---

① 蒙哥马利(1887—1976),英国陆军元帅,第二次世界大战中盟军指挥官之一。
② 隆美尔(1891—1944),纳粹德国元帅,第二次世界大战中曾任德国北非远征军司令,后因与暗害希特勒的密谋有联系,而被迫服毒自尽。
③ 贝雷帽,一种扁圆的无檐帽。
④ 安特卫普,比利时北部海港城市。
⑤ 布鲁塞尔,比利时首都。

如今，随着大众的注意力转向日本，景色也在发生改变。新闻短片里出现了许多棕榈树和热带的岛屿。今儿下午，银幕上出现了"一九四四年十月"的日期，播音员宣布说，美国军队正准备最终进入太平洋，道格拉斯·麦克阿瑟将军①在视察军队，他曾发誓要履行他的那个"我会回来"的诺言。镜头展现出一些水兵，他们不是立正站在甲板上面，就是在把炮弹装进大炮，再不就是在海滩上打打闹闹，向老家的亲人们挥手致意。在观众当中，我母亲发现自己正在干着一件荒唐的事。她想找到米尔顿的脸。

他是她的远房表弟，对不对？她自然应该为他的安全担心。他们之间虽然说不上真正相爱，但却有着一种更不成熟的东西，一种痴情或迷恋。那一点也不像她和迈克尔之间的关系。特茜在位子上坐正了。她调整了一下搁在膝头的手提小包。她像个订了婚的年轻姑娘那样端坐得笔直。可是等到新闻短片结束、电影开始后，她忘了自己是个成年人。她仰靠在座位上，把两只脚搁到了前面的座位上。

也许那天放的不是一个很好看的电影，也可能她近来看的电影太多——她最近一连八天都去戏院看电影——但不管出于什么原因，反正特茜无法集中精神。她老想着万一米尔顿出了什么事儿，他受了伤，或者不能回来的话——但愿不要这样，那么自己不管怎样都该受到责备。她并没有叫他去参加海军。假如他先问一下她的意见，她会叫他别去。可是她知道他是因为她的缘故才去入伍当兵的。这有点儿像她两三个星期前看的由克劳德·巴伦主演的《困境》。在这部影片中，克劳德·巴伦因为丽塔·卡罗尔嫁给了另一个青年而参加了外籍军团。另一个青年结果是个骗子和酒徒，因此丽塔·卡罗尔离开了他，外出旅行，去到克劳德·巴伦正在跟阿拉伯人作战的那片沙漠。丽塔·卡罗尔到那儿的时候，他受了伤，住在医院里，实际并不真是一家医院，而是一座帐篷，她对他表示自己爱他，于是克劳德·巴伦说道，"我进入沙漠是为了忘掉你。可是黄沙就是你头

---

① 道格拉斯·麦克阿瑟将军(1880—1964)，美国五星上将，第二次世界大战期间任西南太平洋盟军总司令等职，日本投降后任占领日本的盟军最高司令官(1945—1951)。

发的那种颜色,沙漠里的天空就是你眼睛的那种颜色。不管我到什么地方,眼前总要浮现出你的形象。"接着他咽气身亡。特茜泪如雨下。她涂的睫毛膏随着泪水融化开来,把她衬衫的领子也弄得满是污迹。

一方夜间操练,另一方去看星期六的日场电影;一方跳进大海,另一方悄悄坐到电影院里的座位上;一方担心懊悔,另一方则希望并设法忘却——不过,十分坦率地说,战争期间,大家通常所做的事还是写信。在我个人看来,现实生活并不跟我们所写的相符,为了支持我的这种看法,我的家庭成员那年似乎把他们的大部分时间都用于通信。迈克尔·安东尼奥从圣十字神学院每星期都给他的未婚妻写两次信。他的信用的总是在左角印着本杰明教长头像的淡蓝色信封,在里面的信纸上,跟他的声音一样,他的笔迹也相当清楚柔媚,"很有可能,他们授予我圣职以后,首先会把我们派到希腊某个地方。如今纳粹离开了那儿,会有大量的重建工作得做。"

特茜坐在书桌边上,在那两个莎士比亚胸像的书档下面,忠实(即使并不完全坦诚)地给他回信。她的大部分日常活动似乎都并不怎么高尚得可以去向一个神学院学生的未婚夫述说。因此,她开始为自己编造一种更合适的生活。"今儿早上,我和佐自愿去为红十字会工作,"我母亲写道,其实她嘴里吃着沾有小白糖珠的巧克力糖,在福克斯戏院度过了整天的时光。"她们要我们把旧床单剪成一条一条用作绷带。你真该瞧瞧我大拇指上磨出来的水疱。那真是一个庞然大物。"一开始她倒并没有这样彻底地虚构杜撰。起先特茜老实地描述她的日常生活。可是迈克尔·安东尼奥在一封信里说道:"看电影作为消遣固然不错,但眼下正在进行战争,我不知道这是否是你消磨时间的最好方式。"此后,特茜便开始胡编乱造。她告诉自己这是她最后一年的自由时光,以此来为自己的说谎文过饰非。等到明年夏天,她就会成为一个祭司的妻子,住在希腊的某个地方。为了减轻她的这种欺骗行为,她把一切荣誉都转移到别人身上,信里充满了对佐薇的赞扬。"她每周工作六天，但星期天仍然一大早就起来领着崇塔基斯太太去教堂——这个可怜的人已经九十三岁，几乎无法行走。佐薇就是这样。始终想着别人。"

那时，黛斯德蒙娜和米尔顿也在相互通信。在上战场去以前，我父亲就已经答应他母亲说他最终要把希腊文学得能读会写。眼下，从加利福尼亚，米尔顿晚上躺在他的铺位上，身体酸疼得几乎都不能移动，凭着查阅一本有着英语解释的希腊词典，拼凑成有关他的海军生活的报道。然而，不管他多么专心致志，等他的信寄到赫尔伯特街的时候，总有一些东西在翻译中失去。

"这是哪种纸啊？"黛斯德蒙娜举起一封像瑞士干酪①似的信，问她丈夫。军队里的那些信件检查员有如耗子，先把米尔顿的信啃上几口，才由黛斯德蒙娜去消化。凡是出现"侵入"这个字眼的地方，凡是提到"圣迭戈"或"科罗纳多"的地方都给他们咬去。他们把描写海军基地以及停泊在码头上的驱逐舰和潜水艇的整个段落都嚼掉了。那些检查员的希腊文比米尔顿的希腊文更差，他们常犯错误，会把表示亲热的词语和拥抱、亲吻的符号②删除。

尽管在米尔顿的信中有着（句法和形体上的）脱漏，但是我奶奶仍然意识到他的处境危险。从那些写得很差的 ε 和 Δ③ 中，她看出她的儿子抖动的手所表现的日益增长的忧虑。从他的语法错误上，她也觉察到他声音里的那种害怕的语气。信纸本身也叫她吓了一跳，因为那看上去好像已经给炸成了碎片。

可是，水兵斯蒂芬尼德斯竭尽全力地防止自己受伤。一个星期三上午，他到基地图书馆报到，参加美国海军学院的入学考试。在接下去的五

---

① 瑞士干酪，一种淡黄或白色有孔的硬干酪。
② 拥抱、亲吻的符号，指 X 和 O。
③ 希腊语的第十八个字母和第四个字母。

个小时里,每逢他从试卷上抬起头来,他就看见他的同船伙伴正在骄阳下做健身操。他不禁脸上露出笑容。他的伙伴们正在外面顶着热辣辣的太阳,而他却坐在吊在天花板上的一个风扇底下,计算出一道数学证明题;他们不得不在沙土球场上来回跑动,而他却在看一个叫作卡莱尔①的人写的一段文章,回答后面的问题。今天晚上,当他们在礁石上撞得粉身碎骨的时候,他却会舒舒服服地躺在铺位上,很快入睡。

等到到了一九四五年的头几个月,每个人都在寻找豁免自己应尽的职责的方法。我母亲老去看电影,就此躲开慈善活动。我父亲则参加一场测试,借以逃避演习。可是,说到豁免,我奶奶却只向上天去寻求豁免。

三月里的一个星期天,她在圣餐仪式开始前就赶到圣母升天教堂。她朝一个壁龛走去,对着里面的圣克里斯托弗②画像提出一项协议。"求求你,圣克里斯托弗,"黛斯德蒙娜亲了亲自己的指尖,然后把它们放到圣者的额头上,"要是您保佑米尔蒂在战争中安然无恙,我会叫他答应回到比提尼亚,修复教堂。"她抬头望着小亚细亚的殉道者,圣克里斯托弗。"如果土耳其人摧毁了教堂,米尔蒂会再次修建。如果只需要用油漆修整一新,他也会这么做。"圣克里斯托弗是一个巨人,手里拿着一根棍子,涉水走过一条奔腾的河流。他背上驮着幼年基督,历史上最沉重的婴孩,因为他手里掌握着整个世界。还有哪个更好的圣人可以给予她那身在海上、处境危险的儿子保护呢?黛斯德蒙娜在这个幽暗的、需要灯光照明的场所祈祷。她动了动嘴唇,清楚地说出条件。"圣克里斯托弗,可能的话,我也希望米尔蒂可以不用参加训练。他告诉我说那很危险;他现在也用希腊文给我写信,圣克里斯托弗。尽管写得不怎么好,但是还过得去。我也要叫他答应在教堂里安置新的座位。而且,如果您乐意的话,铺上地毯。"她沉默下来,闭上眼睛。她在自己身上画了许多次十字,等待答

---

① 卡莱尔(1795—1881),苏格兰散文作家和历史学家。
② 圣克里斯托弗,天主教教徒和正教基督徒所崇奉的一位圣者,据说在罗马帝国皇帝德西乌斯(249—251)统治时期殉教,是旅行在外的人的主保圣人。

复。随后她的脊梁骨突然伸直了。她睁开眼睛,面带微笑地点着头。她吻了吻指尖,把它们放到圣者的画像上;接着她匆匆赶回家去,写信把好消息告诉米尔顿。

"对,当然啦,"我父亲收到信的时候说。"圣克里斯托弗搭救了我。"他把那封信夹在他的希英词典里面,丢到匡西特活动房屋[①]后面的焚化炉里(我父亲的希腊语课程就这样结束了。尽管米尔顿继续和他的父母讲希腊语,但是他在希腊语写作上却从来没有取得成功,等他年纪大起来以后,甚至连那些最简单的希腊语单词的意思,他也开始忘了。最后他弄得并不比第十一回或我会讲多少,也就是说几乎什么都不会讲)。

米尔顿的嘲讽挖苦在当时的情况下是可以理解的。就在前一天,他的指挥官委派他在即将发起的袭击中担任一个新的职务。这个消息像所有的坏消息那样一开头并没有被他理解。他那个指挥官的话,他对米尔顿说的那几个实际的音节仿佛受到情报机构的那些伙伴的干扰,以便不让他人窃听。米尔顿敬了个礼,走了出去。他得继续走到仍然没有什么改变的海滩上,这个坏消息似乎以一种慎重的方式给了他最后这点儿宁静、逃避的时刻。他瞅着落日的余晖,观赏着礁石上的一群保持中立的海豹。他脱下两只军靴,感受到脚底下的沙子,好像世界并不是一个他不久就会离开的地方,而是一个他刚开始在其中生活的场所。可是,接着出现了裂痕。在他的脑壳顶部有了一道裂口,坏消息就从这道裂口嘶嘶作响地涌进来;他的两只膝盖上有了一道纹路,开始弯曲,突然米尔顿再也抵挡不住了。

总共三十八秒。消息就这样传给了他。

"斯蒂芬尼德斯,我们要把你调去做通信兵。明天早上七点整到B大楼去报到。你可以走了。"这就是指挥官所说的话。他就说了这么几句。这实在也没有什么意外。随着发起袭击的时间临近,突然接二连三地有许多通信兵受

[①] 匡西特活动房屋,一种用预制构件搭成的长拱形活动房屋。

伤。通信兵在炊事值勤的时候剁掉了自己的手指；通信兵在擦枪的时候走火射中了自己的脚。在夜间操练时，通信兵拼命地扑到礁石上去。

三十八秒是一个通信兵的预期寿命。等到开始登陆时，水兵斯蒂芬尼德斯就会站在船的前面，按照莫尔斯电码①操纵手里的提灯，让它发出一闪一闪的信号。这盏提灯相当明亮，会叫岸上敌军阵地那边看得清清楚楚。这就是他光着脚板站在海滩上脑子里正在琢磨的事。他想到他再也不会接手管理他父亲的酒吧。他想到他再也不会见到特茜。相反，打这会儿起再过几个星期，他就会站在一条船上，带着一盏明亮的灯，置身于敌方的炮火中。至少会持续那么一会儿。

下面这个镜头并没有包括在国际新闻当中：我父亲的武装运输船离开科罗纳多海军基地，朝西驶去。在"老爷戏院"里，特茜·齐兹莫瞅着白色的箭头掠过太平洋的时候不让自己的两只脚碰到黏糊糊的地面。美国海军第十二舰队正开入太平洋，破浪前进，那个播音员说。它的目的地是日本。有个箭头从澳大利亚发出，穿过新几内亚朝菲律宾指去。另一个箭头从所罗门群岛发出，还有一个箭头则从马里亚纳群岛发出。特茜以前从来没有听说过这些地方。可是，如今这些箭头继续向前，朝着别的一些她也从来没有听说过的岛屿——硫黄岛、冲绳岛（每个岛屿上面都插着一面太阳旗）——指去。日本本身也只是一群岛屿，这些箭头从三个方向一起在它坐落的那个位置汇合。特茜正在彻底弄清地理位置的时候，新闻短片里突然出现了拍摄成的一组镜头。有只手在拉动警钟；水兵们纷纷从铺位上跳下来，快步跑上楼梯，进入战斗岗位。随后眼前竟出现了米尔顿，他正跑过船的甲板！特茜认出了他那瘦削的胸膛，那双浣熊似的眼睛。她忘了潮湿的地面，把两只脚放到地上。在新闻短片里，那艘驱逐舰上的大炮无声地开火轰击，而在半个世界以外，在一个陈设讲究的老式的电影院里，特

---

① 莫尔斯电码，由美国肖像画家、发明家莫尔斯（1791—1872）在一八三八年所发明的一种点线系统的电码。

茜·齐兹莫感到一阵畏缩。戏院里大约只上了一半的座，大多数观众都是像她一样的年轻姑娘。她们也为了情感上的原因在吃糖果；她们也在由颗粒构成的新闻短片里搜寻各自的未婚夫的脸。空气里有女人喝的汽水和香水的气味，还有引座员在穿堂里所抽的香烟的气味。在大部分时间里，战争是一件发生在别处的抽象的事情。只在这儿，有那么四五分钟，夹在动画片和正片之间，战争才变得具体实在。也许身份的模糊不清，向普通民众发行的影片都对特茜起了作用，促使她像听了辛纳特拉①的歌那样情绪激动。不管出于什么原因，在电影院里这种昏暗的灯光下，特茜·齐兹莫破例回想起她一直设法忘掉的事情：有根单簧管像一支入侵的军队似的在她的光腿上缓缓向前行进，对她自己所有的岛上帝国，一个此刻她意识到自己交付给错误的人的帝国划出一个箭头。电影放映机的闪烁的光柱斜穿过特茜头上的那片黑暗，她暗自承认自己并不想嫁给迈克尔·安东尼奥。她并不想成为一个祭司的妻子，不想移居希腊。当她凝视着出现在新闻短片中的米尔顿时，她的眼睛充满泪水。她大声说道："不管我到什么地方，眼前总要浮现出你的形象。"

周围的人们用"嘘"声叫她安静，新闻短片中的那个水兵挨近了摄像机，特茜发现那并不是米尔顿。可是没有关系。她已经看到了她所看到的事物。她站起身离开了。

在赫尔伯特街的那同一天下午，黛斯特蒙娜躺在床上。自从邮差送来了米尔顿的另一封信后，她已经一连躺了三天了。那封信是用英语而不是用希腊语写的，左撇子只好把它翻译出来：

亲爱的爸妈：

这是我所写给你们的最后一封信（抱歉没有用家乡话写，妈，但是我目前并不怎么空闲）。当官的不愿让我多说这儿的情况，我只想

---

① 辛纳特拉(1915—1998)，美国流行歌手，电影演员。二十世纪四十年代初登上流行音乐舞台，迅即引起轰动，成为广大青少年的崇拜偶像。

寄上这封短信，叫你们不要为我担心。我要去一个安全的地方。经营好酒吧的生意，爸。这场战争总有一天要结束，我想要干家里的这个买卖。叫佐不要到我的房里去。

欢笑的爱你们的
米尔特

这封信不像先前的那些信，寄到家的时候完好无损，上面连一个窟窿也没有。一开始黛斯德蒙娜还为此感到高兴，后来她才意识到这意味着什么。再也用不着保密了。袭击已经开始进行。

这时，黛斯德蒙娜从厨房的桌子旁站起身，带着一种无比忧伤的神色，严肃地宣布说：

"上帝已经对我们作出我们所该受到的判决。"

她走进起居室，顺便把那儿的一个沙发靠垫摆摆整齐，随后就上楼走进卧室。她在那儿脱下衣衫，换上睡衣，尽管当时只有上午十点。接着，我奶奶就躺到床上，自从她怀了佐薇以后，这还是她头一回这样；二十五年以后，她爬上楼梯就再也没有下来，这也是在那以前她最后一回这样。

她在床上一连躺了三天，只有到盥洗室去的时候才爬起来。我爷爷想要哄她下床，但是没有成功。他第三天上午去工作的时候，出门前先把一些食物，一碟番茄沙司拌白豆和面包给她端上楼去。

前门上响起一阵敲门声，放在床边小几上的那顿饭仍然没有动过。黛斯德蒙娜并没有爬起来应门，只拉过一个枕头来遮住脸。尽管这么捂着，但是她听到敲门声并没有终止。过了一会儿，前门开了，最终传来一阵脚步声，有人走上楼来，进了她的房间。

"是黛斯姨妈吗？"特茜说。

黛斯德蒙娜并没有动弹。

"我有件事要告诉您，"特茜继续说。"我想让您第一个知道。"

床上的那个形体仍然一动不动。不过，黛斯德蒙娜身体的那种小心戒备的样子向特茜表明她醒着,而且正在倾听。特茜吸了一口气,宣布说,"我准备取消婚礼。"

出现了一片寂静。黛斯德蒙娜慢慢地把枕头从她的脸上推开,她伸手拿起放在床边小几上的眼镜戴上,在床上坐起身来。"你不想嫁给迈基吗?"

"对。"

"迈基是一个很好的希腊小伙子。"

"我知道他是这样一个人。可是我不爱他。我爱米尔顿。"

特茜以为黛斯德蒙娜会作出吃惊或愤怒的反应,但是出乎她的意外,我奶奶简直好像没有留意她的这番坦白。"你不知道,米尔顿不久以前曾要求我嫁给他。我没有答应。如今我打算写信给他,告诉他我答应了。"

黛斯德蒙娜微微耸了耸肩膀。"你想写信告诉他什么就写信告诉他什么好了,亲爱的孩子。米尔蒂收不到的。"

"这并不是不合法的,也没有其他什么问题。连嫡表兄妹都可以结婚。我们的关系还没这么近。米尔顿曾去查阅了所有的法规条例。"

黛斯德蒙娜又耸了耸肩膀。她忧心忡忡,疲惫不堪,又遭到圣克里斯托弗的抛弃,已经不再跟一种原先并不是注定会发生的情况作斗争了。"如果你和米尔蒂想要结婚,那我祝福你们,"她说。随后,在表示了她的祝福后,她仰靠在枕头上,闭上眼睛,不愿再面对人生的痛苦。"愿上帝保佑你永远不要有一个在海上死去的孩子。"

在我家里,丧礼中的肴馔总是正好用来宴请婚宴上的宾客①。奶奶之所以同意嫁给爷爷是因为她压根儿没有想到自己会活着见到婚礼。奶奶在千方百计地阻止我的父亲和母亲结婚后之所以又为他们的婚事祝福,只是因为她认为米尔顿压根儿活不到这个周末。

在海上,我父亲也是这种看法。他站在运输船的船头,凝视着水面,

---

① 比较莎士比亚《哈姆莱特》第一幕第二场:"这是一举两便的办法,霍拉旭!葬礼中剩下来的残羹冷炙,正好宴请婚筵上的宾客。"

极目望去。他并不想要祈祷或跟上帝算账。他感觉到面前那片无限浩渺的空间，但并没有凭着人的心愿使它活跃起来。那片无限浩渺的空间像铺展在船只周围的大海一样广阔而冷漠；在整个这片空虚中，米尔顿最剧烈的感受就是他自己的那颗嗵嗵直响的心。在水面上的某个地方，就存在着那颗会断送他的性命的子弹。也许这颗子弹已经给装进了一杆日本枪，以后会从这杆枪里发射出来；也许是在一个弹药筒里。他二十一岁，皮肤滑腻，喉结突出。他想到自己竟然为了一个姑娘就跑来参加战争，实在愚蠢，但是随后他又收回了这种想法，因为那并不只是某个姑娘，而是西奥多拉。米尔顿的脑海里浮现出她的那张脸，忽然有个水兵拍拍他的背。

"你在华盛顿认识什么人吗？"

他交给我父亲一份即刻生效的调令，要他到安纳波利斯的海军学院报到。在入学测试上，米尔顿得了九十八分。

每出希腊戏剧都需要一个解围之神①。我那解围之神的形式是一把水手长的椅子，它带着父亲离开武装运输船的甲板，一下子把他从空中送到一艘开回美国本土的驱逐舰的甲板上。从旧金山，他再搭乘陈设讲究的普尔曼式客车②去安纳波利斯，他被招收为那儿的一名学员。

"我告诉你是圣克里斯托弗使你脱离这场战争的，"黛斯德蒙娜在他打电话告诉家里这个消息时十分喜悦地说。

"他确实这么做了。"

"现在你得把教堂修理一下。"

"什么？"

"教堂。你得把它修理一下。"

"一定，一定，"海军军官学校学员斯蒂芬尼德斯说，可能他甚至也有这样的打算。他十分庆幸自己能够活着，重新有了前途。不过，由于这

---

① 解围之神，古希腊戏剧中用舞台机关送出来的用以解决剧情进展中的困难的神仙。
② 普尔曼式客车，由美国发明家乔治·莫蒂默·普尔曼(1831—1897)所设计的豪华型列车车厢，装有舒适的卧铺或坐椅，常用为特等客车。

样那样的原因，米尔顿总是推迟他到比提尼亚的行程。他在一年以内就结婚了；后来他又有了孩子。战争结束了。他从安纳波利斯的军官学校毕业，参加了朝鲜战争。最后他回到底特律，开始经营家里做的生意。黛斯德蒙娜不时会提醒她的儿子他对圣克里斯托弗负有的那个尚未完成的义务，但是我父亲总是找个借口不去履行。如果你也相信那种事（有时，当我体内那种古希腊人的血液沸腾起来的时候，我就相信），那么他的延宕会有极为惨烈的后果。

我父母在一九四六年六月结婚。迈克尔·安东尼奥为了显示自己胸怀宽阔，参加了婚礼。这时他已经被授予祭司的职务，成为一个体面、慈善的人物，但是等到婚宴开始后第二个小时，他显然已经支持不住了。他吃饭时香槟酒喝得太多，等到管乐队开始演奏的时候，他就去寻找新娘以下居于首位的那个姑娘：担任女傧相的佐薇·斯蒂芬尼德斯。

佐薇低头望着他——高低大概相差一英尺。他请她跳舞。接下去她知道的事情，就是他们已经开始跳到了舞厅当中。

"特茜在信里告诉我许多你的情况，"迈克尔·安东尼奥说。

"希望没有什么不大好的话。"

"正好相反。她告诉我你是一个多么虔诚的基督徒。"

他的长袍遮住了他那两只瘦小的脚，使得佐薇难以跟上他的脚步。近旁，特茜正跟穿着白色海军制服的米尔顿在跳舞。当这两对舞伴相互经过的时候，佐薇滑稽可笑地怒视着特茜，不出声地说道，"我要把你给杀了。"可是，接着米尔顿把特茜的身子转了过去，于是两个情敌变得面对面了。

"喂，迈克，"米尔顿热情友好地说。

"如今是迈克神甫了，"那个情场失意的人说。

"得到晋级了吗？恭喜恭喜。我想可以把我的妹妹托付给你。"

他和特茜往别处跳去，特茜带着默默歉疚的神气回脸望着他们。佐薇知道她的哥哥会有多么气人，颇为迈克神甫感到惋惜。她提议他们一块儿去吃一点结婚蛋糕。

EX OVO OMNIA[①]

因此,让我们扼要总结一下:索梅利娜·齐兹莫(结婚前姓帕帕迪亚曼多普洛斯)不仅是我的姨婆,而且她也是我的外婆。我父亲同时也是他母亲(和父亲)的侄子或外甥。黛斯德蒙娜和左撇子除了是我的祖母祖父外,同时也是我的伯祖母和叔祖父。我的父母也是我的表叔表婶,而第十一回既是我的哥哥,也是我的表哥。卢斯医生在《隐性特征在常染色体传递》一文中列出了斯蒂芬尼德斯的家系图,读者大概未必想了解得那么详尽。我只专心注意那个基因最后有限的几次传递。眼下,我们几乎就要谈到这一点了。为了向我的八年级拉丁文老师巴里小姐表示敬意,我想叫读者注意上面引用的那句话: ex ovo omnia。我站起来(每逢巴里小姐走进教室的时候,我们总起立),听见她问道:"孩子们,你们当中有谁能把这个短句翻译出来,说出它的出处?"

我举起手。

"我们的诗人卡利俄珀,首先为我们开一个头。"

"这句话出自奥维德[②]的《变形记》,在那个有关创造天地的故事里。"

"太好了。你能为我们把这句话翻译成英语吗?"

"万物出自于蛋。"

"孩子们,你们听见了吗?这个教室,你们欢快的笑脸,甚至我书桌上这本古老可爱的西塞罗[③]文集——它们都出自于一个蛋!"

菲洛博西安医生多年来在餐桌上不但谈了孕妇幻想的事物所会有的可怕后果，而且还传授了许多秘密知识，十七世纪胚中预存说的理论就是其中之一。那些名姓起伏多变的胚中预存说理论家——斯帕兰札尼[④]、斯瓦姆默丹[⑤]、列文虎克——认为自从开天辟地以来，所有的人类雏型不是存在于亚当的精液中，就是存在于夏娃的卵巢中，每个人都像一个俄罗斯的套叠起来的俄罗斯玩具娃娃那样套在下一个人里面。当简·斯瓦姆默丹用解剖刀去掉某种昆虫的外层时，就开始产生了这种理论。哪种昆虫？唔……节肢动物门的成员。拉丁语的名称是什么？对了，就是 Bombyx mori（蚕蛾）。斯瓦姆默丹早在一六六九年进行试验时所用的昆虫只不过是一个蚕。当着一群富有知识的人的面，斯瓦姆默丹割开了蚕的表皮，展示出里面一个看上去十分微小的未来蚕蛾的雏形，从喙、触角到收拢着的翅膀一样都不缺少。胚中预存说的理论就这样产生了。

同样，我也喜欢作这样的想像：我跟我的哥哥自从天地开辟以来，就在我们蛋卵的筏子上一起漂流。每个人都在一个透明的细胞膜里，每个人都在一个狭长的缝隙中等着他或她（我是包括男女两性）出生的时间。说到第十一回，他总是脸色苍白，二十三岁时就秃了顶，因此他成了一个实实在在的矮子。他那明显突出的头颅表明他未来在数学和机械方面相当敏捷出众。他那不健康的苍白脸色表明他不久会患局限性肠炎。我，他以前的妹妹，紧挨在他的旁边，我的脸已经成了一个难解的谜，在下面两种形象间像个具有双凸透镜状的移画印花图案那样闪闪烁烁：一种是我过去曾经当过的那个黑眼睛的漂亮小姑娘，另一种是我今天成为的那个神态严肃、

[①] 拉丁文，意为"万物出自于蛋。"根据希腊神话，宇宙最初混沌一片，黑暗之神与夜之女神结合，生下一个极大的蛋。蛋中孵出了爱神厄洛斯。厄洛斯以生命之箭射入大地的冷胸，于是大地上有了草木百花和各种飞禽走兽。
[②] 奥维德（公元前43—公元17），古罗马诗人，代表作为长诗《变形记》，其他重要作品还有《爱的艺术》、《岁时记》、《哀歌》等。
[③] 西塞罗（公元前106—前43），古罗马政治家、演说家和作家。
[④] 斯帕兰札尼（1729—1799），意大利生理学家，实验生物学奠基人，在微生物及感觉、消化、呼吸等研究方面均有贡献。
[⑤] 斯瓦姆默丹（1637—1680），荷兰博物学家，阐明多种昆虫生活史和解剖，首先发现红细胞。

生着鹰钩鼻子、有着古罗马人特征的汉子。自从天地开辟以来，我们俩就这样四处漂流，等着传达给我们的信号，观察着眼前的转瞬即逝的景象。

比如：一九四九年，米尔顿·斯蒂芬尼德斯从安纳波利斯的海军学院毕业。他的白帽子一下子飞到空中。他带着特茜给派驻到珍珠港①，他们住在那儿分给夫妻住的朴素的房子里，我母亲那时二十五岁，皮肤在那儿给太阳晒伤了，从此再也没有看见她穿过游泳衣。一九五一年，他们迁到弗吉尼亚州的诺福克，这时在我的卵囊旁边的第十一回的卵囊开始颤动。不过，他仍然等在那儿观察着朝鲜发生的冲突，海军少尉斯蒂芬尼德斯在那儿的一艘猎潜艇上服役。我们看到米尔顿的成人性格在这些年中逐渐形成，具有我们未来父亲的那种讲究实际的特征。米尔顿后来一直细致地把头发往两边梳理，习以为常地用衬衫袖子擦亮他的皮带搭扣，嘴里老是说着"是，先生"以及"整整齐齐"，他还坚持要我们在商场里把自己表上的时间校准，这种事事严谨的态度就是美国海军对他所产生的影响。米尔顿·斯蒂芬尼德斯头戴上面有着黄铜鹰徽和权威标志的海军少尉军帽，早把自己以前的童子军队员生涯置诸脑后。海军使他喜爱航行，厌恶排队等候。就在那时，他也逐渐形成了自己的政治主张，他反对共产主义，不信任俄国人。在非洲和东南亚的途中停泊使他逐渐形成了在种族智商水平这个问题上的看法。从他的那些目中无人的指挥官那儿，他学到了对美国东部自由派人士和常春藤名牌大学②毕业生的憎恶，同时他也十分喜欢布鲁克斯兄弟时装店③的服装。他也渐渐爱好起饰有流苏的茄克衫和泡泡纱短裤来。在我们出生之前，我们对自己父亲的所有这些好恶都相当清楚，随后我们忘了，只得重新了解一切。等朝鲜战争在一九五三年结束后，米尔顿又回到诺福克④的驻地。一九五四年三月，我父亲正仔细考虑着自己未

---

① 珍珠港，美国夏威夷州瓦胡岛南端一港口，位于火奴鲁鲁附近。
② 常春藤名牌大学，指美国东北部哈佛、哥伦比亚、耶鲁、普林斯顿、康奈尔、布朗、达特茅斯、宾夕法尼亚八所以学术成就及社会地位著称的名牌大学。
③ 布鲁克斯兄弟时装店，以质量好、式样雅致著称的男子时装店，一八一八年开办于美国纽约，现在美国各地约有五十家分店。
④ 诺福克，美国弗吉尼亚州东南部海港城市。

来的前途,第十一回微微挥了挥手向我表示告别,接着他举起胳膊,一下子滑落到人世之间。

于是剩下我独自一个。

在我出生前的那些年里发生了不少事:迈克神甫自从在我父母的婚礼上和佐薇跳了舞以后,在接下来的两年半时间里就坚持不懈地追求她。佐薇并不情愿跟一个如此虔诚或矮小的人结婚。迈克神甫一连三次向她求婚,每一次都遭到她的拒绝,她在等着出现一个更好的人。可是并没有出现一个这样的人。最后,佐薇感到自己别无选择(加上黛斯德蒙娜仍然觉得嫁给祭司是件令人高兴的事,又在一旁好言相劝),只好让步。一九四九年,她嫁给了迈克神甫,不久他们就动身住到希腊去了。她在那儿生了四个孩子(他们是我的表兄表姐),接着一连待了八年。

一九五〇年,在底特律,黑人洼地居住区被推土机铲平了,好修建一条高速公路。这时总部设在芝加哥的第二圣堂的伊斯兰国有了一个新的教长,名叫马尔科姆·艾克斯。一九五四年冬天,黛斯德蒙娜首先开始谈起她想哪天隐居到佛罗里达去。"在佛罗里达有座城市,你们可知道它叫什么吗?新士麦那比奇①!"一九五六年,最后一辆有轨电车也不再在底特律行驶了,帕卡德汽车厂关闭了。也就在同一年,米尔顿·斯蒂芬尼德斯厌倦了军队的生活,离开海军,回家实行他以前的那个梦想。

"去干别的行当吧,"左撇子斯蒂芬尼德斯对他的儿子说,他们坐在斑马餐厅里喝咖啡。"你上海军学院就为了做个酒吧掌柜?"

"我并不想做个酒吧掌柜。我想经营一家餐馆。一家完整的连锁店。这是一开始着手的好地方。"

左撇子摇了摇头。他靠着椅背,张开两只胳膊,做了个把整个酒吧都包括在内的动作。"这压根儿不是一个开始着手什么买卖的地方,"他说。

---

① 新士麦那比奇,美国佛罗里达州港口城市,位于佛罗里达东海岸的中部。

他的看法不无道理。尽管我爷爷待客殷勤，不断给客人重新把酒添满，把柜台擦得干干净净，但是平格里街上的这个酒吧依然失去了原有的光彩。那块他仍旧挂在墙上的旧斑马皮早已干硬开裂。白铁皮天花板上那一个个菱形都给香烟喷出来的烟雾弄脏了。多年以来，那些前来喝酒的汽车工人所发出的气息都被斑马餐厅通通吸收。这个地方有他们喝的啤酒和抹的生发油的气味，有他们用计时钟在考勤卡上打印上下班时间的痛苦的气味，有他们神经紧张的气味，也有他们工会运动的气息。周围的地区也逐渐发生了变化。我爷爷在一九三三年开设酒吧的时候，那个区域还是白人和中产阶级居住的地方。如今却成了比较贫穷的地方，居民主要是黑人。按照那种不可避免的因果关系，一旦头一个黑人家庭搬进街区，周围的白人居民就立即纷纷出售他们的房屋。供过于求的房屋压低了召购房屋的价格，使得生活比较贫穷的人可以搬进去住，由于贫穷，就出现了犯罪，由于犯罪，就出现了更多的家具搬运汽车。

"买卖不再那么好了，"左撇子说。"如果你想开个酒吧，到希腊人居住区，或者伯明翰去试试。"

我父亲并不理会这种反对意见。"酒吧的买卖可能是不那么好，"他说。"这是因为附近的酒吧实在太多，竞争过于激烈。这个地区所需要的是一个体面的用餐场所。"

海格立斯热狗连锁店（在买卖最兴隆的时候，它在密执安州、俄亥俄州和佛罗里达州东南部各处的场所共有六十六个——每家餐馆的正面都有独特的"海格立斯石柱"①以资识别）可以说是在一九五六年二月里那个下雪的上午开始动工的，当时我父亲来到斑马餐厅，开始整修。他做的头一件事就是把正面窗户上的那些中间下陷的软百叶帘拆掉，好让店堂里有更多的光线。他把店堂内部漆成明亮的白色。凭借政府提供给美国军人的一笔商业贷款，他把售酒柜台重新改造成一个餐馆柜台，并且还安设了一个

---

① 海格立斯石柱，直布罗陀海峡两岸对峙的两座峭壁的古称。根据希腊神话，海格立斯穿越整个欧罗巴和利比亚（阿非利加），建立这两座石柱以纪念他的漫游。

小小的厨房。工人们沿着店里面那堵墙放上几个有着红色塑料薄膜的火车座，并且用齐兹莫的斑马皮给那些旧的酒吧高脚凳重新装上面子。有天上午，两个送货人把一台自动唱机送到前门口。锤子丁丁当当地敲着，空中满是木屑，米尔顿就在这种环境里看着左撇子随意放在登记簿下面的一个雪茄烟盒里的文件和契约。

"这到底是怎么回事？"他问他的父亲。"你竟有这个地方的三份保险单。"

"保险单总是多有几份的好，"左撇子说。"有时候保险公司在你受到损失的时候并不赔给你钱。还是稳妥一点的好。"

"稳妥？每份保险单上所付的钱都超过了这个地方的价值。我们还在支付所有这些保险费吗？这真是浪费金钱。"

至此为止，左撇子听凭他的儿子作出他想作的任何改变。不过这时他态度相当坚决。"听我说，米尔顿。你并没有经历过一场火灾。你不知道会发生什么意外。有时候，在一场火灾当中，连保险公司也给烧掉了。那时你怎么办？"

"可是三份——"

"我们需要三份，"左撇子坚持说。

"就迁就他一下吧，"特茜那天晚上较晚的时候对米尔顿说。"你的父母经历过很多苦难。"

"他们确实经历过很多苦难。可是，这些保险费却由我们来支付。"尽管如此，他还是按他妻子所说的做了，保持这三份保险。

斑马餐厅在我孩提时的记忆中是这样的：那儿满是人造的假花，有黄色的郁金香，红色的玫瑰，还有上面结着蜡制苹果的矮树。塑料的雏菊从茶壶里长出来，黄水仙从陶瓷做的母牛身上冒出来。墙上挂着阿蒂·肖和平·克罗斯贝[①]的照片，旁边挂着两块用漆手写的指示牌，分别写着**喝一**

[①] 平·克罗斯贝(1904—1977)，美国歌唱家、电影演员，是第一个借助扩音器以柔和、轻松的方法演唱的歌手。

杯美味的酸橙利克水！本店的法式烤面包是城里最好的烤面包！**也有一些米尔顿的照片：不是他在给牛奶冰淇淋①最后点缀上一个樱桃，就是他像个市长那样在亲吻哪个人的婴儿。也有当市长的人的照片，像米里亚尼②和卡瓦诺③。伟大的右场手阿尔·卡莱恩④有次在去老虎体育场训练的途中在此停留，他亲笔写了一句富有针对性的话："献给我的伙伴米尔特，大批的蛋！"当弗林特⑤的一个希腊正教会教堂给大火烧毁的时候，米尔顿开车赶去，抢救出一扇幸存的彩画玻璃窗。他把它挂在那些火车座上面的墙上。一听听雅典娜橄榄油排列在正面窗户前面，旁边是一尊多尼采蒂⑥的塑像。一切都不伦不类地混杂在一起：在艾尔·格列柯⑦的绘画复制品旁边是几盏古老的灯；在一尊阿佛洛狄忒⑧的小塑像的颈项上挂着一些牛角。在煮咖啡的壶上面，顺着搁板放着各式各样的小塑像：有保罗·班扬⑨、蓝公牛贝布、米老鼠⑩、宙斯⑪以及费利克斯猫⑫。

我爷爷想要出一把力，有天开车出去，买了五十个叠在一起的盘子回到店里。

"我已经向一个供应餐馆用具的地方订购了盘子，"米尔顿说。"他们给我们打了九折。"

"你不要这些盘子吗？"左撇子显得很失望。"好吧，我把盘子带回

---

① 牛奶冰淇淋，俗称奶昔，一种混合冷饮，系用牛奶、糖、果汁、香料和冰淇淋混合，放入搅拌器中搅拌经冷藏而成。
② 米里亚尼(1897—1987)，美国底特律市市长(1957—1962)。
③ 卡瓦诺(1928—1979)，美国底特律市市长(1962—1970)。
④ 阿尔·卡莱恩(1934—)，美国职业棒球队队员。
⑤ 弗林特，美国密执安州东南部一城市。
⑥ 多尼采蒂(1797—1848)，意大利作曲家，一生创作歌剧六十余部。
⑦ 艾尔·格列柯(1541—1614)，西班牙画家，作品多为宗教画和肖像画。
⑧ 阿佛洛狄忒，希腊神话中爱与美的女神。
⑨ 保罗·班扬，美国民间故事的伐木巨人，力大无比，他有一头巨大的蓝公牛，名叫贝布，其头上的四十二个角实际都是斧柄。班扬后成为美国巨大与力量的象征，并用作木材公司的广告形象。
⑩ 米老鼠，美国沃尔特·迪士尼创作的儿童性格的老鼠动画形象。
⑪ 宙斯，希腊神话中的主神。
⑫ 费利克斯猫，一九二八年美国米老鼠动画片问世前最有名的卡通片角色，其活跃、任性、吵嚷的性格符合爵士乐时代的气氛。

家去。"

"嗨，爸爸，"他儿子在他背后喊道。"你干吗不歇上一天呢？我能应付这儿的事。"

"你不需要帮助吗？"

"回家去吧。让妈给你做好午饭。"

左撇子照他说的做了。不过，在左撇子顺着西大街驾车驶去，感到自己多余的时候，他经过鲁布萨曼医疗用品店门口（那是一家橱窗肮脏的店铺，它的霓虹灯招牌连白天也在一闪一闪），心中不禁涌起了以前的那种诱惑。

接下去的那个星期一，米尔顿的新餐馆开张了。他在一早六点钟就开门营业，店里新雇了两个伙计，一个是穿着自己花钱买的女招待服装的埃莱尼·帕潘尼古拉斯，另一个是她丈夫吉米，充当快餐厨师。"记住，埃莱尼，你干活主要是为了拿到小费，"米尔顿给她打气说。"所以露出笑脸来吧。"

"对谁呢？"埃莱尼问道。因为尽管每个火车座上都摆着装在小花瓶里的红色石竹花，尽管四周放着上有斑马条纹的菜单、纸夹火柴和餐巾，但是斑马餐厅本身却空荡荡的。

"自作聪明，"米尔顿咧嘴笑着说。埃莱尼的这句开玩笑的话并没有使他着恼。他会把一切都安排妥当的。他会找出缺陷不足，加以弥补。

为了节省时间，现在我让读者瞧瞧一个平凡资本家的合成剪辑画面。我们看到米尔顿接待他的头一批客人，我们看到埃莱尼给他们端来炒蛋。我们看到米尔顿和埃莱尼往后站立，咬着他们的嘴唇。可是这会儿客人们面带笑容，连连点头！埃莱尼跑上前去给他们重新加满咖啡。接着米尔顿穿着不同的衣服，接待更多的客人；厨师吉米则用一只手敲开鸡蛋；而左撇子则显得无人理会。"给我把两瓶沸腾冒泡的威士忌拿来！"米尔顿嚷道，卖弄他学到的新的行话。"干白葡萄酒，68，准备冰块！"有现金出纳机丁丁当当地开关的镜头；有米尔顿用手数钱的镜头；有左撇子戴上帽子没有引起注意地悄悄离开的镜头。随后出现了更多的蛋；正给敲开、油煎、翻动、炒着的蛋；装在纸板箱里从后门送来、接着又放在盘子里从前面的小窗口端出去的蛋；一堆堆松软的鲜黄色的炒蛋；而现金出纳机呼的一声又打开了；钱都堆积在一起。最后，我们看到米尔顿和特茜穿着他们最讲究的衣服，跟着一个房地产经纪人参观一所大房子。

印第安村就坐落在赫尔伯特街西面十二条横马路的地方，不过那是一个全然不同的世界。在伯恩斯街、易洛魁人街、西米诺尔人街和亚当斯街（就连在印第安村里，也有一半的街名以白人的名姓命名）这四条大街两旁都是按照形形色色的各种风格所修建的气派堂皇的住宅。英国乔治王朝时期风格的红砖建筑紧挨着都铎王朝时期风格的建筑，而它旁边却又是法国地方式样的建筑。印第安村的房子都有很大的院子，连接建筑物的各部分的重要通道，别致的、锈迹斑斑的圆屋顶，草地边的马夫塑像①（它们的日子屈指可数）和防盗警报器（它还刚刚开始流行）。不过，爷爷在参观他儿子那气派非凡的新居的时候一直默不作声。"你觉得这个起居室的大小怎么样？"米尔顿问他说。"嗨，坐一下。不要客气。我和特茜希望你和妈妈都觉得这儿也是你们的房子。既然你退休了——"

"你说退休是什么意思？"

"好吧，就算半退休吧。既然你生活可以过得轻松点儿，你就能去做你一直想要做的事儿。瞧，书房就在这儿，你要是想过来做你的翻译工作，就可以在这儿做。这张桌子怎么样？你看够不够大？书架都安在墙里面。"

我爷爷被挤出了斑马餐厅，不再过问那儿的经营后，就开始成天开车在城里转悠。他开车到市中心的公共图书馆去看外国报纸。随后，他到希腊人居住区的一家咖啡馆去下十五子棋。五十四岁的左撇子身体仍然十分

---

① 旧时美国有钱人家流行的对草地的一种装饰。

健康。他每天都走三英里来锻炼身体。他饮食很有节制，肚子显得也没有他儿子那么大。不过，他还是不可避免地受到时间的侵蚀。如今左撇子必须戴双光眼镜。他肩膀患有轻微的滑囊炎。他穿的衣服款式已经不再流行，因此他看上去像个描绘盗匪的电影里的临时演员。有一天，左撇子在盥洗室的镜子里严格地打量了一下自己，意识到他已经成了忠于一个无人记得的时代的、头发往后梳得光溜溜的老人。这件事使左撇子心灰意懒。他收拾起书本，开车去西米诺尔人街，打算使用那儿的书房，但是他到了那幢房子前面，却并没有把车停下。他眼睛里带着狂野的神色，相反朝鲁布萨曼医疗用品店开去。

一旦你踏入下层社会访问，你就再也忘不了回来的路途。此后也永远忘不了，你可以辨认出楼上窗户里的红色灯光，或是直到午夜才会打开的那扇门上的淡橙黄色的玻璃。已经好几年了，我爷爷在开车经过鲁布萨曼医疗用品店的时候总注意到它那陈列着疝带、颈托和 T 字形拐杖的毫无变化的橱窗。他也看到从店里出出进进却什么东西都不买的那些黑种男人和女人，他们脸上都有着孤注一掷的、急切的、充满希望的神情。我爷爷看出这种铤而走险的神情，明白这就是如今他这个被迫退休的人所该去的地方。在他朝西区急速行驶的时候，他眼睛里出现了旋转的轮盘赌台上的轮盘。他踩着油门，耳朵里充满十五子棋掷骰的咔哒声。他一下子变得热血沸腾，自从他那回下山在布尔萨的穷街陋巷里四处闲逛后，他还从来没有感到心里这么兴奋，脉搏跳得这么快。他把车停在人行道旁，急匆匆地跨进店门。他走过那些吓了一跳的顾客（他们并不经常看到白种人），大步经过用作道具的阿司匹林药瓶、治疗鸡眼橡皮膏和通便剂，一直走到店堂后部药剂师的窗前。

"你要什么？"那个药剂师问。

"二十二，"左撇子说。

"你到手了。"

我爷爷想要找回以往他呼么喝六时期的场景，就干起西区的彩票赌博。他开始赌的钱数不大，下的赌注只是两三块钱。几个星期以后，为了弥补他的损失，他升到了十块钱。每天他都把从餐馆新取得的利润中的一点儿拿去赌博。一旦他赢了，就多了一倍的钱，输了就什么都不剩。他在热水袋和灌肠袋中间下注。四周摆着咳嗽药和唇疮疹油膏，他开始玩起三位数抽彩来。正如在布尔萨的时候一样，他的口袋里也塞满了碎纸片。他在上面写下他赌的所有数字以及日期，这样就不至于重复。他用的数字有米尔顿的生日、黛丝德蒙娜的生日、减去最后一位数的希腊独立日以及士麦那遭到焚烧的那一年。黛斯德蒙娜在洗衣服的时候发现了这些碎纸片，还以为那与新的餐馆有关。"我丈夫这个百万富翁"，她说，"梦想退隐到佛罗里达去。"

左撇子破天荒第一回也翻阅起黛斯德蒙娜的解梦书来，希望根据他的潜意识中的算盘，计算出一个可以赢钱的数字。他十分留意出现在自己梦中的整数。很多经常在鲁布萨曼医疗用品店出入的黑人都发现我爷爷对解梦书十分入迷，在他接连两个星期都赌赢了以后，就有了一种传闻，于是造成了希腊人对美国黑人文化所作的（在佩戴金质大奖章以外的）唯一贡献，因为底特律的黑人也开始去买解梦书了。亚特兰蒂斯出版公司把不少解梦书翻译成英语，运到美国各地的主要城市。有一个很短的时期，上了年岁的黑人妇女跟我的奶奶抱有同样的迷信观念，比如说，认为看到一只飞跑的兔子就意味着你会得到钱财，而电话线上的一只黑鸟却预示着哪个人快死了。

"把这些钱送到银行去吗？"米尔顿看见他父亲把现金出纳机出空的时候问道。

"对，送到银行去。"左撇子确实去了银行。他去把他们储蓄账户里的钱取出来，以便继续对一个三位数变量的九百九十九种可能的变化组合发起不变的攻击。每逢他赌输了，心里总感到很难受。他想要罢手不干。他想要回家去把一切都向黛斯德蒙娜坦白。可是，唯一可以消除这种感觉的方法就是指望下一天赢钱。也许我爷爷有一点自我毁灭的意识，这在他的彩票赌博中起了作用。他满怀着幸存者的内疚,听凭自己受到宇宙间的那些偶然因素的摆布,想为自己仍然活在世上而惩罚自己。不过,多半还是由于赌博正好可以用来打发他空闲的日子。

我独自从我那原始的蛋卵的内部包厢里看到了发生的一切。米尔顿忙着管理餐馆,没有发现。特茜忙着照料第十一回,没有发现。索梅利娜本来可能会发现一点情况,但是她当时不常上我们家来。一九五三年,利娜姨婆在神智学协会举行的一个会议上遇到了一个名叫伊夫林·沃森的女人。沃森太太受到神智学协会的吸引是因为希望和她亡故的丈夫取得联系,可是,不久她就失去了与精神世界交流沟通的兴趣,而喜欢和活生生的索梅利娜悄声细语。利娜姨婆以惊人的速度辞去她在花店的工作,搬到美国西南部去和沃森太太同住。此后的每个圣诞节,她都给我父母寄来一个礼品盒,里面装着辣酱、一盆开花的仙人掌以及一张她和沃森太太在某个名胜古迹区①拍的照片(有张留存下来的照片拍的是她们俩在班德利国家保护区②的一个阿纳萨奇印第安人举行宗教仪式的岩洞里的情景,沃森太太看上去像乔治亚·奥基夫③一样面目清秀,利娜则戴着一顶巨大的阔边遮阳帽,正在走下梯子进入印第安人的会堂)。

至于黛斯德蒙娜,在五十年代中晚期,她经历了一段短暂的毫无特色的称心如意的时间。她的儿子安然无恙地从另一场战争中回来了(圣克里斯托弗在对朝鲜所采取的"警察行动"④中信守了诺言,米尔顿并没怎么受到炮火的轰击)。她的媳妇怀孕自然引起了她通常会有的不安,但第十一回生下来十分健康。餐馆也经营得不错。每星期天,家人和朋友都会聚到米尔顿在印第安村的新房子里吃午饭。有一天,黛斯德蒙娜收到了她向新士麦那比奇商会去信索取的一本情况介绍手册。那儿一点也不像士麦

---

① 名胜古迹区,指由美国联邦政府管理和保护、供旅游者参观的名胜古迹区。
② 班德利国家保护区,位于美国新墨西哥州境内,那儿可以见到印第安人最古老的遗迹。
③ 乔治亚·奥基夫(1887—1986),美国现代派女画家,以描绘大自然以及大朵花卉和兽骨等的半抽象画闻名。
④ 警察行动,指为维护国际和平和秩序所采取的地区性治安军事行动。

那，不过起码阳光充足，有不少水果摊。

这时，我爷爷也感到很幸运。他在两年多一点的时间里每天至少用一个数字下注，目前他已经把从一到七百四十一的每个数字都赌过了。还剩二百五十九个数字就可以达到九百九十九！然后做什么呢？还能做什么呢？——从头开始，银行出纳员交给左撇子好几卷钞票，左撇子转而又把这几卷钞票交给窗口里面的药剂师。他用七百四十一、七百四十二和七百四十三这几个数字下注；接着又用七百四十四、七百四十五和七百四十六这几个数字下注。后来有天上午，银行出纳员告诉左撇子说他的账户里面没有充足的资金可以提取。出纳员给他看了他的账户余额：$13.26。我爷爷谢谢那个出纳员。他穿过银行大厅，整了整他的领带，突然感到一阵晕眩。他在过去两年零两个月里对赌博所抱的那种狂热一下子消散而去，使他身上掠过最后一阵热浪，突然他的整个身体都湿透了。左撇子擦去额头上的汗水，走出银行，他在老年变得身无分文。

我奶奶听到这场灾祸时发出的那种震耳欲聋的喊叫根本无法用印刷出来的文字加以表达。她一边不断地尖声喊叫，一边揪扯自己的头发，撕裂自己的衣衫，瘫倒在地。"我们怎么吃饭啊？"黛斯德蒙娜先是一边这么哭喊着一边身子摇摇晃晃地在厨房里转来转去。"我们住在哪儿啊？"她张开两只胳膊，向上帝求助，接着捶打着自己的胸膛，最后抓住她的左边衣袖，把它撕裂。"我为你烧饭做菜，收拾屋子，还给你生了儿女，从来没有说过一句抱怨诉苦的话，而你竟对自己的妻子干出这种事来，你是个什么样的丈夫啊？"这时她扯下自己右边的衣袖。"我不是叫你别去赌博吗？是不是？"这时她开始撕扯连衫裙本身了。她一边把卷边抓在两只手里，一边喉咙里发出往昔近东的一种哀号。"哦喽喽喽喽喽喽喽！哦喽喽喽喽喽喽！"我爷爷惊讶地看着他那端庄的妻子在他眼前撕裂她的衣衫，先是下摆，接着是腰部、胸部和领口。随着最后一下撕扯，那条连衫裙裂成两半，黛斯德蒙娜躺到油地毡上，向整个世界展露出她那寒伧的衬衣、不堪重负的有金属丝内衬的乳罩、隐约可见的衬裤，以及在她接近衣衫破碎不整的顶点时还在啪啪疯狂撕扯开的紧身褡。不过,最后她住了手。黛斯德蒙娜还没来得及完全裸露出自己的身体,就向后倒去,好像力气已经用完。她扯下发网,头发一下子披垂下来,遮住了她的身子;她闭上眼睛,精疲力竭。不一会儿,她用讲究实际的语气说,"现在我们只好搬去和米尔顿同住了。"

三个星期以后,一九五八年十月,我爷爷搬出了赫尔伯特街,他们本可以在一年前就把抵押借款还清。在深秋时节的一个风和日丽的周末,我父亲和我那名誉扫地的爷爷把所有的家具抬到屋外举行庭院拍卖,有好几张海水绿色的沙发和扶手椅,它们罩着塑料套子,看上去仍然是全新的;还有厨房里用的桌子和书架。好几盏灯同米尔顿以前的童子军队员手册、佐薇的玩具娃娃和踢踏舞鞋、一张阿西纳哥拉斯牧首①的配有镜框的照片以及左撇子的一小橱衣服(我奶奶逼他卖掉这些衣服,作为惩罚)一起放在草地上。黛斯德蒙娜重新稳妥地用发网罩住头发,沉着脸在院子里走来走去,沉浸在连泪水都无法减轻的绝望中。她察看着每件物品,在贴上价格标签前总发出一声叹息,随后又责怪她丈夫想去拿那些他拿不动的东西。"你以为自己还年轻吗?让米尔顿去拿吧。你已经是个老年人了。"她腋下夹着那个不卖的桑蚕盒。忽然她看到了牧首的那幅相片,不禁惊恐地倒抽一口冷气。"你竟想卖掉牧首的相片,难道我们的运气还不够坏吗?"

她一把抓起那个镜框,把它拿进屋去。在那天余下的时间里,她都待在厨房里,看不到形形色色的大批专在庭院拍卖捡便宜货的人前来挑拣她的个人财物。有带着狗从郊区赶来的周末旧货贩子,有把椅子绑在撞得瘪头烂脸的汽车顶上的境况困难的家庭,有把每件物品都翻过来寻找底部商标的富有眼力的一对对男性伴侣。就算黛斯德蒙娜自己也是一件供出售的物品,给赤身裸体地陈列在绿色的沙发上,脚上挂着一个价格标牌,她也不会感到有这么羞惭。等到所有的东西都给卖掉或者说送掉以后,米尔顿

---

① 阿西纳哥拉斯牧首,即阿西纳哥拉斯一世(1886—1972),希腊正教牧首兼君士坦丁堡大主教(1948—1972)。

就把我爷爷奶奶剩余的财物装在一辆租来的卡车上,开到十二条横马路以外的西米诺尔人街。

为了让他们有个安静的生活环境,我的爷爷奶奶给安排住在顶楼。我父亲和吉米·帕潘尼古拉斯冒着受伤的危险,把每件东西都从一条隐秘的楼梯搬上去。那条楼梯前面有一扇糊着墙纸的门。他们吃力地把我爷爷奶奶拆开的床、皮褥榻、黄铜矮茶几以及左撇子的希腊通俗乐曲唱片都运到顶端的那片空间里。为了和自己的妻子言归于好,我爷爷把一只长尾小鹦鹉带回家来,那是我爷爷奶奶此后多年所养的许多长尾小鹦鹉中的头一只;渐渐地,黛斯德蒙娜和左撇子在我们大家的顶上一块儿安了一个他们最终共同安歇前的家。在接下去的九年中,黛斯德蒙娜下楼的时候总是抱怨腿疼和住处狭小;可是每逢我父亲提出把她搬到楼下来住的时候,她总不肯。在我看来,她喜欢顶楼,因为住在上面的那种眩晕的感觉使她回想起奥林匹斯山。从屋顶窗口望出去是一片美好的景色(并不是苏丹的陵墓,而是爱迪生工厂),她让窗户开着的时候,像以前在比提尼奥一样,风也从窗口吹进来。在顶楼上面,黛斯德蒙娜和左撇子重新回到了他们开始的所在。

正如我的故事一样。

因为,如今我那五岁的哥哥第十一回和吉米·帕潘尼古拉斯各自都拿着一个红蛋。饭厅里桌上的一个碗里放满了更多染成耶稣的鲜血颜色的蛋。红蛋在壁炉台上放成一排。红蛋也套在一串口袋里,挂在门洞上面。

宙斯把所有有生命的事物都从蛋里解放出来。万物都出自于蛋。蛋白飞升成为天空,蛋黄则落下来成为大地。在希腊的复活节,我们仍然玩着把蛋爆开的游戏。吉米·帕潘尼古拉斯在第十一回把手里的蛋用力顶过来的时候被动地把手里的蛋伸出去。总是只有一个蛋爆裂开来。"我赢了!"第十一回喊道。这时米尔顿从碗里挑了一个蛋。"这看上去像个好蛋。可以把它造成一辆布林克斯公司的防弹卡车。"他把手里的蛋伸出去。第十一回准备拿着手里的蛋顶上去。可是在两个蛋碰撞在一起之前,我的母亲拍了拍父亲的背。她嘴里含着一个体温表。

在人们收拾楼下桌子上吃饭的碗碟时，我父母手拉着手上楼进了他们的卧室。在黛斯德蒙娜手里的蛋给左撇子拿的蛋顶破时，我父母脱去了身上所有的衣服。在从新墨西哥州回来度假的索梅利娜和沃森太太用蛋玩这个游戏时，我父亲低低地发出一声呻吟，侧身从母亲的身上滚了下来，说道，"这应该行了。"

卧室里变得一片寂静。在母亲的身体里面，无数精子逆流向上游去，男性精子游在前头。它们不仅带着有关眼睛颜色、身高、鼻子形状、酶的生成、小噬细胞抵抗性的指示，而且也都有一个故事。它们在一片黑色背景的衬托下游动，看上去好像一条想要尽量延续的白丝长线。这条线开始于两百五十年前的一天，当时生物学的神灵为了它们自身的乐趣，胡闹地把一个基因放在一个婴儿的第五条染色体中。这个婴儿把这个基因突变传给他的儿子，这个儿子又把它传给他的两个女儿，她们再把它传给她们孩子中的三个（我的列祖列宗），直到临了在我们爷爷奶奶的身上告终。这个基因免费搭上一辆汽车，下了山冈，把村庄甩在背后。它给困在一个着火燃烧的城市里，后来讲着十分拙劣的法语，逃了出来。它越过大海，编造出一段具有浪漫色彩的爱情，在船的甲板上兜圈子，又在一条救生船里缱绻。它把辫子剪了，搭上去底特律的火车，搬进了赫尔伯特街上的一幢房子；它翻阅着好几本解梦书，开了一家地下酒店；它在第一圣堂找了一份工作……随后，这个基因又继续前进，进入新的身体……它参加了童子军，把脚趾甲涂红；它向后窗外边吹奏"来跳比津舞吧"；它一方面参加战争，一方面待在家里，观看新闻短片；它参加入学考试；像电影杂志上的演员一样摆好姿势；收到了死刑的判决，又和圣克里斯托弗达成协议；它与一个未来当祭司的人约会，又解除了婚约；它坐在一把水手长的椅子上给救出来……始终向前移动，往前冲去，如今在它的运行轨迹中只剩下更多几道弧线，安纳波利斯和一艘猎潜艇……后来生物学的神灵知道到了它们一显身手的时间，到了它们所期待的那个时间，一把银匙在不断摆动,而奶奶感到提心吊胆,我的命运变得显而易见……一九五四年三月二十日,第十一回出世了,生物学的神灵摇着它们的脑袋,不是,对不起……可是还有时间,一切都在原来安排的位置,从环滑车道可以自由地滑落下来,如今什么都无法加以阻止,我父亲眼前出现了一些小女孩的幻象,我母亲向一个她并不完全相信的万能的基督祈祷,直到最后——就在这一分钟!——在一九五九年希腊复活节,事情快要发生了。基因快要和它的孪生兄弟相遇。

在精子和卵子相遇的时候,我感到猛地一晃,随即发出一声巨响,轰隆一声,我的世界破裂了。我感到自己有了改变,已经失去了我那点儿出生前所有的无所不知的能力,朝着那空白的人格的石板滚落下去(凭着我剩下的那一点全知能力,我看见爷爷左撇子斯蒂芬尼德斯在离如今还有九个月的那个我出生的夜晚,把一个盛清咖啡的小杯颠倒放在一个托盘上。我看见他的咖啡渣在他突然感到太阳穴疼痛、身子一下倒在地上的时候形成一个符号。精子又开始冲击我的密封舱。我意识到自己再也不能拖延下去。我那套极小的房间的租约终于到期了,我正给赶出门去。因此我(典型像个男人似的)举起一个拳头,开始对我的蛋壳内壁捶打,直到把蛋敲破。随后,我滑溜溜的好像蛋黄,一头跳进了尘世。

"对不起,我的小宝贝女儿,"我母亲在床上说,一边摸摸肚子,已经开始跟我说话了。"我想更加浪漫一点。"

"你想浪漫一点?"我父亲说。"我的单簧管上哪儿去了?"

第 三 卷

自 制 影 片

我的两眼终于睁开,看见了下面的情景:一名护士伸手从大夫手里把我接了过去;在我母亲看着我去接受第一次沐浴时,她的那张得意洋洋的脸庞,看上去大得就像拉什莫尔山①一样(我说过这是不可能的,但我仍然记得)。还有其他的一些物质和非物质的事物:手术室的刺眼的灯光、踏在白色地板上发出吱吱嘎嘎的声音的白色的鞋子、一块正被家蝇弄脏的纱布,而在我的周围,妇产科医院上上下下的过道里,正上演着一出出个人戏剧。我可以感觉到一对对夫妻抱着自己头一个婴儿时所感到的幸福,也可以感觉到天主教徒在接受他们第九个子女时所表现出的坚忍。我还可以感觉到一位年轻母亲因为发现自己新生女儿的脸上又出现了她丈夫的那个软弱的下巴而感到的失望,也可以感觉到一位新做父亲的人因为一算往后孩子的学费得翻三倍而脸上露出的恐惧。在产科上面的几层楼里,妇女们躺在没有放花的病房里,经过了子宫切除和乳房切除的手术后正在康复。十几岁的少女突然患了卵巢囊肿,在给注射完吗啡后,失去了知觉。这一切妇女所忍受的沉重的痛苦,以及《圣经》上表明的正当理由和消失不见的行为,从一开始就环绕着我。

为我洗澡的那个护士叫罗莎莉。她是田纳西山区来的一个标致的、脸色忧郁的女人。她把我鼻孔里的黏液吸出来后,就给我打了一针维生素K,好使我的血液凝结起来。在阿巴拉契亚地区②,近亲交配就跟遗传缺陷一样相当普通,但罗莎莉护士并没有发现我身上有什么不寻常的地方。

她只对我一边脸蛋上的一块紫斑感到不安,认为那是一个深紫色的胎记。结果却是胎盘,后来给洗掉了。罗莎莉护士把我抱回到菲洛博西安医生那儿去,做一次解剖学检查。她把我放在桌上,不过为了安全起见,用一只手扶住我。先前,在接生时,她注意到医生的手微微颤抖。

一九六〇年,尼尚·菲洛博西安医生已经七十四岁了。他的那个骆驼的脑袋,从脖子上向前垂下,只在脸蛋儿上显出所有的活动,他头顶已经秃了,四周尽是白发,看去好像神像头部周围的一圈光环,他那两个大耳朵就给这圈有如棉花一般的白发挡住了。他的外科大夫的眼镜附有两块长方形的放大镜。

他先从我的脖子开始,寻找呆小病③皱襞。他数了一下我的手指和脚趾,检查了我的颚部,一点也不感到意外地注意到我的莫罗反射④。他又查看了我的屁股,看看骶骨处有没有一条尾巴。接着,他又把我仰面放下,每只手都抓住我的一条弯曲的腿,把它们向两边拉开。

他瞧见了什么呢?洁净的、海生贻贝般的女性生殖器。那个分泌激素的地方红肿、发炎。有着所有婴儿都有的那种野人的感觉。菲洛博西安医生本该扳开皱襞,略微查看一下,但他并没有这么做。因为就在那时,护士罗莎莉(对她来说,那一刻也是天意)偶然碰了碰他的胳膊。菲尔医生抬起头来。他那双老花的、亚美尼亚人的眼睛接触到护士那双中年的阿巴拉契亚山区的眼睛,两个人对视了一会儿,随后把目光移开。出生后五分钟,我的生活的主题——机遇与性别——已经自行宣布。护士罗莎莉飞红了脸。"挺美",菲洛博西安医生说,意思是指我,但眼睛却望着他的助手。"一个美丽、健康的女孩。"

---

① 拉什莫尔山,位于美国南达科他州西部,峰顶花岗岩崖面上由雕塑家格曾·博格勒姆(1867—1941)刻有华盛顿、杰斐逊、林肯和西奥多·罗斯福总统的巨大头像。
② 阿巴拉契亚地区,美国东部、阿巴拉契亚山脉南部地区。
③ 呆小病,一种由于先天因素使甲状腺激素分泌减少引起生长发育减慢、智力迟钝的疾病。
④ 莫罗反射,指当有巨大的声音或突然变换婴儿头部的姿势和位置时,婴儿迅速将手臂向外张开,随后弓着背向前抱住的动作。倘若婴儿没有正常的莫罗反射,则可能有神经系统发展的问题。

在西米诺尔人街，对孩子出生的庆祝给死亡的前景冲淡了。

黛斯德蒙娜发现左撇子躺在我们厨房的地上，紧挨着打翻的咖啡杯子。她在左撇子的身旁跪下，用一个耳朵贴紧他的胸膛。她听不到一点心跳声，就大声叫喊左撇子的名字。她的恸哭声在厨房里的烤面包炉、炉灶、电冰箱等物体的坚硬表面上产生一连串的回音。最终，她倒在左撇子的胸膛上。然而，在接下去的那片寂静中，黛斯德蒙娜感到内心涌起一种奇怪的情感。这种情感蔓延到她的惊恐与悲伤之间的空间，好像一股使她膨胀的气体。不久，等她识别出那种情感后，她一下子睁开了眼睛——原来感到的是快乐。泪水顺着她的脸流了下来，她已经开始责怪上帝把她丈夫从她的身边夺走，不过在这些合乎体统的情感的另一边，是一种完全不成体统的宽慰。最糟的事儿发生了。说得不错，最糟的事儿。我奶奶平生头一次在生活中没有什么要烦心的事了。

根据我的经验，各种情感并不是一个词就可以涵盖的。我并不相信"悲伤"、"欢乐"或"悔恨"之类的词语。也许，可以表示语言变得古老陈旧的最好证明就是它过分简化了感情。我倒希望有些复杂的混合的情感供我支配，成分就像德国列车车厢的结构那样，比如说，"伴随着灾难而来的快乐。"或者，"带着自己的幻想入睡所具有的失望。"我倒希望说明"年老的家庭成员所引起的有关死亡的暗示"如何跟"人到中年便开始憎恶镜子"产生联系。我倒很想为"失败的餐馆所引起的伤心难受"说一个词，也为"找到一个备有一个小酒柜的房间所产生的兴奋激动"说一个词。我始终没有找到可以用来叙述我的生活的合适的词语。如今既然我进入了我的故事，我比先前更需要那样的词语。我再也不能就这么闲坐在一旁，从远处观看了。从现在起，我告诉你们的一切都受到对一部分事件所有的主观经验的影响。我的故事就是从这儿裂开、分离，经历减数分裂。现在，既然我成了世界的一分子，世界已经感到沉重了点儿。我正在谈到绷带和浸湿了的棉花，谈到电影院里的霉味，以及浑身都是虱子的猫儿和它们那臭烘烘的废物箱的气味，谈到在尘土飞扬、年老的意大利人把他们的折椅拿进屋去的时候雨点落在城市街道上的气味。直到这会儿，那还不是我的世界，不是我的美国。可是我们终于到了这儿。

伴随着灾难而来的快乐并没有在黛斯德蒙娜的心中持续多久。过了几秒钟，她又把头放到丈夫的胸膛上——听见他的心在跳动！左撇子给火速送到医院。两天以后，他恢复了知觉。他的头脑十分清楚，记忆力也没有受到伤害，但是等他想问问新生的婴儿是男是女的时候，他才发现自己说不出话来了。

据菊池朱莉说，美色总叫人难以捉摸。昨天，她在爱因斯坦咖啡馆一边吃着果馅饼，喝着咖啡，一边极力想向我证明这一点。"瞧瞧这个模特儿，"她拿起一份时装杂志，这么说。"瞧瞧她的耳朵。简直像一个火星人的。"她开始一页页地翻去。"或者瞧瞧这一张上的嘴。你可以把整个儿脑袋都放进去。"

我正想再要一杯卡普契诺咖啡①。穿着奥地利式制服的侍者并没有理会我，就像他们对所有的顾客那样。外面，黄色的椴树正在滴水、鸣咽。

"或者，咱们谈谈杰姬·奥②怎么样？"朱莉仍然这么提议说。"她的两个眼睛分得太开，基本上都到了脑袋的边上。她看上去就像一条捶头双髻鲨。"

我正利用上文所说的情况来逐步写成一篇有关我自己的身体的描述。婴儿卡利俄珀幼年的照片显出了各种相当怪异的面貌特征。我的父母怜爱地朝我的小床低头看着，对我面部的每一特征都十分困惑（有时我认为，就因为我脸上的那种引人注目、微微令人感到不安的特点才分散了大家的注意，使他们没有看到我下身的复杂情况）。试把我的小床想像成博物馆里仿真展出的微型立体模型。把一个按钮一按，我的耳朵就像两个金色的

---

① 卡普契诺咖啡，加牛奶或奶油用蒸汽加热煮出的浓咖啡。
② 杰姬·奥，即杰奎琳·布维尔·肯尼迪·奥纳西斯(1929—1994)，约翰·肯尼迪总统夫人。一九六八年与希腊船王阿里斯托特尔·奥纳西斯结婚。一九七五年奥纳西斯去世后，在纽约从事出版社编辑工作。

喇叭那样亮了起来。再把另一个按钮一按,我那显眼的下巴就发亮了。再把另一个按钮一按,那两边轻盈、高耸的颧骨就从黑暗中显露出来。至此为止,给人的印象并不怎么好。根据耳朵、下巴和颧骨的长相,我可能是一个小卡夫卡①。但把下一个按钮一按,我的嘴就给照亮了;情况开始有了改善。那张嘴虽然很小,但形状优美,可亲可吻,还会发出悦耳的声音。接着,在那幅图当中出现了鼻子。那一点儿也不像你在传统的希腊雕像上所见到的那种鼻子。那是一个像丝绸一样从东方传到小亚细亚的鼻子。就目前的情况而言,是来自中东。要是你看得仔细一点,这个微型立体模型的婴儿的鼻子,已经形成了一个阿拉伯式的图案。耳朵、鼻子、嘴、下巴,现在再加上眼睛。它们不仅分得很开(就像杰姬·奥的那样),而且也都很大。长在一个婴儿的脸上,未免太大了。眼睛长得就像我奶奶的眼睛,显得既大又伤感,就像基恩②画作里的人物的眼睛。两眼四周的睫毛又长又黑,因此我母亲简直无法相信这是在她肚子里所形成的。她的身体怎么连这么细致的东西也能产生出来?这双眼睛周围的皮肤是浅茶青色。头发乌黑。现在,把所有的按钮同时一按。你能看到我吗?我的整个模样?大概不能。谁也没真正见过。

我在婴儿的时候,甚至后来长成一个小姑娘的时候,便具有一种别扭的、过度的美。眉眼方面,没有一处本身的位置是恰当的,然而合在一起去看,就出现了一种迷人可爱的模样,一种出于无意的和谐,也是一种无法确定的变易,仿佛在我那看得见的脸的下面,还有另一张脸,供人进一步考虑。

黛斯德蒙娜对我的容貌不感兴趣。她只关心我灵魂的情况。"这个毛娃子已经两个月啦,"三月里她对我父亲说。"你为什么还不让她接受洗礼?""我不想让她接受洗礼,"米尔顿答道。"那是一套骗人的法术。"

---

① 卡夫卡(1883—1924),奥地利小说家,出生于布拉格。
② 基恩,即玛格丽特·基恩(1927—),美国女画家,专画妇女和儿童,以善于表现儿童忧郁、哀伤的眼神而著称。

"你是说糊弄人的把戏吗?"黛斯德蒙娜这时用食指威胁地指着米尔顿说。"你认为教会遵守了两千多年的神圣传统是糊弄人的把戏吗?"接着,她用圣母马利亚的所有称呼祈求圣母马利亚保佑。"无比神圣的圣母,纯洁无瑕、最圣洁、最受崇拜的圣母,上帝之母,永远贞洁的圣母,您听见我儿子米尔顿说的话吗?"当我父亲继续不肯同意的时候,黛斯德蒙娜使出了她的秘密武器。她开始扇起扇子来了。

对于任何从未亲身经历过这种情形的人,要想描写我奶奶扇起扇子来的那种不祥的、风雨欲来的性质是相当困难的。她不愿再跟我的父亲争辩,便不顾肿胀的脚踝走进日光浴室,在窗前的一张藤椅上坐下。冬季的日光从侧面照了进来,把她鼻子较远的、半明半暗的一侧照红了。她拿起卡纸板的扇子。扇子正面用鲜艳的色彩写着"土耳其的暴行"这么几个字。下面用小一些的字体印着详情细节:一九五五年伊斯坦布尔的大屠杀[①]中,有十五名希腊人被杀害,二百名妇女被强奸,四千三百四十八家店铺被洗劫一空,五十九座东正教教堂遭到毁坏,就连牧首的墓地也遭到亵渎。黛斯德蒙娜有六把述说暴行的扇子,成为值得收藏的一套扇子。每年,她都给君士坦丁堡的牧首管辖区寄去一笔捐款。几星期后,就寄来一把新的扇子,要求对灭绝种族的屠杀进行赔偿;在有一把扇子上,还有一幅阿西纳哥拉斯牧首站在一座遭到洗劫的大教堂的废墟上的照片。尽管这幅照片那天并没有出现在黛斯德蒙娜的扇子上,但不是土耳其人,而是她那希腊裔的儿子新近所犯的罪孽仍应受到谴责,因为他不肯为自己的女儿举行一场正规的正教洗礼。黛斯德蒙娜扇动扇子,并不是一个把手腕来回摇动的问题;那种焦虑出自她的内心深处,起源于她的胃和肝之间的那个地方。有一次,她告诉我,圣灵就隐伏在那儿。那种焦虑出自一个比她自己所埋藏的罪孽还深的地方。米尔顿想要躲在报纸后边,但扇子掀起的风使报纸沙沙作响。整个屋子都可以感觉到黛

[①] 指一九五五年九月六日到七日土耳其暴民针对伊斯坦布尔城内的八万希腊少数族裔所进行的袭击。

斯德蒙娜扇动扇子的力量；楼梯上的一团团灰开始旋转；窗户上的遮光帘开始微微晃动；当然，当时正是冬天，因而大家也打起了哆嗦。过了一会儿，整幢房子似乎都在强力呼吸。扇动扇子的力量就连米尔顿躲到他那辆奥尔兹莫比尔牌汽车里的时候也紧追不舍，汽车的散热器里也开始发出一种轻微的咝咝声。

我奶奶除了扇扇子，还求助于亲情。她的女婿，也是我的亲姑父迈克神甫在希腊住了几年后这时已经回来，在希腊正教圣母升天教堂中服务，担任一名助理。

"请听我说，米尔蒂，"黛斯德蒙娜说。"想想迈克神甫吧。他们始终没有派他担任教堂里的高级职务。你想想看，要是他的侄女没有接受洗礼，那看上去光彩吗？想想你的妹妹，米尔蒂，可怜的佐薇！他们可没有多少钱。"

最后，我父亲露出态度软化的样子，问我母亲说，"现在做场洗礼，他们要收多少费用？"

"他们是免费的。"

米尔顿的眉毛扬了起来。但经过一刹那的考虑，他点了点头，内心的猜疑变得更加根深蒂固。"有道理。他们免费让你参加。随后，你余下的一生都得支付钱款。"

到一九六〇年，底特律东区的希腊正教会众有了另一座新建教堂好在里面做礼拜。圣母升天教堂从弗诺尔公路搬到了沙勒瓦的新址。沙勒瓦教堂的建立，是一件十分激动人心的大事。从哈特街那简陋的开始阶段的铺面房，到贝尼图不远处那座体面但一点也不显眼的新址，圣母升天教堂终于要有一座堂皇的教堂建筑。许多建筑公司都投标想要承包这项工程，但结果这项工程却交给了"社区中的某一个人，"也就是巴特·斯基奥蒂斯。

建造这座新教堂的幕后动机是双重的，即复兴拜占庭的古代光辉，同时让世界看到繁荣的美国希腊移民社区的金融实力。他们不惜工本。专门从克里特岛①引进一位圣像画家来绘制圣像。他待了一年多，睡在那座尚未建成的建筑物里的一张薄垫子上。他是一位墨守传统的人，既不吃肉，也不喝酒，不吃甜食，好使自己的灵魂纯洁，接受神圣的灵感。就连他的画笔也是根据传统，用一只松鼠的尾巴尖制成的。慢慢地，经过了两年多的时间，在离福特高速公路不远的地方，建立起了我们东区的圣索菲亚大教堂。只有一个问题。巴特·斯基奥蒂斯不像那位圣像画家，并没有怀着一颗纯洁的心工作。原来，他使用了劣质材料，把余下的钱抽出来存进他个人的银行账户。他没有正确地打好地基，因此没过多久，墙上就开始布满了一道道裂缝，画的圣像上也出现了裂纹，天花板也开始漏水。

沙勒瓦教堂千真万确坐落在一个并不稳固的基础上，就在这个不合标准的建筑内我接受洗礼，成为信仰正教的教徒。这种信仰早在新教有什么要提出抗议，早在天主教自称是公教以前，就已存在。这种信仰可以追溯到基督教的开始阶段；当时那是希腊而不是拉丁的信仰，并没有阿奎那②来将其具体化，依然笼罩在开始所有的传统与神秘的烟雾中。我的教父吉米·帕潘尼古拉斯从我父亲的胳膊里把我接了过去。他把我递给迈克神甫。迈克神甫对于自己这一次成为圣坛上的中心人物感到万分高兴，他满面笑容地剪下我的一绺头发，把它扔进洗礼池里（后来我疑心，正是仪式的这一部分才造成我们洗礼池的表面毛茸茸的。年复一年，婴儿的头发受到那种赋予生命的水的刺激，终于生根、发芽）。眼下，迈克神甫准备把我浸到水里。"以圣父的名义，上帝的仆人，卡利俄珀·海伦接受了洗礼，阿们……"说着，他头一次把我推下水去。在正教教会里，我们并不赞成部分浸没，并不洒水，也不在额头上轻轻涂点儿水。为了获得新生，首先得被埋葬，因此我到了水下面。我的家人在一旁观看，我的母亲焦虑不安（万一我把水吸进肚子，怎么办？），我哥哥趁着没有人看见，朝水里扔了一个小钱，我奶奶好几星期以来头一次不再扇扇子。迈克神甫又把我拉起

---

① 克里特岛，地中海中一希腊岛屿，在希腊的东南部。
② 阿奎那（1225？—1274），中世纪意大利神学家和经院哲学家。

来，到了空中——"并以圣子的名义，阿们"——接着又把我浸到水里。这一次，我睁开了眼睛。第十一回的小钱迅速下落，在黑暗中闪闪发亮。它一直沉到水底。我这才注意到，那儿还有许多其他的东西：比如，别的一些硬币、发夹，以及哪个人的旧护创胶布。在那汪有渣滓的绿色圣水里，我感到心神恬然。一切都很安静。我颈项的侧面在人们从前有腮的地方开始颤动。我朦朦胧胧地感到这个开端多少预示着我后来生活的情况。我的家人围绕着我；我在上帝的掌握中。不过也在我自身独立的天地中，沉浸在罕有的感觉中，推开演变发展的包膜。我的心头飕地掠过这番认识。接着，迈克神甫又把我拉起来——"还以圣灵的名义，阿们……"还要再浸一次。我又给浸到水里，随后又回到亮光与空气中。这三次浸没只花了一会儿工夫。洗礼池里的水混浊不清，不过倒相当温暖。因此，等第三次给抱起来后，我确实获得新生：好像出现了一道喷泉。一道清澈透明的液体从我那胖乎乎的两条腿之间一下子喷到空中。在穹顶的光线照射下，它那黄色的闪光引起了大伙儿的注意。那道水流形成一道弧形，在一个饱满的膀胱的推动下，冲洗了洗礼池的边缘。我的奶妈①还没来得及作出反应，那泡尿已经射到迈克神甫的脸正中。

坐在长椅上的人们强忍住笑声，有几个老太太惊恐地倒抽一口凉气，接下去是一片寂静。迈克神甫因为自己遭到这样部分的浸礼而出了洋相——他像一个新教徒那样自己轻轻抹了抹——完成了这项仪式。他用指尖沾了点儿圣油，替我抹了一下。先在我的额头，接着便在我的眼睛、鼻孔、嘴巴、耳朵、胸膛、双手和双脚等各个规定的部位画了十字。他每触及一个地方，嘴里总说，"圣灵礼物的印记。"最后，他把我的第一份圣餐给了我（例外的是，迈克神甫并没有宽恕我的罪恶）。

"这是我的女儿，"米尔顿在回家的路上扬扬得意地说。"对着一位神甫撒尿。"

---

① 原文为希腊语。

"这是一场意外，"特茜坚持说，仍然窘困得脸上发烧。"可怜的迈克神甫！他永远也忘不了。"

"那泡尿尿得可真够远的，"第十一回惊奇地说。

在整个那场骚乱中，谁也没有对有关的精心安排感到诧异。

黛斯德蒙娜把我相反给她女婿举行的洗礼看作一个不好的兆头。我本来可能已经该为她丈夫的中风负责，如今在我第一次领取圣餐仪式的机会中又亵渎神圣。再说，我还生下来是个女孩，叫她丢人现眼。"也许，您该试着去猜测一下天气，"索梅利娜跟她打趣说。我父亲也老是提到这件触到她的痛处的事："您的银匙也不怎么样，妈。它有点儿不灵了。"实际的情况是，当时黛斯德蒙娜正挣扎着抗拒她无法抵制的民族同化主义的种种压力。尽管她以一个永久离乡背井的人、一个作客他乡四十年的人的身份在美国生活，但她移居的这个国家的某些零星小事还是在她不以为然的锁起的门下边钻了进来。在左撇子从医院回到家里后，我父亲把一台电视机搬到顶楼上面给他提供一点儿娱乐。那是一台增你智牌的小型黑白电视机，易于垂直移动。米尔顿把电视机放在床边小几上，又转身下楼。电视机仍然放在那儿，亮闪闪的，发出低沉的声音。左撇子把枕头放好，准备观看。黛斯德蒙娜想做些家务活儿，但不知不觉次数越来越多地经常看着电视屏幕。她仍然不喜欢汽车。每次家里人用真空吸尘器时，她总用两只手捂着耳朵。但不知怎的，电视机却有所不同。我奶奶一下子就喜欢上了电视。电视是她对美国称许的头一样，也是唯一一样东西。她有时忘了关电视，凌晨两点钟醒来，正好听见电视台在播映结束前播放的《星条旗之歌》[1]。

电视取代了我爷爷奶奶生活中所失去的谈话声音。黛斯德蒙娜整天观看电视，对《当世界运转时》[2]这个电视连续剧中的风流韵事感到相当震

---

[1]《星条旗之歌》，美国国歌。
[2]《当世界运转时》，一九五六年四月二日起在美国哥伦比亚广播公司日间的电视上开播的一个肥皂剧。

惊。她喜欢看洗涤剂的商业广告,特别是任何出现充满生气的擦洗泡沫或报复性泡沫的玩意儿。

生活在西米诺尔人街有助于文化扩张。在星期天,米尔顿不再拿出迈塔克瑟白兰地①来,而是总用鸡尾酒待客。"带有人名的酒,"黛斯德蒙娜回到顶楼上,向发不出声来的丈夫抱怨道。"汤姆·柯林斯酒②。哈维·沃尔·班酒③。这竟是一种酒!而他们却在,怎么说来着,高保真度的音响设备④上听音乐。米尔顿就播放这种音乐;他们喝汤姆·柯林斯酒;有时候,你知道,他们还跳舞,一个对着一个,男人跟女人一块儿。好像摔跤那样。"

在黛斯德蒙娜眼里,我要不是万物终结的征兆,那又会是什么呢?她尽量不来看我,总藏在她的扇子后面。后来有一天,特茜得到外面去;黛斯德蒙娜只好前来照看婴儿。她小心翼翼地走进我的卧室,十分留神地一步步走到我的小床旁边。这个身上披着黑色衣衫的六十多岁的女人俯下身来仔细打量着那个裹着粉红色襁褓的婴儿。也许,我当时神情里的某种含意引起了一阵惊慌。也许,她已经像后来所会做的那样,在乡村婴儿和这个市郊的婴儿之间,在无稽之谈和新的内分泌学之间作出联系……然而,也许并不是这样。因为在她猜疑地隔着我的小床栏杆瞅着我的时候,她看见了我的脸——于是血统插进来起了作用。黛斯德蒙娜的苦恼的神色在我那(类似的)困惑的神色上晃动。她的忧伤的眼睛向下凝视着我那(同样)乌黑的大眼睛。我们身上的一切全都相同。于是她抱起我来;我也做了孙儿女该做的事儿,我消除了我们之间年龄的差别。我让黛斯德蒙娜看到了她原来的那种皮肤。

打那会儿起,我就成了她特别疼爱的孩子。每天上午十点左右,她总接替我母亲来照料我,把我带到顶楼上去。这时候,左撇子已经恢复了他

---

① 迈塔克瑟白兰地,希腊的一种甜味白兰地酒。
② 汤姆·柯林斯酒,以柠檬汁、杜松子酒、苏打水为配料调配而成的一种鸡尾酒。
③ 哈维·沃尔·班酒,以柠檬汁、伏特加酒、利口酒为配料调配而成的一种鸡尾酒。
④ 高保真度的音响设备,指收音机、录音机、电唱机等。

的大部分体力。尽管无法说话，但我爷爷仍然是一个生气勃勃的人。每天他都起得很早，洗了澡、刮了脸后，就打起领带，翻译两个小时典雅的古希腊文，然后才吃早饭。他已经不再渴望出版他的翻译作品，但仍然干着这份工作，因为首先他喜欢翻译，其次翻译使他心思敏锐。为了跟家里其余的人交流，他随身总带着一块小黑板。他书写一些词语和个人所用的象形文字来传达口信。左撇子知道他和黛斯德蒙娜成了我父母的负担，因此在家务方面总尽力帮忙；修理各种用具，帮助收拾打扫，外出办事。每天下午，不论什么天气，他都外出散步，走上三英里，然后回来，心情十分愉快，他的笑容就像黄金一样灿烂。晚上，他在顶楼上面听着他的希腊通俗乐曲唱片，抽着水烟筒。每逢第十一回问筒里装着什么东西的时候，左撇子总在他的小黑板上写道，"土耳其烂泥。"我的父母一直以为那是一种香气浓烈的品牌的烟草。左撇子究竟打哪儿弄到这种烟草的，谁也猜不出来。大概是他外出散步时弄到的。他在城里仍有不少希腊和黎巴嫩的熟人。

每天从十点到晌午，由我的爷爷奶奶来照料我。黛斯德蒙娜用奶瓶给我喂奶，还给我换尿布。她用手指抹我的头发。要是我吵闹起来，左撇子就抱着我在房间里走来走去。由于他无法对我说话，他就不住晃动着我，哼哼唧唧地哄我，还用他那弓形的大鼻子亲我的隐伏着的小鼻子。我爷爷就像一个十分气派的、没有涂脂抹粉的哑剧演员，我直到五岁才知道他有毛病无法说话。等他做鬼脸逗我做得厌倦了，他就抱着我走到屋顶窗前，在那儿，我们俩一块儿从生活相反的一头，向下注视着我们那树木茂盛的地段。

不久，我会走路了。看到包扎得色彩鲜艳的礼物，我很开心，跳跳蹦蹦地跑进我父亲自制的影片里。在早年圣诞节拍的那些电影胶片上，我穿着得过于讲究，看上去就像西班牙公主似的。特茜渴望有个女儿，在替我穿着打扮时有点儿过分。粉红的裙子，褶裥花边，头上还扎着圣诞节扎的蝴蝶结。我不喜欢那身衣服,也不喜欢那棵多刺的圣诞树,所以在影片里总是显得相当引人注目地突然哭了起来……

要不,也可能是我父亲电影摄影术的问题。米尔顿的摄影机配备有一架毫不留情的泛光灯。那些胶片显得很亮,具有盖世太保①审讯时的性质。我们举起自己的礼物,样子畏畏缩缩,就像带着走私物品给逮住了那样。除了耀眼的亮度外,米尔顿的自制影片还有一个特别的地方:跟希区柯克②一样,他也总是出现在影片里。要检查留在摄影机里的胶片数量的唯一方法就是去看一下镜头里的计数器。在圣诞节的镜头或生日宴会的镜头中,银幕上总有一会儿会只出现米尔顿的一只眼睛。因此如今,在我想要尽快概述我幼年的生活时,我记得最清楚的就是下面这个画面:我父亲那只蛮横、瞌睡的眼睛的棕色眼珠。我们家庭电影的一种后现代主义的风格,它强调巧妙的手法,叫人去注意技术性细节(从而形成了我的审美观)。米尔顿的那只眼睛瞅着我们,眨了一下。看上去大得就像教堂里的万能之主基督的眼睛,要比任何镶嵌图案都妙。那是一只活生生的眼睛,角膜有点儿充血,眼睫毛十分稠密,下面的皮肤现出咖啡色,出现了眼袋。这只眼睛总朝下瞪着我们,时间至少十秒钟。最后,摄影机总给移开,一边仍然在拍摄记录。我们总看见天花板、照明装置、地板,随后又是我们自己:斯蒂芬尼德斯一家。

首先是左撇子。尽管受到中风的损伤,但他仍然衣着整齐,穿着一件上过浆的白衬衫和一条格伦格子呢裤子,在他的小黑板上写字,然后把黑板举起来:"耶稣复活了。"③黛斯德蒙娜坐在他的对面,她的假牙使她看上去像一只鳄龟④。我母亲在这部标明《六二年复活节》的家庭电影里只有三十八岁。她眼角的皱纹,是她(除了泛光灯以外)用一只手遮着脸的另一个缘故。从这种姿势里,我发现了我对特茜一直怀有的那种情感上的

---

① 盖世太保,纳粹德国的国家秘密警察组织。
② 希区柯克(1899—1980),英国电影导演,以善于用幽默手法制造悬念著称。
③ 原文为希腊语。
④ 鳄龟,食肉大淡水龟,其嘴特别有劲,善猛咬。

共鸣。我们俩都在无人注意地观察他人时感到最为快乐。在她的那只手后面，我可以看到前一天晚上她看到深夜的那本小说的痕迹。疲乏的脑袋里塞满了所有那些矫饰浮夸的词语，这些她不得不去词典里查找的词语都等着要在她如今写给我的信里露面。她的手也表示出一种拒绝，这是她对一个已经开始在她眼前消失的丈夫所进行的唯一报复的方式（米尔顿每天晚上回家；他既不喝酒，也不玩弄女人，但他一心关注自己的买卖，开始每天都把自己更多的一点精力放在小餐馆上，这样回到我们中间来的时候似乎变得越来越虚幻，成了一种机器人，他割火鸡，把假日的情景拍摄成电影，但实际上，心思压根儿就不在那儿）。最后，当然啦，我母亲举着的那只手也是一种警告，是那个黑框子的前兆。

第十一回手脚摊开地躺在地毯上，狼吞虎咽地吃着糖果。他是（带着小黑板和安神念珠的）两个从前蚕农的孙子，从来不用上养蚕室去帮忙。他也从来没有到蚕茧市场去过。环境已经在他身上留下了印痕。他具有美国儿童的那种专横的、只顾自己的神情……

这时候，两条狗跳进了电影画面之中。原来是我们的两条斗拳狗，鲁弗斯和威利斯。鲁弗斯闻闻我的尿布，十分滑稽、不失时机地坐到我身上。它后来还咬了人，于是两条狗给送了人。我母亲出现了，把鲁弗斯赶跑……我又待在那儿。我站起身来，摇摇摆摆地朝摄影机走去，脸上笑眯眯的，尝试着我那起伏摆动的步子……

这部影片我很熟悉。《六二年复活节》就是卢斯医生说服我父母交给他的那部自制影片。这是他每年在康奈尔大学医学院给他的学生所放映的影片，总共只有三十五秒，卢斯坚持说这个片断证明了他的理论，即性别认同在生命的初期已被确定。这就是卢斯医生给我看的影片，以便告诉我，我究竟是谁，那是谁呢？看着银幕。我的母亲正递给我一个玩具娃娃。我接过那个娃娃，把它搂在胸前。我还把一个玩具奶瓶放到这个娃娃的嘴边，给它喝牛奶。

我的幼年是在影片和别的事物上度过的。我给当作一个女孩抚养长大,对于这一点毫不怀疑。我母亲替我洗澡,教我怎样清洗身子。从后来发生的一切看,我猜有关女性卫生的那些教导充其量也只是基本的一些。我不记得有什么直接提及我的性器官的话语。一切都给掩蔽在一片隐秘和脆弱的区域;我母亲从不过分使劲地擦洗那个区域(第十一回的器官叫作"鸡鸡"。但是对我所具有的器官,根本就不提)。我父亲甚至更为拘谨。他难得为我换尿布或洗澡;在他这么做的时候,总故意把眼睛避开。"你给她全身都洗过了吗?"我母亲总像平日那样口气十分婉转地这么问。"没有全部洗到。那是你负责的区域。"

这好歹并没什么关系。5α-还原酶缺乏综合征是一种十分巧妙的假象。在我到了青春期,体内循环的血液里充满了雄激素之前,我跟其他小女孩的不同之处是很难察觉的。我的儿科大夫始终没有发现什么异常的地方。到我五岁的时候,特茜开始带我去找菲尔医生看病,那会儿菲尔医生的视力已经一天不如一天,而他的检查也相当草率。

一九六七年一月八日,我七岁了。在底特律,一九六七年标志着许多事情的结束。在这些结束的事情中,也包括我父亲的自制影片。《卡利的七岁生日》是米尔顿拍摄的最后一部超8毫米的影片。场景就是我们的饭厅,里面装饰着不少玩具气球。我头上戴着通常戴的那顶圆锥形帽子。第十一回当时十二岁,并没有和餐桌旁的男孩儿和女孩儿待在一块儿,而是靠墙站着,在喝潘趣酒①。我们年龄上的差别意味着我跟我哥哥从小到大,始终就不亲近。我是婴儿的时候,第十一回已经是一个小孩子;等我成了一个小孩子的时候,他已经是一个十几岁的少年;等我成为一个十几岁的少年的时候,他已经长大成人。十二岁的时候,我哥哥最爱干的事就是把高尔夫球劈成两半,看看里面究竟有什么东西。通常,他对威尔逊和斯波尔丁牌高尔夫球的活体解剖展示出球的中心部分是由极紧地捆扎在一

---

① 潘趣酒,一种用酒、果汁、牛奶等调和的饮料。

起的橡皮筋组成的。不过有时候，也有意想不到的东西。事实上，如果你在这部自制影片里十分仔细地观察我哥哥的话，你就会注意到一个奇怪的现象：他的脸上、胳膊上、衬衫上和裤子上都布满了无数的小白点。

就在我的生日宴会开始前，第十一回曾经走到他在地下室的实验室里，用一把钢锯去锯一个最近流行、广告宣传说有"液体中心"的冠军牌高尔夫球。第十一回用一把钳子把那只球紧紧夹住，然后动手去锯。当他锯到球的中心的时候，只听见砰的一声巨响，接着冒出一团烟雾。这只球的中心是空的。第十一回感到困惑不解。但是等他从地下室走出来的时候，我们都看到了那些小斑点……

镜头回到生日宴会上，我的插了七支蜡烛的生日蛋糕给端了出来。我母亲那没有发出声音的嘴正在叫我说出自己的心愿。我七岁这年希望得到什么礼物？我现在不记得了。在影片上，我探身向前，风神啊，把蜡烛吹灭了。它们马上又给重新点燃。我又把蜡烛吹灭了。发生了同样的情形。接着，第十一回哈哈大笑，终于感到十分有趣。我们的自制电影就凭借这些具有好多条生命的蜡烛，在一场对我的生日所开的玩笑中这样结束了。

问题仍然存在：为什么这是米尔顿的最后一部影片？父母总热衷于把子女的生活用影片记录下来，是否可以用父母在这方面的热情逐渐减弱来加以解释呢？米尔顿给第十一回拍了几百张幼儿的照片，而给我只拍了不过二十张左右的照片，是否可以凭借这一事实来加以解释呢？为了回答这些问题，我必须跑到摄影机的后面，通过我父亲的眼睛看待问题。

米尔顿从我们眼前消失的原因是：经过十年的营业后，小餐馆已经不再赢利。透过餐馆前面的窗户（隔着雅典娜橄榄油听头），我父亲日复一日地望着外面平格里街上所起的变化。住在街对面的那个白人家庭以前一直是良好的顾客，如今已经搬走了。眼下，那幢房子归一个姓莫里森的黑人男子所有。他常到餐馆来买香烟。他要上一杯咖啡，让你添加无数次，还抽抽烟。他从来不要什么食物，似乎没有职业。有时，别的人搬进他的屋子，一个年轻的女人，也许是莫里森的女儿，带着她的孩子。后来，他们离开了，又只剩下莫里森一个人。他的屋顶上有一块油布，四周压着几块砖头，好遮盖住一个窟窿。

就在这个街区那头，新开了一家深夜营业的娱乐场所。那儿的客人在回家的路上专在他们餐馆的门口撒尿。妓女开始在第十二街上拉客。下一个街区那边的干洗店遭到持械抢劫，那个白人店主被人狠狠揍了一顿。在隔壁开设眼镜店的Ａ·Ａ·劳里在工人们把霓虹灯眼镜从店铺正面拆下来的时候，也把他的视力表从墙上取下。他正要搬到索思菲尔德街的一家新店去。

我父亲也已考虑采取同样的行动。

"整个地区都不行啦，"有一个星期天午饭以后，吉米·菲奥雷托斯曾经这样劝他说。"趁时机还不错的时候离开吧。"

接着，格斯·帕诺斯像吼叫似的咝咝地说："吉米说得不错……咝咝咝咝咝……你该搬出去……咝咝嘶嘶……搬到布卢姆菲尔德山去。"他接受过气管切开的手术，通过脖子上的一个窟窿眼说话。

彼得大伯曾经表示反对，他通常总为取消种族隔离，并支持约翰逊总统向贫穷开战的计划提出充足的理由。

几星期后，米尔顿请人来对他的店铺进行估价，结果大吃一惊：斑马餐厅的价值竟比一九三三年左撇子买下来的时候要低。米尔顿拖得时间太久，无法再把店铺出手。搬走已经变得不再合算了。

因此，斑马餐厅依然开在平格里街和德克斯特街的转角上，自动唱机上播放的节奏强劲的爵士乐变得越来越不合时尚，墙上张贴的那些名流和体育界名人的相片也越来越叫人无法识别。星期六，我爷爷常带我乘车出去兜风。我们开车到贝尔岛去寻找鹿子，随后顺便到我们家开的餐馆去吃午饭。在餐馆里，我们坐在一个火车座上，米尔顿过来接待我们，假装把我们当作客人。他接过左撇子点菜的单子，眨了眨眼。"太太要什么？"

"我不是太太！"

"您不是？"

我要了我通常要的干酪汉堡包、牛奶冰淇淋以及作为甜点心的柠檬蛋白馅饼。米尔顿打开现金出纳机，给了我一叠两毛五分的硬币，让我用在自动唱机上点唱。我一边挑选歌曲，一边朝店前的窗户外张望，寻找我在附近一带的那个朋友。大多数星期天，他总待在转角上，周围站着其他一些年轻人。有时候，他站在一张破椅子上或一块煤渣砖上进行演讲。他的一条胳膊总在空中挥舞做着手势。但要是他正好看见了我，他那举起的拳头就会张开，朝着我挥舞起来。

他的姓名是马里厄斯·怀克斯泽威克泽德·查路埃里克齐尔切斯·格兰姆斯。家里不许我跟他说话。米尔顿认为马里厄斯是个惹是生非的人；斑马餐厅的许多老顾客，其中白人和黑人都有，也都同意他的这种看法。不过我喜欢他。他管我叫"尼罗河小女王"。他说我样子像克娄巴特拉①。"克娄巴特拉是希腊人，"他说。"这一点你知道吗？""不知道。""是呀，她是希腊人。她是托勒密家的人。那时是一个大家族。他们是希腊埃及人。我身上也有点儿埃及血统。你和我也可能有亲戚关系。"要是他正站在他的破椅子上，等着人们聚集在他的周围，他就和我谈上几句。但如果别人也在那儿，他就太忙了。

马里厄斯·怀克斯泽威克泽德·查路埃里克齐尔切斯·格兰姆斯的名字其实是为了纪念早在三十年代的一位埃塞俄比亚的民族主义者，事实上也是法德·穆罕默德的同代人。马里厄斯曾经是一个患有哮喘的孩子。他童年的大部分时光都在室内度过，阅读他母亲收藏的各种各样的书籍。十几岁的时候，他常常遭到毒打（他戴着一副眼镜，马里厄斯确实戴的，而且习惯于用嘴呼吸）。可是等我认识他的时候，马里厄斯·怀·查·格兰姆斯即将成年。他在一家唱片店工作，夜晚在底特律大学法学院念书。乡间，特别是在黑人居住区发生的事儿正促使一个像马里厄斯这样的弟兄登上街角的临时演讲台。熟悉材料，阐述西班牙内战②的起因，突然变得时

---

① 克娄巴特拉（公元前69—前30），埃及托勒密王朝的末代女王（公元前51—前30）。
② 西班牙内战，一九三六年到一九三九年西班牙人民反对国内武装叛乱、保卫共和国的战争。

髭起来。切·格瓦拉①也患有哮喘。而马里厄斯却戴着一顶贝雷帽,一顶黑色的半军事性秘密组织成员的贝雷帽和一副黑眼镜,具有新兴的美国黑人的特征。马里厄斯就戴着贝雷帽和眼镜,站在街角上让人们去注意一些情况。"斑马餐厅"他用一根骨头突出的手指指着说,"是白人开的。"接着,那根手指往街区那边指去。"电视机商店,也是白人开的。食品杂货店,也是白人开的。银行……"弟兄们朝四周看了看……"你们明白了。没有银行。他们不贷款给黑人。"马里厄斯计划成为一个从事公共事务的律师。等他从法学院毕业后,他就要控告迪尔伯恩市②庇护种族歧视。他在法学院的班上,当时名列第三。不过这会儿,外面湿气很重,他童年时患的哮喘又发作了。在我穿着四轮溜冰鞋滑行而过的时候,马里厄斯正感到心情阴郁,身体不适。

"喂,马里厄斯。"

他没有回答我的话,这是他情绪低落的一个迹象。不过他点了点头,这使我鼓起勇气继续把话说下去。

"你干吗不弄张好一点的椅子站在上面?"

"你不喜欢我的椅子吗?"

"都破损了。"

"这把椅子是件古董。这就意味着它应当破损。"

"还没破损到那种程度。"

但马里厄斯却斜眼望着街对面的斑马餐厅。

"我来问你一件事,小克娄。"

"什么?"

"你爸店里的柜台边总坐着至少三个肥胖的所谓维持治安的官员,这是怎么回事?"

"他免费给他们喝咖啡。"

---

① 切·格瓦拉(1928—1967),生于阿根廷的古巴革命领导人之一。
② 迪尔伯恩,美国密执安州东南部城市,在底特律附近。

"你认为他干吗这么做?"

"我不知道。"

"你不知道?好,我来告诉你。他是在付保护费。你的老爸喜欢让警察待在周围,因为他害怕我们黑人。"

"他并不害怕,"我突然辩解地这么说。

"你认为不是这样吗?"

"不是。"

"好吧,那么,小女王。你心里最清楚。"

但是马里厄斯的指控叫我十分烦恼。在那以后,我开始更加密切地注意我的父亲。我发现我们开车经过黑人居住区的时候,他总把汽车车门锁上。星期天,我听见他在起居室里说道,"他们不爱护他们的财产。他们让一切都变得越来越糟。"下一个星期,左撇子带我到小餐馆去,我从来没有这么清楚地意识到柜台旁那两个宽肩阔背的警察。我听见他们跟我父亲开玩笑说:"喂,米尔特,你最好在菜单上加上一些黑人常吃的食物①。"

"你们这么认为吗?"——我父亲快活地说——"或许来点儿羽衣甘蓝叶,怎么样?"

我悄悄溜到外面,去寻找马里厄斯。他在通常他待的那个地方,但不是站着,而是坐着,正在看一本书。

"明儿要考试,"他对我说。"只好用心看看。"

"我在念小学二年级,"我说。

"只有二年级!我还以为你至少在念中学呢。"

我对着他十分迷人地一笑。

"一定是那种托勒密血统。只是别靠近那些罗马人,是吗?"

"什么?"

---

① 黑人常吃的食物,指猪小肠、玉米面包、猪脚爪、煎鲇鱼、山药等。

"没什么。小女王。只是和你开玩笑。"这时他哈哈大笑,他并不经常这样。他的脸上开朗起来,露出愉快的神色。

突然,我父亲呼喊着我的名字,"卡利!"

"什么事?"

"马上到这儿来!"

马里厄斯很不自在地从椅子上站起来。"我们只是在聊天,"他说。"机灵的小姑娘,你上这儿来。"

"你离她远点儿,你听见我说的话吗?"

"爸爸!"我不以为然地说,既感到惶恐不安,又对我的朋友感到不好意思。

但马里厄斯的嗓音却相当平和。"这样再好不过了,小克娄。经受了这场考验以及其他测试。赶紧回到你爸那儿去吧。"

在那天余下的时间里,米尔顿不断地提醒我说,"往后你千万不要再跟这样的陌生人说话。你这是怎么啦?"

"他不是陌生人。他的名字叫马里厄斯·怀克斯泽威克泽德·查路埃里克齐尔切斯·格兰姆斯。"

"你听见我说的话吗?你可不要接近这样的人。"

后来,米尔顿让我爷爷别再把我带到家里的餐馆来吃午饭。可是,只不过几个月后,凭着我自己的力量,我会再来的。

啊，着了！①

他们总认为这是老派的、适合绅士身份的常规。我那磨磨蹭蹭的殷勤表示。我那进展缓慢的攻势（这时，我已经学会采取第一步行动，但第二步还不会）。我邀请菊池朱莉周末一块儿出去。上波美拉尼亚②去。我的想法是开车到波罗的海的一个小岛乌瑟多姆去，待在威廉二世③以前喜欢的一处胜地。我特别注意强调一点：我们各自住一间房。

正好周末，我设法梳洗一番。这对我说来可不容易。我穿了一件有骆驼毛圆翻领的花呢上衣和牛仔裤。还有爱德华·格林制鞋公司④出品的一双上线的科尔多瓦革皮鞋。这种特殊款式的鞋子被称作敦提。这种鞋子看上去式样好看，直到你注意到那双伐柏拉姆牌鞋底。皮鞋具有双重厚度。你想去游览庄园，戴着领带，踏着沉重的脚步穿过烂泥地，后面跟着你的几条垂耳的长毛狗。敦提就是设计了供你这么做的时候穿的。我为这双鞋不得不等了四个月。鞋盒上写着："爱德华·格林：为少数人制作的皮鞋大师"。那说的正是我。少数人。

我驾着一辆租来的梅塞德斯牌汽车，一辆声音很响的柴油机汽车去接朱莉。她为这次乘车出游准备了一大批录音磁带，还带了不少读物：《卫报》⑤和最近两期《帕克特》⑥。我们驾车开上那些狭窄的、两旁树木成行的道路；朝着东北方向前进。我们经过几个由不少茅草屋顶的房屋所形成的村落。地面上沼泽多起来了，小水湾也常常出现，不久我们就开过了通到岛上的那座桥。

要不要马上着手进行？不，慢慢悠悠，从从容容，就该这样。让我首先提一下，当时在德国这儿是十月。尽管天气十分凉快，但赫林斯多夫⑦海滩上还是斑斑点点地出现不少坚定不移的裸体主义者。主要是一些男人，他们像海象似的躺在毛巾上，或者吵吵闹闹地聚集在那些有条纹的海滩蓬椅⑧、那些海滩小屋那儿。

我从松树和白桦树环绕着的那条环境优美的木板人行道上放眼看着那些裸体主义者，暗自对我一向感到纳闷的事感到纳闷：那样自由自在，究竟是一种什么样的感觉？我的意思是说我的身体要比他们的身体健壮得多。我是那个有着轮廓分明的二头肌、鼓起的胸肌和富有光泽的臀肌的人。但我决不会公然这样四处闲逛。

"并不完全像《阳光和健康》的封面，"朱莉说。

"过了一定的年龄，人们应当穿上衣服，"我说，或者说了一句类似这种意思的话。碰到拿不定主意的时候，我总采用略微保守或英国人的那种腔调的看法。我并没有细想自己在说什么。我突然把有关裸体主义者的一切都丢到脑后。因为这时我正望着朱莉。她已经把她那银色的德意志民主共和国时代的眼镜推到了额头上，以便拍摄远处的那些日光浴者。她的头发给波罗的海边的海风吹得飘舞起来。"你的眉毛就像黑色的小毛虫，"我说。"你奉承我，"朱莉说，一边仍在拍摄。我没说什么别的话，我就像一个面对冬天过后重新出现阳光的人那样，一动不动地站在那儿，感受着在那个瘦小的、特别难以接近的人，那个头发乌黑、可爱的身

---

① 原文为希腊语。在希腊餐馆，当侍者端上一种一揭盖子就起火的菜的时候，总要这样喊上一句。
② 波美拉尼亚，旧时为德国东西部一省，现大部分为波兰领土，位于波兰西北部。
③ 威廉二世(1859—1941)，普鲁士国王，德意志帝国皇帝(1888—1918)，一九一八年被迫退位，逃亡荷兰。
④ 爱德华·格林制鞋公司，一家英国著名的制鞋公司。工厂设在英国的北安普敦。
⑤ 《卫报》，原名《曼彻斯特卫报》，一八二一年创刊于英国曼彻斯特，为英国一大报纸。
⑥ 《帕克特》，一九八四年创刊于德国的一种艺术杂志。
⑦ 赫林斯多夫，位于波罗的海边的德国小镇。
⑧ 原文为德语。

体并不显眼的人陪伴下心绪顺畅而可能产生的激动兴奋。

尽管如此，那天晚上和下一天晚上，我们都分别睡在自己的房间里。

*　　　*　　　*

四月是密执安州的一个潮湿、阴冷的月份；我父亲在那个月不许我跟马里厄斯·格兰姆斯聊天。到了五月，天气就变暖和了。六月天气热起来了；七月更热。在西米诺尔人街我们房子的后院里，我穿着一套分成上下两件的游泳衣从喷水装置前跳过去，而第十一回却在采摘蒲公英，好做蒲公英酒。

夏天，气温升高的时候，米尔顿设法努力应付他发现自己所陷入的困境。他的梦想并不是开设一家餐馆，而是开设一个连锁店。这时，他认识到连锁店中的头一家，斑马餐厅是一个很薄弱的环节，这使他感到迷惘困惑。米尔顿·斯蒂芬尼德斯平生头一次面对他始终没有想到的一种可能：失败。他要怎样处置这个餐馆呢？他该把它三文不值二文地卖掉吗？接下去怎么办呢？（眼下，他决定餐馆每个星期一和星期二停止营业，以减少工资开支。）

我的父母并不当着我们的面谈论这种局面，遇到要跟我爷爷奶奶商讨的时候，他们就不知不觉地讲起希腊语来，让第十一回和我凭着我们一点也听不懂的那种谈话的语调去推测到底是怎么一回事。说实在的，我们也没怎么在意。我们只知道米尔顿突然白天也待在家里。以前我们在阳光下难得见到的米尔顿突然出现在后院里，阅读报纸。我们发现父亲的两条腿穿上短裤后是什么样子。我们发现他不刮脸的时候看上去是什么样子。头两天，他的脸变得十分粗糙，就像周末常见到的那样。可是现在，米尔顿不再握着我的手，用它去摩擦他的络腮胡须，直到我发出尖叫；他不再有那种兴致来作弄我了。他只是坐在院子里，听任胡须四下延伸，看去就像一片污迹，一个真菌。

米尔顿无意识地遵守着希腊的风俗，家里有人去世了就不刮脸。只不过这一回，终止的并不是一条生命，而是一种生计。那把胡须使他那张已经胖乎乎的脸儿显得更加丰满。他并没有修剪胡须，或者使它干净整洁。他对心里的烦恼一句也不说，因而他的胡须便开始默默地表达出他不允许自己说出口来的所有那些情况。胡须的缠结和拳曲表明了他那变得越来越紊乱的思绪。胡须那难闻的气味将紧张压力的甲酮散发出来。随着夏季一天天过去，那把胡须也变得蓬松浓密，未作修剪。显然，米尔顿正想着平格里街，他就要像在平格里街那样走下坡路了。

左撇子想要安慰他的儿子。"坚强一点，"他写道。他笑了笑，把温泉关①那个战士的墓志铭抄出来："去告诉斯巴达人，过路的陌生人，就说我们遵守他们的法则长眠于此。"但米尔顿几乎没看这段引文。父亲的中风使他深信左撇子已经不在他的竞技状态的顶峰。左撇子无法说话，提着可怜的黑板走来走去，埋头修复萨福的诗句，在他儿子眼里开始显得老态龙钟。米尔顿发现自己变得很不耐烦，也不怎么在意。年老的家庭成员所引起的有关死亡的暗示，这就是米尔顿看见他父亲在书桌的灯光下，伸出一片湿漉漉的下嘴唇，细看一种死亡的语言时所有的感觉。

尽管处于冷战的保密状态，但少数信息还是漏了出来，传到我们这些孩子的耳朵里。每逢我在一家玩具店里要买一个价格昂贵的玩具时，我母亲的鼻梁上就会闪电似的掠过一道锯齿形的皱纹，以此显示我们在经济方面受到的日益严重的威胁。肉类出现在我们餐桌上的次数开始变少了。米尔顿还节制用电数量。如果第十一回走出房间的时候让一盏灯亮着不关有一分多钟，那他回来的时候，房里一片漆黑。而且黑暗中有个人的声音说道："关于用电，我是怎么跟你说的！"有一阵子，我们就用一个灯泡生活；米尔顿把那个灯泡从一间房带到另一间房。"这样，我就可以知道我们究竟用多少电，"他说，一边把灯泡转到饭厅的灯座上，以便我们可以坐下来吃饭。"我看不见吃的东西，"特茜抱怨说。"你这话什么意思？"

---

① 温泉关，希腊东部山口，是从希腊北部进入南部的重要隘口，公元前四八〇年，斯巴达人在此抵抗波斯大军。

米尔顿说。"这正是他们所谓的气氛。"用完甜点后，米尔顿从后面口袋里掏出一块手帕，把滚烫的灯泡转下，像个胸无大志的杂耍艺人那样拿在手里往上扔了扔，随后带着灯泡走进起居室。我们在他摸黑穿过屋子，撞上家具的时候都在黑暗中等着。最后，远处出现了部分灯火管制；米尔顿欢快地嚷道，"预备！"

他保持着英勇无畏的样子，用水龙头冲洗餐馆外面的人行道，保持橱窗干净。他继续招呼顾客，亲切地向他们喊道，"一切都好吧？"或者"你好，老乡！"[①]可是斑马餐厅那节奏强劲的爵士乐和过去的棒球球员图片却无法止住时间的脚步。这时已经不再是一九四〇年，而是一九六七年。具体地说，是一九六七年七月二十三日的夜晚。我父亲的枕头底下有个凹凸不平的玩意儿。

瞧瞧我父母的卧室：完全用早期美国式[②]的陈设复制品加以布置，使它们（按折扣价）跟美国建国时的神话有所联系。比如，请注意一下，用"纯樱桃木"做的饰面床头板，正如米尔顿所爱说的那样，就跟乔治·华盛顿砍倒的那棵小樱桃树一样[③]。现在，请你注意一下墙纸，表现的是革命战争的主题。一个描绘小鼓手、吹横笛的人和跛脚的老头儿这著名的三人组合的不断重复的图案。在我出世以后的整个幼年岁月里，这几个身上被血染红的人物就在我父母的卧室里迈步前进，在这个地方消失在一个"蒙蒂塞洛"[④]梳妆台后面，在那个地方又从一面"芒特弗农"[⑤]镜子后面出现，或者有时根本无处可去，给一个壁橱一分为二。

我的父母已经四十三岁了，他们在这个历史性的夜晚躺在那儿，睡得很熟。米尔顿鼾声大作，把床弄得格格直响；而与我的房间相连的那堵墙

[①] 原文为希腊语。
[②] 早期美国式，指美国殖民地时期或独立初期建筑、家具、织物等的式样，大多沿袭荷兰或英国的风格。
[③] 据传美国第一任总统乔治·华盛顿(1732—1799)幼时在家中把自己父亲所喜爱的一棵小樱桃树砍倒后，坦率向他父亲承认是自己干的。
[④] 蒙蒂塞洛，美国第三任总统托马斯·杰斐逊在弗吉尼亚州的故居，离夏洛茨维尔约五公里。
[⑤] 芒特弗农，乔治·华盛顿的故居和陵墓所在地，位于弗吉尼亚州东北部、波托马克河边。

边也发出这样的声音,我在那儿的一张成人用的床上睡着了。同时,另外有样东西在米尔顿的枕头底下格格作响,考虑到那是个什么样的玩意儿,真有可能出现十分危险的局面。原来在我父亲的枕头底下放着的,就是他从战场上带回来的那把点四五口径的自动手枪。

契诃夫①写剧本的第一条规则大意如下:"如果在第一幕第一场中墙上挂着一杆枪,那么在第三幕第二场前,你非得开枪不可。"我琢磨着父亲枕头下面的那把手枪,禁不住想到了这条讲故事的规则。手枪就在那个地方。既然我提到了它,就无法把它拿走(那天晚上,手枪当真就在那个地方),而且里面还装着子弹,保险栓也开着……

底特律在一九六七年那个闷热的夏天,正作好了应付种族骚乱的准备。瓦茨②在两年前的夏天已经爆发过种族骚乱。最近纽瓦克③也爆发了这样的骚乱。为了应付全国的动乱,底特律的全体白人警察新近一直在对市里黑人居住区的一些深夜营业的酒吧突袭查抄。计划是先发制人地对可能引发骚乱的地点作出打击。通常,警察总把他们的警车停在偏僻的小路上,随后人不知鬼不觉地把酒吧里的顾客押上警车。但这天晚上,出于绝对无法解释的原因,三辆警车开到了第十二街九一二五号经济印刷公司的外面(那儿离平格里街有三条横马路),在路边停下。你也许认为在清晨五点,这么做无关紧要,但那样的话,你就错了。因为在一九六七年,底特律第十二街上的买卖通宵不歇。

比如,每当警察来到的时候,街道两旁都站着不少姑娘,她们穿着超短裙、短裤衩和三角背心(米尔顿每天早上用软管在人行道上冲走的海藻包括失效的避孕胶冻和偶尔出现的一只丢失的高跟鞋的鞋帮)。那些姑娘站在人行道的边上,等着一辆辆汽车开过。有青绿色的卡迪拉克,火红的

---

① 契诃夫(1860—1904),俄国短篇小说作家,戏剧家。
② 瓦茨系美国洛杉矶城一社区,居民大多为黑人。一九六五年八月,因白人警察逮捕一名酒后驾车的黑人而爆发一场种族骚乱,后不得不出动国民警卫队恢复秩序。
③ 纽瓦克,美国新泽西州东北部一海港城市。一九六七年七月十二日至十七日该市内黑人曾发生骚乱。

托罗纳多,车头很大、声音很响的林肯,全都保持着完美无疵的形态;镀铬金属饰板闪闪发亮,毂盖熠熠生辉。哪儿都找不到一个生锈的斑点(这是一向令米尔顿对黑人感到十分诧异的地方,即由他们汽车的完好无损和他们住房的破败失修所表现出的矛盾不一)……且说,那些闪烁发亮的汽车都放慢速度,车窗都给摇了下来;姑娘们弯下身子跟驾车人兜搭起来。她们跟驾车人来回对嚷着,提起身上已经很小的裙子,有时还在一瞬间露出自己的胸部,或者做上一个下流的手势,她们这样谈着生意,一边嘻嘻哈哈地笑着,在清晨五点的时候仍然相当兴奋,因而对两腿之间的创痛和不论使用多少香水都无法消除的男子的残余物麻木得没有感觉。在街上要使自己的身上保持干净可不容易做到,而这时候,所有那些年轻女子身上那个像块十分成熟、柔软的法国奶酪的地方都发出一股气味……她们丢在家里的婴儿刚六个月,得了重感冒,躺在破旧的小床上,吸着橡皮奶头,呼吸十分费力;她们对自己的婴儿也麻木得不去考虑……而且对精液和薄荷口香糖在自己嘴里所残留的气味也麻木得没有感觉;她们大部分都不过十八岁,第十二街人行道的这段边沿成了她们头一个真正就业的场所,也是国家在职业方面所不得不提供给她们的最大机会。她们打算从这儿走向何处?她们对这一点也麻木得没去考虑,只有一两个姑娘怀着到乐队去伴唱,或者开家理发店的梦想……不过这都是那天夜晚发生的事情,即将发生的事情的一部分(警察已经下了警车,他们冲进了地下酒店的门)……这时,一扇窗户打开了。有人嚷道,"警察来啦!快从后面跑!"在人行道边上,那些姑娘也认出了警察,因为她们不得不免费为他们服务。可是这天晚上,情况有所不同,就要发生什么事了……当警察出现的时候,那些姑娘并没有像平时那样溜得不见踪影。她们站在那儿看着地下酒店里的客人,戴着手铐给押出来;有几个姑娘甚至还不满地嘀咕起来……这时候,别的房子的门也纷纷打开,好些汽车停了下来,突然,所有的人都到了街上……人们从别的地下酒店里,从屋子里,从街角处涌出来;你可以从空气中感到这一点,空气以某种方式一直在记下一笔笔账,而在一九六七年七月的这个时刻,黑人所受凌辱伤害的记录到了极点,因此不可避免的信号便从瓦茨和纽瓦克飞快地传到了底特律的第十二街;有个姑娘这时高声喊道,"把你们的手从他们的身上拿开,你们这些狗娘养的畜生!"……接着,响起许多其他的喊叫声,人们推推搡搡,一个瓶子差一点落到一名警察的头上,把他身后一辆警车的车窗砸得粉碎……而在西米诺尔人街,我父亲正枕着一把刚刚重新登记过的枪睡觉,因为骚乱已经开始……

清晨六点二十三分,我卧室里的那台公主牌电话机响了起来。我拿起听筒。原来是吉米·菲奥雷托斯。他十分惊慌,错把我当作了母亲。"特茜,叫米尔特快到餐馆去。黑人正起来暴动啦!"

"这儿是斯蒂芬尼德斯家,"我像父母教我的那样,很有礼貌地接着说,"我是卡利。"

"卡利?天哪。亲爱的,叫你父亲来听电话。"

"请你等一会儿。"我把粉红色的听筒放下,走进父母的卧室,把父亲摇醒了。

"是菲奥雷托斯先生打电话找您。"

"吉米?哎呀,他有什么事?"他抬起脸颊,可以看到上面有个枪管留下的印子。

"他说有人起来暴动啦。"

一听到这句话,我父亲就从床上跳了起来。米尔顿看上去仿佛自己的体重仍是一百四十磅,而不是一百九十磅,他好像做体操似地一下子跳到空中,随后站到地上,完全没有意识到自己光着身子以及由于满脑子的梦幻而在清晨勃起的阴茎(因此,在我心里,底特律的骚乱总跟我首次所见到的勃起的男性生殖器联系在一起。更糟的是,那是我父亲的生殖器,而最糟的是,他正伸手去拿手枪。有时一支雪茄,并不就是一支雪茄①)。这

---

① 据说奥地利精神病学家弗洛伊德(1856—1939)曾说:"有时一支雪茄,就是一支雪茄。"意谓一个人有时不必对某些问题钻牛角尖,深入寻求答案或意义。

时,特茜也起来了,大声喊着叫米尔顿不要去。米尔顿用一只脚跳着,想把裤子穿上。不一会儿,大家就都卷到这件事中去了。

"我来告诉你们出了什么事!"黛斯德蒙娜在米尔顿跑下楼梯的时候朝他尖声喊道。"你为圣克里斯托弗修好教堂了吗?没有?"

"让警察去对付,米尔特,"特茜恳求说。

接着第十一回说道,"爸,你什么时候回来?你答应今儿带我到无线电报务员工作室去。"

至于我,仍然尽力闭着眼睛,以便清除方才所看见的情景。"我还想回到床上去再睡一会儿。"

唯一一个什么也没说的人是左撇子,因为在那片混乱中,他没有找到他的那块黑板。

米尔顿·斯蒂芬尼德斯并没有把衣服全部穿好,他穿了鞋,但没穿袜子,穿了裤子,但没穿衬裤,驾着他那辆三角洲88型汽车疾驶过清晨的街道。在到伍德沃德去的一路上,似乎没有什么地方不对头。道路畅通无阻。大伙儿仍在睡觉。可是,等他转到西大街上的时候,他看到一个升到空中的烟柱。这个烟柱跟市内大烟囱里喷出来的所有其他烟柱不同,并没有在通常的烟雾中消散开来。这个烟柱低低地悬在地面上空,有如一阵复仇的龙卷风。这个烟柱上下翻腾,受到为它所吞噬的东西的滋养,保持着它那可怕的形状。这辆奥尔兹莫比尔牌汽车正笔直地朝着这个烟柱驶去。突然出现了不少人,他们拔脚飞跑,手里拿着东西,哈哈大笑,回头张望,而另外一些人则挥手请他们停下。警报器高声鸣叫,一辆警车疾驶而过。开车的警官示意叫米尔顿掉头回去,但米尔顿并没有依从。

这真怪有趣的,因为这些都是他的街道。米尔顿一生对它们都很熟悉。在那边的林肯街上,原来有一个水果摊。左撇子过去总和米尔顿一起在那儿停下来买几个甜瓜,他还教米尔顿怎样凭借蜜蜂在瓜身上留下的小孔挑选一个味道好一些的。在那边的杜姆布尔街上,是过去察察拉基斯太太居住的地方。过去总叫我把维诺尔干姜水从地下室拿上去,米尔顿暗自想道。已经不能再爬楼梯了。在斯特林街和联邦大道的转角,是那座古老的共济会会堂。三十五年前的一个星期六下午,米尔顿曾经在一场拼写比赛中获得亚军。拼写比赛!二十四个孩子穿着他们最好的衣服,每次说出一个字母,尽心竭力、聚精会神地拼出"prestidigitation"(戏法)这个词。这是这一带过去经常发生的事。拼写比赛!如今,十岁的孩子在街上跑来跑去,手里拿着砖块。他们把砖块扔进商店的橱窗,哈哈大笑,跳跳蹦蹦,认为这是一种游戏,一种节日活动。

米尔顿转过脸去,不再看着那些欢蹦乱跳的孩子,只见烟柱正在他的前面,堵住了那条街道。他本可以在一两秒钟里掉头折回,可是他并没有。他正对着那儿冲去。那辆奥尔兹莫比尔牌汽车的发动机罩上的装饰首先不见了,接着前边的挡泥板和车顶也不见了。尾灯发出红光闪烁了一会儿,接着就熄灭了。

在我们见过的所有追逐的镜头中,男主角总是爬到房顶上面。而在我家里,我们都是绝对的现实主义者,总对那样提出异议。"他们干吗总爬上去呢?""注意。他要爬上塔楼去了。瞧见了吗?我跟你讲过会这样的。"但是,好莱坞对人性的了解比我们所意识到的要多。因为面对这种紧急情况,特茜带着第十一回和我上了顶楼。也许,这是我们过去生活在树上所残余的痕迹;我们想要爬到高处,脱离危险。也许,我母亲感到那儿比较安全,因为那扇门跟糊墙纸混在一起。不管出于什么原因,反正我们提着一个装满食品的小提箱登上顶楼,在那儿待了三天,在我爷爷奶奶的那个小黑白电视上看着这个城市焚烧。黛斯德蒙娜穿着便服和凉鞋,把她那把薄纸板做的扇子贴着胸口,保护自己不受生活中再次出现的这种场面的影响。"哦,天哪!就像士麦那!瞧瞧那些黑人[①]!他们就像土耳

[①] 原文为希腊语。

其人，也把一切全都烧光！"

对于这样的比较，很难予以反驳。在士麦那，大家都把家具搬到城市下方的滨水区，如今在电视上，大家也在搬运家具。人们正把全新的沙发从店铺里拖到外面。冰箱跟炉子和洗碟机一样，也顺着街道往前移动。而且就像在士麦那一样，每个人似乎都打点收拾好自己所有的衣服。尽管七月里天气炎热，女人身上却穿着貂皮外衣。男人则试穿上一套新的衣服，一边向前奔跑。"士麦那！士麦那！士麦那！"黛斯德蒙娜不停地哭喊着。我在这七年里已经听说了那么许多有关士麦那的事情，因此十分注意地盯着电视屏幕，想要看看那究竟是怎么个情形。但我实在弄不明白。当然，大楼正在燃烧，满街都是尸体，不过四处弥漫着的并不是绝望的气氛。我一生中还从来没有看见人们这么快乐。有些男人在演奏从一家乐器店里拿到的乐器。另一些男人正把一瓶瓶威士忌酒从一个砸破的橱窗里递出来，四下传送。这看上去并不像是一场骚乱，而更像是一个街区举行的宴会。

西德尼·波瓦蒂耶①所主演的《吾爱吾师》正好在这场骚乱发生前一个月上映；直到那天夜晚为止，我们的街坊四邻对我们黑人同胞公民的基本看法，可以用特茜看完那部影片后说的话概括。她说，"你瞧，他们也可以绝对正常地说话，问题是只要他们愿意。"这就是我们的感受（就连我当时也觉得是这样，我并不否认这一点，因为我们都是我们父母的子女）。我们准备接受黑人。我们对他们不抱什么偏见。我们想要把他们包括在我们的社会当中，问题是只要他们愿意正常行事。

我们的街坊邻居和亲戚对约翰逊的"伟大社会"计划②都很支持，在

---

① 西德尼·波瓦蒂耶（1927—　），美国黑人电影演员，系第一个打破种族界限在好莱坞银幕上扮演主角、第一个获得奥斯卡最佳男主角奖的黑人演员。在一九六七年上映的《吾爱吾师》中，波瓦蒂耶饰演一名中学教师，应聘到伦敦的公学任教，学生都是喜欢惹是生非的顽劣青年。他施展浑身解数感化这群坏学生，终于赢得了应有的尊敬。
② 美国总统林登·约翰逊于一九六五年一月国情咨文中提出的施政纲领称为"伟大社会"。其总目标是在美国建立一个"向所有人提供富裕生活和自由"、"消灭贫困和种族不平等"的"伟大社会"。

看完了《吾爱吾师》后也称道赞赏,以此表明他们认为黑人完全能够表现得像白人一样的善意信念——但是接着,这是怎么一回事呢?他看到电视上的画面暗自这么问道。那些年轻人搬着一个沙发沿街走去,他们这是在干什么呀?西德尼·波瓦蒂耶难道会不付钱就把一个沙发或一件大型厨房用具从店里拿走吗?他会在一座着火的大楼前那样跳舞吗?"根本不尊重任何私人财产,"住在隔壁的本兹先生喊道。他妻子菲利斯则说:"要是他们把自己居住的地区的房子都烧了,那他们住到哪儿去呢?"只有佐姑姑似乎表示同情地说:"我可不知道。要是我顺着一条街走去,正好有件貂皮外衣搁在那儿,我可能就拿了。""佐薇!"迈克神甫大吃一惊地说。"这是盗窃!""噢,当你把一切都归结起来,有哪件不是这样呢?整个这个国家都受到盗窃。"

我们一连三天两夜,都在顶楼上等着米尔顿的消息。大火使电话通讯中断了。我母亲打电话到餐馆去的时候,耳朵里听到的只是一个接线员留下的录音的答复。

整整三天,谁都没有离开顶楼,只有特茜除外,她总急匆匆地跑下楼去,从我们那日益空虚的食橱里拿些食品上来。我们注视着不断上升的死亡人数。

第一天:死亡人数——15。受伤人数——500。遭到洗劫的商店——1 000家。火灾——800起。

第二天:死亡人数——27。受伤人数——700。遭到洗劫的商店——1 500家。火灾——1 000起。

第三天:死亡人数——36。受伤人数——1 000。遭到洗劫的商店——1 700家。火灾——1 163起。

整整三天,我们一直细看受害者出现在电视上的照片。莎伦·斯通太太驾车碰到路口红灯停下的时候给一个狙击手的枪弹击中。卡尔·E·史密斯是个消防队员,他在与烈火搏斗的时候给一个狙击手打死。

整整三天,我们注视着政客们踌躇不决,争执不休:共和党州长乔治·罗姆尼①要求约翰逊总统把联邦部队派来;民主党人约翰逊说他"无力"做这样一件事(秋天就要举行大选。这场骚乱越难收拾,罗姆尼所采取的应对方式就也越不高明。因此约翰逊总统在把伞兵部队派来前,先派赛勒斯·万斯②来估量一下局势。差不多过了二十四小时,联邦部队方才到达。在这之前,毫无经验的国民警卫队在市里胡乱开枪射击)。

整整三天,我们没有洗澡或刷牙。整整三天,我们生活中的一切正常的仪式都中止了,而像祈祷那样几乎被遗忘的仪式却又恢复了。我们聚集在黛斯德蒙娜的床的周围,她用希腊语祈祷;特茜极力像平时那样消除自己的疑虑,也切切实实地信起教来。点在圣像前的祭典灯已经不再是油灯,而是一盏电灯。

整整三天,我们一点也没有得到米尔顿的音信。当特茜从楼下回上来的时候,我开始发觉她脸上除了泪痕外,还有淡淡的歉疚的纹路。死亡总使人们变得讲究实际。因此特茜在楼下搜寻食品的时候,她也在米尔顿的书桌上寻找。她曾经看过他的人寿保险单上的条款。她还查对过他们退休金账目中的结存。在浴室的镜子里,她估量着自己的容貌,不知自己在这岁数是否还能吸引到另一个丈夫。"我得考虑你们这些孩子。"多年以后,她向我承认说。"我当时不知道,要是你们的父亲不回来,咱们该怎么办。"

生活在美国,直到最近,都意味着远离战争。战争发生在东南亚的丛林里。战争发生在中东的沙漠地带。战争像首老歌里说的那样,发生在那边。但等我们待在顶楼上的第二天晚上过去后的那个清晨,我从老虎窗里向外偷偷一看,为什么竟看到一辆坦克在我们屋前的草地边上隆隆开过?

---

① 乔治·罗姆尼(1907—1995),美国密执安州第四十三任州长(1963—1969)。
② 赛勒斯·万斯(1917—2002),美国国务卿(1977—1980)。约翰逊总统当政时先后担任陆军部长和国防部副部长。

那是一辆绿色的陆军坦克,独自待在清晨长长的阴影里,它那巨大的履带在柏油路面上发出哐当哐当的响声。一辆装甲的军车所遇到的障碍没有比一只丢失的四轮滑冰鞋更大了。那辆坦克隆隆地开过那些有着三角墙和角楼,还有停车门廊的有钱人家。它在停车标志前短暂地停了一会儿。回转炮塔朝两面瞅了瞅,就像一个接受司机培训的学员,接着坦克便向前开去。

究竟出了什么事?迟到星期一晚上,约翰逊总统终于同意了罗姆尼州长的要求,下令联邦部队介入。约翰·L·思罗克莫顿将军在东南中学建立了第一〇一空降师的司令部,我的父母就是在那儿上学的。尽管骚乱最厉害的地方是在西区,但思罗克莫顿将军却决定把空降师部队部署在东区,认为这项决定是"一种作战方面的便利。"星期二清晨,伞兵们就开了进去,平息骚乱。

当时,没有哪个别的人醒着,看见坦克隆隆驶过。我的爷爷奶奶躺在床上打盹儿,特茜和第十一回蜷着身子睡在地板上的一张充气床垫上。就连那些长尾小鹦鹉也默不作声。我记得当时望着我哥哥那从睡袋里向外张望的脸。在法兰绒的衬里上,有猎人打野鸭的图案。这种表现男子气概的背景只是用来突出第十一回的缺乏英雄品质。谁会去帮助我父亲呢?我父亲可以依靠谁呢?戴着可乐瓶样的眼镜的第十一回吗?带着黑板、六十多岁的左撇子吗?我觉得,我接下去所做的事跟我的染色体的状况并没有什么关系。那并不是我血液里的高睾酮血浆浓度所引起的。我所做的是看海格立斯的影片长大的任何一个可爱、忠实的女儿所会做的一切。那时,我决定去找我的父亲,如果必要的话,把他救出来,或者至少叫他回来。

我按照正教的方式在自己身上画了个十字,悄悄地走下顶楼的楼梯,把门在身后关上。在我的卧室里,我穿上帆布胶底运动鞋,戴上我的阿米莉亚·埃尔哈特[①]飞行员便帽。并没有把谁吵醒,便溜出前门,跑到我停

---

① 阿米莉亚·埃尔哈特(1897—1937),美国女飞行员,单独飞越大西洋的第一个妇女。

放在房子侧面的自行车跟前，坐上车骑走了。我骑了两个街区，看到了那辆坦克。它停在一个红灯前。坦克里的士兵们正忙着在看地图，想找一条通向发生骚乱的地区的最好路线。他们并没有发现这个戴着飞行员便帽的小姑娘正骑着一辆草黄色的自行车悄悄靠近。外边天色依然很黑，鸟儿已经开始鸣叫。空气里充满了夏天草地和覆盖物①所散发的气息。突然，我失去了勇气。我离坦克越近，坦克就显得越大。我害怕了，很想跑回家去。但这时绿灯亮了，坦克摇摇晃晃地向前开去。我站起身子蹬着踏板，跟在它的后边疾驰。

在市区那边，在没有电灯的斑马餐厅里，我父亲正努力保持清醒。他躲在现金出纳机后面，一只手握着手枪，另一只手拿着一块火腿三明治，正从店前窗户望着街上的动静。在过去两个不眠之夜里，米尔顿眼睛下面的眼袋随着他喝下去的每一杯咖啡而变得颜色越来越深。他的眼皮半耷拉着，但他的脑门却因为焦虑和警觉的汗津津的。他的肚子难受，极需上厕所去，可是他又不敢。

外面，那些狙击手，他们又开始射击起来。那时已经快到凌晨五点。每天晚上，西下的太阳看去就像映在窗幔上的一个圆环，把夜色拉下来遮住这个地区。那些狙击手从他们在炎热的白天所消失的不论哪个地方又回来了。他们占据了原来的位置，从占用的旅馆窗口，从安全出口和阳台上，从前面院子里用千金顶托起的汽车后面伸出各种枪支的枪管。如果你仔细看看，如果你十分勇敢或大胆，在夜晚这时候把头探到窗外，那么凭着月光，你会看到——那另一个圆环正在开始收拢——无数闪闪发光的枪杆指向下面的街道，而士兵们这时正由那条街道向前推进。

餐馆里唯一的亮光来自自动唱机的那盏红灯。自动唱机就放在前门的一侧，那是用铬合金、塑料和五彩玻璃做的一台迪斯科自动唱机。唱机上

---

① 覆盖物，指为护根、肥沃土壤、遏制杂草生长等所用的覆盖物。

面有个小窗户,你可以从窗户里看着唱片的自动更换。好几串深蓝色的泡沫升腾起来。这些泡沫代表欢腾活跃的美国生活、我们战后的乐观主义以及我们那直冒气泡、特好的碳酸化饮料。这些泡沫充满了美国民主的热烈气氛,在里面堆叠着的薄膜唱片上翻滚。也许是一张邦尼·贝里根①演奏的《妈妈不允许这样!》,再不然就是汤米·多尔西②和他的乐队演唱的《星尘》。但并不是这天晚上。这天晚上,米尔顿关掉了自动唱机,这样万一有人想破门而入,他就可以听见。

餐厅那凌乱不整的墙壁并没有注意到外面的骚乱。阿尔·卡莱恩仍然在镜框里笑嘻嘻的。保罗·班扬和蓝公牛贝布继续在每日特价菜单下面跋涉前行。菜单牌子上仍然写着供应鸡蛋、土豆煎饼、七种馅饼。到目前为止,并没有出什么事。多少是个奇迹。前一天,米尔顿蹲在店前的窗户边,曾经看见洗劫的人冲进这个街区那头的每家店铺。他们把犹太人的市场洗劫一空,除了无酵饼③和父母逝世周年纪念日点的蜡烛以外,把一切都抢走了。他们还对款式流行的物品具有敏锐的眼光,抢走了乔尔·莫斯科维茨皮鞋店里价格较高、式样相当时髦的鞋子,只丢下一些用于矫正的鞋子和几双弗洛斯海姆牌的鞋子。在戴尔家用器具商店里剩下的所有东西,就米尔顿所能看得到的而言,只是一架子真空口袋。要是他们来洗劫餐馆的话,他们会抢走什么东西呢?他们会把米尔顿亲手弄来的那扇彩画玻璃窗拿走吗?他们会对泰·科布④的那幅照片表示兴趣吗?在照片上,他一边吼叫,一边钉鞋朝前,直滑进第二垒。也许,他们会把斑马皮从酒吧高脚凳上扯下。凡是非洲的东西,他们都喜欢,对不对?这难道不是新的潮流吗?或者说又成了新的旧潮流吗?他妈的,他们可以把那些该死的

---

① 邦尼·贝里根(1908—1942),美国三十年代声名鹊起的爵士乐小号乐手。
② 汤米·多尔西(1905—1956),美国著名爵士乐长号乐手,在二十世纪三十年代组建了一支有着严格演练的多能的爵士乐队。
③ 无酵饼,犹太人逾越节时吃的一种硬面饼。
④ 泰·科布(1886—1961),美国棒球史上最杰出的运动员之一。出色的外场手,曾任底特律老虎队、费城竞技队主力队员。

斑马皮拿去。他会把那些皮摆在前面，作为一种和平的献礼。

可是这时，米尔顿听见了什么声音。是不是有人抓住球形门拉手？他留神细听。在过去几个小时里，他一直听见有动静。他的眼睛也发花，老跟他开玩笑。他蹲在柜台后面，眯起眼睛朝黑暗中看去。耳朵里像贝壳似的发出回声。他听见远处的枪声和刺耳的警报器的声音。他听见冰箱的嗡嗡作响，大钟嘀嘀嗒嗒。在这一切之外，再加上轰鸣着穿过他的脑海的急速流动的血液。可是门口并没有传来什么声音。

米尔顿松了口气。他又咬了一口三明治。他尝试着轻轻把头低下来搁在柜台上。就搁一分钟。他刚闭上眼睛，心里立刻乐悠悠的。接着，门拉手又嘎啦啦响起来，米尔顿一下子跳起来。他摇了摇头，努力想使自己清醒。他放下三明治，握着手枪，蹑手蹑脚地从柜台后面走出来。

他并不打算使用手枪。他是想把那个前来抢劫的人吓跑。要是不起作用，米尔顿倒准备离开。那辆奥兹莫比尔牌汽车就停在后面。他不出十分钟就可以回到家里。门拉手嘎啦啦又响了一下。米尔顿并没有多想就走到玻璃门前，嚷道，"我手里有枪？"

只是这时他手里拿的其实并不是枪，而是火腿三明治！米尔顿正用两片烤面包、一片火腿和一些芥末吓唬想来抢劫的人。尽管如此，因为外面很黑，这倒起了作用。门外面的那个想来抢劫的人把手举了起来。

原来是街对面的莫里森。

米尔顿瞪眼望着莫里森。莫里森也这样回望着他。接着，我父亲说（白人在这样的处境中总这么说），"你想要什么吗？"

莫里森斜眼看着他，不大相信。"你待在这儿干吗，老兄？你疯了吗？不论哪个白人待在这儿都不安全。"外面响起一声枪响。莫里森紧贴着玻璃。"对无论哪个人都不安全。"

"我得保护我的财产。"

"你的生命不是你的财产吗？"莫里森扬起眉毛，表示自己这句话的道理多么无懈可击。接着，他完全抛开了这种优越的神情，咳了一声。

"听着,掌柜的,既然你在这儿,也许你可以帮我一下。"他举起一些零钱。"过来弄几支烟抽。"

米尔顿的下巴颏儿往下陷去,使脖子变粗了,两道眉毛也充满疑惑地成了八字。他用干巴巴的声音说,"现在,正是好戒掉这个习惯的时候。"

外面又传来一声枪响,这一次更近了。莫里森猛地一跳,接着笑了。"抽烟确实是对我的身体不好,而且总是变得越来越危险。"接着,他开朗地笑了。"这是我抽的最后一包,"他说,"我向上帝发誓。"他把零钱从信箱那个狭口丢进去。"议会牌。"米尔顿低头对着零钱看了一会儿,随后走过去拿香烟。

"有火柴吗?"莫里森说。

米尔顿把火柴也从那个口子里悄悄塞过去。在他这么做的时候,这场骚乱、他那异常紧张的神经、空气中的火烧的气息,以及莫里森这个为了一包香烟躲过狙击手的射击的人所表现出的大胆,这一切都叫他实在难以忍受。突然他挥动着胳膊,指点着一切,同时朝门外嚷道,"你们这些人究竟怎么啦?"

莫里森只用了一会儿工夫。"我们的问题就在于你,"他说。接着,他就走了。

"我们的问题就在于你。"有多少次我听见这句话响了起来?那是米尔顿用他的所谓黑人口音发表的言论,是在每逢任何开明的权威人士谈到"丧失享受文化教育权利的人"、"下层社会"或"授权地带"时发表的言论,他这么说也是出于这样一种看法,即在黑人自身焚烧了一大部分我们可爱的城市后竟向他发表这种言论,这就证明了它自身的荒谬。时间一年年的过去,米尔顿开始用这句话作为一面盾牌,抵挡任何反对的意见。最终这句话成了一种符咒,成了世界为什么走向地狱的一种解释,不仅适用于美国黑人,而且也适用于女权主义者和同性恋者。而每逢我们吃饭迟到，或者穿了特茜不赞同的衣服，当然他也喜欢对我们使用这句话。

"我们的问题就在于你！"莫里森的话在街上回响，但米尔顿并没有工夫对其凝神注意。因为就在这时，第一辆军用坦克行动蹒跚地出现在他眼前，看上去就像一部日本影片中的那个叽嘎作响的庞然怪物①。不少士兵站在坦克两边，他们不是警察，而是国民警卫队队员，都使用伪装，戴着铜盔，神经紧张地握着上了刺刀的步枪。用这些步枪朝上指着所有那些别的向下指着的步枪。有一刹那相当平静，足以让米尔顿听见街对面莫里森的纱门砰的一声关上。接着，啪的响了一声，好像玩具枪的声音；突然那条街一下子亮了起来，响起了无数枪声……

我在四分之一英里外也听见了这阵枪声。当时我骑着自行车，谨慎地保持一段距离，跟着那辆行动缓慢的坦克，从东区的印第安村一路来到西区。我竭尽全力地设法保持我的方向，但是当时我只有七岁半，并不知道多少街道名称。在穿过商业区的时候，我认出了《底特律的精神》，那座竖立在市-县办公大楼前的马歇尔·弗雷德里克斯②制作的塑像。几年以前，有个恶作剧的人画了一行如同塑像尺寸大小的红色脚印，一直穿过伍德沃德街，去跟底特律联邦特许银行前的一座裸体女人的塑像约会。我骑车经过时，那些脚印依然隐约可见。那辆坦克出现在布什街上，我跟着坦克，经过门罗街和灯火明亮的希腊人居住区。在一个平常的日子，我爷爷那一代的老希腊人那时就会到咖啡馆去下十五子棋，以此消磨时间，可是在一九六七年七月二十五日这天上午，那条街上空空荡荡。在某个地点，我的那辆坦克碰上了其他几辆坦克。于是它们列成一行，朝西北方前进。不一会儿，商业区消失了；我不知道自己到了哪儿。我低头流线型式地伏在车把手上，飞快地骑到那个正在移动的纵队排出的混浊、含油的废气中……

---

① 庞然怪物，指日本首部科学幻想电影《哥斯拉》中可以吞食高速火车、推倒高楼、令人恐怖的庞然怪物。

② 马歇尔·弗雷德里克斯(1908—1998)，美国雕塑家。《底特律的精神》是他一九五八年所完成的一座著名的青铜塑像。

……而在平格里街那边,米尔顿正蹲在那堆堆成雉堞状的橄榄油罐头后边。子弹从这个街区每个黑洞洞的窗户里,从弗兰克的弹子房和克劳族人酒吧里,从非洲圣公会教堂的钟楼上纷纷飞出来,密集得有如雨点一般,使空中变得一片模糊,连唯一那盏依然亮着的街灯看上去也仿佛闪闪烁烁地行将熄灭。枪弹打在装电钢板上,从砖墙上跳飞了,并且在那些停靠在路旁的小汽车上划出道道纹路。子弹还打断了一个支撑美国邮政管理局的邮筒的架子,因此邮筒便像一个醉汉似的侧身翻倒在地。子弹还摧毁了那个兽医诊所的窗户,而且一直穿过墙壁,打到里面的一些兽笼上。那头不停地叫了三天两夜的德国牧羊狗终于闭口不响了。一只猫儿在空中扭动着身子,发出一声尖叫,两只亮闪闪的绿眼睛便像灯似的熄灭了。眼下正在进行一场真正的战斗,双方正在交火,有点儿像一场带回到美国本土的越南战争。不过这一回,越共躺在最舒适的床垫上。他们坐在轻便的折椅上,喝着麦芽酒,他们是一支与街道上的士兵进行对抗的志愿军。

要知道所有这些狙击手都是些什么人,那是不可能的。但警察机关为什么管他们叫狙击手,倒很容易理解。杰罗姆·卡瓦诺市长和乔治·罗姆尼州长为什么管他们叫狙击手,也很容易理解。根据定义,狙击手单独行动。狙击手胆小怯懦、鬼鬼祟祟。他暗地里从远处开枪杀人。把这样的人称为狙击手比较便利,因为如果他们不是狙击手,那他们是什么呢?州长并没有说,报纸上并没有说,历史书上也没有说,可是我这个骑在自行车上,留神观察到整个事情经过的人,看得十分清楚:一九六七年七月,底特律所发生的确实是一场游击队发起的暴动。

第二场美国革命。

如今警卫队士兵正在还击。当骚乱最初爆发的时候,警察机关总的说来,在行动上还颇为克制。他们动身出发,设法遏制这场骚乱。同样,联邦部队士兵、第八十二空降师和第一〇一空降师的伞兵都是久经战阵的老兵,知道使用适当的力量。但国民警卫队就是另一回事了。他们本来不是正规的现役军人,如今从家里突然奉召前来参加战斗。他们既缺乏经验,又胆小害怕，在穿过街道的时候，对他们所看到的一切都开火摧毁。有时候，他们把坦克一直开到人家屋前的草地上。他们开进人家的门廊，撞坏人家的墙壁。斑马餐厅门前的那辆坦克停顿了片刻。十多名士兵站在坦克周围，瞄准博蒙饭店四楼的一名狙击手。那名狙击手首先开火。警卫队士兵立刻还击，接着那个人倒了下来，两条腿挂在安全出口那儿。紧接着，街对面闪现出另一道光。米尔顿抬起头来，看见莫里森在起居室里正把一支香烟点着。用有着斑马条纹的火柴把一支议会牌香烟点着。"别点火！"米尔顿喊道。"别点火！"……莫里森要是听见，他也只会认为这是对抽烟的另一番抨击，但咱们还是实话实说，当时他并没有听见。他只点着了香烟，两秒钟后，他的脑壳正面便给一颗子弹打穿，他蜷缩成一团，倒了下去。接着士兵们继续前进。

　　街上又变得空荡荡的，寂静无声。机枪和坦克开始捣毁下一个街区或再下一个街区，米尔顿站在前门口，望着对面莫里森原来站在那儿的那个空寂无人的窗户。这时他才意识到餐馆平安无事了。士兵们来了又走了。骚乱已经过去……

　　……只不过这时候，另外有个人正顺着那条街走来。等那些坦克在平格里街那头消失不见后，有个新的身影便从另一个方向逐渐逼近。有个住在附近的人正转过街角，朝斑马餐厅走来……

　　……我跟在那行坦克后面，已经不再想到自己胜过我哥哥的这种行为了。出现了这样多的射击，叫我颇为意外。我曾经看过好多遍我父亲的第二次世界大战摄影剪贴簿。我在电视上看见过越南战争；我还看过多得数不清的关于古罗马或中世纪战争的影片。但上述东西没有一样使我在思想上对自己家乡城市里的战争有所准备。我们所走的那条街道两旁都是枝叶茂密的榆树。汽车都停在街边上。我们经过一些草地、放着家具的门廊、鸟食盘和鸟澡盆。在我抬头望着顶篷似的榆树树阴的时候，天空刚开始露出一点儿亮光。鸟儿在枝叶间窸窣移动，而松鼠也在蹿来蹿去。有只风筝给一棵树勾住了。而在另一棵树的主要枝干上，悬挂着哪个人的一双结着鞋带的网球鞋。就在这双胶底运动鞋下面,我看见一个路牌,上面满是子弹打的窟窿,但我还是设法看出路名是平格里街。我猛然明白自己到了哪儿。这儿有优质肉店!还有纽约人服装店。我见到它们高兴极了,因此一刹那,我并没有注意到这两处地方都着了火。我不再跟着那几辆坦克,骑上一条车道,在一棵树后面停下。我跳下自行车,朝着街对面的餐馆偷偷看了一眼。那个斑马头招牌仍然完好无损。餐馆也没有着火燃烧。然而,就在这时,离斑马餐厅越来越近的那个身影进入了我的视野。我从三十码外看见他手里举起一个瓶子。他把从瓶嘴那儿挂下来的一块碎布点着了火,随后用一只并不怎么有力的胳膊,把这个莫洛托夫燃烧弹①从斑马餐厅前面的窗口扔了进去。餐馆里立刻喷出一大团火焰,那个纵火犯用欣喜欢快的嗓音喊道:

"啊,着了,他妈的!"

我只看见他的背部。那时候天还没有大亮。浓烟从附近正在燃烧的房屋里冒了出来。不过凭着火光,我想在那个身影跑掉前,我还是认出了我的朋友马里厄斯·怀克斯泽威克泽德·查路埃里克齐尔切斯·格兰姆斯的那顶黑色贝雷帽。

"啊,着了!"在餐馆里,我父亲听见了希腊侍者们的这声熟悉的喊叫。他还没弄清楚出了什么事,那个地方便已经像一种冒着火焰的开胃小吃似的燃烧起来。斑马餐厅成了一块火烤奶酪②!在火车座着了火以后,米尔顿赶紧跑到柜台后面去拿灭火器。他又跑了出来,手里握着水龙带,就像用奶酪包布包着柠檬角似的,对着火焰,准备挤压……

……这时,他突然停住了。我看出父亲脸上一种熟悉的神情,一种他在餐桌上常常流露出来的神情,一个老在思考着自己买卖的人的那种恍惚的神情。成功取决于适应新的环境。而什么环境又比这样的环境更新奇

---

① 莫洛托夫燃烧弹,用一瓶汽油和引燃布条等制成的燃烧弹。西班牙内战时国际纵队多用此燃烧瓶,时适逢前苏联政治家、外交家莫洛托夫负责苏联外交事务,故名。
② 火烤奶酪,希腊一种需要点火的可作快餐或清淡晚餐的开胃食物。

呢？火焰扑上四面的墙壁，吉米·多尔西①的照片卷了起来。这时米尔顿正在暗自询问几个相关的问题。比如，他究竟怎样再在这一带开一家餐馆？以及：你认为明儿上午，已经萧条的房地产价格会是怎么一个情形？最为重要的是：那怎么是犯罪呢？是他发起这场骚乱的吗？是他投掷燃烧弹的吗？跟特茜一样，米尔顿思想上也在寻找他书桌最下面的那个抽屉，特别是寻找一个厚厚的封套，里面放着三家不同的公司的火险保单。他的脑海中浮现出了这些保单；他念出火险承保范围，把数目加了起来。最后的数目是五十万美元，这使他对其他所有的事都看不清楚。五十万块钱！米尔顿用狂热、急切的目光环顾四周。那个法式吐司牌子也烧起来了。那几张蒙着斑马皮的酒吧高脚凳看上去就像一排火炬。于是他发疯似地转身赶紧冲到店外，朝那辆奥兹莫比尔牌汽车跑去……

他在那儿意外碰到了我。

"卡利！你跑到这儿来干吗？"

"我来帮您。"

"你这是怎么啦！"米尔顿嚷起来。可是尽管他声音里显得很生气，但他却跑了下来，把我搂住。我用两只胳膊抱住了他的脖子。

"餐馆就要给烧成平地了，爸。"

"这我知道。"

我哭起来。

"没关系。"父亲对我说，一边把我抱到汽车那儿。"现在，咱们回家去吧。一切都结束了。"

因此，这究竟是一场骚乱，还是一场游击队发起的暴动呢？让我用其他一些问题来回答这个问题吧。等这场骚乱过去后，整个这片地区有没有发现什么隐藏着的武器？而这些武器是不是 AK-47 冲锋枪和机关枪呢？还有，思罗克莫顿将军为什么把他的坦克部队部署在与骚乱地点相距好几

---

① 吉米·多尔西(1904—1957)，美国著名爵士乐乐手，汤米·多尔西之兄，两人在二十世纪三十年代初共同组建了"多尔西兄弟管弦乐队"。

英里的东区?为了镇压一伙没有组织的狙击手,这是不是你会采取的行动?或者这么做是不是更符合军事战略呢?那是不是像在战争中建立一道前线?你愿意相信什么就相信什么好了。当时我只有七岁,跟着一辆坦克参加战斗,看到了我亲眼目睹的情景。结果这场革命最终发生的时候,并没有被电视播放出来。在电视上,他们只把它称作一场骚乱。

第二天早晨,等硝烟散去后,我们又可以看见那面城市的旗帜。记得上面的象征吗?一只不死鸟从它的灰烬中复生。下面写的是句什么话儿?Speramus meliora; resurget cineribus.① "我们希望出现更为美好的事物;这些事物会在灰烬中产生。"

---

① 原文为拉丁文,意思即是后面的两句话。

米德尔塞克斯

说来惭愧,骚乱竟是我们所遇到的最好的事儿。一夜之间,我们便从一个拼命想要待在中产阶级内部的人家,变成一个有希望悄悄踏入上层社会,或者至少中上层社会中的人家。保险公司赔偿的钱并不像米尔顿所预期的那么多。两家保险公司引用了超额损失保险条款,拒绝支付全部的款额。他们只付了他们保险单价值的四分之一。尽管如此,合起来看,赔款还是比斑马餐厅的实际价值要大得多,这使我的父母可以对我的生活作出某些改变。

在我童年的所有记忆中,什么都不像那天晚上发生的事那么富有魔力,那么全然充满梦幻的意味。我们听到屋子外面响起一阵喇叭声,便朝窗外看去,只见一艘宇宙飞船降落在我们的车道上。

它无声地降落在我母亲的那辆旅行轿车旁边。前灯一闪一闪。尾部也发出一道红光。有三十秒钟,没有再发生什么。但最后,宇宙飞船的窗户缓缓地收了进去,露出飞船里坐着的并不是什么火星人,而是米尔顿。他把胡须都剃掉了。

"叫你妈妈来,"他满面笑容地喊道。"咱们出去转一小圈。"

原来那不是一艘宇宙飞船,是一辆跟宇宙飞船极为相似的汽车:一辆一九六七年的卡迪拉克-弗利特伍德,一辆底特律所生产的星系际汽车(月球飞船只是一年以后的事)。它和太空本身一样黑漆漆的,形状就像一个侧放着的火箭。车头很长,前面尖尖的,好像一个头锥,这辆汽车从那儿顺着车道向后延伸，展现出一个修长、漂亮、预示完美的体形。它有一个银白色的多室护栅，仿佛为了过滤星尘。铬合金管道好像电路的外罩，从圆锥形的黄色转向信号灯，沿着汽车浑圆的两侧，一路通向后部，汽车在那儿一闪一闪地伸到乌黑的鳍状稳定板和火箭助推器中。

这辆卡迪拉克牌汽车的内部铺着长毛绒地毯，灯光柔和，就跟气派豪华的大饭店里的酒吧一样。靠手上装着烟灰缸和打火机。车里的座位都是黑皮做的，发出一股浓烈的新的气味。那种情形就像爬进哪个人的旅行袋似的。

我们并没有立刻就走。我们仍然停在那儿，好像光在汽车里坐坐就够了，好像既然有了这辆汽车便可以忘掉我们的起居室，每天晚上都待在车道上。米尔顿发动了引擎，使传动装置空转，让我们看了几件奇特的事儿。他按了一个按钮，就可以开窗、关窗。他按了另一个按钮，就把车门锁上。他咕嗞咕嗞地把前座向前移动，接着又把前座向后倾斜，直到我都可以看见他肩膀上的头皮屑了。等他推上排挡、开动汽车的时候，我们都微微有点儿眩晕。我们开了出去，上了西米诺尔人街，经过街坊邻居的住宅，已经辞别了印第安村。到了路口，米尔顿把闪光信号灯开亮了，它发出滴滴答答的声音，计算着每一秒钟，直到我们最终离开。

那辆六七年的弗利特伍德是我父亲的头一辆卡迪拉克，后来还有好多辆这个牌子的汽车。在接下去的七年中，米尔顿几乎每年都用旧车折价换取价格较高的新车，因此，我才可以根据他买的那一长列卡迪拉克牌汽车的式样特征来制订我的生活规划。当尾部的鳍状稳定板失去踪影的时候，我才九岁。当动力定向天线出现的时候，我十一岁。我的感情生活也和汽车的设计协调一致。六十年代，在卡迪拉克牌汽车对未来的发展相当自信的时候，我也相当自信、总朝前看。然而，在汽油短缺的七十年代，当制造商把倒霉的塞维利亚型汽车，一种看上去似乎没有车尾的汽车投入市场的时候，我也感到自己有点儿畸形。随便挑一年，我都可以告诉你那年我们有辆什么型号的汽车。一九七〇年是一辆可乐颜色的埃尔多拉多。一九七一年是一辆红色厢式德维尔。一九七二年是一辆金黄色的弗利特伍德，车上装着保护乘客的遮阳板，展开之后就可以看到一面小女明星用的化妆室的镜子（特茜就在这面镜子里察看自己所化的妆，而我则在镜子里面察看自己脸上最初的疤痕）。一九七三年是一辆修长、漆黑、圆顶的弗利特伍德，它总使别的车辆都停下来，以为一个出殡的行列正要经过。一九七四年是一辆淡黄色、两门的"佛罗里达特色车"，车顶是白色聚乙烯基薄膜，有着可以开启的遮阳篷顶和棕黄色的皮座位。直到今天，几乎三十年后，我母亲仍然驾驶着这辆汽车。

但是一九六七年，却是航天时代的弗利特伍德。等我们开到需要的速度后，米尔顿说，"好。现在瞧瞧这样东西。"他转动仪表板下的一个开关。马上传来一阵嘶嘶的声音，犹如气球充气膨胀起来一般。我们四个人慢慢就像坐在一个魔毯上逐渐上升似的都升到了汽车内部的上层。

"这就是他们所谓的'空气悬架'。全新的特色。相当平稳，对吧？"

"这是一种液压悬架系统吗？"第十一回想要知道。

"大概是这样。"

"我开车的时候，也许就不用再使用枕头了，"特茜说。

在那以后，有一会儿，我们谁都没有说话。我们朝东开去，出了底特律，简直是在空中飘浮。

这把我带进了我们上向流动①的第二部分。在那次骚乱后不久，我的父母像底特律的其他许多白人居民一样，开始去郊区找房子。他们看中的郊区是汽车巨头所居住的那片富足的临湖地区：格罗斯角。

然而，在那一带找房子却比他们料想的困难得多。我父母驾着卡迪拉克在那五个格罗斯角（公园、市区、农场、森林、湖滨）四处寻找的时候，在好多片草地上都看到**房屋待售**的牌子。可是等他们走进房地产经营公

---

① 上向流动，指个人或群体向经济地位或社会地位较高的阶层或阶级流动的上向流动倾向。

司,填好申请表以后,他们发现那些房子突然不卖了,或者已经卖出,再不然价格涨了一倍。

经过两个月的寻找,米尔顿到他的最后一个房地产代理商那儿去了。她是大湖区房地产公司的简·马什小姐。他找到了她——起了越来越大的疑心。

"这片房产相当古怪,"九月的一个星期天下午,马什小姐领着米尔顿走上车道的时候对米尔顿说道。"它需要一位有点儿眼力的买主。"她打开前门,领着他走进房子。"不过它的确有相当不错的渊源背景。它是由赫德森·克拉克设计的。"她等着米尔顿表示认可。"属于草原派①?"

米尔顿犹豫不决地点了点头。他转动着脑袋,四处察看。他对马什小姐在办事处里给他看的照片并不怎么在意。看上去太四四方方,太现代化了。

"我可拿不准我太太是否喜欢这样的房子,马什小姐。"

"眼下,恐怕我们也拿不出什么更为传统的房屋来给您看。"

她领着米尔顿顺着一条风格简朴的白色走道走去,随后走下一道露天的小楼梯。如今在他们走进那间低于地面的起居室时,马什小姐的头也转动起来。她斯文有礼地笑了笑,露出一大片羞怯的牙床,同时仔细打量了一下米尔顿的肤色、头发和皮鞋,接着又看了看米尔顿填写的房地产的购买申请表。

"斯蒂芬尼德斯。这是哪个种族的姓?"

"希腊。"

"希腊。多有意思。"

马什小姐一边在她的拍纸簿上作记录,一边嘴里闪现出更大一部分上牙床。接着,她重新领着米尔顿参观:"低于地面的起居室。与用餐地区

---

① 草原派,指十九世纪末到二十世纪在美国中西部所流行的一种建筑学派。该派建筑师所设计的建筑特点是强调横向线条,具有宽大、突出的屋檐的平屋顶,务使建筑与四周的景观协调。

毗连的暖房。还有您可以看到,整幢房子有不少窗户。"

"这简直就像是一个窗户,马什小姐。"米尔顿走近窗玻璃,仔细看了看后院。同时,马什小姐在几英尺后仔细看了看米尔顿。

"斯蒂芬尼德斯先生,我可不可以问一声您究竟干什么买卖?"

"开餐馆。"

她又在拍纸簿上作了记录。"要不要我告诉您我们这个地区有些什么教堂?您是什么教派?"

"我不参加这种活动。我太太带着孩子们上希腊教堂。"

"她也是希腊人吗?"

"她是底特律人。我们俩都是东区的居民。"

"您需要给您的两个孩子多一点儿空间,对不对?"

"不错,小姐。再加我们的父母也和我们生活在一起。"

"哦,我明白了。"马什小姐开始把这些情况都添加上去,而她那粉红色的牙床这时消失不见了。现在咱们来瞧瞧。南地中海。一点。不是从事一种需要专门知识的职业。一点。宗教信仰?希腊正教会。那算是天主教徒吧。对不对?这可又是一点。而且他的父母也和他住在一块儿!再加两点!这样就成了——五点!哦,这可不行。这压根儿就不行。

让我们解释一下马什小姐的算法:早在当时,格罗斯角的房地产代理商便凭借一种所谓"点数法"来评估可能出现的买房人(担心所在地区越变越糟,并不仅仅是米尔顿一个人)。谁也不会公开这么说。房地产经纪人只谈到"社区标准"。要把房屋卖给"合适的人"。既然开始了白人迁移的现象①,"点数法"就变得比以往任何时候都更重要。你总不希望底特律市里发生的事情,也在郊外这儿发生。

这时马什小姐小心谨慎地在"斯蒂芬尼德斯"旁边写了个小小的"五"字,又加了个圈。不过,她这么做的时候,心里感到有些不自在。

---

① 指城市中白人向郊区的迁移现象,此类迁移多旨在逃避城市中诸如犯罪率激增、种族混居及高税收等带来的后果。

一种遗憾。说到头,"点数法"并不是她的主意。这种方法早在她从威奇托(她父亲是那儿的一个肉贩子)到格罗斯角来以前就已实行。她一点儿办法也没有。不错,马什小姐感到十分惋惜。说真的,我可是实话实说。瞧瞧这幢屋子!要是一个意大利人或者一个希腊人不买,又有谁买呢?我压根儿无法把它卖掉。根本卖不掉!

她的客户仍然站在窗口,望着外边。

"您喜欢要一幢更有'旧世界'色彩的房子,这我理解,斯蒂芬尼德斯先生。我们偶尔手里会有那样的房子。只是您得耐心。我有您的电话号码。要是有那样的房子出售,我会告诉您的。"

米尔顿并没有听见她的话。他给窗外的景象吸引住了。这幢房子有一个屋顶平台,后面还有一个露台。除了正屋本身以外,还有两所别的规模较小的房屋。

"请你再告诉我一点这个赫德森·克拉克的情况,"他这时问道。

"克拉克吗?唔,说实在的,他是个小人物。"

"草原学派,是吗?"

"赫德逊·克拉克可不是弗兰克·劳埃德·赖特[①],如果这是您的意思的话。"

"我瞧见的这些附属建筑是做什么用的?"

"我可不把它们称作附属建筑,斯蒂芬尼德斯先生。这样未免给它们添了一点气派。一个是一间浴室。恐怕相当破旧。我都拿不准是否可以使用。在它后面,是给客人住的屋子。那也需要大事修理一番。"

"浴室吗?那可不同。"米尔顿从玻璃前面转身走开。他开始在房子里四处走动,用新的眼光仔细察看:巨石阵[②]似的墙壁,克利姆特[③]花砖,

---

[①] 弗兰克·劳埃德·赖特(1869—1959),美国建筑师,草原式建筑风格主要代表。毕生致力建筑美学、结构的重大改革,倡导"有机的建筑",即主张建筑形式、功能、场地和材料的一体化,主张建筑风格应服从于人的需要。其新颖的设计对欧洲国家的现代建筑具有深远影响。
[②] 巨石阵,英国南部索尔兹伯里附近的一处史前建筑遗址。
[③] 克利姆特(1862—1918),奥地利画家。

敞开的房间。一切都整齐匀称,好像格子似的。阳光一道道地穿过好多个天窗,照进房子。"如今我到了这儿,"米尔顿说,"我对这个地方的内情有了大致的概念。你给我看的照片并没有充分体现出它的优点。"

"说实在的,斯蒂芬尼德斯先生,对于您这样的一个有着幼小儿女的家庭,我可拿不准这是最合适的——"

然而,她还没有把话说完,米尔顿已经举起双手,表示接受。"你不用再指给我看了。不管那是不是破旧的附属建筑,反正我买了。"

停顿了一会儿。马什小姐笑了笑,露出双层牙床。"好极了,斯蒂芬尼德斯先生,"她毫无热情地说。"当然啰,这都取决于对那笔贷款的批准。"

可是这会儿,轮到米尔顿笑了。尽管谁都不承认有什么"点数法",但这并不是什么秘密。前一年,哈利·卡拉斯想在格罗斯角买一所房子,结果没有买成。皮特·萨维迪斯碰到了同样的事。可是谁也不会告诉米尔顿·斯蒂芬尼德斯该住在哪儿。马什小姐不会,一伙乡村俱乐部的搞房地产买卖的年轻小子也不会。

"这一点你不必担心,"我父亲说,感到这个时刻真是美滋滋的。"我付现款。"

我父亲跨越了"点数法"的障碍,设法给我们在格罗斯角买了一幢房子。那是他一生中唯一一次为了买下什么东西而预先付款。但是对于他那些障碍,该怎么办呢?房地产代理商只领他去看了最靠近底特律地区的最不值得拥有的房子,别人都不要的房子,对此该怎么办呢?他只看到自己所做的那个富有气派的姿态,别的什么也没看见;而且事先也不跟我母亲商量,就买下了这幢房子,对此又该怎么办呢?噢,对于这些问题,并没有什么补救办法。

搬家的那天,我们坐着两辆车子出发。特茜强忍住眼泪,陪着左撇子和黛斯德蒙娜乘坐家里的那辆客货两用轿车。米尔顿带着第十一回和我乘坐那辆新的弗利特伍德。在杰斐逊大街的两侧,仍然残留着骚乱的痕迹,就跟我那几个没有得到答复的问题一样。"对波士顿倾茶事件①该怎么看呢?"我从后座上向我的父亲提问说。"殖民地的居民窃取了所有的茶叶,并把茶叶都倾倒在港口里。那跟骚乱不是一回事吗?"

"那压根儿不是一回事,"米尔顿回答说。"在你的那所学校里,他们到底是怎么教你的?随着波士顿倾茶事件的爆发,美国人奋起反抗另外一个压迫他们的国家。"

"但那不是另一个国家,爸,而是同一个国家。那时甚至根本就没有合众国这么一个国家。"

"我来问你一件事。他们把所有的茶叶倒到海水里去的时候,乔治王②在哪儿?他在不在波士顿?他在不在美洲?不在。他在老远老远的英国那儿,吃烤面饼。"

那辆速度无法减缓的黑色卡迪拉克牌汽车飞速前进,带着我的父亲、哥哥和我开出了那座被战火蹂躏的城市。我们越过一条狭窄的运河,一条好似一道护城河、把底特律和格罗斯角分隔开的运河。接着,我们还来不及注意外间的变化,便已经到了米德尔塞克斯大街上的那所住宅前面。

我首先注意到的是那些树木。在这片房产两边,耸立着两棵高大粗壮的垂柳,看去好似两头毛茸茸的毛象③。垂柳上面的藤蔓挂在车道上面,好像清洗汽车的一道道下垂的海绵。上空便是秋天的太阳。阳光穿过柳树叶子。使其变成一片发出磷光的绿色。那种情景就仿佛待在这个街区的阴凉的树阴下面,突然亮起一盏明灯。而我们眼下驻足面对的这幢房子更加强了这种印象。

米德尔塞克斯!有谁住过一幢这样奇特、这样具有科幻小说色彩、这样同时具备昔日和未来风格的房屋?一幢理论胜过实际情形的房子?墙壁

---

① 波士顿倾茶事件,波士顿居民为反对英国垄断茶叶贸易,于一七七三年十二月十六日集会抗议,并袭击停泊港内的三艘英船,将船上茶叶数百箱倾入海内。
② 乔治王,即英国国王乔治三世(1738—1820),在位期间对北美殖民地实行高压政策,导致北美独立战争爆发。一八一一年精神失常后由其子摄政。
③ 毛象,古代更新世时期的一种猛犸象属巨象,全身长毛,臼齿巨大弯曲,现已绝种。

是淡黄色的,用八角形的石块砌成,在屋顶轮廓线那儿有一道红杉木墙板。前面是一排平板玻璃窗。赫德森·克拉克(米尔顿以后好多年都绝口不提他的姓名,尽管谁都没有看出这一点)把米德尔塞克斯设计得跟四周的自然环境和谐一致。在这方面,就是指那两棵垂柳和靠着房子正面种的那棵桑树。克拉克忘了自己是在什么地方(一个保守的市郊住宅区)以及这些树的另一边是什么住户(特恩布尔家和皮克特家),他遵照弗兰克·劳埃德·赖特的原则,消除了维多利亚时代的垂直面,而偏爱美国中西部的水平面,开辟内部的空间,引进日本式的影响。米德尔塞克斯是不受实用性影响的理论的明证。比如,赫德森·克拉克就不相信房门。房门这个开向一侧或另一侧的东西的概念是过时的。因此在米德尔塞克斯,我们就没有房门。相反,我们有一些用波罗麻纤维做的长长的可以折叠的屏障,由设在地下室的一个气压泵操作运转。按照传统的意义,楼梯的概念也是世界不再需要的一样东西。楼梯代表一种有关宇宙的目的论观点①,一种从一件事导致另一件事的目的论观点,而如今,大伙儿都知道,一件事并不导致另一件事,往往压根儿就没产生什么结果。因此,我们的楼梯也不通向任何场所。噢,楼梯最终倒是向上升去,领着坚持不懈的人走上二楼,但一路上,也把他带到别的许多地方。比如,有一座用一个活动装置悬吊着的楼梯平台。楼梯旁的墙上开凿了窥视孔和架子。在你上楼的时候,可以看见楼上沿着过道走过的哪个人的腿。你也可以暗中监视楼下起居室里的某个人。

"壁橱在哪儿?"我们一走进房子,特茜便问道。

"壁橱?"

"厨房离开住房十万八千里,米尔特。每次你想吃点儿点心,你就得从房子的这头一路走到那头。"

"这让咱们好运动一下。"

---

① 指认为世界任何事物都由某种目的所安排和决定的理论学说。

"再说,我该怎样弄到安在这些窗户上的窗帘呢?人家不做这么大的窗帘。每个人都可以直接看到里边!"

"你应该这样想。我们可以直接看到外边。"

但这时房子的另一头传来一声尖叫:

"天哪!"①

黛斯德蒙娜违心地把墙上的一个按钮按了一下。"这是一扇什么类型的门啊?"我们都跑过去的时候她正这么嚷着。"它自动转开了!"

"嘿,真妙,"第十一回说。"试试看,卡尔。把你的脑袋伸到门道里。对,就这样子……"

"别瞎弄那扇门,孩子们。"

"我只是在试试压力。"

"啊唷!"

"我怎么跟你说的?笨蛋。快让妹妹也别待在门这儿。"

"我正在试。这个按钮坏了。"

"你说坏了是什么意思?"

"哦,这真妙,米尔特。没有贮藏室。现在咱们只好叫消防署的人来把卡利从那道门里弄出来。"

"那可不是设计得要把一个人的脖子夹在里面。"

"天哪!"②

"你可以呼吸吗,宝贝?"

"可以,不过夹得很疼。"

"这就像是卡尔斯巴德洞窟③的那个家伙,"第十一回说。"他给卡住了,人家只好喂了他四十天食物;最后,他还是死了。"

"不要扭动,卡利。你马上就可以给救出来——"

---

①② 原文为希腊语。
③ 卡尔斯巴德洞窟,美国新墨西哥州卡尔斯巴德附近石灰岩洞窟,现属卡尔斯巴德洞窟国家公园。

"我没有扭动。"

"我可以瞧见卡利的衬衣!我可以瞧见卡利的衬衣。"

"别乱嚷嚷。"

"来,特茜,抓住卡利的一条腿。好,数到三。一、二、三!"

我们怀着各种不同的疑虑在新居安顿下来。在因那道充气的门而发生了这场意外事件后,黛斯德蒙娜有了一种预感,觉得这幢安装了现代化设施的房子(其实房子的年龄几乎和她差不多)会是她最后居住的房子。她把她和我爷爷所剩余的那点儿什物搬进了那所供客人住宿的屋子——黄铜的咖啡茶几、桑蚕盒子、希腊正教牧首阿西纳哥拉斯的肖像——但是,对于那个好似屋顶开了个窟窿的天窗,浴室里的脚踏水龙头,或者墙上用来说话的那个匣子,她始终觉得不习惯(米德尔塞克斯的每个房间都配备有内部通话设备。早在四十年代安装这种通话设备的时候——在这幢房子于一九〇九年修建的三十多年后——这种通话设备大概都运转正常。但是到了一九六七年,你可能对着厨房的通话设备讲话,结果你的声音却在主卧室里传出来。扬声器使我们的声音失真,因此我们不得不十分仔细地倾听,才能明白说的是什么话,就像要理解一个孩子最初牙牙学语时所说的含糊不清的话那样)。

第十一回轻轻拍了拍地下室里的充气系统,并且花了几个小时通过真空吸尘器软管的网状系统把一个乒乓球送到房子各处。特茜对缺乏壁橱的空间和房屋布局的不切实际抱怨个不停,不过由于有点儿幽闭恐怖的心理,她也渐渐地开始欣赏米德尔塞克斯的玻璃墙。

左撇子把玻璃墙擦得干干净净。他像平时一样做些有用的事帮忙,担当起一项永无休止的工作,让所有那些现代主义事物的表面始终闪闪发亮。他经常专心致志地练习古希腊文动词的不定过去时——一种十分令人厌倦的时态,只说明一些可能永远不会完成的动作;这时他同样专心致志地把那些巨大的观景窗、暖房的雾玻璃、通往院子的滑门,甚至那些天窗都擦洗干净。然而，在他用清洗剂擦洗新房子的时候，我和第十一回正在四处探察，或者我该说，探察虚实。临街那个像在沉思的淡黄色的立方体包含主要的居住区。在那后面是一个院子，院子里有一个干涸的水池和一棵纤弱的山茱萸，这棵山茱萸把枝干伸到水池上面，徒然想要照出自己的倒影。一条白色的半透明的地下通道，多少有点儿像让橄榄球队员进入球场的那种地下通道，沿着院子的西部边界，从厨房后面向外延伸。这条地下通道通进一座圆顶附属建筑———种大型拱形建筑——周围有一圈有顶的走廊。里面是一个浴池（这时刚热起来，准备在我的生活中发挥作用）。浴室后面，另有一个院子，地上铺着光滑的黑石头。为了跟那条地下通道相称，沿着这个院子的东部边界，也有一道两旁都是棕色的细铁柱的长廊。这条长廊通到供客人住宿的屋子，从来就没有客人住在那儿：只有黛斯德蒙娜跟她丈夫一起住了很短一段时间，后来她独自又住了很久。

可是，在一个孩子看来，更为重要的是米德尔塞克斯有许多如同旅游鞋一般宽阔的壁架可以在上面行走。米德尔塞克斯有很深的混凝土的窗井，完全适合充当堡垒。米德尔塞克斯还有供沐日光浴的平台和狭窄的通道。米德尔塞克斯的各个地方都给我和第十一回攀爬到了。左撇子常去擦洗窗户，五分钟后，我和我哥哥总跟着前去。我们倚在玻璃上，留下一些手印。我们那身材高大、说不出话的爷爷瞧见那种情形，只是微微一笑，把那些窗户玻璃再擦洗一遍。如果他不是活在现在，可能是一位教授，但如今，他却提着一个水桶，拿着一块湿抹布。

虽然他从来没有对我说过一句话，但我却很爱我那有着卓别林[①]风格的爷爷。他的默默无言似乎是一种温文尔雅的举动。这跟他那雅致的服装、机织鞋面的鞋子以及光亮的头发十分相称。然而，他一点儿都不拘板，爱开玩笑，甚至十分滑稽。左撇子开车带我出去兜风的时候常常假装开着开着睡着了。他把眼睛突然一闭，身子倒向一边。汽车无人驾驶，继

---

① 卓别林(1889—1977)，英国电影艺术家、喜剧大师，一九一三年移居美国，集编、导、演于一身，在无声片中创造了一个可笑而令人同情的小人物形象。

续朝前开去，滑向路边。我哈哈大笑，尖声喊叫，又扯头发，又踢腿。等到可以允许的最后那一刹那，左撇子会一下子醒过来，抓住方向盘，避免了一场灾祸。

我们彼此用不着说话。我们彼此不说话也明白对方的意思。但是随后发生了一件可怕的事情。

那是在我们搬到米德尔塞克斯几星期后的一个星期六上午。左撇子带我到新居附近一带去散步。本来的计划是走到湖滨。我们手拉着手走过房子前面的那片新草地。他的裤子口袋正好在我的肩膀下面，零钱在口袋里丁当作响。我用手指摸着他的大拇指，被他拇指上缺少的指甲吸引住了，左撇子一直告诉我，他的指甲是给动物园里的一个猴子咬掉的。

这时，我们走到了人行道上。在格罗斯角修筑人行道的那个人把自己的姓名留在水泥地上：J·P·斯泰格尔。那儿还有一个裂口；蚂蚁正在那儿交战。我们正穿过人行道和街道之间的草地。我们到了街道边上。

我走到街上。左撇子却没有。相反，他一下子失足滑到六英寸底下的街上。我仍然握着他的手，笑他怎么这样笨拙。左撇子也在笑。不过他并没有望着我。他始终直瞪瞪地看着前方。我抬头注视，突然在我爷爷身上看到本来年纪太小的我无法看到的情况。我看到他眼睛里露出恐惧和困惑的神情，以及（这是最令人感到惊讶的情况）变得越来越比我们一起散步更为重要的某种成年人的忧虑。阳光照到他的眼睛里。他的瞳孔开始收缩。我们留在路边，在路边的灰尘和落叶里。五秒钟。十秒钟。时间长得足以让左撇子面对面地看到自己各种官能的明显衰退，也让我感到自己正在成长的各种官能的迅猛发展。

当时谁都不知道左撇子前一周又中过一次风。他本来已经说不出话，这时又患了空间定向障碍症。家具按照游乐园①中的那种机械方式时而前进，时而后退。正如实际爱开玩笑的人那样，他们请你坐到椅子上去，可

---

① 游乐园，指其中设有哈哈镜、活动地板等令人惊吓而有趣的游乐设备的游乐场所。

是到了最后一刻却把椅子抽开。十五子棋棋盘上的菱形图案,看去就像自动钢琴琴键似的起伏波动。左撇子并没有告诉任何人。

左撇子不再敢驾车出去,于是就领着我出去散步(我们就是这样来到路边,来到他不能及时清醒避开的路边)。我们沿着米德尔塞克斯走去,那位默不作声的外国老绅士和他那瘦小的孙女,一个一个人说了两个人话的小姑娘。她唠唠叨叨地说个不停,因此她父亲,那个以前的单簧管手喜欢开玩笑说她会间接的呼吸。当时我正渐渐习惯于格罗斯角,习惯于那些扎着薄绸头巾的、举止娴雅的母亲,习惯于里面住着一家犹太人的那所阴暗的、为柏树所遮蔽的房屋(也是付现款买的),而我爷爷正渐渐习惯于一种可怕得多的现实。当大树和灌木在左撇子的周边视觉中作出奇特、滑行的运动时,他握住我的手保持身体平衡,他正面临知觉出现生物故障的可能。虽然他从来不相信宗教,但这时他却认识到自己一直相信灵魂,相信一种在死亡以后继续存在的个人力量。但是由于他的智力继续消退,继续发生短路,最终他得出这样一个无情的结论,与他年轻时期的欢乐情绪大相径庭,那就是头脑只是一种像所有其他器官一样的器官,而且等头脑衰退不行了,他也就不存在了。

一个七岁的姑娘只能跟着她爷爷作出那么几次散步。我在那个街区是个新来的孩子,很想结交几个朋友。从我们的屋顶平台上,我有时瞥见一个和我年龄差不多的女孩儿。她住在我们后面的那幢房子里,傍晚常来到外边一个小阳台上,把窗口花坛里的花儿的花瓣用力扯掉。我总把八音盒带到平台上与我做伴。她心情相当欢快,仿佛在我那八音盒的伴奏下懒洋洋地做了几个单足旋转。她长着一头浅黄色的长发,前额剪成刘海的样式。我白天从来没有见过她,因此我断定她是个患白化病的人。

但我错了:因为有天下午,她出现在阳光下,到我们的地盘上来拿一个飞过来的球。她的名字叫克莱门蒂娜·斯塔克。她并不是个白化病病人,只是脸色十分苍白,对一些难以避开的东西(青草、室内灰尘)过敏。

她父亲在那以后不久就发了心脏病。我现在对她的回忆带着一种不幸的凄凉色彩,而当时她还没有遭到那种不幸。她光着两条腿,站在生长在我们两家房屋之间的那片密密丛丛的野草中。她的皮肤已经开始对粘在球上的一根根草有了反应。这时一头身体过重的拉布拉多猎犬①一瘸一拐地出现在眼前,这一下子说明了球为什么那样潮湿。

克莱门蒂娜·斯塔克在自己卧室里海蓝色的地毯一头,放着一张上有罩篷的床,看上去就像一条气派堂皇的平底船。她收集了不少制成标本的样子好像有毒的昆虫。她比我大一岁,因此世面见得多一些,而且曾经到波兰的克拉科夫②去过一次。克莱门蒂娜容易过敏,所以老是待在家里。这样一来,我们大多数时间都一块儿待在室内,克莱门蒂娜便教我如何接吻。

我把自己一生的经历讲给卢斯医生听的时候,每逢我一提到克莱门蒂娜·斯塔克,他总是很感兴趣。卢斯对于罪孽深重的爷爷奶奶、桑蚕盒子或者吹奏小夜曲的单簧管不怎么注意。在一定程度上,我能理解。我甚至也同意。

克莱门蒂娜·斯塔克邀请我到她家里去。我根本没有把那幢房子和米德尔塞克斯加以比较,因为那是一个样子非常像中古时代的地方,一座灰石头的堡垒,除了向公主作出让步的一个奢华的去处,也就是唯一一座上面飘着淡紫色的三角旗的尖顶塔楼以外,看上去一点儿都不吸引人。房子里的墙壁上挂着壁毯,陈列着一套面罩上刻了法文字迹的盔甲,还有克莱门蒂娜的身材瘦长的母亲,她穿着黑色紧身连衣裤,正在做提腿运动。

"这是卡利,"克莱门蒂娜说。"她过来玩玩。"

我笑了笑,想要行一个屈膝礼(不管怎样,这是我初次接触交际场所),但克莱门蒂娜的母亲甚至连头都没有回。

---

① 拉布拉多猎犬,最初在加拿大纽芬兰省育养的一种会衔回猎物的猎犬,毛短而稠密,呈黑色或黄色。

② 克拉科夫,波兰南部城市。

"我们刚搬来,"我说。"我们住在你们后边的那幢房子里。"

这时,她皱起眉头。我以为自己一定说错了什么话——我在格罗斯角犯的头一个礼节上的错误。斯塔克太太说,"你们姑娘干吗不到楼上去玩呢?"

我们就上了楼。在卧室里,克莱门蒂娜骑上一匹木马①。接下去三分钟,她都骑在木马背上,没有再说什么话。随后,她突然跳了下来。"我早先养了一个乌龟,但它逃走了。"

"真的吗?"

"我妈说如果它爬到外面,就能活下去。"

"它大概死了,"我说。

克莱门蒂娜勇敢地接受了我这种说法。她走过来,把一只胳膊伸出来靠着我的胳膊。"你瞧,我胳膊上有些好像北斗七星似的斑点,"她说。我们并排站在那面大穿衣镜前,做着鬼脸。克莱门蒂娜的眼圈都红肿发炎了。她打了个呵欠,用手掌根揉揉鼻子,接着问道,"你想练习接吻吗?"

我不知怎么回答是好。我已经知道如何接吻了,对不对?难道还有什么要学的吗?但这些问题在我脑海里掠过的时候,克莱门蒂娜已经开始教起来了。她转身面对着我,带着一脸严肃的神情,用两只胳膊搂住我的脖子。

眼下我并没有那种必不可少的特殊感受,不过我希望你们想像的是,克莱门蒂娜那张雪白的脸正渐渐贴近我的脸,她那瞌睡蒙眬的眼睛闭了下来,她那带有药剂甜味的嘴唇撅了起来,世上一切别的声音都不响了——我们衣服的窸窣声,她母亲在楼下计算提腿的声音,外面飞机在天空中发出的感叹声——都不响了。就在这当口,克莱门蒂娜的那受过高度训练的、八岁的嘴唇碰到了我的嘴唇。

---

① 木马,指架在弧形弯脚或弹簧上供儿童骑坐着前后摆动的木马。

随后，我的心在下边哪个地方作出了反应。

那并不完全是嘭的一声。甚至都算不上是跳了一下。而是一种窸窸窣窣的声音，好像一只青蛙从泥泞的湖岸边蹦了出来。我的心像个两栖动物似的，当时正在两种生活环境之间徘徊：一边是激动，另一边是畏惧。我设法专心注意。我设法维持我这方面的势头。但克莱门蒂娜动作比我要快得多。她像电影里的女演员那样把头来回转动。我也照着做起来，可是她从嘴角边上责怪地说，"你是男的。"因此我停住了。我直僵僵地站在那儿，两只胳膊垂在身旁。最后，克莱门蒂娜停了下来，不再接吻。她呆呆地朝我看了一会儿，然后说，"你头一次倒也做得不错。"

"妈！"那天晚上，我回家时喊道。"我交了一个朋友！"我向特茜讲起克莱门蒂娜的情况，她家墙上挂的那些旧的壁毯以及那位美貌的在做体操的母亲，只把教授接吻那件事省略了不说。从一开始，我就发觉自己对克莱门蒂娜·斯塔克的感觉有点儿不大对头，有点儿我不该告诉我母亲的东西，但我并不能清楚明白地说出那是什么。当时我并没有把这种感觉跟性欲联系起来。我并不知道有什么性的问题。"我能请她过来吗？"

"当然可以，"特茜说，心里感到宽慰了一点，因为现在我在这个地区不再感到孤独了。

"我敢说她从没有见过一幢咱们这样的房子。"

将近一个星期以后，正是十月里的一个凉飕飕的阴沉的日子。两个姑娘装扮成日本艺妓的样子，从一幢黄色的房子背后走了出来。我们盘起自己的头发，把餐馆外卖食物供应的筷子横插在里面。我们穿上凉鞋，围了绸披肩，拿着雨伞，用以充当阳伞。我会唱几句《花鼓歌》①，我们穿过院子，登上台阶到浴室去的时候，我就唱着那首歌。我们走进门去，并没

---

① 《花鼓歌》，原为美籍华裔作家黎锦扬在二十世纪四十年代用英语所写的一部小说，后由奥斯卡·哈默斯坦第二和约瑟夫·菲尔茨改写成音乐剧。该剧于一九五八年十二月一日在纽约的圣詹姆斯剧场开演，在纽约百老汇连演六百场不衰。一九六一年，又由环球银幕公司拍成电影。

有注意到角落里有个黑乎乎的形体。室内,浴池好似一片闪闪发亮、不断冒泡的绿松石。绸浴衣落到了地上。这两个咯咯发笑的火烈鸟似的姑娘都用一只大脚趾试了试水。她们一个皮肤白皙,另一个的皮肤则是浅褐色的。"水太热了。""是该这样的。""你先下去。""不,你先下去。""好。"说完就下去了。我们俩都到了水里。水里有股红杉和桉树的气味,有股檀香皂的香味。克莱门蒂娜的头发贴在她的脑壳上。她的一只脚好像一条鲨鱼的鳍似的时而出现在水面上。我们嘻嘻哈哈地在水上漂浮,浪费了不少我母亲的香氛沐浴球。浴池水面上升起的水汽十分浓重,因而墙壁、天花板和浴室角落里的那个黑乎乎的形体都变得模糊不清。我正仔细察看着自己的足弓,想要理解足弓"下陷"究竟是什么意思,突然我看见克莱门蒂娜在水里朝我游来。水汽中露出了她的脸。看来我们又要接吻了,可是,她只用两条腿缠绕着我的腰,歇斯底里地大笑着,用手掩住嘴,眼睛睁得很大,对着我的耳朵说道,"舒散一下。"她像一只猴子那样尖叫着,把我拉回到浴池边的一个架子上。我从她的两条腿之间落下,跌到她的身上,我们一起沉下去……随后,我们在水里盘旋打转,先是我在上面,接着她在上面,后来又轮到了我,我们咯咯直笑,学着鸟叫。我们被水汽所笼罩,隐没在水汽之中,灯光在翻腾的水面上闪闪发亮。我们不停地打转,因此在某种时刻,我也拿不准哪一双手是我的,哪两条腿是我的。我们并没有接吻。这种运动一点儿也不严肃,比较具有嬉戏的成分,形式相当自由,但我们俩彼此揪住对方,设法不让对方的滑溜溜的身体滑下去;我们的膝头碰在一起,我们的肚子相互撞击,我们的髋部时前时后地滑动。克莱门蒂娜身体浸在水中的各个不同柔软的部位,正向我的身体传递关键的信息,传递当时被我储存起来、直到多年以后方才理解的信息。我不知道我们到底旋转了多久。但转到某个时刻,我们都疲乏了。克莱门蒂娜躺在架子上,我伏在她上面。我跪着直起身子,看看自己所在的位置——随后一下子呆住了,也不管水热不热。因为就在那儿,坐在浴室的角落那儿——竟是我的爷爷!我看见他,刹那间身子歪向一边——

他究竟是在发笑？还是在生气？——接着，又升起大片水汽，把他遮住了。

我完全傻了眼，根本无法移动，也说不出话。他在那儿待了多久？他看见了什么？"我们只是在跳水上芭蕾，"克莱门蒂娜相当牵强地说，水汽又散开了。左撇子并没有动。他和先前一样坐着，脑袋歪向一边，看上去和克莱门蒂娜一样苍白。有那么疯狂的一刹那，我以为他又在玩我们那驾车的游戏，假装睡着了，但随后我明白他从此再也玩不成什么游戏了……

接着，房子里的所有内部通话设备都呼啸起来，我向厨房里的特茜大声叫嚷，她向待在书房的米尔顿大声叫嚷，米尔顿向待在供客人住宿的屋子里的黛斯德蒙娜大声叫嚷。"快来！爷爷病啦！"随后响起更多的尖叫声；开来一辆灯一闪一闪的救护车。我母亲对克莱门蒂娜说她该回家去了。

那天深夜，在米德尔塞克斯我们那新屋的两间房里亮起两盏聚光灯。在一片灯光下，有个老妇人一边在自己身上画着十字，一边祈祷，而在另一片灯光下，有个七岁的女孩也在祈祷，恳求宽恕，因为我很清楚，我该为他这次发病负责。都是我当时做的事……左撇子当时所看见的事……我保证自己往后决不再做那样的事，并且恳求上帝，请不要让爷爷死去，并且发誓，这都怪克莱门蒂娜不好。她让我那样做的。

（且说这也是斯塔克先生的心脏发病的时刻。心脏的动脉包着一层看起来像肥鹅肝似的东西，有一天心脏一下子出了毛病。克莱门蒂娜的父亲在淋浴室里朝前倒下。斯塔克太太当时正在楼底下，意识到出了什么事儿，便不再做提腿操。三个星期以后，她把房子卖了，把女儿送走。我从此没有再见到克莱门蒂娜……）

左撇子倒是康复了，并从医院回到家里。但这只是他头脑缓慢而不可避免的衰亡的短暂停顿。在接下去的三年里，他那记忆的硬盘开始缓缓地给抹去,先是最近的知识见闻,随后逆着时间的顺序往前发展。起初左撇子忘了短期发生的事,比如他把自来水钢笔或眼镜放在哪儿了,后来他忘了今天是星期几,现在是哪个月,哪一年。他生活的很大一部分都消失了,因此,我们在时间上向前推进的当口,他却在向后倒退。一九六九年的时候,我们清楚地看到他还生活在一九六八年,因为他仍不断地为小马丁·路德·金①和罗伯特·肯尼迪②的遇刺摇头。等我们翻山越岭进入七十年代的山谷时,左撇子却回到了五十年代。他再一次为圣劳伦斯河航道③的完成而激动兴奋,而且他还完全不提到我了,因为我还没有出生。他重新体验了自己退休后那种无所事事的感觉以及对赌博的狂热。不过这种情况很快就过去了,因为他已经生活在四十年代,又在经营酒吧烧烤店了。每天早晨他起得很早,仿佛要去干活儿。黛斯德蒙娜不得不想出一些巧妙的花招来让他感到满意。告诉他我们的厨房就是斑马餐厅,只是经过了重新装修,同时悲叹买卖多么不好,有时她从教堂邀请几位太太过来,配合行动,要上几杯咖啡,把钱留在厨房的长台面上。

左撇子斯蒂芬尼德斯年龄实际上越来越大,而他的头脑却越来越年轻,因此他常常想要去提他提不动的东西,或者去爬他的两条腿上不去的楼梯,接着摔倒,东西也砸坏了。碰到这种时刻,黛斯德蒙娜弯身去扶他起来,总在丈夫的眼睛里看到一丝短暂的清醒的神色,好像他也在配合行动,假装又过他以前的那种生活,好不面对当前的情况。随后,他会哭起来;黛斯德蒙娜就挨着他躺下,抱着他的身子,直到他那一阵发作过去。

可是,不久他就回到了三十年代,四处寻找收音机,倾听富兰克林·

---

① 小马丁·路德·金(1929—1968),美国浸礼会黑人牧师,非暴力民权运动领袖,一九六四年获诺贝尔和平奖,后遇刺身亡。
② 罗伯特·肯尼迪(1925—1968),美国第三十五任总统约翰·肯尼迪之弟,一九六八年竞争民主党总统候选人提名,在其参加的六州初选中赢得五州。六月四日至六月五日夜间在加利福尼亚州初选中获胜,结果在洛杉矶大使饭店遭到枪击,次日身亡。
③ 圣劳伦斯河航道,指美国和加拿大两国合作修造的河道系统,通过一系列的水道、运河和船闸,使大轮船能从大西洋沿圣劳伦斯河溯航至五大湖沿岸港口。

德拉诺·罗斯福的演讲。他把给我们送牛奶的黑人错当成吉米·齐兹莫，常常爬上他的卡车，以为他们要去进行酒类走私。他利用他的小黑板跟那个送牛奶的谈论私自贩运的威士忌；即使他这番话言之成理，送牛奶的也无法理解，因为就在这时，左撇子的英语开始退步。他早就掌握了这种语言，但如今却常犯拼写及语法错误；不久他就写出一些不连贯的英语，后来他压根儿写不出什么英语了。他曾书面地间接提到布尔萨，于是黛斯德蒙娜担起心来。她知道自己丈夫头脑的倒退进程只会导致一种情况，回到他不是她丈夫，而是她弟弟的日子。夜晚，她躺在床上，惊恐不安地等待着那个时刻。从某种意义上说，她也开始反向生活，因为她又像年轻时候那样感到心悸。上帝啊，她祷告说，让我现在就死吧。在左撇子回到那条救生船以前。后来有天早上，她起来的时候，左撇子正坐在早餐桌旁。他的头发用他在药品箱里找到的一点儿凡士林抹成了瓦伦蒂诺式的发型。他头颈里围着一条好像围巾似的洗碟布。桌上放着他的黑板，上面用希腊文写着，"早上好，姐。"

一连三天，左撇子都像过去那样逗弄着她，拉拉她的头发，表演一些下流的卡拉吉奥齐斯[①]木偶戏。黛斯德蒙娜把他的小黑板藏起来，可是没什么用。星期天吃午饭的时候，他从彼特大伯的衬衫口袋里拿出一支自来水笔，在餐布上写道，"告诉我姐，她变胖了。"黛斯德蒙娜脸色煞白。她用两只手捂着脸，等着她一直担心会受到的这个打击。但彼得·塔塔基斯只从左撇子手里拿过自来水笔，说道，"看来左撇子现在有种错觉，以为你是他姐姐。"大伙儿都哈哈大笑。他们还能做什么别的呢？喂，姐，整个下午，大伙儿不断对黛斯德蒙娜这么说；每次她都吓了一跳；每次她都认为自己的心要停止跳动了。

不过这个阶段并没有持续多久。我爷爷那给困在死亡旋涡中的头脑在冲向毁灭时加快了速度。三天以后，他开始像个婴儿似的发出咕咕的叫

---

① 见第29页注①。

声；接着便开始把自己身上弄得十分邋遢。到了这个阶段，左撇子斯蒂芬尼德斯几乎已经不剩什么了，上帝让他又活了三个月，直到一九七〇年冬天。最后，他变得和他始终没有成功修复的萨福的诗一样残缺不全，终于，有天早晨，他抬头望着他一生最爱的那个女人的脸，却认不出来。接着，他头脑里遭到了另一种打击；血最后一次淤积在他的脑子里，把他自我最后残余的那些碎片也冲走了。

从一开始，在我爷爷和我之间就存在着一种奇特的平衡。在我头一次哇哇啼哭的时候，左撇子就发不出声了。他渐渐失去了察看、品尝、倾听、思考、甚至记忆的能力，而我却开始看到、品尝、记住一切，甚至包括我没有看到、品尝或干过的一切。这时，在我身上，就像一个网球天才未来所具备的一百二十英里时速的发球那样，已经潜伏着两性之间交流的能力，不是以一种性别的人的单一视觉观看，而是以两种性别的人的体视镜①观看的能力。因此在葬礼后的马卡里亚②上，我在希腊花园朝着餐桌四周一看，便知道了当时每个人的感受。米尔顿嘴上虽然不肯承认，但实际却为一股汹涌而来的情感所困扰。他担心要是他开口说话，也许就会哭起来，所以用餐的时候，他把嘴里塞满了面包，一句话也不说。特茜对第十一回和我突然变得极为疼爱，不停地搂住我们，抹抹我们的头发，因为，面对亲人亡故，儿童是唯一的安慰。索梅利娜想起在大干线车站的那天，当时她告诉左撇子，不论在哪儿，她都认得他的鼻子。彼得·塔塔基斯则对他以后一旦去世，决不会有一位寡妇为此哀痛伤心而悲叹。迈克神甫正把那天上午早些时候他致的那篇悼词再满意地细看一遍，而佐姑姑则可惜自己没有嫁给一个父亲那样的人。

黛斯德蒙娜是唯一那个当时我无法看出其内心情感的人。她默不作声地坐在餐桌头上寡妇的位置上，小口小口地吃着白鲑鱼，喝着一杯马弗罗

---

① 体视镜，一种观看立体相片或图画的光学仪器。
② 马卡里亚，希腊风俗，在葬礼仪式过后宴请亲友的大麦饭。

达夫尼酒①，可是她当时的思绪在我看来，就跟她那藏在黑面纱里面的脸一样模糊不清。

那天，我对奶奶的心情毫无一点儿洞察力，只好把接下去发生的事告诉你们。在马卡里亚之后，我跟我的父母、奶奶、哥哥一起坐进我父亲的那辆弗利特伍德。车前的天线上飘着一面用于丧礼的紫色三角旗，我们开出希腊人居住区，朝杰弗逊大街驶去。这时那辆卡迪拉克牌汽车已经用了三年，是米尔顿使用得时间最长的一辆汽车。我们正从那家老美杜莎水泥厂旁经过，忽然我听见车里响起很长的嘶嘶声，我以为那是坐在我身旁的奶奶在为自己的不幸叹息。不过接着我发现那个座位正在倾斜，黛斯德蒙娜向下滑去。她一向惧怕汽车，这时正被后座吞没。

原来是空气悬架出了毛病。如果你并不以起码三十英里的时速行驶，你就不应当去把它的开关拧开。米尔顿心情悲痛，精神没有集中，只以二十五英里的时速行驶。那个液压系统断裂了。汽车里面乘客坐的一边向下倾斜，自那时起一直这副样子（于是我父亲开始每年都用旧车折价贴换新车）。

我们吃力缓慢、十分艰难地回到家。我母亲把黛斯德蒙娜扶下了车。把她送到尽里面那供客人住宿的屋子去。这花了不少时间。黛斯德蒙娜不断地倚在拐棍儿上歇息。最后，到了她的屋门外边，她说，"特茜，我这会儿就去上床睡了。"

"对，奶奶，"我母亲说。"您休息一会儿。"

"我就上床去睡了，"黛斯德蒙娜又说了一遍。她转身走了进去。在她的床旁边，那个桑蚕盒仍然开着。那天早晨，她把左撇子结婚时戴的那顶花冠拿出来，把它跟自己戴的那顶花冠分割开来，好让他戴着它下葬。这时，她对着桑蚕盒望了一会儿，才把盒子盖上。接着，她换下衣服。她

---

① 马弗罗达夫尼酒，一种产于希腊的深色甜红葡萄酒，常作为餐后酒饮用。

脱掉身上的黑衣服,把它挂在里面放满樟脑丸的衣罩里。她把鞋子重新放进佩尼百货商店①的鞋盒里。她穿上睡衣后,在厕所洗干净她的连裤袜,把连裤袜挂在淋浴杆子上。随后,尽管只有下午三点,但她却上床睡了。

在接下去的十年中,除了每星期五洗一次澡之外,她始终没有再走出屋子。

---

① 佩尼百货商店,由美国企业家詹姆斯·卡什·佩尼(1875—1971)一九〇七年创办的以其姓名命名的百货商店,后发展为连锁店。

地中海沿岸地区的饮食

她不喜欢留在世上。她不喜欢留在美国。她已经活厌了。她爬起楼梯来越来越费劲。一个女人的丈夫一旦去世,她的生活就也结束了。有人用恶毒的眼光看了她①。

在黛斯德蒙娜一连三天不肯起床后,迈克神甫给我们带回了下面这样的答复。我母亲请他去和黛斯德蒙娜谈谈,他微微有些气恼地扬着两道弗拉·安吉利科②画中人物的眉毛,从供客人住宿的那所屋子回来。"别担心,会过去的,"他说。"寡妇出现这样的情形,我见得可多了。"

我们相信了他的话。但是过了一个星期又一个星期,黛斯德蒙娜只有变得更为消沉和孤僻。她一贯起得很早,现在却睡到很晚都不起来。当我母亲端着一盘早餐到她屋里去的时候,黛斯德蒙娜睁开一只眼睛,做个手势叫她就放在那儿。蛋变凉了,咖啡上面也生了一层薄翳似的东西。唯一能把她唤醒的东西就是每天电视节目中安排播放的一些肥皂剧。她和以往一样认真地观看着那些行骗的丈夫和狡诈的妻子,不过她不再斥责他们,仿佛她已经不打算去纠正世上的各种不道德的行为。黛斯德蒙娜撑起身子靠在床头板上,发网像王冠似的紧紧缚在她的脑门上,看上去就和晚年的维多利亚女王③一样苍老,一样不屈不挠。她是一座仅由一个小卧室所构成的拥有王权的小岛的女王,一个流亡国外的女王,只剩下我和特茜两名侍从。

"为我祈祷一下,让我死吧,"她吩咐我说。"为奶奶祈祷一下,让她死吧,跟着爷爷一块儿去。"

……不过在我继续叙述黛斯德蒙娜的故事前,我想先向读者报告我跟菊池朱莉的发展情况。说到主要的那点,并没有什么新的发展。在我们待在波美拉尼亚的最后那天,我和朱莉,我们十分舒畅。波美拉尼亚属于东德。赫林斯多夫的海滨别墅五十年来,任其坍塌衰败。如今,经过国家重新统一,出现了房地产方面的一片繁荣景象。我和朱莉是美国人,不会不注意到这种情况。我们一边手挽着手,沿着宽阔的海滨人行道漫步,一边考虑着买下这幢或那幢古老的、行将坍塌的别墅,把它修缮一新。"我们会对那些裸体主义者习以为常,"朱莉说。"我们可以找一个波美尼亚人,"我说。我不知道我们究竟怎么了。竟用了"我们"两个字。我们对这两个字的使用毫不吝惜,我们对这两个字所有的暗示也不介意。艺术家对房地产有着良好的直觉,而赫林斯多夫也使朱莉身上充满了活力。我们询问了好几家合作企业,这儿的一种新事物。我们参观了两三座宅第。这些宅第都很适合夫妻居住。在那个古老的、充满贵族气氛的、十九世纪避暑胜地的影响下,我和朱莉也显得相当老派。我们讨论了组织家庭的事,却并没有睡在一起。当然,我们始终没有提到恋爱或结婚,只谈着购买房屋的首期付款。

但是在回柏林的路上,我突然产生了一种并不陌生的恐惧。我在路上哼着歌儿,开始考虑未来。我想到了下一步,规定需要采取的各项行动。准备,解释,震惊,恐惧,退缩,回绝的真正可能。通常的那些反应。

"怎么了?"朱莉问我。

"没什么。"

---

① 根据西方迷信的说法,认为有些人具有目视他人使之倒霉或遭受伤害的力量。
② 弗拉·安吉利科(1400? —1455),意大利文艺复兴早期佛罗伦萨画派的著名画家。
③ 维多利亚女王(1819—1901),英国女王(1837—1901)。

"你似乎相当沉默。"

"只是倦了。"

到了柏林，我让她下车。我的拥抱显得冷淡而蛮横。从那天以后，我就没有再打电话给她。她在我的电话答录机上留了言。我也没有回复。现在，她已经不打电话来了。因此跟朱莉的关系已经结束了。还没有开始就已经结束了。我并没有跟哪个人共享未来，而是又回到了过去，和根本不想有什么未来的黛斯德蒙娜待在一起……

我把晚餐，有时候是午餐，给她送去。我端着盘子，沿着那道有棕色铁柱的长廊走去。上边就是那个并没得到充分利用的沐日光浴的平台，红杉木日益朽烂。浴室位于我的右边，光滑平整，水汩汩地涌出来。供客人住宿的屋子重复了正屋那种外形简洁的、直线的轮廓。米德尔塞克斯的建筑是试图重新发现纯朴的起源的一种尝试。当时，我并不知道这一切。但是，在我穿过门进了装着天窗的供客人住宿的屋子后，我才发觉那种差别。那个盒子形状的房间，里面一点也没有陈设布置或是客厅的繁复琐碎的装饰，是一个希望不受时间影响或与历史无关的房间。在房间中央，是我那身上具有深刻的历史印痕的衰老的奶奶。米德尔塞克斯的一切都说明了忘却，而黛斯德蒙娜的一切却清楚地表明回忆的不可避免。她靠着一堆枕头躺在那儿，散发出忧伤的气息，不过神态却显得亲切和蔼。我奶奶和她那一代希腊妇女的识别标志便是她们这种在绝望中所有的亲切和蔼。她们给你吃糖果的时候呻吟得多么厉害啊！她们轻轻拍着你的膝盖的时候，把自己身体上的病痛诉说得多么严重啊！我常去看望黛斯德蒙娜，总叫她感到很高兴。"哟，我的小娃娃，"她笑嘻嘻地说。我坐在床边，她抚摸着我的头发，一边用希腊语低声说着一些亲热的话。遇到我哥哥在场的时候，黛斯德蒙娜对我哥哥始终满脸高兴。但是对我，在十分钟后，她那神色愉快的眼睛便垂了下来，她把自己真实的感觉告诉我。"我现在年纪太大了。年纪太大了，亲爱的。"

她一辈子都受到困扰的那种癔想症①从来没有得到一片更好的生长开花的园地。当黛斯德蒙娜最初判定自己待在那张有着四根柱子、好像监牢的红木床上的时候,她只诉说自己像平日一样心动过速。但一星期后,她又开始有了疲劳、眩晕和血液循环等问题。"我的两腿疼痛,血液不流动了。"

"她身体挺好,"菲洛博西安医生检查了半个小时后对我父母说。"年纪是不小了,但我瞧不出有什么严重的毛病。"

"我没法呼吸!"黛斯德蒙娜和他争辩说。

"你的肺部听起来没有问题。"

"我的腿像针刺一样。"

"试着揉揉它。刺激一下血液循环。"

"他如今年龄也太大了,"等菲尔医生走后,黛斯德蒙娜说。"给我请一个自身不是已行将入土的新大夫。"

我的父母照办了。他们违背了我们家对菲尔医生的忠诚,背着他去请来几位新的医生。一位塔特尔斯沃思医生,一位卡茨医生,以及那位不幸姓科尔德②的医生。每个医生都对黛斯德蒙娜作出同样不幸的诊断:她并没有什么毛病。他们观察了她那布满皱纹的像李子干似的眼睛,又仔细看了她那两个像杏子干一般的耳朵,还听了她心脏那不可摧毁的跳动,都说她身体很好。

我们设法哄她起床。我们邀她去看大电视上播放的《永远别在星期天》③的影片。我们打电话给新墨西哥州的利娜姑姑,把电话机对着内部通话设备。"听着,黛斯,你何不到这儿来看我?这儿天气很热,你会以为又回到了咱们村里的仓房。"

"我听不清你说的话,利娜!"黛斯德蒙娜大声喊道,尽管她肺部有问

---

① 见第81页注②。
② 原文 Cold,有冷淡的、缺乏热情的含义。
③ 《永远别在星期天》,希腊影片,曾获得一九六〇年奥斯卡最佳歌曲奖。

题。"这个电话机不好!"

最后,特茜利用黛斯德蒙娜对上帝的畏惧,对她说在她身体健康可以行走的时候,不到教堂去做礼拜,便是一桩罪恶。黛斯德蒙娜拍了拍床垫。"我下一次去教堂,是睡在棺材里。"

她开始为后事做一些准备。她从床上指挥着我母亲把橱理空。"爷爷的衣服,你可以捐给慈善机构。我的好一些衣服也可以捐出去。现在,我只需要一身穿了下葬的衣服。"黛斯德蒙娜在她丈夫临终前几年必需对左撇子悉心照料,这给她添了一大堆活动。不过几个月前,她还在为左撇子所吃的酥软的食物削皮和烧炖,替他更换尿布,清洗被褥和睡衣,还用湿毛巾和棉花签擦洗他的身体。但是如今,她七十岁了,突然除了自己不用再照料别人,这种损伤使她一下子老了许多。她那花白的头发完全变成了灰色,壮健的身个儿缓缓出现了裂缝,因此她似乎一天天地干瘪下去,脸色也变得更加苍白。血管清晰可见;胸部发了许多红色小斑点。她不再端详自己在镜子里的容貌。由于假牙装得不好,黛斯德蒙娜好多年实际都像没有嘴唇似的。但是如今,她甚至不在原来嘴唇所在的地方涂抹口红。

"米尔蒂,"有一天,她问我父亲说,"你替我买好了紧挨着爷爷的那块地吗?"

"别担心,妈。那是一块双穴的地。"

"没有人可以拿去吗?"

"上面有您的名字,妈。"

"上面没有我的名字,米尔蒂!所以我不放心。那块地一边有爷爷的名字,另一边都是青草。我想要你去一趟,在上面竖一块牌子,说这地方是给奶奶的。说不定别的哪个女人去世了,想要葬在我丈夫的旁边。"

不过黛斯德蒙娜的丧葬准备工作并没有到此为止。她不仅选好了自己的墓地,也选定了承办自己丧事的人。在T·J·托马斯殡仪馆工作的索菲·沙逊的哥哥乔治·帕帕斯,四月里来到米德尔塞克斯(当时,一场肺炎显得来势汹汹)。他把棺材、骨灰瓮和插花的样品带到那个供客人住宿的屋子里,坐在黛斯德蒙娜的床边上,而黛斯德蒙娜则像浏览旅行手册的人那样相当兴奋地观看了一些照片。她问米尔顿出得起多少钱。

"我不想谈这个问题,妈。您并没有马上要离开人世。"

"我并不要求帝王级的。乔治说帝王级是最高的一级。可是对奶奶,总统级就成啦。"

"到时候,您爱什么级别就要什么级别好了。不过——"

"棺木里是缎子,你先听我说,还有个枕头。就像这儿这样。第八页,第五张。注意!告诉乔治,把我的眼镜留下。"

就黛斯德蒙娜而言,死亡只不过是另一种迁移。这一次,她不是从土耳其航行到美国,而是从人间前往天堂。左撇子已经取得了那儿的公民权,并有一个地方好待在那儿等候。

我们对黛斯德蒙娜从家庭领域中的隐退渐渐变得习惯了。这时候,也就是一九七一年春天,米尔顿正忙于一项新的"商业冒险活动"。经过平格里街的那场灾难后,米尔顿发誓决不再犯同样的错误。你如何避免房地产的那条有关所在地点、地点、地点的规律呢?十分简单:同时开在各个地方。

"热狗摊子,"米尔顿有天晚上晚餐时说。"开头先开个三四处,然后再逐渐增加。"

米尔顿用剩余的保险赔偿金在底特律闹市区的三个购物中心内租了场地。他在一本黄颜色的拍纸簿上勾勒出这些摊点的标志图案。"麦当劳有金色的拱门,是吗?"他说。"我们有海格立斯之柱。"

要是你在一九七八年间曾经沿着蓝色的公路从密执安州驱车前往佛罗里达州。你也许会见到我父亲的热狗连锁餐馆侧面的那些明亮的白色霓虹灯柱子。那些柱子把他身上的希腊传统跟他心爱的本国殖民地时期的建筑结合在一起。米尔顿的柱子代表帕台农神庙和联邦最高法院大楼[①];它们是神话中的海格立斯,也是好莱坞电影里的海格立斯。它们也得到了民众

[①] 联邦最高法院大楼,由美国著名建筑师卡斯·吉尔伯特(1859—1934)所设计的一幢新古典主义风格的大型建筑,位于华盛顿东北部,其主要出入口正对美国国会大厦。

的注意。

米尔顿先从三处海格立斯热狗(商标)店面开始,但是在利润许可的情况下,迅速增加了特许经营的场所。他在密执安州境内开始起步,但不久就扩展到俄亥俄州,从那儿沿着州际公路一直深入到南方。那种方式比较像乳品皇后冷饮店①而不像麦当劳②。座位是最小的或者根本就没有(至多有两三张野餐桌)。没有娱乐场,没有彩票赌博或"欢乐套餐"③,也没有赠品或促销活动。那儿所有的就是在底特律被称作科尼岛④式的热狗,意思是指配了辣椒番茄酱和洋葱的那种热狗。海格立斯热狗是路边的热狗摊,通常并不是什么最好的道路。它开在地滚球场旁边,在火车站旁边,在通往大城市去的小城镇里,总之在凡是房地产价格便宜、而且有许多人或车辆来往的场所。

我不喜欢那些摊子。在我看来,那是从斑马餐厅那富有浪漫色彩的时期起的一落千丈。那些小摆设,那台自动唱机,那个鲜艳的馅饼架子,那些深栗色的火车座都到哪儿去了?那些老顾客都到哪儿去了?我不明白这些热狗摊怎么会比那个餐馆赚的钱多那么许多。但它们确实赚钱。经过第一个不很稳定的年头,我父亲的热狗连锁餐馆开始使他成了一个相当富有的人。除了取得有利的地点外,我父亲的成功还有另一个因素。一种宣传伎俩,或者用今天的说法,一种"标明自身与众不同的手法"。仿制的熏猪牛肉香肠经你一烤,就变得很粗,但海格立斯热狗却做得更好。海格立斯热狗从包装袋里取出来的时候,看上去就像正常的、颜色像乳房一般粉红的熏猪牛肉香肠,可是等它们加热后,便出现一种惊人的变化。热狗在烤架上咝咝作响,从中央鼓了起来,变得粗了一点,是呀,而且屈曲

---

① 乳品皇后冷饮店,美国人麦卡洛一九四〇年所创办的冷饮店,如今在二十五个国家,有近八千家连锁店。
② 麦当劳,由麦当劳兄弟和雷·克罗克在二十世纪五十年代的美国开创的、以出售汉堡包为主的连锁经营快餐店。
③ "欢乐套餐",麦当劳快餐店售给儿童顾客的盒装套餐。
④ 科尼岛,美国纽约市布鲁克林区南部海滩疗养和娱乐中心。

起来。

这是第十一回作出的贡献。有天晚上,我那个当时十七岁的哥哥到厨房里去给自己做一份夜点心。他在冰箱里找到一些热狗。他不想等水烧开,便拿出一个平底煎锅。接着,他决定把热狗切成两半。"我想增加平面区域,"他后来向我解释说。第十一回并没有把热狗纵向切开,试了各种搭配组合,玩耍取乐。他在这儿切了个口,在那儿划了条缝,然后把热狗全部放进一个平底锅,瞧瞧会出现什么结果。

那头一个晚上并没有多少结果。不过我哥哥切开的有几个口子,使热狗呈现出一些很可笑的形状。在那以后,这成了他的一种游戏。他对操作处理烧烤出来的热狗形状变得十分熟练。为了玩耍取乐,他发展了一整套形状滑稽的热狗。有烤热后直立起来的热狗,看去好像比萨斜塔[1]。为了纪念登陆月球,有阿波罗11号[2],它的外皮渐渐伸长,后来,那根熏猪牛肉香肠一下子破裂开来,似乎被发射到空中。第十一回还做出能配合萨米·戴维斯[3]演唱的《波詹格尔斯》跳舞的热狗和其他L形和S形之类字母的热狗,不过他始终没有做成一个Z形的(为了他的朋友,他让热狗表现一些其他的玩意儿。深夜,厨房里会传出一阵笑声。你听见第十一回说:"我管这个叫哈里·里姆斯,"接着其他的小伙子嚷道:"一点儿也不像,斯蒂芬尼德斯!"眼下,我们谈到这个话题的时候,我是唯一对那些陈旧的、八九不离十的广告,对上面刊登的那些鼓起、伸长的红色熏猪牛肉香肠的快照感到震惊的人吗? 审查人员到哪儿去了? 在出现这类广告时,有没有谁注意到母亲们脸上的神情,或者事后她们经常谈论自己究竟喜欢哪种"小圆面包"[4]的方式。我当然注意到了,因为当时我是个姑娘,而这些广告就是专门为了引起我的注意而设计的)。

---

[1] 比萨斜塔,位于意大利西北部城市比萨城内,建于一一七四到一三五〇年,现塔已超出垂直平面4.9米。
[2] 阿波罗11号,美国国家航空航天局的阿波罗计划中第一次进行登月任务的载人宇宙飞船。
[3] 萨米·戴维斯(1925—1990),美国黑人歌唱、舞蹈、戏剧演员,擅长演奏多种乐器。
[4] "小圆面包",原文buns,美国俚语中指屁股。

一旦你吃了一个海格立斯热狗，就再也不会把它忘了。海格立斯热狗的名称很快获得广泛的好评。有家大的食品加工公司提出收买产权，在商店里出售热狗，但米尔顿错误地以为这种广受欢迎的情况永远不会改变，他拒绝了这个提议。

我哥哥除了发明各种海格立斯热狗外，对家里的买卖没有多大兴趣。"我是一个发明家，"他说。"不是一个卖热狗的汉子。"在格罗斯角，他跟一群小伙子混在一块儿；把他们结合在一起的主要环节就是他们的不受欢迎。在他们看来，一个炎热的星期六夜晚的主要内容便是坐在我哥哥的房间里，瞪眼看着埃舍尔①画作的复制品。他们一连几个小时，跟着那些马上又要下楼的人走上楼梯，或者看着鹅变成鱼，然后又变成鹅。他们吃着抹了花生酱的饼干，牙齿上黏满了碎屑，一边根据周期表互相测试。第十一回最好的朋友史蒂夫·芒格常用一些哲学论点惹恼我父亲（"可是你怎么证明你存在呢，斯蒂芬尼德斯先生？"）。每逢我们到学校去接我哥哥的时候，我总用一个陌生人的目光观察他。第十一回不太正常，令人讨厌。他的身体就像一根花梗，支撑着他那郁金香一般的脑袋。他朝汽车走来的时候，经常把头昂着，对树木中的各种现象保持警觉。他并不熟悉流行式样或款式。特茜仍然替他购买衣服。因为他是我哥哥，我很钦佩他，不过我是他妹妹，自己也感到很了不起。上帝在赐予我们各人的天赋时，把所有重要的天赋都给了我。数学方面的天赋赐给了第十一回。文字方面的天赋赐给了我。动手的灵巧能力赐给了第十一回。想像力赐给了我。音乐方面的才能赐给了第十一回。好看的容貌赐给了我。

我一生下来就有的那种秀美的姿容，在我长成一个小姑娘的时候只有更加突出。克莱门蒂娜·斯塔克所以要跟我练习接吻也就不足为奇。大家都想要那样。年长的女服务员弯身凑到我的面前来听我点菜。红脸的小伙子出现在我的课桌旁边，结结巴巴地说，"你—你的橡皮掉了。"就连特

---

① 埃舍尔(1898—1972)，荷兰版画家。

茜遇到为什么事生气的时候，也总低下头看着我——看着我那克娄巴特拉的眼睛——并忘了自己为什么发火。每逢我在星期天把饮料端给那些进行辩论的人的时候，空气中不是总有那种最轻微的噪音吗？彼特大伯、吉米·菲奥雷托斯、格斯·帕诺斯，五十岁、六十岁、七十岁的老人，都从膨脖的肚子上抬起头来，心里是否动了一些自己也不承认的念头？以前在比提尼奥跟他们相同年龄的男人曾经顺利地向一个我这样大的姑娘求婚。在那个地方，只要能持续呼吸，便是一个合适的单身男子。他们懒洋洋地靠在我们的双人沙发上，是不是还记得那些日子？他们是不是在想，"假如这不是美国，我也许就……"？我也无法确定。如今回想起来，我只记得有一个时期，不管我走到哪儿，天底下似乎总有无数双眼睛悄悄地睁开望着我。大多数时间，这些眼睛都隐藏不露，就像绿树丛中绿色蜥蜴闭着的眼睛。但是接着在公共汽车上，在药房里，这些眼睛会蓦地睁开，于是我感到那种咄咄逼人的视线，那种欲望和那种不顾一切的神色。

我每次总花几个小时，欣赏自己的容貌，对着镜子把脸转来转去，或者摆出一副悠闲自在的姿势，想看看我在现实生活中是什么样子。我拿起一面手镜，便可以看到我那当时线条还很匀称的侧面。我梳了梳自己的长发，有时还偷一点母亲的睫毛膏涂在我的睫毛上。不过我那孤芳自赏的乐趣日益被我望着的那一片混浊的水冲淡。

"他又在挤他的小脓疱！"我向母亲抱怨说。

"别这么神经质，卡利。这儿只是有点儿……我来把它擦掉。"

"真叫人恶心！"

"慢慢你也会有粉刺的！"第十一回感到羞愧和生气，从过道里大声嚷道。

"我不会有的。"

"你也会有的！每个人到了青春期，他的皮脂腺总分泌过多！"

"都给我住嘴，你们俩，"特茜说，可是其实她用不着这么说。我自己已经安静下来。主要因为听到青春期这个词。那是当时我作出诸多焦虑的猜测的根源。这个词埋伏在暗处等着我，不时跳出来吓我一跳，因为我并不知道它的确切意思。但如今，至少我知道了一点：第十一回好歹与这个词有关。也许，这不仅说明了粉刺，而且也说明了新近我在哥哥身上发现的另一个情况。

在黛斯德蒙娜整天睡在床上后不久，我以一个妹妹对一个哥哥所有的那种模糊、缓慢的方式，开始发现第十一回的一种新颖的个人消遣。这是在厕所锁上的门里面可以觉察得到的一种活动。遇到我敲门的时候，他声音有些紧张地回答一声，"等一会儿。"不过我比他年轻，对青春期男孩子的迫切需要一无所知。

但现在，请让我往前回溯一段时间。三年以前，第十一回那会儿十四岁，我那会儿八岁，我哥哥跟我开了一个玩笑。那是在一天晚上，我父母正好外出用餐去了。当时雷声隆隆，下着大雨。我正在看电视，第十一回突然出现了，拿出一块柠檬蛋糕。"瞧我有什么好吃的！"他得意扬扬地说。

他慷慨大方地给我切了一小块，看着我吃下去。然后，他说，"听我说，这块蛋糕是星期天吃的。"

"你不守规矩！"

我跑到他面前，想要打他，但他抓住了我的两只胳膊。我们站起来扭打。后来，第十一回提出一个条件。

正如我所说的那样：当时天底下老长出不少双眼睛。这不又多了两只眼睛。那是我哥哥的两只眼睛。他在那间供客人用的浴室里，待在花哨的擦手毛巾中间，站着看我脱下内裤，掀起裙子（假如我给他看，他就不去告发）。当时他站在一段距离之外，尽管受到强烈的吸引，喉结忽上忽下，显得既惊奇又害怕。他没有多少好跟我比较的地方，不过他所看到的东西也没有使他得到什么错误的印象：粉红色的褶皱，一道裂缝。第十一回对我的证件仔细察看了十秒钟，发现没有什么伪造的地方，这时天空的云层一下散开了，我又让他给了我一块蛋糕。

显然，第十一回的好奇心并没有因为看了他八岁的妹妹的下身而得到满足。我猜他如今正在看一些实物的图片。

一九七一年，我们生活中的男人都离开了：左撇子去世了，米尔顿到海格立斯热狗店去了，第十一回一个人到厕所去了。留下特茜和我照料黛斯德蒙娜。

我们得替她剪脚趾甲，得消灭飞进她房间去的苍蝇，得根据亮光移动那些鸟笼，得在每天播放肥皂剧的时候去开电视，还得在报告晚间新闻里的谋杀案件前去把电视关掉。然而，黛斯德蒙娜不愿失去尊严。遇到她要上厕所的时候，她总用内部通话设备呼叫我们，于是我们扶她下床，到厕所去。

用最简单的方法说吧，好多年过去了。窗外的季节不断变换，垂柳撒下无数的叶子，白雪落在平屋顶上，阳光的角度越来越小，在出现上面这些情况的时候，黛斯德蒙娜仍然躺在床上。雪化了，柳树又开始抽芽，她还躺在那儿。太阳升得更高，从天窗里直接投下一道阳光，看上去就像一架她十分急切地想要登上的通向天堂的梯子。

在黛斯德蒙娜躺在床上的时候，发生了下面这样一件事：

利娜姑姑的朋友沃森太太去世了。凭着悲痛一贯带来的那种薄弱的判断力，索梅利娜决定把她们的砖坯房子卖掉，再搬回北方，好靠她的家人近一点儿。她在一九七二年二月回到了底特律。冬天的天气比她所记得的还要冷。更糟的是，她待在西南部的那段日子改变了她的性格。不知怎么，索梅利娜在生活中已经成了一个美国人，身上几乎没有一点儿山村的气息。而她那自我埋葬的表妹却始终无法脱离自己以前所在的村庄。她们俩都七十开外了，不过黛斯德蒙娜是一个头发花白的老寡妇，一心等着蹬腿咽气，而利娜这位完全不同类型的寡妇，却留着一头红发，驾着一辆火鸟牌汽车，穿着束带的斜纹粗棉布裙子，上面还有绿松石的带子搭扣。利娜经过在性方面的那段反正统文化的生活以后，觉得我父母的异性性生活同样是一个奇特有趣的样本。第十一回的满脸粉刺使她十分惊慌。她不喜欢和他共用一个淋浴间。在索梅利娜跟我们住在一起的时候，家里有一种紧张的气氛。她待在我们的起居室里，就像一个退休的拉斯韦加斯的歌舞女演员一样衣着花哨，不合时宜，而且因为我们总用眼角的余光密切注意着她，凡是她做什么，总发出非常响的声音，她的香烟喷出的烟雾渗透到所有的东西上，而吃饭时她酒也喝得太多。

我们渐渐和新的街坊邻居熟悉起来。有皮克特夫妇，纳尔逊以前是佐治亚技术学院橄榄球队的一名阻截球员，如今替帕克-戴维斯制药公司工作。他妻子邦妮老在阅读《路标》①上的一些稀奇古怪的故事。街对面住着"闪亮的眼睛"斯图·菲德勒，一个工业部件的推销员，喜欢喝波旁威士忌酒②，还喜欢和酒吧女招待鬼混。他妻子米齐的头发像个情绪戒指③似的变换着颜色。在这个街区的尽头，住着山姆·格罗辛格夫妇，我们所遇见的头一家正统派犹太教徒，还有他们的独子马克辛，一个很害羞的小提琴神童。然而，山姆举止滑稽；他的妻子赫蒂声音响亮；他们彼此谈到金钱，并没有意识到这样有失礼貌，因此我们在他们周围感到相当自在。米尔特和特茜常常请格罗辛格一家过来吃饭，尽管他们的饮食限制常常叫我们十分为难。比如，我母亲总一路开车穿过市区去买洁净可食的肉④，结果端上桌时只用一种奶油沙司做配料。或者她根本不用那种肉和奶油，只准备一些蟹肉饼。格罗辛格夫妇尽管忠于自己的宗教信仰，但他们本身是美国中西部的犹太人，行事不爱招摇，赞成民族同化。他们躲在自己的柏木围墙后面，到圣诞节还竖起一个装了电灯的圣诞老人。

一九七一年，美国州地方法院的斯蒂芬·J·罗思法官裁定底特律的学校制度从法律上讲，存在种族隔离。他立刻指令各个学校废除种族隔离。只有一个问题。在一九七一年，底特律学生中有百分之八十是黑人。

---

① 《路标》，美国一本宗教月刊。
② 波旁威士忌酒，一种主要用玉米酿制的美国威士忌酒。
③ 情绪戒指，指一种在情绪起伏引起体温变化时能随体温变化而变色的液晶石英戒指。
④ 根据犹太教规，有的动物洁净，如牛、羊，其肉可食；有的动物不洁净，如猪、兔，其肉不可食。水产动物中，无鳞、无翅或带壳者，如带鱼、虾、蛤蜊，其肉不可食。

"这个用校车接送学生的法官爱用校车接送什么就用校车接送什么好了。"米尔顿在报上看到这项裁决时得意地说。"现在没有什么区别了。你瞧见了吧,特茜?你明白你的亲爱的老伴干吗要让孩子们脱离这种学校制度了吧?因为要是我不这样做,那个该死的罗思就会用校车把他们送到内罗毕商业区的学校去,这就是我这样做的原因。"

一九七二年,身高五英尺五英寸的S·宫本被底特律警察部门拒绝录用,因为没有达到五英尺七英寸的身高要求(他试穿过厚底厚跟的鞋等)。他出现在《今夜节目》①上为他的情况申辩。我还亲自写了一封信给警察局长,对宫本表示支持,不过我始终没有收到答复。宫本被拒绝录用。几个月后,警察局长尼科尔斯在一次检阅中从马上摔了下来。"你这是活该!"我说。

一九七二年,H·D·杰克逊和L·D·穆尔劫持了一架南方航空公司的喷气式客机飞往古巴,他们曾为一桩警察暴行提起诉讼,索赔四百万美元,结果因为只判给他们二十五美元的损害赔偿金而极为愤慨。

一九七二年,市长罗曼·格里布斯声称底特律的情况已经好转。市里已经克服了六七年骚乱留下的创伤。因此他不准备再竞选连任。于是出现了一个新的候选人。也就是成为该市头一位美国黑人市长的科尔曼·A·扬。

我已经十二岁了。

几个月以前,在六年级开学的第一天,卡罗尔·霍宁走进教室,脸上略微带着一点显然相当得意的笑容。在这种笑容下面,好像陈列在战利品的架子上一般,是她那在夏天新耸起的乳房。她并不是唯一这样的人。在成长的岁月里,我的不少同学——像成年人爱说的那样——已经"发育"了。

我对这种情况并不是毫无准备。前一年夏天,我在休伦港②附近的庞

---

① 《今夜节目》,美国全国广播公司的午夜电视访谈节目。
② 休伦港,美国密执安州东南一港口,位于圣克莱尔湖畔。

谢韦恩营地待了一个月。随着夏天的时光缓缓地向前推移，我发现我那营地上的伙伴身体里的什么正在张开，就像一个人发现湖对面传来不停的击鼓声一样。姑娘们都变得十分害羞。她们背过身去穿衣服。有些姑娘把自己的姓氏不仅缝缀在短裤和短袜上，而且也缝缀在训练穿的胸衣上。这多半是一件谁也不去谈论的个人私事。不过偶尔也会有引人注目的表现。一天下午，在游泳的时间，更衣室的那扇白铁皮的门哐啷哐啷地一开一关。那种声音从松树干上弹了回来，掠过那片干枯的海滩，到了外边的水面上。我正躺在一个内胎里在水面上漂浮，一边在看《爱情故事》①（游泳时间是我可以阅读一些东西的唯一时间。虽然营地辅导员想要说动我去练习自由泳，但我却坚持每天看上一点我在母亲的床头柜上找到的这本新的畅销小说）。这时我抬起头来。珍妮·西蒙森穿着一件红、白、蓝三色的游泳衣正沿着松叶中的满是尘埃的褐色小路走来。整个大自然见到这个景象都寂然无声。鸟儿都不再啁啾鸣叫。湖里的天鹅都转过巨大的脖子来瞥上一眼。就连远处的一台链锯也关上了发动机。我看着珍妮·西蒙森的优美动人的体态。在她身体四周，午后的金色阳光变得更加强烈。她穿的那件体现爱国主义的游泳衣隆起的方式是别人所没有的。她那修长的大腿上的肌肉收缩起来。她跑到码头的尽头，纵身跳到湖中，一群正在湖里游泳的女孩（她的那些从锡达拉皮兹②来的朋友）都游过去迎接她。

我放低书籍，往下看了看自己的身体。我的身体还和平时一样：平坦的胸部，一点也不丰满的臀部，叉开的、蚊子叮过的腿。湖水和阳光正使我的皮肤脱皮。我的手指上也变得满是皱纹。

由于菲尔医生年老体衰，而特茜又过于拘谨，我到了青春期却并不怎么清楚究竟会出现什么情况。菲尔医生在妇产科医院附近仍然开设一家诊所，不过医院那时已经关闭歇业。他的业务也有了很大的改变。他还剩下几个年长的病人。他们在他的照料下一直活到现在，所以不敢更换医生。

---

① 《爱情故事》，美国作家埃里奇·西格尔（1937—　）一九七〇年创作的畅销小说。
② 锡达拉皮兹，美国衣阿华州东部城市。

其余的都是接受福利救济的家庭。护士罗莎莉负责诊所的一切事务。她和菲尔医生在他们为我接生会面后的一年结了婚。如今，她安排日程，进行注射。她在阿巴拉契亚山区度过童年，因而对政府援助的工作相当了解，她对医疗补助①的各种形式也非常熟悉。

菲尔医生在八十来岁的时候开始对绘画发生兴趣。他诊所的墙上挂满了沙龙风格的画作，用的油彩很厚，回旋盘曲。他不大用画笔，主要用一把画刀。那么他究竟画些什么呢？士麦那吗？黎明时分的码头吗？那场可怕的大火吗？都不是。菲尔医生像许多业余画家一样，认为艺术的唯一适当的主题就是跟自己的经历毫无关系的一片美好如画的景色。他画的是自己从来没有见过的大海远景，自己从来没有去过的林中小村子，最终还配上一个坐在原木上休息的抽烟斗的人物。菲尔医生从来不谈士麦那；万一有人说到那儿，他就走出房去。他从来不提他的头一个妻子，也不提他的遭到杀害的儿女。也许，这就是他得以幸存的原因。

不过，菲尔医生正在成为一个观念陈旧的人。他在一九七二年为我进行年度体检所使用的仍是早在一九一〇年医学院中流行的那种诊断方法。他有一种技巧，假装拍打我的脸来检查我的反射作用，还可以用一个玻璃酒杯来完成听诊。他低头听听我的心脏，从空中我就看到了他秃头上的那片好像加拉帕戈斯群岛②的疥疮（那片群岛每年改变位置，好像一片大陆在地球上漂浮似地掠过他的脑壳，但始终没有痊愈）。菲洛博西安医生身上有股旧长沙发的味儿，发油和泼出来的汤的味儿，以及时间没有一定的打瞌睡的味儿。他的医学文凭看上去仿佛写在羊皮纸上一般。如果为了医治发烧，菲尔医生开了一张医治水疱的药方，我也不会感到奇怪。他对我举止得体，从来都不怎么友好，而且他的大部分话都是对坐在房角一张椅子上的特茜说的。我心里纳闷，不知道菲尔医生不望着我，究竟为了避免什么回忆？难道在那些草率的体格检查中，因为我锁骨的脆弱，或者我那

---

① 医疗补助，指美国由各级政府资助、以穷人和伤残者为对象的医疗补助。
② 加拉帕戈斯群岛，太平洋赤道上一群岛，属厄瓜多尔。

瘦小、充血的肺部发出的鸟叫一般的声音而老是出现地中海东部地区那些姑娘的魅影？他是尽力不去想那些水榭和宽松的长袍呢，还是只是疲惫、老迈，两眼昏花，而又自视甚高，不愿加以承认？

不管会是什么样的答复，年复一年，特茜总很守信义地把我带到他那儿去，以报答他在一场灾难中所做的一项如今他已不再承认的善举①。每次我到他的诊所去的时候，在候诊室里总见到几本同样破旧的《儿童文粹》②。"你能找到这些东西吗？"杂志上的智力测试题问道。而在那棵枝叶四处伸展的栗树上有小刀，有狗，有鱼，有那个老妇人，有烛台——一切都被我的手，我那只好多年前因为耳痛而不住颤抖的手围在中间。

我母亲也避而不提身体方面的问题。她从来不公开谈到性的问题，也从来没有当着我的面脱衣服。她不喜欢下流的玩笑或影片里的裸露镜头。至于米尔顿呢，他也不能跟他的小女儿讲有关两性关系的基本知识，因此在那些年里，我给撂在那儿自己去弄清楚一些问题。

从佐姑姑在厨房里无意中说出来的一些话中，我知道有时女人会遇到一种事儿，一种她们并不喜欢的事儿，一种男人不用忍受的事儿（就像别的所有事儿一样）。不管那是什么事儿，似乎就像结婚或分娩一样，还安全地离得很远。后来有一天，在庞谢韦恩营地上，丽贝卡·乌尔巴努斯爬上一把椅子。丽贝卡是南卡罗来纳州的人，祖先是奴隶主，她的嗓音受过训练。在跟附近营地上来的小伙子跳舞时，她伸出一只手在自己的脸前挥动，仿佛拿着一把扇子。她干吗爬上一把椅子？我们正举行一场新秀发掘演出。丽贝卡·乌尔巴努斯可能是在演唱或朗诵沃尔特·德拉·梅尔③的诗。太阳仍在天的高处；她穿的短裤是白色的。随后，她正在演唱（或朗诵）的当儿，突然她那白色的短裤后面变黑了。起初，那似乎只是周围树木投下的阴影。有几个小孩子在摇手。可是情况并不是这样：我们一群十

---

① 见前第55页。
② 《儿童文粹》，美国一份供儿童阅读的寓教于乐的杂志。
③ 沃尔特·德拉·梅尔(1873—1956)，英国诗人和小说家。

二岁的孩子在一旁坐着观看,每个孩子都穿着营地上的短袖圆领运动衫,扎着印第安人的束发带,我们看到丽贝卡·乌尔巴努斯并没有那样穿着打扮。她的上半身正在进行表演,她的下半身却使她十分狼狈。那块污迹越来越大,成了一片红色。营地的各个辅导员当时拿不准该怎么处理。丽贝卡一边演唱,一边张开双臂。她面对着四面八方的观众站在椅子上转来转去;我们都目不转睛地看着,感到十分困惑和惊骇。某些"年龄较大的"姑娘明白是怎么回事。其他像我那样的姑娘都以为那是给刀刺伤了,或是遭到熊的攻击。就在这时,丽贝卡·乌尔巴努斯看见我们都望着她的下身,于是自己也低头一看,立刻尖声喊叫,从她的那个舞台上逃走了。

我从营地回来的时候身体瘦了一点,皮肤黑了一点,身上令人啼笑皆非地别着一个因为定向赛跑而取得的奖章。但是卡罗尔·霍宁开学头一天十分得意地所展示出的另一种奖章,我却依然没有。我对这一点喜忧参半。另一方面,如果丽贝卡·乌尔巴努斯的不幸是什么暗示的话,那么保持我原来的样子,也许倒安全一点。要是我碰到什么类似的事,那怎么办?我翻检了我的壁橱,把所有白色的衣物都丢出来。我压根儿不再唱歌了。你无法加以控制。你也根本无从知晓。那种情况随时都会发生。

只是我并没有出现那种情况。当我这个年级里的大多数姑娘都开始经历她们自身的转变后,我渐渐变得不怎么为可能出现的意外发愁,反倒为了自身给甩在后面、受到忽视而烦心。

在我念六年级时冬季的某一天,我在上数学课。我们那年纪很轻的老师格罗托斯基小姐正在黑板上写一个等式。在她背后,坐在木面的课桌前的学生不是跟着她计算,就是在打瞌睡,或是互相在背后踢来踢去。那是密执安州冬天的一个灰蒙蒙的日子。外面的草地看去好像一片白蜡。头上,日光灯试图消除冬季昏暗的光线。墙上挂着那位伟大的数学家拉马努金[①](我们女学生们起初以为他是格罗托斯基的外国男朋友)的照片。空

---

① 拉马努金(1887—1920),印度数学家。

气沉闷得就像学校教室里可能出现的那样沉闷。

在我们老师的身后,我们正从自己的课桌上飞越时光。三十个小学生分成整整齐齐的六排,以我们所无法觉察的速度被推向前去。格罗托斯基小姐正在黑板上草草写着等式,我周围的同学却开始起了变化。举例来说,简·布伦特的大腿似乎每星期都变长了那么一点。她的针织套衫在胸前鼓了起来。后来有一天,坐在我边上的贝维利·马斯举起手来,我看见她袖子里头黑乎乎的,原来有一片浅褐色的腋毛。这是什么时候有的?是昨天吗?还是前天?整个那年,等式变得越来越长,越来越复杂。也许是所有的数字,或是那些乘法表;我们在学习求出较大的数目,而凭借新的数学运算,人体取得了意想不到的答案。彼得·奎尔的嗓门比上个月低了两个八度;他并没有注意到这一点。为什么没有?他飞行得太快了。男孩子的嘴唇上边生出桃子上的绒毛。脑门和鼻子上出现了粉刺。最最突出的是,女孩子们正在成为女人。并不完全在心理或情感方面,而是身体方面。大自然正在做好准备。人类编码的最后期限已经到来。

只有坐在第二排的卡利俄珀一动不动,她的课桌不知怎么有些遮挡,因此她是唯一一个看出自己周围那些变化的真实范围的人。在求证验算的时候,她发现特里西娅·拉姆的手提小包就放在她课桌旁的地上,而那天早上她瞥见的收在包里的月经棉塞也在那儿——确切地说,你是怎样使用的?——她能去问谁呢?卡利俄珀依然长得十分漂亮,但不久她便发现自己成了教室里最矮小的姑娘。她的橡皮掉到地下。没有一个男孩子把橡皮送回来。如今在圣诞节的庆典上,她不像过去几年那样扮演马利亚了,而是扮演一个小精灵……但是还有希望,对不对?……因为课桌天天都在飞行;学生们给编成飞行中队,轰鸣着倾斜地穿过时光;于是有天下午,卡利从她那给墨水弄脏了的纸上抬起头来,看到春天已经到来,花儿上满是蓓蕾,连翘正在开花,榆树也变绿了。课间休息时,一些女孩子和男孩子手挽着手,往往在树后接吻。卡利俄珀觉得受骗上当了。"记得我吗?"她对大自然说。"我在等待。我还在这儿。"

黛斯德蒙娜也在等待。一九七二年四月,她提出的跟丈夫在天上会合的申请仍在一个庞大的、天上的官僚机构中传递。虽然黛斯德蒙娜躺到床上去的时候身体仍然十分健康,但是周复一周、月复一月、最终年复一年的不活动,外加她想要断送自己生命的那种非凡的意志力,终于给她带来了回报,也就是《内科医生手册》上的各种病痛。在黛斯德蒙娜躺在床上的那些年里,她肺里生水,腰痛,还有滑囊炎,发过一阵过了五十年才显露出来在病原学上正常的惊厥,接着又同样神秘地消失了,叫黛斯德蒙娜颇为失望;她还生了一场严重的带状疱疹,令她的肋骨和后背上的颜色和肌理都像熟草莓一般,而且仿佛被赶牛刺棒捅得生疼;她得了十九次感冒;生过一星期纯象征性的"无需卧床休息的"轻度肺炎;她有溃疡病、心身白内障,这种眼疾在她丈夫的忌日总使她视线模糊,而这种眼疾基本上给她哭掉了。她还有迪皮特朗挛缩①,一只手的筋膜发炎,促使她的拇指和另外三个手指痛苦地朝手心拳曲,只剩下中指伸着,形成一个下流的手势。

有个医生把黛斯德蒙娜列入了一项对长寿的研究。他正在为一份医药杂志写一篇论述地中海沿岸地区饮食的文章。为了这个目的,他反复向黛斯德蒙娜询问她家乡的菜肴。她小时候吃了多少酸奶?多少橄榄油?多少大蒜?黛斯德蒙娜回答了他的每一个问题,因为黛斯德蒙娜认为他的兴趣表明自己的身体组织结构内最终出了点问题,也因为她从不放过一个在自己的童年领域四处徜徉的机会。这位医生姓米勒,有日耳曼血统,可是说到烹饪,他却抛弃了自己的种族。他怀着战后②所有的内疚,公开批评鲜肉香肠、糖醋烤牛肉和辛香糖醋肉丸,认为它们是近乎毒药的菜肴。它们是食物中的希特勒。相反,他把我们希腊人的日常饮食——我们那浸在番茄酱里的茄子,我们的黄瓜酱和鱼子酱,我们的菜肉烩饭、葡萄干和无

---

① 迪皮特朗挛缩,即掌筋膜挛缩综合征,是最常见的表浅纤维瘤病之一。
② 指第二次世界大战后。

花果——看作潜在的药品,是维持生命、清洗动脉,并使皮肤润滑的特效药。米勒医生所说的话似乎千真万确,因为尽管他只有四十二岁,但他却满脸皱纹,下颚上还有垂肉。灰色的头发在他头的两侧支了出来,而我父亲已经四十八岁,尽管眼睛下面有咖啡颜色的色斑,但他仍然保持着没有皱纹的、淡褐色的面容和一头富有光泽的、浓密的黑发。他们把那种东西称作希腊处方并非毫无道理。那种东西就在我们的食物里!在我们的希腊羊肉菜叶包和烟熏鳕鱼子酱里,甚至在我们的蜜糖果仁千层酥里(这种千层酥并没有失策地含有精制食糖,而只含有蜂蜜),都蕴含着青春的泉水。米勒医生给我们看了他制的图表,列出了居住在底特律市区的意大利人、希腊人和一个保加利亚人的姓名和出生年月。我们看到了我们自己的参加人选——黛斯德蒙娜·斯蒂芬尼德斯,年龄九十一岁——在其余的人当中,身体相当强健。受到阴谋陷害的不少波兰人给烟熏红肠送了命,不少比利时人给油炸土豆毁了,不少盎格鲁-撒克逊人给布丁弄得没了影踪,或者不少西班牙人给口利左香肠①弄得断气身亡,我们希腊人的虚线不断延伸向上,而其他那些人的虚线却在乱糟糟的一堆向下的轨迹里逐渐消失。谁知道呢?作为一个民族,在过去几千年里,我们并没有多少可自负的地方。因此也许可以理解,在米勒医生来我们家出诊时,我们并没有提到左撇子多次中风的那个令人痛苦的反常现象。我们不想用新的资料来使曲线图有所偏斜,所以也没有提黛斯德蒙娜实际上只有七十一岁,而不是九十一岁,而且她总分不清七跟九两个数字。我们也没有提到她的姑母塔利亚和维多利亚;她们俩都在年轻的时候患乳房癌去世。我们也绝口不提那给米尔顿皮肤光滑、年轻的外表内部的血管带来负担的高血压。我们不能这么做。我们不想输给意大利人,或者甚至那个保加利亚人。而且米勒医生一心埋头于他的研究,也没有发现黛斯德蒙娜床旁现场陈列的那些殡葬仪式,亡故的丈夫的照片紧挨着他墓地的照片,以及给独自撇在世上

---

① 口利左香肠,一种西班牙式香肠,用烟熏猪肉加入胡椒、红椒、大蒜和其他调味品制成。

的一个寡妇的许多随身物品。她并不是奥林匹斯山上诸神中的一员,只是唯一依然在世的成员。

这时,我和母亲之间正变得关系紧张。
"别笑!"
"很抱歉,亲爱的。但是真个的,你一点也没有……没有什么……"
"妈!"
"……可以用手托起的地方。"
只听到一声脾气发作的尖叫。十二岁的姑娘迈着双腿跑上楼梯,特茜这时大声说道,"别这么大惊小怪,卡利。要是你想要的话,我们可以给你预备一个胸罩。"我上楼到了自己的卧室里,在把房门锁上后,我在镜子前面脱掉衬衫,看到……我母亲说得不错。一点也没有!压根儿没有什么可以托起的地方。我失望和愤怒地放声大哭。

那天晚上,我最终下楼去吃饭的时候,我用自己所能采取的唯一方式进行报复。
"怎么啦?你不饿吗?"
"我要吃正规的食物。"
"你所谓的正规食物是什么?"
"美国的食物。"
"我得做奶奶爱吃的东西。"
"那我爱吃的呢?"
"你爱吃菠菜馅饼。你一向爱吃菠菜馅饼。"
"唔,我现在不爱吃了。"
"那好,你就别吃。如果你想这样,就饿一顿。要是你不喜欢我们给你吃的东西,你可以就坐在餐桌旁边,等我们吃完了再说。"

我面对着镜子里提供的证据,又受到自己母亲的嘲笑,周围又有许多正在发育的同学,于是得出一个可怕的结论。我开始认为地中海沿岸地区的饮食虽然不顾我奶奶的意愿,使她活着,却也不幸延迟阻碍了我的发育成熟。特茜洒在所有食物上的橄榄油具有某种神秘的力量,可以使人体的生物钟停下,而智力由于不受用于烹调的食油的影响,仍在不断发展,只有这么想,才合乎情理。所以黛斯德蒙娜有着九十岁老人的那种绝望和疲惫的样子,却同时具有五十岁人的动脉。也许,我纳闷地想道,我吃下的ω-3脂肪酸和每顿饭的三样蔬菜该为我的性成熟的速度迟缓负责?难道吃酸奶当早餐阻止了我胸部的发展吗?这很可能。

"你怎么啦,卡尔?"米尔顿问道,他一边吃饭一边在看晚报。"你不想活到一百岁吗?"

"要是我老得吃这些东西,不想。"

但是这时,倒是特茜发起火来。那个几乎两年来一直在照料着一位不肯起床的老太太的特茜,那个自己的丈夫爱热狗胜于爱她的特茜,那个暗地里注意着儿女肠胃的活动的特茜,那个因此当然确切知道油腻的美国食品会如何损害他们的消化的特茜。"你不去买东西,"她眼泪汪汪地说。"你没有看见我看见的东西。你上次到杂货店去是什么时候,'正规饮食'小姐?你知道货架上摆满了什么吗?通便剂!每次我上杂货店去,排在我前面的那个人总是买通便药。而且不只是一盒。他们大量购买。"

"那只是一些老人。"

"那不只是一些老人,我也看见年轻的母亲购买。我看见十几岁的孩子购买。你想知道实情吗?全国的人都大便困难!"

"噢,现在我真想吃啦。"

"是为了胸罩的事吗,卡利?因为要是为了这个,我告诉你——"

"妈!"

但已经来不及了。"什么胸罩?"第十一回问道,接着又笑嘻嘻地说:"难道大盐湖[①]认为她需要一个胸罩?"

---

① 大盐湖,美国犹他州西北部的浅盐水湖。

"住嘴。"

"嘿,我的眼镜一定脏了。让我把镜片洗洗干净。啊,这样好一点儿。现在,咱们来看看——"

"住嘴!"

"不,我并不是说大盐湖经历了哪种地质上的——"

"唔,你的脸倒经历了,粉刺头!"

"仍然和先前一样平坦。完全可以经受时间的考验。"

但这时,米尔顿嚷道,"真他妈的见鬼!"——把我们两个人的声音都压倒了。

我以为他对我们的争吵感到厌烦。

"那个该死的法官!"

他并没有望着我们,眼睛盯着《底特律新闻报》的头版,脸气得通红,接着——由于我们没有提起的高血压——几乎变得发紫。

那天上午,在美国州地方法院里,罗思法官设想出一种取消学校种族隔离的巧妙的方法。如果底特律没有足够的白人学生留下来上学,那他就从其他地方去招收一些。罗思法官声称自己对整个"都市区"都有管辖权,也就是说对底特律市和周围的五十三个郊区都有管辖权,格罗斯角也包括在内。

"我们刚把你两个孩子从那个混乱可怕的地方弄出来,"米尔顿嚷道,"这个该死的罗思倒又想把你们送回去!"

狼獾队

要是你刚打开电视机，我们现在正在播放一场曲棍球比赛的一个了不起的人物！本赛季两个主要竞争对手，BCDS黄蜂队和贝一英狼獾队最后一场比赛的最后几秒。比分是四比四平。中场开球……黄蜂队得球！张伯伦用棍把球传给边锋奥鲁尔克。奥鲁尔克假装往左，却从右边带过去……她到了一个狼獾队队员面前，又碰上另一个……这时她横传给阿米格利阿托！贝姬·阿米格利阿托沿着边线下底！只剩下十秒钟了，九秒钟！替狼獾队守门的是斯蒂芬尼德斯——啊哟，她没有看见阿米格利阿托过来了！她到底在看什么呀？……她正看着一片树叶，各位！卡利·斯蒂芬尼德斯正在观赏一片十分好看的火红的秋叶，但这样做可真不是时候！阿米格利阿托过来了。五秒钟！四秒钟！这是关键时刻，各位，中学初级代表队赛季的冠军马上就要产生了——可是且慢……斯蒂芬尼德斯听见了脚步声。她抬起头来……阿米格利阿托击球射门！啊哟，球像子弹似的直飞过来！在这儿的棚里，都可以感觉到那个球。球直对着斯蒂芬尼德斯的头飞来！她不再注意树叶！她正瞅着那个球……瞅着那个球……天哪，你真不想见到这种景象，各位……

临死之前（不管是由于受到曲棍球的一击，还是其他什么意外），你的一生会在你的眼前一闪而过，情况真的是这样吗？也许并不是你整个一生，而是其中的一部分。秋季的那一天，在贝姬·阿米格利阿托击射出的那个球朝着我的脸飞过来的时候，过去半年发生的事情在我那可能即将消亡的意识中一闪而过。

首先，我们的卡迪拉克牌汽车——这时是一辆金黄色的弗利特伍德——前一年夏天开上了贝克-英格利斯女子学校的长长的车道。后座上坐着我这个被迫前来接受面试的很不快活的十二岁姑娘。"我不想进一所女子学校，"我抱怨说。"我情愿乘校车上学。"①

接着，在接下去那个九月里我七年级开学的头一天，另一辆汽车接我前去上学。以前，我总步行到特朗布利小学去，但预备学校②总带来许多改变：比如，我那格子呢的上面有饰章的新校服。还有，这辆合用的车子，一个被称作德雷克塞尔太太的女人驾驶的一辆浅绿色的旅行轿车。德雷克塞尔太太的头发十分油腻，正变得日益稀疏。在她的上嘴唇上面，作为下一年我在英语课上就要学会识别的征兆的一个实例，是两撇小胡子。

且说，几星期后，那辆旅行轿车正在向前行驶。我望着车窗外的景象；德雷克塞尔太太抽的香烟产生一道青烟。我们朝格罗斯角的中心地区驶去，沿途经过不少装了大门的长长的私人车道，就是总叫我们家感到惊叹和敬畏的那种私人车道。可是现在，德雷克塞尔太太已经转进这些私人车道(我的不少新同学就住在这些私人车道的尽头)。我们隆隆地经过女贞树篱和修剪成形的拱门，来到湖滨一些僻静的住宅，有些女孩子背着书包，笔直地站在那儿等车。她们穿着跟我一样的制服，但不知怎么，制服穿在她们身上就显得不大一样，好像更加匀称合身，更加时髦好看。偶尔，在这幅画面里，还会出现一位发式讲究的母亲，正在花园里修剪玫瑰花。

接着两个月后，在秋季学期临近结束的时候，那辆旅行轿车爬上小山，前往我那不再全新的学校。车上坐满了女学生。德雷克塞尔太太正在点着另一支香烟。她打算在人行道旁停下，预备咒骂我们一句。看到眼前的景象——起伏不平的、碧绿的校园，远处的湖水——她摇了摇头，说，"你们这群姑娘最好现在快活地玩玩。人一生最幸福的时光就是在你青春

---

① 指美国学校为平衡黑白学童比例用车接送外区儿童上学。
② 预备学校，指学生为升学作准备而进的学校，在美国指为上大学作准备的私立中学。

年少的时候。"(当时我十二岁,最不爱听她说这样的话。我想像不出什么是能对一个孩子说的更为恶劣的话。不过,说不定也由于那年开始出现的某些其他的变化,我以为我童年的快乐时期快要结束了。)

在那个曲棍球直飞而来的时候,我还回想起什么别的呢?只是一个曲棍球所能象征的一切。曲棍球,这种新英格兰的运动项目,是从古老的英格兰传下来的,就像我们学校里的一切别的事物那样。那幢学校大楼,以及它那长长的、发出回音的走廊和教堂的气息,它那铅框的窗户,它那哥特式建筑的幽暗。那些有着稀粥的颜色的拉丁文初级读本。午后的茶点。我们网球队行的屈膝礼。我们教师穿的花呢服装。学校课程本身,为了讲述古希腊的历史,表现慷慨悲歌的场面,便从荷马开始,然后径直跳到乔叟[①],接下去再转到莎士比亚、多恩[②]、斯威夫特[③]、华兹华斯[④]、狄更斯[⑤]、丁尼生[⑥]和爱·摩·福斯特[⑦]。只是连贯起来讲。

早在一九一一年,贝克小姐和英格利斯小姐创办了这所学校,在办校章程中说,"为了让女孩子接受人文学科和科学方面的教育,培养她们爱好学习,举止端庄,风度可爱,尤其是对公民义务的兴趣。"这两位女子一起住在校园另一边的"村舍"里,那所木瓦顶的小屋在学校传闻中所占的地位,与林肯的原木小木屋[⑧]在国家的传说中所占的地位相似。每年春天,五年级学生可以去参观一次。她们列队经过那两个单间的卧室(她们说不定给耍了),创办人的桌上仍然放着自来水笔和甘草糖,还有那台她们用来听苏泽[⑨]的进行曲的唱机。贝克小姐和英格利斯小姐的鬼魂与她们

[①] 乔叟(1340?—1400),英国诗人。
[②] 多恩(1572—1631),英国诗人,玄学派诗歌代表人物。
[③] 斯威夫特(1667—1745),英国作家。
[④] 华兹华斯(1770—1850),英国诗人。
[⑤] 狄更斯(1812—1870),英国作家。
[⑥] 丁尼生(1809—1892),英国诗人。
[⑦] 爱·摩·福斯特(1879—1970),英国小说家和散文家。
[⑧] 林肯的原木小木屋,位于美国伊利诺伊州查尔斯顿之南八公里处,原为林肯总统的父亲托马斯·林肯和他继母萨拉·布什·林肯居住的场所。林肯总统实际从未居住于此。原有的木屋已在一八九三年拆除,目前的木屋是根据照片在一九三四年重建的。
[⑨] 苏泽(1854—1932),美国作曲家,曾任美国海军军乐队指挥。

实际的半身像和画像一起常在学校里出现。院子里的一个塑像表现的是两个戴着眼镜、沉浸在春天富于幻想的情绪中的教育家，贝克小姐像教皇那样做出向空气祝福的手势，而（永远处在底部的）英格利斯小姐则回过头去看她的同事要她注意的东西。英格利斯小姐的那顶耷拉着的帽子遮住了她那平凡的容貌。在这件作品唯一的先锋派的手法中，从贝克小姐的头上伸出一根粗电线，电线的顶端翱翔着那个神奇的东西：一只蜂鸟。

……那个旋转的曲棍球叫我联想到所有这一切。不过还有一件别的事儿，一件较为个人的事儿，说明为什么我成了那个曲棍球的目标。卡利俄珀担任守门员时在干什么？为什么她受到面罩和护垫的妨碍？为什么斯托克教练大声朝她喊叫，要她防住这个球？

简单地回答：我不大擅长体育运动。垒球、篮球、网球，我样样都不得要领。曲棍球甚至更糟。我无法习惯于那些滑稽的小球棍，或是那种模糊不清的欧洲战略。由于缺少球员，斯托克教练派我去守门，希望会出现最好的情况。这种事难得发生。有些狼獾队队员缺乏团队精神，坚持认为我一点儿也没有协同配合的精神。这种指控有什么价值吗？我目前的案头工作和缺乏风度两者之间有什么关系吗？我可不打算回答这样的问题。但是为了给自己辩护，我要说，我的那些身体比较健壮的队友里没有一个曾经长着一个像我这样的很成问题的身体。她们不像我那样，当时在腹股沟管里不合理地隐伏着一对睾丸。这些捣乱的器官在我不知道的情况下，生长在我的腹部，甚至还跟有用的东西连结在一起。如果我架起腿来，搁错了位置，或者腿移动得太快，我的腹股沟那儿就会突然一阵痉挛。在曲棍球场上，我时常弯着身子，两眼竖起，那时斯托克教练便在我的臀部上重重地拍上一下。"这只不过是一阵痉挛，斯蒂芬尼德斯。跑一下就好了。"（话说这时，我正移动过去要挡住打来的球，恰好身上感到这样一阵疼痛。我的五脏六腑扭曲在一起，突然产生一阵熔岩流似的灼热的疼痛。我弯身向前，在我的球棍上绊了一下，接着便翻滚着往下倒去……）

不过仍有时间记录几个其他身体上的变化。在七年级开始时，我就开始用牙箍①，一整副牙箍。橡皮筋这时把我的上颚和下颚都钩在一起。我的下巴感到很有弹性，好像一个口技艺人模型的下巴。每天晚上睡觉以前，我总恭顺地把我那中世纪的头盔戴好。不过在黑暗中，虽然我的牙齿给缓缓地强行弄直，但我的脸却开始向一种趋于扭曲变形的较强的遗传倾向让步。我们来意译一下尼采②的话，有两种希腊人：具有阿波罗的气质特征的人和具有狄俄尼索斯③的气质特征的人。我生来就是一个具有阿波罗的气质特征的人，一个受到太阳亲吻的姑娘长着一张四周都是鬈发的脸。可是在我快要十三岁的时候，我的容貌上悄悄显露出狄俄尼索斯气质特征的人所有的成分。我的鼻子起初优美地，后来又不太优美地成为弓形。我的眉毛变得比较浓密，也长成了弓形。我的神情中流露出几分邪恶、狡猾、确实"好色的"意味。

因此，那个曲棍球（这时已经飞得更近，不愿再忍受任何阐述）——那个曲棍球象征的最后一样事物就是时间本身，时间的不可阻挡，我们受到自己的身体牵制，而身体又受到时间的牵制的方式。

那个曲棍球飞速向前，一下子击中了我面罩的侧面，弹进了球网的中心。我们输了。黄蜂队欢天喜地。

我像平常一样，很不光采地回到体操房去。我拿着面罩，往上走出了那片绿色的椭圆形的曲棍球场，那片看上去就像一个露天剧场的曲棍球场。我迈着很小的步子，沿着石子路走回学校。远处，在小山下面，大道的另一边，是圣克莱尔湖。我的外公吉米·齐兹莫曾经假装在那儿死去。那个湖冬天仍然结着冰，但非法贩卖私酒的人不再驾车开过湖上。圣克莱尔湖已经失去了它那阴森不祥的魅力，而且像所有别的事物那样，变得平淡乏味。货船仍然在运输航道上定期往返，不过这时，你看到的多半是游

---

① 牙箍，指用以矫正儿童牙齿的钢丝架。
② 尼采(1844—1900)，德国哲学家、诗人。
③ 狄俄尼索斯，希腊神话中的酒神。

艇：克里斯号、圣塔纳号。鬼船荷兰水手号、四七〇号等。在阳光明媚的日子，湖面仍然可以显得碧蓝，然而，大多数时候，都是冷豌豆浓汤的颜色。

不过我并没有想所有这些情况。我正在估计自己的步伐，设法能走多慢就走多慢。我带着谨慎而关切的神情望着体操房的门。

这时候，那场比赛对所有别的人都结束了，而对我却刚刚开始。我的队友们都气喘吁吁，而我却正在做好心理准备。我得动作优美、迅速、敏捷地把握好时机行动。我得从我所在的场外区域喊道，"注意，斯蒂芬尼德斯！"我得同时既是教练，又是核心球员和拉拉队队长。

因为，尽管在我的身上（在我那阵阵抽痛的牙齿上，在我那异常放纵的鼻子上），已经出现了那种狄俄尼索斯的狂欢，但并不是我身上的一切都变了。在卡罗尔·霍宁挺着全新的胸部来到学校一年半后，我胸部仍然什么也没有。我最终花言巧语从特茜那儿讨来的胸罩，仍然像高等物理学那样只有着理论上的用途。没有胸部，也没有月经。在六年级时，我一直在等待，后来又经过了整个夏天。现在，我已经升到了七年级，我还在等待。出现过一些令人鼓舞的征兆。我的乳头不时会感到疼痛。我轻轻摸了摸，感到那块粉红、娇嫩的肉下面有一个硬块。我总以为这是某种情况的开始。我以为自己开始发育了。但是那种肿胀和疼痛一次又一次地过去了，并没有什么结果。

因此，在我的新学校里，我不得不习惯的所有事情中最不好受的，就是体操房里的更衣室。就连现在，赛季已经过去，斯托克教练仍然站在门口，大声吼叫。"好，姑娘们，快去淋浴！来吧。赶快！"她看见我走来，勉强做出笑脸。"你很努力，"她说，一边递给我一条毛巾。

到处都存在等级制度，但在更衣室里尤其严重。那沼泽似的环境，那些赤裸裸的身体使人又回到了原始的情况。现在，让我把我们的更衣室迅速分类叙述一下。占据最靠近淋浴场所的，是那些"戴着挂有饰物的手镯的姑娘"。我经过的时候，顺着那条水汽濛濛的走道看去，只见她们正做出一些郑重其事的女性动作。一个姑娘正俯身向前，用一条毛巾裹起她的湿漉漉的头发。她十分敏捷地一下子直起身子，把毛巾盘成一块缠头巾。紧挨着她，另一个姑娘正用呆滞的蓝眼睛凝望着远处，一边用润湿济涂抹自己的身体。还有一个姑娘举起一瓶水来对着嘴，显示出她那好像长柱子似的颈项。我不愿去细看，便朝别处望去，不过我仍然可以听到她们穿衣服的声音。在淋浴器的嘶嘶声和脚踏在瓷砖上的啪啪声之上，还有一种又高又细的丁当声传到我的耳朵里，这种丁当声几乎就像祝酒之前香槟酒细长酒杯的碰杯声。那是什么声音？你猜不猜得出来？原来那些姑娘纤细的手腕上戴的细小的银饰物正发出和谐的音调。那是细小的网球拍碰上细小的滑雪板，小型的埃菲尔铁塔①碰上竖起的半英寸大小的芭蕾舞鞋发出的清脆响声。那是蒂法尼②笔下的青蛙和鲸鱼共同合唱的声音，是小狗撞上小猫的丁当声，是鼻子上顶着球的海豹用手摇风琴击打猴子的声音，是楔形干酪撞着小丑们的脸发出的银铃般的声音，是草莓和墨水池的歌唱声，也是情人节的心形物撞击着瑞士奶牛脖子上的铃铛发出的声音。在整个这片柔和的乐声中，有个姑娘把手腕向她的朋友们伸去，好像一个贵妇人在推荐一种香水。她的父亲刚完成公务旅行回家，给她带回这件最新的礼物。

这些戴着挂有饰物的手镯的姑娘，她们是我的新学校的统治者。她们从进入幼儿园的那天起，就上贝克-英格利斯女子学校来。甚至在没进幼儿园以前就如此！她们住在湖的近旁，像格罗斯角的所有居民一样成长起来，装着认为我们这儿浅浅的湖水根本不是湖水，而实际是海洋，是大西洋。不错，这就是那些戴着挂有饰物的手镯的姑娘和她们父母的秘密愿望，不做中西部人，而做东部人，模仿东部人的服装和闭着嘴说话的方式，到马撒葡萄园岛③去避暑消夏，说"回到东部"，而不是"离开东

---

① 埃菲尔铁塔，由法国土木工程师埃菲尔（1832—1923）在一八八七年到一八八九年建于法国巴黎塞纳河左岸的著名铁塔。
② 蒂法尼（1848—1933），美国画家和玻璃品设计者。
③ 马撒葡萄园岛，美国马萨诸塞州东南沿海一岛，为避暑胜地。

部",仿佛他们待在密执安州的时间,只是一次为时很短的旅居。

关于我的那些既有教养、又有信托基金的小鼻子的同学,我能说些什么呢?她们都是勤劳、节俭的实业家的后代(我班上有两个同学都和美国汽车制造商同姓),有没有表现出学习数学或科学的天赋呢?她们有没有显示出在机械方面的独创性?或者对新教的职业道德规范①所作的奉献?一句话,没有。没有比有钱人家的子女更具有说服力的证据来反击遗传决定论了。那些戴着挂有饰物的手镯的姑娘并不读书。她们在上课的时候从不举手。她们坐在后面的座位上,弯身伏在那儿,每天回家就带着一本笔记簿的撑架。(不过也许那些戴着挂有饰物的手镯的姑娘比我更为了解生活。她们从很小的年纪就知道世上多么轻视书本,所以也就不把自己的时间浪费在书本上。而我呢,就连现在都还坚持认为这些白纸黑字具有最大的意义,如果我不断写作,我就可能会在一个坛子里瞥见意识中的一道彩虹。我唯一取得的信托基金就是这个故事,跟一个小心谨慎地在美国社会中享有特权的白人不同,我正在动用本金,把它全部花掉……)

我在七年级走过她们的衣物柜时,对所有这些情况还不知道。现在,回想起来(正如卢斯医生鼓励我做的那样),我很确切地看出十二岁的卡利俄珀看着那些戴着挂有饰物的手镯的姑娘在水汽濛濛的光线下脱去衣服时,心头的感受。她心头是不是感到一阵激动?她那守门员的护垫下的肉体有没有作出反应?我努力回忆,可是想起来的只是一大堆情感:当然有羡慕,但也有鄙视。既感到自卑,又感到优越。而首要的一点,就是惊慌。

姑娘们在我前面正从淋浴间出出进进。她们裸露的身体的不时闪现好像突然发出阵阵呐喊。大约一年以前,这些姑娘还像一些瓷制的小塑像,小心翼翼地把脚趾伸到公共游泳池那经过消毒的池水里。如今,她们都成了体格健美的人儿。我在那片潮湿的空气中走动,觉得就像一个使用水下

---

① 新教的职业道德规范,指强调遵纪守法、勤奋工作、节俭生活、自我约束的价值观。

呼吸管潜游的人。我向前走去,踢了踢我那粗壮的、垫了护垫的腿,透过守门员的面罩目瞪口呆地看着我周围那奇异的水下生活。海里的银莲花从我同学的两腿之间迅速抽芽生长。这些银莲花有各种颜色,既有黑色和棕色的,也有电光黄色和鲜红色的。再往上一点,她们的乳房像水母似的颠颠耸耸,带着令人刺激的红色乳峰柔和地一起一伏。一切都在那股气流中摆动,吸收着显微镜下的浮游生物,每分钟都变得更大。 那些羞怯的、体态丰满的姑娘就像海狮一样潜伏在水的深处。

海面就是一面镜子,映现出不同的演变发展的道路。在上面,是空中的生物;在下面,是水里的生物。一个行星包含两个世界。我的同学对她们身上的丰富特征,就像河豚鱼对自己身上的刺一样,一点儿也不惊异。她们似乎是另一种人。那就仿佛她们具有香腺或有袋动物①的口袋,都是适应繁衍,适应在荒野中生殖所作的变化,跟我这个皮包骨头、受到驯化的无毛的人毫无关系。我匆匆地走过去,内心感到十分孤独,耳朵里鸣响着那个地方的声音。

在那些戴着挂有饰物的手镯的姑娘的前面,接着我走进了短裙集团的区域。她们在我们更衣室中人数最多,短裙集团占据了三排衣物柜。她们待在那儿,身体有胖有瘦。有的脸色苍白,有的满脸雀斑,不是在笨拙地穿上短袜,就是在拉起不合身的内衣。她们就像把我们的格子呢服装合在一起的图案,呆板而不引人注目,不过本身却是必要的。她们的姓名,我一个也不记得了。

经过那群戴着挂有饰物的手镯的姑娘,再穿过短裙集团,卡利俄珀一瘸一拐地走到了更衣室的深处。我匆匆回到了那个排水管里具有早已过时的那种橡胶的喷泉式饮水器旁边,在闪烁的电灯光下,那儿瓷砖开裂,灰泥泛黄;我回到了这个我所隶属的地方,回到了更衣室里我所栖息的这个角落。

那一年,周围环境发生改变的,并不只是我一个人。派校车接送学生

---

① 有袋动物,指袋鼠、袋狸等有袋类哺乳动物。

上学的那种忧虑使得别的家长也开始去察看私立学校。贝克-英格利斯女子学校的物质设施令人难忘,不过得到的捐助数量不多,因而并不反对多收一些学生。于是在一九七二年秋天,我们就来了(淋浴的水汽这时已经变得稀薄;我可以十分清楚地看见我的老朋友):有里蒂卡·丘拉斯沃米,她生着一双黄色的大眼睛和麻雀般的细腰;有乔安妮·玛丽亚·巴巴拉·佩拉奇奥,她长着一只经过矫正的先天畸形的脚,而且(必须承认),她加入了约翰·伯奇协会①:有诺尔玛·阿布道,她的父亲曾去朝觐,就此一去不回。有蒂纳·库贝克,她是一个有捷克血统的人;还有琳达·拉米雷斯,一个有一半西班牙、一半菲律宾血统的姑娘,当时她仍站在那儿,等候眼镜上的雾气消退。别人都把我们称作"外国人的"姑娘,其实追根究底,谁不是这样呢?那群戴着挂有饰物的手镯的姑娘,身上从头至尾不也具有外国的色彩吗?她们脑子里不也充满了奇特的宗教仪式和该吃的食物,充满了部族的语言吗?她们用"假的"代替讨厌的,用"古怪的"代替离奇的。她们吃的是用白面包做的、没有边皮的小三明治——黄瓜三明治、蛋黄酱,以及一种叫作"水田芥"②的东西。在我们进入贝克-英格利斯女子学校以前,我和我的朋友们总感觉自己已经完全是美国人了。但是如今,那群戴着挂有饰物的手镯的姑娘翘起的鼻子表示,还有另外一个我们永远进不去的美国。美国突然变得不再是汉堡包和高速汽车了。美国的代表是"五月花"号③和普利茅斯海岸巨砾④。美国的代表是四百年前两分钟内发生的一件事,而不是后来发生的一切。不是现在发生的一切。

在七年级时,卡利俄珀发觉自己和那一年的新生打成一片,受到她们的接纳和扶持,被她们当作朋友。说这么一句就也够了。在我打开衣物柜

---

① 约翰·伯奇协会,美国一个极端保守的反共组织,一九五八年由退休糖果制造商小罗伯特·韦尔奇创办。
② 水田芥,一种水生植物,其嫩梢可作色拉,其叶呈淡绿色,有胡椒味。
③ "五月花"号,一六二〇年英国清教徒去北美殖民地时所乘船名。
④ 普利茅斯海岸巨砾,指美国马萨诸塞州普利茅斯海岸边的花岗石巨砾,相传为首批英格兰清教徒一六二〇年乘"五月花"号船到达北美的登陆处。

的时候，我的朋友对我充满漏洞的守门什么也没说。相反，里蒂卡十分厚道地把话题转到即将到来的数学测验上。乔安妮·玛丽亚·巴巴拉·佩拉奇奥慢慢地脱下一只齐膝的袜子。外科矫正手术使她右脚的脚踝细得像一个扫帚柄。我每次见到她的脚踝，总觉得自己还算不错。诺尔马·阿布道打开她的衣物柜，朝着里面看了看，大声喊道，"真恶心！"我磨磨蹭蹭，解下我的护垫。在我两边，我的朋友们都瑟瑟发抖、动作迅速地脱光衣服。她们都用毛巾裹着身子。"喂，伙伴们！"琳达·拉米雷斯问道，"有谁可以借给我点洗发剂吗？""要是明儿午餐你帮我端菜，洗盘子，我就借给你。""不成！""那就没有洗发剂。""好吧，好吧。""什么好吧？""好吧，公主殿下。"

我等她们离开后才把衣服脱掉。首先，我脱下我那齐膝的袜子。我把手伸到运动衫里面，脱下短裤。我用一条浴巾裹住腰部，然后才解开运动衫的背带，把它从头上脱下。于是我身上只剩下那条浴巾和紧身内衣。现在，到了耍花招的那个部分。我戴的胸罩尺寸是 30 AA。在两个胸罩窝之间的胸罩上，有一个很小的玫瑰形标志，还有一个标签，上面写着："年轻的小姐，奥尔加制。"（特茜曾经劝我弄一副老式的试用胸罩①，但我要一副看上去就像我的朋友们所戴的、最好还有衬垫的胸罩。）如今，我就把这个玩意儿束在我的腰上，搭扣仍在前面，然后把它转到适当的位置。这时，我把两只胳膊，一次一个袖子，从内衣里抽出来，这样一来，内衣便像一件斗篷似的披在肩上。我两只手在内衣里面活动，把胸罩顺着我的身体向上移动，直到最后可以把我的胳膊再伸进袖孔为止。等做好这一切后，我在浴巾下穿上短裙，脱去内衣，穿上衬衫，再把浴巾扔开。我一刻都没有赤身露体。

唯一目睹我的狡猾手法的玩意儿就是我们学校的那个吉祥物。在我背后的墙上，有一面褪了色的毡制的奖旗，上面写着："一九五五年本州曲

---

① 试用胸罩，指专为胸部刚刚开始突起的年轻女孩设计制作的胸罩。

棍球冠军。"在这面奖旗下面，摆出她那惯有的无忧无虑的姿势的，就是那个贝-英狼獾队队员。她睁着亮晶晶的小眼睛，露出锐利的牙齿和逐渐变得尖细的鼻子，倚着曲棍球球棍站在那儿，右脚横跨过来贴着左脚脚踝。她穿着一件蓝色束腰外衣，系着一根红色腰带。在她的两个毛茸茸的耳朵之间扎着一条红色的缎带。要说出她究竟在笑还是在吼叫，可不那么容易。在我们这个狼獾队队员的身上，有种耶鲁大学学监助理的顽强作风，不过神态也很娴雅。狼獾队队员打球并不只是为了取胜。她打球还为了保持体形。

我在附近的喷泉式饮水器那儿用一只手指按了一下上面的小洞，使水喷到空中很高的地方。我把头伸进这道水流。斯托克教练在让我们离开前总要用手摸摸我们的头发，弄清楚头发潮了没有。

我给送进私立中学的那一年，第十一回进了大学。虽然他平安地躲开了罗思法官的长胳膊，但别人的胳膊却已朝他伸去。上一年七月一个炎热的日子，我正顺着楼上的过道往前走去，就听见第十一回的卧室里传出一个陌生的声音。那是一个男人的声音，正在念数字和日期。"二月四日，"那个声音说，"三十二。二月五日——三百二十一。二月六日……"那扇折门并没有闩上，因此我朝里面张了一眼。

我哥哥正躺在床上，拿特茜用钩针给他编织的一条旧阿富汗毛毯①裹着身子。他的脑袋在床的一头——两只眼睛目光呆滞——两条白腿在床的另一头。在房间另一边，他的立体声扩音机正开着，收音机的指针不断跳动。

那年春天，第十一回收到了两封信，一封是密执安大学寄来的，通知他已被该校录取。另一封是联邦政府的公函，通知他已经合格应征入伍。从那以后，我这个不关心政治的哥哥就对时事产生了不寻常的兴趣。每天

---

① 阿富汗毛毯，一种通常带有几何图案的针织软毛毯。

夜晚，他和米尔顿一块儿从电视上观看新闻，跟踪军事发展，密切注意亨利·基辛格①在巴黎和谈②时小心谨慎的谈话。"权力最能激发情欲，"基辛格相当出名地这么说，他的话一定是对的，因为第十一回每天夜晚都受到电视机的吸引，关注着外交方面的谋划筹算。同时，米尔顿则给做父母的(特别是做父亲的)那种奇怪的欲望所驱使，想要看到子女重复他们自己所受的痛苦。"参军或许会对你有点儿好处，"他说。听到这句话，第十一回答道，"我要上加拿大去。""你不可以这么做。如果他们招你入伍，你就要为国效劳，就像我做的那样。"接着特茜说："别担心。在他们找到你以前，整个事情就会结束。"

然而，一九七二年夏天，在我瞅着我那给数字弄得傻了眼的哥哥时，那场战争仍在公开进行。尼克松的圣诞轰炸仍在等候着节日的到来。基辛格仍在巴黎和华盛顿之间穿梭飞行，保持着他那性的魅力。实际上，巴黎和约③要到下一年一月才签订，而最后一批美国士兵要到三月才从越南撤出。但是在我朝房间里张望，看到我哥哥那懒洋洋的身体时，谁都不知道这一切。我只发现做一个男人有多奇怪。社会歧视妇女，这毫无疑问。但在送往战场这桩事上出现的歧视，又该怎么说呢？哪种性别的人给当真认为是可以牺牲的？我对我的哥哥起了一种前所未有的同情与保护之心。我想到第十一回穿着军装，隐伏在丛林里。我想像他负了伤躺在担架上，于是哭起来了。收音机里的声音低沉单调地说道：二月二十一日——一百四十一。二月二十二日——七十四。二月二十三日——两百零六。

我一直等到三月二十日，也就是第十一回的生日那天。当时，电话里的那个声音宣布了他的应征号码——两百九十，他决不会上战场——我冲进了他的房间。第十一回一翻身下了床。我们彼此望着，随后——那在我们之间几乎是空前的——我们拥抱在一起。

---

① 亨利·基辛格(1923—)，美国国家安全事务顾问，国务卿(1973—1977)。
② 巴黎和谈，一九六八年五月十三日，美国和越南在巴黎开始了正式的和谈。
③ 巴黎和约，指一九七三年一月美国和越南签订的终止越南战争的巴黎和约。

下一个秋天，我哥哥并没有到加拿大去，而是前往安阿伯①。正如第十一回的蛋卵落下去的时候那样，我又给孤零零地撇下了。我独自待在家里，发现父亲因为晚间新闻而越来越生气，对美国人进行战争（尽管使用了凝固汽油弹）的那种"杂乱无章"的方式颇为失望，对尼克松总统则日益同情。我也独自察觉了开始困扰母亲的那种无所事事的感觉。第十一回离开了家，而我也长大了，特茜觉得自己手头空闲的时间太多。她开始到阵亡将士亲属中心去参加一些学习班来消磨时间。她学会了剪贴工艺。她还编织悬挂植物的套子。我们的宅子里开始放满了她的工艺产品。有彩绘的篮子，饰有小珠的帘子，上面挂着各种东西的镇纸，干花，彩色的谷物和豆类。她继续模仿古代式样制作，在墙上挂了一块旧的洗衣板。她还练习瑜伽②。

米尔顿对反战运动的厌恶和特茜的无所事事的感觉两相结合，促使他们开始阅读共有一百十五卷的整套《世界名著丛书》。彼特大伯早就对这套书大为称赏，更不用说在星期天的辩论中，为了驳倒他人的论点而把这套书中的话语大肆引用了。既然学习气氛这么浓厚——第十一回在主修工程学，我在跟着西尔伯小姐学习一年级的拉丁文（西尔伯小姐上课时也戴着太阳眼镜）——米尔顿和特茜便认定这也是充实完善他们所受教育的时候。《世界名著丛书》分成十盒寄来了，每盒上都盖有印记，说明其中的书籍。亚里士多德③、柏拉图④和苏格拉底⑤在一盒里；西塞罗、马可·奥勒利乌斯⑥和维吉尔⑦在另一盒里。我们把这套书放上米德尔塞克斯那嵌入墙内的书架，看到了那些作者的姓名，许多是熟悉的（比如莎士比亚），也有一些比较陌生（比如，波伊提乌⑧）。对经典名作的抨击当时尚未风

---

① 安阿伯，美国密执安州东南部城市，密执安大学的所在地。
② 瑜伽，健体和控制呼吸的锻炼。
③ 亚里士多德（公元前384—前322），古希腊哲学家。
④ 柏拉图（公元前427—347），古希腊哲学家。
⑤ 苏格拉底（公元前469—399），古希腊哲学家。
⑥ 马可·奥勒利乌斯（121—180），罗马皇帝（161—180），新斯多葛派哲学的主要代表。
⑦ 维吉尔（公元前70—前19），古罗马诗人。
⑧ 波伊提乌（480—524），古罗马哲学家和政治家。

行。再说,《世界名著丛书》是以和我们自己颇为相似的作家姓氏(如修昔底德①)开始的,因此我们觉得自身给包括在内。"这是一本好书,"米尔顿说,一边拿起弥尔顿的作品。唯一叫他感到失望的是,这套书里没有一本艾恩·兰德②的作品。尽管如此,那天晚上晚餐以后,米尔顿还是向特茜朗读起来。

他们按照年月的顺序往下朗读,从第一卷开始朝着第一百十五卷读去。我一边在厨房里做功课,一边听见米尔顿那洪亮、锐利的声音说,"苏格拉底:'艺术的衰退似乎有两个原因。'阿德曼托斯③:'两个什么原因?'苏格拉底:'我说财富,还有贫穷。'"等柏拉图的著作变得难以读下去后,米尔顿提议先跳到后面,去看马基雅弗利④的著作。这样过了几天,特茜要求念托马斯·哈代⑤的作品,但念了一个小时,米尔顿就把那本书放下了,并没受到什么感动。"荒原太多啦。"他抱怨说。"这也是荒原,那也是荒原。"接着,他们念了欧内斯特·海明威⑥的《老人与海》,十分欣赏随后就放弃了整个计划。

我提起父母未能把《世界名著丛书》攻读下去是出于一个原因。在我成长的整个岁月里,那套书始终放在我们书房的架子上,沉甸甸的,有着金色的书脊,显得相当气派。就连在那时,这套《世界名著丛书》也对我产生影响,默默地鼓励我去追寻人类所有的梦想中最无聊的梦想,梦想写一本配得上跟它们放在一起的书,也就是第一百十六卷世界名著,封面上有另一个很长的希腊姓氏:斯蒂芬尼德斯。那是我年纪轻轻、脑子里还充满宏伟的梦想的日子。如今,我已经放弃了名垂后世、达到完美浑成的文

---

① 修昔底德(约公元前460—前400),希腊历史学家。
② 艾恩·兰德(1905—1982),俄裔美国女作家、哲学家。
③ 阿德曼托斯,古希腊哲学家柏拉图之兄。
④ 马基雅弗利(1469—1527),意大利政治思想家、历史学家、作家,认为为达政治目的可不择手段。
⑤ 托马斯·哈代(1840—1928),英国小说家、诗人。
⑥ 欧内斯特·海明威(1899—1961),美国小说家,《老人与海》是他在一九五二年出版的一部中篇小说。

学境界的任何希望。我不再关心我是否写了一部伟大的作品,我想要的只是一部不论具有什么缺点,都会给我那难以忍受的生活留下一份记录的书。

在我把那些书放到架子上去的时候,那种生活终于显示出它的本来面目。因为卡利俄珀正在那儿打开另一个纸盒。她正在那儿把第四十五卷(洛克①、卢梭②)拿出来。她并没有踮起脚来,正在那儿把手朝上伸去,把那本书放进顶上一层书架。而特茜也在那儿,抬头朝上看着,说道,"你真长大啦,卡尔。"

这结果成了一种相当保守的说法。从念七年级的一月开始,一直到接下去的八月,我那先前固定不变的身体经历了突飞猛进的发育生长,带来不寻常的体形和无法预见的后果。尽管我在家里吃的仍然是地中海沿岸地区的饮食,但新学校里的食物——鸡肉馅饼、土豆条、方块果子冻——抵消了它那青春泉水的影响,而且除了一个方面以外,我在其他各方面都开始成长。我以我们在地球科学③课上读到的绿豆的生长速度飞速成长。我们学了光合作用,把一盘绿豆放在黑暗中,一盘绿豆放在亮光里,每天用米尺进行计量。我的身体也像一棵绿豆那样朝着天空里的那盏促进成长的大灯不断伸展,而我的情况显得更有意义,因为我在黑暗中也继续成长。夜晚,我关节疼痛,难以入睡。我用电热垫裹住双腿,含笑忍住疼痛。因为随着我那新出现的身高,有件别的事儿最终发生了。毛开始出现在该出现的地方。每天夜晚,我把卧室的门锁上后,就把台灯调成适当的角度,开始数毛。一个星期出现了三根,下一个星期有了六根,两个星期以后有了十七根。有一天,我心情很好,就用一把梳子去梳理了一下。"差不多是时候了。"我说,而且就连这一点也变得不同了:我的嗓音开始变了。

这并不是一下子发生的。我不记得嗓音出现什么突然变化。相反,我

---

① 洛克(1632—1704),英国哲学家。
② 卢梭(1712—1778),法国思想家、文学家。
③ 地球科学,指与地球、地球的构成或其变化有关的科学,如地理学、地质学等。

的嗓音开始缓缓下降，在随后的两三年里不断持续。过去那种尖利刺耳的音调（我总把它用作对付我哥哥的武器）消失不见了。响遏行云地唱出国歌中的"自由"①成了一件往事。我母亲老以为我伤风感冒。女营业员常向我身后望去，寻找那个问她什么的女人。那是一种还算有魅力的声音，一种笛子和巴松管混合在一起的声音。我的辅音有点儿含糊不清，我发出的大多数声音都伴有一种急促的喘息声。而且有些迹象也只有一个语言学家才听得出来，比如中产阶级的省音②，从希腊人传下来变成中西部鼻音的装饰音，就跟别的所有神态表情那样，都是从我爷爷奶奶和父母那儿遗传下来，继续出现在我身上的特征。

我长高了，嗓音也成熟了。不过并没有什么地方看上去不正常。我那瘦小的体格、纤细的腰、小手、小脚和小脑袋都没有在任何人的心里引起什么问题。许多给当作女孩抚养长大的基因男性，并不这么容易跟别的孩子打成一片。从很小的年纪起，她们就显得不同，行动的样子不同，她们无法找到合适的鞋子或手套。其他的孩子管她们叫假小子，或是更糟的名称，女猿人、大猩猩。我那皮包骨头的样子掩盖了我的真实情形。七十年代初期是胸部平坦的大好时光。两性畸形是可以接受的，我那好像患有软骨病的身高和小马驹似的腿，使我具有一个时装模特儿的体态。我的衣服不大合适，我的脸也不大合适，但我那瘦骨嶙峋的样子却相当合适。我具有那种萨卢基狗③的神气。而且，不管出于什么原因——我那爱好幻想的性格，我的书生习气——我对周围的一切相当适应。

尽管如此，某些天真无邪、生性容易激动的姑娘碰到我的时候倒也常会作出那种自己并未觉察的反应。眼下我想到了莉莉·帕克，她总躺在大厅的长沙发上，把头枕在我的膝上，抬头望着我，说，"你长着一个再理

---

① 美国国歌《星条旗永不落》共有四节，每节尾句均为"（星条旗）飘扬在自由的国土，勇士的家乡。"
② 省音，指发音时元音、辅音或音节的省略。
③ 萨卢基狗，一种原来饲养于埃及和亚洲西南部、像灵猩的黑与棕、白、黄相间或三色的猎狗，耳朵、腿及臀部长有长毛。

想不过的下巴。"我也想到了琼·詹姆斯,她总把我的头发拉过去放到她的头上,这样一来,我们就好像合用一个帐篷。我的身体可能释放出一些对我的同学产生影响的信息素①。因为对于我的朋友们使劲儿拖我、倚在我身上的那种方式,还有什么别的原因好用来解释呢?在这个较早的阶段,在我的次要的男性特点显露出来之前,在走道里响起喊喊喳喳议论我的低语声,而姑娘们也不再不假思索就把头靠到我的膝上之前(在念七年级的时候,我的头发很有光泽,还不鬈曲,我的脸蛋儿也光溜溜的,肌肉也还没有充分发育,然而,我却开始显出某种男性的特征,虽然不易觉察,但却明白无误,比如,我抛起橡皮然后接住的那种方式,我用调羹急速去舀人家甜点心的那种样子,或者在班级里发生任何事情的时候,双眉紧蹙、急于跟人辩论的那种神气),在我还是个傻孩子、体貌没有出现什么改变以前,我在自己的新学校里很有人缘儿。

不过这个阶段十分短暂。不久,我的头饰在夜晚跟拳曲的军事力量作战时败下阵来②。阿波罗向狄俄尼索斯屈服了。长得美貌标致的人也许总有那么一点儿喜怒无常,但是到十三岁那年,我却变得越来越喜怒无常。

细看一下那本年鉴。在那年秋天拍的曲棍球队的照片上,我屈下一膝蹲在前排。跟同一教室里的同学在春天拍的照片上,我弯腰曲背地站在后排。我的脸因为害羞而隐在阴影当中(那些年,我脸上老是现出一片迷茫的神情,弄得摄影师们心烦意乱,无法集中注意力。我们全班拍的照片和圣诞贺卡都为此而搞糟了。后来,在我的那些刊登的范围最为广泛的照片上,这个问题终于通过把我的脸完全遮住而得到解决)。

假如米尔顿失去了一个美貌的女儿,我可始终都不知道。在人家的婚礼上,他仍然叫我陪他跳舞,不顾我们一起看上去多么可笑。"来,小妞儿③,"他总这么说,"咱们去轻快地跳一场。"于是我们就去了,矮胖的

---

① 信息素,生物体释放的一种化学物质,能为一定距离外的同种生物所察觉并影响其行为。
② 意谓头发变得拳曲起来。
③ 原文为希腊语。

父亲用充满自信的、老式的狐步舞的舞步领先跳了起来，而他那个好似动作笨拙的螳螂的闺女则尽力跟着。父母对我的疼爱并没有因为我的容貌而有所减少。然而，我想在我的容貌发生变化的那些年里，父母对我的爱中渗进了一种忧伤，这么说方才公允。他们担心我无法引起小伙子的兴趣，会像佐姑姑那样成为一个舞会上找不到舞伴的姑娘。有时，在我们跳舞的时候，米尔顿会挺起胸来，环顾四周，仿佛看看有没有谁敢说一句挖苦的话儿。

我对所有这种成长作出的反应就是留起头发。我的头发仍然在我的控制之下，不像我身体的其余部分，似乎一心想做什么就做什么。因此，就跟黛斯德蒙娜经过基督教女青年会对她所作的极为糟糕的发式改变一样，我也不肯让任何人修剪头发。在整个七年级一直到八年级，我都坚持这个目标。大学生们游行反战，而卡利俄珀却反对剪短头发。炸弹秘密地投在柬埔寨的境内，而卡利却竭尽全力地保守自己的秘密。等到一九七三年春天，那场战争正式结束了。尼克松总统会在下一年八月离职。摇滚乐正为迪斯科舞曲所取代。在全国各地，发式正在发生变化。但卡利俄珀的头脑，像一个总是很晚才受到时尚影响的中西部人士那样，仍然认为这还是六十年代。

我的头发！我那令人难以相信的浓密的十三岁人的头发！哪个十三岁的人曾经有过像我这样的头发？哪个姑娘曾经召集到那么许多从卡车上下来的罗特鲁特公司[1]的人员。我们家里的排水沟每个月、每个星期、每半个星期都受到堵塞。"天哪！"米尔顿抱怨说，一边开出另一张支票，"你真比那些该死的树根还要厉害。"我的头发像一团风滚草[2]似的被吹到了米德尔塞克斯的每个房间，又像一阵黑色旋风似的在一卷业余爱好者制作的新闻短片中盘旋而过。我的头发多得好像拥有自身的天气系统，因为我那干燥的发梢分叉之处随着静电噼啪作响，而更近一点，靠近我的头皮，

---

[1] 罗特鲁特公司，美国一家清理排水管道、提供铅管维修与维护服务的公司。
[2] 风滚草，苋属植物，每年秋天，其分枝的上半部分脱离根部随风翻滚。

空气就变得如同一片热带雨林那样温暖潮湿。黛斯德蒙娜的头发又长又柔软,但我长着吉米·齐兹莫的那种又长又尖的头发。润发脂决不会使头发伏帖。第一夫人也决不会购买。那是会叫美杜莎①变成石头的那种头发,是比那部弥诺陶洛斯的影片中所有的蛇坑还要曲曲弯弯的头发。

我的家里人饱受折磨。每个角落,每个抽屉,每顿饭里都出现我的头发。甚至在特茜做的米饭布丁上(特茜在把每一个小碗收进冰箱前,还用蜡纸一一盖上),甚至在那些受到妥善的防范保管的甜点心上,也会被我的头发钻进去!在一条条肥皂上都缠绕着乌黑的头发。在一页页书之间也压着一些好像花茎一样的头发。在眼镜盒里,生日卡内,有一次——我可以发誓——甚至在特茜刚敲开的一个鸡蛋里也出现了头发。隔壁邻居的猫有一天咳出一个毛团,而那不是猫身上的毛。"这太令人恶心啦!"贝基·特恩布尔大声嚷道。"我这就要打电话给防止虐待动物协会!"米尔顿想要让我也戴上他的员工依法不得不戴的纸帽子,但没有成功。特茜拿了一把发刷给我,仿佛我仍是个六岁的孩子。

"我—不—明—白—你—为—什—么—不—让—索菲—帮—你—梳—梳—头发。"

"因为我看到她把自己的头发梳成什么样子。"

"索菲的发式非常好。"

"啊!"

"唔,你指望自己的头发是什么样子?你现在的头发像个老鼠窝。"

"就让它这样。"

"不要动。"头发又给刷了几下,拽了几下。每刷一下,我的头都要抽动一次。"不管怎么说,现在流行短头发,卡利。"

"你梳好了吗?"

最后又心情沮丧地梳了几下。接着声音哀怨地说:"至少把头发往后

---

① 美杜莎,希腊神话三个蛇发女怪之一。

扎一下。不要让头发遮住脸。"

我能告诉她什么呢？说这是留长发的全部要点，正要让头发遮着我的脸吗？也许，我看上去不像多萝西·哈米尔[①]。也许，我甚至变得很像我们的垂柳。但我的头发有不少优越之处。我的头发遮住了上有金属丝的牙齿，挡住了我那森林之神的鼻子，掩盖了脸上的斑痕，而最妙的是，它把我藏了起来。剪短我的头发吗？决不！我的头发仍在不断生长。我的梦想就是有朝一日，生活在头发里面。

想像一下我在倒霉的十三岁升入八年级时的模样。我身高五英尺十英寸，体重一百三十一磅。黑色的头发像窗帘似的垂在我的鼻子两边。人们对着我的脸做出敲门的动作，一边喊道，"里面有人吗？"

我确实就在里面。我又能走到哪儿去呢？

---

① 多萝西·哈米尔（1956— ），美国花样滑冰运动员，一九七六年获得奥运会的花样滑冰冠军。

热蜡脱毛抒情诗

我又恢复了以前的习惯。我一个人漫步穿过维多利亚公园;阅读《罗密欧与朱丽叶》①,抽着达维多夫大型雪茄②;参加大使馆的招待会和爱乐团体主办的音乐会,晚间在费尔森克勒尔③兜一圈。秋天是一年中我最喜欢的季节。空气中微微有些寒意,使头脑变得十分活跃,而在所有的学龄儿童看来,对学年的回忆总跟秋天联系在一起。你在欧洲这儿见不到你在新英格兰所能见到的那种色彩斑斓的树叶。树叶好似只在阴燃,决不会变得一片火红。天气仍然暖和得可以骑自行车。昨天晚上,我骑车从舍内贝格区来到米特区的奥林伦堡大街。我碰到一个朋友,一起去喝了杯酒。离开的时候,我骑车穿过街道,受到星系际的拉客妓女的招呼。她们穿着漫画书上的套装,月牙形的靴子,甩动着撩人的玩具娃娃的头发,嘴里喊着"喂,喂"。也许,她们正是我所需要的人儿。领取酬劳,对几乎任何事儿都迁就容忍。对无论什么事儿都不感到震惊。然而,在我踏着车子经过她们的行列,她们的队伍④时,我对她们怀有的并不是一个男人所有的感情。我意识到一个品行端正的姑娘的责备和鄙视,以及一种可以觉察到的、身体方面的共鸣。在她们扭动屁股,用涂黑了的眼睛引我上钩的时候,我脑子里想到的不是我可能对她们如何的种种画面,而是她们必然会是什么情形,一个夜晚接一个夜晚,一个小时接一个小时,都不得不从事皮肉生涯。那些妓女⑤自身并没有十分仔细地对我上下打量。她们只看见我的绸围巾,杰尼亚牌的裤子和闪闪发亮的皮鞋。她们只看见我皮包里的钱。喂,她们叫道,喂,喂。

＊　　　＊　　　＊

那时候也是秋天,一九七三年秋天。只差几个月,我就十四岁了。有个星期天做好礼拜后,索菲·沙逊对我附耳小声说道,"亲爱的,你嘴唇上正长出一丁点儿胡子。让你母亲带你到店里来。我来帮你拾掇一下。"

小胡子?是真的吗?像德雷克塞尔太太那样?我急忙走到盥洗室去看看。齐路拉斯太太正在那儿重新往嘴上涂抹口红。她一离开,我就把脸对着镜子。并没有两撇浓密的小胡子,只是上嘴唇上有几根黑毛。这并不像可能看上去那样令人惊讶。其实,我早就料到了。

正如阳光地带⑥或圣经地带⑦一样,在我们这个由不同的部分形成的地球上,还有一个毛发地带。它从西班牙南部开始,跟摩尔人⑧的影响和谐一致,延伸到意大利黑眼睛的人居住的地区,几乎包括希腊全境,而且肯定包括全土耳其。它向南伸展,把摩洛哥、突尼斯、阿尔及内亚和埃及都包括在内。它继续向前(颜色变深了,就像地图为了表示海洋深度那样),覆盖了叙利亚、伊朗和阿富汗,然后在印度才渐渐稀疏。在那以后,除了代表日本阿伊努人⑨的一个小点外,毛发地带便结束了。

缪斯啊,歌颂希腊妇女和她们对难看的毛发的战斗吧!歌颂脱毛乳膏

---

① 《罗密欧与朱丽叶》,英国诗人、剧作家莎士比亚(1564—1616)在一五九四年所写的一部悲剧。
② 达维多夫大型雪茄,由在瑞士经营烟草生意的犹太人季诺·达维多夫(1906—1994)所制作的名牌雪茄。
③ 费尔森克勒尔,柏林一家风格传统的著名酒吧。
④ 原文为德语。
⑤ 原文为德语。
⑥ 阳光地带,指美国南部西起加利福尼亚州东至北卡罗来纳州和南卡罗来纳州一带。
⑦ 圣经地带,指美国南部基督教基要派流行地带的别名,该派主张恪守《圣经》全部文句。
⑧ 摩尔人,指非洲西北部阿拉伯人与柏柏尔人的混血后代,公元八世纪成为伊斯兰教徒,进入西班牙。
⑨ 阿伊努人,日本一少数民族。

和拔毛镊子吧！歌颂漂白剂和蜂蜡吧！歌颂那些难看的黑毛如何像大流士①的波斯军团横扫希腊大陆似的掠过还不到十一、二岁的姑娘的身体！不，卡利俄珀并不因为自己的上嘴唇上出现一片暗影而感到吃惊。我的佐姑姑、我的母亲、索梅利娜，甚至我的表姐克利奥都为汗毛长在她们不希望它出现的地方而饱受煎熬。当我闭上眼睛，想要闻到童年那些美妙的气味的时候，我是否闻到了烘烤姜饼的气味，或者圣诞树那清新的松脂香呢？主要不是这样。可以说，在我那保持记忆的鼻孔中所充满的气味，都是耐儿除毛剂那有燃烧硫磺味儿的蛋白质分解的臭气。

我看见我母亲把两只脚放在木盆里，等候冒泡的、引起刺痛的泡沫发挥作用。我看见索梅利娜把一罐蜡放在炉子上加热。她们为了使自己的皮肤光滑真是煞费苦心！那些油脂竟在皮肤上留下一片疹子！这一切多么徒劳无益！毛发那个仇敌是无法战胜的。它就是生命本身。

我要母亲为我去跟索菲·沙逊在东区商业步行街开的那家美容院预约一个时间。

金羊毛美容院坐落在一家电影院和一家出售大型三明治的铺子之间，尽力与它的邻居保持距离。美容院的大门口挂了一个风格雅致的凉篷，上面有一个巴黎贵妇的侧影。店铺里面，正面的桌子上放着鲜花，而索菲·沙逊本人也和鲜花一样色彩鲜艳。她穿着一身紫红色的穆穆袍②，戴着手镯和宝石戒指，从一把椅子轻快地走向另一把椅子。"这要做点儿什么？哦，您看上去真漂亮。这种颜色让您年轻了十岁。"接着，她对另一个客人说，"别这么发愁。放心吧。现在，她们就这样处理自己的头发，莱纳尔多，给她讲一下。"于是，穿着低腰紧身长裤的莱纳尔多说道，"就像《罗斯玛丽的婴儿》③中的米娅·法罗④那样。病态的影片，不过她看上去

---

① 大流士（公元前550？—486），波斯帝国国王（522—486）。
② 穆穆袍，一种色彩鲜艳的女式宽大长袍，最初为夏威夷女子所穿，后流行于美国全国。
③ 《罗斯玛丽的婴儿》，由波兰导演罗曼·波兰斯基根据美国作家艾拉·莱文（1929— ）所写同名恐怖小说在一九六八年编导的恐怖影片。
④ 米娅·法罗（1945— ），美国女电影演员，导演伍迪·艾伦的前妻。

真不错。"这时，索菲已经走到下一个人面前。"亲爱的，我来给您提点儿意见。别把您的头发吹干。让它湿着慢慢收干。我还给您弄了一个很难叫您相信的护发素。我是他们指定的经销人。"女人们到这儿来就是为了得到索菲·沙逊本人的注意，美容院可以让她们具有安全感，她们深信在这儿可以一点也不感到难为情地暴露出自身的缺陷，索菲会加以照料。她们到这儿来一定是为了领受她这份爱心。不然，客人们就会发现，索菲·沙逊本人其实倒很需要美容方面的意见。她们会看到她的眉毛好像给魔笔①画得太长，而她的脸则由于她抽取佣金代销的那种博盖斯王妃化妆品②而呈现出砖块的颜色。但是我本人那天，或者在接下去的一个星期里就没有看见？跟其他的人一样，我也没有去评价索菲·沙逊化妆工作的最终效果，相反那种工作的复杂性却给我留下深刻的印象。我像母亲和别的女士一样，知道每天早上索菲·沙逊至少要花一小时四十五分钟去"修饰她的脸"。她得抹上眼霜和涂在眼睛下面的乳霜。她得抹上不同的好几层，就像用虫胶清漆涂刷一把斯特拉迪瓦里③制造的提琴那样。除掉最后那层砖色外，还有一些其他的涂层：用一丁点儿绿色去抑制红色，用一些粉红色去增添一点红晕，眼睛上边加点儿蓝色。她使用了干的眼线笔、液体眼线笔、描唇笔、护唇膏、一种亮肤修颜液和一种细致毛孔润肤剂。沙画是由西藏僧侣一粒沙一粒沙地吹成的，而索菲·沙逊的脸也是用同样艰苦的方式创造出来的。它只持续一天，随后就没有了。

这张脸这时对我们说，"请往这边走，女士们。"索菲跟平时一样亲切热情。她那双每天晚上都抹了雪花膏的手，这时在我们周围不断摆动、抚摸和揉搓。她的耳环看上去像是谢里曼④在特洛伊⑤发掘出来的一样珠

---

① 魔笔，美国商品名，一种记号笔，内含快干及不退色墨水。
② 博盖斯王妃化妆品，由意大利博盖斯王妃（1911—2002）以自己之名一手创立的美容化妆品。
③ 斯特拉迪瓦里（1644—1737），意大利提琴制造家。
④ 谢里曼（1822—1890），德国考古学家，曾在希腊和小亚细亚发掘特洛伊遗址、"米尼亚斯宝藏"遗址及迈锡尼遗址。
⑤ 特洛伊，小亚细亚西北部古城。

宝。她领着我们走过一行正在做头发的女人,经过一排令人窒息的吹风机,穿过一个蓝色的帷幔。在店堂的前部,索菲为人们梳理头发,在店堂的后部,她又去除人们的毛发。在蓝色的帷幔后面,不少半裸体的女人袒露出自己的一部分身体,用热蜡除去汗毛。有一个胖女人仰面躺着,衬衫向上拉起,露出肚脐。另一个女人俯卧在那儿看一本杂志,涂在她的大腿后部的热蜡正在变干。有一个女人坐在一把椅子上,她的鬓脚和下巴上都抹着暗金色的蜡,还有两个漂亮的年轻女人躺在那儿,腰部以下都裸露在外,正在把穿比基尼泳装留下的印子去掉。蜂蜡的气味相当强烈,十分好闻。那种环境就像洗土耳其浴,却并不热不可挡,只有一种对一切都松松垮垮的懒散的感觉,水蒸气从蜡罐上袅袅上升。

"我只要把脸拾掇一下,"我对索菲说。

"她的口气听起来好像她付账似的,"索菲开玩笑地对我母亲说。

我母亲笑起来,其他的女人也跟着发笑。大家都笑嘻嘻地朝我们望着。我是从学校直接来的,所以还穿着校服。

"高兴一点儿,你只要把脸拾掇一下,"一个想要去掉身上的比基尼泳装纹路的女人说。

"再过几年,"另一个说,"你可能会到南方去。"

马上响起一片笑声。有几个人眨眨眼睛。叫我惊讶的是,就连我母亲的脸上也泛出一丝诡秘的笑容。仿佛一到蓝色的帷幔后面,特茜就成了另一个人那样。仿佛既然我们如今一块儿接受热蜡除毛,她就可以像对待一个成年人那样对待我。

"索菲,也许你能说服卡利让她把头发剪短,"特茜说。

"就你的脸型而言,是太浓密了一点,亲爱的,"索菲低下头对我说。

"对不起,我就做一下热蜡除毛,"我说。

"她不听话,"特茜说。

一个(从毛发地带的边缘地区来的)匈牙利女人出面接待我们。她用吉米·帕潘尼古拉斯做快餐的那种效率让我们在房间四周坐下,好像我们都是烤架上的食物:那个颜色红得像一大片加拿大熏咸肉的胖女人待在一个角落里。特茜和我待在尽里边,好像家常炸土豆片似的挤在一起,左边躺着的是那两个想要去掉比基尼泳装的纹路的女人,她们把给太阳晒黑的那一边身子朝着上面。赫尔加使我们大家身上不断发出咝咝的声音。她捧着铝盘子从一个人走到另一个人,用一个平底的大木匙把像槭糖浆颜色一样的蜡敷在需要敷的地方,同时在蜡变硬以前用好几条纱布往上按按。等那个胖女人在一侧给做好后,赫尔加把她的身子一下子翻了过去。特茜和我躺在椅子上,听着蜡给猛地拉掉。"哎呀!"那个胖女人喊了一声。"不要紧的,"赫尔加轻蔑地说。"我做得十分地道。""啊唷!"一个想把比基尼泳装的纹路去掉的女人叫道。于是赫尔加采取一种古怪的女权主义者的立场,说,"瞧瞧你为男人们做了些什么?你吃苦受罪,真不值得。"

这时,赫尔加来到我的面前。她握住我的下巴,把我的头从一侧扳到另一侧,仔细察看。她把蜡敷在我的上嘴唇上面,随后走到我的母亲身边,也照此这么做了。过了三十秒钟,蜡就变硬了。

"我有一个你想不到的消息要告诉你,"特茜说。

"什么消息?"我问道,赫尔加这时把蜡拉下来。我可以肯定我那刚冒出头来的胡须不见了,我的上嘴唇也不见了。

"你哥哥圣诞节要回来。"

我的眼睛里满是泪水。我眨了眨眼睛,什么话也没说,一时惊呆了。赫尔加转身对着我的母亲。

"是一个意想不到的消息,"我说。

"他还带来一个女朋友。"

"他有一个女朋友吗?谁会跟他谈恋爱呢?"

"她的名字叫……"赫尔加使劲儿把蜡拉下。过了一会儿,我母亲才接着说道,"梅格。"

从那时起，索菲·沙逊便负责处理我脸上的汗毛。我每个月大约去两次，把脱毛也加在一张不断增多的需要保养的项目的单子上。我开始刮掉我腿上和腋下的汗毛。我还修修眉毛。我学校里学生穿着打扮的守则规定不准使用化妆品。但是到了周末，我总在一定范围内进行试验。里蒂卡和我在她的卧室里涂脂抹粉，把一面有柄的镜子传来传去。我特别爱用引人注意的眼线膏。我的榜样就是玛丽亚·卡拉斯①，或者也可能是《滑稽姑娘》中的巴巴拉·史翠珊②，那个得意扬扬的长鼻子的女歌唱家。在家里，我总偷偷地在特茜的浴室里四处窥探。我爱好那种好像护身符一般的小瓶润肤剂，那种气味芬芳、似乎可以吃的乳霜。我还试用了她的蒸气洁面器。你把脸对着那个塑料的圆锥体，受到热风的吹拂。我不碰油腻的滋润皮肤的化妆品，担心它们会使我出皮疹。

自从第十一回上大学以后——他这时已经是一个二年级的大学生了——浴室就由我独用。这一点从药品柜里放的东西就可以明显地看出来。在一个小酒杯里笔直地插着两把粉红色的雏菊牌剃刀，旁边是一个普丝牌速效洗发剂的喷雾罐子。一管好像软性饮料口味的"佩珀博士响吻"的护唇膏，紧贴着一瓶"哟，您头发的气味真香"的发乳。我的布雷克洗涤剂保证可以叫我成为"美发的姑娘"（但我不已经是这么个姑娘了吗？）从那儿，我们转向面部的化妆品：我的埃皮粉刺清除用具，我的卷发钳；一瓶我认为总有一天会需要的女用铁质丸剂；一瓶盖上有小孔的"可爱娇嫩婴儿"的爽身粉，还有我的一罐"柔和干燥"无刺激性的止汗喷雾剂、两瓶香水（这两瓶伍德休牌香水是我哥哥给我的一件有点令人不安的圣诞礼物，因此我始终没有用）以及尼娜·里奇③的时代气息牌香水（"只有思想浪漫的人才需要搽它"）。此外，我还有一桶若朗汗毛褪色膏，专供约定到金羊毛美容院去的日子之间使用。在这些具有象征意义的物品之间，零

---

① 玛丽亚·卡拉斯(1923—1977)，美国歌剧女高音歌唱家，出生于纽约的希腊裔家庭。
② 巴巴拉·史翠珊(1942—   )，美国电影演员、歌手，曾在音乐舞台剧和电影《滑稽姑娘》中饰演喜剧演员范妮·布赖斯，获一九六八年奥斯卡最佳女主角奖。
③ 尼娜·里奇(1883—1970)，意大利时装设计师、香水制作者。

零散散地放着一些Q牌棉花签和棉花球、描唇笔、密丝佛陀眼睛化妆品、染睫毛膏、胭脂以及我在一场想使自己变得美丽的失败的战斗中所用的所有别的玩意儿。最后，藏在柜子最里面的，是母亲有天给我的一盒高法丝月经棉。"咱们最好手边备上点这个，"她说，这叫我大吃一惊。除了这句话以外，没有什么进一步的说明。

一九七二年夏天，我给第十一回的那次拥抱结果竟成了一种诀别，因为我哥哥念完大学一年级，又从学校回到家里来的时候，完全成了另一个人。他也留起了头发（并不像我这么长，不过还是留了）。他开始学弹吉他。他鼻梁上架着一副老奶奶戴的眼镜。他不再穿直筒裤，而是穿着褪色的喇叭粗布裤。我家里的人一向喜欢自我改变。我在贝克-英格利斯女子中学念完了第一年，升入第二年的时候，我从一个身材矮小的七年级学生变成一个个子高大惊人的八年级学生的时候，第十一回在大学里从一个学科学的家伙转变成一个约翰·列侬①似的人。

他买了一辆摩托车，开始深思，自称他理解《二〇〇一年：太空漫游》②，甚至连结尾也理解。但是直到第十一回往下走到地下室，跟米尔顿一起打乒乓球的时候，我才明白这一切背后的含意。我们的乒乓球台已经有了好多年了。可是直到那时，不论我或我哥哥怎样练习，我们从没有几乎打败米尔顿。不论是我的远台进攻，还是第十一回双眉紧皱、聚精会神地应战，都应付不了米尔顿那刁钻的旋转球，或是他那穿过我们的衣服，在我们的胸口留下红印子的"致命一击"。可是那年夏天，情况变得不同了。米尔顿刚采用他的飞快的发球，第十一回就毫不费力地回了过去。米尔顿使出他在海军里学来的侧旋球，第十一回也打出旋转球反击。甚至在米尔顿猛力打出一个必胜的球时，第十一回反应神速，也回了过

---

① 约翰·列侬（1940—1980），英国流行乐手，"披头士乐队"四名成员之一，乐队所演唱的歌曲大多由他作词。
② 《二〇〇一年：太空漫游》，由美国电影剧作家、导演斯坦利·库布里克（1928—1999）在一九六八年编导的一部科幻片。

去。米尔顿开始出汗了。他的脸变得通红。第十一回依然相当冷静。他脸上有一种奇怪的心不在焉的神情,眼睛的瞳孔都扩大了。"来呀!"我鼓励他说。"打败爸爸!"十二比十二。十二比十四。十四比十五。十七比十八。十八比二十一!第十一回赢了!他打败了米尔顿!

"我用了迷幻药,"他后来解释说。

"什么?"

"窗玻璃①。用了三服。"

迷幻药使一切似乎都在缓慢的动作下发生。米尔顿的最快的发球,他的最刁钻的旋转球和大力抽杀,似乎都在空中飘浮。

LSD迷幻药②?用了三服?第十一回一直眼前充满幻觉!他在用餐时眼前也充满幻觉!"这是最难忍受的地方,"他说。"当时我正看着爸爸把鸡切开,接着那只鸡竟拍着翅膀,飞走了!"

"这孩子怎么啦?"我隔着那堵把我们的房间隔开的墙壁听见父亲问母亲。"如今他谈起要不念工程学了,说工程学太枯燥乏味了。"

"这只是一个阶段,会过去的。"

"那样就好。"

不久以后,第十一回回到大学去了。他并没有回来过感恩节。因此等一九七三年圣诞节即将到来的时候,我们都不知道再见到他的时候他会是什么样子。

我们很快弄清楚了。正如父亲所担心的那样,第十一回放弃了当一名工程师的计划。他告诉我们,现在他主修人类学。

作为他念的一门课程的部分作业,第十一回在那个假期的大部分时间里都进行着他所谓的"实地调查"。他随身带着一台磁带录音机,把我们所说的一切都录下来。他记录了我们的"思维方式"和"亲属结合的种种仪式"。他自己几乎什么话也没说,声称他不想影响调查的结果。然而,

---

① 窗玻璃,系LSD迷幻药的俗称。
② LSD迷幻药,LSD系麦角酸二乙基酰胺的缩略,是美国吸毒者常用的麻醉致幻药物。

第十一回在看着我们的大家庭吃喝、开玩笑和争论的时候,有时也会扑哧一笑,一旦他个人有了一项重大发现,就会向后靠在椅子上,从地板上抬起脚上的那双大地鞋①。随后,他探身向前,开始发了狂似地在笔记簿上写起来。

正如我说过的那样,我们一块儿长大的时候,我哥哥对我并不怎么注意。然而,那个周末,第十一回为他那耽于观察的新癖好所驱使,对我起了一种新的兴趣。星期五下午,我正在厨房的桌上用功做一样预先布置的家庭作业,他走来坐下,沉思地盯着我看了好半响。

"是拉丁文吗,嗯?她们在那所学校里就教你这个?"

"我很喜欢。"

"你是个恋尸狂吗?"

"什么?"

"就是爱好研究死人的人。拉丁文已经失去了生命,对不对?"

"我不知道。"

"我也懂一点儿拉丁文。"

"真的吗?"

"舔阴②。"

"别说下流的话。"

"吮吸鸡巴③。"

"哈,哈。"

"阴阜④。"

"我真笑得受不了了。你真要了我的命。瞧,我没气儿了。"

第十一回安静了一会儿。我想要接着阅读,但感到他正目不转睛地盯着我。最后,我心头火起,把书合上,说道,"你在看什么?"

---

① 大地鞋,一种前掌比后掌厚、穿着舒适的方头鞋,因于一九七〇年四月二十二日地球保护日从丹麦引入美国,故名。

②③④ 原文为拉丁文。

停顿了一会儿,我哥哥一贯如此。在他的老奶奶眼镜后面,他的目光显得十分随和,但在目光后面的头脑却正在分析思考。

"我在看着我的小妹妹,"他说。

"好吧。你看过了。现在走吧。"

"我在看着我的小妹妹,同时想着她已经不再像我的小妹妹了。"

"你这话究竟是什么意思?"我问。

又停顿了一会儿。"我也不知道,"我哥哥说。"我正想弄明白。"

"唔,等你弄明白后,也告诉我一声。眼下,我可有功课要做。"

星期六上午,第十一回的女朋友来了。梅格·泽姆卡跟我母亲一样身材矮小,跟我一样胸部平坦。她生着灰褐色的头发,童年生活贫穷,因而牙齿没有得到很好的保养。她是个四处流浪的孤儿,个子矮小,但是气力比我哥哥大上六倍。

"你在大学里攻读什么学科,梅格?"我父亲在吃饭的时候问道。

"政治学。"

"这听起来很有意思。"

"我拿不准您会不会喜欢我强调的东西。我是一个马克思主义者。"

"哦,是吗?"

"您开了许多家餐馆,对吗?"

"不错。海格立斯热狗。你有没有吃过?我们得哪天领你到一家铺子里去看看。"

"梅格不吃肉的。"我母亲提醒他说。

"哦,对了,我忘了,"米尔顿说。"唔,你可以吃点儿法式炸土豆条。我们也供应这个。"

"您付给您的工作人员多少工资?"梅格问。

"柜台里的那些人吗?他们领到的是法定最低限度的工资。"

"而您却住在外边这儿格罗斯角的这幢大房子里。"

"这是因为我处理所有的买卖,承担全部风险。"

"在我听起来像是剥削。"

"是剥削吗?"米尔顿笑了。"假如给一个人一份工作就是对他剥削,那我大概是一个剥削的人。在我开始经营这个买卖以前,并没有这些工作。"

"这就跟说奴隶主在建立种植园以前奴隶没有活儿干一样。"

"你可找到了一个真正的活跃分子,"米尔顿转身对着我哥哥说。"你在哪儿遇到她的?"

"是我遇到他的,"梅格说。"在一部电梯的顶上。"

我们这时候才知道第十一回是怎样在大学里消磨时间的。他最喜欢的消遣活动就是把宿舍电梯顶板的螺丝旋开,爬到电梯顶上。他在那儿坐上好几个小时,在黑暗中乘上乘下。

"我头一次那么做的时候,"第十一回这时承认说,"电梯吊舱往上升到顶上。我以为自己会给压扁。但是他们造的时候留了一点儿空间。"

"这就是我们为你付学费的目的吗?"米尔顿问道。

"这就是您剥削您手下的工作人员的目的,"梅格说。

特茜安排第十一回和梅格睡在各自的房间里,但是半夜里,黑暗中传来好些踮着脚儿走动的声音和吃吃的笑声。梅格想要充当我从来没有过的大姐,给了我一本《我们的身体,我们自己》①。

第十一回受到性革命的冲击,也想来教育我。

"你从来没有手淫过吗?"

"什么?"

"你不用感到不好意思。这是很自然的,我的这位朋友对我说你用自己的手就可以做。所以我就走进浴室——"

"我可不想听——"

"——自己试了一下。突然,我阴茎的全部肌肉都收缩起来——"

---

① 《我们的身体,我们自己》,由非赢利性组织波士顿妇女健康书籍社最初在一九七三年出版的一本论述女性健康和性欲的书籍,作者为多名女权主义者。

"在咱们的浴室里吗?"

"后来,我就射精了。当时的感觉真是奇妙极了。要是你还没有试过,卡尔,那你真该试试。女孩子有点儿不一样,但是从生理上说,其实也差不多。我的意思是说,阴茎和阴蒂是类似的结构。你得试验一下看看有什么效果。"

我双手捂住耳朵,哼起歌来。

"你对我用不着有什么顾虑,"第十一回大声说。"我是你哥哥。"

摇滚乐、对马赫西瑜伽大师①的崇敬、窗台上长出来的鳄梨坑,以及彩虹色的卷烟纸。还有什么别的?噢,对了,我哥哥已经不再用除臭剂了。

"你身上真臭!"有天,我在电视室里在他的旁边,反感地说。

第十一回只微微地耸了耸肩。"我是人,"他说,"人就有这种气味。"

"那么人就是臭的。"

"你认为我臭吗,梅格?"

"一点也不臭,"她用鼻子一直闻到第十一回的腋窝。"倒使我动了火。"

"你们都离开这儿好吗?我想看看这个节目。"

"嗜,亲爱的,我的小妹妹想要我们走开。咱们去稍许亲热一下怎么样?"

"好极了。"

"再见,妹妹。我们会在楼上的作案现场②。"

这一切会引起什么呢?只会引起家庭不和,大声争吵,悲苦伤心。那年除夕,米尔顿和特茜各举起一杯科达克酒③祝贺新年,而第十一回和梅

---

① 马赫西瑜伽大师(1917—),印度瑜伽大师,超经验冥想组织的创始人。
② 原文为拉丁文。
③ 科达克酒,一种用葡萄酒和香槟酒调配而成的酒。

格却大口大口地喝了好几瓶象牌啤酒，还不时溜到外面去偷偷地抽一口大麻烟卷。米尔顿说，"你们知道，我一直在考虑最终回老家去一趟。咱们回去瞧瞧爷爷和奶奶的那个村子。"

"并且把那座教堂修缮一下，像你答应过的那样，"特茜说。

"你认为怎么样，"米尔顿问第十一回说。"或许，明年夏天，咱们全家一块儿去度假。"

"我不去。"第十一回说。

"为什么不去？"

"旅游是殖民主义的另一种形式。"

还说了许多诸如此类的话。不久，第十一回就宣称他同米尔顿和特茜的价值观念不同。米尔顿问他们的价值观念究竟有什么不对。第十一回表示他反对物质主义①。"您所感兴趣的就是金钱，"他对米尔顿说。"我可不想像这样生活。"他朝着那间房做了个手势。第十一回反对我们的起居室，反对我们所有的一切，反对米尔顿为之工作的一切。他反对米德尔塞克斯！双方大声嚷嚷，接着第十一回对米尔顿说了两个词，一个词的开头字母是 f，另一个词的开头字母是 y②。随后双方又叫嚷了一阵，第十一回骑上轰响着的摩托车，梅格坐在他的后面，疾驰而去。

第十一回究竟出了什么事？他为什么有了这么大的改变。特茜说，这是因为离开家的缘故。这是时代的变迁，是战争所带来的祸患。然而，我却有一个不同的答案。我认为第十一回的改变，大半是由于他躺在床上、由抽签决定他的生活的那个日子。我是不是在以己度人？把我自己对机遇和命运的痴迷，强加到我哥哥的身上？也许是吧。但是在我们安排一次旅行，一次米尔顿得以避免参加另一场战争时所承诺的旅行的当口，看来第十一回，正在体味他自身的梦幻漫游的第十一回，正设法逃脱他裹着阿富汗毛毯时所隐约意识到的情况，即可能不仅他的应征入伍的号码是由抽签

---

① 物质主义，指将物质追求作为目的的价值取向。
② 指 Fuck you!（滚你妈的蛋！）

决定的,而且一切都是这样决定的。第十一回正在回避这样的发现,他躲到窗玻璃后面,躲到电梯顶上,躲到梅格·泽姆卡的床上;梅格·泽姆卡一口蛀牙,嘴里老是发出"哦、哦"的惊叹声,一边和他交欢,一边却在他的耳边从牙缝里急促地说道,"嗨!忘了你的家吧!他们是追求物质享受的蠢猪!嗨,你爸爸是个剥削者!忘了他们吧。嗨,他们都死了。死了。这才是真实的玩意儿。就在这儿。来,干吧,宝贝儿!"

那朦胧的人儿

今天我才明白,我并不像自己以为的那么极端。写出我的故事并不像我原来希望的那样,是一个解放的勇敢行动。写作是孤独的,秘密的,而对这些情况,我都十分清楚。我是一个地下生活的高手。难道真是我那不问政治的性格,使我跟中间性权利运动保持一定的距离?会不会也是心存畏惧?害怕公开表明自己的身份,害怕成为他们中的一员。

不过,你也只能做你力所能及的事。如果这个故事只是为我自己写的,那么就让它这样好了。可是它给人的感觉并不是那样。我觉得你就在外面那儿,读者。这是唯一叫我感到舒适的一种亲密关系。就我们俩,待在黑暗中间。

情况并不总是这样。在大学里,我有一个女朋友。她的名字叫奥利维娅。我们共同遭受的创伤,使我们互相接近。奥利维娅才十三岁就遭到野蛮的攻击,险些儿遭到奸污。警察抓住了那个罪犯;奥利维娅出庭作证了好多次。这番苦难的经历阻止了她的发育成长。她并没有做一个中学女生所做的那种正常的事情,相反却不得不停留在证人席上十三岁姑娘的那个阶段。虽然我和奥利维娅两个人在智力上都能应付大学课程,甚至还能取得优异的成绩,但我们在主要的情感方面却都停留在不很成熟的阶段。我们经常在床上哭泣。我记得头一次我们当着彼此的面把身上的衣服脱掉,那就好像解开绷带一样。我是奥利维娅那时所能容忍的那么一个了不起的男子。我是领她入门的那个人。

念完大学后,我作一次环球旅行。我想要使身体保持运动,以此把它忘却。九个月后,我回到家里,前去参加驻外机关事务局的考试。一年以后,开始为国务院工作。那对我是一个十分理想的工作。三年待在一个地方;两年待在另一个地方。时间始终都不长得足以对哪个人产生一种真实的爱慕之情。在布鲁塞尔①,我爱上了一个酒吧女招待,她声称并不在意我生就的那种异乎寻常的方式。我十分感激,因此便向她求婚,尽管我发现她是个十分乏味的伴侣,一点也没有远大的志向,太爱大声嚷嚷,敲打器具。幸好她拒绝了我的求婚,跟另一个人跑了。从那以后又有谁呢?各处都有一些,时间都不能维持很久。因此,我便陷入了一种并不彻底地引诱撩拨女性的常规,并没有什么长期固定的目标。跟女性调情,我是在行的。吃饭,饮酒,门道里的拥抱。但接着,我便离开了。"我上午跟大使有个约会,"我说。她们相信我的话。她们相信大使想要听我对即将到来的艾伦·柯普兰②颂辞的简要汇报。

情况变得越来越困难。对奥利维娅和在她以后的所有女人来说,需要应付的就是让她们了解我的身体状况这个重大的事实。然而,那朦胧的人儿和我却是在幸而一无所知的情况下意外相遇的。

*　　*　　*

经过我们宅子里发生的那场尖声吵闹后,那年冬天,米德尔塞克斯一片寂静。这片寂静深沉得就像总统秘书的左脚,它抹掉了部分官方的档案③。那是一个沉闷的、难以捉摸的时期。在那个时期,米尔顿无法承认

---

① 布鲁塞尔,比利时首都。
② 艾伦·柯普兰(1900—1990),美国作曲家,运用民歌和爵士乐创作具有自己独特风格的作品。
③ 指尼克松总统的私人秘书罗丝·玛丽·伍兹,她在水门事件中为总统交出的经过剪辑、留有十八分钟半空白的录音带作证时声称她在接电话的时候,无意之间左脚搁在录音机的踏板上,手又按了录音键,从而抹掉了五分钟的谈话录音带。

第十一回的攻击伤了他的心，显然窝了一肚子火，因此几乎任何事儿都会使他动怒：比如红灯时间较长，餐后的甜食是牛奶冻而不是冰淇淋（他保持的是一种引人注目的沉默，不过终究是一种沉默）。那年冬天，特茜为自己的孩子忧心忡忡，人变得有点儿呆滞，因此并没有把那些不大合适的圣诞礼品退回去，只把它们放在壁橱里，并没有去拿回退款。等到这个受到伤害、弄虚作假的时期结束时，头一批藏红花在地下过冬后又出现了，卡利俄珀·斯蒂芬尼德斯也感到有什么东西在她身体的那片土壤里萌动，她不知不觉地阅读着古典名著。

八年级春季的那个星期，我进了达西尔瓦先生的英文班。班上只有五名学生，我们在二楼的暖房里上课。醉蝶花的藤蔓从玻璃屋顶上垂了下来。靠我们的头更近一点，天竺葵挤了进来，发出一种既像欧亚甘草，又像铝的气味。除我之外，还有里蒂卡、蒂纳、乔安妮和马克辛·格罗辛格。虽然我们的父母是朋友，但我却几乎不认识马克辛。她不跟米德尔塞克斯的其他孩子们一块儿玩，总是自个儿练习拉小提琴。她是学校里唯一的犹太人的孩子，自己单独用餐，从塔珀家用塑料食品盒中舀出符合犹太教规的洁净食物。我想她脸色那么苍白，就是因为她一直待在家里，而她太阳穴处那根乱跳的青筋则是一种内部节拍器。

达西尔瓦先生生在巴西。这一点几乎看不大出。他并不完全是那种狂欢类型的人。他童年时接受的拉美文化的细节（吊床、户外浴盆）都给北美教育和对欧洲小说的爱好清除了。现在，他是一个开明的民主党人，带着黑色的臂章支持激进的事业。他在一所地方圣公会教堂里的主日学校任教。他长着一张文雅的粉红色的脸和深褐色的头发，在他朗诵诗歌的时候，头发总滑到他的眼睛里。有时，他从草地上采些蓟草或野花，戴在外衣的翻领上。他个子不高，身体结实，在课间休息时常做一些静力锻炼肌肉运动①。他还吹八孔直笛。他教室里的一个乐谱架上放着乐谱，大部分

---

① 静力锻炼肌肉运动，指靠墙或硬物体用大力压迫、褶曲、收缩肌肉或身体的一部分。

是早期巴罗克风格①的作品。

达西尔瓦先生可真是一个了不起的教师。他对我们十分认真,仿佛我们这几个八年级的学生,在第五节课上就可以把学者们争论了几百年的某些问题解决。他听着我们喊喊喳喳地说话,头发紧压到他的眼睛上。他自己讲起话来,总是整段整段的。如果你仔细倾听,就可能会听出他话里的破折号和逗号,甚至听出冒号和分号。达西尔瓦先生对自己遭受的一切都有一句确切的引文,以此来回避现实生活。他常不吃午饭,相反告诉你在《安娜·卡列尼娜》②里奥勃朗斯基和列文用什么作为午饭;而在他叙述《丹尼尔·德龙达》③里夕阳西下的景象时,忽略了当时正在密执安坠落的太阳。

六年以前,达西尔瓦先生在希腊度过了一个夏天。他对希腊仍然感到相当兴奋。他说起游览马尼地区④的时候,他的嗓音变得甚至比平时更为柔和,两只眼睛也闪闪发光。有天晚上,因为无法找到旅馆,他就睡在地上,第二天早上醒来,才发现自己原来睡在一棵橄榄树下。达西尔瓦先生始终没有忘掉那棵树。他们俩进行了富有意义的交流。橄榄树是亲切的植物,从它们那扭曲的枝干中传达出自己的清楚含义。我们不用费什么力气就可以理解,古人为什么认为可以把人的灵魂困在里面。达西尔瓦先生在自己的睡袋里醒了过来,感觉到这一点。

当然,我自己对希腊也很好奇,急切地想去那儿游览。达西尔瓦先生鼓励我感受希腊的气息。

"斯蒂芬尼德斯小姐,"有一天,他在课上叫到我说。"既然你是从荷马的祖国来的,你可不可以朗读一段?"他清了清嗓子。"第八十九页。"

---

① 巴罗克风格,此处指文艺复兴以后多用数字低音和对位法装饰的、追求新奇节奏效果的音乐风格。
② 《安娜·卡列尼娜》,俄国作家列夫·托尔斯泰(1828—1910)的一部长篇小说。
③ 《丹尼尔·德龙达》,英国女作家乔治·爱略特(1819—1880)所写的最后一部长篇小说。
④ 马尼地区,位于希腊南部,系与伯罗奔尼撒半岛相连的一个小型半岛,在具有灰色岩石的山冈上布满参差不齐的灌木丛。

那个学期，我们那一对不太爱好学术理论的姐妹在念《森林里的光》①。但在暖房里，我们却在念《伊利亚特》②。那是一本平装的散文节译本，被从原来的诗体韵律中解放出来，失掉了古希腊文悦耳动听的声音，不过——就我个人来说——仍然是一次挺美妙的阅读。天哪，我真爱这本书！从阿喀琉斯③在帐篷里面露不悦之色起（这使我想起总统拒绝交出录音带④），到赫克托⑤被他的双脚拖曳在全城游行（这使我哭了起来），我完全给故事吸引住了。《爱情的故事》给置于脑后。哈佛大学作为背景无法和特洛伊相比，而且在西格尔的整个故事里，只有一个人死了（也许，这是激素在我身体内部默默表现出的另一个迹象。因为尽管我的同学觉得《伊利亚特》太血淋淋了，不大合她们的口味，叙述的只是好些男人在通名报姓后没完没了地相互残杀，但我念到那些刺杀和斩首、那些挖人眼珠、血腥地掏出人的五脏六腑的行为总感到十分兴奋）。

我翻开手里的那本平装本，低下头去，头发滑落到额前，遮挡住了一切——马克辛、达西尔瓦先生、暖房里的天竺葵——只有那本书除外。在那个丝绒的帷幔后面，我那好像高级酒吧的歌唱家的声音开始响了起来。"阿佛洛狄忒⑥解下她那有名的腰带，爱情所有迷人的特征全都织在腰带里面：性的能力、欲望、谈情说爱的低语以及撩拨诱惑的力量，就连最有理性的人也被上面这些迷人的特征弄得失去远见和判断力。"

那时是一点钟。整个房间里的人都受到午餐后的瞌睡的影响。外边看样子就要下雨。有人在外敲了敲门。

"对不起，卡利。请你停一会儿好吗？"达西尔瓦先生转身走出房门。

---

① 《森林里的光》，美国作家康拉德·里克特（1890—1968）在一九五三年出版的一本小说。
② 《伊利亚特》，希腊史诗，叙述特洛伊城之围，相传为荷马所作。
③ 阿喀琉斯，《伊利亚特》中的希腊英雄，特洛伊战争中杰出的武士，后为帕里斯用箭射中脚踵而死。
④ 指在水门事件中特别检察官阿奇伯尔德·考克斯要求尼克松总统交出其办公室谈话秘密录音带，尼克松总统凭借行政官员豁免权拒绝交出，并企图免去考克斯的职务。
⑤ 赫克托，特洛伊王普里阿摩斯的长子，特洛伊战争中的英雄，后为阿喀琉斯所杀。
⑥ 阿佛洛狄忒，希腊神话中爱与美的女神。

"请进。"

我和其他人一起抬起头来。门口站着一个红头发的姑娘。两片乌云在天上撞在一块儿,彼此滑行而过,向下漏出一道光。这道光射到了暖房的玻璃屋顶上,穿过悬伸在外的天竺葵,与当时像一层薄膜似的笼罩着那个姑娘的那道粉红色的光汇合在一起。也可能阳光根本就没有这么做,而是从我的眼睛里射出了某种强烈的光芒,一道出自心灵的亮光。

"我们正在上课,亲爱的。"

"我也该在这个班里的,"那姑娘不大高兴地说。她递给达西尔瓦先生一张纸条。

达西尔瓦先生仔细看了一下。"你肯定达雷尔小姐同意你转到这个班上来吗?"他说。

"兰普女士不希望我待在她的班上,"那个姑娘回答说。

"找个座位坐下。你得先跟人家合用一本书。斯蒂芬尼德斯小姐正在给我们念《伊利亚特》的第三卷。"

我又开始念起来,也就是说,我的眼睛不停地追踪那些句子,我的嘴不停地念出那些词来。但我的心已经不再去注意它们的含义。等我念完的时候,我并没有把头发甩到后边去,让它垂在我的脸上,我透过头发间的一道缝隙,朝外张望。

那个姑娘在我对面的一个座位上坐下。她正朝里蒂卡弯过身去,仿佛要跟她一起合看那本书,不过她的眼睛却看到了那些植物,鼻子闻到了那种覆盖物①的气味,皱缩起来。

我的部分兴趣是科学方面的,动物学方面的。我以前从来没有见过一个有这么许多雀斑的人儿。好像发生了一场来自于她鼻梁那儿的创世大爆炸,这场爆炸的威力使大量的雀斑飞快地出现在她那富有曲线、充满热血的宇宙四处。在她的前臂和手腕上,有成片成片的雀斑,而在她的前额上

---

① 覆盖物,指为护根、肥沃土壤、遏制杂草生长等所用的覆盖物。

掠过一整道银河，甚至还有几道向外飞溅的类星体直奔她耳朵的耳孔。

既然我们是在英文班上，那就让我引用一句诗吧。杰拉尔德·曼利·霍普金斯①的《斑驳的美》的首句是："事物陆离斑驳，光荣归上帝。"我回想起我对那个红头发姑娘的直接反应，那似乎是出自对自然美的一种欣赏。我是指你在普罗旺斯②望着悬铃木那有斑点的树叶或是刮白的树皮时，心里所感到的那种乐趣。她身上色彩的搭配组合具有十分强烈的魅力，乳白色的皮肤里浮现出姜黄色的活力，草莓色的头发中闪现出金色的闪光。望着她就像面对秋色。就像驾车北上去观看斑斓的色彩。

这时，她仍然弯着身子侧坐在课桌前，伸出两条腿来，露出齐膝盖的蓝袜子，还显出她那后跟磨损的鞋。她事先没有念过，老师也就没有叫她，不过达西尔瓦先生朝她的方向投去了担心的目光。那个新来的姑娘并没有注意。她在自己那片橘黄色的光里摊开手脚，靠着课桌，眼睛瞌睡蒙眬地一张一闭。她一度打起呵欠，但打到一半又强行止住了，仿佛那样不大对头。她咽下什么东西，又用一只手拍拍自己的胸骨。她平静地打了几个嗝，自言自语地低声说道，"唉，天哪，"等到课一结束，她便走了。

她是谁啊？从哪儿来的？我以前在学校里怎么从来没有看见过她？显然，她并不是贝克-英格利斯女子学校的新生。她的牛津鞋③后跟那儿给踩扁了，因此她可以像穿木屐似的把脚伸进脱出。这是那些戴着挂有饰物的手镯的姑娘常干的事。她手指上还戴着一个古老的戒指，上面嵌着真正的红宝石。她的嘴唇细长，样子严厉，显出她不认同主流思想。她的鼻子压根儿就不像个鼻子，只是一种开端。

她每天前来上课，脸上总带着同样一副冷淡、厌倦的神情。她用滑行或溜冰的步态穿着牛津木屐行走，弯着膝盖，把身体的重心移向前面。这

---

① 杰拉尔德·曼利·霍普金斯(1844—1889)，英国诗人。
② 普罗旺斯，法国东南部一地区。
③ 牛津鞋，一种系带浅帮便鞋。

加强了她给人的那种从头到尾散漫的印象。她走进教室的时候，我总在给达西尔瓦先生的植物浇水。达西尔瓦吩咐我在上课前这么做。因此，每天都是这样开始，我待在那个晶莹透明的房间的一头，被那些天竺葵花团团围住，而这片作为回应、突然出现的红色一下子从门口闪了进来。

她拖着脚走路的方式清楚地表明她对我们正在阅读的那首古老、怪诞、沉闷的诗有着什么样的感觉。她一点也没有兴趣，从来不做家庭作业，只想装模作样地在班上混过去。她应付着各种考查和测验。如果她在班上也找到一个戴着挂有饰物的手镯的同学，她们就会形成一个不感兴趣、只把笔记传来递去的小集团。但是就她一个人，所以只好无精打采地混下去。达西尔瓦先生不打算再去教她什么，总尽量少叫她回答问题。

我在上课时瞅着她。下课后也瞅着她。每天一到学校，我就开始留心守候。我总坐在休息室里的一把有翼状靠背的黄色扶手椅上，假装在做功课，等着她走过我的身边。她的为时短暂的露面总叫我神魂颠倒。我就好像一个动画片里的人物，有许多星星在我的脑袋四周颤动。她总绕过转角走来，嘴里嚼着一支弗莱尔牌自来水笔，一步一拖地走着，好像穿着拖鞋。她走起路来总是急匆匆的。如果她不把两只脚用力向前踏下，她那后跟磨平的鞋子就会飞掉。这样一来，她腿肚上的肌肉就露了出来，那儿也有些斑点，几乎是红褐色的。她滑行着向前冲去，一边跟另一个戴着挂有饰物的手镯的姑娘说着话儿，两个人都以她们特有的那种懒散、自信的傲慢神气迈着步子。有时候，她望望我，但并没露出认识的样子。她的眼睛给垂下的瞬膜①遮住了。

请允许我在这儿提一件与时代先后不符的事。路易斯·布努埃尔②的《欲望的那朦胧的对象》直到一九七七年才出品放映。那时，我跟那个红头发的姑娘已经不再联系。我看她未必看过这部影片。尽管如此，我一想

---

① 瞬膜，两栖类动物的眼睑内侧的薄膜，能遮盖在眼球表面，起保护作用。
② 路易斯·布努埃尔(1900—1983)，西班牙电影导演，《欲望的那朦胧的对象》是他拍摄的最后一部影片。

到她的时候,也就想到了《欲望的那朦胧的对象》。这部影片我是在一家西班牙酒吧里的电视上看的。当时我正被奉派在马德里①工作,影片里的大部分对话我都没有听懂,不过情节相当清楚。一个由费尔南多·雷伊②扮演的年老的绅士被一个由卡罗尔·布凯③和安赫拉·莫利纳④分别扮演的年轻美貌的姑娘迷住了。我对这些都不感兴趣。吸引我的只是那种超现实主义的手法。在好多镜头里,都可以看到费尔南多·雷伊肩上扛着一袋沉甸甸的东西。扛着这袋东西的理由始终没有明说(或者即便说了,我也没听明白)。他吃力地扛着这袋东西四处走动,走进餐馆,穿过市内公园。我跟着自己那个朦胧的对象,也正有这种感觉,好似我正带着一个神秘的、未加说明的负担或重物走来走去。要是你不介意,往后我就这么称呼她。我就管她叫那朦胧的人儿。这是出于感情上的原因(我还得保护她的身份)。

她在那儿上体育课,装着有病,她吃着午饭,突然哈哈大笑。她弯腰伏在桌子上,想要去打那个开玩笑的人,嘴里噗噗地喷出几口牛奶,鼻孔里也流出几滴,这使大家笑得更加厉害。接着,我看见她下课后跟一个陌生的小伙子共同骑上一辆自行车。她先跨上自行车的座位,而那个小伙子却踩在踏脚上。她并没有搂着那个小伙子的腰,独自保持平衡,处理应付。这给了我希望。

有一天,达西尔瓦先生在上课的时候叫那人儿朗读课文。

当时她像平常一样懒洋洋地靠在那儿。在一所女子学校里,你用不着那么警觉,不断把双膝并在一起,或者把裙子往下拉拉。当时,那人儿的双膝正大张着,而她那两条大腿处显得相当粗壮的腿也一直裸露到很高的地方。她并没有移动身子,说道,"我忘了把书带来了。"

达西尔瓦先生抿紧了嘴唇,说:

---

① 马德里,西班牙首都。
② 费尔南多·雷伊(1917—1994),西班牙电影演员。
③ 卡罗尔·布凯(1957—),法国电影演员。
④ 安赫拉·莫利纳(1955—),西班牙电影演员。

"你可以跟卡利合看。"

她表示同意的唯一动作就是把遮到脸上的头发撩开。她把一只手放到脑门上,就像用犁犁田似的把头发朝后拢去,手指留下了条条犁痕。在她把头发抚平后,她把头微微一摆,做了这么个夸张的动作。于是她的脸蛋儿就在眼前,可以接近。我赶紧凑过去,把我的书悄悄放到我们课桌之间的缝隙那儿。那人儿弯身看着那本书。

"从哪儿开始?"

"第一百十二页顶上面。对阿喀琉斯盾牌的描写。"

我以前从来没有跟那朦胧的人儿挨得这么近。这叫我的机体很不好受。我的神经系统开始了"野蜂飞舞"①。小提琴在我的脊椎上拉来拉去,定音鼓在我的胸部敲打。同时,为了想掩盖这一切,我全身的肌肉一动也不动。我几乎停止了呼吸。基本上就是这样一种情况。外部紧张,内里狂乱。

我可以闻到她牙床上肉桂的气味。她嘴里的某个地方仍有这种气味。我并没有直视着她,两只眼睛只看着书。她的一缕金红色的头发落到了我们之间的课桌上。阳光正好照在这缕头发上,折射出缤纷的色彩。不过,我正瞅着那半英寸的彩虹,她开始朗读了。

我预料会听到一种带有鼻音的单调的语调,其中充满发音错误;我预料会听到磕磕绊绊、偏离方向、尖锐的刹车和迎面相撞的声音。但是那朦胧的人儿朗读的声音却很悦耳动听。她的声音清晰、有力,节奏流畅。那是她在家里从喝得醉醺醺的几个吟诵诗歌的叔叔、伯伯那儿学来的。她的表情也起了变化。她的脸上显出了以前所没有的一种专心致志的庄严神色。她的头在高傲的脖子上昂了起来。她的下巴也抬了起来,嗓音听上去像是二十四岁,而不是十四岁。我不知道哪种声音显得更加奇特,是从我嘴里发出的厄塞·基特②的声音呢,还是从她嘴里发出的凯

---

① "野蜂飞舞",俄国作曲家里姆斯基·科萨科夫(1844—1908)所作歌剧《萨尔丹沙皇的故事》中的幕间曲。音乐描写的是王子变成一只野蜂,不停地飞舞,追叮他所厌恶的人。

② 厄塞·基特(1927—   ),美国女演员、歌唱家。

瑟琳·赫本①的声音。

她念完以后,房里一片寂静。"谢谢你,"达西尔瓦先生说,跟我们其余的人一样惊讶。"你朗读得很好。"

铃声响了。那人儿立刻把身子从我边上挪开。她又用手去拢了拢头发,就像淋浴时清洗头发那样。她悄悄从课桌后走了出去,离开了教室。

某些日子,暖房里就这样光线明亮,那朦胧的人儿的衬衫有两颗纽扣没有扣上,日光照亮了她乳罩的两个罩杯之间悬着的肩胛带子。这时,卡利俄珀是否感到一点儿她那真正的生物天性呢?在那朦胧的人儿走过走廊的时候,她是否曾经想到自己的这种感觉是错误的呢?这可不好说。让我提醒你这一切都是在哪儿发生的。

在贝克-英格利斯女子学校,热恋上一个同班同学是完全可以接受的。在一所女子学校里,在正常情况下用在小伙子身上的相当一部分情感能量会被转而用于发展友情。在贝克-英格利斯女子学校的校园里,姑娘们胳膊挽着胳膊行走,就像法国女学生那样。她们争妍斗美,都想赢得别人的爱慕。嫉妒也因而产生。也出现了负心绝情的事。走进浴室,听见有人在一个分隔开的小间里呜咽,这是常有的事。有些姑娘因为某某吃午饭的时候不肯坐在她们旁边而哭泣,有些姑娘则因为她们最好的朋友有了一个占去了她的全部时间的新的男友而哭泣。除了这种情况以外,学校里的各种规矩仪式也加强了亲密的气氛。有指环日,大姐姐们在该日把鲜花和金色的头带赠送给小妹妹们,领她们步入成年。有女子舞蹈,一种在春天举行的没有男子参加的五朔节舞蹈。还有每两个月举行一次的谈心会,这种由学校牧师主持的忏悔会一成不变地以突发的拥抱和哭泣而告终。尽管如此,但学校的精神特质仍然是极端异性的。我的同学们白天可能表现得亲密无间,但是放学后的头一件大事就是去会男朋友。不管哪个姑娘要是

---

① 凯瑟琳·赫本(1907—2003),美国女演员,曾先后四次获奥斯卡最佳女主角奖。

涉嫌受到别的姑娘的吸引，总会被人说长道短，吃苦受罪，受到回避。这一切我都清楚，心里十分害怕。

我不知道我对那朦胧的人儿的感觉是不是正常。我的朋友们往往充满嫉妒地迷恋上别的姑娘。里蒂卡对阿尔文·布赖尔在钢琴上弹奏《芬兰颂》①的那种方式总是如醉如痴。琳达·拉米雷斯则被索菲亚·克拉基奥洛弄得丢了魂儿，因为她同时学三种语言。是这么回事吗？我对那人儿的迷恋是由于她朗诵的才能吗？这一点我可无法肯定。我感到我的迷恋是肉体方面的。这不是一种判断，而是我情绪上的一种波动。为此，我对这件事一直保持沉默。我躲到地下室的盥洗室去，把这件事想个明白。每天，只要可能，我总从后楼梯下去，来到那个荒废的盥洗室，把自己在里面至少关上半个小时。

有什么地方像一个陈旧的、统一规格的战前盥洗室那样令人感到安慰呢？那是美国蒸蒸日上的时候人们过去在国内修建的那种盥洗室。贝克-英格利斯女子学校地下室里的盥洗室是像歌剧院里的包厢那样装修的。头上是英王爱德华时代的照明装置。洗脸池装在蓝色的石板中间，形状像个很深的白色大碗。你弯下身去洗脸，就会看到瓷面上好像中国明代的花瓶，有些小小的裂缝。金色的链子把那些排水口的塞子搁在适当的位置。在水龙头下面，洗脸池的瓷面已经给水滴侵蚀得很薄，露出青色的条纹。

在每一个洗脸池上面，都挂着一面椭圆形镜子。我压根儿就不照镜子（"中年开始的对镜子的憎恨"在我很早便开始了）。我避开镜子里自己的形象，直接朝那些小隔间走去。那儿共有三个小隔间；我选了当中的那间。跟其他两间一样，那间也用云石铺垫装饰。灰色的新英格兰云石，两英寸厚，是十九世纪开采的，上面点缀着好几百年历史的化石。我关上门，上了闩，从卫生安全垫盒子里抽出一个卫生安全垫，把它放在马桶圈上。这样保护好不受细菌侵袭，我才脱下衬裤，掀起短裙，坐下。我立刻

---

① 《芬兰颂》，芬兰作曲家西贝柳斯(1865—1957)在一八九九年所作的交响诗。

感到自己的身体松弛下来，弯着的腰也伸直了。我把头发从脸上抹开，好看看周围的一切。有一些小的羊齿草形的化石和看上去像蝎子自刺死亡的化石。在我的腿下面，抽水马桶上有一圈时间也很长久的锈痕。

地下室的盥洗室正在我们的更衣室对面。每个小隔间有七英尺高，隔板一直延伸到地面。好似化石的云石比我的头发更好地把我隐藏起来。在地下室的盥洗室里，有一个叫我感到舒适自在得多的时间范围，不是楼上学校里的那种永无休止的激烈竞争，而是大地的缓慢、演化的过程，是大地上植物和动物的生命从富有生殖力的、原始的泥土中形成的过程。水龙头随着时间那缓慢的、无法阻挡的推移滴滴答答，我独自一人待在下边，相当安全。不会受到我对那朦胧的人儿怀有的复杂的感情的影响，而且也不会受到我从父母卧室里偷听到的片言只语的影响。就在前一天晚上，米尔顿恼怒的声音曾经传到我的耳朵里："你还在头疼吗？天哪，吃一两片阿司匹林。""我已经吃了，"我母亲回答。"没什么用。"接着提到我哥哥的名字，我父亲嘟哝了几句不满的话，我无法听清他说些什么。随后，特茜说道，"卡利也叫我感到烦心。她还没有来月经。""见鬼，她才十三岁。""她十四了。瞧她长得多高。我看是有什么地方出了毛病。"静了一会儿，后来我父亲问道，"菲尔大夫怎么说？""菲尔大夫！他什么也没有说。我想带她去找个别的大夫看看。"

从我卧室墙背后传来的父亲母亲说话的嗡嗡声，在我的整个童年一直使我心里充满安全感，如今却成了焦虑和惊恐的根源。因此，我把它换成云石的墙壁；云石的墙壁只回响着滴水的声音，冲洗抽水马桶的声音，或是我轻声朗诵《伊利亚特》的声音。

等我厌倦了荷马的作品以后，我就开始阅读墙壁。

这是地下室的洗手间的另一个特色。墙上涂满了乱七八糟的画儿。楼上，班级的照片上只看见一排排学生的脸儿。在下边这儿，却多半是人的身体。用蓝墨水草草勾勒出的是一些有着巨大的性器官的矮小男子。还有一些胸部膨胀的女子。此外，另有各种不同的交换变动：一些长着细小的阴茎的男子，还有一些生着阴茎的女子。那是一种教育，让你知道实际是什么情况，可能会出现什么情况。在那片灰色的云石上，这种新的参差不齐的蚀刻画表现的是正在行动的肉体，长着生殖器官、结合在一块儿、改变形状的肉体。另外还有一些玩笑的话儿，有向学者们的进言，也有忏悔。在有个地方，写着"我爱性行为"。在另一个地方，写着"帕蒂·西是一个荡妇"。哪个别的地方会有一个像我这样的姑娘，对自己也不大理解的一种知识隐秘不说，不让外界知道——个别的地方会比这个地下王国更叫她感到舒适一点？在这儿，人家把他们不能说的话儿写下来，在这儿他们吐露了自己最可耻的渴望和知识。

因为那年春天，当番红花开花的时候，当女校长察看花床里的黄水仙球茎的时候，卡利俄珀也感到什么正在含苞待放。除了因为需要独自清静一下，一个完全属于她的朦胧的玩意儿也促使她跑到地下室的洗手间去。那本身是一种正要开放的番红花。一根粉红色的茎从深色的新苔藓中露出头来。那确实是一种奇异的花，因为它似乎在一天之内经历了好多个季节。它安睡在地下时，经历的是蛰伏的冬季。五分钟后，它在一个不为外人所知的春季微微动了一下。不管是膝上放着一本书，坐在教室里上课，还是坐着合伙使用的汽车回家，我的两腿之间都有一种融化的感觉，那片土壤变得潮呼呼的，出现一股浓烈的、泥炭似的气味，接着——我正装着要把一些拉丁动词记住——在我裙子下边温暖的土壤里突然有了一个蠕动的生物。用手摸去，那朵番红花有时让你感到十分柔软、滑溜溜的，就像一只软体虫的身体。而在别的时候，它又像树根一样坚硬。

卡利俄珀对她的番红花有什么样的感觉呢？这既是最容易也是最难解释清楚的事。一方面，她喜欢这朵番红花。如果她用课本的一只角抵着它，那种感觉真是甜美。这并不新鲜。用力压那个部位总叫人感到怪舒服的。要知道这朵番红花是她身体的一部分。没有理由去问这问那。

但有些时候，我又觉得我身体结构的哪个地方不大一样。在蓬谢温营地上，我在某些住在简易宿舍里的潮湿的夜晚，知道了自行车座位和围栏的柱子对同营那些幼年的伙伴所有的吸引力。利齐·巴顿在用叉子烤一块果浆软糖的时候，告诉我们她怎么喜欢上一副皮马鞍的桩子。玛格丽特·汤普森的父母有一个按摩的莲蓬头，她是市里头一个这样的女孩。我再给这些实验的经历增加自己的一点感觉资料（那就是我喜欢上体操训练绳索的那一年），不过，在我的朋友们报道的兴奋激动跟我自己那干枯的情感突发时的紧张销魂之间，仍然有段模糊不清、难以确定的差距。有时，我把身子从自己睡的上铺上垂下来，进入某个人的电筒光里，我总说上一声"你们知道吗"？以此来结束我的那种自我暴露。接着在那片暗淡的光线里，三四个留着丝一样长发的女孩总点点头，咬住自己的嘴角，把眼睛移开。她们并不知道。

我时常担心我的番红花是一种太精巧的花朵，不是一种普通的长年的花朵，而是一种温室里栽培的花儿，一种像蔷薇一样由创始人命名的杂交花蕾。彩虹色的希腊人。灰白的奥林匹斯山。希腊神火①。但是不行——这可不对。我的番红花并不供人观赏。它正在生成发展，要是我耐心等待，可能结果很好。也许大家都是这种情况。眼下，最好对一切都秘而不宣。这就是我在下面地下室里所做的事。

贝克-英格利斯女子学校还有另一个传统：八年级的学生每年都要表演一出古典希腊戏剧。原来，这些戏剧都是在中学大礼堂里演出。但是在达西尔瓦先生去希腊旅行了一次以后，他想出一个主意，把曲棍球场改成一个剧场。露天座位给安排在斜坡上面，再配上自然的音响效果，这片球场成了一座完美的小型埃皮达鲁斯②。学校的管理人员把活动平台搬出来，在草地上搭起一座舞台。

在我对那朦胧的人儿迷恋的那年，达西尔瓦先生选定的戏是《安提戈涅》③。并没有举行试演。达西尔瓦先生用高级英语班里他看中的一些学

---

① 希腊神火，指拜占庭希腊人在海战中使用的一种触水即燃的武器以及古代和中世纪在战争中使用的燃烧剂。
② 埃皮达鲁斯，见第142页注①，该地有保存完好的希腊古剧场。此处即指剧场。
③ 《安提戈涅》，古希腊悲剧诗人索福克勒斯（公元前495—前406）所写的一部悲剧，叙述安提戈涅不顾其舅父克瑞翁的禁令，为死去的哥哥营葬，结果被关入岩洞，自缢身死。

生担任主要的角色。其他的人都给安排在合唱队里。因此，演员表是这样：乔安妮·玛丽亚·巴巴拉·佩拉奇奥演克瑞翁，蒂纳·库贝克演欧律狄克，马克辛·格罗辛格演伊斯墨涅。去安提戈涅这个角色的——就连从身体的角度而言，也是唯一真正有可能扮演的人——是那朦胧的人儿。她的期中成绩只有C-。尽管如此，达尔西瓦先生只要见到一个明星人物，马上就会知道。

"我们得把所有这些台词都背出来吗？"乔安妮·玛尼亚·巴巴拉·佩拉奇奥在我们头一次排练时问道。"在两星期内吗？"

"能记住多少就多少，"达西尔瓦先生说。"所有的人都要一件长袍。你们可以把剧本藏在长袍里面。法格尔斯小姐也会给你们提词。她就待在乐池里。"

"咱们还有个乐队吗？"马克辛·格罗辛格想要知道。

"乐队，"达西尔瓦先生指了指他的录音机说，"就是我。"

"希望不要下雨，"那人儿说。

"再下一周的星期五会下雨吗？"达西尔瓦先生说。"咱们何不问一下咱们的提瑞西阿斯①呢？"说完，她转身对着我。

你们指望会是其他什么人吧？不，如果那朦胧的人儿扮演复仇的姐姐再理想也不过了，那么我必然是扮演那个年老瞎眼的先知的人。我那乱蓬蓬的头发暗示我有未卜先知的能力。我那弯腰曲背的样子使我显得老态龙钟。我那稍许变了一点的声音具有一种怪异的、受神灵启示的性质。提瑞西阿斯当然也曾是一个女人。不过那时我并不知道这一点。剧本上也没有提。

我对自己扮演什么角色并不在意。我想到的，也是最最重要的，就是现在我会跟那朦胧的人儿挨得很近。不像在上课时与她那么接近，可那时我不可以说话。也不像在学校食堂里与她那么接近，可那时她在另一张餐

---

① 提瑞西阿斯，见第4页注④。

桌上吐牛奶。而是在一场学校戏剧演出的排练中与她接近，这种演出排练必然会有不耐烦的等候、后台的亲密交往，以及装扮成一个不是你自己身份的人物所带来的所有强烈、充足、令人眩晕的情感的宣泄。

"我想我们不该用剧本，"那朦胧的人儿这时说。她来排练的时候显得老到内行，她的台词都用黄色的笔划了出来。她把毛线衫像一件斗篷似的扎在肩头。"我想咱们都该记住自己的台词。"她从一张脸看到另一张脸。"要不，那就太虚假啦。"

达西尔瓦先生露出笑容。记住台词对那人儿来说可得费一番力气。一种新颖的尝试。"安提戈涅的台词无疑最多，"他说。"因此，如果安提戈涅想把台词全部背出来，那么我想你们其余的人也应该把台词都背出来。"

其他的姑娘纷纷抱怨。但是提瑞西阿斯朝那人儿转过身去，他已经看到了未来的情景。"我来陪你一块儿背诵你的台词，如果你想这样的话。"

未来。未来的事情已经开始发生。那人儿望着我。眼睑内侧的薄膜正给掀开。"好，"她冷淡地说。

我们说好下一天，也就是星期二的晚上会面。那朦胧的人儿写下了她的住址。特茜开车把我送到了那所宅子。我给领进书房，当时她正坐在一张绿丝绒的沙发上。她已经脱掉了脚上的牛津鞋，但仍穿着校服。红色的长发用带子束在脑后，以便更好地做她正要做的事儿：也就是点起一支香烟。那人儿按印第安人的方式坐着，探身向前，嘴里叼着香烟，对着一只形状好像洋蓟的绿色陶瓷打火机。打火机里油已经不多了。她摇了摇打火机，用拇指啪地按动按钮，最后冒出一个小小的火苗。

"你父母让你抽烟吗？"我说。

她抬起头来，吃了一惊，然后又回到手头的工作上。她把香烟点着了，深深地抽了一口，然后，慢悠悠地、惬意地把烟吐了出来。"他们也抽烟，"她说。"要是他们不让我抽烟，那他们就真是虚伪到极点的人。"

"但他们是成年人。"

"爸爸和妈妈知道只要我想抽烟的话,就会抽的。如果他们不让我抽,我就偷偷地抽。"

从外表看,这种特许已经持续了一段时间。那人儿并不是刚学会抽烟的。她已经是个老手了。她打量着我,两只眼睛眯了起来,香烟斜叼在嘴里。烟气紧挨着她的脸飘了出去。那是一种奇特的对照:一个穿着私立学校校服的女学生,脸上却露出那种顽强的、私人侦探的神情。最后,她伸手把那支香烟从嘴里取出来,也没有去找烟灰缸,只弹了弹烟灰,烟灰便掉到烟灰缸里。

"我不相信一个像你这样的孩子会抽烟,"她说。

"猜得倒不错。"

"你有兴趣开始抽抽吗?"她拿出一包塔瑞顿牌香烟。

"我可不想患上癌症。"

她把那包烟扔下,耸了耸肩膀。"我想等到我患上癌症的时候,已经能治得好这种病了。"

"为了你的缘故,希望如此。"

她又狠狠地吸了一口,把烟闷在肚里,接着像在影片里那样侧过脸去,把烟吐出来。

"你一定没有什么坏习惯,"她说。

"我有许多坏习惯。"

"比如什么呢?"

"我用嘴嚼头发。"

"我也咬手指甲,"她不甘示弱地说,同时举起一只手来给我瞧。"妈妈给我弄了这个玩意儿让我涂上。它的味道难闻极了。大概是要帮我戒除这种坏习惯。"

"那有用吗?"

"开头还有用。不过现在，我有点儿喜欢那种味道了。"她笑起来。我也笑了。接着，我们短暂地想试用一下，一块儿大笑起来。

"那可不像嚼你的头发那么糟。"我接着说。

"为什么不像？"

"因为一旦你用嘴嚼起头发来的时候，它的气味就开始像你所吃的午饭。"

她扮了个鬼脸，说道，"瞎说。"

在学校里，我们一块儿谈话，会感到有些古怪，但在这儿，谁都瞧不见我们。在外部世界的较大的格局里，我们俩相似的地方多于差异的地方。我们都是十几岁的学生。我们都是从郊区来的。我把我的包放下，走到沙发面前。那人儿把那支香烟放到嘴里。她把两个手掌放在自己盘起的两腿旁边，撑起身子，就像瑜伽信徒升空似的，快速移到一旁，给我让出坐的地方。

"我明儿历史课要测验，"她说。

"你的历史课老师是谁？"

"斯凯勒小姐。"

"斯凯勒小姐的办公桌里有一个振动器。"

"一个什么？"

"一个振动器。利兹·克拉克瞧见的。就在她底层的抽屉里。"

"真没法相信！"那人儿大吃一惊，感到相当有趣。但随后她眯起眼睛，思考起来，接着她用一种表示信任的口气问道，"不过，那是做什么用的？"

"振动器吗？"

"是呀。"她明白自己应当知道内情。不过她相信我不会取笑她。我们那天所达成的协议形式就是这样：我处理像振动器之类的深奥的知识方面的事务；她处理社交方面的事务。

"大多数女人在正常性交的时候，都无法达到性高潮，"我说，从梅格·泽姆卡给我的那本《我们的身体，我们自己》中引用了这么一句。"她们需要刺激阴蒂。"

那人儿脸上的雀斑后面泛起一阵红晕。她听到这种情况当然呆住了。我是对着她的左耳说的。那阵红晕从左边一直蔓延到整个脸上，仿佛我的话留下一道明显的痕迹。

"你竟然知道这种事，真叫我无法相信。"

"我告诉你谁知道这种事。斯凯勒小姐，就是她。"

笑声和喊叫声从她嘴里好像一道喷泉似的冲了出来。接着，那人儿仰靠在沙发上，既喜悦又厌恶地尖叫起来。她踢着双腿，把桌子上的那包香烟也碰了下来。她又成了一个十四岁的姑娘，而不是二十四岁的少女。我们不顾种种困难，还是成了朋友。

"'没有眼泪，没有朋友，没有婚礼的歌曲，我满怀恐惧——'"

"'——哀伤——'"

"'——满怀哀伤地踏上这次不能再耽延的旅程。再也不——'"

"'……不幸的人……'"

"'不幸的人！'我讨厌这句话！'不幸的人，我再也看不见太阳神圣的光辉；但对我的命运，却没有人哭泣，没有……没有……'"

"'没有朋友悲叹。'"

"'没有朋友悲叹。'"①

我们又在那人儿的家里，重新温习我们的台词。我们待在日光浴室里，手脚伸开地躺在加勒比式沙发上。那人儿用力闭紧眼睛背诵，好些鹦鹉聚集在她的头后面。我们这样背诵了两个小时。那人儿几乎抽掉了整整一包香烟。女用人博拉用托盘把三明治端给我们，另外还有两瓶容量为六十四盎司的泰白可乐②。三明治白白的，没有外皮，不过其中夹的不是黄

---

① 见索福克勒斯的《安提戈涅》第四场。
② 泰白可乐，可口可乐公司在一九六三年开始生产的一种低热量的软性饮料。

瓜或水田芥。松软的面包上涂抹着一种大麻哈鱼颜色的酱。

我们经常歇上一会儿。那人儿需要不断地吃些东西提神。我在那所宅子里仍然觉得不大自在。我不习惯受到他人伺候，因此不停地跳起身来自己拿点心吃。博拉也是黑人，这并没有叫我感到略微安心一点。

"我很高兴咱们一块儿来演这出戏，"那人儿说，一边嚼着点心。"要不我决不会跟一个像你这样的孩子说话。"她停了下来，认识到这句话听起来有多不好。"我是说我决不会知道你是这么冷静的一个孩子。"

冷静？卡利俄珀冷静？我做梦也没有想到这样一种情况。但我还是准备接受那人儿的看法。

"不过我可以告诉你一件事吗？"她问。"关于你扮演的角色。"

"当然可以。"

"你知道你应当是个瞎子以及其他那些情况吗？唔，在我们去的百慕大群岛①的那个地方，有这么一个人开了一家旅馆。他双目失明。他是这么一个情形，他的眼睛好像成了他的耳朵。比如要是有人走进房来，他就把一个耳朵这样转过去，就像你做的这样——"她突然停下来，一把抓住我的手。"你没有对我生气吧？"

"没有。"

"你脸上的神色十分难看，卡利！"

"是吗？"

她抓着我的手，不肯松开。"你肯定没有生气吗？"

"我没有生气。"

"唔，你装瞎的方式可以说只是跌跌撞撞地走来走去。但实际上，百慕大群岛的那个瞎子，他走路从不跌跌撞撞。他站起来的时候，身体笔直；他知道每样东西都放在什么地方，而且他的耳朵对周围的一切非常注意。"

我把脸转开了。

---

① 百慕大群岛，位于大西洋西部，美国北卡罗来纳州东面580英里处，系英属自治殖民地。

"瞧,你生气了!"

"我没有生气。"

"你是生气了。"

"我是瞎子,"我说。"我正用我的耳朵在望着你。"

"哦,这样才好。是呀,就像这样。这真不错。"

她没有放开我的手,又朝我凑近了一点。接着,我的耳朵相当惬意地听见,也感觉到她那炽热的呼吸。"嗨,提瑞西阿斯,"她格格地笑着说。"是我,安提戈涅。"

演戏的那个日子到了(我们把它称作"首夜演出",尽管也不会有其他的演出)。在舞台后面一间临时搭起的"化装室"里,我们几个主要演员都坐在折椅上。八年级的其他学生都已经到了台上,站成一个大半圆形。戏定在七点钟开场,日落以前结束。那时候是六点五十五分。我们可以听见平面布景那头的曲棍球场渐渐坐满了人。低微的嘈杂声正变得越来越响——说话声、脚步声、露天座位嘎吱嘎吱的声音、停车场上汽车车门砰地关上的声音。我们每个人都穿着一件给扎染成黑色、灰色和白色的拖到地面的长袍。可是那朦胧的人儿却穿着一件白色的长袍。达西尔瓦先生的观念是极简抽象艺术①的:没有化妆,也没有面具。

"外边有多少人?"蒂纳·库贝克问道。

马克辛·格罗辛格朝外偷偷看了一眼。"一大堆。"

"你一定这么说惯啦,马克辛,"我说。"从你朗诵的所有台词中可以看出这一点。"

"我拉小提琴的时候倒不感到紧张。这只有更糟。"

"我实在紧张,"那人儿说。

在她的膝头,放着一罐罗莱②;她把药片当糖果吃。这时我才明白她头

---

① 极简抽象艺术,二十世纪六十年代美国的一种艺术,把作品削减到它基本的抽象成分。
② 罗莱,一种解酸药,用于医治胃酸过多性消化不良、胃灼热和胃痛等病症。

一天来上课时为什么不断拍打胸部。那朦胧的人儿患有一种经常发作的胃灼热。遇到紧张的时候，情况更糟。几分钟以前，她曾经走开，到外边去抽她在演出前的最后一支烟。如今她又在嚼着这种抗酸药片。一些有祖传财产的人显然也有祖上的习惯，那种肉体的成年人的需要和效果强烈的治标剂。那人儿年纪还小，不会受到这些因素影响。她还没有眼袋或是染了色的指甲。但已经养成了对高雅时髦、危害健康的事物的爱好。只要你走近她，就会闻到她身上的浓烈的烟味。她的胃也一塌糊涂。但她的脸却继续展现出秋天的光彩。在她那短平的翘鼻子上面的两只猫眼神色机警，扑闪扑闪，把注意力重新集中到平面布景那边越来越响的嘈杂声。

"我的爸爸妈妈在那儿！"马克辛·格罗辛格大声说。她回过头来对着我们，一下子变得笑容满面。我以前从没有看见马克辛笑过。她的牙齿参差不齐，有不少缝隙，就像森达克①笔下的一个生物的牙齿。她也戴着牙齿矫正架，脸上毫不掩饰地露出欢乐的神情，使我对她相当理解。她在学校以外过着一种全然不同的生活。马克辛在她那柏树后的宅子里十分快乐。这当儿，鬈曲的头发从她那纤弱的、爱好音乐的头上披垂下来。

"哦，天哪，"马克辛又朝外偷偷看了一眼。"他们就坐在前排，会一个劲儿地盯着我看。"

我们都朝外偷看，一个接着一个。只有那朦胧的人儿坐着没动。我看见我的父母来了。米尔顿在斜坡的顶上站住脚，往下看着曲棍球场。他的神情表明眼前的景象，青葱翠绿的草地，白色的木头座位，远处的校舍，以及它那蓝石板瓦的屋顶和常春藤，都很赏心悦目。在美国，如果你想消除自己的种族特点，那只有去英国。米尔顿穿着蓝色的运动上衣和一条浅黄色的长裤，看上去就像一条海上游船的船长。他把一只胳膊搭在特茜的背上，正温柔地领着她走下石级去找两个好座位。

我们听见观众安静下来。接着传来一阵排箫的声音——达西尔瓦先生

---

① 森达克(1928—)，美国儿童文学作家、插图画家。

在录音机上放起了录音。

我走到那人儿的身旁,说道,"别担心。你会演得很好的。"

她一直在默默地背诵她的台词,这时才停下来。

"你可真是个好演员,"我继续说道。

她背过脸去,低下头来,嘴唇又蠕动起来。

"你不会忘了你的台词的。咱们一块儿温习了不知多少遍。你昨儿已经记得那么清楚——"

"你让我静一会儿行吗?"那人儿不耐烦地说道。"我正在设法做好充分的心理准备。"她气冲冲地看着我。随后她转身走开了。

我站在那儿望着她,垂头丧气,十分厌恶自己。冷静吗?我就是不够冷静。我已经使那朦胧的人儿讨厌我了。我感到自己好像要哭出来似的,于是一把抓住一块黑色的帷幕,用它裹住自己的身体。我站在黑暗当中,但愿自己已经死了。

我刚才只是想讨好她。她也确实不错。在舞台上,那人儿的烦躁不安平息下来。她的姿势有了改进。当然,她的实际的身体状况摆在那儿,那个血色很好的叶片似的身子,那种引起大家注意的极为丰富的色彩。排箫声停了下来,曲棍球场上也又安静下来。有人咳嗽,把痰从身体里面吐出来。我从帷幕里朝外偷偷看了一眼,只见那人儿正等着出场。她就站在中央的拱门里面,离开我不过十英尺。我以前从没有看见她这么一本正经,这么全神贯注。天赋是一种智力的体现。那朦胧的人儿等着出场的时候,正展现出她的才智。她的嘴唇蠕动着,好像正对着索福克勒斯本人在朗诵索福克勒斯的台词,好像跟所有智力上的证据相反,她理解他们遭受苦难的文学理由。因此,那人儿站在那儿,等候出场,跟她的香烟和她那自命高雅的样子,她的小集团里的朋友,她那糟糕透顶的拼法都离得很远。她的特长就是在众人面前出场演出。一步步走到台上,站在那儿朗诵。她这时才开始认识到这一点。我所目睹的是一个发现了它可能的自我的自我。

恰好在这时候,安提戈涅深深吸了一口气,走上舞台。她的白色长袍用银色的带子束在身上。她走到外面习习的和风当中，长袍也随即飘动起来。

"你愿不愿意帮我用这只手把死者抬起来？"

马克辛-伊斯墨涅回答说，"全城的人都不许埋他，你倒要埋他吗？"

"我要对哥哥尽我的义务，而你并不愿意尽这样的义务。我不愿意人们发现我背弃他。"①

我没有立刻上场。提瑞西阿斯并不是十分主要的角色。我又用帷幕裹住身子，等在那儿。我手里拿着一根棍子。那是唯一支撑着我的东西，一根漆得看上去像木头似的塑料棍子。

这时候，我听见一个低微哽噎的声音。那人儿又说道，"我不愿意人们发现我背弃他。"接着一片寂静。我从帷幕里面朝外看去，通过中央那个拱门，我可以看见她们。那人儿背对着我。而在舞台前部，马克辛·格罗辛格一脸茫然地站在那儿。她张着嘴，不过什么话也说不出来。再往前面一点，就在舞台边上，可以看见法格尔斯小姐红润的脸。她正低声说出马克辛的下一句台词。

这并不是怯场。马克辛·格罗辛格脑子里的一个动脉瘤突然破了。开始，观众看到她身子急速晃动，脸上现出惊愕的表情，还以为那是戏剧表演的一部分。大家对这个姑娘扮演伊斯墨涅这种过火的方式都吃吃地笑起来。但是马克辛的母亲清楚地知道女儿感到痛苦时脸上是什么神气，她赶紧从座位上站起身来。"不对，"她喊道。"不对！"二十英尺外，在夕阳的映照下显得很高的马克辛·格罗辛格仍然说不出话来。她喉咙里终于发出一阵咯咯声。她的脸就像突然出现灯光信号似的一下子变青了。就连坐在后排的人也可以看出她血液里正在缺氧。她的脑门、她的脸蛋儿、她的脖子上的红润的颜色渐渐消失。后来，那朦胧的人儿发誓说，马克辛当时用一种恳求的神气望着她，她看见亮光从马克辛的眼睛里消失。然而，据

---

① 以上安提戈涅与其妹伊斯墨涅所念台词见索福克勒斯的《安提戈涅》的开场部分。

医生们说，这大概并不是真实的情况。马克辛·格罗辛格裹着黑色的长袍，仍然站在那儿，却已经断气了。几秒钟后，她扑跌在台上。

格罗辛格太太迅速爬到台上。她没有作声。谁都没有作声。她默默地走到马克辛面前，把她女儿身上的长袍拉开。那位母亲默默地开始对女儿进行嘴对嘴的人工呼吸。我一下子呆住了，也不用帷幕绕着自己，径自走了出来，呆呆地望着。突然，拱门给一个白色的模糊的东西完全占据了。那朦胧的人儿正从舞台上逃走。有一刹那，我产生了一个荒唐的想法。我以为达西尔瓦先生不同意我们这样。别忘了他做起事来总要按传统的方式。因为那朦胧的人儿戴着一个面具，悲剧用的面具，她的两只眼睛就像刀划出的口子，她的嘴则是痛苦的飞镖。她带着这样一张丑陋难看的脸扑到我的身上。"天哪！"她呜咽着说，"天哪，卡利。"她浑身发抖，需要我的帮助。

这使我只好十分难堪地坦白供认。情况是这样的。在格罗辛格太太想要通过人工呼吸使马克辛活过来的时候，在太阳充满传奇剧的色彩，面对剧本中所并不存在的一场死亡落下去的时候，我感到自己身体中涌起一阵万分幸福的感觉。每一根神经，每一个细胞都活跃起来。我把那朦胧的人儿搂在怀里。

提瑞西阿斯坠入情网

"我替你跟一位大夫约好了时间。"

"我就到大夫那儿去。"

"不是菲尔大夫。是鲍尔大夫。"

"鲍尔大夫是谁?"

"他是……一位妇科大夫。"

我胸口热呼呼地激动起来,好像我把许多毕剥糖果①吃到肚里。但是我装得相当冷静,朝外望着那片湖水。

"谁说我是个女子?"

"真滑稽。"

"我就到大夫那儿去,妈。"

"这是为了你的身体。"

"这是为了什么?"

"卡利,女孩子到了一定的年龄,总得去检查一下。"

"为什么?"

"以便确定一切都没有问题。"

"你这话什么意思,一切都得查吗?"

"就是——切都查一下。"

我们当时正坐在汽车里。那是一辆次好的卡迪拉克。米尔顿又买了一辆新车,就把他本来用的那辆旧车给了特茜。那朦胧的人儿邀请我到她的俱乐部去玩一天。我母亲正开车送我到她家去。

那时已是夏天,自从马克辛·格罗辛格在舞台上倒毙后,已有两个星期。学校已经放假。在米德尔塞克斯,我们去土耳其旅行的准备工作正在进行。米尔顿决心不让我们的旅游计划被第十一回对旅游的谴责所断送,正在预订机票,并跟汽车租赁公司讨价还价。他每天早上都翻阅报纸,报告伊斯坦布尔的天气情况。"八十一度;晴。这听起来怎么样,卡尔?"我一般总卷曲起一个食指来作为回答。我不再渴望去家乡游览了。我不想去油漆一座教堂,以此浪费夏天的时光。希腊、小亚细亚、奥林匹斯山,它们跟我有什么关系?我刚在几英里外发现了整整一片新大陆。

一九七四年夏天,土耳其和希腊很快又会出现在新闻报道之中。不过我对两国那种日益紧张的关系并不在意。我有我自己的烦恼。再说,我又暗地里在恋爱,心里相当羞愧,自己也没有完全意识到这种情况,但尽管如此,却深深地陷入情网。

我们那个美丽的湖面上满是脏东西。可以看到六月里通常有的死鱼浮渣上的苍蝇。湖边还有一道新的护栏,在我们驾车经过的时候使我兴致索然。那一年,马克辛·格罗辛格并不是学校里死去的唯一女生。一名三年级的学生卡罗尔·亨克尔,在一场汽车事故中也死了。有个星期六晚上,她的男朋友,一个名叫雷克斯·里斯的家伙喝醉了酒,把他父母的汽车一头开进了湖里。雷克斯游回到湖岸边上,得以生还。但卡罗尔被困在车子里,没逃出来。

我们开过了贝克-英格利斯女子学校;当时学校因为暑假而关闭,陷入了夏季那种虚幻的境地。我们转入克尔比路。那人儿住在托纳库尔的一栋装了护墙楔形板的灰色石头房子里,上面有一个风标。在石子路上停着一辆并不起眼的福特箱式小客车。我坐在那辆次好的卡迪拉克里感到很不自在,赶紧下车,希望妈妈快点离开。

---

① 毕剥糖果,美国一种含在口中会弹开的碳酸性糖果,其成分为糖、乳糖、玉米糖浆及调料。

我按了门铃，博拉前来开门。她把我领到楼梯下面，让我上去。就此而已。我爬上二楼。以前在那人儿的房子里，我从没有到楼上去过。二楼上面比我们家还乱，地毯也是旧的。天花板好多年都没有粉刷过了。不过家具倒相当古老、沉重，给人留下深刻的印象，表示出持久耐用、富有定评的迹象。

我一连找了三间房，才找到那人儿的房间。她的遮阳窗帘仍旧没有拉起来。长绒地毯上，衣服东一件西一件地扔得到处都是，我只好艰难地穿过这些障碍，走到床边。但她躺在床上，身上穿着一件莱斯特·兰宁牌短袖圆领运动衫，还在熟睡。我喊着她的名字，轻轻地推了推她，她终于靠着枕头坐起身子，眨着眼睛。

"我看上去一定糟透了，"过了一会儿，她说道。

我并没有说她的情况是不是很糟。让她疑惑不定，可以加强我的地位。

我们在规定用早餐的那个角落里一块儿用早餐。博拉相当随意地侍候我们用餐，把盘子端来，随后再把盘子拿走。她穿着一件实实在在的女用人的黑色制服，外加一条白色的围裙。她的眼镜从她的另一种比较时髦的生活中向我们招呼致意。左边的镜片上螺旋状地出现了她的名字的金色字体。

那人儿的母亲来了，可以感觉得到的鞋后跟发出啪嗒啪嗒的响声。"早上好，博拉。我这就要到兽医那儿去。谢巴有颗牙得拔掉。我一会儿把它送回来，随后我再出去吃午饭。人家说它会感到头昏眼花。哦——工人们今儿要来装窗帘。让他们进来，把长桌上的那张支票交给他们。你们好，姑娘们！我没有看见你们。你一定会给她带来好的影响，卡利。九点半，这姑娘已经起来了吗？"她把那人儿的头发揉得乱七八糟。"亲爱的，你今儿白天就待在那个小俱乐部里吗？好。我和你爸爸今儿晚上要跟彼得斯夫妇一起出去。博拉会在冰箱里留些给你吃的东西。再见，大伙儿！"

这时候,博拉一直在清洗玻璃杯。她遵守着自己的策略,对格罗斯角的一切不发表意见。

那人儿叫懒洋洋的苏珊转圈。法式果酱,英式果冻,一盘不大干净的黄油,几瓶调味番茄酱和伍斯特郡辣酱油围成一圈,放在那人儿所要服的东西面前:一罐经济包装的罗莱。她摇出三颗药片。

"胃灼热究竟是什么毛病?"我说。

"你从没有过胃灼热吗?"那人儿惊讶地问道。

小俱乐部只是一个外号。俱乐部的正式名称是格罗斯角俱乐部。虽然俱乐部的产业是在湖上,但并没有看到码头或小船,只有一幢官邸式的俱乐部会所,两个板网球场和一个游泳池。那年夏天的六月和七月,我们每天都躺在这个游泳池旁边。

至于游泳衣,那朦胧的人儿喜欢穿比基尼式的。她穿比基尼式游泳衣看起来挺不错,但并不完美。她的臀部像她的大腿一样都略微大了一点。她声称十分羡慕我那两条瘦长的腿,但她其实只是想要叫我高兴。卡利俄珀穿着一件老式的上下身连在一起的游泳衣,外加一条裙子。那在五十年代原是索梅利娜的东西。我在一个旧箱子里找到了这件游泳衣。我这么说的用意是要显得不合常规,不过我也为这件游泳衣把我全身都遮住了而感到庆幸。我还在颈项周围披一条大毛巾,或者在游泳衣外再穿一件鳄鱼牌汗衫。游泳衣的上身也是一个有利因素。乳罩的罩窝贴有橡胶,形状尖尖的,使我在毛巾或衬衫下面显得好像有个实际我并没有的突起的胸部。

在我们前面,不少腹部好像鹈鹕一般的女人戴着游泳帽,跟在踢水板①的后面,在游泳池里来回游动。她们的游泳衣多半跟我一样。小孩子们在浅水那头蹚水玩耍,把水泼来泼去。脸上有雀斑的姑娘面前出现了好把皮肤晒黑的一线良机。那人儿就没放过这个机会。那年夏天,我们在毛

---

① 踢水板,用于练习游泳的器具。

巾上转动身体，不断给自己身上抹油，那人儿脸上的雀斑颜色变深了，从淡棕色变成了棕色。雀斑之间的皮肤颜色也变深了，把脸上的雀斑组合成一个斑斑点点的丑角的面具。只有她的鼻尖仍然是淡红色的。她头发下面的部分给阳光晒得火红。

俱乐部预备的三明治，放在有波纹边的盘子里，送到我们面前。如果我们觉得自己趣味高雅，我们就要法式奶油沙司。我们还吃牛奶冰淇淋、冰淇淋、法式炸土豆条。每样东西，那人儿要来后都签上她父亲的名字。她还谈到佩托斯基，他们家在那儿有一幢避暑别墅。"我们八月里到那儿去。也许，你也可以一块儿去。"

"我们要到土耳其去，"我闷闷不乐地说。

"噢，对了。我忘了。"接着，她又说道，"你们干吗非得用油漆去涂饰一座教堂呢？"

"我爸爸作了这样的保证。"

"这是怎么回事？"

在我们背后，好几对夫妇在打板网球。俱乐部会所的屋顶上飘扬着不少面三角旗。这是一个提起圣克里斯托弗、我父亲的战争经历、我奶奶的种种迷信的适当场合吗？

"你知道我老在想什么吗？"我说。

"什么？"

"我老想到马克辛。我无法相信她已经死了。"

"我知道。她好像并没有当真死去，仿佛我只是梦见她死了。"

"我们知道那是真实的唯一方式，就是我们俩都梦见她死了。现实就是这样。那是大家共同所有的一个梦。"

"这话说得很深奥，"那人儿说。

我声音很响地吻了她一下。

"啊哟！"

"这是你应该得到的。"

我们的椰子油把虫引来了。我们毫不怜悯地把虫扑杀。那人儿正在慢吞吞地、颇为吃惊地阅读哈罗德·罗宾斯①的《孤独的女人》。每看上几页,她就摇摇头,说,"这本书写得实在太肮脏了。"我在看《奥利弗·退斯特》②,一本老师指定要我们在暑假中阅读的书。

突然阳光被遮住了。一滴水落在我看的那页书上。不过跟像小瀑布似的甩到那朦胧的人儿身上的水相比,那压根儿算不了什么。有个年纪略微大一点的小伙子斜着身子低下头来,正在甩动他那湿漉漉的蓬松的头发。

"你真讨厌,"她说,"别再甩啦!"

"怎么啦?我正在让你凉快一下。"

"别这样。"

最后,他不甩了,直起身来。他的游泳衣从他瘦削的髋骨那儿滑了下去。这样一来,就露出了从肚脐眼往下的一道好像蚂蚁的踪迹似的汗毛。这道汗毛是红色的,但他的头发却黑油油的。

"你这次招待的这个客人是谁?"小伙子问。

"是卡利,"那人儿说。接着对我说道:"这是我哥哥,杰罗姆。"

他们兄妹的相似之处十分明显。杰罗姆脸上的颜色也和他妹妹一样(主要是橘黄色和浅蓝色),不过在总的轮廓上,有一些粗略之处,鼻子有点儿像个蒜头,两只眼睛略微有些斜视,看去好像两个有光的小孔。他那头乌黑的没有光泽的头发开头叫我相当诧异,不久,我就明白他的头发是染的。

"你就是戏里的那个人,对吗?"

"不错。"

杰罗姆点了点头,眯缝着的眼睛闪闪发光,说道,"一个角儿,是吗?就像你一样,对不对,妹妹?"

"我哥哥身上有不少问题,"那人儿说。

---

① 哈罗德·罗宾斯(1916—1997),美国小说家,擅长描写名人和富人的性爱故事。
② 《奥利弗·退斯特》,英国作家狄更斯的一部小说。

"嘿,既然你们两个姑娘对演戏很感兴趣,也许你们想在我的下一部影片中担任角色。"他望着我。"我在拍一部吸血鬼的影片。你可以扮演一个大吸血鬼。"

"我行吗?"

"让我瞧瞧你的牙齿。"

我并没有答应他的要求,也学那人儿的样子并不对他显得怎么友好。

"杰罗姆在拍摄有关怪物的电影,"她说。

"恐怖片子,"他纠正道,仍然对着我说话。"不是有关怪物的电影。我妹妹平时总小看我所选定的材料。你想知道片名吗?"

"不,"那人儿说。

"《预备学校里的吸血鬼》。内容是关于由我扮演的那个吸血鬼,因为他的有钱的、但极不幸福的父母正在办理离婚而给送进预备学校。不管怎样,他在外面的寄宿学校里过得并不怎么好。他穿的衣服既不得体,留的发式也不适宜。后来有一天,在参加了一个社交酒会后,他步行穿过校园,遭到一个吸血鬼的攻击。而且——问题就在这儿——那个吸血鬼还抽着一斗烟。他穿着一身海力斯粗花呢①的服装。啊呀,原来是那个该死的校长!因此第二天早上,我们的主人公一觉醒来,立刻出去,买了一件蓝色上装和几双顶级牌便鞋,于是——一转眼——他也完全成了个预备学校的学生!"

"你好不好站开一点儿?你把我的阳光都挡住了。"

"这是整个寄宿学校经历的一个象征,"杰罗姆说。"每一代人都去敲诈下一代人的钱,把他们变成活死人。"

"杰罗姆已经被两所寄宿学校赶出校门。"

"我可要对它们进行报复!"杰罗姆用苍老的声音说,一边在空中挥动着拳头。随后,他什么话也不说,跑到游泳池边,跳了进去。他这么做

---

① 海力斯粗花呢,英国外赫布里底群岛所产的一种手织厚呢。

的时候,身子转了过来,所以正面对着我们。杰罗姆就这样待在池子里,身体瘦弱,胸部下陷,看去白得像块咸饼干,他皱起脸来,一只手紧握着他的睾丸。他保持着这种姿势一路往前游去。

当时我年纪太小,没有暗自询问我们突然变得这么亲密的内在原因。在接下去的那一个又一个日子,一个又一个星期里,我也没有去留意那人儿自身的动力,她的爱的真空。她母亲整天都有约会;她父亲每天早晨六点四十五分就离开家去办公。杰罗姆是哥哥,因此没什么用处。那人儿不喜欢独自一人待着。她从来不会自己找些玩意儿消遣。因此有一天傍晚,在她的住所里,我正打算骑自行车回家,她提议要我留下来过夜。

"我没有带牙刷。"

"可以用我的牙刷。"

"那样不好。"

"我给你弄一把新的。我们有一盒牙刷。嗐,你真太娇气啦。"

我只是假装过分拘谨。其实,我并不在意跟那人儿合用她的牙刷。只要是那人儿的牙刷,我就不会在意。我对她那张嘴的美妙之处已经十分了解。抽烟就有这样的好处。你可以充分表现嘴唇撅起和吮吸的动作。时常会露一下舌头,把过滤嘴在嘴唇上留下的任何粘性的东西舔掉。有时小片的纸屑会粘在下嘴唇上,抽烟人把纸屑拉掉,露出下面一排被肉鼓鼓的牙床衬托出的晶莹洁白的牙齿。如果抽烟人喜欢吐出一个个烟圈,那么你就可以一直看到他脸蛋内部那层深色的丝绒般的上颚。

那朦胧的人儿就是这种情况。她在床上抽的一支烟,既是标明每天结束的墓碑,又是每天早上令她呼吸顺畅地苏醒过来的那丛芦苇。您想必听说过现代雕塑装置①艺术家吧?唔,那人儿是一个呼气艺术家。她有一整套招儿。有"侧击"——她娴雅有礼地让烟从嘴角漏出去,避开她正对着

---

① 现代雕塑装置,指除物体外,利用声、光等元素制作出的雕塑作品。

讲话的人。有她生气时的"喷吐"。有"龙女"——每个鼻孔喷出一缕青烟。有"法式回收"——她嘴里吐出烟来,又用鼻子再吸进去。还有"吞咽"。"吞咽"专门用来应付危急的情况。有一次,在科学馆的浴室里,那人儿刚抽了一大口烟,一个老师冲了进来。我的朋友只来得及把香烟扔进马桶冲掉。可是烟又怎么办呢?它能飘到哪儿去呢?

"谁在这儿抽烟?"那个老师问道。

那人儿耸了耸肩膀,紧闭着嘴。老师凑到她的面前闻了闻。那人儿把烟咽下肚去。嘴里没有吐出一点烟来。连一丝也没有,连一口也没有。她眼睛里有一点儿湿润,这是烟扩散到她肺里的唯一迹象。

我接受了那人儿的邀请,留下过夜。她妈妈打了个电话给特茜,问问看这样成不成。到十一点,我和我的朋友就一块儿上楼去睡觉。她给了我一件短袖圆领汗衫,让我穿上。汗衫的前胸印着"费森登"的字样。我穿到身上。那人儿吃吃地笑起来。

"怎么啦?"

"这是杰罗姆的汗衫。有没有难闻的气味?"

"你干吗把他的汗衫给我?"我说道,身体变得僵硬起来,汗衫虽然仍然穿在身上,却尽量不去触摸。

"我的汗衫太小啦。你要不要穿穿我爸爸的汗衫?爸爸的衣服有股古龙香水味。"

"你爸爸搽古龙香水吗?"

"战后[①],他住在巴黎。他养成各种古怪的习惯。"这时,她也爬上那张大床。"而且,他还和无数的法国妓女睡过觉。"

"这是他告诉你的吗?"

"并不完全是这样。但是每逢爸爸谈到法国的时候,他的举止总是色迷迷的。他曾在派驻到那儿的军队里服役。他大概在战后负责管理巴黎。

---

① 指第二次世界大战后。

每当他谈到这件事的时候,妈妈总相当恼火。"说到这儿,她模仿她母亲的口气。"这一晚的亲法言论也说得够多了,亲爱的。"跟平常一样,遇到她做出什么引人注目的举动的时候,她的智商总突然升高了。接着,她一下子把身子伏在床上。"他还杀过人。"

"真的吗?"

"是呀,"那人儿说,接着为了解释,又补充道,"纳粹分子。"

我爬上那张大床。我在家里只有一个枕头。这儿却有六个枕头。

"把背按摩一下,"那人儿欢快地大声说道。

"你要是给我按摩,我就也给你按摩。"

"成。"

于是我跨坐在她身上,坐在她的屁股上面,从她的肩膀那儿开始按摩。她的头发相当碍事,我就把她的头发捋到一边。我们沉默了一会儿,我不断地按摩;后来,我问道,"你有没有找个妇科大夫检查过身体?"

那人儿对着枕头点了点头。

"那是怎么个情形?"

"真是受罪。我很讨厌那样。"

"他们做些什么?"

"首先,他们叫你脱光衣服,穿上这件小小的罩衣。那是用纸做的,所有的寒气都钻了进来。你冷得要命。接着,他们让你摊开四肢躺在这张桌上。"

"摊开四肢?"

"对。你得把腿放在那些金属的玩意儿里。随后,大夫就对你做一次骨盆的检查,那简直要人的命。"

"你说骨盆检查,是什么意思?"

"我还以为该把你当作一位性专家呢。"

"来,说给我听听。"

"你知道，骨盆检查就是查查里面。他们把那个小玩意儿放到你的体内，使你完全张开，以及其他等等。"

"这真叫我无法相信。"

"那简直要了我的命。而且把人都冻僵了。再说，那个大夫在那儿四处查看的当口，还开一些无聊的玩笑。不过最糟的是，他给我检查时都是用两只手做的。"

"什么？"

"总的说来，他把手伸进你的体内，直到可以接触到你的扁桃体为止。"

这时，我说不出话来，惊慌害怕得不知所措。

"你要上谁那儿去？"那人儿问道。

"一个姓鲍尔的大夫。"

"鲍尔大夫！就是勒妮的爸爸。他完全是一个色鬼！"

"你这话什么意思？"

"有一次，我到勒妮家去游泳。他们有一个游泳池。鲍尔大夫走出来，站在那儿看着。随后他说，'你的两条腿生得非常匀称，实在匀称。'咳，真是个色鬼！鲍尔大夫。你真叫我同情。"

她抬起身子，以便把衬衫拉拉好。我按摩着她背的下半部，还把手伸到衬衫里面去捏她的肩胛骨。

随后，那人儿没再说话。我也一样。我一心替她按摩背部，好不去想妇科检查。按摩并不费劲。她那蜜黄色或杏黄色的背部跟我的背部不同，到腰那儿就逐渐变细。四处都有一些白色的斑点，和色斑相对。不管我按摩到哪个地方，她的皮肤总泛起一片红色。我知道下面的血液在不住流动，缓缓流开。她腋下的皮肤粗糙得就像猫的舌头。在那下面，就是平贴着床垫的鼓起的乳房边缘。

"好，"过了好半晌，我说道，"轮到我了。"

但是那一晚，像所有其他的夜晚一样，她睡着了。

就那人儿而言,始终都轮不到我。

那年夏天跟那人儿待在一起的那些零星的日子,又回到了我的眼前,每一天都给装在一个回忆的雪球里。让我再把它们好好摇上一摇。请看飘落下的片片雪花。

有个星期六早晨,我们一块儿躺在床上。那人儿仰面躺着;我用一只胳膊肘撑起身子,凑过去察看她的脸。

"你知道眼屎是什么吗?"我说。

"什么?"

"鼻涕。"

"不是的。"

"是的。就是粘液,是你眼睛里流出来的鼻涕。"

"这太令人恶心了!"

"亲爱的,你眼睛里有点儿眼屎,"我用一种装出来的、深沉的嗓音说,然后用一个手指把那点儿眼屎从那人儿的眼睫毛上轻轻弹掉。

"我竟然让你这么做,真叫我无法相信,"她说。"你碰到我的鼻涕啦。"

我们彼此望了对方一会儿。

"我碰到你的鼻涕了!"我尖叫起来。接着,我们就身子翻滚着,把枕头扔向对方,又尖声喊叫了一阵。

另一天,那人儿在洗澡。她有自己的浴室。我则躺在床上,正在看一本报道名流的小道消息的杂志。

"你可以看出来简·方达[①]在这部电影里并不是真的赤身露体,"我说。

"怎么啦?"

[①] 简·方达(1937—),美国电影女演员。

"她穿着一件连裤紧身内衣。你可以看出来。"

我走进浴室去给她看。在那个有脚爪的浴缸里,那人儿懒洋洋地躺着,上面是一层充满泡沫的沐浴露,她正用浮石①去除一只脚后跟上的污垢。

她瞧了瞧那张照片,说道,"你也从来没有赤身露体。"

我当下呆住了,一句话也说不出来。

"你有某种无法摆脱的忧虑吗?"

"不,我没有什么无法摆脱的忧虑。"

"那你怕什么呢?"

"我不怕什么。"

那人儿知道这话并不是真的。不过她没有什么歹毒的用意。她并不想揭我的短,只想让我安心。我的羞怯使她摸不着头脑。

"我不知道你为什么这么发愁,"她说。"你是我最好的朋友。"

我装着一心在看杂志,无法转过脸去看别处。然而,我心里却乐开了花,欣喜万分,不过我继续两眼紧盯着那本杂志,好像完全着了迷。

时间已经很晚。我们在看电视,还没有睡。那人儿正在刷牙,我走进浴室,脱下衬裤,坐在马桶上。有时作为一种补偿的策略,我这么做。那件短袖圆领汗衫很长,一直可以遮到我的膝部。我在那人儿刷牙的时候撒尿。

那会儿我闻到了烟味。我抬起头来,看到那人儿的嘴里除了一把牙刷,还有一支香烟。

"你在刷牙的当口儿也抽烟吗?"

她乜斜着眼睛看着我。"薄荷香烟,"她说。

不过,关于这些回忆的问题是它们的光彩很快就变得暗淡了。

---

① 浮石,一种火山玻璃,用于清洁抛光,以及使皮肤去垢、光滑。

用胶带贴在我们冰箱上的一个提示把我带回到现实中来。七月二十二日下午二时，鲍尔医生。

我心里充满恐惧，害怕那个性变态的妇科医生和他那追根究底的器械；害怕会使我的两条腿张开的那种金属器具以及会使别的什么东西张开的那种玩意儿，也害怕这样张开可能暴露出的问题。

我就怀着这种心情，在这种把情感隐匿起来的状况下又开始去教堂做礼拜。七月初的一个星期天，我和母亲穿着盛装（特茜穿着高跟鞋，我并没），驾车到圣母升天教堂去。特茜心里也很痛苦。自从第十一回骑上摩托车，飞速离开米德尔塞克斯后，已经有六个月了。打那以后，他就没有回来。更糟的是，四月里他透露说自己不久就要退学，离开大学。他打算跟一些朋友搬到北部半岛去，并且，就像他所说的，靠种地生活。"你认为他不会干出比如跟那个梅格私奔结婚那样的蠢事，对不对？"特茜问米尔顿说。"希望不会，"他回答说。特茜还担心第十一回不会照料自己。他并不定期到牙科医生那儿去看牙。他奉行素食主义，因而脸色苍白，而且他的头发也越来越少。他还只有二十岁。这使特茜突然感到自己老了。

我们俩都焦虑不安，为了不同的苦衷寻求安慰（特茜想要摆脱她的痛苦，而我想让我的痛苦马上开始），就这样子步入教堂。依我看来，希腊正教圣母升天教堂里每星期日举行的礼拜仪式就是不少祭司在一起朗读《圣经》。他们从《创世记》读起，接着往下读完《民数记》和《申命记》，然后又读《诗篇》和《箴言》、《传道书》、《以赛亚书》、《耶利米书》和《以西结书》，一直读到《新约全书》。接着，他们便开始读《新约全书》。考虑到我们礼拜仪式的时间长度，我也看不出有其他可能的方式。

他们不断吟唱，教堂里慢慢地坐满了人。最后，中央的枝形吊灯亮了，迈克神甫好像一个真人大小的木偶，从圣像的围屏后面一下子跳了出来。我姑父每星期天所经历的这样一种转变总叫我感到十分惊讶。在教堂里，迈克神甫以一种变幻莫测的神性时而出现，时而消失。一会儿，他到了上面楼厅上，用他那柔和的、无法辨别音高的嗓音歌唱。一会儿，他又回到底层，摆动着他的香炉。他身上闪闪发亮，有着珠光宝气，他的法衣点缀得就像一个法贝热彩蛋[①]那样花哨。他在教堂里四处走动，给予我们上帝的祝福。有时，迈克神甫的香炉散发出那么些烟，看来好像他具有隐身在烟雾中的能力。然而，等到烟雾散开以后，当天傍晚他在我们的起居室里，穿着一套黑色涤纶混纺衣服，戴着一个塑料硬领，竟又成了一个身材矮小、神情羞怯的人。

佐薇姑母的权威却表现出相反的倾向。在教堂里，她相当温顺。她戴的那顶灰色圆帽子看上去就像一个把她紧紧旋在教堂长椅上的螺钉的头。她不断拧她的几个儿子，好让他们醒着。我简直无法把每星期都在我们面前弓着身子走动的这个忧心忡忡的人跟那个滑稽可笑的女人联系在一起。那个女人受到酒的影响，在我们的厨房里积极投入一些滑稽的表演保留节目。"你们男人不准进来！"她嚷道，一边跟我母亲跳起舞来，"我们这儿可有刀。"

去教堂做礼拜的佐薇和饮酒后的佐薇，两者之间的差异实在惊人，因此在礼拜仪式中，我总特别留神地注意着她。大多数星期天，在我母亲拍拍佐姑姑的肩膀招呼她的时候，她总是淡淡地笑笑作答。她的大鼻子看来好像由于悲伤而肿了起来。接着，她转过身去，在自己身上画一个十字，然后坐定下来，直到整个礼拜仪式结束。

因此，七月里的那天上午，在圣母升天教堂里，香烟在荒谬无理的希望的刺激下升了起来。更近一点（外面正在淅淅沥沥地下着小雨），可以闻到一股湿头发的气味。水淋淋的雨伞就放在长排坐椅下面。从这些雨伞上淌下的那一道道水流流过我们那座造得相当简陋的教堂的高低不平的地面，在有些地方积成一个个水洼。空中充满了喷发定型剂和香水的气味，

[①] 法贝热彩蛋，指俄国金匠、珠宝首饰工艺设计家法贝热（1846—1920）所制作的复活节彩蛋，该等彩蛋被俄国和各国皇室视为珍品。

以及质量低劣的雪茄的气味,还可以听到手表缓慢的滴答声,越来越多的人的肚子发出咕噜咕噜的声音,还有打呵欠的声音。有人打起了瞌睡,发出鼾声,于是被旁边的人用胳膊肘儿推醒。

我们的礼拜仪式无休无止。我自己的身体可不受时间规律的影响。佐薇·安东尼奥就坐在我的前面,时间对她却造成了一定的伤害。

一位祭司妻子的生活比佐姑姑所预料的还要糟糕。她很不喜欢在伯罗奔尼撒半岛①度过的那几年。他们住在一所没有供暖设施的石头小屋里。外边,村子里的女人把毯子铺在橄榄树下,然后拍打树枝,直到橄榄都掉下来。"她们就不能不再这么该死的闹腾吗?"佐薇总这么抱怨。五年里面,在树木给棍棒狠命拍打的那片持续不断的嘈杂声中,她养下四个孩子。她寄信给我母亲,细说她的艰苦情况:没有洗衣机,没有汽车,没有电视机,后院里尽是卵石和山羊。她在信后的签名总是:"教会殉道人,圣佐薇。"

迈克神甫却比较喜欢希腊。他在那儿的岁月标志着担任神职人员的最得意的时期。在伯罗奔尼撒半岛上的那个小村子里,仍然保留着古老的迷信。人们依然相信凶神恶煞的眼光②。没有人因为他是一位祭司就可怜他,而后来在美国,他的堂区居民总以一种轻微的、但明白无误的傲慢态度对待他,就像对待一个不得不迁就其荒谬的想法的疯汉。在一个市场经济的国家里身为祭司所受的屈辱,在迈克神甫待在希腊的时候倒并没有使他感到苦恼。在希腊,他可以把抛弃了他的我的母亲置诸脑后;他可以避免跟我那挣的钱要比他多得多的父亲进行比较。他妻子的唠唠叨叨的抱怨还没有开始使迈克神甫考虑不做祭司,也没有导致他做出那个不顾一切的行动……

一九五六年,迈克神甫重新被派到美国本土克利夫兰③的一座教堂。

---

① 伯罗奔尼撒半岛,构成南部希腊的半岛。
② 见第327页注①。
③ 克利夫兰,美国俄亥俄州东北部港口城市。

一九五八年,他成了圣母升天教堂的一位祭司。佐薇重新回国,心里十分快乐,可是她始终不习惯自己那种祭司太太的身份。她并不喜欢成为他人的行为榜样。她发现很难使儿女看上去衣着整洁而又讲究。"靠什么钱呢?"她朝丈夫嚷道。"也许只要他们付给你的钱勉强像样一点,孩子们就可以穿得好一点了。"我的表兄表姐——亚里士多德、苏格拉底、克娄巴特拉和柏拉图——都有着教士儿女的那种饱经挫折、洗刷过度的样子。男孩子都穿着价钱便宜、颜色过于鲜艳的、双排钮扣的衣服,留着爆炸头①。克利奥也像跟她同名的那个人②一样长着一双杏眼,十分美丽;她将就地穿着从蒙哥马利·华德百货公司③买的服装。她难得说话,在做礼拜的时候跟柏拉图玩编花框④。

我一向很喜欢佐姑姑。我喜欢她那洪亮的大嗓门,也喜欢她的幽默感。她的嗓音比大多数男人都要响亮。谁也不能像她那样可以引得我母亲哈哈大笑。

比如,那个星期天,在有一次短暂的休息中,佐姑姑回过身来,大胆地开了一个玩笑。"我是非得上这儿来,特茜。你上这儿来干什么呢?"

"我和卡利就是想要到教堂来,"我母亲回答说。

柏拉图跟他父亲一样身材矮小,他装出责备的样子大声说道,"真丢脸,卡利。你做了什么事?"他用右手食指不断摩擦左手食指。

"没做什么,"我说。

"喂,苏克,"柏拉图低声对他哥哥说。"卡利表妹脸红了吗?"

"她一定做了什么她不想告诉我们的事情。"

"你们都别作声,"佐姑姑说。因为迈克神甫正捧着香炉走过来。我

---

① 爆炸头,一种类似非洲黑人蓬松浓密自然鬈发的发式。
② 指埃及托勒密王朝末代女王克娄巴特拉(公元前69—前30)。克利奥系克娄巴特拉的昵称。
③ 蒙哥马利·华德百货公司,由阿伦·蒙哥马利·华德在一八七二年创办的一家美国百货公司。
④ 编花框,一种小孩用绳子玩的翻线游戏。

的表兄表姐都转过身去。我的母亲低下头来祈祷。我也照她的样子这么做。特茜祈求第十一回能够早日恢复理性。而我呢？这很容易。我祈求我的月经快来。我祈求得到女子应有的各种特征。

　　夏天过得很快。米尔顿从地下室里把我们的小提箱拿上来，叫我和我母亲开始收拾行李。我和那人儿在小俱乐部里把皮肤晒黑。我脑海里老是出现鲍尔医生的身影，他在估量我两条腿的比例。离约定的时间还有一个星期，还有半个星期，还有两天……

　　于是，我们到了一九七四年七月二十日前一个星期六的夜晚。一个充满启程出发和秘密计划的夜晚。在星期天凌晨（在密执安仍然是星期六晚上），土耳其的喷气式飞机从本土的基地起飞。它们朝地中海东南方向的塞浦路斯岛飞去。在古代的神话里，支持凡人的神祇时常把人隐藏起来。阿佛洛狄忒有一次曾把帕里斯①遮住，不让墨涅拉俄斯动手杀他②。她还用一件罩袍把埃涅阿斯③裹住，让他从战场上溜走。同样，在土耳其喷气式飞机轰响着飞过海上的时候，它们也受到遮蔽。那天夜晚，塞浦路斯军事人员报告说他们的雷达荧光屏上发生了神秘的故障。荧光屏上出现了成千上万的白色光点：一种电磁云。土耳其的喷气式飞机隐匿在这片云中，飞到了该岛上空，开始扔下炸弹。

　　同时，在格罗斯角，弗雷德·穆尼夫妇也正要离开他们的家，前往芝加哥。他们的儿女伍迪和简站在屋前门廊上，挥手跟他们告别。两个孩子也有他们自己的秘密计划。那时候，装满小啤酒桶的银色轰炸机和六桶一包的紧密组合④正飞驶向穆尼家的住宅，里面坐满青少年的汽车正在途

---

① 帕里斯，希腊神话中特洛伊王子，因诱走斯巴达王墨涅拉俄斯之妻海伦而引起特洛伊战争。
② 见《伊利亚特》第三卷，"他（墨涅拉俄斯）转身冲去，想用铜枪刺死仇敌；但是阿佛洛狄忒把帕里斯王子救了出来，对于一位女神，这是件轻而易举的事。她把他笼罩在一团浓密的云雾之中，安放在他那馨香馥郁的卧室里面。"
③ 见《伊利亚特》第五卷，"她（阿佛洛狄忒）伸出白臂抱住她亲爱的儿子，给他盖上发亮的罩袍抵挡标枪，免得哪个驾驭快马的达那奥斯人，把锋利的铜枪掷向他的胸膛，令他丧命。"
④ 此处指装载着啤酒桶的车队。

中。那人儿和我也在去那儿的路上。我们的头发扑了粉并抹了油,用电热梳梳成蝶形,自己出发去参加这次聚会。我们穿着薄灯芯绒的裙子和木底鞋,来到宅子前面的草地上。但是在我们走进宅子前,那人儿在门廊上拦住了我。她咬着自己的嘴唇。

"你是我最好的朋友,对吗?"

"对。"

"好。我有时认为自己嘴里有气味。"她停下来。"问题是一个人始终没法知道他自己到底有没有气味。所以我想请你做的事就是"——她停顿了一下——"我想请你帮我查一下。"

我不知道该说什么,所以就什么也没说。

"这样是不是太叫人恶心啦?"

"不,"我最后说。

"好,那么来吧。"她把身子凑近我,朝我脸上吐了一口气。

"没问题,"我说。

"好。现在你来。"

我弯下身子,对着她的脸吐了一口气。

"挺好,"她果断地说。"行。现在,我们可以去参加聚会了。"

我以前从来没有参加过什么聚会。我很同情那些做父母的。我们挤过那个闹哄哄的屋子里的一群群人,看到眼前正在发生的破坏,我不禁有些畏缩不安。香烟灰落在皮埃尔·德出品的沙发椅垫上。罐装啤酒溅到祖传的地毯上。在小书房里,我看见两个嘻嘻哈哈地笑着的男孩正对着一个网球赛的奖杯小便。周围多半是一些年纪较大的孩子。有几对男女走上楼梯,消失在那几间卧房里。

那人儿力图做出一副资格很老的样子,学着中学女生那种高傲的、不感兴趣的神情。她在我的前面穿过宅子,来到后门廊上,排队去领啤酒。

"你这是干什么?"我问。

"我领一点儿啤酒喝。你说怎么样?"

外面天色已经相当黑了。像在大多数社交场合一样，我让头发披下来遮住我的脸。我站在那人儿的背后，看上去就像伊特表叔①，忽然有人用手捂住了我的眼睛。

"猜猜看是谁？"

"杰罗姆。"

我把他的手从我脸上拉开，回过身去。

"你怎么知道是我？"

"凭你那种古怪的气味。"

"哟，"杰罗姆身后有个声音说道。我朝那边一看，不免吃了一惊。原来跟杰罗姆站在一起的是雷克斯·里斯，开车把卡罗尔·亨克尔淹死在湖里的那个家伙。雷克斯·里斯，我们本地的特德·肯尼迪②。他如今看上去也不是滴酒未沾。深色的头发遮住他的耳朵。他在围在脖子周围的一条皮带上，别了一个蓝色的珊瑚饰物。我在他的脸上寻找悔恨自责的迹象。不过雷克斯倒没有仔细观察我脸上的神情。他正看着那人儿，脸上露出一丝微笑，头发掉到了他的眼睛里。

这两个小伙子灵巧地插到我们之间，彼此背对着背。我最后瞥了那朦胧的人儿一眼。她把两只手插在灯芯绒裙子后面的口袋里。这样显得相当随便，但却具有突出胸部的效果。她正抬头望着雷克斯微笑。

"我明儿开始拍电影，"杰罗姆说。

我显得神色茫然。

"我的电影。我的吸血鬼影片。你肯定自己不想参加吗？"

"我们这个星期就要去度假了。"

---

① 伊特表叔，一九六四年到一九六六年美国广播公司播放的电视连续剧《亚当斯一家》中的一个人物，特点是身材矮小；浅棕色的头发一直披垂到脚下，把脸和身体都遮挡住了；说起话来速度很快，但却令人费解。

② 特德·肯尼迪(1932—2009)，美国国会民主党参议员，约翰·肯尼迪总统之弟。一九六九年七月十八日，在马萨诸塞州的查帕奎迪克岛，他驾车送他二哥罗伯特·肯尼迪原来的秘书玛丽·乔·科佩奇尼回住所的途中，由于没有随路面弯度拐弯过桥，致使汽车跃出桥面，坠入水中，玛丽·乔·科佩奇尼在车中溺水身亡，而特德·肯尼迪却挣扎着浮出水面，得以生还。

"这真叫人失望,"杰罗姆说。"那会是一部天才作品。"

我们默不作声地站着。过了一会儿,我说,"真正的天才从来不自认为是天才。"

"谁说的?"

"我。"

"因为什么?"

"因为天才十分之九是付出的汗水。你从来没有听说过这句话吗?一旦你认为自己是个天才,马上就会松劲。你认为自己做的一切都非常了不起,等等等等。"

"我只是想拍几部恐怖影片,"杰罗姆回答说。"偶尔有几个裸体镜头。"

"只是不要设法成为一个天才,也许结果你倒反而会碰巧成为一个天才,"我说。

他用一种滑稽可笑的方式望着我,神情紧张,但仍然咧着嘴直笑。

"什么?"

"没什么。"

"你干吗那样望着我?"

"什么样子望着你?"

在夜色中,杰罗姆和那朦胧的人儿的相似之处反而更为明显。那两道黄褐色的眉毛,那种淡棕色的面色——它们以可以允许的形式又出现在这儿。

"你比我妹妹的大多数朋友都聪明得多。"

"你比我大多数朋友的哥哥也聪明得多。"

他朝着我俯下身子。他长得要比我高。这是他和他妹妹的最大差别。这足以使我清醒过来,不再出神发呆。我转身走开,绕过他的身子,回到那人儿身边。她仍然喜形于色、目不转睛地抬头看着雷克斯。

"来吧,"我说。"咱们得上那玩意儿那儿去。"

"什么玩意儿？"

"你知道的。那玩意儿。"

最后，我设法把她拉走。她收起了残余的笑容和意味深长的神色。我们刚走出门廊，她就对我皱起眉头。

"你要把我带到哪儿去？"她气冲冲地说道。

"离开那个讨厌的家伙。"

"你不能让我一个人待一会儿吗？"

"你要我让你一个人待着？"我说。"好吧，我就让你一个人待着好了。"我站着没有动。

"我甚至不能跟参加聚会的一个小伙子说说话吗？"那人儿问。

"我趁早把你带走，免得来不及。"

"你这话什么意思？"

"你嘴里有气味。"

这句话把那人儿制服了。这句话击中了她的要害。她退缩了。"真的吗？"她问道。

"只有一点儿洋葱味，"我说。

这时我们待在屋后的草地上。小伙子们坐在门廊的石头栏杆上，他们的香烟头在黑暗中发着红光。

"你觉得雷克斯怎么样？"那人儿低声问道。

"什么？你总不见得喜欢他吧。"

"我并没有说我喜欢他。"

我打量着她的脸，寻找答复。她注意到这一点，便朝草地较远的地方走过去。我跟在她后面。我先前说过，我的大部分情感都混杂不纯。但并非所有的情感都是这样。有些情感十分纯净，一点也不搀杂别的成分。比如忌妒。

"雷克斯没有问题，"我赶上她后说道。"要是你喜欢杀人犯的话。"

"那是一场意外事故，"那人儿说。

月亮已经快要变得圆溜溜的。树木肥大的叶子在月光下发出银白色的光泽。草地湿漉漉的。我们俩都踢掉脚上的木底鞋，站在草地上。过了一会儿，那人儿叹了口气，把头伏在我的肩膀上。

"你就要离开了，这样很好，"她说。

"为什么？"

"因为这太离奇古怪了。"我回头看了看是否有人可以看见我们。谁也看不见。于是我伸出一只胳膊搂着她。

接下去的几分钟，我们就站在给月光照得发白的树底下，听着从屋子里传来的响亮刺耳的音乐声。警察不久就会前来。警察总要来的。这是你在格罗斯角可以拿得准的一件事。

第二天早上，我跟特茜一起去做礼拜。佐姑姑和平时一样坐在前边，给大家树立一个榜样。亚里士多德、苏格拉底和柏拉图都穿着他们那种盗匪的制服。克利奥又陷在她那头浓密的黑头发当中，很快就要打瞌睡了。

教堂的后部和两侧光线昏暗。门廊里隐隐约约地露出几座圣像，也可以在闪闪发光的壁龛里看到它们扬起僵硬的手指。在圆屋顶的下方，亮光形成一道白垩色的光柱倾泻下来。空气里已经充满焚香的气味。祭司们走来走去，看上去像土耳其浴浴室里的男子。

接下去是礼拜时间。有个祭司啪地开动开关。那个巨大的枝形吊灯的底下那层灯泡一下子亮了起来。迈克神甫从圣像屏帏后面走了出来。他穿着一件颜色鲜亮的青绿色长袍，背部绣着一颗红星。他穿过外面的平台，来到下面的堂区居民当中。他的香炉里的烟袅袅升起，散发出古代的芳香。"主啊，怜悯我们，"迈克神甫唱道，"主啊，怜悯我们。"尽管这句话在我听来毫无意义，或者几乎毫无意义，但我却感到它的分量，感到它在当时空中所划出的深深纹路。特茜在自己身上画了个十字，心里想到了第十一回。

迈克神甫先在教堂的左边履行职责。香炉里的烟像蓝色的海浪似的翻滚着飘到聚集在那儿的人的头上,使得枝形吊灯底下那灯光变得昏暗朦胧。同时加剧了窗口的呼吸器官问题,也使我表兄表姐衣服的鲜亮色彩变得暗淡下来。在我给这股香烟裹在它那干冰似的毯子里的时候,我也把烟吸进体内,并开始祈祷。上帝保祐,千万别让鲍尔医生查出我有什么毛病。让我成为那人儿的真实的朋友。在我们去土耳其的时候,不要让她把我忘了。帮帮我的母亲,让她不要为我哥哥这么发愁。让第十一回重回大学念书。

在正教教堂里,熏香具有多种用途。从象征意义上讲,它是奉献给上帝的祭品。正如在无宗教信仰的时期所焚烧的用于献祭的供品,香气向天上飘去。在近代用防腐药物保存尸体的时期到来之前,熏香有一种实际的用途。它可以掩盖举行葬礼时尸体发出的气味。而在人们把一定数量的香气吸入体内后,它还能产生一种眩晕的感觉,好像沉浸在宗教幻想之中。而且如果你吸进很多数量以后,还会感到不适。

"怎么啦?"特茜的声音在我耳边响起。"你脸色十分苍白。"

我停止祈祷,把眼睛睁开。

"真的吗?"

"你没觉得不舒服吧?"

我开始作了肯定的回答,但是,接着我又停下来。

"卡利,你真的脸色十分苍白,"特茜又说道。她用手摸了摸我的额头。

生病、梦幻、忠诚、欺骗——都一起出现。如果上帝不帮助你,那你就得自己帮助自己。

"我的肚子不舒服,"我说。

"你吃了些什么?"

"或者可以说并不完全是肚子,而是更下去一点的地方。"

"你觉得头晕吗?"

迈克神甫也从旁边走过去。他把香炉摆动得那么高,几乎都快碰到我的鼻尖了。我张大鼻孔,尽量把烟多吸进一点儿,好使自己脸色变得更加苍白。

"感觉就像有人在我肚子里旋动什么玩意儿,"我大着胆子说道。

这句话一定或多或少说对了。因为特茜这时露出了笑容。"哦,宝贝,"她说。"哦,谢天谢地。"

"我生病了,你还觉得高兴?多谢了。"

"你没生病,宝贝。"

"那我是怎么一回事呢?我觉得不大舒服。相当难受。"

我母亲握住我的一只手,脸上仍然充满笑意。"快一点,快一点,"她说。"我们可不想出什么意外。"

等我把自己关在教堂厕所的一个小隔间里的时候,土耳其入侵塞浦路斯的消息已经传到了美国。我和特茜一回到家,便发现起居室里坐满了大叫大嚷的人。

"咱们的战舰正停泊在海岸外边威慑希腊人,"吉米·菲奥雷托斯叫喊着说。

"它们当然停泊在海岸外边,"这时米尔顿开腔了,"你还指望什么?军人集团上台了,把马卡里奥斯三世①赶走了。因此,土耳其人急起来了。那儿的局势很不稳定。"

"是呀,可是去帮助土耳其人——"

"美国并没有帮助土耳其人,"米尔顿接着说。"他们只是不想看到军人集团变得无法控制。"

一九二二年,当士麦那被火焚毁的时候,美国战舰悠闲地待在一旁。五十二年以后,在塞浦路斯海岸外边,这些战舰也没有采取什么行动,至

---

① 马卡里奥斯三世(1913—1977),塞浦路斯东正教大主教(1950—1977),塞浦路斯总统,一九七四年希腊策动塞浦路斯国民警卫队发动"七一五"政变,被推翻。但随即复任总统。

少表面如此。

"别这么天真,米尔特,"吉米·菲奥雷托斯又说。"你以为是谁干扰雷达的?是美国人,米尔特。就是我们。"

"你怎么知道?"我父亲表示怀疑地说。

这时候,格斯·帕诺斯通过他的嗓子眼,说道:"是那个该死的——咝咝咝——基辛格干的。他一定——咝咝咝——跟土耳其人达成了协议。"

"他当然这么做了,"彼得·塔塔基斯点了点头说,一边呷了一口百事可乐。"现在越南危机已经过去了,基辛格博士大人可以回去扮演俾斯麦①了。他不是想看到北约组织在土耳其设立基地吗?这就是他达到目的的方法。"

这些非难指责是否确凿无误?我也无法肯定。我知道的情况只是那天清晨,有人干扰了塞浦路斯的雷达设备,确保土耳其入侵的成功。土耳其人有没有这种技术?没有。美国战舰有没有这种技术呢?有的。但这不是一件你可以证明的事儿……

再说,不管怎样,那跟我也没有关系。男人们嘴里骂骂咧咧,表示责备地朝着电视机指指点点,捶打着无线电收音机,最终佐姑姑把电视和收音机的插头都拔掉了。可惜她无法使男人们平静下来。在整个吃午饭的期间,他们彼此冲着对方吼叫。刀叉也在空中舞动。有关塞浦路斯的争论持续了好几个星期,最后会彻底终止这种星期天的饭局。但是就我自身而言,那次入侵只有一个意义。

一等我能脱身,我就请求准予离开,跑去给那人儿打电话。"你猜怎么着?"我激动地大声喊道。"我们不去国外度假了。那边发生了战争!"

随后我告诉她我肚子疼痛,得马上走了。

---

① 俾斯麦(1815—1898),普鲁士王国首相(1862—1890),德意志帝国首相(1871—1890),通过王朝战争,击败法、奥,统一德意志,有"铁血宰相"之称。

肉 与 血

我正迅速走向发现一切的时刻：我发现我自己是怎么一个情形（这是一件我始终了解却还不清楚的事儿）；可怜的、半瞎的菲洛博西安医生发现他在我出生时所没有注意到、后来在每年的体检中也忽略了的情况；我的父母也发现他们生下的是一个什么样的孩子（答案是同一个孩子，只是不一样了）；最后就是发现那个突变的基因。这个基因在我们的血统中隐伏了两百五十年，等待时机，等待土耳其之父①发起攻击，等待哈杰内斯蒂斯的双腿变成玻璃②，等待一根单簧管给动人心弦地从一个后窗户里往外吹奏，直到后来这个基因跟它的隐性孪生兄弟聚到一起，于是开始了一系列活动，最终导致我待在柏林这儿写作。

那年夏天，总统③的谎话变得越加详尽细致，我也开始胡编乱造地说我月经来了。卡利俄珀用尼克松的狡猾手段打开包扎着的许多根本没有用过的月经棉塞，把它们用水冲走。我装出从头痛到疲劳的种种症状。梅丽尔·斯特里普④把各个不同地方的人的说话口音学得惟妙惟肖，我也用她的方式做出肚子疼痛的各种样子。既有剧烈的刺痛，也有隐隐的疼痛，还有那种使我蜷起身子躺在床上的吸人骨髓的阵痛。我的月经周期尽管是假想的，却给一丝不苟地标注在我书桌上的台历上。我使用了相互交错的鱼的符号☙来标明日期。我把月经日期一直排到十二月。到那时候，我深信我的真正的月经初期一定会最终到来。

我的骗术成功了。这平息了我母亲心里的忧虑，而且不知怎么，甚至也平息了我心里的忧虑。我感到自己掌管了一切。我不再听凭大自然的支配。更好的是，由于取消了我们去布尔萨的旅行；也取消了我去鲍尔医生那儿检查的预约，我就可以接受那人儿的邀请，到她家的避暑别墅去做客了。为了做好这方面的准备，我买了一顶阔边遮阳帽、一双凉鞋和一条朴素的工装裤。

我对那年夏天国内展开的政治活动并不特别注意。不过要错过正在进行的事情是不可能的。随着总统麻烦的不断增加，我父亲对尼克松的支持反而变得更加坚定。在那些留着长发的反战人士中，米尔顿看见了自己的头发蓬乱、谴责非难的儿子。如今，在水门事件的丑闻中，我父亲认识到自己在骚乱中的暧昧表现。他觉得那次破门而入是个错误，不过也认为那也没有什么大不了。"你们认为民主党人就不会干出同样的事情来吗？"米尔顿向星期天的那些参加辩论的人问道。"自由派人士只是想把罪名加在他身上。于是他们就装出一副虔诚的样子。"米尔顿在看晚间新闻的时候总对着电视屏幕发表一连串的评论。"哦，是吗？"他会这么说道。"狗屁。"或者说："普罗克斯迈尔⑤这个家伙是一个毫无价值的人。"再不然，"这些尖头的知识分子所应担心的是外交政策。对该死的俄国人该怎么办。不要去为一个肮脏的竞选办公室里发生的盗窃抱怨不休。"米尔顿蹲在电视小茶几后面，横眉怒目地看着那些左翼的新闻报道；他跟总统变得越来越像了，这一点可不能受到忽视。

每个工作日的夜晚，他都和电视展开辩论，但是在星期天，他面对的是一群现场听众。彼特大伯通常在消化食物的时候总像一条蛇那样蛰伏着，如今却心情愉快，十分活跃。"就连从按摩疗法的观点看，尼克松也

---

① 指土耳其共和国首任总统凯末尔，见第25页注①。
② 见第51页。
③ 指尼克松总统。
④ 梅丽尔·斯特里普(1949—)，美国电影女演员，一九八二年因主演《索菲的选择》获奥斯卡最佳女主角奖。
⑤ 普罗克斯迈尔(1915—2005)，美国国会参议员。

是一个靠不住的人物。他具有一头黑猩猩的骨骼。"

迈克神甫也开口用话激他。"哦，依你看，你的朋友狡猾的迪基①现在的情况怎样，米尔特？"

"我看不少人在起哄吵闹。"

谈话一转到塞浦路斯，情况就变得更糟了。在内政问题方面，米尔顿得到了吉米·菲奥雷托斯的支持。但是说到塞浦路斯的局势，他们就出现了分歧。在入侵后一个月，当联合国正要完成一项和平协定的时候，土耳其军队又发动了一次攻击。这一次，土耳其人声称占有了该岛的一大部分地方。他们筑起有刺铁丝网，还修建了几座瞭望塔。塞浦路斯就像柏林、朝鲜，就像世界上不再成为一个整体的所有其他地方那样正给分割成两半。

"现在，他们露出真面目来了，"吉米·菲奥雷托斯说。"土耳其人一直想要入侵。那些'保护宪法'的糊弄人的话儿只是一个借口。"

"他们趁我们背过身去的时候……呲呲呲……攻击我们，"格斯·帕诺斯用低沉沙哑的声音说。

米尔顿轻蔑地哼了一声。"你说'我们'是什么意思？格斯，你出生在哪儿，是塞浦路斯吗？"

"你知道……呲呲呲……我是什么意思。"

"美国出卖了希腊人！"吉米·菲奥雷托斯用手指在空中一点。"这都是那个口是心非的狗杂种基辛格捣的鬼。他一边和你握手，一边朝着你口袋里撒尿！"

米尔顿摇了摇头。他样子暴躁地低下头去，从喉咙深处发出一种低微的声音，一种不以为然的严厉的声音。"我们得做无论什么符合我们国家利益的事儿。"

接着，米尔顿抬起头来，终于说道："让希腊人见鬼去吧。"

---

① 狡猾的迪基，理查德·尼克松的绰号。迪基系理查德的昵称。

一九七四年，我父亲非但没有到布尔萨去找回自己的根，反而抛弃了原来的祖国。当他迫不得已，要在自己的祖国和祖先的祖国之间作出选择时，他毫不踌躇地作出了选择。这时我们可以听见从厨房里一路传来的叫嚷声；有个咖啡杯给打碎了；还有用英语和希腊语发出的咒骂声以及噔噔噔噔走出屋子的脚步声。

"拿好你的外套，菲利斯，我们走吧，"吉米·菲奥雷托斯说。

"已经是夏天了，"菲利斯说。"我没有穿外套。"

"那么把你他妈的该拿的不管什么东西都拿着。"

"我们也走了……哗哗哗……我已经没有……哗哗哗……胃口了。"

就连彼特大伯，那个自学成才的歌剧爱好者，也不肯容忍这样的话。"也许，格斯不是在希腊长大的，"他说，"不过我可以肯定你记得我是在希腊长大的。你在说我的祖国，米尔顿，以及你父母自身的老家。"

客人们离开了。他们没有回来。吉米·菲奥雷托斯夫妇。格斯·帕诺斯夫妇。彼得·塔塔基斯。别克牌汽车都从米德尔塞克斯开走了，在我们的起居室里还留下一片气氛消沉的空间。在那以后，就再也没有星期天的饭局了，再也没有擤起鼻子来好像在吹装上弱音器的喇叭似的那个大鼻子男人了，再也没有跟晚年的梅林娜·默库里①很像的那些脸蛋儿干瘪的女人了，而最主要的就是，再也没有起居室里的争论了。再也没有互相辩驳，举出实例，引用已故的知名人士的言论，斥责依然在世的声名狼藉的人。再也没有从我们的双人沙发上管理政府的事，再也没有修改免税代码②或是关于政府职能、福利国家③、瑞典卫生制度（是一位菲奥雷托斯博士制定的，他跟我们认识的菲奥雷托斯一家并无亲戚关系）的哲学性争论了。这是一个时代的结束。再也不会出现，再也不会在星期天发生。

留下没走的唯一的人是佐姑姑、迈克神甫和我的表兄表姐，因为她们

---

① 梅林娜·默库里(1920—1994)，希腊电影女演员、歌唱家。
② 免税代码，指雇员收入免税部分的数字代码，由税务机关编定，供雇主发薪时计算应从雇员的收入中扣除的纳税金额用。
③ 福利国家，指通过社会保险、失业津贴、免费医疗等计划由政府为公民提供福利的国家。

和我们是亲戚。特茜因米尔顿挑起了这场争吵而对他十分不满。她对米尔顿这么说了,结果米尔顿对她发起火来,于是在那天余下的时间里,她便对米尔顿一语不发。迈克神甫利用这个机会把特茜领到那个供沐日光浴的平顶上。米尔顿坐进汽车,把车开走了。我跟着佐姑姑,后来,我们把点心送到平屋顶上去。我刚踏上那条两边有着很粗的红杉栏杆的石子路,就看见特茜和迈克神甫坐在那张黑铁的户外椅子上。迈克神甫正握着我母亲的一只手,一边轻声说话,一边把他那留着胡须的脸凑得离我母亲很近,窥视着我母亲的眼睛。我母亲显然刚才哭过了。她手里拿着一张揉成一团的手巾纸。"卡利把冰茶端来了,"佐姑姑走出来,说道,"我手里还有酒。"不过,这时她看见迈克神甫望着我母亲的样子,就住嘴不说了。我母亲飞红了脸,站起身来。"我要喝酒,佐。"大家都紧张不安地笑起来。佐姑姑把杯子倒满酒。"别看,迈克,"她说,"祭司太太星期天常常喝醉。"

下个星期五,我跟着那人儿的父亲坐车到皮托斯基附近他们的避暑别墅去。那是一幢十分气派的维多利亚时代建造的宅子,上面布满了华而不实的装饰,并且涂成了淡草绿的咸太妃糖的颜色。我们把车开近前去,展现在眼前的那幢宅子的景象使我眼花缭乱。那幢房屋坐落在小特拉弗斯湾上面的一座小山上,四周都是高大的松树,房屋的所有窗户都发出耀眼的光彩。

我跟自己或人家的父母一向关系良好。父母是我特别擅长与之相处的人物。在去避暑别墅的路上,我在车子里一直在和那人儿的父亲交谈,话题生动,内容广泛。那人儿就是从她父亲那儿得到了那种头发和皮肤的颜色。她父亲具有凯尔特人[①]的头发和皮肤的颜色。然而,他已经五十七八岁了,他那淡红色的头发给晒得几乎已经没有什么颜色,就像快要结籽的

[①] 凯尔特人,西欧一民族成员,包括在罗马人之前定居不列颠、高卢的民族及其后裔。

蒲公英。他那生着雀斑的皮肤看上去好像也要爆裂开来。他穿着一套土黄色的毛葛衣服,打着蝶形领结。他把我接上车去以后,我们又在公路近旁的一家宴会用品商店停下。那人儿的父亲在那儿买了一盒六罐装的司木露鸡尾酒。

"马提尼酒①装在罐子里,卡利。我们生活在一个充满奇迹的时代。"

五个小时以后,他有点醉意地开车转进通向避暑别墅的那条没有铺砌的道路。那时已是晚上十点。在月光下,我们把一袋袋东西搬到后门廊上。在那条两边都是瘦削的灰色松树的小路上满是松针,四处点缀着一些蘑菇。宅子近旁,一口自流井在长满苔藓的大石头间发出汩汩的声响。

我们从厨房那扇门走进宅子,就看到了杰罗姆,他正坐在桌旁看《世界新闻周刊》。他脸色苍白,说明整个月他多半待在这儿。他那没有光泽的黑头发看上去特别缺乏生气。他穿着一件印有弗兰肯斯坦②的短袖圆领汗衫,一条泡泡纱短裤,一双白帆布的顶级牌便鞋,没穿短袜。

"我来把斯蒂芬尼德斯小姐介绍给你,"那人儿的父亲说。

"欢迎到这个偏僻的地方来,"杰罗姆站起身来,跟他父亲握了握手,他们想要拥抱一下。

"你母亲在哪儿?"

"她在楼上,准备穿好衣服参加你不可思议地总要迟到的宴会。她的情绪就反映出这一点。"

"你何不带卡利上楼到她的房间去?领着她四处看看。"

"行,"杰罗姆说。

我们从厨房外面的后楼梯上楼。"客房正在油漆,"杰罗姆告诉我说。"所以你就睡在我妹妹的房间里。"

---

① 马提尼酒,一种由杜松子酒、苦艾酒等混合而成的鸡尾酒。
② 弗兰肯斯坦,英国女作家玛丽·雪莱(1797—1851)所写科幻小说《弗兰斯坦》(1818)中的主人公,后也成为恶魔的代名词。

"她在哪儿?"

"她跟雷克斯待在外面后门廊上。"

我的血液好像一下子停止了流动。"雷克斯·里斯?"

"他的父母在这儿也有一所宅子。"

杰罗姆随后领着我去看了生活必需品、客人用的毛巾、浴室、电灯开关都在什么地方。不过他表现出的礼貌并没有给我留下什么印象。我不知道那人儿为什么在电话里一点也没有提到雷克斯。她已经到这儿来了三个星期,却一句也没有提。

我们回进那人儿的卧室。她的揉皱了的衣服散放在没有铺好的床上。一个枕头上放着一个肮脏的烟灰缸。

"我妹妹养成了懒散随便的习惯,"杰罗姆朝四周看了看,说。"你爱好整洁吗?"

我点点头。

"我也一样。那是生存的唯一途径。嘿。"这时,他转过身来,面对着我。"你们去土耳其的旅行怎么样了?"

"取消了。"

"好极了。现在,你可以参加我拍摄的影片了。我正在这儿拍摄。你准备参加吗?"

"我还以为你在寄宿学校里拍摄呢。"

"我是决定使影片表现边远乡村地区的一所寄宿学校。"杰罗姆这时站得离我略微近了一点。他斜眼看着我,跷起脚尖晃动着身子,两只手在口袋里不停地扑动。

"咱们该下楼去吗?"我最后问道。

"什么?噢,对了。是呀。咱们去吧。"杰罗姆转过身去,匆匆走了。我跟着他回到楼下,穿过厨房。在我们走过起居室的时候,我听见外面门廊上的说话声。

"因此,塞尔弗里奇那个轻量级职业拳击手,吐了,"雷克斯·里斯正在这么说。"甚至都没来得及走到盥洗室去,就对着酒吧柜台吐了。"

"我真无法相信!塞尔弗里奇!"现在是那人儿说话了,她饶有兴趣地喊起来。

"他喷出一大堆东西,就对着他的斯丁格鸡尾酒①。我真无法相信。那阵呕吐就像尼亚加拉大瀑布,塞尔弗里奇伏在酒吧柜台上低声号叫;大伙儿都从酒吧高凳上跳下来,对吗?塞尔弗里奇脸朝下扑在他呕吐的东西里。有一刹那,酒吧里一片寂静。接着,这个姑娘开始作呕了……那就像是一阵连锁反应。整个地方的人都开始作呕,呕吐的东西滴到各个地方,那个酒吧伙计——发火了。他个子也很高大。他长得真他妈的高大。他走过来,低头看着塞尔弗里奇。'我好像不认识这个家伙。以前从来没有见过他。'接下去,你猜怎么着?"

"怎么着?"

"酒吧间伙计伸出手去,一把抓住塞尔弗里奇。他揪住他的衣领和腰带,对吗?他把塞尔弗里奇像个底座似的高举到空中——就用他清扫收拾酒吧柜台!"

"没有的事!"

"我可不是开玩笑。就在弗里奇呕吐的地方对他收拾清扫。"

这时,我们走出去来到门廊上。那人儿和雷克斯·里斯正一起坐在一张白色的柳条长椅上。外面天色很黑,有点凉意,但那人儿仍旧穿着游泳衣,那是一件天蓝色的比基尼游泳衣。她用一条沙滩浴巾裹住自己的两条腿。

"喂!"我喊了一声。

那人儿回过头来,呆呆地看着我。"哟,"她说。

"她来啦。"杰罗姆说。"平安无事。爸爸并没有走错路。"

"爸爸并不是一个那么差劲的驾车人,"那人儿说。

"他不喝酒的时候,是不错。不过今儿晚上,我敢肯定他的前座上放

---

① 斯丁格鸡尾酒,用白兰地、薄荷酒、冰水或柠檬汁等调配而成的酒。

着那个旧的马提尼酒保温瓶。"

"你的老爸喜欢参加宴会!"雷克斯嗓音嘶哑地喊道。

"在开车来的路上,我爸爸有没有去喝点儿什么止渴?"杰罗姆问。

"喝了不止一次,"我说。

于是,杰罗姆哈哈大笑,身体完全放松,一个劲地拍手。

这当儿,雷克斯对那人儿说,"好。她来了。我们举行宴会吧。"

"我们该到哪儿去呢?"那人儿说。

"嗨,杰罗曼①,你是不是说树林里有一所古老的猎人木屋?"

"是呀,大约在树林里面半英里路的地方?"

"你觉得在黑暗中能够找到那个地方吗?"

"也许用一个手电筒就能找到。"

"那我们去吧,"雷克斯站起身来。"我们拿些啤酒,一路走到那儿去。"

那人儿也站起身来。"我去穿一条长裤。"她穿着游泳衣走过门廊。雷克斯在一旁注视。"来,卡利,"她说。"你就住在我的卧室里。"

我跟着那人儿走进屋子。她走得飞快,几乎是在奔跑,并没有回头看我。她在我的前面往楼梯上面走去,我从后面使劲拍了她一下。

"我不喜欢你,"我说。

"什么?"

"你晒得这么黑!"

她转过脸来向我微微一笑。

那人儿穿衣服的时候,我在那间卧室里四处察看了一番。房里的家具也是白色的柳条编制的。墙上贴着一些业余爱好者制作的航海图片;架子上放着皮托斯基的石头②、松果和有霉味的平装本小说。

---

① 杰罗曼系杰罗姆的昵称。
② 皮托斯基的石头,美国密执安州的一种上有花纹图案、可以用作摆设观赏的石头,系几亿年前由一种六边形的珊瑚生物石化而成。

"我们到树林里去干什么?"我用抱怨的声调说。

那人儿没有回答。

"我们到树林里去干什么?"我又问了一遍。

"我们去散散步,"她说。

"你只是想让雷克斯对你动手动脚。"

"你满脑子下流事儿,卡利。"

"你别否认。"

她转过身来笑了笑。"我知道谁想要对你动手动脚,"她说。

刹那间,我心里充满了抑制不住的快乐。

"杰罗姆,"她把话说完了。

"我不想到外面的树林里去,"我说。"那儿有虫和其他的东西。"

"别这么尻包,"她说。我以前从来没有听见她说过"尻包"这个词。这是小伙子,像雷克斯那样的小伙子使用的词。那人儿穿好衣服,便站在镜子面前,抓摸着她脸蛋上一些皮肤干枯的地方。她用刷子刷了刷头发,还抹了些珠光唇膏。接着,她朝我走过来,跟我靠得很近,张开嘴巴,对着我的脸吐了口气。

"挺好,"我说,说完便走开了。

"你不要我查一下你嘴里的气息吗?"

"没什么大不了的,"我说。

我打定主意,要是那人儿不把我放在心上,一味向雷克斯眉来眼去地卖俏,那我就也不去睬她,去跟杰罗姆调情。等她走后,我梳了梳头发。从梳妆台上那许许多多喷雾香水中,我选了一瓶,使劲挤了一下,但并没有香水喷出来。我走进浴室,解开工装裤的带子。我把衬衫掀起,在胸罩下面塞了几张卫生纸。随后,我把头发甩到原来的位置,急速系好工装裤,匆匆地走到外面,准备和他们一块儿到树林里去散步。

他们正在门廊上的一盏无虫的黄色顶灯下等着我。杰罗姆手里拿着一个银色的手电筒。雷克斯的肩上挂着一个陆军剩余物资的背包，里面装满了斯特罗牌啤酒①。我们走下台阶，到了草地上。地面高低不平，尽是树根，很容易把人绊倒，不过松针踏在脚下却软绵绵的。尽管我情绪不好，有一刹那，我却感到了密执安州北部那种干爽清新的乐趣。就连在八月里，空气中也微微有点儿凉意，一种几乎像是俄罗斯的寒气。黑色的湖湾上面展现出深蓝色的天空。周围充满雪松和松树的清香。

那人儿走到树林边上，站住了脚。"林子里是不是十分潮湿？"她说。"我只穿了一双网球鞋。"

"来吧，"雷克斯·里斯拉着她的手说。"沾点儿潮气。"

她演戏似地尖叫起来，好像一个在索道上的人那样身体向后仰着，给摇摇晃晃地拉进树林。我也站住脚，朝树林里仔细察看，等着杰罗姆也这么做。不过他并没有这么做。相反他径直走进沼泽地，膝部以下慢慢都给浸没了。"流沙！"他喊道。"救命啊！我要陷下去了！快来救我……哗啦，哗啦，哗啦，哗啦。"前面，在已经无法看见的地方，雷克斯和那人儿正哈哈大笑。

雪松沼泽是一片古老的地方。从来没有人在这儿采伐树木。地面不适合修建房屋。那儿的树木都活了好几百年；树木一旦倒下，就永远倒下了。在这片雪松沼泽里，垂直挺立并不是树木的基本特征。不少雪松都直立向上，但也有许多雪松弯下身子。还有一些黑松倒在旁边的树木上，或者枝干断裂地倒在地上，一下暴露出根系。林子里有一种墓地的感觉：到处都是树木的灰色骨架。月光透过枝叶，照亮了银白色的水洼和树枝状的蜘蛛网。那人儿走在我的前面，往前冲去，月光掠过她的红头发。

我们在沼泽地里像野人似的深一脚浅一脚地行进。雷克斯模仿着动物的叫声，结果听起来一点也不像。一罐罐啤酒在他的背包里丁当作响。我们费劲地拔起脚来，在烂泥地里噔噔地向前走去。

---

① 斯特罗牌啤酒，由位于美国密执安州底特律市的斯特罗啤酒公司生产销售的一种啤酒。

二十分钟以后，我们找到了那座猎人小屋：一所用没有漆过的木板搭建的单间木屋。屋顶并不比我高多少。手电筒的环形光束照出了被焦油纸覆盖着的那道窄门。

　　"锁起来了。他妈的，"雷克斯说。

　　"咱们去试试窗户看，"杰罗姆提议说。他们一下子失去了踪影，只剩我和那人儿待在门外。我望着她。自从我来到这儿后，她才头一回真正地望着我。当时正好月光充足，使得我们可以这样默默地彼此对视。

　　"外边很黑，"我说。

　　"这我知道，"那人儿说。

　　木屋的后面轰隆一声，接着一阵大笑。那人儿忙朝着我走近一步。"他们在里面干吗？"

　　"我不知道。"

　　突然木屋的那个小窗户亮了起来。小伙子们在里面点亮了一盏科尔曼牌提灯。接着，前门也开了；雷克斯走了出来。他像个推销员那样满脸堆笑。"这儿有个家伙想见见你们。"说完，他举起一个捕鼠器，晃荡着一个被胶粘住的老鼠。

　　那人儿尖叫起来。"雷克斯！"她向后一跳，一把揪住了我。"快把它拿走！"

　　雷克斯笑呵呵地把老鼠又晃了几下，随后把它扔进树林。"好了，好了。千万不要生气。"他又回到屋里去了。

　　那人儿仍然紧紧揪着我。

　　"也许，咱们应该回去，"我试探着说。

　　"你认为你知道回去的路吗？我完全迷失了方向。"

　　"我能找出来。"

　　她转过身子，朝黑魆魆的树林望去。她仔细琢磨起来。随后雷克斯又出现在门口。"请进来吧，"他说，"各处查看一下。"

　　这时一切都太晚了。那人儿放开了我。她把红色披巾似的头发披在肩上，弯腰经过那道低矮的门，走进猎人木屋。

屋子里有两张帆布床，上面有几条哈得孙湾公司出品的毛毯。帆布床位于那一小片空间的两头，中间被一个简陋的厨房隔开，厨房里有一个轻便的炉子。窗台上放着一排空的波旁威士忌酒瓶。墙上贴满了从当地报纸上剪下来的发黄的剪报：钓鱼比赛、肥皂箱车比赛[1]。还有一把用来剥制动物标本的长矛，矛头突露在外。提灯里的煤油已快用完，发出毕毕剥剥的声音。提灯的光是黄油的颜色，空中充满一圈圈散开的烟所带来的油味。那是鸦片烟馆的灯光。这么说相当贴切，因为雷克斯已经从口袋里抽出一支大麻烟卷，正用一盒安全火柴在点。

雷克斯躺到一张帆布床上，杰罗姆躺在另一张帆布床上。那人儿漫不经心地在雷克斯身旁坐下。我弓着身子，站在地板当中。我可以感到杰罗姆正瞅着我。我装出仔细察看那间木屋的样子，后来转过身来，指望迎着他那凝视的目光。然而，并没有发生这样的情况。杰罗姆的眼睛紧盯着我的胸部，紧盯着我的假乳房。他已经喜欢上我了。这可是添加出的一种乐趣，就像美好意图的意外收获。

也许，我该对他呆愣愣的出神感到高兴。不过我的报复的幻想已经破灭了。我并没有把心放在这上面。尽管如此，我没有别的选择，只好走过去，坐在杰罗姆身旁。在木屋的那边，雷克斯·里斯已经把大麻烟卷叼在嘴里。

雷克斯穿着短裤和上面有着字母组合图案的衬衫，肩部裂开，露出晒成棕褐色的皮肤。在他那弗拉曼哥舞[2]舞蹈演员的颈项上有一块红斑，一个虫咬的痕迹，一个逐渐暗淡下去的红印子。他闭上眼睛，深深地吸了一口，长睫毛合到了一起。他的头发像水獭的毛皮一样油光光的，十分浓密。最后他睁开眼睛，把那个大麻烟卷递给那人儿。

令我感到诧异的是，她竟接过烟卷叼在嘴里，也吸起来，好像那就是

---

[1] 肥皂箱车比赛，一种原先以肥皂木箱制成的儿童箱形玩具车滑行比赛。
[2] 弗拉曼哥舞，西班牙吉卜赛人的一种民间舞蹈，其动作特点是快速旋转和拍手顿足。

她所喜欢的塔雷顿牌香烟。

"这不会使你有妄想狂的倾向吗?"我说。

"不会。"

"我想你曾经告诉过我说大麻总使你有妄想狂的倾向。"

"等我到了外面大自然里就不会,"那人儿说。她狠狠地瞪了我一眼。接着,她又吸了一口。

"别吸完了,"杰罗姆说。他爬起身来,把大麻烟卷从她妹妹嘴里抢过来,半站着吸了一口,接着转身把烟卷递给我。我看着那个烟卷,一头点着了;另一头给压扁了,潮呼呼的。我觉得这一切都是他们两个小伙子计划好的:树林、小屋、帆布床、毒品、尝到各自的唾液。这是一个我如今仍然无法回答的问题:我是不是因为自己也注定要这样密谋策划,所以看穿了这些小伙子的花招?还是姑娘们也看穿了这套花招,只是装着没有觉察呢?

有一刹那,我想到了第十一回。他就住在树林里一个像这样的木屋里。我暗自询问我究竟想不想念我的哥哥。我也说不上来自己是不是想念他。在一切变得无可挽回以前,我根本不知道自己的感觉。第十一回在大学里才头一次抽大麻烟卷。我却比他早了四年。

"你也吸一口,"雷克斯指导我说。

"你得让四氢大麻酚①逐步积聚在你体内循环的血液中,"杰罗姆说。

外边树林里响起一种声音,小树枝劈啪作响。那人儿一把抓住雷克斯的胳膊。"这是什么声音?"

"大概是一头熊,"杰罗姆说。

"你们两个姑娘都没有来月经吧,"雷克斯说。

"雷克斯,"那人儿表示反对地说。

---

① 四氢大麻酚,一种含大麻的药。

"嗨，我并不是在开玩笑。熊能闻得出来。有一次，我在黄石公园①露营。有个女人也在那儿，她正好月经来了，结果给熊咬死了。灰熊能闻出血的气味。"

"你瞎说！"

"我可以发誓。我认识的那个人告诉我的。他是一个户外训练活动的辅导员。"

"唔，我不知道卡利怎么样，我可没有来，"那人儿说。

他们都望着我。"我也没有来，"我说。

"那么，罗曼②，我想我们是安全的。"雷克斯说，接着便笑起来。

那人儿仍然揪着他寻求保护。"你想玩射击吗？"他问她。

"你说的是什么？"

"是这样子。"他转脸对着她。"就是一个人把嘴张开，另一个人把烟吐到他的嘴里。你给搞得一塌糊涂。那真是妙极了。"

雷克斯把大麻烟卷点着的那头放到自己的嘴里。他朝那人儿靠过去，那人儿也凑上前来，把嘴张开。雷克斯便吹起烟来。那朦胧的人儿的嘴唇当时形成一个极为丰满红润的椭圆形；雷克斯·里斯就把那道有着麝香气味的烟对着这个目标，这个靶心喷去。我看见那股浓烟冲进那人儿的嘴巴，好像瀑布的碎浪水花，消失在她的喉咙里。最后，那人儿咳起嗽来，雷克斯停住了。

"干得好。现在，你对我来。"

那人儿的绿眼睛里泪汪汪的。但是她接过了大麻烟卷，衔在嘴里，随后对着雷克斯·里斯探身向前；雷克斯大张着嘴。

等他们来过以后，杰罗姆把大麻烟卷从他妹妹手里拿过去。"让我来瞧瞧我能不能克服这种技术方面的困难，"他说。接下去我所知道的就

---

① 黄石公园，在美国怀俄明州西北部及其与蒙大拿州和爱达荷州相邻的地区，以喷泉、温泉、峡谷、瀑布等著名。
② 罗曼，杰罗姆的昵称。

是，他把脸凑近我的脸。因此最后我也这么做了。我探身向前，闭上眼睛，张开嘴唇，让杰罗姆对着我的嘴喷射出一道长长的肮脏的烟。

我的肺里充满了烟，开始感到火辣辣的。我咳起嗽来，让烟又从嘴里喷出去。等我再睁开眼睛的时候，雷克斯正用一只胳膊搂着那人儿的肩膀。那人儿力图表现得毫不在意。雷克斯喝完了一罐啤酒，又去开了两罐，一罐自己喝，一罐给那人儿。他转身对着那人儿笑了笑，又说了一句我无法听见的话。接着，我仍然眨巴着眼睛，他用那张发出酸臭气味的、漂亮的、好像冒烟的壶似的嘴巴盖住了那人儿的双唇。

在灯光闪烁的木屋这边，就剩下我和杰罗姆，假装什么都没有注意。那个大麻烟卷现在是我们的了，我们可以随心所欲地吸食。我们默默地来回传递，一边喝着啤酒。

"我这会儿有种很奇怪的错觉，认为我的脚看上去非常远，"杰罗姆过了一会儿说。"你觉得你的脚看上去非常远吗？"

"我看不见我的脚，"我说。"这儿很黑。"

他又把大麻烟卷递给我；我接过来，吸了一口，没有把烟吐出来，让它一直使我的肺感到火辣辣的，因为我想转移自己的注意力，好减轻内心的痛苦。雷克斯和那人儿还在接吻。我转过脸去，朝着那个满是污垢的、黑暗的窗户外面看去。

"一切看上去确实都是蓝色的，"我说。"你有没有注意到这一点？"

"噢，是呀，"杰罗姆说。"各种奇怪的附带现象。"

特尔斐的宣示神谕的人①是一个跟我年龄差不多的姑娘。她整天坐在地面上的一个洞口，大地的肚脐，翁法罗斯石②上，呼吸从地下漏出来的石油化学烟雾。传达神谕的人，一个十几岁的处女，预言未来，念出历史上头一首有格律的诗篇。我干吗要提这个？因为那天晚上，卡利俄珀也是一个处女（至少时间稍许长一点），而她也在吸食幻觉剂。乙烯正从小屋外

---

① 指皮提亚，希腊德尔斐城阿波罗神庙中宣示阿波罗神谕的女祭司。
② 翁法罗斯石，希腊德尔斐城阿波罗神庙中的圆锥形神石，古希腊人认为此石标志世界中心。

边满是雪松的沼泽地上逸出。卡利俄珀当时身上穿的并不是半透明的长袍,而是一条工装裤,她感到真的十分滑稽。

"还要喝一罐啤酒吗?"杰罗姆问。

"好。"

他递给我一罐闪着金光的斯特罗牌啤酒。我把那罐结有水珠的啤酒拿到嘴边,喝了一口。接着,我又喝了几口。我和杰罗姆两个人都感到责任的负担。我们紧张不安地彼此笑了笑。我低下头去,用手隔着工装裤揉揉膝盖。我又抬起头来,杰罗姆的脸已经凑得很近。他闭着眼睛,看上去就像一个高台跳水的小伙子先抬脚起跳时那样。在我还不知道发生了什么事以前,他已经在吻我了,吻着一个从来没有被人吻过的姑娘(不管怎么说,从克莱门蒂娜·斯塔克以后就没有过)。我并没有阻止他。在他吻我的时候,我一直十分平静。尽管当时我有些头晕目眩,但我却可以感觉到一切:他那讨厌的潮乎乎的嘴巴。他那沾有威士忌酒味的嘴唇。他那笨拙的舔动着的舌头。上面也有某种气味:啤酒的气味,大麻的气味,一种缠绵不去的薄荷香味,而在这一切之下,就是一个小伙子嘴里那种真实的肉体的味道。我可以尝到杰罗姆荷尔蒙的强烈气味和他补牙填料的金属味。我睁开一只眼睛。这就是另一个人头上、我花了那么多时间叹赏的那种好看的头发。这就是额头、鼻梁和耳朵两边的那种雀斑。但是脸不一样,雀斑也不对头,而且,头发也染黑了。在我那没有表情的脸后面,我的灵魂蜷成一个球,等着这种令人不快的感觉过去。

我和杰罗姆仍旧坐着。他把脸紧贴着我的脸。我稍微移动了一下身子,看到屋子那边雷克斯和那人儿待的地方。他们这时已经躺下了。雷克斯的蓝衬衫的后背下摆似乎在摇曳的灯光里摆动。在他下面,那人儿的一条腿悬垂在床外面,裤脚边上沾满烂泥。我听见他们悄声说话,发出笑声,接着又安静下来。我看着那人儿沾满泥土的腿不断晃动。我把全副心神都放在那条腿上,因此几乎没有注意到杰罗姆什么时候开始拉着我倒到帆布床上。我由着他,对我们缓缓地倒下没有推拒,同时一只眼睛仍在注视着雷克斯·里斯和那人儿。这时,雷克斯的两只手正在那人儿的身上移动,拉起她的衬衫,伸到衬衫下面抚摸。接着,他们的身体改变了位置,因此我看到了他们脸的侧面。那人儿的脸看上去平静得就像一个死人的面模,闭着眼睛在那儿等候。雷克斯的侧面则泛出一片红色,神情张狂。这当儿,杰罗姆的两只手也在我身上移动。他正揉弄着我的工装裤,确切地说,我身上已经不再穿着工装裤了。我太关注那人儿了。

销魂这个词来自希腊文的 Ekstasis,它的意思并不是你们所以为的那样,并不是指欣悦或性高潮,或者甚至快乐。按照字面,它是指一种情感转移的状态,一种神智迷糊的状态。三千年前在特尔斐,那个宣示神谕的人每一个工作时间都如痴如醉。那天夜晚,在密执安州北部的一所猎人小屋里,卡利俄珀也是这样。我头一次被大麻弄得神魂颠倒,头一次沉入醉乡,觉得自己正在融化,正在变成水汽。我的灵魂有如教堂里的香烟,正朝着我的脑盖顶上升起——随后冲了出去。我飘过那片地板,在那个轻便的炉子上飘浮。经过那些波旁威士忌酒瓶,我开始在另一张帆布床上空盘旋,朝下看着那人儿。接着,我突然明白了自己所有的神通,便悄悄地钻进雷克斯·里斯的身体。我像一个神灵那样进入了他的躯壳,因此亲吻她的是我,而不是雷克斯。

有只猫头鹰在某处的树上鸣叫。小虫受到灯光的吸引纷纷扑向窗玻璃。我在那种灵魂出窍的状态中,同时知道了两面亲昵爱抚的经过。通过雷克斯的身体,我正紧紧搂着那朦胧的人儿,用嘴磨蹭她的耳朵……同时,我也知道杰罗姆的手正在我的身体,就是我撇在另一张帆布床上的那个身体上到处抚摸。他伏在我身上,压住了我的一条腿,因此我把那条腿挪动了一下,伸开双腿,于是他扑跌在我的双腿之间,发出一些轻微的响声。我用两只胳膊抱着他,为他身体的瘦弱而吃惊和同情。他甚至比我还要瘦瘠。这时,杰罗姆正在吻我的脖子。接着,他听取了某些杂志专栏的意见,把注意力集中在我的耳垂上。他的两只手向上移动,朝着我的胸部移来。"别价,"我说,生怕他会发现我塞在那儿的卫生纸。杰罗姆停住了手……

　　……这时候，在另一张帆布床上，雷克斯并没有遇到这样的抗拒。他凭借高超的技巧，用一只手解开了那人儿的胸罩。他比我有经验，所以我就让他去解衬衫钮扣，但是，抓着那人儿的胸罩的是我的两只手，并且这两只手好像啪地拉起遮光窗帘似的，让屋里暗淡的光线照出了那人儿的乳房。我看到了那对乳房，抚摸了一下；既然实际上并不是我而是雷克斯·里斯干的，我就用不着感到有罪，不必暗自询问我是不是有什么反常的欲望。当时，我躺在另一张帆布床上跟杰罗姆鬼混，我怎么会那样呢？……于是为了稳妥起见，我又把注意力放回到他的身上。这时，他正遭受到某种折磨。他贴着我的身子不断摩擦，后来他停下来，朝我挪动一下身子。传来碰到拉链的声音。我偷偷瞟了他一眼，看见他正在思考琢磨，一心想着眼前那条令他颇为棘手的工装裤。

　　他似乎并没有想出什么办法，因此我再一次往回飘去，到了屋子那边，钻进雷克斯·里斯的身体。有一刹那，我感到那人儿对我的抚摸作出了反应，她的皮肤和肌肉好像表现出一种受到惊吓的敏锐的提防戒备的样子。这时我感到出现了另一种情况，雷克斯或者我的身体正越来越长，越变越大。我的这种感觉只持续了一刹那，我就又给新出现的一种情况拉了回去……

　　杰罗姆把手放在我的光肚子上。在我过去附在雷克斯的身体里的那段时间里，杰罗姆趁机解开了我的背带。他啪嗒啪嗒地解开了我腰部的那几颗银钮扣。这会儿，他正把我的工装裤往下拉去，我努力想清醒过来。这会儿他又在用力拉扯我的衬裤。我意识到自己醉得有多厉害。这会儿，他进入了我的衬裤。这会儿他……进入了我的体内！

　　接着一阵疼痛，像刀割似的疼痛，像火烧似的疼痛。这种痛楚钻入我的体内，向上传到我的腹部，一直扩展到我的乳头。我呼哧呼哧地喘着气，张开眼睛，往上看去，只见杰罗姆正朝下看着我。我们彼此目瞪口呆地看着对方；我明白他知道了。杰罗姆知道了我是个什么样的人，正如我突然一下子也知道了那样，他头一次清楚地明白我不是一个姑娘，而是一个两性人。我从自己进入雷克斯的身体感到这么自然,感到多么合适,就知道了这一点。我从杰罗姆脸上那种惊愕的神情中也知道了这一点。所有这一切都在一瞬间给传达出来。接着,我把杰罗姆推开。他往后一退,抽了出去,身子从床上滑到地板上。

一片寂静。只有我们两个人在气喘吁吁。我仰面躺在那张帆布床上,在那些剪报下边。只有一条制成标本的狗鱼是见证人。我把工装裤穿上,真的感到十分清醒。

现在,一切都结束了。我没有什么好做的。杰罗姆会告诉雷克斯。雷克斯会告诉那人儿。她不再会是我的朋友。等到开学的时候,贝克-英格利斯女子学校里每一个人都会知道,卡利俄珀·斯蒂芬尼德斯是一个畸形人。我等着杰罗姆跳起身来跑开。我既感到惊恐不安,同时又出奇地平静。我在脑子里把事情都汇集在一起。克莱门蒂娜·斯塔克和教授接吻的课程;在滚热的浴池里共同盘旋打转;一颗两栖动物的心和一朵盛开的番红花;没有出现的经血和胸部,产生、出现,而且看来好像还要保持下去的对那人儿的痴迷。

清醒了一会儿,随后心里又惊慌起来,我的耳边老是听到这种惊慌的呜咽。我想要逃跑。赶在杰罗姆有机会说什么以前。赶在人家发现以前。我可以今晚就走。我可以找到穿过雪松沼泽回到那所宅子去的路。我可以窃取那人儿的父母的汽车。我可以驾车往北开去,穿过北部半岛到加拿大去。以前第十一回为了逃避兵役,就想上那儿去。我一边思考着自己逃跑中的生活,一边偷偷从帆布床边往下瞅了一眼,看看杰罗姆在做什么。

他闭着眼睛,仰面躺在地下,还在暗自微笑。

微笑?怎么样的微笑?是表示嘲笑吗?不是。是表示惊异吗?又错了。那是什么意思?是表示心满意足。杰罗姆脸上挂着一个小伙子在夏天的夜晚尽情风流了一番之后的那种微笑。他脸上挂着一个迫不及待地要去告诉他的朋友们的那种微笑。

读者,你可得相信我的话,他什么都没有注意到。

墙上的步枪

我醒了过来，已经回到了宅子里。我对自己怎么步履艰难地穿过沼泽，回到那儿，只有模糊的记忆。我身上仍旧穿着工装裤。我的胯部感到又湿又软，热辣辣的。那人儿已经起床，或是睡在别的什么地方。我伸手往下，把粘在皮肤上的衬裤扯扯开。这个举动中的某些东西，那一小股空气，越来越浓烈的香味，反复强调了有关我的那个全新的事实。但那又不完全是一个事实。那会儿，那还不是确凿无疑的事实。那只是我对自己的一种直觉，早晨的到来并没有使它变得清晰明朗。那只是一个想法，已经开始模糊暗淡，跟头天夜晚在树林里的醉酒混在一起。

那个宣示神谕的人经过一个狂热激动、作出预言的夜晚，重新苏醒过来，大概也不记得自己说过的事情。不管她曾道出什么实情，就直接的感觉来说，都是次要的。所谓直接的感觉就是头痛，喉咙里火辣辣的。卡利俄珀也同样如此。我有一种感觉，觉得自己受到玷污，被带进了一个新的领域。我觉得自己完全长大了。不过我主要还是感到厌恶，压根儿不愿细想发生的一切。

在淋浴时，我有条不紊地擦洗着身子，抬起脸来对着那道斜喷下来的水，想把这番经历冲洗得毫无痕迹。空中充满了水汽。镜子和窗户都湿淋淋的。毛巾也全湿了。我用了可以拿到的各种肥皂：救生牌香皂、象牙牌香皂，外加一种当地的乡下牌子的肥皂，摸上去就像砂纸。我穿好衣服，悄悄地走下楼去。我走过起居室，发现壁炉台上方有一杆旧猎枪。又一把挂在墙上的枪。我蹑手蹑脚地走了过去。那人儿正在厨房里一边吃燕麦片,一边看杂志。我走进去,她并没有抬起头来。我自己盛了一碗,在她对面坐下。也许我坐下的时候做了个鬼脸。

"怎么?"那人儿冷笑着说。"生气了吗?"她用一只手掌托着那张充满嘲讽神情的脸。她看上去并不十分激动,眼睛下面有点儿浮肿。有些时候,她的雀斑并不是金黄色的,而像是腐蚀产生的锈迹。

"你才是该感到生气的人,"我回答说。

"我一点儿也不生气,"那人儿说,"要是你想知道的话。"

"我忘了,"我说,"你对那一套已经习惯了。"

突然,她怒容满面,身子颤动起来,她皮肤下的肌肉变得紧绷绷的,形成了一道道纹路。"昨儿晚上,你完全是个荡妇,"她指责说。

"我?那你又怎么样呢?你一直在勾引雷克斯。"

"我没有。我们甚至都没有一块儿待上多久。"

"你可骗不了我。"

"至少他不是你的哥哥。"她站起身来,眼睛里闪现出愤怒的光芒,看上去就像要哭出来似的。她并没有把嘴擦干净,上面还有果酱和面包屑。看到那张可爱的脸激动得好像充满敌意,我一下子惊讶得说不出话来了。我自己的脸上一定也有所反应。我感到我的眼睛睁得很大,露出惊恐的神色。那人儿在等我说话,但我什么话也想不出来。因此,她最后把椅子推开,说道,"杰罗姆就在楼上。你干吗不跟他一块儿爬上床去。"说完,她气冲冲地跑出房去。

接着而来的是黯然消沉的时刻,悔恨本已使我垂头丧气,这时更如决堤之水,无法控制。它渐渐渗透到我的两条腿中,汇集在我的心里。我十分害怕失去自己的朋友,除此之外,我突然又担心自己的名声,并为此所困扰。我真的是一个荡妇吗?我甚至连喜欢那样都谈不上。但我那么干了,对不对?我也让他那么干了。接着便是担心受到惩罚。要是我怀孕了,会怎么样?那又怎么办呢?在早餐桌边,我的脸是所有计算准确的姑娘们的脸，计算日子，估量流液。这样至少过了一分钟，我才想起来我不会怀孕。这是发育较晚的姑娘的一个优点。尽管如此，我仍然心烦意乱。我肯定那人儿决不会再跟我说话了。

我爬上楼梯，回到床上，拉过一个枕头来遮住脸，挡住夏天的阳光。但是那天早上，我却躲避不了现实。不过五分钟后，床垫弹簧就在新的重量下陷了下去。我偷偷朝外看了一眼，原来是杰罗姆来看我了。

他仰面躺在床上，看上去很舒服，已经安顿停当了。他并没有穿浴衣，而是穿了一件帆布猎装。拳击裤磨损的底边也可以从下面看到。他一只手拿着一大杯咖啡；我发现他的指甲都涂成黑色。在侧面的窗户射进来的晨光中，可以看到他的下巴上和上嘴唇上有些短胡茬儿。这些橘黄色的胡茬儿在没有光泽、乱蓬蓬的染了色的头发衬托下看去就像成为一片焦土的景色重又有了生意。

"早上好，亲爱的，"他说。

"嗨。"

"我们都有点儿不舒服，是吗？"

"是啊，"我说。"昨儿晚上我喝得很醉。"

"我倒并不觉得你那么醉，亲爱的。"

"唔，可我是醉了。"

这时杰罗姆丢下这个话题。他又倒在枕头上，小口喝着咖啡，叹了口气。他用手指轻轻敲了一会儿他的脑门，随后说道，"要是万一你有什么那种老一套的担心，你应当知道我仍旧尊重你，以及诸如此类的废话。"

我没有回答。回答只会证实发生过的那些事，而我却想使那些事儿仍然难以确定。过了一会儿，杰罗姆放下咖啡杯，转向一侧。他扭动着身子朝我爬过来，把头抵在我的肩上，躺在那儿喘息，然后闭着眼睛，把头移动过来，伸到我的枕头下面。他开始来亲我，头发拂到了我颈项的皮肤上。随后，敏感的器官来了。他的眼睫毛像蝴蝶似的轻拂着我的下巴。他的鼻子在我脖子前面的洼处嗅闻。接着，他的嘴唇来了，既急切又笨拙。

我想要他离开我。同时,我又心里自问我有没有刷过牙。这时,杰罗姆悄悄地移动,爬上我的身子。那种感觉就跟头天晚上一样,好像一个快要把人压垮的重物。小伙子和男人就是这样来宣布他们的用意。他们像一个石棺盖子那样把你盖住,还把这称作爱。

有一刹那还可以忍受。但是,那件帆布猎装很快就拱了上去;杰罗姆对我露出一副迫不及待的样子,他又设法把手伸到我的衬衫下去。当时我没有戴胸罩。在淋浴以后,我就没有戴,把里面的卫生纸都冲走了。我不再用卫生纸了。杰罗姆的手朝上伸来。我并不在意。我任凭他抚摸。根本不计得失。不过,我想扫他的兴,那并不起作用。他又摸又捏,而他的下半身则像鳄鱼的尾巴那样刷刷地摆动。接着,他说了一句并不具有嘲讽意味的话。他热烈地低声说,"我真的给你迷住了。"

他抿紧嘴唇,寻找我的嘴。他把舌头伸到我的嘴里。有了头一次的破关而入,就预示着会有下一次。但是现在不行,这一次不行。

"不要这样,"我说。

"什么?"

"不要这样。"

"干吗不要这样。"

"因为。"

"因为什么?"

"因为我不喜欢你这样。"

他坐起身来。就像从前那个讽刺幽默短剧中的那个家伙,就是待在那张无法折叠起来的帆布床上的那个家伙,杰罗姆一下子直起身子,完全清醒了。接着,他跳下床去。

"别对我发火,"我说。

"谁说我发火了?"杰罗姆说,说完就离开了。

那天余下的时间过得很慢。我待在房里,后来看见杰罗姆拿着他的电影摄影机，离开这所宅子。我猜我已经不在演员的名单里了，那人儿的父母打完上午的网球双打比赛，回来了。她妈妈上楼到那间主浴室去。我从窗口看到她父亲拿着一本书，爬进后院里的那张帆布吊床。我等着淋浴开始有水，然后走下后楼梯，出了厨房门。我向下走到湖湾，心里感到十分忧郁。

那所宅子的一边是雪松沼泽，另一边有一条有地方铺了石子的土路，穿过一片上面没有树木、只有高高的黄草的旷野。没有树木这一点是相当明显的。我在那个地方四处转悠，看到一块四周几乎长满杂草的历史性标石。标石标明的是一座要塞或一场屠杀的地点。我记不清是哪一种了。在那些凸起的字体上布满了苔藓。我并没有把饰板上的文字完整地看一遍，只在那儿站了一会儿，想到最早的那些移民，以及他们怎样为了海狸的毛皮和狐皮而互相残杀。我把一只脚踏在那块饰板上，用胶底运动鞋踢掉那些苔藓，直到后来对此感到厌倦了为止。这时已经快到中午。湖湾一片碧蓝。在那座小山上，我可以感觉到皮托斯基市，感觉到就在下面的炉子和烟囱里所冒出来的烟雾。草地在靠近湖边的地方变得好像沼泽一般。我爬上那道断墙，保持着身体平衡，走来走去。我伸出两只胳膊，按照奥尔加·科尔布特①的方式昂首阔步地走着。但是我对此并没有什么兴趣，而且跟奥尔加·科尔布特相比，我的个子也太高了。后来，一台舷外发动机的嗡嗡声引起了我的注意。我用手遮在眼睛上面，朝闪闪发光的水面上望去。有条快艇正飞驰而过。雷克斯·里斯正在驾驶。他光着胸膛，戴着一副太阳眼镜，一边在喝啤酒；这时，他加大了油门，后面拖着一个滑水的人。那人当然是那人儿。她穿着那件天蓝色的比基尼泳装，在那一大片湖水的衬托下看上去几乎像是光着身子，只有那两块狭长的布条，一块在上，一块在下，使她不像生活在伊甸园里。她的红头发像在大风警报时那样飘动着。她并不是一个姿势优美的滑水人。她身子向前弯得太厉害了，

---

① 奥尔加·科尔布特(1955—)，前苏联体操运动员。一九七二年她在奥运会上赢得了四枚金牌。

站在滑板上的两条腿成了弓形。但她并没有倒下。雷克斯一边喝着啤酒，一边不住回过头去查看。最后，汽艇急速地转了个弯，那人儿横过自己身后的航迹，倏地掠过湖滩。

当你滑水的时候，发生了一件可怕的事儿。在你松开绳索后，有一会儿，你继续掠过水面，飞速向前滑去，自由自在。但是你的速度不可避免地慢下来了，无法使你继续前进。于是湖面开始像玻璃似的粉碎破裂。湖的深处张开大口，要把你吞进去。这就是我站在岸上，看着那人儿滑过去的时候心里所有的感觉。那种同样的骤然下沉、毫无希望的感觉，那种情绪上的物理现象。

等到我在吃晚饭的时候回到宅子里面，那人儿仍然不在那儿。她母亲十分生气，认为那人儿丢下我一个人实在太不礼貌。杰罗姆也跟朋友一块儿出去了。因此，我跟那人儿的父母一起吃饭。那天晚上，我感到十分孤独，就也顾不上去赢得那人儿的父母的欢心。我默默地吃着，饭后就坐在起居室里假装看书。大钟滴滴答答地走着。夜晚艰难地慢吞吞地过去。等我感到自己痛苦得要受不了的时候，我就走进浴室，在自己的脸上泼了些水。我用一条热毛巾盖住自己的眼睛，用两只手紧紧按住自己的太阳穴。我不知道那人儿和雷克斯在干什么。我想像着她脚上的短袜，脚上那小小的网球短袜高举在空中，袜子后跟那儿是那对小球，那对不住跳动的血红色的小球。

显然，那人儿的父母只是为了陪我才没去睡觉。因此，我最终道了晚安，自己上楼去睡了。我走进卧室，立刻哭了起来。我哭了很长时间，尽力想不发出任何声音。我一边呜咽，一边带着受了委屈的情绪低声说话。我喊道，"你干吗不喜欢我？""我很抱歉，我很抱歉！"我并不在乎我听起来像什么人。我的身体里有一种毒素，我需要把它清除出去。我正在这样哭诉，听见楼下纱门砰地一声关上了。我在床单上擦了擦鼻子，想要定下神来静听。脚步声上了楼梯；不一会儿，卧室的房门开了又关上了。那人儿走进房间，站在黑暗当中。她也许在等待眼睛适应。我躺在床上我那一侧，假装睡着了。她朝着我躺的那一侧走过来，地板发出嘎吱嘎吱的响声。我感到她就站在我的身旁，朝下看着我。接着，她走到床的另一侧，脱下鞋子和短裤，换了一件短袖汗衫，上了床。

那人儿仰面睡在床上。她有一回告诉我，仰面睡觉的人是生活中的领袖，天生的演员或好出风头的人。像我这样趴着睡觉的人总是逃避现实，爱抱悲观的看法，采用沉思默想的手法。这种理论对我们倒很适合。我俯卧在那儿，鼻子和眼睛哭得疼痛发炎。那人儿仰卧在那儿，直打呵欠（也许，像个天生的演员那样），很快就睡着了。

为了稳妥起见，我等了大约十分钟。接着，好像在睡梦中翻了个身，我一下子滚了过去，这样可以望着那人儿，月亮已经有大半个圆形，房间里充满了青色的月光。那个朦胧的人儿就睡在这张柳条编结的床上。她穿的格罗顿短袖汗衫的颈部依稀可见。那是她父亲的一件旧汗衫，上面已经有几个小洞。她的一只胳膊横遮着脸，就像一块标牌上划的一道斜杠，意思是说，"请勿触碰。"因此我只是看着。她的头发披散在枕头上。她的嘴唇微微张着。她的耳朵里有什么东西亮闪闪的，也许是湖滩上的一些沙子。再往前去，喷雾香水在梳妆台上闪闪发光。天花板在上面什么地方。我可以感到蜘蛛在房间角落里活动。床单凉丝丝的。厚厚的羽绒被卷起来放在脚头，羽绒正从里面钻出来。我是在四周充满了新铺的地毯气味、刚从烘干机中取出的涤纶衬衫的气味中长大的。这儿，那些埃及床单发出一股好像树篱的气味，枕头则发出一股好像水鸟的气味。在十三英寸以外，那人儿就属于这一切。她的头发和皮肤颜色似乎和美国的景色颇为一致，因为她的头发是南瓜色的，而她的皮肤则是苹果汁的颜色。她打了个鼾，接着又安静了。

我轻轻拉掉盖在她身上的被子。在昏暗的光线中，露出了她的整个身体轮廓，她那在短袖汗衫下耸起的乳房，她那好像线条柔和的小山似的腹部，她那会合成V字形状的色彩鲜艳的衬裤。她一动也不动，胸部随着呼吸一起一伏。我尽力不发出一点声音，慢慢向她移得更近一点。我胁部的小块肌肉(以前我并不知道自己长着这样的肌肉)这时突然发挥了作用。我在这些肌肉的推动下一毫米一毫米地在床单上移动过去。床垫的旧弹簧给我带来一些麻烦。在我想要若无其事地向前移动的时候，这些弹簧发出一些粗俗下流的鼓励声。又是欢呼，又是歌唱。我不断地停下，接着又开始。那可是个苦活儿。我用嘴呼吸，这样声音好轻一点。

经过了十分钟，我悄悄靠她越来越近。最后，我全身上下都感到了她身体的热气。我们还没有碰到，只是彼此散发出热气。她深深地呼吸着，我也一样。我们一块儿呼吸。最后，我鼓起勇气，猛地伸出一只胳膊搂住她的腰。

接着，有好半晌，没有什么进一步的动作。既然我已经做到这种程度，就不敢再进一步行动。因此我就半搂着她，愣在那儿。我的胳膊发僵，开始阵阵作痛，最后变麻木了。那人儿可能服了毒品或迷幻药。尽管如此，我仍感到她的皮肤，她的肌肉所表现出的警觉。又过了好半晌，我继续向前行动。我抓住她的短袖汗衫，把它掀了起来。我对她的光肚子瞅了好半晌。最后，忧伤地低下了头。我向自己朝思暮想的神明低下了头。我吻了那人儿的肚子，然后鼓足信心，慢慢地一路向上吻去。

你记得我的那颗青蛙似的心吗？在克莱门蒂娜·斯塔克的卧室里，它从一片泥泞的河岸边跳了出来，在两种自然、环境之间移动。如今，它做了一件还要令人吃惊的事——它爬到陆地上。它把一千年压缩成三十秒钟，逐渐产生了意识。在亲吻那人儿的肚子时，我并不只是对令人快乐的刺激作出反应，像我跟克莱门蒂娜那样，我也没有脱离我的躯壳，像我跟杰罗姆那样。如今，我知道正在发生什么。我正在对它琢磨思考。

我觉得这正是我一向想要得到的东西。我意识到我并不是四周唯一弄虚作假的骗子。我不知道要是有人发现我们的所作所为，会出什么事儿。我觉得这一切都很复杂，而且只会变得更加复杂。

我伸手向下，摸到了她的臀部。我用手指捏住她衬裤的松紧带，开始把她的衬裤脱掉。就在这时，那人儿把臀部略微抬了一下，使我脱起来更不费事。这是她作出的唯一贡献。

第二天，我们都没有提到这事。我起来的时候，那人儿已经不在床上了。她在厨房里面看着她父亲制作碎肉玉米炸饼。做碎肉玉米炸饼是那人儿的父亲在星期天上午的例行公事。他负责管理滚滚冒泡的肉油和油脂，而那人儿则不时朝油炸锅里看上一眼，说，"这真令人作呕。"不久，她便在一个盘子里拨弄着碎肉玉米炸饼，并且要我也弄一块。"我要患上最厉害的胃灼热了，"她说。

我立刻明白了她的话里暗示的意思。那人儿不想装腔作势，不想犯罪，也不要有什么浪漫的表示。她想继续做碎肉玉米炸饼，好把夜晚跟白天分开，好清楚表明晚上发生的事，我们晚上所干的事，跟白天的时刻毫无关系。她也是个出色的女演员。有时候，我不知道她是不是当真可能在整个过程中一直睡着没醒。再不然，或许我只是在做梦。

她在白天只作出意味着我们之间的一切已经改变的两种表示。下午，杰罗姆的影片摄制组来了，其实就是他的两个朋友。他们拿着几个箱子和一些缆索，还有一个毛茸茸的、很长的话筒，样子好像一块肮脏的、卷起来的浴室地毯。杰罗姆这时并不直截了当地对我说话。他们在宅子外面的园子里一个安放设备的小屋里布置。我和那人儿决定去看看他们在做什么。杰罗姆曾经叫我们不要靠近，我们按捺不住自己的好奇心，蹑手蹑脚地从一棵树走到另一棵树。时常不得不站住脚，免得自己笑出声来，互相拍拍打打，也不去看对方的眼睛，直到最后控制住自己的情绪。我们从安放设备的小屋后窗偷偷朝里张望。里面并没有发生什么事。杰罗姆的一个朋友正用胶布把一盏灯固定在墙上。要我们俩同时都从那个小窗口望进去，可不容易做到，因此那人儿待在我的前面。她把我的两只手摆在她的肚子上，握住我的手腕。尽管如此，但她外表上仍然留神注意着小屋里面的动静。

杰罗姆出现了，穿得像个预备学校学生扮演的吸血鬼。他在那传统的德拉库拉①的背心里面，穿着一件粉红色的鳄鱼牌衬衫。他并没有打蝶形领结，而系了条阔领带。他的黑头发往后梳得光溜溜的，他脸上抹了不少化妆品，显得很白，手里拿着一个鸡尾酒摇动器。他的一个朋友举着一把挂着一个橡皮蝙蝠的扫帚柄。他的另一个朋友则在开动操作摄影机。"开始吧，"杰罗姆说。他举起手里那个鸡尾酒摇动器，用两只手把它不住摇晃。这当儿，那只蝙蝠便在他的头上起伏翻飞。杰罗姆掀开摇动器的盖子，把其中的鲜血倒进几个装了马提尼酒的酒杯。他把一个酒杯举向他的朋友蝙蝠，那只蝙蝠迅速地啪嗒一声落到里面。杰罗姆抿了一口他那血红的鸡尾酒。"正像你所喜欢的那样，穆菲，"他对那只蝙蝠说。"没有甜味。"

那人儿笑了起来，她那由我的两只手搂着的肚子也跟着颤动起来。她仰靠到我的身上，她那在我怀抱中的肉体抖动着听凭我的摆布。我把自己的骨盆紧紧贴着她的身子。所有这一切都像一场调情的把戏，悄悄地在小屋背后进行。可是，接着那个摄影师把摄影机放低了。他对准了我们，于是杰罗姆转过身来。他的眼睛紧盯着我的手，接着抬起来望着我的眼睛。他龇牙咧嘴，恶狠狠地瞪着我，随后用他平常的声音嚷道，"还不赶快滚开，你们这两个混蛋！我们要开枪了。"他走到窗口，拍了一下窗户，但我们已经逃走了。

后来，天黑的时候，电话铃响了。那人儿的母亲接了电话。"是雷克斯，"她说。当时我和那人儿正坐在沙发上下十五子棋，她站了起来。我把我的筹码重新叠成一堆，好不闲着无聊。我把它们收拾整理好了，又再从头开始，这当儿，那人儿在和雷克斯说话。她背对着我，一边说着，一边走来走去，手里捻弄着电话线。我始终低头看着筹码，把它们移来移去，同时仔细倾听着谈话。"没有什么事儿，只是在跟卡利……下十五子棋……他在拍摄他那无聊的影片……我不能，我们马上就要吃晚饭了……

---

① 德拉库拉，爱尔兰作家布拉姆·斯托克(1847—1912)所写恐怖小说《德拉库拉》中的吸血鬼之王。在美国因贝拉·卢戈西主演的同名电影(1931)而家喻户晓。

我不知道，可能晚些时候……我实际上有些累了。"突然她转身面对着我。我费劲地抬起头来。那人儿朝电话指了指，随后，把嘴张得很大，把她的手指伸到喉咙里面。我的心里充满了快乐。

黑夜又降临了。我们在床上经过一些准备，拍拍枕头，打起了呵欠。我们翻来滚去，好让自己舒服一点。随后，在适当地沉默了一段时间以后，那人儿发出了一种声音。那是一种嘟哝，一种闷在喉咙里的喊叫，好像她在说梦话。接着，她的呼吸变得更加深沉。卡利俄珀把这看作同意的表示，就开始了穿越床铺的漫长旅程。

因此这就是我们的恋情。默默无言，茫无所见，夜里发生的事儿，梦中发生的事儿。我这么做也有我这方面的理由。不论我的身体是怎么一种状况，最好在适宜的光线下缓缓地袒露出来。这也就意味着根本没有什么光线。再说，这是青春发育阶段所采取的方式。你暗中试验。你喝醉了酒，神志恍惚，即兴行事。回想一下你在汽车后座上，在小帐篷里，在海滩篝火晚会上的情景。尽管没有承认，你是否发现自己不知不觉地竟和你的最好的朋友纠缠在一起？或者当便宜的立体声唱机上放着巴赫①给改编成管弦乐的赋格曲的时候，你是否发现自己不是一个人而是两个人躺在宿舍房间的床上？不管怎么说，这是早期性欲的一种神游的状况。随后才开始那套惯常的程序或爱情。在这之前的摸索大都没有什么个性。那是沙池②里的性爱。它在十几岁就开始了，一直持续到二十或二十一岁。内容都是有关如何学会分享，有关分享你们所有的玩具。

有时我爬到那人儿的身上，她几乎醒过来，她会挪动身子来与我配合，伸开双腿，或者用一只胳膊揽住我的后背。她会浮到意识的表面，随后再沉下去。她的眼皮不住颤动。她的整个身子作出一种反应，收缩的肚子与我的肚子相互协调，她的头朝后仰去，露出了她的喉咙。我等着出现更多的情况。我想要她明白我们在干的事儿，但我也害怕起来。那条滑溜

---

① 巴赫(1685—1750)，德国作曲家、管风琴家。

② 沙池，指供儿童在其中玩耍，作堆沙游戏的沙池。

溜的海豚竖了起来，从我的两条腿之间一下子跳了出来，接着又消失不见了，使得我的身子来回摆动，想要保持平衡。我们俩的身子下面都湿漉漉的。我不知道那到底是从我身上还是从她身上流出来的。我把头搁在她的胸口，在她的那件皱在一起的短袖汗衫的下面。她的腋窝发出一种过熟水果的气味，那儿的腋毛十分稀疏。"你真幸运，"要是在白天的生活中，我就会这么说道。"你甚至根本就用不着剃。"可是夜间，卡利俄珀只轻轻地抚摩一下她的头发，或者尝尝她的头发的味儿。有天夜晚，我正动手做着这种和别的一些勾当的时候，注意到墙上有个影子。我以为那是一只飞蛾。可是，仔细一看，我发现原来是那人儿的一只手，正举在我的脑袋后面。她那只手一点也没有睡意。那只手时而握紧，时而松开，把她身上所有销魂荡魄的感觉都秘密地释放出来。

我和那人儿一起所干的营生在这些松散的规则下一直进行到底。我们并不过分关注细节。我们没法不注意的是正在发生的事，正在发生的性行为。这才是重要的事实。至于究竟怎样发生，什么放在哪个位置，则并不重要。再说，我们并没有多少这方面的阅历可以用作比较。除了跟雷克斯和杰罗姆在小屋里的那个夜晚以外，根本没有什么别的阅历。

就番红花而言，我所有的并不像我们一起发现和赏玩的那种。卢斯医生会告诉你母猴给注射了雄激素后，就会表现出乘骑的动作。它会又抓又推。我并没有这样。至少开始没有这样。番红花的开放是一种客观的现象。把我们系在一起的是一种钩子似的东西，那与其说是对那人儿体内的一种渗透，倒不如说是对她的外部器官所作的一种刺激。不过，显然相当有效。因为经过最初几个夜晚以后，她就渴望得到这种感受。确实非常渴望，而表面看上去仍然没意识到。在我拥抱她的时候，在我们懒洋洋地挪动身子，绞扭在一起的时候，那人儿的没有感觉的姿势却具有相当适宜的位置。并没有对什么作好准备，不断抚摸，也没有什么目标方向。可是这种常规动作却在我们睡梦的缱绻中形成了一套姿态优美的体操。那人儿的眼睛始终闭着；她的头常常微微转到一边。她在我的身体下面扭来扭去，看上去就像一个在睡梦中被妖魔①弄得神魂颠倒的女孩。她又像一个正沉浸在销魂荡魄的梦境中的姑娘，误把她的枕头当成自己的情人。

有时，在这一切发生之前或过后，我会扭开床头灯。我把她的短袖圆领汗衫一直往上拉到无法再往上拉的地步，接着悄悄把她的衬裤拉到膝盖下面。随后我躺在那儿，让我的眼睛看了个饱。还有什么可以与此相比呢？在她那诱人的肚脐四周有些不断移动的金色锉屑。她的肋骨瘦得就像棒头糖。她那展开的臀部与我的臀部截然不同，看去就像一个盛着红通通的水果的碗。还有我最喜爱的那个部位，也就是她的胸廓渐渐化为胸部那光滑雪白的小丘的地方。

我关了灯，把身子紧挨着那人儿。我用双手抓住她的大腿后部，让她的两条腿围绕着我的腰。我把手伸到她的身子下面，把她的身子拉向我。随后我的身体就像一座大教堂似的，突然响起一片钟声。钟楼上的那个驼子纵身一跳，发疯似的攀着拉钟的绳索摆动②。

在这整个过程中，我并没有对自己作出什么永久性的结论。我知道这很难令人相信，但这就是操作的方式。心灵作出自我编辑，心灵作出涂抹修改。进入一个人的体内和在一个人的身体外面相比是一件全然不同的事。在一个人的身体外面，你可以观察、打量、比较。从身体里面你就无从比较。在过去的那一年里，我的番红花变得长了很多。它在完全展示出自己面目的时候，长度大约有两英寸。然而，番红花的大部分长度都被它根部周围层叠起来的皮肤所遮掩，而且还有不少阴毛。我的番红花平静的时候几乎不大引人注意。我低头在自己身子下面所看到的只是一个青春发育期的黑色三角形标记。我一触摸番红花，它就开始变大，鼓了起来，直到后来啪的一声从它的藏身之处滑了出来。它把头部伸在空中，不过并不太远，顶多超过林木线一英寸。这意味着什么呢？我从个人的经验明白那

---

① 妖魔，指传说中趁人在睡梦中与之交合的妖魔。
② 指法国作家雨果的小说《巴黎圣母院》中的驼子加西莫多。

人儿也有她个人的番红花。她的番红花在受到触摸的时候也会膨胀变大。我的番红花只不过更大,更热情奔放而已。我的番红花毫不掩饰自己的感情。

我的番红花的一个关键特征就是它的顶端并没有一个小孔。这肯定不是一个男孩所该有的样子。读者,要是你处于我的地位,你身上也跟我一样,你看上去也显得像我一样,那么问问自己,你会对自己的性别得出何种结论。我要小便的时候就得坐着。尿从身子底下流出去。我的私处就像女孩的一样,里面十分柔软,要是我把手指插进去,几乎会感到疼痛。不错,我的胸部完全是平的。可是在我的学校里有其他一些烫衣板似的人物。特茜坚持认为我在这方面和她很像。肌肉呢?没有什么可说的。既没有丰满的臀部,也没有像样的腰肢。是个像餐盘似的扁平的女孩。低卡路里的特价食品。

为什么我会认为自己决不会是个姑娘呢?是因为我对一个姑娘着了迷吗?这样的事经常发生。一九七四年,这种事儿发生的数量达到前所未有的地步。这成了国民的一种消遣活动。于是我把自己这种销魂荡魄的直觉深深地压了下去。究竟用了多长时间我才设法抑制住自己的这种感受,只有自己最最清楚。可是说到头,一切并不取决于我。重大的事情从来就不是这样。我是指出生、死亡、爱,以及在我们出生前爱所遗留给我们的事物。

接下去的那个星期四早上,天气很热。那是一个天气变得模糊不清时出现的那种潮湿的日子。你只要坐在门廊上,就会感觉到这一点,空气好像想要变成水。那人儿只要碰到天气闷热,就会无精打采。她声称自己的脚踝肿胀。整个上午,她都是一个恼人的伙伴,紧绷着脸,十分苛求。我在穿衣服的时候,她从浴室里跑回来,在门口责怪我说,"你把洗发剂弄到哪儿去了?"

"我并没有动过洗发剂。"

"我就把洗发剂搁在窗台上。你是唯一另一个使用洗发剂的人。"

我从她的身旁挤过去,顺着过道走去。"就在浴缸里,"我说。

那人儿从我手里接过来。"我觉得整个身子都黏糊糊的不舒服!"她表示歉意地说。随后,她就走进淋浴间,而我则开始刷牙。过了一分钟,她那张鹅蛋脸露了出来,四周有淋浴室的幔子裹着。她显得眼睛很大,头似乎也秃了,看去像个外国人。"对不起,我今天的脾气很坏,"她说道。

我继续不停地刷牙,想让她受一点儿折磨。

那人儿蹙起了额头,她的眼睛露出了表示恳求的柔和神色。"你是不是很讨厌我?"

"我还没有拿定主意。"

"你真奸刁!"她说道,滑稽可笑地皱起眉头,一下子把幔子又拉上了。

吃过早饭以后,我们坐在门廊里的秋千上,喝着柠檬汽水,荡来荡去,带来一阵微风。我把两只脚搁在门廊栏杆上,不停地蹬着。那人儿侧身躺着,两条腿伸在我的膝盖上面,她的头靠在秋千的扶手上。她穿着比基尼泳装的上部和一条短得都把口袋的白色衬里露出来的毛边短裤。我穿着一条卡其布短裤和一件白色的鳄鱼牌汗衫。

在我们的前方,湖湾发出银色的闪光。湖湾里满是鳞片,好像下面有不少鱼。

"有时我对自己拥有这么一个身体真感到厌烦,"那人儿说。

"我也一样。"

"你也一样?"

"特别是在天气这么热的时候。走来走去真像是在受罪。"

"再说我还讨厌出汗。"

"我也受不了出汗,"我说。"我情愿像条狗那样呼哧呼哧喘气。"

那人儿笑起来。她对我露出笑容,感到十分惊讶。"我说的每件事你都理解，"她说。她摇了摇头。"为什么你不能是一个小伙子呢？"

我耸了耸肩膀，表示我无法回答。我并没有意识到这句话的讽刺意味。那人儿同样也没有意识到。

她垂下眼皮，望着我。在明亮耀眼的日光下，受到烤晒的草地上冒出一片热气，她的两只眼尽管只露出月牙形的缝隙，但却显得绿莹莹的。她的头靠着秋千扶手，探向前来。她得抬起脸来看我。这使她露出一副凶悍的样子。她仍然紧盯着我望着，把腿的姿势调整了一下，微微张开了一点。

"你的两只眼睛真叫人感到惊异，"她说。

"你的两只眼睛真显得绿莹莹的。它们看上去几乎是假的。"

"它们是假的。"

"你装了两只玻璃眼睛吗？"

"是的，我瞎了，我是提瑞西阿斯。"

这是一种干那事的新方式。刚给我们发现。不管怎么说，彼此紧盯着对方的眼睛是另一种使得眼睛闭上或忽略手边细节的方式。我们互相紧紧靠在一起。这时那人儿灵巧地曲起两条腿来。我发现在她的毛边短裤底下的小丘正朝着我耸了起来，只有一点儿耸起和显眼。我把一只手放在那人儿的大腿上，开始抚摩。我们继续荡来荡去，彼此望着对方，蟋蟀这时在草地上奏着乐曲。我把手斜着朝上伸向那人儿的两条腿接合的地方。我的大拇指伸到她的毛边短裤下面。她的脸上并没露出什么反应。她那沉重的眼皮下的绿眼睛仍然紧盯着我的眼睛。我摸到她那料子轻软的衬裤，朝下按了按，在松紧带下面摸向前去。随后，就在我们这样大睁着眼睛、眼界却又受到局限的情况下，我的大拇指伸到了她的身体内部。她直眨眼睛，把眼睛闭上了，她的臀部也抬得更高了一点，于是我又这么做了一次，接着又做了一次。湖湾里的船只、受到烤晒的草地上蟋蟀发出的鸣声以及在我们那盛着柠檬汽水的玻璃杯里融化的冰块也是整个场景的组成部分。秋千来回摆动，生锈的链条发出嘎吱嘎吱的声音，听上去就像那首古老的儿歌①，小杰克·霍纳坐在角落里，吃他的圣诞馅饼。他用大拇指从馅饼里抠出一个李子……那人儿在骨碌碌转动了一下眼珠以后，重新目不转睛地盯着我的眼睛，她内心的感受只在她那绿莹莹的眼睛深处显露出来。在其他方面，她静止不动。只有我的手在移动，我的两只脚则抵着门廊的栏杆推动着秋千。就这样持续了三分钟，五分钟，还是一刻钟。我也不太清楚。时光流逝而去。不知怎的，我们仍然没有完全意识到我们所干的事儿。感觉直接化为遗忘。

忽然我们身后的门廊地面上发出嘎吱嘎吱的声音，我赶紧跳了起来。我把大拇指从那人儿的裤子里抽了出来，坐直了身子。我从眼角里瞟见一个东西，就转过脸去。原来杰罗姆正坐在我们右手的栏杆上。尽管天气很热，但他仍然穿着那件吸血鬼穿的衣服。他脸上抹的白粉在有些地方已经融化开了，但他看上去仍然显得十分苍白。他正用那种最令人烦恼不安的神情低头紧盯着我们，也就是他那种旋紧螺丝的神情②。令人想到那个被花匠引入歧途的青年艺术家，那个投井自杀的穿着礼服大衣的小伙子。除了一双眼睛，他身上的一切都显得毫无生气。他的眼睛牢牢地盯着我们——盯着那人儿搁在我膝头的两条光腿——而他的脸却仍然香喷喷的。

接着那个幽灵似的人儿说起话来：

"啃地毯的丫头片子③。"

"不要睬他，"那人儿说。

"啃地毯的丫头片子。"杰罗姆又说了一遍。声音听上去低沉沙哑。

"住嘴！"

杰罗姆仍然静止不动，像个食尸鬼似的坐在栏杆上。他的头发并没有往后梳得光溜溜的，而是披垂在脸的两侧。他颇能控制自己的情绪，对他所要做的事却显得十分坚决，好像是按照一个传统的程序。"啃地毯的丫

---

① 指英文中一首古老的儿歌，全文共为四句："小杰克·霍纳坐在角落里，吃他的圣诞馅饼。他用大拇指从馅饼里抠出一个李子，说我是个多聪明的孩子！"此处末句未引。

② 意谓目不转睛、施加压力的样子。

③ 女同性恋者的俗称。

头片子，"他又说道。"啃地毯的丫头片子，啃地毯的丫头片子。"这句话听上去十分奇特。只有他跟他的妹妹理解。

"我说你别再讲了，杰罗姆。"那人儿这时想要站起来。她把两条腿从我的膝头一下子放了下来，翻身离开了秋千。可是杰罗姆先就开始行动起来。他把身上的茄克衫像翅膀似的展开，突然从栏杆上跳了下来，朝那人儿扑去。他的脸上仍然显得毫无表情。只有嘴边的肌肉不住抽动。他对着那人儿的脸以及她的耳朵不断发出嘘声和呱呱的叫声。"啃地毯的丫头片子，啃地毯的丫头片子，啃地毯的丫头片子，啃地毯的丫头片子。"

"别说了！"

那人儿想要打他，但他抓住了那人儿的胳膊。他把那人儿的两只手腕都握在一只手里。他用另一只手做了一个V形的手势。他把这个V字贴紧自己的嘴巴，让自己的舌头在这个富有暗示意义的三角形中间来回伸缩。看到这个粗野露骨的动作，那人儿无法再保持镇静。她觉得要哭了。杰罗姆感到她快要掉眼泪了。十多年来，他常惹得他的妹妹直掉眼泪；他知道该怎么做到这一点。他就像一个用放大镜烤晒一只蚂蚁的孩子，把越来越热的光束集中在一起。

"啃地毯的丫头片子，啃地毯的丫头片子，啃地毯的丫头片子……"

随后那事儿便发生了。那人儿忍不住哭起来了。她开始像个小姑娘似的放声大哭。她的脸变红了，她狂怒地挥动着拳头，接着便飞快地跑到屋子里去了。

这时，杰罗姆停止了他那种凶猛的行动。他整理了一下身上的茄克衫，捋了捋头发，靠着门廊的栏杆，神态安详地瞅着外边的湖水。

"别担心，"他对我说。"我不会讲给哪个人听的。"

"讲给人听什么？"

"算你运气，我是这么一个心胸宽阔、思想自由的人，"他接着说。"大部分人要是发现他们被一个女同性恋者和他们自己的妹妹耍了，都不会感到怎么高兴。那总有点儿令人感到难堪。对不对？可是我是一个非常开通的人，不想计较你的这种癖好。"

"你干吗不给我闭嘴。杰罗姆？"

"我想闭嘴的时候会这么做的，"他说。随后他转过头来望着我。"你知道你现在在哪儿吗？分手吧，斯蒂芬尼德斯。给我滚出去，别再回来。不要碰我的妹妹。"

我已经跳了起来。身上的血直往上涌，沿着我的脊椎迅速上升，在我的头脑里引起一阵反应。我在狂怒之下朝杰罗姆冲去。他长得比我高大，但并没有做好准备。我给了他脸上一拳。他想要躲开，但我冲到了他的身上，我的冲力把他撞倒在地。我爬到他的胸口上面，两条腿夹住他的两只胳膊。最后杰罗姆不再抵抗了。他仰卧在地上，想要露出愉快的神情。

"你随时都会完蛋，"他说。

压在他的身上有种令人兴奋的感觉。第十一回从我小时候起就老把我按在地上。这是头一回我对别人，特别是对一个岁数比我大的小伙子这么做。我的长头发披垂到杰罗姆的脸上。我来回甩动头发，让他遭受折磨。接着我想起了我哥哥以前常做的另一件事。

"不要，"杰罗姆喊道。"好啦。别这样！"

我让唾沫朝下喷去，看去就像雨点，又像泪水。可都不是。那口唾沫噗的一声正好吐在杰罗姆的两只眼睛中间。随后，我们身子下面的地面似乎裂开了。杰罗姆大吼一声，一下子站起身来，把我顶得直往后退。我占据的优势为时十分短暂。现在该是我逃跑的时候了。

我急匆匆地穿过门廊，跳下台阶，光着脚，飞奔过宅子后面的草地。杰罗姆穿着他那套吸血鬼的衣服，跟在我的背后追赶。他站住脚，一下子脱掉身上的外衣，这时我拉大了我们之间的距离。我跑过了附近人家屋子的后院，低头钻到松树枝条下面。我避开了灌木丛和烤肉架。松针加大了我脚下的附着摩擦力。最后我总算来到远处那片开阔的旷野边上，我跑到旷野中间，回头一看，只见杰罗姆正追上前来。

我们飞快地跑过湖湾边上长得很高的黄黄的草丛。我跳过那块历史性标石，擦伤了一只脚，于是就痛苦地一只脚跳着继续往前跑去。杰罗姆却顺利地一跃而过。在旷野的另一边是返回宅子的那条路。只要翻过小山，我就可以折回而不让杰罗姆看见。那人儿和我可以把自己关在房间里。我跑到小山前面，开始往上爬去。杰罗姆跟在背后追赶，他面带怒容，仍在向我逼近。

我们就像檐壁雕带上的两个奔跑的人。我们迅速穿过不断抽打着自己小腿的野草，显示出我们那前后摆动大腿和不住挥动胳膊的侧影。等我跑到小山脚下的时候，杰罗姆看上去似乎慢了下来。他失败地一个劲地挥手。他一边挥手，一边叫喊着一些我无法听清的话儿……

拖拉机刚在道路上转了个弯。驾着拖拉机的那个庄稼汉高高地坐在座位上，并没有看到我。我正回头察看杰罗姆的动静。等我最后把脸转向前面的时候，已经来不及了。拖拉机的车轮正迎面而来。我直接撞了上去。在赤褐色的尘埃中，我身子旋转着给抛到空中。在我划出的那道弧线的顶点，我看到了拖拉机后面升起的犁铧，那个上面满是污泥的螺旋式移动的金属器具，于是这场赛跑就结束了。

后来我醒过来，发现自己待在一辆奇特的汽车后座上。那是一辆破旧的汽车，座位上铺着毛毯。汽车后面的窗户上贴着一个贴花转印图案，表现的是一条被钓起的、不住摆动的鳟鱼。司机戴着一顶红帽子。从帽子那可以调节的帽带上方的微小空间可以看见他那布满皱纹的脖子上似乎发出咝咝声的发际线。

我的头感到很软和，仿佛给罩着一层薄纱。我给裹在一条旧毛毯里，毛毯硬僵僵的，上面有些干草。我转过脸来，往上看去，眼前出现一片赏心悦目的景象。我从下面看到那人儿的脸。我的头搁在她的膝头。我的右边脸蛋正紧挨着她的温暖软和的肚子。她仍然穿着上半截比基尼泳装和毛边短裤。她把两个膝盖伸展开来，红头发披垂到我的身上，把一切都弄得暗幽幽的。我透过这片紫酱色或棕红色的空间抬头注视，看到了我所能看到的她那部分身体,她的游泳衣上身的黑色条纹,她那凸向前方的锁骨。她正咬着指甲根部的一块表皮,要是她不去管它,就会出血。"快点,"她从披垂下来的头发的另一侧说。

"快点,伯特先生。"

驾驶汽车的就是那个庄稼汉,我就是撞在他的拖拉机上。我希望他不要听从那人儿的话,我并不想要他赶快前进。我想要这番行程不断延续下去。那人儿轻轻抚摩着我的脑袋。她还从来没有在白天这么做过。

"我狠狠揍了你哥哥一顿,"我冷不丁地说道。

那人儿用一只手把头发撩开。光线透了进来。

"卡利!你还好吗?"

我向上朝着她笑了笑。"我好好地收拾了他一下。"

"哦,天哪,"她说。"我都吓坏了。我以为你死了。你就——就"——她的声音中断了——"躺在那儿的路上!"

眼泪涌了出来,如今是感激的泪水,不像先前是出于愤怒。那人儿抽抽搭搭地哭起来。我畏怯地看着令她饱受煎熬的这阵猛然爆发的情感。她低下头来,把她那大声吸气的、湿润的脸紧贴着我的脸,于是我们头一次也是最后一次接起吻来。我们受到靠背和她的头发的遮挡,那个好歹会去泄密的庄稼汉会是谁呢?那人儿痛苦的嘴唇跟我的嘴唇合在一起,我感到一种甜味,又有一种咸咸的味道。

"我脸上沾满了鼻涕,"她说,一边又抬起脸来。她终于笑了笑。

可是汽车已经停了下来,那个庄稼汉跳下车去,大声说了几句话。随后他一下子打开了车子后面的门。两个护理员出现了,把我抬上一张担架床。随后他们推着我穿过人行道,进了医院的大门。那人儿仍然待在我的旁边。她握着我的手。有一刹那,她似乎意识到自己那种近乎裸体的样子。在她的两只光脚踏到冰冷的油地毡上的时候,她低头向自己看了一下。可是她没有加以理会。她始终握着我的手,陪我沿着过道一路朝前走去,直到那两个护理员叫她别再往前走了。那种情形就像一根比雷埃夫斯①的纺线。"你不能进去,小姐,"两个护理员说。"你得等在这儿。"她就这么做了。但她仍然没有松开我的手。这并没有持续多长时间。担架车给顺着过道推去,我伸出胳膊去找那人儿。我已经踏上我的旅途。我正在坐船越过大海去到另一个国家。我的胳膊正不断变长,二十英尺、三十英尺、四十英尺、五十英尺。我从担架车上抬起头来,注视着那人儿,注视着那朦胧的人儿。在我眼里,她又变成了一个谜。她究竟怎么了?她如今在哪儿?她站在过道的尽头,握着我那没有松开的胳膊。她显得冷冰冰的,身材瘦小,样子迷茫,与周围的环境格格不入,几乎好像知道我们再也不会相见。担架车加快了速度。我的胳膊如今只成了在空中缭绕的一根细细的丝带。最后不可避免的时刻到来了。那人儿松了手。我的手腾飞向上,变自由了,手里空无一物。

　　头顶上的灯光像我出生时那样明亮、充足。还可以听到同样的白色鞋子踏在地上的嘎吱声。可是,哪儿也找不到菲洛博西安医生。那个低头朝我微笑的医生相当年轻,长着一头浅棕色的头发。他讲话时有一种乡下口音。"我想问你几个问题,行吗?"

　　"行。"

　　"开始说说你的名字。"

　　"卡利。"

　　"你几岁了,卡利?"

　　"十四岁。"

　　"现在我伸出了几个手指?"

　　"两个。"

　　"我要你给倒着数数。从十开始。"

　　"十、九、八……"

　　他还一直在我身上按来按去,小心寻找受到损伤的地方。"这样

---

① 见第76页注③。

疼吗？"

"不。"

"这样呢？"

"唔—唔。"

"这儿怎么样？"

突然真的疼起来了。我的肚脐下面好像遭到了电击，被眼镜蛇咬了一口。我发出的那声叫喊已足以回答他的问题了。

"好了，好了，我们会对这儿小心处理。我只需要看一下。现在躺着别动。"

那个医生对旁边的实习医生使了个眼色。他们就开始从两边把我的衣服脱下。实习医生把我的衬衫拉到头上。于是可以看到我那不成熟的毫无遮蔽的胸部。他们并没有加以注意。我也一样。这时那个医生已经松开我的腰带，正在解开我的卡其裤的搭扣：我听凭他做去。我的裤子脱了下来。我好像从远处察看着这一切。我脑子里想着别的事情。我想起那人儿如何抬起臀部，帮我把她自己的衬裤脱下。那种表示依顺和欲望的小小的信号。我想着在她这么做的时候，我是多么欣喜。现在那个实习医生把手伸到我的身体下面，于是我抬起臀部。

他们抓住我的衬裤，用力往下拉去；松紧带在我的皮肤上蹭了一下，随后才给拉下。

那个医生把身子朝我弯得更近一点，嘴里叽里咕噜地自言自语。实习医生有点不合行业规矩地把一只手举到她的喉头，随后假装整理了一下自己的领子。

契诃夫说得不错。如果墙上挂着一杆枪，那么就非开枪不可。然而，在现实生活中，你永远不晓得枪挂在哪儿。我父亲放在他枕头底下的那把枪从来就没有开过。挂在那人儿家壁炉台上面的那杆枪也从来没有开过。可是在急诊室里，情况就不同了。这儿没有烟雾，没有火药味儿，而且压根儿没有一点声音。只有医生和护士作出反应的方式表明我的身体符合故事内容的要求。

在我这一阶段的生活中,有个场面仍然需要叙述一下。那是一个星期以后在我回到米德尔塞克斯时发生的,用一个小提箱和一棵树把我衬托出来。我在自己的卧室里,坐在窗口的坐位上。时间刚好在正午之前。我穿着外出旅行的服装,也就是说一件灰色裤套装配一件白色短上衣。我从窗口伸出手去,在窗外那棵桑树上采了一些桑葚。在这最后一个小时里,我一直吃着桑葚,好不去留意从我父母卧室里发出来的声音。

这些桑葚上个星期就已经熟了,个头儿很大,充满了汁水,把我的两只手都弄脏了。外边,人行道跟草地以及花坛里的石头一样布满了一块块紫色的斑点。从我父母卧室里发出来的声音是我母亲的哭声。

我站起身来,走到敞开的小提箱跟前,又检查了一下,看看是否把要带的每样东西都装进去了。我和我父母不出一个小时就要动身出发。我们打算到纽约市去拜访一位名医。我不知道我们究竟要离开多久,也不知道我到底哪儿不正常。我并不怎么注意详情细节。我只知道我不再像别的女孩那样是个女孩了。

正教会的僧侣在六世纪把蚕丝偷偷运出中国。他们把蚕丝带到小亚细亚,再从那儿传到欧洲,最后越过大海来到北美洲。在美国独立战争以前,本杰明·富兰克林①在宾夕法尼亚州对蚕丝行业的发展加以鼓励。如今美国各地种植了不少桑树。可是,在我采摘卧室窗户外的那些桑葚的时候,我一点也不知道我们的桑树跟蚕丝行业有什么关系,不知道我的奶奶在土耳其她的住所后面,也曾有过不少像这一样的树。那棵桑树耸立在米德尔塞克斯我卧室的窗外,从来没有向我透露它的内在含义。但是眼下情况不一样了。眼下只要我仔细观察,就会发现我生活中所有无声的事物似乎都在讲述我的经历,回溯以往的时光。因此,我不可能在把我这个阶段

---

① 本杰明·富兰克林(1706—1790),美国政治家、科学家和作家。

的生活结束时不提到下面这个事实：

那种最为普遍地受到我们喂养的家蚕，也就是中国蚕蛾的幼虫在任何地方都不再以原始的状态生存。正如在我的百科全书里，编者一针见血地所阐述的那样："幼虫的腿部已经退化，成虫无法飞翔。"

第四卷

模糊不清的外阴

从我出生到我受洗，再到我步入骚动不安的青春期，我的生殖器一直是我身上发生的最值得注意的事儿。它在我出生的时候没被辨别出来，在我受洗的时候抢了祭司的镜头，在我青春发育的阶段开始没有什么表现，接着却倏地发生了一切变化。有些人继承了房屋；另一些人继承了绘画作品或受到高额保险的小提琴琴弓；还有些人得到一个日本红木橱柜或一个著名的姓氏。我却在我的第五条染色体内得到一个隐姓基因以及一对确实十分罕见的睾丸。

我父母起初不肯相信那个急诊室的医生对我的身体结构所下的荒唐的断语。这种诊断结论实际意味着对我的尿道形成以及可能存在一种激素缺乏所有的隐约担心。无法理解的米尔顿从电话里听到了这个诊断结论，随后有所删节地告诉特茜。皮托斯基的那个医生并没有进行染色体组型试验。他的工作只是医治我的脑震荡和挫伤。等他治疗好以后，他就让我走了。

我父母想要听听别的医生的意见。经米尔顿坚决要求，我给最后一次带去见菲尔医生。

一九七四年，尼尚·菲洛博西安医生八十八岁。他仍然打着蝶形领结，但他的衬衫领子里的颈项不再那么粗壮饱满。他身体上所有的部分好像经过冷冻干燥，都缩小了。不过，在他的白色上衣的褶边下面，仍穿着绿色的高尔夫宽松长裤，他那光秃秃的脑袋上夹着一副有色的飞行员戴那种眼镜。

"喂，卡利，你好吗？"

"很好，菲尔大夫。"

"又开学了吗？你现在上几年级？"

"我今年要九年级了，上中学了。"

"中学？已经上中学了？我想必越来越老了。"

他那温文尔雅的举止跟以往没有什么不同。他仍然带有的外国语调、他牙齿间显露出来的旧世界的痕迹让我心里稍微自在了一点。我一生中很早就受到不少气派不凡的外国人的娇纵和宠爱。我一直挺喜欢那种用柔软的手作出的黎凡特式①的爱抚。我还是个小女孩的时候就曾坐在菲洛博西安医生的膝头，他的手指顺着我的脊柱往上抚摸，一边报出我的一节节的椎骨数目。眼下，我却长得已经比他高了，成了一个瘦削难看、头发怪异的小蒂姆②似的姑娘，穿着长外衣和衬裤，戴着胸罩，坐在一张老式的带有硫化橡胶梯级抽屉的医疗台边上。他听着我的心和肺，他的瘦长的颈项上那向下倾斜的秃头看上去就像展示恐龙样本的书页中雷龙的头。

"你的父亲好吗，卡利？"

"很好。"

"热狗的买卖做得怎么样？"

"不错。"

"你爸爸现在有多少家卖热狗的店铺？"

"好像五十家左右吧。"

"有一处离我和罗莎莉护士冬天去的地方并不太远。庞帕诺比奇③。"

他检查了我的眼睛和耳朵，随后很有礼貌地要我站起来，把我的衬裤

---

① 黎凡特式，指地中海东部地区特有的方式。
② 小蒂姆，即赫伯特·布特罗斯·考里（1932—1996），美国歌唱家、尤克里里琴演奏家。
③ 庞帕诺比奇，美国佛罗里达州东南部一城市。

拉下。五十年前，菲洛博西安医生在士麦那依靠为奥斯曼帝国的贵妇治病维持生计。讲究礼节是他养成的一个老习惯。

我的头脑并不像在皮托斯基时那样稀里糊涂。我完全明白发生的事，清楚体格检查的重点在哪儿。我把自己的衬裤往下拉到膝头，心头倏地掠过一阵强烈的窘困，我下意识地用一只手捂住自己的要害部分。菲洛博西安医生并不十分轻柔地把我的手推开。老人这么做的时候显得有点儿不耐烦。他顷刻间忘了自己，他的眼睛在他那飞行员的眼镜片后面恶狠狠地瞪着。然而，他并没有低头看我。他谦恭有礼地瞅着远处那面墙，一边用双手摸索着了解情况。我们就像跳舞时那样接近。菲尔医生的呼吸很响，两只手抖个不停；我只瞥了我的身体一眼，心头又感到十分窘困，从我的角度来说，我又成了一个女孩，雪白的肚子，黑乎乎的三角区域，寒毛剃光的短撅撅的腿；我的胸罩斜挂在胸前。

整个过程只费了一分钟。这个老美国人蹲在那儿，背像蜥蜴似的，黄色的手指在我的私处飞快掠过。无怪菲洛博西安医生以前什么都没有发现。即使如今，他得到通知说有那种可能，似乎也不想知道。

"现在你可以穿上衣服了，"他嘴里光说了这么一句。他转过身子，小心翼翼地走到洗涤槽前面，旋开龙头，把两只手伸到水流中间。他那双手似乎抖得更厉害了。他把抗菌肥皂喷湿了在手上抹了又抹。"向你的爸爸问好，"在我走出房去以前他这么说。

菲尔医生叫我去找亨利·福特医院的一名内分泌大夫。这个大夫从我胳膊上的静脉血管里抽了许多血，装在数量惊人的若干小瓶子里。他并没有说为什么需要这么些血。我吓得要命，不敢开口问他。不过那天夜里，我把耳朵贴在我卧室的墙上，希望弄清楚到底发生了什么事。"那么那个医生怎么说呢？"米尔顿问，"他说卡利出生的时候，菲尔大夫应该注意到的，"特茜回答说。"整个这件事当时就可以确定。"随后米尔顿又说，"他竟没有注意到这种情况，真叫我难以相信。"（"什么样的情况？"我默默地对着墙壁发问，但它并没有明确说明。）

三天以后，我们到了纽约。

米尔顿先为我们在一家位于东三十街地区、名叫洛克穆尔的旅馆订了房间。二十三年以前，他身为海军少尉曾在这儿住过。米尔顿外出旅行一向节俭，而他也被这家旅馆的房价所打动，我们并没预先安排好要在纽约停留多久。跟米尔顿谈过的那个大夫——那个专科医生——在他有机会为我检查前不肯讨论细节。"你们会喜欢的，"米尔顿向我们保证说。"我记得那儿相当奢华。"

事实却并不如此。我们坐着出租汽车从拉瓜迪亚机场开到那儿，发现洛克穆尔旅馆已经失去了往昔的荣光。接待员和出纳员在防弹玻璃后面工作。维也纳地毯在湿淋淋的暖气装置下面潮呼呼的。一面面镜子都给移开了，露出了一个个难看的灰泥长方形和不少装饰用的螺钉。电梯是战前造的，像个鸟笼似的装着镀金弯曲的铁栅。从前有个开电梯的人，现在已经没有了。我们把几个小提箱塞进一个很小的空间，我悄悄把电梯门推上，它却老从轨道中滑出来。我一连推了三次，才有电流通过。最后，这个玩意儿开始上升，我们透过喷漆的铁栅看见一个个楼层从眼前掠过，每个楼层都光线暗淡，没有一点区别，但有的楼层上可以看到一个穿制服的女服务员，或者有扇房门外面放着一个客房用餐服务的盘子或一双鞋。尽管如此，待在这个旧电梯里仍有上升的感觉，从矿井里往上升起的感觉。等到了我们要去的第八层，发现那儿和大厅一样单调乏味，真是相当失望。

我们的房间是从一套以前相当大的套房分隔出来的。如今四周的墙角已经歪斜。就连个子较小的特茜也感到逼仄。出于某种原因，浴室几乎和卧室一样大。抽水马桶无依无靠地待在松动的地砖上，老在排水。浴缸里有个防滑标记，水就从那儿流出去。

有一张供我父母睡的大号的床。在屋角上，给我搭了一张帆布床。我提起我的小提箱，放到帆布床上。我的小提箱是特茜和我争论的核心。她在我们打算去土耳其以前给我挑了这个箱子。箱子上有一种我觉得很难看的青绿色的花卉图案。自从去私立学校上学——又和那人儿一起厮混——我的趣味起了变化,大概变得高雅起来。可怜的特茜不再知道该给我买什么。她挑选的任何东西都被报以惊恐的尖叫。我对任何人造的或者有着明显针脚的衣服都一个劲地表示反对。我父母觉得我新出现的这种洁癖很好玩儿。我父亲常常会用大拇指和别的指头揉着我的衬衫,问道,"这是不是预备学校的学生穿的?"

特茜买小提箱的时候事前并没有时间跟我商量一下,因此,就有这样一个箱子,上面带着一个像是餐位餐具垫上的图案。我拉开小提箱上的拉链,猛地翻开箱子,感到心里好受了一些。箱子里装的都是我为自己挑选的衣服:原色的水手领针织套衫、鳄鱼牌汗衫、粗条灯芯绒裤子。我的上衣是帕帕加洛出品的,颜色是酸橙绿的,钉着骨头做的角状钮扣。

"我们得把箱子里的东西取出来,还是让所有的衣服都留在箱子里?"我问道。

"我们顶好还是把箱子里的东西取出来,然后把箱子放到壁橱里去,"米尔顿回答说。"我们这儿就可以多一点儿空间。"

我利索地把我的针织套衫放到梳妆台的抽屉里,我的短袜和衬裤也放了进去,再挂起我的长裤。我把化妆盒拿到浴室里,放在搁板上面。我随身带了珠光唇膏和香水。我拿不准它们是否已经过时。

我关上浴室的门,上了锁,然后低头凑到镜子前去察看我的脸。在我的上嘴唇上面,可以看见仍然很短的两根黑毛。我从化妆盒里拿出镊子来把黑毛拔掉。这使我眼睛里充满泪水。我身上的衣服紧绷绷的,针织套衫的袖子也太短了。我梳了梳头发,乐观而又孤注一掷地对自己笑了笑。

我知道不管我的情况怎样,都是处在某种紧要关头。我从父母那装出来的高兴的态度,从我们迅速离家的举动中就可以看出这一点。不过,谁都还没有就此对我说过一句话儿。米尔顿和特茜完全像他们以往一贯的那样对待我——也就是说,把我看作他们的女儿。他们表现得好像我的问题是医学上的,因而是可以确定的。于是我也开始抱有这种希望。我就像个患了不治之症的人,一心想要无视目前的症状,而希望在最后一刻被医治好。我在希望和绝望之间来回摆动,越来越肯定我得了一种很可怕的毛病。可是什么都不像看到自己在镜子里的形象那样叫我绝望。

我打开浴室的门,回进房间。"我讨厌这家旅馆,"我说。"真叫人感到不舒服。"

"是不太好,"特茜表示同意地说。

"过去要好些,"米尔顿说。"我不明白究竟出了什么事。"

"地毯有股气味。"

"咱们开开窗吧。"

"也许我们不用在这儿待那么久,"特茜满怀希望、神态疲倦地说。

晚上我们硬着头皮走到外面,找些吃的东西,随后回到房间里看电视。后来,等我们关了灯以后,我在帆布床上问道,"明天我们做什么?"

"我们早上要到大夫那儿去,"特茜说。

"随后,我们得去弄几张百老汇的戏票,"米尔顿说。"卡尔,你想看什么?"

"随便,"我郁郁不乐地说。

"我想我们该去看一出音乐喜剧①,"特茜说。

"我曾在《你好,多利》②中见过埃塞尔·默尔曼③,"米尔顿回忆说。"她从那道又大又长的楼梯上走下来,一边嘴里唱着歌儿。等她唱完以后,剧场里的观众都炸了窝似的叫好。演出给她弄得中断了。因此她就回上楼梯,又把那首歌唱了一遍。"

"你想去看一出音乐喜剧吗,卡利?"

---

① 音乐喜剧,一种穿插着歌舞场面的喜剧。
② 《你好,多利》,由杰里·赫尔曼和迈克尔·斯图尔特根据美国剧作家桑顿·怀尔德(1897—1975)的剧作《媒人》编写的一出音乐喜剧。
③ 埃塞尔·默尔曼(1909—1984),美国音乐喜剧女演员,以响亮饱满的嗓音著称。

"我无所谓。"

"那是我看过的最奇妙的演出,"米尔顿说。"那个埃塞尔·默尔曼唱得真带劲儿。"

接着就没有人吭声了。我们在暗中躺在陌生的床上,后来便睡着了。

第二天上午吃过早饭,我们就动身去见那个专科医生。我们离开旅馆,我的父母尽力表现得似乎相当兴奋,不时从出租汽车的车窗里指着市里的名胜。米尔顿身上散发出一股为了应付所有困难的局面而保留的活力。在我们坐着车子到纽约的医院去的途中,他说,"这个地方真不错。面对河上的景色!我该在这儿办理旅馆住宿的。"

我像任何一个十多岁的青少年一样,差不多忘了我那难看的体型身段。我的僵直的动作,我的摆动的手臂,我的两条长腿,下面一双穿着淡黄褐色的平跟船鞋的尺寸过小的脚——所有这些部件都在我那像个瞭望塔似的脑袋下面叮当作响,我离得太近,看不到这种情况。我父母却很清楚。他们看着我穿过人行道朝医院入口走去,心里十分难受。眼看自己的孩子受制于一种未知的力量,真叫人惊恐不安。他们一年来始终拒绝承认我身上所起的变化,把我的表现归因于我那将近成年的时期。"她大了就会好的,"米尔顿总对我母亲这么说。可是,如今他们却担心我会变得失去控制。

我们找到电梯,乘到第四个楼层,随后按照箭头标志,走到称作心理内分泌病区的地方。米尔顿拿着一张卡片,上面写着办公室的号码。我们最后找到了那个办公室。那扇灰色的门上只有一个极小的并不引人注目的标牌,中间写着这么几个字:

性功能障碍及性别认同医疗中心

即使我父母看到了那块标牌,他们也装作没有看见。米尔顿像头公牛似的低下头来,把门推开。

接待员上前迎接我们，叫我们先坐一下。候诊室并没有什么独特的地方。沿墙放着好多把椅子，中间均等地给几张上面放着杂志的桌子隔开，角落里有棵奄奄一息的普通的橡胶树。地下铺的地毯有着公共机构的特征，带着一种热闹的上了保护色的图案。空中甚至还有一股令人安心的药味。我母亲填好了保险表格后，我们就给领进了医生的办公室。那儿的陈设也使我们产生了信心。书桌后面摆着一把埃姆斯靠椅①。窗旁放着一把用铬钢和母牛皮做的勒科尔比西埃躺椅②。书架上放满了医学书籍和杂志，墙上趣味高雅地挂着一些艺术作品。处处表现出与欧洲的审美观点协调的大城市的素养。周围是一片欢欣鼓舞的精神分析的天地景观。更不用说窗外的东河景色了。而菲尔医生的诊所，他那挂着业余爱好者的油画作品、充满医疗补助病例的诊所已与我们离得十分遥远。

只过了两三分钟，我们就注意到这儿不同寻常的地方。首先，古玩和蚀刻画同办公室里那种具有学者气氛的凌乱情景相当和谐。可是我们刚坐下等待医生，便发觉我们周围有一种无声的骚动。这种情况就像你盯着地面，突然发现地上满是蚂蚁。医生这间宁静的办公室正在翻腾活动。比如说，他的书桌上的镇纸并不是一块普通的、无生命的石头，而是用石头雕出来的一根微小的阴茎。墙上的那些小型画幅经过仔细的观察，显示出它们的主题内容。在黄色的丝绸帐篷下面，莫卧儿帝国③的王公在佩斯利涡旋纹的花呢枕头上面，好像杂技演员似的与许多个伴侣交媾，头上仍然好好地缠着头巾。特茜看着不禁羞红了脸，米尔顿乜斜着眼看着，而我则像平常一样藏在我的头发里面。我们设法把眼睛转到别的地方，于是就望着书架。可是那儿也不安全。在周围那好多期沉闷乏味的《美国医学会杂

---

① 埃姆斯靠椅，由美国人查尔斯·埃姆斯设计的一种有褥垫的靠椅。其构造为在一可以旋转与倾斜的金属底座上安装用有皮垫的胶合板制造的互不连接的头枕、靠顶和座部。
② 勒科尔比西埃躺椅，由在法国的瑞士建筑设计师勒科尔比西埃(1887—1965)所设计的一种躺椅，具有极大的可调节度，可调成从垂腿而坐到躺卧的各种姿势。
③ 莫卧儿帝国，十六世纪征服印度的蒙古族人在印度半岛北部所建立的伊斯兰国家(1526—1857)。

志》和《新英格兰医学杂志》当中，也有一些令人瞠目吃惊的书题。有一本书脊上盘绕着蛇的图案的书，名为《性爱伴侣的结合》。有一本紫红色的小册子，标题是《仪式化的同性恋：三项实地研究》。在书桌上，有一本里面夹着一张书签的手册，名为《意外的阴茎：由女性转为男性的外科手术方法》。即使正门上的标牌还没有引起我的注意，卢斯的办公室也清楚地向我表明我父母带我来见的究竟是什么样的专科医生（而且更糟的是，为我看病）。房里还有一些雕塑。不少克久拉霍神庙①雕像的复制品跟几棵巨大的青锁龙占据了房间的角落。在光滑的绿色树叶的衬托下，许多胸脯像甜瓜似的印度女人身子弯成两半，像正在祷告的人那样把自己的下身献给那些迎上前来的伟岸的男子。那就像是一块超载的配电板，一种不管你转到哪个地方都会见到的肮脏下流的扭扭乐游戏②。

"你看一下这个地方吧，"特茜低声说。

"一种不寻常的装饰，"米尔顿说。

我说道："我们到这儿来干吗？"

就在这个时候门开了，卢斯医生出现了。

当时，我并不知道卢斯在这个领域里的令人向往的地位。我也不晓得卢斯这个名字多么频繁地出现在有关的杂志和报纸上。不过，我立刻看出卢斯并不是你平常见到的那种模样的医生。他穿的不是医用外套，而是一件有流苏的绒面革背心。银色的头发披到淡棕色的圆翻领上。他的裤子呈喇叭形地展开，脚上穿着一双侧面装了拉链的短靴。他也戴着银丝边眼镜，留着灰色的八字须。

"欢迎到纽约来，"他说。"我是卢斯大夫。"他先和我父亲握了握手，接着又和我母亲握了握手，最后才来到我面前。"你一定就是卡利俄珀。"他

---

① 克久拉霍神庙，建于公元前十世纪，位于印度中部，以有大胆表示性的主题的雕像而著称。
② 扭扭乐游戏，由美国人查尔斯·F·福利和尼尔·W·拉本斯所发明的一种游戏，道具只有一幅特制的地毯，上面印有不同颜色的圆圈。参加者只需按照裁判转动转盘的颜色作出的指示，将手和脚放在指定的圆圈上，手肘或膝盖碰到游戏垫视为犯规，在游戏过程中摔倒者也立即出局，以最后一个出局者获胜。

满脸笑容,显得十分随和。"咱们来瞧瞧我是否还记得我所学的神话。卡利俄珀是一位缪斯,对吗?"

"不错。"

"是负责什么的?"

"史诗。"

"什么都比不上这个,"卢斯说。他想要装得漫不经意,但我看得出来他很兴奋。不管怎么说,我是一个不同寻常的病例。他从从容容地对我观赏品味。在一个像卢斯这样的科学家眼里,我不过是一个性的或遗传学上的卡斯帕·豪泽①。他就在面前,一位著名的性学家,迪克·卡维特②主持的节目的客人,《花花公子》杂志③的固定撰稿人,而我,卡利俄珀·斯蒂芬尼德斯这个十四岁的孩子,就像那个阿韦龙的野孩子④,突然从底特律的丛林里来到了他的住所门前。我是一个身上穿着白色灯芯绒裤子和杂色图案针织套衫的活的实验器具。这件领口处有个花环的淡黄色针织套衫向卢斯表明我正以他的理论所预计的那种方式否认自己的先天禀性。他见到我一定暗自兴奋得几乎都不能自制了。他声名煊赫,讨人喜欢,一心扑在工作上,在他的书桌后面用锐利的目光打量着我。他一边闲聊,主要是跟我父母说话,取得他们的信任,一边脑子里仍在做着笔记。他记下我那男高音似的嗓音;他注意到我坐的时候把一条腿盘在身子下边。他观察着我怎样曲起手指放到手掌上面,检查我的指甲。他注意着我咳嗽、发笑、搔头、讲话的样子;总之,他所谓的我的性别认同的所有外部表现。

他保持着平静的态度,仿佛我来到医疗中心只不过是因为扭伤了脚

---

① 卡斯帕·豪泽(1812—1833),一八二八年五月出现在德国纽伦堡的街道上的一个几乎不大会说话的少年,据说他自出生就被关在一间黑暗的小屋里,与世隔绝。
② 迪克·卡维特(1936—   ),美国喜剧演员、作家、电视访谈节目主持人。
③ 《花花公子》杂志,由休·海夫纳在一九五三年创办的一本男性成人杂志,该杂志主要刊登女子裸体照片、有关生活享受的文章以及名作家的作品。
④ 阿韦龙的野孩子,一七九七年出现在法国朗斯圣塞尔南附近的树林里的一个失去言语能力、显然一直生活在野外的赤裸男孩。

踝。"我想做的头一件事是给卡利俄珀略微检查一下。如果你们愿意在我这儿的办公室里等一会儿,斯蒂芬尼德斯先生和太太。"他站起身来。"请你跟我来一下好吗,卡利俄珀?"

我从椅子上站起来。卢斯观察着我身子的各个不同的部分有如一块可折叠的划线板似的展开。我站直了,个子比他要高一英寸。

"我们就待在这儿,亲爱的,"特茜说。

"我们哪儿也不去,"米尔顿说。

彼得·卢斯算是世界上研究人的两性畸形的主要权威。他在一九六八年创建的性功能障碍和性别认同诊所早就成为世上研究和医治性别模糊病情的最著名的机构。他是一本重要的性学专著《模糊不清的外阴》的作者。这本书在遗传学、儿科学和心理学等众多学科方面都具有权威性。他在一九七二年八月至一九七三年十二月也为《花花公子》以同样的标题写过专栏文章,这个专栏的别出心裁之处在于用一个人格化的、无所不知的女性外阴以诙谐风趣、有时神谕似的答复来回答男性读者的种种问题。休·海夫纳①在报上有关性自由示威运动的报道中看到了彼得·卢斯的姓名。六名哥伦比亚大学的学生在主要的公共草地上的一个帐篷里纵欲狂欢,被警察驱散了。四十六岁的彼得·卢斯教授在被问到他对校园里的这种活动的看法时,报道援引他的话说,"不管在哪儿纵欲狂欢,我都赞成。"这句话引起了海夫纳的注意。海夫纳不想重复格扎维拉·奥朗代②在《阁楼》杂志③上的那个名为"把我称作女士"的专栏,他把卢斯的稿件视作对于性的科学和历史方面的探讨。因此,在开头三期,模糊不清的外阴就对日本画家山本博的色情艺术、梅毒流行病学以及圣·奥古斯丁的性生活作了专

---

① 休·海夫纳(1926—),《花花公子》杂志的创办人、发行人兼主编,一九八八年将杂志管理权交给女儿克里斯蒂,自己继续担任主编。
② 格扎维拉·奥朗代(1943—),以前做过电话应召妓女的作家。
③ 《阁楼》杂志,由鲍博·古斯尼一九六五年创办于英国的一本男性成人杂志,一九六九年在美国发行后,成为《花花公子》主要的竞争对手。

题讨论。这个专栏结果很受欢迎,不过,始终很难碰到聪明的问题,读者大众对"花花公子顾问"的舔阴诀窍或早泄的治疗方法更感兴趣。最后,海夫纳叫卢斯自己写出他想探讨的问题,医生正巴不得这样。

彼得·卢斯和两个两性人及一个变性人一起出现在菲尔·多纳休[①]主持的节目上,共同讨论这种病情在医学和心理方面的问题。在这个节目里,菲尔·多纳休说,"林恩·哈里斯出生时就给当作女孩,而且一直作为女孩抚养长大。一九六四年,你在加利福尼亚那相当古老的奥兰治县还赢得了纽波特比奇选美比赛中的小姐称号,是吧?好家伙,且等他们听完下面这些情况。你身为女人一直生活到二十九岁,随后,你转而像个男人那样生活。他身上同时具有男人和女人的体格特征。要是我说的不是真话,那我就离死不远了。"

他还说道,"现在要讲一些并不怎么滑稽可笑的事。这些充满活力、无法替代的上帝的儿女,也都是人,希望你们除了别的事情,还要明白人就是这副样子。"

由于某种遗传和激素引起的情况,有时很难确定新生婴儿的性别。遇到这样一个婴儿,斯巴达人就把他丢在一个满是岩石的山腰上让他死去。卢斯自己的祖先是英国人,甚至都不愿提到这个话题,而且假如那个讨厌的神秘的生殖器没有阻挠继承法的顺利实施,可能永远也不会提到。十七世纪伟大的英国法学家科克勋爵宣称一个人"不是男性就是女性,而且应按居于主导地位的那种性别的人继承",想以此来解决谁可能取得地产这个问题。当然,他并没有具体说明用来确定哪种性别的人确实居于主导地位的任何明确的方法。在二十世纪的大部分时间里,医务人员仍在使用早在一八七六年就由克莱布斯[②]制定的那种原始的性别诊断标准。克莱布斯坚持认为一个人的性别是由他的性腺决定的。在性别模糊的情况下,你透过显微镜观察性腺组织。如果是睾丸状的,就是男性;如果是卵巢状的,就是女性。

[①] 菲尔·多纳休(1935—),美国电视访谈节目主持人,一九九六年宣布退休。
[①] 克莱布斯(1834—1913),德国医师。

这种基于直觉的想法认为人的性腺会调整安排好性的发展，而在人的青春发育的时期尤其如此。然而，实际情况要比这种想法复杂得多。克莱布斯开始了这项工作，但是世界得再等上一百年，直到彼得·卢斯来予以完成。

一九五五年，卢斯发表了一篇文章，名为《许多条道路通向罗马：人的两性畸形的性概念》。在这篇共有二十五页、直率的、知识水平很高的文章里，卢斯认为性别是由多种影响所决定的：染色体性别；性腺性别；激素；内生殖结构；外生殖器；还有最重要的一点，作为何种性别养育。卢斯利用对纽约医院儿科内分泌门诊部患者的研究，得以编成许多展示上述各种不同因素如何产生影响的图表，证明患者的性腺性别往往并不能决定其性别认同。这篇文章引起很大的轰动。几个月内，差不多所有的人都放弃了克莱布斯的标准，而接受了卢斯提出的各项标准。

凭借这番成功，卢斯得到了在纽约医院开设心理内分泌病区的机会。在那个时期，他看的病人多半是有肾上腺生殖综合征的孩子，这是女性两性畸形的最普通的形式。人们发现新近在实验室里合成的激素皮质醇能阻止这些女孩出现她们通常会有的男性化，使她们像正常的女性那种生长发育。内分泌学专家们给患者服用皮质醇，而卢斯则在一旁观察着这些女孩的性心理的发展。他学到了很多东西。经过十年扎实的创造性的研究，卢斯又有了他的第二个重大发现：性别认同在人一生很早的时期，大约两岁的时候，就确定了。性别如同一种母语，它在孩子出生之前并不存在，但却在孩子童年时的脑海里留下了印痕，而且永远不会消失。孩子就以他们学讲英语或法语的那种方法学讲男性或女性。

一九六七年，他在《新英格兰医学杂志》上刊登的那篇名为"性别认同的早期确定：二岁终末点"中发表了这种理论，此后，他的名声达到了顶点。洛克菲勒基金会、福特基金会和国家科学院提供的资助源源而来。这是身为性学家的一个有利的时期。性革命①为富有进取心的性学研究者提供了

---

① 性革命，系欧美二十世纪六十年代末风靡一时的潮流，主旨是反对传统的约束和性禁忌。

新的机会。几年来，研究女性性高潮的手段或探索某些男子当街裸露的心理原因成了全国关心的一件事。一九六八年，卢斯医生开设了性功能障碍及性别认同医疗中心。卢斯治疗所有的人：有得了特纳综合征、长着蹼状颈的十几岁女孩，她们只有一个性染色体，一个孤独的Ｘ染色体；有得了雄激素不敏感综合征的双腿细长的美女；也有得了ＸＹＹ综合征的男孩，他们往往会成为梦想家或性格孤独的人。每逢医院里有生殖器模糊不清的婴儿出生，总把卢斯医生找来跟不知所措的父母讨论这个问题。卢斯也治疗有异性转化欲的患者。所有的人都来到医疗中心，这样一来，卢斯手里就有一大批任何一个科学家以前所没有的研究材料——大批具有生命气息的活标本，可以随意使用。

如今卢斯得到了我。在检查室内，他叫我脱掉衣服，穿上一件纸罩衣。在抽了一点血后（谢天谢地，只有一小瓶），他叫我在一张桌子上躺下，两条腿形成Ｕ形。有一块跟我的罩衣颜色相同的淡绿色帷幔，可以在桌子上横着拉过，把我的上半身和下半身隔开。卢斯头一天并没有拉上帷幔。只有后来，在有观众在场的时候才把帷幔拉上。

"这不会有什么疼痛，不过可能会感到有一点不舒服。"

我瞪眼看着天花板上的环形灯。卢斯在一个架子上放着另一盏灯，他可以按自己的意图调整灯的角度。在他把我按在那儿戳弄我的时候，我的两条腿之间可以感到这盏灯的热量。

开头几分钟，我把注意力都放到那盏环形灯上，但是后来，我把下巴一缩，朝下看到卢斯正用拇指和食指捏着那个番红花似的东西。他用一只手把它尽量拉长，一边用另一只手进行测量。随后，他把尺摆开，开始记录。他并不显得惊骇或诧异。其实，他是带着十分好奇、几乎像个行家似的神气在给我检查。他的脸上有一种惊叹或玩赏的成分。他一边继续检查，一边做笔记，但却并没有跟我闲聊。他的注意力十分集中。

过了一会儿，仍然蹲在我的两腿之间的卢斯转过头去，寻找另一样器具。他的耳朵出现在我耸起的两个膝头之间,那是一个特有的令人惊奇的器官,形状如同凸缘,带有涡儿,在明亮的灯光下好像是半透明的。他的耳朵跟我挨得很近。有一刹那,卢斯看起来好像正在我的源头倾听,好像正从我的两条腿之间接受一个透露给他的谜。可是,接着他找到了他在寻找的东西,就转过身去。

他开始往里探测。

"放松一点,"他说。

他抹了一种润滑剂,加紧往里探测。

"放松一点。"

他的声音里有点儿着恼的、发号施令的意味。我深深吸了一口气,竭尽全力地放松。卢斯朝里面捅去。有一刹那,正如他所暗示的那样,一切只是让人感到不大舒服。可是,接着我突然感到一阵剧痛。我猛地往后一缩,喊叫起来。

"对不起。"

然而,他并没有停止。他用一只手按住我的骨盆,好使我的身子不再挪动。他更往深处探测,不过他避开了疼痛的部位。我眼睛里满是泪水。

"快结束了,"他说。

可是,他只是刚刚开始。

像我这样的病例的当务之急,无疑是要说明该孩子的性别。你不能对一个新生婴儿的父母说,"你们的孩子是一个两性人。"相反,你得说,"你们女儿出生时的阴蒂比正常女孩的阴蒂要大一点。我们需要外科手术来使她的阴蒂大小合适。"卢斯觉得不少父母都无法妥善地应对性别模糊难辨的说法。你得告诉他们,他们生的究竟是一个男孩还是女孩。这就是说,在你说出任何情况之前,你得肯定什么是那孩子居于主导地位的性别。

卢斯目前还不能对我这么做。他早就收到了在亨利·福特医院进行的内分泌试验结果，因此知道我的ＸＹ染色体组型、高血浆睾酮浓度以及我的血液中缺少双氢睾酮。换句话说，甚至在见到我以前，卢斯就能根据经验猜到我是一个男性的假两性体——从遗传上说是男性，但看上去却不是，具有 5α-还原酶缺乏症状。可是，照卢斯的想法，这种情况并不意味着我具有对男性的性别认同。

我身为一个十几岁的青少年这一点使情况变得复杂起来。除了染色体和激素的因素以外，卢斯还得考虑我给抚育成长时的性别，那可一直是女性。他猜想他向我体内触摸检查的那块组织是睾丸状的。不过，他只有看到显微镜下的样本后才能肯定。

所有这一切在卢斯把我带回候诊室的时候一定都从他的心头掠过。他对我说他想跟我的父母单独谈谈，等跟他们谈完以后，他就会让他们出来。他不再显得那么心神专注，又变得亲切友好，面带笑容，他拍了拍我的背。

在办公室里，卢斯在他的埃姆斯椅上坐下，抬头看着米尔顿和特茜，一边扶了扶他的眼镜。

"斯蒂芬尼德斯先生，斯蒂芬尼德斯太太，我想实话实说。这是一个很复杂的病例。我所谓的复杂并不是说无法医治。对于这种病例，我们有一套有效的治疗方法。可是在我准备开始治疗以前，有一些问题我先得得到答案。"

他说这番话的时候，我父母坐着的身体之间顶多只有一英尺的距离，但他们各自听到的内容却并不相同。米尔顿听到了那些他要听的词语。他听到了"治疗"和"有效"。而特茜却没听到那些她要听的词语。比如，医生并没有提到我的名字。他并没有说"卡利俄珀"或者"卡利"。他也没有说"女儿"这个词。他根本没有用任何代词。

"我需要再进行一些试验，"卢斯继续说。"我需要完成一整套心理评估。一旦我掌握了必要的资料，我们才能详细谈论合适的疗程。"

米尔顿已经在点头了。"大夫,那我们究竟要用多少时间呢?"

卢斯沉思地伸出下嘴唇。"我想要再做一次实验室试验,只是为了更有把握一点。这些结果明天就可拿到。心理评估需要更长一点的时间。至少一个星期,可能两个星期,每天我都需要见到你们的孩子。你们手里可能会有什么她童年时的照片或家庭影片,要是你们能把这些照片或影片提供给我,也会有些帮助。"

米尔顿转过身去对着特茜,问道:"卡利什么时候开学?"

特茜并没有听到他的话。卢斯嘴里说的"你们的孩子"这几个字分散了她的注意力。

"大夫,你想要取得的是什么样的资料?"特茜问。

"验血会让我们知道激素的含量。心里评估在这样的病例中是照例要做的。"

"你觉得这是激素方面的问题吗? 米尔顿问。"是不是激素失调?"

"等我有空做了我需要做的所有试验后,我们就知道了,"卢斯说。

米尔顿站起身来,跟医生握了握手。我的这次就诊就这么结束了。

请别忘了: 不管是米尔顿还是特茜,都有好多年没有看见我不穿衣服光着身子的样子了。他们怎么会知道呢? 既然不知道,他们又怎么能想像得到呢? 一切他们可以取得的信息都是间接的材料——我那低沉沙哑的声音,我那平坦的胸部——但这些情况一点也不具有说服力。一个激素方面的问题。情况不可能比这更严重了。我父亲相信,或者想要相信情况就是这样,而他也尽力想叫特茜相信。

我却表示反对。"为什么他要给我做心理评估?"我问。"我又没有发疯。"

"大夫说这是照例得做的。"

"可是为什么呢?"

我这么一问,正好触及问题的核心。我母亲后来告诉我她凭直觉感到了对我进行心理评估的真实原因,但当时决定不去细讲,或者不如说,不愿这样。让米尔顿来为她作出决定。米尔顿则情愿用实事求是的态度来对待这个问题。我是一个正常的、心理稳定的女孩,根本不必为一项只会证实这一明显事实的心理评估而忧心忡忡。"他大概想要保险公司支付心理材料的额外费用,"米尔顿说。"很抱歉,卡尔,但你只好将就一下。也许他可以治好你的神经机能病。你得了什么神经机能病?现在是你把它释放出来的时候。"他伸出胳膊搂住我的身子,紧紧拥抱着我,在我脸的一侧粗暴地吻了一下。

米尔顿坚信一切都会顺顺当当,所以星期二上午,他就因公务坐飞机到佛罗里达去了。他对我们说,"我在这家旅馆里久等,没有什么用处。"

"你只是想离开这个鬼地方罢了,"我说。

"我会补偿你的。你和妈妈今晚何不出去吃顿精美高档的晚饭呢?随你要去什么地方。我们在这间房上省下了两三块钱,因此你娘儿俩可以去摆摆阔。特丝,你带卡利去德尔莫尼科怎么样?"

"德尔莫尼科是什么?"我问道。

"是一家吃牛排的店。"

"我要吃龙虾,还有烘烤冰淇淋①,"我说。

"烘烤冰淇淋!说不定那儿也有。"

米尔顿走了,我和我母亲设法把他留下的钱花掉。我们去布卢明代尔百货店②买东西。我们在广场吃茶点,我们并没有去德尔莫尼科,情愿去洛克穆尔旅馆附近的一家价格适中的意大利餐馆吃饭,我们觉得那儿更加舒适。我们每天晚上都去那儿,尽力装作我们真的是出外旅行度假。特茜往常并不喝这么多酒,微微有些醉意。她去盥洗室的时候,我就把她的酒喝了。

---

① 烘烤冰淇淋,一种以烧烤的蛋白覆盖冰淇淋蛋糕的甜食。
② 布卢明代尔百货店,美国纽约市老字号的百货商店,开办于一八七二年。

通常我母亲脸上最富于表现力的一点就是她门牙之间的那条缝儿。在她听我说话的时候，她的舌头常常抵着这一小块草皮，这一扇门。这是她注意力集中的表示。不管我说什么，我母亲总全神贯注地倾听。如果我告诉她什么滑稽可笑的事，她的舌头就会慢慢放平，脑袋后仰，嘴巴张得很大，可以看见她那豁开的居于主导地位的门牙。

每天晚上，在那家意大利餐馆，我都设法使她这样。

每天早上，特茜带我到医疗中心去赴约就诊。

"卡利，你有什么爱好？"

"爱好？"

"有没有什么是你特别喜欢干的？"

"我其实并不是那种有什么爱好的人。"

"那运动呢？你喜欢什么运动吗？"

"乒乓算吗？"

"我来写下来，"卢斯在他的书桌后面露出笑容。我坐在房间另一边的勒科尔比西埃长沙发上，斜靠在牛皮面上。

"小伙子们怎么样？"

"他们怎么样呢？"

"学校里有没有一个你喜欢的小伙子？"

"我猜你从没去过我的学校，大夫。"

他看了一下卷宗。"哦，女子学校，是不是？"

"是的。"

"你是不是在性的方面受到女孩的吸引？"卢斯的这句话说得很快。那就像用橡皮锤子轻轻敲了一下。可是我抑制住自己的反应。

他放下笔，把两只手紧握在一起。他探身向前，语气柔和地说："我希望你明白这只是你我之间说说，卡利。我不会把你在这儿讲给我听的任何事情告诉你的父母。"

我难以抉择。卢斯坐在他的皮椅子里，头发长长的，穿着短靴，是一个那种孩子可以向他敞开胸怀畅谈的成年人。他和我父亲的岁数差不多，但却和年轻的一代很合得来。我很想把有关那人儿的事儿告诉他。我很想告诉哪个人，任何人。我对她的感情仍然异常强烈，一下子便涌到了喉咙口。但我小心谨慎地把这种感情压了下去。我不相信这种谈话是完全保密的。

"你妈妈说你跟你的一个朋友有着密切的关系，"卢斯又开始说。他说出那人儿的名字。"你是否在性的方面受到她的吸引？或者说你是否跟她发生过性关系？"

"我们只是朋友，"我声音未免有点儿过大地强调说。接着我又声音比较平静地说，"她是我最好的朋友。"卢斯听到这些话后的反应则是他的右边眉毛从眼镜后面扬了起来。这道眉毛从躲藏的地方一下子跑了出来，仿佛也想好好地把我看上一看。随后，我找到了摆脱困境的办法：

"我跟她的哥哥发生过性关系，"我坦白说。"他是一个中学三年级学生。"

卢斯又一次显得对我的话既不感到意外或兴趣，也没有不以为然。他在拍纸簿上作了记录，又点了点头。"那你觉得舒畅吗？"

我在这方面可以说出实情。"很疼，"我说。"而且我害怕会怀孕。"

卢斯暗自笑笑，在他的笔记簿上草草写了几句。"不要担心，"他说。

情况就是这样。每天都有一个小时，我坐在卢斯的办公室里，谈着我的生活、我的感情、我的好恶。卢斯提出各种各样的问题。我回答的内容有时并不像我回答时的方式那样重要。他察看着我面部的神情，记录下我说明论点时的态度。女性不像男性，往往会对她们的对话者露出笑容。她们在谈话中停顿下来，在继续往下说之前寻找跟对方意见一致的地方。男性则观察着不远的地方，高谈阔论地往下讲。女人比较爱谈趣闻逸事，男人则比较喜欢演绎推论。一个在卢斯这种工作行当里的人不可能不依靠这种模式化的观念。他知道这种模式化的观念的局限性，但在临床诊断方面却很有用处。

卢斯医生不对我的生活和感情提出问题的时候，我就把它们写出来。大多数日子，我都坐在那儿，把卢斯所谓的我的"心理叙述"用打字机打出来。这种早期的自传并不是用"我出生过两次"这么一句话开始的。华而不实、辞藻艳丽的开头还是我得掌握的窍门。这种叙述简单地以下面这些话开始："我的姓名是卡利俄珀·斯蒂芬尼德斯。我十四岁。正走向十五岁。"我用这些事实开始，照着这个方向能写多长就写多长。

缪斯，对狡猾的卡利俄珀如何用那台不断遭到击打的史密斯·科罗娜打字机写作歌颂一番！对那台打字机如何嗡嗡作响、不住颤动地展示她在精神病学上的意外发现歌颂一番！再对打字机的那两个卡盘歌颂一番，它们一个用于打字，一个用于修改，正好十分明白地反映出她那处于遗传学出版物和外科手术矫正之间的处境。对打字机发出的那种像 WD-40 防锈剂和萨拉米香肠似的怪味儿歌颂一番，对上次使用打字机的那个人所贴的日辉牌荧光漆花卉贴花图案歌颂一番，也对那个坏了的、卡住不动的 F 键歌颂一番。在这台新式的、但不久就要过时的机器上，我写得并不怎么像个中西部的孩子，倒更像个西洛普郡牧师的女儿。我在哪儿仍然保有一份我的心理叙述。卢斯略去了我的姓名，把这篇叙述收在他的全集里面。"我想要谈谈我的生活以及我在我们称作地球的这颗星球上无数悲欢的经历，"这篇叙述在某个地方这么开始道。我在描写自己的母亲时说，"她那美丽的容貌似乎由于哀伤而更加鲜明突出。"过了几页，可以看到下面这样一个小标题："卡利的尖酸刻薄的诽谤之词。"有一半时间，我写得好像文辞芜杂的乔治·艾略特，另一半时间，我写得好像文笔拙劣的塞林格[①]。"要说有什么东西我感到讨厌，那就是电视。"这并不是实话，我喜欢电视！可是在那

[①] 塞林格(1919—2010)，美国小说家。主要作品有《麦田守望者》及《九故事》等。

台打字机上，我很快发现讲实话并不像虚构那样有趣。我也知道我是写给一个读者卢斯医生看的——只要我看起来相当正常，他就可以把我打发回家。这可以用来解释我喜欢猫（"对猫的癖爱"）、喜欢馅饼配方以及我对大自然的深厚感情的那些段落。

卢斯对这一切全盘接受。确实如此；我不得不称道他应该受到称道的地方。卢斯是头一个鼓励我写作的人。每天晚上，他都把我在白天用打字机打出来的东西看完。当然，他不晓得我写的大部分内容都是凭空编造出来的，假装是我父母想要我成为的那种典型美国人的女儿。我虚构了初期的"性游戏"，后来又编造了自己对男孩的热恋；我把自己对那人儿的感情转移到杰罗姆的身上。看到这产生了多大的效果，真叫我十分诧异：小得不能再小的一点儿实情却使最大的谎言令人深信不疑。

卢斯当然对我的文章中无意泄露出的性别特征感到兴趣。他把我的乐趣跟我写的长度两相比较。他注意到我那维多利亚时代的华丽辞藻，我那陈旧过时的用语，我的女子学校的规矩礼节。这一切在他作出最后的评估时都起了很大的作用。

色情作品也给用作诊断的工具。有天下午，我来接受卢斯医生的诊疗，他的办公室里放着一台电影放映机。在书架前架设了一块屏幕，窗帘都放下来了。在甜蜜柔和的灯光下，卢斯正在通过一个链轮装上电影胶片。

"你想让我再看一下我爸爸的影片吗？是我还很小的时候就看的那个片子吗？"

"今儿我要放一个稍微有点儿不同的影片，"卢斯说。

我在躺椅上摆出我通常的那种姿势，我的两只胳膊交叉放在背后，紧贴着椅背上的牛皮。卢斯医生关了灯，不久电影就开始了。

影片内容是关于一个送匹萨饼的姑娘的故事。影片名称实际上是《安妮送货上门》。在第一个镜头里，安妮正从她那停在海边一幢房子前的汽车里走出来，身上穿着一条毛边短裤和一件露出上腹部的埃莉-梅的衬衫。她按了一下门铃。没有人在家。她不想把这块匹萨饼给糟蹋了，就在游泳池旁边坐下，吃了起来。

这部影片的制作价值并不高。那个照管游泳池的小伙子来的时候，镜头的画面很暗。几乎听不清他在说些什么。但不久他就不再说什么话了。安妮开始脱掉身上的衣服。她跪下身子。那个小伙子也赤身露体，随后他就在踏级上、游泳池里、跳板上把身子扭作一团，不断来回移动。我闭上眼睛，不喜欢影片中赤裸的肉体色彩。那一点也不像卢斯办公室里那些小型绘画作品那样美。

卢斯用直截了当的语气在黑暗中问道，"哪一个叫你动火？"

"对不起，你说什么？"

"哪一个叫你动火？是那个女人还是那个男人？"

真实的答案是都没有。可是说实话不行。

我坚持自己那种障人耳目的说法，平心静气地设法说道，"那个小伙子。"

"那个照管游泳池的小伙子吗？这很好。我本人很喜爱那个送匹萨饼的姑娘。她的身体相当丰满。"卢斯以前是一个拘谨矜持的长老派家庭中备受呵护的孩子，如今思想解放，一点也不反对强调性征的性论。"她有一对惊人的乳房，"他说，"你喜欢她的乳房吗？它们是否叫你动火？"

"不。"

"那个小伙子的鸡巴叫你动火吗？"

我勉强点了点头，希望电影就此结束。可是影片还不能一时半刻放完。安妮还有别的匹萨饼要送。卢斯要把每个片段都看一下。

有时候他带别的医生来看我。下面就是典型地揭开我身上的秘密的方式。我给从医疗中心后部我的写作室里唤来。在卢斯的办公室里，有两个穿着普通服装的人等在那儿。我走进去的时候，他们站了起来。卢斯作了介绍。"卡利，我想要让你见见克雷格大夫和温特斯大夫。"

两个医生握了握我的手。这就是他首先所取得的那点儿资料：跟我握手。克雷格医生握的时候捏得很紧，温特斯大夫握得没有那么用劲。他们小心在意地不显得过于急切。正如男人见到一个时装模特儿那样，他们不把眼睛盯着我的身体，装作对我本人感兴趣。卢斯说，"卡利到医疗中心来已经有将近一个星期了。"

"你觉得纽约怎么样？"克雷格医生问道。

"我几乎还没游览过这座城市。"

几个医生向我提了一些观光游览的建议。气氛变得轻松而友好。卢斯把他的手放在我的腰背部。男人有种这么做的讨厌的习惯。他们触摸着你的背部，好似那儿有个把手，把你带往他们想要你去的地方。或者他们父亲般的把手放在你的头顶。男人跟他们的手，每一分钟你都得对它们留神注意。卢斯的手目前正在表明：这就是她，我那耀眼的明星。糟糕的是，我竟然也作出回应；我喜欢卢斯的手放在我背上的那种感觉。我喜欢引起人家的注意。这儿满是那些想要见我的人。

不一会儿，卢斯的手护着我走过走道，进了体检室。我知道那一套常规。我到屏风后面去把衣服脱掉，医生们则等在外面。椅子上摆着折叠好的那件绿色的纸罩衣。

"这家人是打哪个国家来的，彼得？"

"原籍是土耳其。"

"我只了解有关巴布亚新几内亚的研究，"克雷格说。

"在桑比亚人中间，对吗？"温特斯问。

"对，不错，"卢斯答道。"那儿基因突变的发生率也很高。从性学的角度来说，桑比亚人也很有趣。他们遵循已成仪式的同性恋习俗。桑比亚人的男性认为和女性接触是极为不洁的。因此，他们组成了尽量限制裸露的社会结构。男人和男孩都睡在村子的一边，妇女和女孩则睡在村子的另一边。男人只为了繁衍后代才到妇女的长屋去，干上一次。事实上，"阴道"这个词在桑比亚人的语言里直译出来，就是"实在没有什么用处的东西"。

从屏风外边传来一阵低微的格格的笑声。

我从屏风后走出来,感到局促不安。我的个子比房里所有别的人都高,不过我的体重却轻得多。我穿过房间,走向那张用来检查的桌子,跳上桌去,觉得光脚板下的地板凉乎乎的。

我躺下身子,用不着别人对我作出吩咐,就抬起双腿,让两个脚后跟摆出妇科检查时的Ｕ形姿势。屋里不祥地变得一片寂静。三个医生都走上前来,低头注视着我的身子。他们的脑袋在我的身体上面形成一个三位一体的玩意儿。卢斯拉上那道横越桌子的帷幔。

他们朝我俯下身子,研究我的阴部,卢斯引导着他们观看一遍。我不晓得他们嘴里说的大部分词语的意思,不过等到说了第三或第四次以后,我就可以背出那些词语。"肌肉发达的体型……没有女样乳房症……尿道下裂……尿生殖窦……难以看出的阴道陷凹……"这些就是我因而出名的原故。可是,我并不觉得自己有多出名。事实上,待在帷幔后面,我觉得好像已经不再待在这间房里。

"她多大了,"温特斯医生问道。

"十四岁,"卢斯回答说。"到一月里她就十五岁了。"

"因此,你的观点是染色体状态已经完全被她后天受到的抚养所压倒?"

"我想这是相当清楚的。"

我躺在那儿,任凭卢斯用他戴着橡皮手套的手做他得做的一切,忽然明白了当时的情况。卢斯想要叫他的同行对他工作的重要性产生深刻的印象。他需要资金把医疗中心维持下去。他对有异性转化欲的人所做的外科手术并不是出生缺陷基金会的一个服务特色。为了使他们发生兴趣,你非得牵动他们的心弦不可,你得装出一副受苦受难的样子。卢斯想要用我这么做。我完美无疵,极有礼貌,完全是一副生长在中西部的人的样子。我身上并没有任何不得体的地方,也没有去穿着异性服装的人的酒吧或在名声不好的杂志背面广告上出现的迹象。

克雷格医生并没有信服。"令人着迷的病例,彼得。这一点毫无疑问。可是我那儿的人想要知道它的实用性。"

"这是一种十分罕见的病,"卢斯承认说。"极为罕见。可是,就研究而言,它的重要性怎么强调也不过分。我刚才在办公室里已扼要地说明了理由。"卢斯的话对我仍然显得相当含糊,但对他们却相当具有说服力。要是没有某种游说的才能,他就不会取得如今的地位了。这时我既像在场,又像不在场。我在卢斯的触摸下缩起身子,浑身直起鸡皮疙瘩,担心自己的身子洗得不够干净。

我也记得这样一件事。在医院另一层楼上的一个窄长的房间里。房间的一头,在一盏蝶形灯前面摆了一个活动平台。摄影师在把胶卷装进他的相机。

"行了,我准备好了,"他说。

我甩掉身上的罩衣。现在几乎对此已经习惯了。我爬到身高测量图表前的那个活动平台上面。

"把两只胳膊再伸开一点。"

"像这样吗?"

"行了。我不想拍出一个影子。"

他并没有要我脸上露出笑容。教科书的出版商会设法把我的脸遮住。那个黑框子:一片逆向的无花果树叶遮盖住我的面目,却让我的私处暴露在外。

每天晚上,我们在房间里都接到米尔顿打来的电话。特茜装出欢快的声音。在我拿起电话的时候,米尔顿总设法显得很高兴。而我则利用这个机会抱怨诉苦。

"我讨厌这家旅馆。什么时候我们可以回家?"

"等你好一点就回家,"米尔顿说。

到了睡觉的时候,我们就拉上窗帘,把灯关了。
"晚安,亲爱的。明儿早上见。"
"晚安。"

可是我睡不着。我老想着"好一点"这个词。我父亲究竟是什么意思?他们究竟要把我怎样?街上的声音传到房间里,听上去怪清晰的,随后渐渐远去,消失在对面那幢石头建筑物里。我倾听着警方的警报器和愤怒的喇叭声。我的枕头并不厚实,发出一股抽烟人所有的气味。在那块狭长的地毯另一侧,我母亲已经睡着了。在怀上我之前,她同意了我父亲的那个确定我性别的奇特方案。既然她这么做了,她就不会变得孤单,她就会在家里有一个女朋友。而我就是这个朋友。我一向和我母亲十分亲近。我们的性格也很相似。我们都最爱坐在公园长椅上,看着经过我们身边的一张张人脸。眼下,我望着的是在另一张床上的特茜的脸。那张脸看上去十分苍白,毫无表情,仿佛她抹的润肤膏不但洗去了她脸上的化妆用品,而且也消除了她的个性。不过,特茜的眼睛却在活动,她的眼珠在眼皮底下来回滑动。卡利想像不出特茜当时在她的梦境中所看到的事物。可是我能想像出来。特茜正在做一个家庭的梦,也就是黛斯德蒙娜在听了法德的讲道后所做的一类噩梦。有关婴儿的生殖细胞起泡、分裂的梦。有关丑恶的怪物从苍白色的泡沫里生长出来的梦。特茜白天不许自己去想这些事情,因此它们就在夜晚出现在她的脑海里。难道是她的过错吗?在米尔顿想使造化屈从自己意志的时候,难道她应该加以抵制吗?说到头,难道真的有一个上帝吗?他会惩罚大地上的人吗?这些旧世界的迷信想法早就从我母亲那清醒的头脑中给清除出去,但却仍然在她的梦中产生影响。我从另一张床上观察着这股黑暗势力在我母亲睡眠中的脸上活动。

在韦氏大词典里查找我自己

我每天晚上都辗转反侧,无法一觉睡到天明。我就像是豌豆上的公主①。一颗忧虑不安的种子老使我无法安宁。有时我正在睡眠,突然感到有盏聚光灯正对着我,于是一下子醒了过来。那就好像我那轻飘的肉体先前一直在靠近天花板的什么地方跟天使交流。等我睁开眼睛的时候,他们却逃跑了。可是我可以听到交流沟通的踪迹,可以听到水晶钟的渐次消失的回声。从我的内心深处涌起一些基本的信息。这些信息就在我的嘴边,但却从没有给吐露出来。有一点是确定无疑的:不知怎么的,一切总与那人儿有关。我醒在那儿,想着她,不知她的情况如何,苦苦思念,十分伤心。

我也想到底特律,想到在那些不宜居住和尚未不宜居住的住房间出现的一块块没被占用、色彩灰白的地狱判官的草地,想到那条小河,里面有不少排放出的铁的废物,河面上漂浮着好些死的鲤鱼,都把自己的白肚子翻着。我还想到那些待在混凝土货船码头上的渔夫,他们头上戴着烟囱管帽,旁边放着装满鱼饵的小桶,收音机里还在播放棒球比赛。常常听人家说,一个人早年痛苦难忘的经历会永远在他身上留下痕迹,使他行为出格,老是听到这样的话语,"待在这儿,别动。"我在医疗中心的那段时间就对我产生了这种影响。我感到在那个双膝尖尖高耸在旅馆毛毯下的女孩跟如今坐在办公座椅上写作的这个男人之间有一条直线。她的职责是在现实世界中过完一种虚构想像的生活,而我的职责则是谈谈这种生活。我十四岁时没有一点儿应变能力,对世事了解得不深,也没有去过希腊人称作奥林匹斯而土耳其称作乌尔达的安纳托利亚山,就像软性饮料似的。我年纪还没有大得能意识到生活并不把一个人送入未来,而是把一个人送回过去,送到他的童年,他出生前的时光,最后去和死者交流。你岁数慢慢大了,你在楼梯上气喘吁吁,你进入了你父亲的身躯。从那儿,只消快速地一跃,就到了你爷爷奶奶的那个时代。随后,在你还没有意识到之前,你已经作了时间旅行。在今生今世,我们逆向生长。在意大利的公共汽车上,可以告诉你一些伊特鲁里亚人②的情况的,总是那些头发灰白的游客。

最后,卢斯花了两个星期总算对我的情况作出了决定。他跟我的父母约好在接下去的那个星期一会面。

米尔顿在那两星期中一直乘着飞机巡游各处,检查他的海格立斯特许经销店,但是在会面前的那个星期五,他飞回纽约。我们周末无精打采地四处游览,心里始终为没有说出口的焦虑所困扰。星期一上午,我父母让我在纽约公立图书馆下了车,他们则去见卢斯医生。

我父亲那天早上穿着打扮得特别用心。尽管他外表显得十分平静,但实际上却被一种不同寻常的恐惧的感觉搅得心绪不宁,因而穿上了他最堂皇气派的服装来保护自己:在他那胖乎乎的身体上穿着一套深灰色细条子的衣服;他那牛蛙似的脖子上戴着一条马拉伯爵夫人牌领带;在他的衬衫袖子的纽孔里,是他那"吉祥"的希腊戏剧的袖扣。正如我们那盏卫城夜明灯一样,这对袖扣也是从希腊人居住区的杰姬·哈拉斯纪念品商店里买来的。每逢米尔顿要和银行贷款职员或国内收入署的审计员会面的时候,他总把这对袖扣戴上。可是这个星期一上午,他总不能把袖扣扣上,他的手老是颤动。他一气之下,就请特茜给他扣上。"你怎么啦?"她柔和地问道。但

---

① 豌豆上的公主,见丹麦作家安徒生(1805—1875)所作同名童话,故事叙述一位老王后将一粒豌豆搁在床榻之上,帮助她的儿子王子找到一位真正的公主。
② 伊特鲁里亚人,意大利中西部古国伊特鲁里亚的居民。

米尔顿却不耐烦地说道，"你把袖扣给我扣上，好吗？"他伸出两只胳膊，把脸转向别处，为自己体格上的虚弱而忸怩不安。

特茜默默地把袖扣扣上，一个袖子上是表示悲剧的袖扣，另一个袖子上是表示喜剧的袖扣。我们那天上午走出旅馆的时节，这对袖扣在清早的阳光下闪闪发亮，而在这对具有悲喜两面的装饰性玩意儿的影响下，接着发生的一切呈现出反差很大的色调。他们让我在图书馆下车时，米尔顿的表情中无疑有悲剧的成分。在米尔顿不在的那段时间里，我在他脑子里的形象又回复到我一年以前的那副小姑娘的模样。如今他又面对真实的我了。他看到我登上图书馆台阶时的那种笨拙难看的动作，看到在我的帕帕加罗牌上衣里的宽厚的肩膀。米尔顿从出租汽车里朝外看去，恰好跟悲剧的本质正面相对，那是某种在你出生前就已确定的事儿，某种不管你如何努力，都无法避免或作出改变的事儿。特茜一向习惯通过她的丈夫来感受世界，看到我的情况变得越来越糟，而且速度也加快了。他们心如刀割，十分痛苦，就是那种具有孩子的人的痛苦，一种跟做父母所产生的爱的能力同样惊人的脆弱，都在一副特有的袖扣上有所表现……

……但接着，出租汽车开走了，米尔顿用手帕擦着他的脑门；眼前出现了他右边袖扣上那张咧嘴而笑的脸，因为那天的活动也有喜剧性的一面。米尔顿仍在为我发愁，但他始终用一只眼睛瞅着迅速上升的汽车自动计费计的方式却有喜剧的成分。在医疗中心，特茜漫不经心地拿起一份搁在候诊室里的杂志翻翻，发现自己看的竟是一篇关于年轻猕猴的性排演的文章，这种方式也有喜剧的成分。甚至对我父母的探求本身，也有一种辛辣的讽刺意味，因为那典型地体现出那种认为一切问题都可由医生解决的美国信念。然而，所有这种喜剧成分都建立在回忆的基础上。在米尔顿和特茜准备去见卢斯医生的时候，他们的腹中涌起一股热流。米尔顿回想起他早年在海军中的日子，回想起他在登陆艇上的时刻。如今正像那时的情况。门随时都会骤然向下倾斜；那时他们就只好纵身跳进夜晚翻腾起伏的海浪中……

在办公室里,卢斯开门见山地说出了要点。"我来讲一下有关你们女儿这个病例的事实,"他说。特茜立刻注意到这种变化。女儿。他刚刚说的是"女儿"。

这位性学家那天早上一副令人放心的医师的样子。他在开士米圆翻领毛衣外面穿了一件确实是白色的外套,手里拿着一本空白速写簿。他的圆珠笔上面印着一家制药公司的名称。窗帘放了下来,光线昏暗。那些莫卧儿帝国的小型画作中的几对男女都端庄得体地隐身在阴影当中。卢斯医生坐在他那标出设计师姓名的座椅上,背后高高地堆放着许多册书籍和杂志,显得神情严肃,一脑子专门知识,正如他的言辞所表现出的那样。"我在这儿所画的,"他开始说,"是胎儿的生殖结构。换句话说,这是受孕后头几个星期胎儿的生殖器在子宫内的样子。男性或女性,全都一样。这儿的两个圆圈是我们称作通用性腺的东西。这根小的波形曲线是沃尔夫管,这另一根波形曲线是米勒管。听明白了吗?需要牢牢记住的是,每个人一开始都是这样。我们都带着潜在的男性和女性的生殖器官出生。你们,斯蒂芬尼德斯先生和斯蒂芬尼德斯太太,我——每一个人。这样"——他又开始画起来——"一旦胎儿在子宫里形成,所会出现的情况就是释放出激素和酶——让我们用箭头来表示它们。这些激素和酶究竟是干什么呢?它们在把那些圆圈和曲线转变成男孩或女孩的生殖器官。你们看到这个圆圈,这根通用的性腺了吗?它既能成为卵巢,也能成为睾丸。这根波形曲线代表的米勒管会要么萎缩"——他用笔涂掉——"要么长成子宫、输卵管和阴道内部。这根沃尔夫管会要么萎缩,要么长成精囊、附睾和输精管。一切都取决于激素和酶的作用。"卢斯抬起头来,笑了笑。"你们用不着对这些术语发愁。主要需要记住的就是下面这一点:每个婴儿都有米勒管结构和沃尔夫管结构,也就是潜在的女孩生殖器官和潜在的男孩生殖器官。这些是内生殖器。不过对外生殖器也一样。阴茎只是一个很大的阴蒂。它们都生长在同一根根上。"

卢斯又一次停了下来。他双手紧握在一起。我的父母在椅子上探身向前,等着他继续往下说。

"正如我解释的那样,任何有关性别认同的确定必须考虑许多因素。在你们女儿这样的病例中,最重要的一点"——说到这儿,他又停了下来,充满自信地宣布说——"就是她已经被当作女孩抚养了十四年,确实认为自己是女性。她的兴趣、手势和性心理成分——所有这一切都是女性的。至此为止,你们是否理解我说的话?"

米尔顿和特茜点了点头。

"由于卡利缺乏5α-还原酶,她的身体无法产生双氢睾酮。这也就意味着在子宫里,她主要沿着女性的生长发展的线路前进。特别就她的外生殖器而言。这一点,加上她被当作一个女孩抚养长大,使得她的思想、行动和外表都像一个女孩。在她开始经历青春发育阶段的时候,问题出现了。在青春发育阶段,另一种雄激素——睾酮——开始施加强烈的影响。用来表达这一点的最简单的方式就是:卡利是一个身上的雄激素有点儿过多的女孩。我们要把这一点矫正过来。"

米尔顿和特茜都没有开口说什么。他们并没有专心在听医生说的每一点,但是,正如一般人和医生打交道时那样,他们注意着他的态度,想要看出情况有多严重。卢斯看上去既乐观又自信。特茜和米尔顿开始充满希望。

"这是生理因素。顺带说一句,这是一种十分罕见的遗传疾病。我们知道出现这种基因突变表现的人群仅生活在多米尼加共和国、巴布亚新几内亚和土耳其东南部。而你们父母所生长的那个村庄跟土耳其东南部的距离并不远。事实上大约只有三百英里。"卢斯取下他的银丝边眼镜。"你们晓不晓得在你们家里哪个人的身上,可能也有过类似于你们女儿出现的这种生殖现象?"

"据我们所知没有,"米尔顿说。

"你父母是什么时候移居美国的?"

"一九二二年。"

"你有没有什么亲戚仍然生活在土耳其?"

"一个也没有了。"

卢斯显得很失望。他把一根眼镜脚含在嘴里,不断咀嚼。可能他正想像着要是发现整个一群新的携带5α-还原酶基因突变的人,会是怎样一种情形。他却只好发现了我就算了。

他重新戴上眼镜。"我建议对你们的女儿所做的治疗有两部分。首先,注射激素。其次,整容外科手术。激素疗法会引起乳房发育,加强她的女性第二性征。外科手术会使卡利看上去完全就像她觉得自己本来就是的那个女孩。实际上,她会成为那样的女孩。她的外表和内心会相互一致。她会看上去像个正常的女孩。没有人会说什么闲话。卡利可以就这么过下去,享受她的生活。"

米尔顿仍然专心地皱着眉头,但他的眼睛却发出亮光,那是感到宽慰的目光。他转身对着特茜,拍了拍她的腿。

可是,特茜用羞怯的、变了调的嗓音问道,"她能生孩子吗?"

卢斯只停了一会儿。"恐怕不能,斯蒂芬尼德斯太太。卡利永远都不会有月经。"

"可是,她月经来了已经有几个月了,"特茜提出异议说。

"我看这不可能。也许是从另一个来源流出的血。"

特茜的眼睛里充满泪水。她把脸转开了。

"我刚收到以前一个病人寄来的一张明信片,"卢斯用安慰的语气说。"她的情况和你们女儿的情况类似。现在她结婚了。她和她的丈夫领养了两个孩子。他们的生活要多美满有多美满。她是克利夫兰管弦乐队的成员。吹奏巴松管。"

出现了一片寂静,后来米尔顿问道,"就这样吗,大夫?你只要为这种情况做一次外科手术,我们就可以把她带回家去了?"

"我们在以后的日子可能还得做另外的手术。不过对你这个问题的直接回答是正是如此。在完成这项处理后,她就可以回家。"

"她要在医院里待多久？"

"就一个晚上。"

这并不是一个困难的决定，特别像卢斯所表达的那样。只消一次外科手术再加上几次注射，就会结束这场噩梦，我父母就可以把他们的女儿卡利俄珀毫无损伤地接回家去。曾经导致我的爷爷、奶奶做出不可思议的事儿的那种诱惑如今又出现在米尔顿和特茜的面前。谁也不会知道。谁也不会在任何时候知道。

在我父母正在听一堂性腺发生的速成课的当口儿，我——公开仍是卡利俄珀——自己也正在做一些必要的准备工作。在纽约公立图书馆的阅览室里，我正在词典里查找一些词语。卢斯医生认为他和他的同行以及医科学生的谈话超出了我能理解的程度，这是不错。我不知道"5α-还原酶"、"女样乳房症"或"腹股沟管"的意思。可是卢斯也低估了我的能力。他并没有考虑到我在预备学校里那要求严格的课程。他并没有把我那出色的研究和学习技巧估计在内。特别是，他没有把我的拉丁文老师巴里小姐和西尔伯小姐的能力计算进去。因此，如今我的平跟船鞋在不少张用于阅览书籍的长桌间发出嘎吱嘎吱的声音，有几个人从他们正在看的书本上抬起头来，看看出了什么事儿，随后又低下头去（外界不再充满了眼睛），这时我的耳边便响起了巴里小姐的声音。"孩子们，给我解释一下下面这个词的意思：hypospadias。使用你们知道的希腊或拉丁词根。"

我头脑里的那个女学生在课桌后面扭动着身子，把一只手举得高高的。"好，卡利俄珀？"巴里小姐叫我回答。

"Hypo，意思是在……下面或在……之下。比如 hypodermic（皮下的）。"

"好极了，那 spadias 呢？"

"嗯，嗯……"

"有没有谁能帮我们可怜的缪斯一下？"

可是，在我脑子里的那个教室里，谁也帮不了我。因此，我就到这儿来了。因为我知道，我在底下或下面有样什么东西，但我不知道那究竟是什么。

我还从来没有见过这样大的一本词典。纽约公立图书馆里的韦氏大词典和我了解的其他那些词典的关系就像帝国大厦和其他建筑物的关系一样。那是一本看上去具有中世纪风格的古老的书籍，装着令人想起放鹰狩猎人的防护手套的褐色皮面，书页像《圣经》的书页那样是镀金的。

我按字母的顺序翻着词典，从 cantabile 翻到 eryngo，从 fandango 翻到 formicate（这个词有一个 m），从 hypertonia 翻到 hyposensitivity，于是就看到下面这个词：

hypospodias [New Latin, fr. Greek, man with hypospadias, fr. *hypo* +-*spadias* (prob. fr. *Spadon*, eunuch, fr. *Span*, to tear, pluck, pull, draw)]：尿道下裂。见 EUNUCH 处的同义词。

我按照得到的指示查找，于是找到了

eunuch—1. 阉人；（尤指某些东方宫廷中担任后宫侍从或官员的）宦官，太监 2. 睾丸未发育好的男人。见 HERMAPHRODITE 处的同义词。

我照着这条线索，最后看到

hermaphrodite—1. 两性人，阴阳人；雌雄同体，雌雄同株 2. 兼有不同或相反性质的任何事物。见 MONSTER 处的同义词。

看到这儿我停了下来；抬起头来，瞧瞧是否有哪个人正在观察。宽大的阅览室里充满了无声的活力：人们在那儿思考和书写。铺展在头顶上的那片经过油漆的天花板看去就像一片船帆，绿色的台灯在下面闪闪发光，照亮了凑向书本的那一张张人脸。我正弯身看着面前的词典，头发落到了一页页词典上，挡住了词典上关于我自己的那个词的释义。我那酸橙绿的外套胸前敞开地披在身上。当天晚些时候，我跟卢斯约好了要去见他，我把头发洗了一下，衬裤也新换过。我很想撒尿，于是交叉起双腿，没有立刻去厕所。我胆战心惊。我渴望自己受到拥抱和爱护，但这办不到。我把一只手放在词典上，对着它望着。这只手十分纤瘦，形状像片树叶，在一个手指上戴着一个绳子编结成的指环，这是那人儿送的一件礼物。绳子变得脏巴巴。我望着我的那只好看的手，随后把它挪开，又一次面对着那个词。

怪物那个词就黑白分明地出现在眼前，出现在一个大城市图书馆的一本受到磨损的词典上。那是一本历史悠久的古老的书，形状和尺寸的大小好像一块墓石，发黄的页面上有着在我之前查阅的许多人所留下的痕迹。有铅笔乱涂乱画的条条杠杠，有墨水的污迹，有干了的血迹，有点心的碎屑；用来装订这本词典的皮面给一根链条固定在立架上。这是一本既包含过去积聚的知识同时又显示目前社会状况的书。那根链条表明有些图书馆的来客可能决定确保这本词典始终供人翻阅。这本词典包含英语的每一个词，但那根链条却只了解几个词。那根链条知道窃贼和偷盗，还可能知道窃取。那根链条表明了贫穷和猜疑，不平等和堕落。卡利自己这会儿紧紧抓住链条。在她低头盯着那个词看的时候，她用劲拉着链条，把链条缠绕着自己的手，这样一来，她的手指就变白了。怪物那个词仍在那儿，并没有移动。她并没有在她以前的厕所小分隔间里的墙上念过这个词。在《韦氏大词典》上有些乱七八糟的涂写，但那个同义词的部分并没有给涂掉。那个同义词相当正式，具有权威性。这是文化对一个像她这样的人所作的判决。怪物，这就是她。这就是卢斯医生和他的同行所说的事。这确实可以说明很多问题。这说明她母亲为什么在隔壁屋子里哭泣。这说明米尔顿的声音里为什么会有那种假惺惺的欢快的意味。这也说明他父母为什么把她带到纽约,那样一来,医生们就可以秘密医治。这也说明为什么要给她拍照。人们偶然碰上大脚毛人①或者尼斯湖水怪②,会怎么做呢?他们想要拍下一张照片。霎时间,卡利以这种方式看清了自己的面目。她看去就像一个停留在树林边上的、笨重的毛发蓬松的动物,又像一支从冰冷的湖水里竖起它那龙头的有隆肉的旋花。如今她目不暇接,两只眼睛在印出来的文字间漫游,随后她转过身子,赶紧跑出图书馆。

可是那个同义词对她紧追不舍。她一路从图书馆的大门跑出来,冲下两边有着石狮子的台阶,耳朵里始终听到《韦氏大词典》在她后面唤她:怪物,怪物!挂在门楣中心的色彩鲜艳的旗帜上显示出这个词。在广告牌和过往的公共汽车上的广告中间也可以看到这个词的定义。在第五大道,有辆出租汽车停了下来。她父亲跳下车子,面带笑容地招了招手。卡利一看到他,心里才高兴起来。《韦氏大词典》的声音不再在她的脑子里回响。要是从医生那儿得到的消息不好,她的父亲不会像这样面带笑容。卡利笑着飞奔下图书馆的台阶,差点儿绊倒。在她跑到街上的这段时间里(可能有六七秒),她一下子变得情绪高昂。可是等到离米尔顿更近了一些,她马上认识到医疗报告的一些情况。人们越是面带笑容,消息就越不好。米尔顿对她咧嘴笑了笑,脸上满是一道道的汗水,那个表示悲剧的袖扣又一次在阳光下闪闪发光。

他们知道,她父母知道她是一个怪物。然而,眼前的米尔顿正在为她打开车门;而车子里面的特茜,在卡利爬进车去的时候也面带笑容。出租汽车把他们带到一家饭馆,不久他们三个人就看着菜单在点吃的东西了。

米尔顿在饮料端上来以前一直等着没有说话。直到那时,他才显得有点拘谨地开口说,"正如你所知道的,今儿早上,我和你母亲同大夫谈了一下。好消息是这个星期你就可以回家。你不会缺很多课。现在说说不好的消息吧。卡尔,你有没有准备好听取不好的消息?"

---

① 大脚毛人,传说中生存在美国和加拿大西北部的北美野人。
② 尼斯湖水怪,传说在英国苏格兰西北部因弗内斯附近一个湖中出没的水怪。

米尔顿的眼神表示出他说的不好的消息并不那么糟。

"不好的消息是你得接受一次小小的手术,小得不能再小的手术。'手术'其实并不是一个恰当的词。我想大夫把它称作'处理',他们必须使你失去知觉,你得在医院里度过一个晚上。没别的了。会有一点儿疼,但他们会给你止痛药的。"

说完这些话,米尔顿就不响了。特茜伸出手来拍拍卡利的手。"不会有什么事的,亲爱的,"她声音沙哑地说。她两眼发红,泪水汪汪。

"什么样的手术?"卡利向她的父亲问道。

"只是一点儿整容的处理。就像去掉一颗痣。"他伸出手来,开玩笑地用手指捏住卡利的鼻子。"或者把你的鼻子拾掇一下。"

卡利生气地把脸扭到一边。"别这样!"

"对不起,"米尔顿说。他清了清喉咙,眨了眨眼睛。

"我哪儿有病?"卡利俄珀问道,这时她的声音变得断断续续。泪水从她的脸蛋上淌了下来。"我哪儿有病,爸爸?"

米尔顿沉下脸来。他用力咽了一口唾液,卡利等着他援引《韦氏大词典》,说出那个词来,但他并没有这么做。他低着头,眼神既阴沉,又温暖,又凄伤,充满爱意,只是在桌子对面望着她。米尔顿的眼睛里那无限的爱意使她不可能去探求真相。

"你得的是一种内分泌方面的病症,"他说。"我原来印象中一直以为男人有雄激素,女人有雌激素。可是,显然每个人的身体中两种都有。"

卡利仍然等着他往下说。

"你患的病症,唔,就是你身上的雄激素稍微过多了一点,而雌激素却不足,因此,大夫所要做的就是不时给你打上一针,使一切都变得正常。"

他并没有说出那个词。我也没有促使他这么做。

"那是一种内分泌方面的病症,"米尔顿又重复了一遍。"从大的格局上看,并不要紧。"

卢斯认为一个像我这样年纪的病人可以理解基本要点。所以，那天下午，他说起话来毫不隐讳。他径直盯着我的眼睛，用他那相当斯文、柔和动听的嗓音说，我这个女孩身上的阴蒂只不过比别的那些女孩的阴蒂大而已。他也给我画了曾经给我父母画过的那些图。我催促他说出给我做的外科手术的细节，他却这么说："我们准备做一个手术好使你的外生殖器完善。你的外生殖器眼下还不完善，我们想要使它完善。"

他根本没有提到任何有关尿道下裂的事，我开始希望那个词对我并不适用。也许我听的时候脱离了上下文。卢斯医生可能提到的是另一个病人。《韦氏大词典》上说尿道下裂是一种阴茎畸形。可是卢斯医生告诉我说我有一个阴蒂。我明白这两样东西都出自于同样的胎儿的性腺，但这并不要紧。假如我有一个阴蒂———位专家这么告诉我——那我要不是一个女孩，又会是什么呢？

青春期的自我是一种模糊不清的东西，没有固定的形状，朦朦胧胧。要把我的本体倒进不同的器皿，并不是一件难事。从某种意义上说，我能采取向我要求的无论何种形式。我只想知道范围。卢斯打算向我提供这样的范围。而我父母也支持他。那种使一切问题都迎刃而解的前景也对我极有吸引力。然而，我躺在躺椅上的时候，我并没有暗自询问我对那人儿的感情究竟该放在什么位置。我只想使一切都马上过去。我想回家，忘掉发生的事儿。因此我安静地听着卢斯说话，并没有表示反对。

他解释说注射雌激素会使我的乳房增大。"你不会成为拉克尔·韦尔奇[①]，但是你也不会成为特威吉[②]。"我的面部毛发会减少。我的嗓音会从男高音转为女低音。可是等我问卢斯医生是否我最后会有月经的时候，他十分坦率。"不，你不会有。决不会有。卡利，你无法自己生一个孩子。

---

① 拉克尔·韦尔奇(1940—)，美国电影女演员，在二十世纪六十年代，曾被认为是好莱坞最美丽的女人之一。
② 特威吉(1949—)，英国超级模特儿、演员、歌唱家，剪着一头像男孩一样的短发，有着一双天真无邪的大眼睛，四肢十分纤弱，这样的体态在二十世纪六十年代引领起一股时尚风潮，成为当时青少年所仿效的对象。

如果你想要一个家庭，你就得去领养一个孩子。"

我平静地对待这个消息。生育孩子并不是我在十四岁时考虑得很多的问题。

这时门上有人敲了一下，接待员探进头来。"对不起，卢斯大夫。我能打扰你一分钟吗？"

"这要看卡利的意见，"他笑嘻嘻地对我说道，"稍微歇一会儿，你不介意吧？我马上就回来。"

"没关系。"

"在这儿坐几分钟，想想看你是否还有什么别的问题。"他离开了房间。

他不在的那段时间里，我并没有想到任何别的问题。我坐在椅子上，压根儿什么都不想。我的头脑里奇特地一片空白。那是表示顺从的空白。我凭着孩子那种不会出错的本能，猜测到我父母想要我成为怎样的人。他们想要我仍然像过去那样，而这也正是卢斯医生目前答应做到的事。

天空里低低地飘过的一片淡红色的浮云使我不再呆呆的在那儿出神。我站起身，走到窗口，望着外面的河流。我把脸蛋紧贴着玻璃，纵目向南望去，那儿耸立着许多幢摩天大楼。我暗自叮嘱，等我长大成人，我要住在纽约。"这是一座很对我胃口的城市，"我说。我又开始哭起来。我想要止住啼哭，就轻轻擦了一下眼睛，在办公室里四下徘徊，最后不知不觉地来到一幅莫卧儿帝国的小型画作面前。在那个乌木的小画框里，两个微小的人儿正在交欢。尽管他们的活动必须付出很大的体力，但他们的脸上却显得很平静。他们的表情看不出一点吃力费劲或销魂荡魄的样子。当然，他们的脸并不是引人注目的中心。这对情人身体的形状，他们的四肢那种优美的线条把看画人的目光径直引向他们的私处。那个女人的阴毛看去好像白雪上的一丛常绿植物，而男子的阳具却像白雪上生长出的一株红杉。我注视观看。我又一次看了看别的那些人是怎么给表现出来的。我注视观看的时候，并没有支持哪一方。我明白了男子的急迫和女子的满足。我的头脑不再一片空白，而是充满了隐秘的知识。

我一下子转过身子，回脸往卢斯医生的书桌上看去。有份卷宗正摊开放在桌上。他刚才急匆匆地走的时候没有把它收起来。

初步研究：
作为女性抚养的遗传男性染色体型

下述作为例证的病例表明在遗传结构和生殖结构之间，或者在男性或女性的行为和染色体状态之间并无预先确定的联系。

患者：卡利俄珀·斯蒂芬尼德斯
接见人：彼得·卢斯，医学博士

背景资料：患者十四岁。她一直作为女性生活。出生时，阴茎的肉体外形微小得像是阴蒂。患者的男性染色体组型，直到她在青春发育阶段出现男性第二性征的时候才被发现。女孩的父母起先拒绝相信宣布这个消息的医生，其后在听了其他两位医生的意见后才来到纽约医院的性别认同医疗中心。

在检查中，可以触摸到未降下的睾丸。"阴茎"稍微有点下裂，尿道口位于下侧。该女孩始终像其他女孩一样坐着排尿。验血证实了男性染色体状态。此外，验血也表明患者患有 5α-还原酶缺乏症状。尚未进行探查性的剖腹手术。

从一张家庭合影（见病例卷宗）上可以看到她十二岁时的模样。尽管她身上的男性染色体组型，但她看上去是一个快乐、健康的女孩，并没有明显的假小子的迹象。

初步印象：尽管患者的面部表情偶尔有些严肃，但总体还是喜气迎人,愿意接受别人的意见,而且时常现出笑容。患者经常娇羞腼腆地低垂下自己的眼睛。她的举止和动作都是女性的,走起路来的那种略微有点不雅的姿势也跟她那一代的女性一致。尽管由于她的身高,有的人可能在最初看到她的时候会有点儿难以确定患者的性别,但只要经过长时间的观察,就会得出下面这样一个结论:她确实是个女孩。实际上,她的声音具有一种柔和的带有呼吸声的音色。在另一个人讲话时,她总低着头倾听,并不用男性特有的那种盛气凌人的态度高谈阔论或坚持己见。她经常说上几句幽默诙谐的话。

家庭:女孩的父母是经历过第二次世界大战的那一代相当典型的美国中西部人。父亲自称是共和党人。母亲是一个友好、聪明、关心体贴的人,也许稍微有点抑郁症或神经症的倾向。她接受了她那一代妇女特有的那种恭顺的妻子角色。父亲只到医疗中心来了两次,说他有不少买卖上的义务,但从这两次会面的情况可以明显看出,他是一个发号施令的人物,一个"白手起家"的汉子,以前的海军军官。而且,患者是在明显依据性别确定职责的希腊正教的传统下长大的。总的说来,她的父母似乎是民族同化论者,而且具有十分"典型的美国式"的观点,但是,这种较深的族群认同的因素也不应受到忽略。

性功能:患者叙述了她和其他孩子在童年时期所进行的性游戏,在每一种情况下,她都担任女性伙伴的角色,通常提起裙子,让一个男孩在她上面模仿性交的动作。她让自己待在邻居家的游泳池所喷出来的水柱下,以此来体验舒畅的性爱的快感。她从幼年时起就经常手淫。

患者并无什么正正经经的男朋友,但这也许是由于她上的是一所女子学校,或者因为她对自己的身体有一种羞耻感。患者意识到她那外形异常的生殖器,她在更衣室和其他公共梳妆场所都不遗余力地避免让人瞧见自己裸露的身体。不过,她仍然说曾经有过性交,就只一次,跟她最好的朋友的哥哥,那是一次她觉得相当痛苦的经历,但从青少年那富于浪漫色彩的探索的角度而言，却是成功的。

面谈：患者常会突然开口说上一串话儿，声音清晰，口齿伶俐，但是偶尔会由于心神不安而呼吸急促。说话的形式和特点在音调的高低幅度和直接的眼神交流方面都显示出女性的倾向。她只对男性表示出性的兴趣。

结论：尽管患者具有相反的染色体状态，但在言谈、举止和衣着方面，患者都有女性性别角色和性别认同的表现。

这种情况清楚地说明在性别认同的确定问题上起着较大作用的并不是遗传因子，而是抚养时的性别。

由于这个女孩的性别认同在发现她的病情时已被作为女性牢固地确定下来，看来施行女性化外科手术及相关的激素治疗的决定是正确的。要是仍然让她的生殖器保持目前的状态，会使她遭受到各种各样的羞辱。尽管手术可能会导致她部分或完全失去性爱的快感，但性的满足只是美满幸福的生活的一个因素。能够结婚成家，在社会上被视作一个正常的女人，也是重要的目的。如果不接受女性化手术和激素治疗，这两个目的都无法达到。而且，女性化外科手术依然处于初创的阶段，希望新的外科手术方法把过去外科手术所造成的性爱功能不良的影响减少到最低限度。

那天傍晚，我和母亲回到旅馆的时候，米尔顿给了我们一样意想不到的东西，一出百老汇音乐喜剧的票子。我显得很兴奋，但是后来，吃好晚饭以后，我爬到父母的床上，声称我太累了，去不了了。

"太累了？"米尔顿说。"你说你太累了，究竟是什么意思？"

"这没什么，亲爱的，"特茜说。"你就用不着去了。"

"想来会是一场精彩的演出，卡尔。"

"里面有埃塞尔·默尔曼吗？"我问。

"没有，自作聪明的家伙，"米尔顿笑着说。"里面没有埃塞尔·默尔曼。现在她不在百老汇了。因此,我们去看卡罗尔·钱宁①演的一出戏。她也相当出色。你干吗不跟我们一块儿去呢?"

"不,谢谢,"我说。

"那好。你错过机会了。"

他们开始走了。"再见,亲爱的,"我母亲说。

我突然跳下床来,奔向特茜,一把搂住她。

"这是干什么?"她问道。

我眼睛里满是泪水。特茜把这看成是对我们所经受的一切感到宽慰的泪水。在那条从以前的套房隔出来的狭窄倾斜的通道里,光线昏暗,我们俩拥抱在一起,哭起来了。

等他们走了以后,我从壁橱里拿出我的小提箱。随后,看着箱面上那青绿色的花儿,我把它跟我父亲的那个小提箱,一个灰色的新秀丽牌小提箱换了一下。我把我的裙子和杂色图案的针织套衫留在梳妆台的抽屉里。我只把几件深色的衣服、一个蓝色的水手领、几件鳄鱼牌汗衫和那条灯芯绒裤子装进箱子。我把胸罩也丢掉不要了。眼下,我还没有丢掉短袜和短衬裤。我在我的化妆品盒子里乱翻一气。等我收拾完了以后,我在米尔顿的折叠式旅行袋里寻找他藏在那儿的现款。那叠钞票相当厚,差不多有三百美元。

这并不完全是卢斯医生的过错。许多事情我对他说的都不是真话。他的决定依据的是不真实的资料。可是他也开始弄虚作假。

在一张信笺上,我给我父母留了一封短信。

亲爱的爸爸妈妈:

我知道你们只是想做对我最有好处的事,但是我认为谁都不能确切地知道什么对我最有好处。我爱你们,不想成为你们的一个负担,

---

① 卡罗尔·钱宁(1921—),美国音乐剧喜剧女演员、电影女演员。

因此我决定离开。我知道你们会说我并不是一个负担，但我清楚我是一个负担。如果你们想要知道为什么我这么做，你们应该去问一下卢斯医生，<u>他是一个大骗子</u>！我并<u>不</u>是一个女孩，我是一个<u>男孩</u>。这就是今天我发现的事儿。因此我到谁都不认识我的地方去了。在格罗斯角的每一个人一旦发现了这种情况，准会议论纷纷。

对不起，我拿了你的钱，爸爸，但我保证总有一天会连本带利地还给你。

请别为我担心。我会<u>平安无事的</u>！

尽管写给我父母的这份声明的内容，但我仍然在它下面签上"卡利"这个名字。

这是我最后一次还算作他们的女儿。

到西部去，年轻人

在柏林，有个姓斯蒂芬尼德斯的人又生活在土耳其人中间。我在舍内贝格区感到十分舒服，在豪普特街上的那些土耳其人开的店铺跟我父亲过去常带我去的店铺十分相像。里面卖的食品也一样，干无花果、哈尔瓦①和用葡萄叶包的粽子。店里的伙计看上去也一样，脸上满是皱纹，长着两只黑眼睛，显得瘦骨伶仃。尽管我们家的那段经历，但我却仍然对土耳其颇有兴趣。我很想在伊斯坦布尔的大使馆工作。我提交了一份要求调到那儿去的申请。这样会让我转了一圈以后又回到原来的地方。

在没有调到那儿去以前，我用下面这种方式消磨时光。我瞅着楼下旋转烤肉餐馆里的那个面包师傅。他在一个石头烤炉里烘烤面包，那个烤炉跟他们以前在士麦那所用的很像。他用一把长柄刮铲移动面包，把放在烤炉里的面包重新拿回来。他整天忙活，要干十四到十六小时，始终专心致志；他的凉鞋在充满面粉末的地面上留下了印迹。他是一个烘烤面包的大师。斯蒂芬尼德斯，一个美国人，希腊人的后代，在这个移居德国的土耳其人，这个客籍工人②二〇〇一年在豪普特街上烘烤面包的时候，对他相当赞赏。我们都是由好多部分、另外一半所构成的。不单是我一个人如此。

* * *

坐落在斯克兰顿③公共汽车站的埃德理发店的门铃欢快地响了起来。

正在看报的埃德放下报纸来迎接他的下一个客人。

停顿了一会儿。接着埃德说道,"出了什么事?你打赌输了?"

站在门里但看上去好像要往后逃出去的是个十几岁的孩子,个子很高,筋骨结实,埃德以前还从没见过这样一个身上怪异地混杂着各种成分的家伙。他的头发跟嬉皮士的一样,一直披垂到肩膀下面,但身上穿着一套深色的衣服。茄克衫宽松下垂,而裤子却短撅撅的,高悬在他那厚实的棕黄色的方头皮鞋上面。即使在店堂那头,埃德也闻出一股廉价旧货店的发霉的气味。然而这个孩子的灰色手提箱却很大,是做买卖的人用的那种手提箱。

"我只是厌倦了这种发式,"那个孩子回答。

"你和我都厌倦了,"理发师埃德说。

他把我引到一把椅子跟前。我——这个离家出走的青少年,轻而易举地重新受洗的卡尔·斯蒂芬尼德斯——把手提箱放到地上,把我的茄克衫挂到架子上。随后我穿过店堂,显得想要像个男孩走路时那样全神贯注。我看去就像一个中风患者,不得不重新学习所有简单的肌肉运动技巧。就走路而言,倒并不十分困难。贝克-英格利斯女子学校的女学生让书本在头上保持平衡的时代早就一去不复返了。卢斯医生曾对我那稍微显得有些不够优雅的走路姿势加以评论,那种姿势却使我轻而易举地就加入到举止不够优雅的男人行列中间。我长着一副男性的骨头架子,重心较高,这样整个身子就有一种干净利落的前倾的趋势。让我感到麻烦的是我的膝盖。我有一种走路两膝外翻的趋势,这样我的臀部就来回摆动,而我的背脊末端也不住抽动。目前我想要使我的骨盆保持稳定。走起路来要像一个男孩,就得让你的肩膀而不是你的臀部摆动。而且你得让两只脚分得更开。所有这一切,我都是一天半中在路上学到的。

---

① 哈尔瓦,见第 109 页注①。
② 原文为德语。
③ 斯克兰顿,美国宾夕法尼亚州东北部城市,源自当地创建钢铁厂的厂主姓氏。

我爬上座位，因为可以不再走动，心里十分高兴。理发师埃德在我的颈项上系了一个纸头围脖，接着给我身上罩了一条围裙。同时他估量着我是怎么个人，摇了摇头。"我压根儿不明白你们这些年轻人留着长发究竟是干什么。差点儿毁了我的买卖。我这儿接待的客人大部分都是退休的人。这些人走进我的店来理发，而他们头上却没有任何头发。"他格格地笑了笑，但时间十分短促。"好，如今发式有一点变短了。我想，好啊，也许我可以维持生计了。但是不行。如今人人都想变得分不出自己是男是女。他们都要用洗发剂洗头。"他朝我俯下身子，脸上露出怀疑的神色。"你不想要洗头吧？"

"就剪一下。"

他点了点头，感到很满意。"你想要怎么剪？"

"短些，"我试探说。

"很短很短吗？"他问道。

"短些，"我说，"但不要太短。"

"行。短些但不要太短。好主意。看看另一半人是如何生活的。"

我一下子呆住了，以为他这么说有什么意思。但他只是开个玩笑。

至于埃德本人，他头上十分干净。他们头发都朝后梳得平平整整。他长着一张蛮横、好斗的脸。他在我的周围不停忙活，把椅子调高，同时在皮带上磨着剃刀。这时他的鼻孔显得黑黢黢的，似乎充满烈火。

"是你父亲让你把头发留成这样的？"

"直到现在为止。"

"这么说你老爸最终想要把你的这副模样整治一下。听着，你不会后悔的。女人可不想要一个看上去像个姑娘似的家伙。不要相信她们讲给你听的那一套，她们想要一个善解人意的男性。狗屁！"

这声咒骂，笔直的剃刀，刮脸刷子，所有这些都是对我踏入男性世界所表示的欢迎。理发师的电视上在播放一场橄榄球比赛。挂历上印着一瓶伏特加酒和一个穿着白皮的比基尼游泳衣的漂亮姑娘。他把我的身子在亮闪闪的镜子前来回转动,我则把两只脚踏在用来搁脚、表面有格子花样的铁板上。

"天哪,你上次到底是什么时候理发的?"

"你还记得航天飞船登月的事吗?"

"记得。那就差不多对了。"

他把我的脸转过去对着镜子。她就在那儿,最后一次出现在镀银的镜子里:卡利俄珀。她还没有消失。她就像一个被囚禁的幽灵,正在朝外窥视。

理发师埃德把梳子伸到我那长长的头发中间。他试探地用梳子把头发往上梳起一点,剪刀发出咔嚓咔嚓的声音。刀身并没有碰到我的头发。剪刀的咔嚓声只是一种脑子里所进行的修剪,一种准备活动。这给了我重新考虑的时间。我究竟在干什么呀?要是卢斯医生是对的,那怎么办?要是镜子里的那个姑娘真的是我的话,那怎么办?我怎么会以为自己可以如此轻易地就投到另一边去呢?我对男孩和男人又知道些什么呢?我甚至都不怎么喜欢他们。

"这就好像砍倒一棵树木,"埃德发表意见说。"首先你得钻进去砍掉不少树枝,随后才能砍倒树干。"

我闭上眼睛,不愿再与卡利俄珀相互对视。我抓住椅子扶手,等着理发师开始剪发。可是在接下去的那一秒钟里,剪刀叮当一声给放到了架子上。电动理发推子在一阵嗡嗡声中给开动了。它像蜜蜂似的在我的脑袋周围盘旋。理发师埃德又用梳子梳起一点我的头发。我听到那个发出嗡嗡声的玩意儿向我的脑袋冲来。"我们就开始吧,"他说。

我的眼睛仍然闭着。但我知道如今没有回头的路了。理发推子擦过我的头皮。我十分坚定。头发一长条一长条地落到地上。

"我该向你收取额外的费用,"埃德说。

于是我睁开眼睛,为要收取的费用感到担心。"究竟多少钱?"

"别担心。同样的价钱。这是我今儿做的一项爱国行为。我正把整个世界弄得使民主制度可以安全生存。"①

  我的爷爷奶奶曾经因为战争逃离了他们的家园。如今，大约在五十二年以后，我本人也正在逃亡。我觉得我同样明确无疑地正在拯救自己。我用了一个男性的化名正在逃亡，口袋里也没有多少钱。并不是一条船把我带过大海，相反，而是好些车辆载着我穿过一片大陆。我也正在成为一个新人，就像左撇子和黛斯德蒙娜一样，而且我不知道在我来到的这片新天地中会遭到什么事儿。

  我心里很害怕。从前我还从来没有独自一个人外出。我不知道周围的世界如何运转，不知道各种东西的价钱。我并不认得路径，便从洛克穆尔旅馆搭了一辆出租汽车前往长途汽车终点站。在港务局那儿，我漫步经过卖领带的店铺和供应快餐的小店，四处寻找售票房。等我找到售票房后，我就买了一张开到芝加哥②去的晚班车的车票，我只付了到宾夕法尼亚州斯克兰顿的车资，我觉得自己只出得起这么点钱。那些占据了中间凹下去的长椅的流浪汉和吸毒者打量着我，有时嘴里发出嘶嘶的声音，或者咂一下嘴。他们也使我感到害怕。我差点儿放弃了逃跑的念头。如果我抓紧一点时间，我就可以在米尔顿和特茜看好卡罗尔·钱宁演的戏回来前设法赶回旅馆。我坐在候车区域，脑子里想着这一切，那个手提箱给我的两个膝盖紧紧夹着，好像随时会有哪个人想要把它一把抢去。我脑子里设想出我宣称自己想要像个男孩似的生活时所会出现的场景，我的父母开始会表示反对，但随后软了下来，表示接受。有个警察经过我的身旁。等他走了以后，我去坐到一个中年妇女旁边，希望会被他人看作她的女儿。不久扩音器里广播说我买了票的那辆长途汽车的乘客可以上车了。我抬头看了看其他的乘客，那些在夜晚出门旅行的穷人。有个上了年纪的牧牛汉子，手里提着一个行李袋和一个用作纪念的路易斯·阿姆

---

① 此句话实际上因袭美国第二十八任总统威尔逊(1856—1924)在一九一七年四月二日致国会的演说中所说的一句名言："我们必须把整个世界弄得使民主制度可以安全生存。"

② 芝加哥，美国伊利诺伊州东北部城市。

斯特朗①的小塑像；有两个斯里兰卡的天主教教士；起码有三个超出正常体重的母亲，她们拖着好几个孩子和寝具。还有一个身材矮小的人，原来是个赛马骑师，长着一口棕褐色的牙齿，脸上满是因为抽烟而出现的皱纹。他们排队上车，这时我头脑中的场景开始独自发展下去，不再接受我的指示。米尔顿直摇脑袋，不肯答应，卢斯医生则带上一个外科手术面具，而我在格罗斯角的同学则对我指指点点，加以嘲笑，他们的脸上都露出幸灾乐祸的神色。

我提心吊胆，精神恍惚，既感到茫然，又直打哆嗦，也走上了那辆黑乎乎的长途汽车。为了得到保护，我在那个中年妇女身旁的座位上坐下。其他那些对这种夜晚的旅程习以为常的乘客已经拿出了保温瓶，打开三明治。炸鸡的气味从汽车后面的座位那儿飘来。我突然感到肚子很饿，真想回到旅馆，要求客房用餐服务。我不久就得买一些新衣服。我需要外表看上去岁数大一些，不那么像个一点没有防卫能力的可怜虫。我得开始像个男孩那样穿着打扮。长途汽车开出了港务局，我们朝城外开去，穿过那条通向新泽西州、里面亮着黄灯、叫人头晕目眩的长隧道，这时我察看着周围的一切，对自己所干的事儿感到十分害怕，但又无法再住手不干。我们进入地下，穿过岩石，头上则是那条污秽肮脏的河的底部，鱼儿在弧形的花砖另一侧的黑水中游动。

在斯克兰顿的长途汽车站不远的地方，有一家救世军②开办的商店，我到那儿去找一套衣服。我装着是为我的哥哥购买，不过谁也没有问我任何问题。男性衣服的尺码把我给难住了。我慎重地拿起茄克衫贴着我的身子，看看大小是不是适合。最后我看到一套大致与我的身材大小相称的衣服。看上去料子很结实，可以适应各种气候。衣服里面的标签上面写着"达伦马特男子服装商，匹兹堡"。我脱下身上那件帕帕加洛牌的外套，

---

① 路易斯·阿姆斯特朗(1900—1971)，美国爵士乐小号演奏家，爵士乐曲作者和歌唱家。
② 救世军，国际基督教慈善组织，有准军事组织的特点，由威廉·布思于一八六五年创立于英国。

先察看了一下是否有哪个人在一旁观看，随后才试穿上那件茄克衫。我并没有一个男孩也许会有的感觉。那种情形并不像你穿上父亲的茄克衫，成为一个男子汉，而像觉得天气寒冷而叫你的男朋友把他的茄克衫给你穿一下。当这件茄克衫披到我的肩头的时候，可以感到它十分宽大、温暖、舒适、陌生（在这种情况下，谁是我的男朋友呢？是那个橄榄球队队长吗？不。我的对象是因心脏病而去世的第二次世界大战中的那个老兵。我的男朋友是迁往得克萨斯州的慈善互助会①的会员）。

这套衣服只是我的新身份的一部分。最为重要的还是发式。如今，在理发店里，埃德正用一把小刷子对我轻轻地刷了一下。刷子上的毛在空中撒了一些粉，我闭上眼睛，感到自己又被推着转了一圈，接着理发师说道，"行了，剪好了。"

我睁开眼睛。在镜子里，我并没有看见自己。眼前出现的不再是那个脸上挂着神秘的微笑的蒙娜·丽莎②，不再是那个脸上披着凌乱的黑发的、神情羞涩的姑娘，相反却是她的孪生哥哥。在除去了我那好像帘幔一般的头发后，我脸上新近出现的变化显得特别明显。我的下巴显得更加宽阔、方整，我的颈项显得更加粗壮，中间还有一个凸出的喉结。毫无疑问，这是一张男性的脸，但这个男孩内在的情感却仍然是女孩的情感。在与他人断绝关系后剪掉自己的头发，这是一种女性的反应。这是一种重新开始、弃绝名利、唾弃爱情的方式。我知道我再也不会见到那人儿了。尽管存在更大的难题和更加叫人担忧的情况，但我头一次在镜子里一看到自己那张男性的脸庞，我还是一下子感到心碎肠断。我觉得一切都结束了。我剪掉自己的头发，以为自己竟那么痴迷地爱上一个人而对自己加以处罚。我努力想要坚强起来。

等我走出埃德的理发店的时候，我成了一个新生人物。别的人经过长途汽车站，从他们注意我的那种程度上看，他们都把我当成附近一所寄宿

---

① 慈善互助会，成立于一八六八年，该社会组织常为医院、大学奖学基金等筹款。
② 蒙娜·丽莎，欧洲文艺复兴时期意大利画家达·芬奇所作的一幅著名肖像画。

学校里的学生。一个预备学校的孩子，一个敏感的附庸风雅的家伙，穿着一身老年人穿的衣服，大概看过加缪①或凯鲁亚克②的作品。我身上的那套衣服有一种"垮掉的一代"③的特点。裤子有一种鲨鱼皮的光泽。由于我的身高，人家会把我当作一个比我的实际的年岁要大的孩子，十七岁，可能十八岁。我在那套衣服里面穿着一件水手领的针织套衫，套衫里面穿着一件鳄鱼牌汗衫，贴近我肌肤的则是两层用作防护的我父亲的钞票，我脚上穿着一双金色的平跟船鞋。万一有哪个人注意到我，他们也以为我就像个十七八岁的青少年，摆出一副穿着正式服装的架势。

而在这些衣服里面，我的心仍然发疯似的怦怦乱跳。我不知接下去该做什么。突然我得对那些我从来都不留神注意的事情留神注意。我得注意汽车时刻表和票价，预算好需要花费的钱，担心钱不够用，仔细看着菜单，以便找出可以填饱我的肚子的最最便宜的食物。那天在斯克兰顿，这种食物就是墨西哥辣味牛肉末酱。我用好几袋脆饼干搅和着吃了一碗，一边看着长途汽车走的路线。眼下正是秋天，应该采取的最适当的行动就是前往南部或西部去度过冬天。我不想去南部，就决定去西部。到加利福尼亚去。为什么不这么做呢？我查看了一下这究竟要花多少车费。正如我所担心的那样，那样车费实在太多。

整个上午都断断续续地下着濛濛细雨，但如今乌云正在散开。在濒临绝境的这座餐馆的对面，透过被雨水弄脏的窗户，在一片狭长的倾斜凌乱的草地边上那条通道的那一头，便是州际公路。我察看着那些在公路上嗖嗖地疾驶而过的往来车辆，肚子里觉得不怎么饿了，但心里仍然感到孤独害怕。女服务员走过来，问我要不要咖啡。尽管我以前从来没有喝过咖啡，但我还是作了肯定的回答。等她把咖啡给我端来后，我往里面加了两

---

① 加缪(1913—1960)，法国小说家、戏剧家、评论家。
② 凯鲁亚克(1922—1969)，美国小说家、诗人。
③ "垮掉的一代"，指第二次世界大战后，尤指二十世纪五十年代末期在美国长大的行为乖僻的一代，主张以神秘的方法脱离社会，反对权威和社会约束等。他们身穿奇装异服、酗酒、吸毒，精神颓废。

袋咖啡伴侣①和四袋糖。等到味道有点像咖啡冰淇淋的时候,我喝了下去。

长途汽车持续不断地从终点站开出来,背后拖着一些充满气体的烟雾。在下面的公路上,一辆辆小汽车疾驶而去。我想要洗一个淋浴,想要躺在干净的被单里面安睡。我可以花九块九毛五得到一个汽车旅馆的房间,但我想到更远一点的地方再这么做。我在小餐馆的火车座里坐了很久。我不知道下一步该怎么做。最后,我脑子里有了一个主意。我付了账,离开了长途汽车终点站。我横穿过那条通道,拖着脚步走下斜坡。我放下扛在肩头的手提箱,走了出去,面对着开来的车辆,没有什么把握地伸出我的大拇指。

我的父母一直告诫我不要免费搭乘人家的车子。有时候,报纸上详细报道了犯下这种错误的女生的可怕结局,米尔顿也会把这样的文章指给我看。我的大拇指在空中翘得并不很高。我心里并不完全赞成这个主意。一辆辆小汽车从我旁边疾驶而过。没有一个人停下车来。我那很不情愿的大拇指晃来晃去。

我把卢斯估计错了。我以为他在跟我谈过话后,就会认定我很正常,不再打扰我了。但我开始明白了有关正常状态的一些情况。正常状态并不正常。它不可能正常。如果正常状态正常的话,大家就不会再加以理会。他们可以袖手旁观,而让正常状态显现出来。可是人们——特别是医生们——总不怎么相信正常状态。他们无法肯定正常状态是否能够应付工作,因而他们想要增强这种状态。

至于我的父母,我认为他们无可责备。他们只想挽救我,免得我蒙受羞辱,得不到爱,甚至陷入死亡。后来我知道卢斯医生曾经强调不对我的这种状况加以治疗在病理上所存在的风险。"性腺组织",正如他提到我那未降落的睾丸时所说的那样往往会在以后的岁月里生癌(但眼下我已四

---

① 咖啡伴侣,指替代奶油或牛奶的、加入咖啡中的植脂末。

十一岁,迄今为止什么都没有发生)。

道路弯曲的地方出现了一部双轮拖车,从一根笔直的排气管里喷出一股黑烟。在那个红色的卡车驾驶室的窗户里,司机的脑袋就像上了发条的洋娃娃的脑袋,不住地颠来倒去。他的脸转向我所在的方向,等那辆巨大的卡车轰响着开过以后,他踩了刹车。卡车的后轮掀起一点烟雾,发出嘎吱嘎吱的声音,随后卡车在我前面二十码的地方停了下来,等在那儿。

我提起手提箱,心里十分兴奋地跑向那辆卡车。可是等我跑到卡车旁边,就站住了脚,车门看上去显得那么高。这辆巨大的车子仍在那儿发出隆隆的声响,同时不住颤动。从我所在的那个有利的地位,我无法看见司机,只好迟疑不决地呆瞪瞪地站在那儿。突然车窗里出现了那个卡车司机的脸,把我吓了一跳。他打开车门。

"你想上来还是想做什么别的?"

"上来,"我说。

驾驶室里并不怎么干净。他已经在外旅行了一段时间,四处乱扔着一些食品盒子和酒瓶。

"你的任务就是要让我始终醒着,"那个卡车司机说。

看到我没有立刻回答,他打量了我一下。他的眼睛是红色的,而他那在嘴角垂直挂下的胡须和长长的鬓脚也是红色的。"就是不断开口说话,"他说。

"你想谈些什么呢?"

"要是我他妈的知道就好了!"他气冲冲地嚷道。但同样相当突然地接着又嚷道:"印第安人!你知道印第安人的一些情况吧?"

"美国的印第安人吗?"

"对啊。我驾车开向西部的时候,一路上搭载了不少印第安人。这些人是我所听到过的一些最狂妄的混账东西。他们有各种各样的学说,都是狗屁。"

"比如说?"

"比如说，他们中的有些人说他们并不是从白令陆桥过来的。你熟悉白令陆桥吗？那就在阿拉斯加那儿。如今被称作白令海峡。那儿是一片海水。在阿拉斯加和俄国之间有一小条狭长的水流。不过，很早以前，那儿是一片陆地，而印第安人就是从那边过来的，从像中国或蒙古那样的地方过来的。印第安人实际上就是东方人。"

"这种情况我倒不知道，"我说。这时我感到不像先前那样害怕了。卡车司机显然对我的话信以为真。

"但我搭载的有些印第安人，他们说他们的上代并不是从陆桥那儿过来的。他们说他们来自一个像亚特兰蒂斯①一样消失不见的岛屿。"

"咱们都一样。"

"你知道他们还说了什么吗？"

"什么？"

"他们说是印第安人撰写了宪法，美国宪法！"

结果大部分话都是他说的，我几乎没说上几句话儿。可是我的在场就足以让他始终醒着。对印第安人的谈论使他想起有关流星的事。在蒙大拿州有一颗印第安人视为神圣的流星。不久他就向我讲起当卡车司机所会熟悉了解的天空景象，流星、彗星和绿光。"你看到过一道绿光吗？"他问我说。

"没有。"

"据说你无法拍下绿光的照片，但我却拍了一张。我总在驾驶室里摆一个照相机，因为说不定我会看到那一类令人极为兴奋的东西。有一回，我看到了这道绿光，就抓起照相机把它拍了下来。我把照片搁在家里了。"

"什么是绿光？"

"那是日出和日落的时候太阳产生的色彩。只持续两秒钟。在山里面

---

① 亚特兰蒂斯，传说中的岛屿，据说位于大西洋直布罗陀海峡以西，后沉入海底。

可以看得最清楚。"

他把我一直带到俄亥俄州,让我在一家汽车旅馆的门前下了车。我对他让我搭车表示感谢,随后就提着我的手提箱来到汽车旅馆的办公室。这时那身衣服也变得很有用处,再加行李显得相当贵重,我看上去并不像个逃跑的人。汽车旅馆的接待员也许对我的年龄曾产生怀疑,但我立刻把钱放到柜台上,于是很快就要拿到房间的钥匙了。

在俄亥俄州之后,接着是印第安纳州、伊利诺伊州、衣阿华州和内布拉斯加州。我先后搭乘了客货两用轿车、跑车、租用的运货汽车。单身妇女从来不让我搭车,只有男人,或者跟女人在一起的男人才让我搭车。有一对荷兰游客为我停下车子,他们抱怨美国啤酒索然寡味。有时我也搭乘上一对争吵不休并且彼此厌烦的夫妇的汽车。在各种情况下,大家都把我看作每时每刻我都更加确定无疑地变成的那个十四、五岁的男孩。索菲·沙逊并没有在我的身边用蜡把我的口髭去掉,因而,髭须就开始长了出来,在我的嘴唇上面形成一片污迹。我的声音继续变得低沉下去。路上的每一下颠簸震动都使我的喉结朝下嵌入我的脖子。

要是有人问起来,我就告诉他们我正到加利福尼亚州去念大学。我并没有见过多少世面,但我却了解一些大学里的情况,至少关于家庭作业的情况,因此声称我要去斯坦福大学念书,住在一所学生宿舍里。老实说,我的那些驾车人倒并不怎么多疑。他们反正也不怎么在乎。他们有他们自己要干的事。他们感到烦闷,感到孤独,想要有个人说说话儿。

我就像转而皈依一种新的宗教似的,起先做得过了火。在印第安纳州的盖伊附近,我采用了一种大摇大摆的架势,脸上难得露出笑容。我经过伊利诺伊州各地时的表情就是克林特·伊斯特伍德①那种乜斜着眼的神气。其实那完全是虚张声势,但是大多数人都这样子。我们大家彼此都斜眼瞅

---

① 克林特·伊斯特伍德(1930—),美国电影演员、导演,以饰演西部牛仔、硬汉著称。

着对方，四处转悠。我的这种大摇大摆的架势与许多青少年所装出来的试图具有男子气概的样子并无多大不同。由于上述原因，这种架势显得十分具有说服力。这样弄虚作假反而使那种样子显得相当可信。偶尔我也会变得与自己所扮演的角色很不相称。我感到鞋底上粘了什么东西，就抬起脚后跟，扭回头去看看是什么东西，而不是在身前架起一条腿来，把脚上的鞋子扭转过来。我从自己摊开的手心里而不是从裤子口袋里拣出应付的零钱。上述这种差错使我心慌意乱，但其实毫无必要。谁也没有对我加以注意。下面这一点帮了我的忙：通常大家都不怎么留神注意。

要是我告诉你说，我对自己所感受到的一切都一清二楚，那可不是实话。一个人在十四岁的时候不会如此。自我保护的本能叫我逃跑，我就开始逃跑。我心里老是忐忑不安。我想念父母。我为让他们牵肠挂肚而感到内疚。卢斯医生的报告仍然萦绕在我的心头。夜晚，在各种各样的汽车旅馆中，我一直哭到睡着。逃跑并没有使我感到自己不是怪物。我只看到自己受到羞辱和厌弃的前景，我为自己的生活而悲叹。

可是每天早上我醒过来以后，总觉得好受一点儿。我离开了汽车旅馆的房间，出去站在天地之间。我年纪很轻，而且尽管心里害怕，全身却充满活力。我不可能长期抱着悲观的看法。不知怎的，我总能在一段很长的时间里把自己的情况置诸脑后。早饭我吃炸面圈。我总喝搀了牛奶的很甜的咖啡。为了提高我的兴致，我做了父母不会让我做的事儿，叫了两份有时甚至三份甜食，但从来不吃凉拌菜。眼下我可以随意让我的牙齿蛀掉或把我的两只脚搁在椅子背上。有时，在我免费搭车旅行的时候，我也看见别的出逃的人。在立体交叉桥下面或是在排水沟里，他们聚集在一起，抽着香烟，他们那长袖运动衫的兜帽都给拉了起来。他们四处乞讨，生活要比我更为艰苦。我避开他们那帮人。他们来自破裂的家庭，身体上曾经受到摧残，如今却在对其他人加以摧残。我跟他们一点也不像。我在路上显示出我家庭的上向流动倾向。我没有加入哪个团体，只是独自往前行走。

如今，在大草原中间，眼前出现了一辆归纽约佩勒姆镇的迈伦·布雷斯尼克夫妇所有的活动房屋式游艺车。这辆车子好像一辆现代的大篷车，从起伏不平的草原中开出来，停了下来。车上的车门看去就像一幢房屋的大门；门一打开，只见里面站着一个六十七八岁的、十分活跃的女人。

"我想我们有地方可以安顿你，"她说。

片刻之前，我还在衣阿华州西部的八十号公路上。可是眼下，等我提着手提箱，一登上大草原中的这条船，忽然发现自己竟在布雷斯尼克家的起居室里。墙上挂着不少镜框，里面是他们几个孩子的照片，还有几幅夏加尔①画作的复制品。迈伦整个晚上在联播网上宣传的那本温斯顿·丘吉尔传正放在咖啡茶几上。

迈伦是一个退休的机器零件推销员，西尔维娅原来是一个社会服务人员。从侧面看过去，她很像一个机敏的潘趣乃乐②，她的脸蛋上涂脂抹粉，富于表情，鼻子装点得颇有喜剧效果。迈伦用嘴含着雪茄，身上有股难闻的、熟悉的气味。

在迈伦驾车前行的当口儿，西尔维娅就领着我四处参观，看了一下卧房、淋浴间和生活区域。我要去哪所学校念书？我想干什么工作？她接二连三地向我发问。

迈伦从方向盘前转过身来，声音低沉有力地说，"斯坦福！好学校！"

当时确实发生了这样的事儿。在八十号公路上的某个时刻，我头脑里灵机一动，突然感到自己领悟了其中的意义。迈伦和西尔维娅正像对待他们自己的儿子似的对待我。在这种共同的错觉下，至少有那么一会儿，我成了他们的儿子。我被认定是男性。

可是，我身上一定也始终具有女儿的气质。因为不久西尔维娅就把我拉到一旁，抱怨起她丈夫来。"我知道干活动房屋游艺车这样的买卖，趣

---

① 夏加尔(1887—1985)，犹太画家，生于俄国，作品常取材于民间传说和《圣经》故事。一九二二年移居国外，后定居法国。
② 潘趣乃乐，意大利传统木偶剧中的矮胖驼背滑稽主角。

味不高。你应当瞧瞧我们在那些营地上所见到的人。他们把那儿的生活称作'活动房屋游艺车的生活方式'。噢，他们相当友好——只是令人厌烦。不少文化活动我都错过了，没有参加。迈伦说他把生活中的所有时间都用于周游全国，忙得都没有工夫好好观赏。因而他慢悠悠地重新漫游一次。你猜猜看究竟是谁给费劲地拖着前进？"

"我的心肝宝贝？"迈伦正在呼唤她。"请你给你丈夫拿杯冰镇的茶来好吗？他渴得要命。"

他们在内布拉斯加州让我下了车。我数了数手头的钱，发现还剩下两百三十美元。我在一个像是寄宿公寓的地方找了个便宜的房间过夜。我心里仍然十分害怕，不想在黑夜里免费搭车旅行。

在路上，我有时也作出一些轻微的调整。我买的许多袜子的颜色都不适当——粉红色的，白色的，或者上面印着鲸鱼。我的衬裤式样也不合适。在内布拉斯加城的伍尔沃思零售商店，我买了三盒男式平脚短内裤。我是女孩的时候，穿大号尺码。成为男孩以后，就穿中等的尺码。我也闲闲地穿过卖化妆品的区域。那儿并没有一排排的美容产品，只有一架子卫生必需用品。男子化妆品方面的迅猛发展当时尚未发生。那儿并没有什么被不雅的名称所掩饰的保养容颜的油膏。没有对厚实的皮肤的护理液；也没有防止灼痛感的剃须凝胶。我选择了除臭剂、一次性剃刀和剃须膏。我受到色彩鲜艳的那一瓶瓶古龙香水的吸引，但我剃掉胡子后搽的润肤液给我的感觉却并不好受。古龙香水使我想到闹哄哄的长途汽车、旅店老板、老年人和他们讨厌的拥抱。我也挑选了一个男人的皮夹子。在现金出纳机前，我无法正眼望着出纳员，心里感到局促不安，就好像我买的是避孕套。那个出纳员的年纪并不比我要大多少，长着一头金黄色的、羽毛似的头发，摆出么一副身居要职的神气。

在餐馆里，我开始使用男厕所。这也许是最难做出的调整。我对男厕所的污秽肮脏、里面那种恶臭难闻的气味和像猪一样哼哧哼哧的声音，也就是从分隔的小间中传出的那种咕噜咕噜喷气的声音感到十分震惊。地面上总有几摊尿。马桶上面沾着几片肮脏的手纸。你一走进一个分隔小间，你所面对的往往是抽水马桶出现的意外情况，一道棕色的水流，几个泡在脏水里面死去的青蛙。试想一下，厕所的分隔小间以前曾是我的安身之处！如今这一切都结束了。我一眼就看出男厕所不像女厕所，并不提供什么舒适的设备。里面常常甚至连一面镜子或一块洗手肥皂也没有。而且，那些关在厕所里面肠胃气胀的男人一点也没羞耻之心，他们在小便池里表现得神经紧张。他们就像戴着眼罩的马儿似的直望着前方。

我在这些时候明白了我所丢弃的事物：即某种共同的生活规律和现象的一致性。女人们知道拥有一个身体意味着什么。她们明白身体上的问题和弱点，也明白其所带来的荣耀和欢乐。男人们认为他们的身体只归他们自己所有。他们私底下、甚至公开地照看自己的身体。

让我们谈谈那话儿吧。什么是卡尔对那话儿所抱的正式态度呢？待在那话儿中间，被它们所环绕，他的感觉就跟身为女孩时所有的感觉一样：既感到着迷又感到恐惧，两者的程度完全相同。那话儿实际上从来没有对我起过那样大的影响。我和我的女朋友对那话儿有一种滑稽可笑的看法。我们格格地傻笑着或是装着表示厌恶来掩盖自己心怀愧疚的兴趣。正如参加校外考察旅行的每个中学女生那样，我在罗马的古迹中间也曾有过面红耳赤的时刻。当老师背过身去的时候，我就偷眼张望。那是我们这些孩子的头一堂美术课，对吧？裸体人像都穿着衣服。他们都品格高尚地穿着衣服。在我六岁的时候，我的哥哥就再也不和我共用一个澡盆了。我好多年来瞥见他私处的时候都只是一闪而过。我有意把脸转向别处。就连杰罗姆把阳具插入我体内的时候，我也没有看见究竟是怎么个情形。任何一桩被隐瞒了这么久的事儿都不会不引起我的好奇心。可是这些男厕所在我眼里展现出的景象大体上令人失望。哪儿都看不见值得夸耀的阳具，只有样子像饲料袋、干巴巴的块茎或没有壳的蜗牛之类的东西。

我提心吊胆，生怕自己偷看被人抓住。尽管我穿的服装、留的发式和身体的高度都没问题，但每逢我走进男厕所，我的脑子里就响起一声喊叫："你在男厕所里！"但男厕所本是我应当去的地方。谁也没说一句话。谁也没有对我的在场表示反对。于是我就找一个看上去大致还算干净的分隔小间。我非得坐着小便。仍然如此。

夜里，在汽车旅馆房间的海绵状的地毯上，我做着体操，做俯卧撑和仰卧起坐。身上除了一条新的平脚短裤以外，什么都没穿，我在镜子里打量着自己的体形。不久以前，我还为自己尚未发育而烦躁不安。这种担心如今已经消失。我用不着再以那样的标准要求自己。去除了那些无法办到的要求，我心里感到十分松快。但我瞅着我那正在发生变化的身体，瞬间也会出现失位脱节的感觉。有时觉得那不像是我的身体。它肤色白皙，骨头突出，十分结实。我也自有它那种特色的美，但显得相当坚忍，一点没有轻易接受或绵软顺从的样子，倒更表现出压力之下的内在品质。

我就是在这些汽车旅馆的房间里了解了我那新的身体，它的具体的指示和禁忌。我和那人儿曾在黑暗中缠缠缱绻。她从来没有真正对我的那个器官进行过多少探测。医疗中心用医学的方法对我的私处加以处理。我在医疗中心期间，我的私处由于不断受到检查而变得麻木了，或者变得一碰就疼。我的身体为了经受痛苦的煎熬而停止活动。可是旅行又使它活跃起来。我独自一人，把门关上，把锁链钩上，开始进行试验。我把枕头放在两条腿中间，随后躺在上面。我并没完全集中起自己的注意力，一边瞅着约翰尼·卡森①在电视上的节目，一边我的手就开始摸索。我素来对自己的体格究竟怎样感到担心，总不想以大多数孩子的那种方式去加以探测。因而只有如今，在脱离了我的生活天地和每个我所认识的人以后，我才有勇气来进行尝试。我不能小看这种尝试的重要性。即便我对自己的决定怀有疑虑，即便有时我考虑回转身去，跑回我的父母身边，回到医疗中心，低头屈服，但阻止我这么做的，就是在我两条腿之间的那种不为他人所知的销魂感觉。我知道那会受到剥夺。我不想过高估计性欲。但那对我是一种十

---

① 约翰尼·卡森(1925—)，美国喜剧演员，电视节目主持人。

分强大的力量，尤其在十四岁的时候，我那欢快的、叮当作响的神经只要受到一点最轻微的刺激，就会奏出交响乐曲。遮阳窗帘给放了下来，外面游泳池里的水给排光了；整个夜晚，路上都有小汽车不停地开过。卡尔伏在两三个变形的枕头上面，就这样在令人舒畅、没有结果、水汪汪的高潮中发现了自己。

在内布拉斯加城外边，有辆银白色的新星牌舱门式后盖小汽车停了下来。我提着手提箱跑了过去，拉开了乘客那一侧的车门。驾车的是一个三十出头、相貌堂堂的男子。他穿着一件花呢外套和一件黄色的V形领的针织套衫。他那格子衬衫的领口敞着，但肩部却给浆得轮廓分明。他那身正式场合穿的衣服跟他的轻松自在的态度形成鲜明的对照。"嗨，你，"他说，显出布鲁克林的口音①。

"谢谢你把车停下。"

他点起一支香烟，并作了自我介绍，一边伸出手来。"本·希尔。"

"我的名字叫卡尔。"

他并没有问起我家住何处、想上哪儿去这些平常的问题，相反，在我们驱车前行的时候，他问道，"你打哪儿弄到这套衣服的？"

"救世军那儿。"

"真好看。"

"真的吗？"我说。接着又寻思了半晌。"你是在取笑我。"

"不，我没有，"希尔说。"我喜欢别人撒手归西时所穿的衣服。那很有存在主义②的色彩。"

"这怎么讲？"

"什么怎么讲？"

---

① 布鲁克林的口音，指纽约市布鲁克林区居民特有的口音。该区有很多欧洲、尤其是爱尔兰移民的后裔，故常可听到带欧洲、尤其是爱尔兰口音的英语。

② 存在主义，现代西方哲学主要流派之一，认为存在的不是客体而是主体，强调个人的存在决定本质，人有选择的绝对自由，但没有理性标准可作选择的依据，普遍主张世界是荒谬的，充满忧虑和疏远现象。

"存在主义的色彩?"

他直截了当地瞅了我一眼。"一个存在主义者就是某个目前活着的人。"

以前谁也没有这样跟我说过话。我喜欢他的这种说话方式。我们继续驱车穿过黄色的乡野,这时希尔向我谈起别的有趣的事儿。我知道了尤内斯库①和荒诞派戏剧②,还知道了安迪·沃霍尔③和地下丝绒合唱团④。在这些词语逐渐灌输到我这样一个来自文化边远地区的孩子头脑中的时候,很难表达出我内心所感到的那种兴奋。那些戴着挂有饰物的手镯的女孩想要装作她们来自美国东部,我猜我也产生了这种冲动。

"你在纽约住过吗?"我问。

"以前住过。"

"我正从那儿来。有朝一日,我想在那儿住下。"

"我在那儿住了十年。"

"你干吗离开呢?"

他又直截了当地望着我。"有天上午我醒过来,意识到如果我不那么做,那就会在一年以内死去。"

这似乎也很神奇。

希尔脸色苍白,长得相当英俊,他那灰色的眼睛有着亚洲人的形状。他那浅褐色的拳曲的头发梳得纹丝不乱,按照规定分好头路。过了一会儿,我注意到他服装上其他细微的地方,上有花押字的袖扣,意大利平底便鞋。我立刻喜欢上了他。希尔是我觉得自己想成为的那种男人。

突然,从汽车后部响起一声动人的、疲乏的、有气无力的叹息。

---

① 尤内斯库(1912—1994),法国剧作家。
② 荒诞派戏剧,二十世纪五十年代兴起于法国的反传统戏剧流派,该种戏剧摈弃传统的情节、人物刻划和主题结构,强调现实的不合逻辑的性质以及人在世界上的孤独。
③ 安迪·沃霍尔(1927—1987),美国美术家、电影制片人,系二十世纪六十年代初开始的波普艺术运动的发起人及主要人物。
④ 地下丝绒合唱团,一九六五年到一九七三年出现在美国音乐舞台上的一支摇滚乐队。安迪·沃霍尔在一九六五年曾担任乐队的经理。

"你好,弗兰克林,"希尔嚷道。

弗兰克林一听到喊它的名字,马上从仓门式后盖的隐秘处抬起它那困惑不安、很有气派的脑袋,我看见一条英国塞特种猎狗①的黑白斑纹。它年纪不小了,用两只充满黏液的眼睛朝我扫了一眼,就又退回到我的视线以外。

这时希尔正把车开到公路边上。他在公路上有种轻松活泼的驾驶风格,但等他一作出任何部署,便立刻开始了军事行动,用结实有力的双手使劲扳动方向盘。他把车开进了一家便利商店的停车场。"马上回来。"

他把香烟像一根骑手短鞭似的举在腰部那儿,迈着快步走进店堂。他不在的时候,我四下扫了一眼,汽车里面十分干净整洁,铺在地上的垫子刚用吸尘器打扫过。贮物箱里整齐地放着地图和梅布尔·默塞尔②的录音磁带。希尔手里提着两个装得满满的购物袋又出现了。

"我想路上喝的饮料都已齐备,"他说。

他有一箱十二罐装的啤酒,两瓶蓝仙姑牌葡萄酒,一瓶装在一个人造黏土罐里的朗塞尔玫瑰红葡萄酒。他把所有这些都放在汽车后座上。

这也是自命风雅的一部分。你明明用塑料杯子喝着便宜的莱茵白葡萄酒,却把它称作鸡尾酒,并且用一把瑞士军刀切下大块切德干酪③。希尔也从并不怎么完备充足的来源汇集成一个美好的开胃冷盘。还有一些油橄榄。我们把车倒退出来,穿过荒地,希尔一边指示我把酒打开,并把点心拿给他吃。如今我成了他的侍从。他叫我把梅布尔·默塞尔的录音磁带放到机器里去,随后解释给我听她歌唱时那种细致的抑扬顿挫的调子。

突然他提高了声音。"警察。把手里的酒放下。"

我赶紧把手里的那杯蓝仙姑葡萄酒放下去,我们驱车前行,在州警察从我们左边经过的时候表现得十分冷静。

---

① 英国塞特种猎狗,一种中型长毛捕鸟猎狗,皮毛平整,通常棕白或黑白相间。
② 梅布尔·默塞尔(1900—1984),美国黑人女歌手。
③ 切德干酪,英国索默塞特郡切德地方产的一种硬质全脂牛乳干酪,历史悠久。色泽白或金黄,口味柔和。

这会儿，希尔已经模仿起警察的口气来了。"我一看到那班城里的老油子就认出他们来了。这就是他们中的两个最油滑的家伙。我敢保证，他们没干好事。"

听到他说的这番话，我哈哈大笑，很高兴与他联合起来，共同反对这个充满伪君子和拘泥规章条例的人的世界。

天黑的时候，希尔挑了一家牛排餐厅。我担心这儿费用太贵，但他对我说，"今晚的晚饭归我付帐。"

餐厅里面十分繁忙，那是一个很受大家喜爱的场所，唯一空着的那张桌子是售酒柜台附近的一张小桌子。

希尔对一个女服务员说道，"我来一杯没有甜味的伏特加马提尼，两个油橄榄，我的儿子则来一杯啤酒。"

那个女服务员望了望我。

"他有身份证吗？"

"我没有，"我说。

"那就不能给你喝了。"

"他出生的时候我在场。我可以为他担保，"希尔说。

"对不住，没有身份证就不能饮酒。"

"那好，"希尔说。"我改变主意了。我要一杯没有甜味的伏特加马提尼、两个油橄榄和一小杯啤酒。"

那个女服务员透过她那抿得很紧的嘴唇说道，"你会让你的朋友喝那杯啤酒，我可不能把啤酒端给你。"

"都是我喝，"希尔向她保证说。他让自己的声音变得低沉了一点，把音调也放开了一点，而且在其中注入了一种东部或常春藤联盟毕业生的权威口吻，这种口吻的影响即使在大老远的平原上的牛排餐厅这儿也未完全消失。那个女服务员充满怨气地表示服从。

她走开了，希尔把身子朝我探了过来。他又恢复了那种乡巴佬的声音。"这个姑娘身上任何不对头的地方，只要在干草仓里好好捅上一捅，就都可以给拾掇好的。而你正是干这种差事的元气旺盛的小伙子。"他看上去似乎并没有喝醉,但这种粗鲁的话却很新鲜。如今他的动作变得有一点不那么准确,他的声音也大起来。"不错,"希尔说,"我看她很喜欢你。你和梅耶拉在一起会很快乐。"我也正强烈地感受到酒的力量。我的脑袋好像一个映在镜子里的球,闪闪发光。

那个女服务员把饮料端来,明确地放在希尔所坐的桌子那一侧。等她刚消失不见,希尔就把那杯啤酒推到我的面前,说道,"你喝吧。"

"谢谢。"我大口大口地喝着啤酒,每逢那个女服务员又从旁边经过的时候,我就把那杯啤酒推回到桌子的另一头。这样偷偷摸摸地饮酒,真是有趣。

可是,并不是没有人在注意我。售酒柜台边的一个男人正瞅着我。他穿着一件夏威夷衬衫①,戴着太阳眼镜,看上去好像觉得不以为然。可是,接着他整个脸上突然浮现出会意的笑容。这种笑容叫我感到很不自在,于是我把脸转向别处。

等我们又来到外面的时候,天空已经完全变黑了。在离开之前,希尔打开汽车的舱门后盖,让弗兰克林出来。那条老狗无法行走,希尔不得不把它提起来放到车外。"咱们走吧。弗兰克斯,"希尔说,他的声音粗哑而亲切,嘴里衔着一支点着的香烟,带着与弗兰克林·罗斯福的样子不无相似之处的高贵气派斜向走去,他穿着古驰牌平底便鞋和边上开衩的金黄色花呢茄克,他那两条粗壮结实的马球运动员的腿支撑着他的身体重量,把那条老迈的狗带进野草丛中。

他在返回公路之前,在一家便利商店停留了一下,又添上一些啤酒。

我们又驱车前行了将近一个小时。希尔喝了许多罐啤酒;我也勉强喝了一两罐。我头脑并不完全清醒,感到昏昏欲睡。我靠着车门,视线模糊地朝外望去。有辆车身很长的白色小汽车开到我们旁边,里面的驾车人满

---

① 夏威夷衬衫,一种短袖、宽松、开领,最初为夏威夷人穿的衬衫,用轻纤维缝制,其上印有彩色的花、鸟、树叶、海滩等图案。

脸笑容地朝我望了望，但我已经要睡着了。

后来某个时候，希尔把我摇醒了。"我喝得太多了，没法再开车了。我要把车开到路边。"

听了他的话，我什么都没说。

"我要去找一家汽车旅馆。我也要给你找个房间。由我付账。"

我并没有表示反对。不久我就看见朦朦胧胧的汽车旅馆的灯光，希尔走出车去，接着便拿着我的房间钥匙回来了。他提着我的手提箱，把我领到我的房间，给我打开房门。我走到床边，倒了下去。

我晕头晕脑，设法拉下床罩，扑到枕头上面。

"你打算穿着衣服睡吗？"希尔问道，好像觉得相当好笑。

我感到他的手搭在我的背上，不断揉擦。"你不应当穿着衣服睡觉，"他说。他开始给我脱衣服，但我清醒过来，说道，"让我睡吧。"

希尔把身子向我探得更近了一点，用嘶哑的声音说，"卡尔，是不是你父母把你撵出了家门？是不是这样？"他突然似乎显得醉醺醺的，好像最终给白天和夜晚喝的酒击倒了。

"我要睡了，"我说。

"来吧，"希尔悄没声儿地说。"让我来照料你吧。"

我防护地蜷曲起身子，始终把眼睛闭着。希尔用嘴磨蹭了一下我的脸，但我并没有作出什么反应。于是他住了手。我听见他打开房门，接着随手带上。

等我又醒过来的时候，已经是清晨了。天光从窗户里射了进来。希尔就在我的旁边。他笨手笨脚地搂抱着我，眼睛紧紧闭着。"就想睡在这儿，"他口齿不清地说。"就想睡一下。"我衬衫的钮扣给解开了。希尔只穿着他的衬衣。电视开着，上面有些空的啤酒罐。

希尔紧紧抓住了我，把他的脸紧贴着我的脸，弄出一些声响。我忍受着这一切，不知怎么感到非得如此。可是，等他那充满醉意的殷勤的表示变得更加急切、更有针对性的时候，我把他推开了。他并没有提出异议。

他瘫成一团，很快失去知觉。

我起身下床，走进浴室。我双手抱膝，在抽水马桶盖上坐了很久。等我又朝浴室外面张望的时候，只见希尔仍然睡得很熟。门并没有上锁，但我极想洗个淋浴。我迅速洗了一下，让幔子敞着，我的眼睛盯着房门。随后我换了一件新衬衫，重新穿上我的那套衣服，开门出了那个房间。

时间还相当早。路上并没有什么车辆经过。我步行离开了旅馆，坐在我的手提箱上，等待着。头上是大片空旷的天空。空中有几只鸟儿。我又觉得肚子饿了。我的头也很疼。我掏出皮夹子，数了数我那越来越少的钱。我第一百次地考虑给家里打个电话。我哭起来了，但马上就止住了。随后我听到有辆车子开了过来。在汽车旅馆的停车场里出现了一辆白色的林肯-大陆牌汽车。我竖起拇指。那辆汽车在我旁边停下，动力车窗缓缓降了下来。驾车的就是前一天我在餐馆里看到的那个男人。

"你上哪儿去？"

"加利福尼亚。"

那个人脸上又现出了那种笑容，就像什么东西绽放开来似的。"那好，今儿真是你的一个幸运的日子。我也正要去那儿。"

我只迟疑了一会儿，随后就打开这辆很大的汽车的后车门，悄悄把我的手提箱放了进去。那会儿，我并没有多少选择的余地。

在旧金山的性焦虑

他名叫鲍勃·普雷斯托。他长着两只雪白、柔软、胖乎乎的手和一张浑圆的脸,穿着一件白色的墨西哥式衬衫①,上面镶着金线。他为自己的声音感到相当自负,在他从事目前这个行当之前曾经做过很多年广播电台的播音员。他并没有具体说明目前他干的究竟是哪个行当。不过从普雷斯托那辆有着红皮坐椅的白色汽车,从他的金表和宝石戒指,从他新闻广播员的发式上显然可以看出他干的那个行当的利润丰厚的性质。尽管普雷斯托具有这些成年男子的风格特点,但他身上依然带有不少娇生惯养的孩子的成分。他的身子显得有点儿肥胖,不过他个头很大,接近两百磅。他叫我想起伊莱亚斯兄弟连锁餐馆的那个大男孩②,只是年纪大一些,由于成人的不良习气而变得粗俗臃肿。

我们的谈话按平常的那种方式开始,普雷斯托询问了一下我的情况,而我回答他的则是通常的那套谎话。

"你去加利福尼亚的什么地方?"

"一所大学。"

"什么学校?"

"斯坦福大学。"

"真了不起。我有一个姐夫就在斯坦福大学念书。一个大人物。那又在哪儿呢?"

"斯坦福大学吗?"

"对,在哪个城市?"

"我忘了。"

"你忘了?我觉得斯坦福大学的学生总应该相当机敏。要是你不知道它在什么地方,那你怎么上那儿去呢?"

"我去跟我的朋友碰头。他手里掌握着所有的信息和材料。"

"能有些朋友真不错,"普雷斯托说。他转过脸来朝我眨了眨眼。我不知道怎样解释他的这种眼色,便保持沉默,凝视着前面的道路。

在我们之间那好像餐饮柜台似的前座上堆着许多储备的饮食,许多瓶软性饮料和不少袋油炸土豆片和甜饼干。无论我要什么,普雷斯托都拿给我。我饿极了,也不回绝,拿了几块甜饼干,尽力不那么狼吞虎咽地把它们吃下肚去。

"我要告诉你,"普雷斯托说,"我年纪越大,念大学的孩子就越显得年轻。要是你问我的话,我会说你仍然在念中学。你念几年级?"

"大学一年级。"

普雷斯托的脸上又浮现出那种露出牙齿的甜甜的笑意。"但愿我能处于你的地位。大学生活是人生最好的时期。我希望你为自己会遇上的所有那些姑娘做好准备。"

说着这句话的时候他格格地笑起来,我也只好跟着发出格格的笑声。"卡尔,我在大学里有许多女朋友,"普雷斯托说。"我为大学的无线电台工作。我那时常能弄到各种各样的免费唱片。如果我喜欢上一个姑娘,我就把歌儿献给她。"他向我提供了一个他的那套做法的样本,低声吟唱起来:"这首歌是献给念人类学101课程的美女珍尼弗的。我喜欢研究你的文化群落,宝贝。"

普雷斯托那皮肉松弛的脑袋低垂下来,两道眉毛在谦逊地承认他的歌唱天赋时扬了起来。"让我来给你一点儿有关女人的建议,卡尔。嗓音。

---

① 墨西哥式衬衫,一种质地轻薄的、开领的衬衫,胸前有两个口袋,后腰处也有两个口袋。
② 大男孩系伊莱亚斯兄弟连锁餐馆的标识。

嗓音是叫女人动情兴奋的重要因素。你决不要低估嗓音的作用。"普雷斯托的声音确实深沉,具有两种形态的男性特征。在他解释的时候,他那圆润的嗓音增强了响亮的程度,"比如,就拿我的妻子做个例子吧。在我们初次见面那会儿,我可以对她说随便什么话儿,她都会痴迷发狂。我们打算亲昵一番,我说了声'英式松饼'①——她就来了。"

看到我没有回答,普雷斯托说道,"我没有惹得你不高兴吧?你不是那种负有使命的摩门教②的小伙子吧?穿着你的这种衣服?"

"不是的。"

"那好。你刚才叫我担心了一会儿。咱们再来听听你的声音吧,"普雷斯托说。"来吧,让我看看你最好的表现。"

"你想要我说什么?"

"就说'英式松饼'。"

"英式松饼。"

"我不再在无线电台工作了,卡尔。我不是一个专业的播音员。不过以本人的愚见,你并不是做流行音乐唱片节目主持人的材料。你生来具有一种微弱的男高音。如果你想让它变得妥帖,那你最好学习唱歌。"他笑了笑,朝我咧开了嘴。然而他的眼睛一点没有露出什么愉快的神色,反而咄咄逼人,仔细打量着我。他一只手驾着汽车,用另一只手来吃土豆片。

"你的声音实际上有种不寻常的音色。很难加以评定。"

看来最好保持沉默。

"你多大了,卡尔?"

"我刚告诉你了。"

"不,你没有。"

"我刚十八岁。"

"你看我多大年纪?"

---

① 英式松饼,将揉成卷的发酵面团切成圆块,在铁盘上烘烤而成的松饼。
② 摩门教,美国基督教新教的一个教派,一八三〇年由约瑟夫·史密斯创立。

"我不知道。六十岁?"

"好,现在你可以下去了。六十岁!天哪,我才五十二岁。"

"我原来想说五十岁。"

"这都是体重的缘故。"他摇了摇头。"在我体重增加前,我并不显得怎么老。像你这样身子瘦削的孩子对此是不会明白的,对吧?我看到你站在路旁的时候,开始还以为你是一个姑娘。我没有注意到衣服,只看到你的外形。我想,天哪,这样一个年轻姑娘竟也想要搭车?"

这时我无法跟普雷斯托彼此对视。我心里又开始害怕起来,感到很不自在。

"我就在那时认出了你。我以前见过你。就在那家牛排餐厅里。你和那个搞同性恋的家伙待在一起。"说到这儿,停顿了一会儿。"我认为他是一个爱好男童的同性色魔。你是一个同性恋吗,卡尔?"

"什么?"

"你可以告诉我,如果你希望这样的话。我并不是一个同性恋者,但我一点也不反对同性恋者。"

"现在我想下车了。你能让我出去吗?"

普雷斯托松开手里的方向盘,在空中举起两只手来。"对不起,我道歉。不再问个不停了。我不会再说一句话。"

"让我出去。"

"要是你想要这样,也行。但这并不明智。我们去的是同一个方向,卡尔。我会把你带到旧金山。"他并没有放慢车速,我也没有要他这样。他说话算话,从那以后几乎一直没有说话,只是跟着收音机哼哼歌曲。每个小时他都要停一下车,去撒泡尿,再买上许多瓶便宜的百事可乐,许多巧克力薄饼,许多红色的甘草糖和炸玉米片。回上大路,他给汽车加满了油。他咀嚼食物的时候把头向后仰起,生怕他衬衫的硬前胸上沾到碎屑。软性饮料给咕噜噜地灌下他的喉咙。我们的交谈仍然相当平常。我们驾车穿过内华达山脉,出了内华达州,进入加利福尼亚州。我们在一家无需下车的路边餐馆吃了午饭。普雷斯托付了汉堡牛肉饼和牛奶冰淇淋的钱;我认定他没什么害处,相当友好,并不想要从我身上获得什么肉体的乐趣。

"该我吃药丸了,"我们吃完午饭后他说道。"卡尔,你能把我的那些装药丸的瓶子递给我吗?那些小瓶都放在贮物箱里。"

一共有五六个不同的瓶子。我把它们都递给普雷斯托,他斜着眼睛想要看清瓶子上的标签。"嗨,"他说,"你来开一会儿。"我探过身去,抓住方向盘,心里却并不想与鲍勃·普雷斯托靠得这么近,而他这时费劲地转开瓶盖,摇晃着把里面的药丸倒出来。"我的肝脏糟透了。都是因为我在泰国得了那种肝炎。那个该死的国家几乎要了我的命。"他拿起一颗蓝色药丸。"这就是治疗肝病吃的药丸。我已经拿了一颗抗凝血的药,要吃一颗控制血压的药丸。我的血液也糟透了。我不该吃得这么多。"

我们就这样子开了整整一天的车,黄昏的时候来到旧金山。等我看到那座粉红和白色的城市,好像点缀在山坡上的一块结婚蛋糕,出现在眼前的时候,心里又产生了一种新的忧虑。我们先前一路穿过乡野,我一直出神地想着如何到达目的地。如今一旦到了这儿,我又不知道自己要做什么,怎样渡过困境。

"你想在哪儿下车,我就在哪儿放你下去,"普雷斯托说。"你有你要落脚的那个地方的地址吗,卡尔?还是住到你的朋友那儿去呢?"

"随便哪儿都成。"

"我把你一直送到海特-阿什伯里①。那可是一个让你判明方位的好地方。"我们开过城去,最后鲍勃·普雷斯托把汽车停在路边,我打开车门。

"谢谢你让我搭车,"我说。

"好说,好说,"普雷斯托说。他伸出手来。"顺便说一句,那地方在帕洛阿尔托。"

---

① 海特-阿什伯里,美国旧金山市中心一个区,该区在二十世纪六十年代为嬉皮士与吸毒者的活动中心。

"什么?"

"斯坦福大学在帕洛阿尔托。如果你想要人相信你在大学念书,你就应当彻底弄清这一点。"他等着我开口说话。接着他用一种出乎意料地柔和的声音(大概也是一种职业上的手法,但却不无影响)问道,"听着,伙计,你有地方住宿吗?"

"不要为我担心。"

"我能问你一句话吗,卡尔?你到底是干什么的?"

我没有回答,走出汽车,打开后车门去拿我的手提箱。普雷斯托在他的座位上转过身子,这对他可是一个困难的动作。他的声音仍然柔和、深沉,十分慈祥。"得啦,我是行业内的人士。也许我能帮你摆脱困境。你是不是有异装癖?"

"我现在走了。"

"不要生气。我知道一切有关手术前和手术后的情况,以及所有那套东西。"

"我不晓得你在讲些什么。"我把手提箱从座位上拉了下来。

"嗨,别这么快。听着,至少拿好我的电话号码。我可以用一个像你这样的孩子。不管你是干什么的。你总需要一些钱吧?要是你需要一种简便的方法来赚取大笔的钱,那就给你的老朋友鲍勃·普雷斯托打个电话。"

我接过他给的那个电话号码,免得他再纠缠。随后我转身离开,仿佛知道我要去的地方。

"夜晚在公园里小心提防,"普雷斯托用深沉有力的声音在我的背后喊道。"那儿有不少卑鄙下流的人。"

我母亲过去常说把她跟她孩子连在一起的那根脐带始终没有给完全割断。在菲洛博西安医生切断了肉体的纽带后,就立刻在原来的地方出现了另一种精神上的联系。在我失踪以后,特茜感到这种空幻的想法前所未有地真实。夜晚，她躺在床上，等着镇静剂产生作用，这时她常常把手放在肚脐上，就像一个渔夫在检查他的钓线。特茜觉得自己似乎感觉到某种东西。她身上起了一阵轻微的震颤。从这一点她断定我仍然活着，不过待在十分遥远的地方，忍饥挨饿，可能身体不大舒服。所有这些情况都是经过那根无形的纽带上所发出的呜呜声，一种很像鲸鱼在海洋里彼此呼唤所发出的声音，传送过来的。

在我失踪后差不多一个星期，我的父母仍然待在洛克穆尔旅馆里，指望着我可能会回去。最后，被委派负责这个案子的纽约警察局的警探对他们说他们所能采取的最适当的行动就是回家。"你们的女儿可能会给家里打电话，或在那儿露面。孩子通常都这样。如果我们找到她，就会通知你们。情况真的是这样。你们所能采取的最适当的行动就是回家，守在电话旁边。"我的父母很不情愿地接受了这个建议。

不过，他们在走之前，已经约好要跟卢斯医生见一次面。"一知半解是很危险的，"卢斯医生对他们说，为我的失踪提供了一种解释。"卡利也许在我不在办公室里的时候偷看了一下有关她的病情的卷宗。但她并不理解她所看到的内容。"

"可究竟是什么会促使她逃跑呢？"特茜问道。她眼睛睁得很大，露出一副恳求的神情。

"她误解了实际情况，"卢斯回答说。"她把这情况过于简单化了。"

"我要对你说实话，卢斯大夫，"米尔顿说。"我们的女儿在她留的那封短信上把你称作骗子。我想请你解释一下为什么她会说出这样的话。"

卢斯宽容地露出了笑容。"她才十四岁，对成年人不信任。"

"我们能看一下那个卷宗吗？"

"看到卷宗也不会对你们有什么帮助。性别认同是十分复杂的事。这并不完全是遗传学的问题，也不纯粹是环境因子的问题。基因和环境在一个紧要关头会聚在一起。这并不是双因子的,而是三因子的。"

"让我把有件事儿弄弄清楚,"米尔顿打断他的话说。"依照你的医疗意见,你是不是仍然觉得卡利应当继续按她原来的状况生活?"

"从我治疗卡利那段短暂的时间里所作的心理评估看,我会表示同意。我的看法是她具有女性的性别认同。"

特茜无法再保持镇静了,她听上去好像发了狂似的。"那她为什么说她是一个男孩呢?"

"她从来没有对我这么说,"卢斯说。"这是一个新的疑团。"

"我要看看那个卷宗,"米尔顿说。

"恐怕这办不到。那个卷宗是为我个人的研究用的。你可以随意看看卡利的验血结果和其他化验结果。"

于是米尔顿发起火来,朝着卢斯医生吼叫怒骂。"我看得由你负责。你听见我的话了吗?我们的女儿并不是那种就这么无故逃走的孩子。你一定对她做了什么,令她感到害怕。"

"她的情况令她感到害怕,斯蒂芬尼德斯先生,"卢斯说。"我要向你们强调一件事。"他用指关节叩击着书桌。"最最要紧的是,你们得尽快找到她。不然影响会很严重的。"

"你说什么?"

"抑郁。焦虑。她的心理状况十分脆弱。"

"特茜,"米尔顿看着她的妻子说,"你是想看看那个卷宗,还是我们离开这儿,让这个浑蛋见他的鬼。"

"我想看看卷宗,"这时她抽着鼻子说。"请注意你的言辞。我们要尽力显得和气一点。"

卢斯最后还是让步了,让他们去看那个卷宗。他们看完卷宗后,他提出要在以后对我的病症重新评估,并表示希望很快就会把我找到。

"我无论如何决不再把卡利带给他去诊断治疗了,"我母亲在他们离开的时候说。

"我不知道他究竟做了什么，惹恼了卡利，"我父亲说，"但他肯定做了什么。"

他们在九月下旬回到米德尔塞克斯。榆树上的叶子正在纷纷下落，街道上面不再有树阴遮挡。天气开始变冷了；特茜夜晚躺在床上，听着呼呼的风声和沙沙作响的树叶声，不知道我究竟在哪儿睡觉，是否平安无事。镇静剂并没有平息她心里的恐慌，使她安定下来。在镇静剂的作用下，特茜退缩到她自身内在的核心中，退缩到一个好像可以察看到她内心的焦虑的观察平台。这种时候她的恐惧才略微减轻一点。服了药丸，她的嘴巴发干，她的脑袋好像裹在棉花里面，她的眼睛周围的景象闪闪烁烁。她每次应该只吃一颗药丸，但她常常吃上两颗。

特茜在意识和无意识当中的一个场所深入思考。白天她忙着接待客人——大家经常带着食物上他们家来拜访，她只好布置碗碟；等他们走了，再把碗碟收拾干净——但是夜晚，在近乎麻木的状态中，她才有勇气来接受我留下来的那封短信。

要母亲把我想成她女儿以外的任何人是办不到的。她的思想一次次地绕着同样的圈子，毫无进展。特茜半睁着眼睛，凝视着墙旮旯里星星点点、晶莹闪亮的昏暗的卧房的另一边，看到我曾经穿过或拥有过的所有物品。它们都好像堆在她的床脚——饰有缎带的短袜、玩具娃娃、发夹、整套有关马德琳的书籍①，宴会穿的衣服、红色的玛丽简牌的鞋子、无袖连衣裙、简易烤炉、呼拉圈②。这些物品构成了返回我身上的那条线索。这条线索怎么会导致出现一个男孩呢？

然而，如今情况显然如此。特茜回想起过去一年半里发生的各种事情，想找出一些她可能没注意到的蛛丝马迹。任何一个母亲面对自己十几

---

① 马德琳的书籍，指生于奥地利的美国作家、插图画家路德维格·贝维尔曼斯(1898—1962)在一九三九年开始创作的儿童文学作品，即六本有关马德琳的历险系列故事，其中生动的水彩插图均出自他的手笔。
② 呼拉圈，一种用轻质材料制成的大圈，套在身上摆动腰部或臀部使之绕在身上旋转，主要用作锻炼身体的器具或儿童玩具。

岁的女儿身上被揭露出的惊人发现所会采取的行动，大概也不会与此有多少不同。如果我由于服用毒品过量而死去，或者参加了邪教，我母亲的思想也会基本具有同样的形式。她会同样重新作出评估，但问题并不相同。这难道就是我个子那么高的缘故？这是否可以解释为何我一直没有月经？她回想起我们约好去金羊毛美容院热蜡脱毛的场景以及我那沙哑的女低音——确实，每一件事都不对头：我从来不能使身上的衣衫显得匀称好看，而女式手套也不再对我合适。所有那些特茜认为属于青春期初期的现象突然在她眼里都显得有些不祥。她怎么会没看出来呢！她是我的母亲，她生了我，我对自己都不及她对我那么亲近。我的痛苦就是她的痛苦，我的欢乐就是她的欢乐。可是，卡利的脸上不是有时会有一种奇怪的神色？显得那么热烈，那么……具有男子气概。而且她身上没有一点脂肪，哪儿都没有，都是骨头，臀部也不发达。但那不可能……卢斯医生说卡利是一个……为什么他以前没有提到任何有关染色体的事儿……这怎么会是真的？这就是我母亲头脑模糊、难以领悟时所有的思绪。特茜琢磨着所有这些事情，后来她想到了那人儿，想到了我和那人儿的亲密的友谊。她回想起那个姑娘在演戏时倒毙身亡的日子，回想起自己匆匆跪到后台时所看到的情景，当时我正搂着那人儿，对她表示安慰，轻抚着她的头发，而我脸上则现出异常激动的神色，一点没有什么哀伤的样子……

特茜从最后这个想法又回到了现实。

而米尔顿却没有浪费时间，去重新评估以前出现的各种迹象。在旅馆的信笺上，卡利宣称说，"我不是一个女孩。"但卡利只是一个孩子。她知道什么呢？孩子会说出各种各样荒唐的话。我父亲不明白我为什么要逃避外科手术。他无法理解为什么我不想受到诊疗和医治。他确信一味去推测我逃跑的原因并不是所应抓住的要点。首先他们必须把我找到，必须让我平安无事地回来。以后他们可以再来处理医疗方面的情况。

米尔顿如今一心就为了这个目标。他把每天的大部分时间都用在电话上，给全国各地的警察机关打电话。他不断缠着纽约的那个警探，询问我的案子是否有什么进展。在公立图书馆里,他查阅电话簿,把各个警察机关和收容离家出去的青少年的收容所的电话和地址都抄下来,随后他有条不紊地按照这张单子,拨打每个电话号码,询问是否有谁见到某个与我的形貌特征相符的人。他把我的照片寄给各个警察局,同时把一份通知书寄给他的各个特许经营人,要他们在每家海格立斯餐厅都张贴我的相片。早在医学课本上出现我那赤裸的身体以前,在全国各地的布告板上和橱窗里就出现了我的脸。旧金山警察局收到了我的一张照片,但是如今,要凭着这张照片就把我认出来,几乎不大可能。我就像一个真正的亡命之徒,已经改变了自己的面貌。我那身装扮在生理习性的影响下日趋完善。

米德尔塞克斯又开始满是我们的朋友和亲戚。佐姑姑和我们的表兄表姐前来给我的父母精神上的支持。彼得·塔塔基斯有天早早关闭了他的按摩疗法诊所,从伯明翰驾车前来与米尔特和特茜一起吃饭。吉米·菲奥雷托斯夫妇带来了希腊小甜饼①和冰淇淋。那种情形好像从来就没发生过对塞浦路斯的入侵。女人们都聚集在厨房里,准备食物,而男人们则坐在起居室里,低声交谈。米尔顿从酒柜里拿出几瓶上面覆满灰尘的酒。他把一瓶皇冠牌威士忌从一个紫红色的丝绒口袋里拿出来,摆在客人面前。我们那副旧的十五子棋从一堆棋类游戏下面给拿了出来,几个年长的妇女开始数起她们的安神念珠。大家都知道我逃跑了,但谁也不清楚究竟为了什么。他们私下彼此谈论,有个人说,"你认为她怀孕了吗?"另一个人说,"卡利有没有一个男朋友?"又有一个人说,"她一直看上去像个好孩子。万万想不到她竟会做出这样的事。"另外一个人又说,"老是为他们的孩子在那所势利的学校里成绩全优而自吹自擂。哎,如今他们不再吹嘘了。"

迈克神甫在特茜痛苦地躺在楼上床上的时候握着她的手。他脱了短上衣,只穿着黑色短袖衬衫,戴着护颈,他告诉特茜他会祈求上帝让我回来。他建议特茜到教堂去,为我点支蜡烛。如今我暗自寻思,当迈克神甫

---

① 原文为希腊语。

在主卧室里握着我母亲的手时,他脸上究竟是什么表情。他是否流露出一丝幸灾乐祸①的神色?是否从他以前未婚妻的不幸中得到乐趣?是否因他内兄手里的钱财并没有能为其免除这场灾难而欣然自得?他是否也表现出一点儿心情松快的样子?因为这一次,在回家的路上,他的妻子佐薇无法再用米尔顿来让他相形见绌了。上面所有这些问题,我都无法回答。说到我的母亲,她已安定下来,只记得迈克神甫的脸在她眼睛的逼视下,显得奇长无比,看去就像埃尔·格列柯的画里的一个祭司。

特茜夜里睡得很不安稳,心里惶惶不安,老是惊醒过来。早上她整理好床铺,但吃完早饭以后,有时她又躺到床上,让她那双小小的白色软底帆布鞋整齐地放在地毯上,把遮阳窗帘拉上。她的眼窝变得颜色很深,而她太阳穴处的青色血管相当明显地在突突跳动。电话铃突然响起来,她感到自己的头好像就要炸开来了。

"喂?"

"有什么话要说吗?"原来是佐姑姑。特茜的情绪又低沉下来。

"没有。"

"别担心。她会出现的。"

她们只谈了一会儿,特茜就说她得走了。"我不该占住电话线。让别人打不进来。"

每天早上,旧金山市都要出现一片大雾。雾从远处的海上开始产生,飘过弗拉隆群岛②,遮住了趴在礁石上的海狮,随后蔓延到海滩上,把金门公园里那片长长的绿色低洼地区填满。那些在清晨慢跑锻炼的市民跟那些孤独的打太极拳的汉子在雾中都显得朦朦胧胧。那座玻璃馆阁③的窗户上也蒙上了一层水汽。雾气悄悄笼罩了整个城市,笼罩了纪念建筑和电影

---

① 原文为德语。
② 弗拉隆群岛,位于美国旧金山市金门海峡外二十七英里处的一列群岛。
③ 玻璃馆阁,指位于美国旧金山市的里茨·卡尔顿玻璃馆阁,初建于一九〇九年,后经屡次改建修缮。

院，笼罩了坐落在油水区①的形状好像锅柄的吸毒场所和廉价旅馆。太平洋高地上的那些色彩柔和、具有维多利亚时代风格的大楼和海特-阿什伯里的那些五颜六色的房屋都给大雾盖住了。雾气在华人区的那些曲曲弯弯的街道上来回移动；它登上缆车，缆车上面那些当当的铃铛便显得好像浮标似的；它爬到科伊特塔②的塔顶，后来那座塔就没了踪影；雾气逼近墨西哥街头乐队队员仍在那儿睡觉的教堂区；雾气也给游客带来不少麻烦。旧金山的大雾，那片天天翻滚着弥漫全城、清除了个性特点的寒冷雾气比任何别的事物更好地说明为什么这座城市是目前这种情形。第二次世界大战后，旧金山是从太平洋回国的水兵重新入境的主要地点。在大海上，许多这样的水兵养成了一些回到陆地以后深为他人诟病的表示情爱的习惯。这批水兵就留在旧金山，他们的人数不断增加，而且还引起了旁人的注意，后来这座城市就成了同性恋者的首都，同性恋者的京城③（这是对于生活中的不可预测因素的又一项证明：卡斯特罗区④是军事工业综合企业的直接结果）。合乎这批水兵脾胃的正是这种雾气，因为它给这座城市带来了海上那种不断变动、却并无个性特征的气氛，而在这种毫无个性特征的气氛中，涉及个人生活的改变真是轻而易举。有时很难看出究竟是大雾朝着城市滚滚而来，还是城市迎着雾气飘然而去。早在二十世纪四十年代，这片雾气就把那些水兵所干的勾当隐匿起来，不让他们的同胞市民见到。而这片雾气也没有就此罢手。在五十年代，它灌满了"垮掉一代"成员的脑袋瓜儿，好似他们的卡普契诺咖啡⑤里的泡沫。在六十年代，它使那些嬉皮士的头脑模糊不清，有如他们的大麻烟枪上所升起的烟雾。而在

---

① 油水区，指城市中风气腐败，贩毒、赌博、卖淫等问题严重的地区，而警察却可从中收受贿赂，捞到好处，故被称作油水区。
② 科伊特塔，位于美国旧金山市的电报山顶、外形好似消防龙头的高塔，从塔顶上可以观赏旧金山市区及海湾景色，并可眺望金门大桥上的夕阳。
③ 原文为德语。
④ 卡斯特罗区，旧金山同性恋者聚居社区的中心区。
⑤ 卡普契诺咖啡，一种深意大利咖啡，常用蒸汽加热后加牛奶或奶油饮用。源自天主教圣方济会一位僧侣的名字，他在一七七四年从巴西引进了此种咖啡。

七十年代,当卡尔·斯蒂芬尼德斯来到这儿的时候,雾气正把我和我的那些新朋友藏在公园里。

在我来到海特-阿什伯里的第三天,我走进一家小餐馆,吃起一份香蕉圣代①来。这是我第二回吃了。我取得自由的那股兴奋劲儿正逐渐减弱。在街上狼吞虎咽地吃东西并不能像一个星期以前那样消除心头的忧郁。

"有没有多余的零钱?"

我抬起头来。一个我十分了解的那种家伙没精打采地站在我坐的那张云石面的小桌旁。那是一个我始终不想接近的那种待在高架桥下通道里的孩子,那种衣着破旧、出逃在外的孩子。他的运动衫的兜帽给拉了起来,围着一张红润丰满的脸,上面长满了粉刺。

"对不起,"我说。

那个男孩弯下身子,把脸凑得离我的脸更近了一点。"有没有多余的零钱?"他又问了一遍。

他的这种死乞白赖的样子叫我感到相当恼火。因此我狠狠地瞪眼看着他,说道,"我该问你同样的问题。"

"我可不是一个狼吞虎咽地吃圣代冰淇淋的人。"

"我告诉你我没有一点多余的零钱。"

他朝我身后瞥了一眼,口气更加亲切友好地问道,"你怎么随身带着这个其大无比的箱子?"

"这跟你没有关系。"

"我昨天看见你吃这种东西。"

"我有钱吃这种冰淇淋,就是这么回事。"

"你没有一个住的地方吗?"

"这样的地方我多的是。"

---

① 香蕉圣代,以香蕉纵切成条状作底,上置冰淇淋球,再浇以掼奶油、果仁和糖浆等的冷饮甜食。

"你给我买一个牛肉饼,我就让你看一个好地方。"

"我说了这种地方我多的是。"

"我知道公园里的一个好地方。"

"我也可以进公园去。随便哪个人都可以进公园去。"

"如果他们不想被人扒窃,那就不行。嗨,你不知道出现的是什么情况。在公园里有安全的地方,也有不安全的地方。我跟我的朋友有个很好的地方。十分僻静。警察压根儿不知道那儿的情况,因此我们始终可以尽情地吃喝玩乐。也许可以让你住在那儿,但首先我要那块浓奶油乳酪。"

"刚才还只是一块牛肉饼。"

"你这个瞌睡虫,你输了。价钱始终不断上涨。不管怎么说,你几岁了?"

"十八岁。"

"行啊。说得不错,好像我会相信你的话似的。你没有十八岁。我十六岁,你的年龄并不比我的大。你是从马林县①来的吗?"

我摇了摇头。我已经有一阵子没有跟一个和我年岁相仿的孩子讲话了。这番交谈的滋味很不错,使我不再感到那么孤独。但我仍然保持警惕。

"不过你是一个很有钱的孩子,对吗?鳄鱼先生?"

我一句话也没说。突然他完全露出一脸恳求的样子,充满孩子饥饿的神情,两个膝盖不住颤动。"嗨,快点儿。我饿了。行,别再提什么浓奶油乳酪了,就给我买个牛肉饼吧。"

"好吧。"

"妙极了。一个牛肉饼,还有油炸薯条。你说油炸薯条的,对吧?嗨,你肯定不会相信这一点,但我的父母也很有钱。"

于是就开始了我在金门公园的时光。结果我新结识的朋友马特对他父

---

① 马林县,位于美国加利福尼亚州旧金山湾区北部的一个县。

母的情况倒没说谎。他原来住在梅因莱恩①。他的父亲是费城的一位离婚诉讼律师。马特是他的第四个孩子,也是最小的孩子。他身体结实,长着一个突出的下巴,有着一副低沉的因为抽烟而变得沙哑的嗓音,他去年夏天从家里跑出来追随感恩死者乐队②,但始终没有停留。他在他们的音乐会上出售扎染花色的圆领汗衫,在做得到的时候也出售毒品或迷幻药。他把我领到公园深处,我在那儿看到了他的伙伴。

"这是卡尔,"马特对他们说。"他要在这儿住一阵子。"

"那好极了。"

"哎,你是一个丧事承办人吗?"

"我起先还以为是阿贝·林肯③呢。"

"不,这只是卡尔的旅行服装,"马特说。"他在那个手提箱里还有别的一些衣服。对吗?"

我点了点头。

"你要买一件汗衫吗?我有几件汗衫。"

"好吧。"

营地位于一片合欢树丛中。树枝上毛茸茸的红花看上去就像烟斗通条。不少巨大的长绿灌木形成一座座天然的小屋,一直延伸到土丘上面,它们的内部空落落的,下面的土干干的。风给这些灌木挡在外面,而且雨也难得落到这些灌木中间。在这些灌木内部,有可以把身子坐直的空间。每株灌木里面都包含着几个睡袋;在你想要睡觉的时候,可以挑选无论哪个正好空着的睡袋。那儿实施群居的道德规范。孩子们老是不断离开或出现在那片营地上。那儿有他们丢弃的所有物品:一个野营用的炉子,一个装意大利面食的罐子,各种各样银白色的金属餐具,像果酱罐的望远镜,

---

① 梅因莱恩,美国费城西面一高级住宅区。
② 感恩死者乐队,一九六四年成立于旧金山的一支美国摇滚乐队,其音乐为布鲁斯爵士乐、民乐和摇滚乐的混合,音量极大。主要成员有杰里·加西亚和唐娜·戈德肖等。
③ 指美国总统亚伯拉罕·林肯。

寝具，一个给人们扔来扔去、犹如黑暗中的光亮的飞碟，有时他们也要我参加飞碟游戏，好让双方人数均等。（"天哪，鳄鱼。嗨，你扔起来就像一个姑娘。"）他们的什锦干果果仁、大麻烟枪、烟筒、小瓶硝酸戊酯储备丰富，但毛巾、内衣、牙膏却不够充足。那儿有一条我们用作厕所的沟，离营地大概三十码左右。水族馆旁边的喷水池可以用来洗澡，但为了避开警察，你得在晚上去洗澡。

如果其中一个家伙有个女朋友，有一阵子周围就会有个姑娘。我总跟他们离得远远的，生怕他们会猜到我的秘密。我就像一个碰见某个来自故国的人的移民，装模作样地摆出一副架子。我不想让人发现我的情况，因此沉默寡言。可是不管怎样，在这群人里，我本来也不会话很多的。他们都是感恩死者乐队的摇滚乐迷，这就是他们谈话的内容。谁在哪个夜晚看到杰里①。谁有哪场音乐会的录制盗版。马特由于成绩不好而从中学退学，但在列举有关死者乐队的各项琐事方面，却有着十分出色的记忆力。他脑子里记着他们巡回演出的日期和城市。他背得出每首歌的词句，讲得出感恩死者乐队在何时何地演唱哪一首歌，一共唱了几次，哪些歌他们只演唱了一次。他期待着他们演唱某些歌曲，就像忠实的信徒在等待着救世主。总有一天，感恩死者乐队会演唱"顶呱呱的查利"，而马特·拉森想要待在那儿亲眼目睹受到拯救的天地万物。他有一次曾经遇见杰里的妻子山姑娘。"她真他妈的妙极了，"他说。"我真他妈的想爱上一个她那样的女人。要是我发现一个像山姑娘那样美妙的女子，我就会跟她结婚，养上几个孩子，还有诸如此类的那套废话。"

"也找一份工作吗？"

"我们可以跟着乐队巡回演出，把我们的婴儿放在小麻袋里。这是印第安人抚养幼儿的生活方式。出售大麻烟。"

我们并不是唯一住在公园里的人。有些无家可归的人占据着公园另一

---

① 杰里，即杰里·加西亚，感恩死者乐队的主要成员。

侧的几个土丘，他们的胡子生得很长，脸上满是污垢，又受到阳光的照射，因而变成褐色。他们出名地专门洗劫别人的营地，因而我们从来不让自己的营地无人看管照料。这几乎就是我们所有的唯一规章。始终得有人在那儿站岗放哨。

我跟感恩死者乐队的摇滚乐迷混在一起，因为我害怕孤独。我在路上的那段时光看到了待在一伙人中的好处。我们出于各不相同的原因离开了家。他们并不是在正常情况下我会结交的那些孩子，但在这段短暂的时间里，我勉强应付，因为我没有别的地方好去。待在他们身边，我总感到很不自在。可是他们并不特别凶暴。孩子们喝了酒，就会发生争斗，但这个团体的气质是非暴力的。每个人都阅读《席特哈尔塔》[①]。在营地里大家传阅着一本旧的纸面本，我也看了一遍。下面是我对那段时光记得最清楚的一件事：卡尔坐在一块石头上，看着赫尔曼·黑塞的作品，了解佛陀[②]的思想。

"我听说佛陀戒除了迷幻药，"一个摇滚乐迷说。"这就是他所觉悟的东西。"

"嗨，那时他们还没有迷幻药。"

"不，你知道，那就像一个蘑菇。"

"唉，我觉得杰里就是佛陀。"

"是呀！"

"我他妈的曾在圣菲的货运中心看到杰里演奏四十五分钟空间爵士乐即兴演奏会，那会儿我就知道他是佛陀。"

我对所有这些谈话都不参与。所有这些感恩死者的摇滚乐迷渐渐进入睡乡，那时只见卡尔待在远处下部突出的灌木枝干上。

我并没有想好自己应该怎样生活就离家出走；我并没有哪个地方可以

[①] 《席特哈尔塔》，瑞士籍德国作家赫尔曼·黑塞(1877—1962)在一九二二年所写的一本小说，主要描写主角席特哈尔塔追求真理的过程。
[②] 佛陀，佛教徒对释迦牟尼的尊称。

前去就逃了出来。眼下,我身上十分肮脏,手里的钱也快用完了。早晚我得给我的父母打电话。但在我一生当中破天荒头一次,我明白他们并不能做什么来帮助我。任何人都做不了什么。

每天我都带着这伙人到阿里巴巴餐馆,给他们买植物蛋白饼,每个七毛五分。我决定不参加乞讨和毒品交易。我多半在那片合欢树周围闲荡,心里越来越感到绝望。有几次,我一直走到海滩上,在大海旁边坐下;但过了一阵子,我也不再这么做了。大自然并没有解除我的愁闷。外界已经消失了。不管去到什么地方,总无法忘掉自己。

这跟我父母的情况正好相反。不管他们到哪儿去,无论他们做什么事,他们所面对的都是我不在场。在我失踪以后第三个星期,我们的朋友和亲戚不再成群结队地来到米德尔塞克斯。宅子里安静下来。电话铃也不再响了。第十一回如今住在北部半岛,米尔顿给他打了电话,说,"你妈妈正遭遇一个艰难的时期。我们仍然不知道你妹妹的下落。我想妈妈要是见到你的话,肯定会觉得好受一点。你何不到家里来过周末?"米尔顿一句也没有提到我留下的那封短信。我在医疗中心的那段时间,他只是三言两语地让第十一回了解我的情况。第十一回从米尔顿的声音里听出情况严重,答应周末回来,住在他以前的卧室里。他逐渐知道了我的病情细节,并不像我父母作出那么强烈的反应,这使我的父母或者至少特茜开始接受新的现实。就在这样的周末,米尔顿迫不及待地想要巩固他和自己儿子恢复的关系,再次竭力劝他投身到家族企业中来。"你不再跟那个梅格来往了,是吧?"

"是的。"

"哦,你不再学工程了。那你如今在做什么呢?我和你妈妈不大清楚你在马凯特①那儿的生活。"

---

① 马凯特,位于美国密执安州北部半岛中部的一个县,成立于一八四三年三月九日。县名系纪念法国耶稣会士、第一个看见密西西比河并绘图的欧洲人雅克·马凯特神甫。

"我在一个酒吧里干活。"

"你在一个酒吧里干活？干什么呢？"

"快餐厨师。"

米尔顿只停顿了一会儿。"你倒不如哪一天待在烤架后面或者经营海格立斯热狗店呢？不管怎么说，你是作出发明的那个人。"

第十一回并没有表示同意，也没有表示反对。他一度曾是一个对科学十分着迷的人，但是六十年代改变了这一切。在那十年形势的要求下，第十一回成了一个乳汁素食主义者，一个学习超脱静坐①的人，一个咀嚼佩奥特仙丸②的人。很久以前，有一回，他把几个高尔夫球锯成两半，想要看看里面有什么东西。可是，我哥哥在他一生的某个时刻，开始变得对人的内心极感兴趣。他确信正规教育毫无用处以后，就退出了现代生活的舒适环境。我们两个人出现了回归自然的时刻，第十一回是在合众国际社，而我则在金门公园的灌木中。可是，在我父亲作出这个提议的时候，第十一回已经开始对树林感到厌倦。

"来吧，"米尔顿说，"我们现在就开一个海格立斯热狗店。"

"我不吃肉，"第十一回说。"要是我不吃肉，那我怎么能经营这样的店铺呢？"

"我一直考虑添加一些色拉自助柜，"米尔顿说，"如今许多人都吃低脂肪的食物。"

"好主意。"

"真的吗？你觉得这样吗？那可以成为你负责的部门。"米尔顿开玩笑地用胳膊肘推了他一下。"我们可以让你作为主管色拉自助柜的副总裁开始工作。"

他们驱车来到闹市区的海格立斯餐厅。他们到那儿的时候店里十分繁忙。米尔顿跟经理格斯·扎拉打了个招呼，"嗨。"

---

① 超脱静坐，指印度教的口念真言静坐，以达到无忧无虑、身骨松弛、超脱俗念的境界。
② 佩奥特仙丸，从佩奥特仙人掌中提炼出来的一种麻醉、致幻药物。

格斯抬起头来，紧接着就开怀地笑了起来。"嗨，米尔特。你好吗？"

"很好，很好。我把未来的头儿带到这儿来看看地方。"他指着第十一回。

"欢迎这个家族王朝，"格斯张开两只胳膊，开玩笑地说。他也大声地笑起来。接着他似乎意识到自己这样不大得体，连忙停了下来。出现了一阵令人尴尬的沉默。随后，格斯问道，"那么，米尔特，要来些什么呢？"

"二号全套。我们给这位素食主义者吃些什么呢？"

"我们有豆子汤。"

"行。给我的孩子来一碗豆子汤。"

"好的。"

米尔顿和第十一回挑了个凳子坐下，等着侍者把食物给他们端来。又沉默了很长一段时间，米尔顿说，"你知道你的老爸目前有多少家这样的店铺？"

"多少？"第十一回问道。

"六十六家。在佛罗里达州有八家。"

这番艰难的说服工作真没法子给做得更加深入了。米尔顿默默地吃着他的海格立斯热狗。他十分清楚格斯为什么显得如此殷勤友好。那是因为在一个姑娘失踪后，他也想到了大家所想的事情。他想到了最坏的情况。米尔顿有时候也这么想。他并没有向哪个人承认这一点，也没有向自己承认这一点。可是，每逢特茜谈到那条脐带，每当她声称她仍然可以感到我在外边哪个地方的时候，米尔顿不知不觉地想要相信她的话儿。

有一个星期天，在特茜动身去教堂的时候，米尔特递给她一张数额很大的钞票。"为卡利点支蜡烛吧。点上一束。"他耸了耸肩膀。"不会有什么害处。"

可是特茜走了以后，他摇了摇头。"我到底怎么了？点些蜡烛！天哪!"他为自己竟会接受这种迷信感到十分恼火。他又再次发誓一定要把我找到,把我带回家去,不管用什么方法。他会碰到一个机会,等一出现这样的机会,米尔顿·斯蒂芬尼德斯就不会错过。

感恩死者乐队来到伯克利①。马特和别的孩子列队去听音乐会。我接受了照看营地的任务。

到了午夜时分,在合欢树丛中我醒了过来,听见一些嘈杂的声音。灌木丛里掠过一些亮光,传来几个低声说话的人声。我头上的树叶变白了,而且我可以看见上面四向伸展的枝干。地面、我的身体和脸上都给出现的亮光弄得斑斑驳驳。接着有个手电筒耀眼地照进了我的藏身所在的那个洞口。

顿时几个人朝我逼近了。有个人用手电筒照着我的脸,而另一个人则扑到我的胸口,按住我的两只胳膊。

"快起来,"那个拿着手电筒的人说。

原来是对面土丘上的那两个无家可归的人。其中一个坐在我的身上,另一个则开始在营地上四处搜寻。

"你们这些小混蛋在这儿有些什么好吃的东西?"

"瞧他,"另一个家伙说。"小混蛋要把屎拉在裤子上了。"

我把两条腿紧紧并在一起,身上仍然有着女孩子的那种恐惧。

他们主要在寻找迷幻药。拿着电筒的那个家伙把睡袋都纷纷抖开,接着在我的手提箱里搜寻。过了一会儿,他回来了,跪下一条腿来。

"嗨,你的那些朋友都上哪儿去了?他们走了,就让你一个人待在这儿吗?"

他开始搜查我的衣服口袋,不久找到了我的皮夹子,把里面的东西倒了出来。他这么做的时候,我的学生证掉了出来。他用手电筒照着学

---

① 伯克利,美国加利福尼亚州西部城市。

生证。

"这是什么？你的女朋友吗？"

他咧嘴笑着，紧盯着那张相片。"你的女朋友喜欢口交吗？我肯定她喜欢的。"他捡起我的学生证，把它抵在自己的裤子前边，挺身向前。"哦，是的，她的确喜欢！"

"让我来瞧瞧，"压在我身上的那个人说。

拿着手电筒的那个家伙把学生证扔到我的胸口上。把我压在地上的那个家伙低下头来，凑到我的面前，用低沉的声音说道，"别动，他妈的，"他松开我的胳膊，拿起我的学生证。

这时我可以看到他的脸了。花白的胡须，满口蛀牙，一个露出中间隔膜的歪鼻子。他瞅着那张照片。"瘦骨伶仃的小娼妇。"他看了看我，又看了看那张学生证，脸上的表情一下子变了。

"原来是个小妞！"

"嗨，你理解力真强。我一直说到你的这个特点。"

"不是的，我指的是他。"他朝下指着我。"就是她！他是个女的。"他把学生证举起来给另一个人看。手电筒又一次对准穿着运动茄克和外罩的卡利俄珀。

最后那个跪着的人咧嘴笑了。"你瞒着我们？唔？你是不是在裤子里面藏着什么东西？抓住她，"他吩咐说。骑在我身上的那个人又按住我的两只胳膊，另一个人则解开我的裤带。

我想要摆脱他们。我扭动着身子，双腿乱蹬。但他们的力气太大了。他们把我的裤子拉到膝头。一个人把手电筒对准了我，随即赶紧往后一跳。

"天哪！"

"什么？"

"他妈的！"

"什么？"

"原来是个他妈的畸形。"

"什么?"

"嗨,我都要呕吐了。瞧!"

等另一个人看完后,他马上放开了我,好像我的身上有什么毒素似的。他站起身来,十分恼火。他跟另外那个家伙默默取得了一致意见,都用脚开始踢我。他们一边踢一边咒骂。先前按着我的那个家伙把脚尖踢到我的肋部。我一把抓住他的那条腿不放。

"松开手,你这个该死的畸形的家伙!"

另一个家伙踢着我的脑袋。他踢了三四次,我就失去了知觉。

等我苏醒过来,四周一片寂静。我觉得他们好像已经走了。接着有个人格格地笑起来。"来拼一拼吧,"有个人的声音说。随后我就给两道闪闪烁烁、相互交叉的黄色水流弄得浑身湿淋淋的。

"爬回你钻出来的那个窟窿去吧,你这畸形的家伙。"

他们就把我扔在那儿。

等我找到水族馆旁的那个公共喷水池并在里面洗澡的时候,外面的天仍然很黑。我身上好像没有哪个地方流血。我的右眼闭着,肿得相当厉害。要是我深深地吸上一口气,我的肋部就会感到疼痛。我随身带着我爸的那个手提箱。我手里有七毛五分钱。我非常希望自己能给家里打个电话。相反,我却给鲍勃·普雷斯托打了个电话。他说会马上开车过来接我。

赫马佛洛狄忒斯[①]

在七十年代早期，卢斯这种性别认同的理论相当流行，这并不奇怪。因为那时，正如我的头一个理发师所说的那样，大家都想变得让人区分不出性别。大多数人认为人格主要是由环境所决定的，每个孩子都是一块有待书写的空白的石板。我自己的治疗经历只反映了大家那些年在心理上所发生的变化。女子逐渐变得更像男子，而男子也逐渐变得更像女子。在七十年代当中有一阵子，看来性别差异也许会就此消失。可是接着发生了另一件事。

那就是被大家称作的进化生物学[②]。在这门学科的影响下，又把性别区分开来，男子成为猎人，女子成为采集果实的人。环境因素不再对我们产生作用；大自然对我们产生作用。我们仍然受到始于公元前两万年的人科动物那种冲动的影响。因此，今天在电视和期刊杂志上，你会看到目前这种简单明了的说法。为什么男子无法交流沟通呢？（因为他们在打猎时必须保持安静。）为什么女子那么善于交流沟通呢？（因为她们在有水果和浆果的地方必须彼此大声呼唤。）为什么男子永远无法发现屋子周围的东西？（因为他们具有在追踪猎物时十分有用的狭窄的视野。）为什么女子能如此轻易地发现东西？（因为在保护住所的时候，她们习惯于以宽阔的视野察看。）为什么女子不会平行停放汽车？（因为睾酮偏低抑制了她们对空间的识别理解能力。）为什么男子不愿要求他人指点方向？（因为要求他人指点方向是一种意志薄弱的表示，而猎人从不显得意志薄弱。）

这就是我们当今所见到的情况。男子和女子对他们都是一个样子感到腻味厌倦,又想有所不同。

因此,到了二十世纪九十年代,卢斯医生的理论受到大众的抨击就也不足为奇了。孩子不再是一块空白的石板,每个新生婴儿都有遗传现象和进化的印记。我的生活就处在这场争论的中心。我在某种意义上就是这场争论的答案。起先,我刚失踪的时候,卢斯医生十分绝望,感到失去了自己最重大的发现。但是后来,他也许明白了我逃跑的原因,从而认定我并不可以用来证明他的理论,相反却可被用来反对他的理论。于是他希望我会不声不响地待着。他发表了有关我的一些文章,心里暗自祈求我再也不要露面,来否认这些文章的正确性。

可是情况并不这样简单。我与那些理论都不怎么相符。既不符合进化生物学家的理论,也不符合卢斯的理论。我的精神气质也与中间性权利运动中流行的本质主义③并不一致。跟报刊上所描写的其他所谓的男性假两性体之人不同,我作为一个女孩,从来都没有感到不自在。而在男人中间,我仍然并不觉得毫无拘束。欲望使我转投到另一边,欲望以及我身体的实际情形。在二十世纪,遗传学把古希腊有关命运的观念带到了我们的细胞中。而在我们刚刚开始的这个新的世纪,却发现了某种不同的现象。出乎我们大家的预料,构成我们生命基础的遗传密码可悲地并不充足。我们只有三万个基因,而不是像预期的那样有二十万个基因。那并不比一个老鼠的多。

于是出现了一种奇特的新的可能发生的情况,一种折中、含糊、粗略、并没有被完全抹煞的论点: 自由意志④又重新流行起来了。生物学提

---

① 赫马佛洛狄忒斯,希腊神话中赫耳墨斯和阿佛洛狄忒之子,沐浴时因与水仙女萨尔玛奇斯结合,成两性体。
② 进化生物学,生物学最基本的理论之一,英国博物学家达尔文为此种学说的奠基人,他首先提出自然选择是进化的一个机制及人类起源于类人猿的假设。
③ 本质主义,系与社会建构主义相对应的一种理论,强调性欲及其性别是先天的生理和心理条件造成的,是一种不以社会条件和历史环境所改变的人性本质之一。同性恋是具有某种心理和行为特征的客观族群,而非社会所谴责的道德堕落者。
④ 自由意志,系一种相信人类能选择自己行为的信念或哲学理论,认为人的行为表示人有选择能力,人的行为并非单纯由自然或神的力量所决定。

供给你一个大脑。生活使其转变为能够思维的头脑。

不管怎样，一九七四年在旧金山，需要付出很大努力才得以维持生活。

* * *

那儿又出现了氯的气味。虽然在那个旧电影院的座位周围仍然弥漫着带有黄油的爆玉米花气味，其中还清楚地有着跨坐在戈先生膝头的那个姑娘身上发出的十分强烈的香味，但戈先生还是能闻到游泳池中的那股十分明显的气味。就在这儿？在六十九人夜总会？他用鼻子嗅着。坐在他腿上的那个姑娘弗洛拉说，"你喜欢我搽的香水吗？"但戈先生没有回答。戈先生对他花钱雇来坐在自己的膝头摆动身子的姑娘似乎并不怎么理会。他所最喜欢的行为就是让一个姑娘在他身上作出蛙泳蹬腿的动作，自己一边察看着另一个姑娘围绕着舞台上的那根闪闪发光的烧火工人的柱子跳舞。戈先生同时要处理多项任务。可是今儿晚上，他无法分散自己的注意力。那股游泳池的气味使他心烦意乱。这种情况已经有一个多星期了。在弗洛拉的扭动下，戈先生的头微微地上下摆动，他转过头去，望着在丝绒绳前形成的那个队伍。表演厅里那五十来个座位几乎都空着。在蓝色的灯光里，只看得见几个男人的脑袋，有几个人独自面对着舞台，还有一些人跟戈先生一样，有个伴侣骑在他们身上：那些头发漂白的女骑手。

在那道丝绒绳的后面是一段边上灯光闪烁的楼梯。要登上这道楼梯，你得另外付上五块钱门票。一旦到了俱乐部的两层楼上（人家告诉戈先生说），你唯一的选择就是走进一个小房间，在那儿你必须把自己在楼下买的每个两毛五分的筹码都插进去。要是你完成了所有这套程序，那就可以短暂地看到戈先生还不十分明白的东西。戈先生的英语可不只是差强人意。他在美国已经生活了五十二年。可是他看不大懂为楼上那令人向往的事物招徕顾客的招牌。因此他十分好奇。氯的气味只使他更加想要弄弄清楚。

最近几个星期,到楼上去的人越来越多,尽管如此,戈先生还是没有前去。他仍然忠实地待在底楼,那儿只要付十块钱门票,他就可以选择很多活动。戈先生只要愿意,就可以离开表演厅,走进过道尽头的黑厅。在黑厅里,有好几个闪光信号灯发出几道定位准确的光束。有些挤作一团的人挥动着这些闪光信号灯,如果你走了相当远的一段距离,就会看到一个姑娘,有时是两个姑娘,躺在一个上面铺着海绵橡胶垫的活动平台上。当然在某种意义上,那是认定实际存在一个姑娘、甚至两个姑娘的表示信念的行为。在黑厅里,你从来不能见到一个完整的姑娘。你只看见一部分。你看见你的闪光信号灯所照射出来的情景,比如一个膝盖,或一个乳头。再不然,在戈先生和他的伙伴眼里特别重要的是,你可以看到生命的起源,众多事物中的事物,在某种程度上显得极为纯净,一点没有隶属于人的那种杂乱。

戈先生也可以硬着头皮走进舞厅,在那儿有一些渴望跟戈先生跳慢步舞的姑娘。然而他并不喜欢迪斯科舞曲,在他那个年纪很容易感到疲劳。而把那些姑娘按在舞厅的装有衬垫的墙壁上也太费劲儿。戈先生倒更喜欢待在表演厅里,坐在那些着色的装饰派艺术的戏院座位上,它们原来属于奥克兰的一家如今已经拆除的电影院。

戈先生已经七十三岁了。每天上午,为了保持充足的精力,他都要喝一杯放了犀牛角的茶。当他在自己的公寓套房附近的中国药店能够买到熊胆的时候,他也吃上一些。这些壮阳的药看来很有效果。戈先生几乎每天晚上都来到六十九人夜总会,他有个笑话,老爱讲给坐在他膝头的那些姑娘听。"戈先生去跳歌歌舞①。"他对她们讲着这个笑话,这是他唯一面带笑容、发出笑声的时刻。

如果夜总会里不大拥挤(如今拥挤的情况难得在楼下出现),弗洛拉

---

① 歌歌舞,在夜总会等处由女子表演的一种多卖弄色相的摇摆激烈的舞蹈。

有时会陪着他听上三四首歌。花一块钱,她就会坐在他的身上听一首歌,但她会免费再坐着听上一两首歌。在戈先生看来,这是弗洛拉的一个可取之处,弗洛拉,并不怎么年轻,但她的皮肤细腻光洁。戈先生觉得她很健康。

可是今天晚上,只听了两首歌,弗洛拉就从戈先生身上滑了下来,嘟哝道,"我并不是一个信用调查所,你知道。"她怒气冲冲地走开了。戈先生站起身来,整理了一下自己的裤子,这时他又闻到那股游泳池的气味,再也克制不住自己的好奇心。他拖着脚步走出表演厅,两眼紧盯着楼梯上的那块用印刷字体写的招牌:

> 六十九人夜总会展示
> 八爪仙女的乐园
>
> 美人鱼梅拉妮!
> 埃莉和她那勾魂摄魄的电鳗!
> 还有我们特别叫座的演员
> **神圣的赫马佛洛狄忒斯**
> ½男人 ⟷ ½女人
> 没有骗局!真人实物!

这时戈先生再也克制不住自己的好奇心了。他买了一张票和一把筹码,跟其他人排队等在那儿。等负责保安的大汉让他走过去,他就登上那道灯光闪烁的楼梯。二层楼上的那些房间并没有号码,只有灯光表明里面是否有人。他找了一个空的小房间,随手关上身后的房门,把一个筹码扔到投币口里。顿时幕布就给悄悄地拉开了,显示出一个可以看到水下深处的舷窗。从房顶上的一个扬声器里响起一阵音乐,接着有个低沉的声音开始讲述一个故事:"从前有一次,在古代希腊,有一个具有魔力的水池。这个水池是专供水仙女萨尔玛奇斯使用的。有一天,一个漂亮的男孩赫马佛洛狄忒斯到水池里去游泳。"那个声音继续说道,但戈先生不再注意倾听。他朝水池深处看去,里面空荡荡的,现出一片蓝色。他很纳闷,不知姑娘究竟待在哪儿。他开始懊悔自己买了一张前来观看八爪仙女乐园的票子。可是就在这时,那个声音用吟诵的声调说道:

"女士们、先生们,看看神圣的赫马佛洛狄忒斯!半个男人,半个女人!"

上面传来一阵水的溅泼声。水池里的水先是发白,随后变成粉红色。在舷窗玻璃的另一侧,相距只有几英尺,出现了一个人的身体,一个活生生的人的身体。戈先生仔细观察。他眯起眼睛。他把脸紧贴着舷窗。如今看到的这种东西,他以前可从来没有见过,就连他在黑厅里游逛的那些年里也没有。他拿不准自己是否喜欢他所看到的这个玩意儿。可是眼前的景象叫他感到不同寻常,头晕目眩,身子轻飘飘的,不知怎的变年轻了。突然幕布又给悄悄地拉上了。戈先生毫不犹豫地又往投币口里投了一个筹码。

旧金山六十九人夜总会是鲍勃·普雷斯托开的一家夜总会,就座落在北海滩,那儿看得见闹市区的摩天大楼。周围有几家意大利餐馆、匹萨饼店和女招待不穿上装的酒吧。在北海滩,你可以前往浮华的脱衣舞舞场,就像卡罗尔·多达①的那种在门口遮篷上勾勒出她的著名胸脯的舞场。大声招徕顾客的伙计在人行道上抓住过路人的领口,说:"先生们!进来看

---

① 卡罗尔·多达,一九六四年美国首家女招待不穿上装的酒吧,旧金山的孔多尔酒吧中的不穿上装的歌舞女郎。

看表演！就看一下。看一下，一个钱也不要。"这时站在下一家夜总会外边的伙计嚷道，"我们的姑娘最好，这边来，穿过这个门帘！"接下去的另一家夜总会的伙计嚷道，"现场色情表演，先生们！而且在我们的场所，你还可以看橄榄球赛！"这些大声招徕顾客的伙计都是很有意思的家伙，多数都是失意的诗人，他们把时间都消磨在城市之光书店①，匆匆翻阅着新方向出版社出的平装本书籍。他们穿着有条纹的裤子，系着色彩鲜艳的领带，留着鬓脚和山羊胡子。他们往往很像汤姆·韦茨②，或者可能情况相反。他们有如马梅特③笔下的人物，居住在一个从来就不存在的美国，这是一个孩子对骗子手，大吹大擂地推销商品的人和下层社会生活所有的想法。

据说，旧金山是年轻人前往隐居避世的场所。尽管对一个沦落到丑恶的下层社会的人物描写一番，肯定会给我的故事增添色彩，但我还是不能不提到北海岸地区的长度也只有几条马路的距离。旧金山的地形美得出奇，不会允许污秽丑恶的事物得到很多的立足之地，因此，这些招徕顾客的伙计在一起，还有许多徒步的游客，一些拿着几个用酵头发酵的面包和吉拉尔代利巧克力④的游客。白天，公园里还有一些旱冰溜冰者和踢毽球⑤的人。但是到了晚上，情况最终变得有点丑恶，从晚上九点到凌晨三点，人们络绎不绝地走进六十九人夜总会。

显而易见，这就是我如今工作的地方。在接下去的四个月中，每个星期工作五个晚上，每天工作六个小时——幸好永远不用再这么干了——我展示出自己身体结构上的那种特殊情形，以此维持生计。医疗中心早就让

---

① 城市之光书店，位于美国旧金山的北海滩，一九五三年由劳伦斯·费林盖蒂开设。该书店曾是艾伦·金斯堡和杰克·凯鲁亚克等"垮掉的一代"作家的大本营。
② 汤姆·韦茨(1949—)，美国歌唱家、歌曲作家和演员，早年曾担任过一家夜总会的看门人。
③ 马梅特(1947—)，美国剧作家，从事戏剧创作前当过演员和导演，在大学教过戏剧。
④ 吉拉尔代利巧克力，由于位于美国旧金山的历史悠久的巧克力生产厂家吉拉尔代利公司生产制作的巧克力。
⑤ 毽球，一种类似我国毽子的玩具，不过外形是个球状的布袋。

我对目前这种情况在思想上有所准备，使我不再感到羞耻，再说，我又极需要钱。六十九人夜总会也是我的一个理想的场所。我和其他两个姑娘一起工作，他们一个叫卡尔曼，一个叫佐拉。

普雷斯托是一个剥削者，一个爱好色情的家伙，一个充满淫欲的畜生，但我的情况本来可能会变得更糟。要没有他，也许我永远都不会发现自己的实际能力。普雷斯托在公园里把我这个给揍得鼻青脸肿、满身是伤的人接上车后，就带回他的公寓套房。他的纳米比亚女友威廉明娜给我包扎了伤口。我一度又昏了过去，他们给我脱了衣服，让我躺到床上。那时普雷斯托才意识到他意外获得的这个宝物的分量。

我迷迷糊糊地时而清醒，时而失去知觉，听到了他们彼此说的一些零星话语。

"我早知道了。我在牛排餐厅看到他的时候就知道了。"

"你什么都不知道，鲍勃。你以为他是一个变性人。"

"我知道他是一棵摇钱树。"

后来，威廉明娜问道："他多大了？"

"十八岁。"

"他看上去不像十八岁。"

"他说他十八岁。"

"你想要相信他的话，对不对，鲍勃？你想要他在夜总会干活。"

"他打电话给我。我才向他提出来的。"

后来威廉明娜又说："鲍勃，你干吗不给他的父母打个电话呢？"

"这个孩子从家里跑了出来。他不想打电话给他的父母。"

八爪仙女乐园在我来以前就有了。普雷斯托六个月前想出了这个主意。卡尔曼和佐拉从一开始就分别作为埃莉和梅拉妮在那儿工作。可是普雷斯托一直在费心寻找一些始终显得相当怪异的表演者，知道我会让他在这个地区压倒他的竞争对手。附近找不到一个像我这样的人。

水池本身并没有那么大。实际上也并不比哪个人家后院的地上游泳池大多少。长度十五英尺,宽度可能是十英尺。我们爬下一把梯子,来到温暖的水中。从小房间里,你可以直接看到水池当中的情形;但却无法看到水池上面的情形。因此如果我们想要这样,我们工作的时候可以始终把头伸在水的外面,彼此交谈。只要我们把腰部以下浸在水里,客人就满意了。"他们并不是上这儿来看你的漂亮的脸蛋,"这就是普雷斯托对我所说的话。所有这一切使得这项工作变得容易多了。要是与窥淫癖者面对面地在一场正规的透过小孔观看的下流表演中进行表演,我觉得自己就无法办到了。他们的目光会把我的灵魂从身体里吸出来。可是在水池里面,只要我在水中,我就闭上眼睛。我在深海似的寂静中一起一伏。我把身子紧贴着一个舷窗的玻璃,同时在水上高高仰起自己的脸,这样就好不去留意紧盯着我身上的软体动物的那双眼睛。我以前是怎么说的?大海的表面是一面镜子,映现出四向分岔的发展的小路。上面是空中的生物,下面是水中的生物。一个星球,包含两个世界。客人们是海中的生物;佐拉、卡尔曼和我基本上仍然是空中的生物。佐拉穿着美人鱼的服装,躺在一条潮呼呼的狭长的室外地毯上,等着在我后面出场。有时她把一根大麻烟卷塞到我嘴里,这样我就可以一边抓着水池边沿,一边抽烟。等到我表演的那十分钟过去以后,我就爬到地毯上面,让自己的身体变干。鲍勃·普雷斯托通过音响系统说道:"女士们,先生们,让我们向赫马佛洛狄忒斯鼓掌!只有在这儿的八爪仙女乐园,才始终有这样性别异常的人物!各位,听我说,我们在龙虾中放了光彩照人的宝石;我们在鱀鳅中放了双性恋的人物……"

佐拉长着一双蓝色的眼睛,金黄色的头发,待在一旁问我说,"我的拉链有没有拉上?"

我检查了一下。

"这个水池使我全身充血。我一直感到充血。"

"你要我从酒吧里给你拿杯什么喝的吗?"

"给我一杯内格罗尼酒①,卡尔。谢谢。"

"女士们,先生们,现在是我们的八爪仙女乐园表演下一个引人入胜的节目的时候。对了,现在我看见斯坦哈特水族馆的小伙子们正把她带进来。请把手里的筹码都扔到箱子里,女士们,先生们,这是出现一个你们绝对不想错过的场面。请问我能击一阵鼓吗?转念一想,还是用一个寿司卷来宣告开场吧。"

佐拉表演的乐曲开始了。这是她演出的序曲。

"女士们,先生们,自从远古以来,水手们就常讲起自己看到的一些惊人的生物的故事,这些在海里游动的生物半像鱼类,半像女人。我们在六十九人夜总会里工作的人并不认为这种故事怎么可靠。可是与我们相识的一个捕捉金枪鱼的渔民前几天把他所捕获的一个惊人的东西带给我们。于是我们才知道那些故事是真实的。"女士们,先生们,"鲍勃·普雷斯托像在低声吟诵似的说道,"是否有……哪个人……闻到……鱼的气味?"

听到这番提示,穿着一身橡胶衣服,贴着亮晶晶的绿色闪光装饰鳞片的佐拉就会翻滚到水池里。她的衣服只遮到腰部以下,她的胸口和肩膀都裸露在外面。在水中的灯光里,佐拉急速地游动,与我不同,她在水下睁开眼睛,对着待在小房间里的男人和女人露出笑容,她甩动着那闪闪发亮的翠绿色的鱼尾,她那金色的长发好似海草在她的背后飘拂,她的乳房上点缀着一些珍珠似的微小的气泡。她并没有作出什么淫猥下流的表演。佐拉的姿色那么艳丽,因而大家光是望着她,看到她那雪白的皮肤,美丽的乳房,看到她那肚脐不断颤动的紧绷绷的肚子,以及她那肉体和鳞片混在一起、不住摆动的臀部的优美曲线就满足了。她把两只胳膊贴在身体两侧,勾起欲念地一起一伏。她脸上显得十分宁静,两只眼睛的颜色看去有如加勒比海那淡蓝色的海水。楼下是连续不断的迪斯科舞曲的节拍,但在

---

① 内格罗尼酒,一种由甜味美思、苦味汁和杜松子酒调配成的鸡尾酒。

楼上八爪仙女的乐园里，音乐却显得轻柔缥缈，一种悦耳动听、轻快活泼的曲调。

从某种角度看，这儿也有种艺术性。六十九人夜总会是一个乌七八糟的场所，但是在上面的乐园里，有的却是异国的情调而不是淫荡的气氛。那相当于特雷德·维克餐厅①在性的方面所提供的表演。观众得看到奇特的事物，不同寻常的身体，但是吸引他们的地方多半还在于给他们带来的那种心醉神迷的感觉。客人们透过眼前的舷窗，观察着别人真实的肉体做出他们的身体有时在梦中所做的行为。在场的有男性客人，结了婚的异性恋的男子，他们有时梦见自己正和具有阴茎的女子交合，那并不是男性的阴茎，而是细细的、逐渐变尖的女性肉茎，样子好像花的雄蕊，是由于旺盛的情欲而变得极为细长的阴蒂。也有几个同性恋的客人，他们梦想得到那种几乎女性似的皮肤光滑、没有体毛的男孩。还有几个女同性恋客人，她们梦想得到那些生着阴茎、生着任何人造阴茎都不具备的敏感及活力的阴茎（并非男性的阴茎，而是女性勃起的阴蒂）的女子。我们根本、没有办法说出有百分之几的人口做着这种性变形的美梦。但是他们每天晚上都来到我们的水下乐园，占据好各个房间，对我们仔细观察。

在美人鱼梅拉妮之后是埃利和她那勾魂摄魄的电鳗。这条电鳗一开始并不清晰可见。在浅绿色的水中扑腾而下的似乎是个身材瘦长的夏威夷女孩，身上穿着有着睡莲图案的比基尼游泳衣。她游动的时候，她的上半截泳装掉了下来。她仍然是一个女孩。但是等她用优雅的水上芭蕾舞的动作，把身子倒立起来，把比基尼游泳衣拉到膝头——噢，就到了那条令人吃惊的电鳗出现的时刻。这时，在那个瘦长的女孩的身体上，在那个本来不该会有什么东西的部位，出现了一条细细的、棕色的、显得脾气很不好的电鳗，一个濒于灭绝的物种。当埃利把身子摩擦着玻璃的时候，那条电鳗就变得越来越长，并用它那巨大的眼睛瞪着客人们。他们则回眼望着埃

---

① 特雷德·维克餐厅，由一个法国血统的加拿大商人维克·贝热龙在二十世纪六十年代所开设的充满南太平洋地方色彩的夏威夷形式的餐厅。

利的乳房和她那苗条的腰身。他们在埃利和那条电鳗之间来回地看来看去，为这种对立的生物的结合感到震惊。

卡尔曼是一个术前男扮女装的异性癖者。她来自纽约布朗克斯区。她个子矮小，瘦骨嶙峋，对于眼线膏和口红十分挑剔。她一直在节食。她不喝啤酒，生怕腹部膨胀。我觉得她把女子日常的那套动作做得过了火。在卡尔曼的空间里，她摆动屁股和甩头发的动作实在太多。她长着一张水泉女神的脸，外表像个女孩，但表皮之下却是一个屏住气息的男孩。有时她服用激素使她的皮肤发出皮疹。她的医生（老是忙得分不开身的那个圣布鲁诺的梅尔医生）只好不断调整她的服药剂量。唯一叫卡尔曼露出马脚来的地方就是她那双手跟她那服了雌激素和黄体酮仍然沙哑的嗓音。可是男人从来不注意这些。他们想要卡尔曼变得放浪下流。她实际就是引起他们欲火的尤物。

她的经历比我的经历要更合乎传统的线路。从很小的时候起，卡尔曼就觉得她生在一个错误的躯体内。有天，在化装室里，她用南布朗克斯区的口音对我说："我原来就和你一样！谁把那玩意儿安在我的身上？我从来没有这样的要求。"然而，它目前仍在那儿。这正是男人们要来看的东西。佐拉生来就爱好分析思考，觉得爱慕卡尔曼的那些客人是出于潜在的同性性欲。但卡尔曼却不承认这种看法。"我的那些男朋友不是同性恋。他们想要一个女人。"

"显然不是，"佐拉说。

"一等我攒够了钱，我就把下面的那玩意儿弄掉。那时等着瞧吧。我会比你更像一个女人，佐。"

"我很好，"佐拉答道。"我并不想成为什么特别的人物。"

佐拉患有雄激素不敏感综合征。她的身体不受雄激素的影响。尽管跟我一样，她身上具有男性的染色体，但她却沿着女性的线路发展。不过这一点，佐拉比我要做得好得多。她不但长着一头金发，而且体形匀称，嘴唇丰满。她那突起的颧骨把她的脸分成两个冷漠的平面。在佐拉说话的时候,你会发现她这两个颧骨上的皮肤就会绷紧,而在她的嘴巴周围的皮肤却会凹陷下去。她脸上形成的这个紧绷绷的面具,外加从上面所透出来的那两只蓝眼睛,使她看上去活像一个女鬼。另外还有她的体态,挤奶女工的乳房,游泳冠军的腹部,短跑运动员或者像玛莎·格雷厄姆①那样的舞蹈家的双腿。即使不穿衣服,佐拉看上去也完全是个女性,一点也看不出她身上既无子宫也无卵巢的迹象。雄激素不敏感综合征造成了一个完美无缺的女人,佐拉对我这么说。许多顶级的时装模特儿都有这种病症。"究竟有多少个女孩个子六英尺二英寸,生得皮包骨头,但却胸脯很大?并不很多。对我这样的人,这很正常。"

不管生得美不美,佐拉都不想成为一个女人。她宁可把自己称作两性人。她是我遇到的头一个这样的人。头一个跟我一样的人。即使早在一九七四年,她使用的"中间性"那个词语也极少被人使用。石墙酒吧事件②刚过去五年。同性恋权利运动③已经开始进行。它为其后包括我们在内的所有性别认同的斗争铺平了道路。然而直到一九九三年,才创建了北美中间性社团。因此我把佐拉·基伯看作一位先驱,一位在旷野中大声呼喊的施洗者约翰④之类的人物。显而易见,那片旷野就是美国,甚至世界本身,但说得更加明确一些,就是佐拉在诺埃山谷住的那幢红杉木造的平房,如今我也住在那儿。在鲍勃·普雷斯托对我的身体结构的详情感到满意后,他就给佐拉打了个电话,安排我去跟她住在一起。佐拉时常收留像我这样的流浪者。这是她负有的一部分使命。旧金山的大雾也为两性人提供了藏身之处。无怪在旧金山而不是在别的地方创建了北美中间性社团。

---

① 玛莎·格雷厄姆(1895—1991),美国著名女舞蹈家、编导和教师,创造富有表现力的现代舞形体训练体系,主张用舞蹈动作揭示人的内心世界。
② 石墙酒吧事件,指一九六九年六月发生于美国纽约市格林威治村石墙酒吧的同性恋者与警察冲突的事件。
③ 同性恋权利运动,此运动旨在为同性恋者树立正面形象,要求废除视同性恋行为非法的法律,要求社会接受同性恋者生活方式,并为其争取所有民权。一九六九年纽约石墙酒吧事件标志此运动的开始。
④ 施洗者约翰,约公元28年出现在犹太的一位先知。

佐拉在一个社会秩序十分混乱的时期参与了所有这一切。在运动发生之前，有不少充满活力的中心人物，佐拉就是其中之一。她的政治活动主要是研究和写作。在我跟她住在一起的那几个月里，她教了我不少东西，并把我从被她视为我所陷入的那一大片中西部的黑暗中带了出来。

"要是你不愿意，你并不非得为鲍勃干活，"她对我说。"反正我不久就要离开了。这只是暂时的。"

"我需要钱。他们把我的钱都偷走了。"

"问一下你的父母怎么样？"

"我不想问他们要，"我说。我低下头去，承认说，"我不能给他们打电话。"

"出了什么事，卡尔？要是你不在意我这么问的话。你在这儿干吗？"

"他们把我带到纽约的那个医生那儿。他要我接受一项手术。"

"你就逃跑了。"

我点了点头。

"想想你还算幸运。我到了二十岁才知道。"

上面这番谈话是我头一天住到佐拉的住所里去的时候发生的。当时我还没有开始在夜总会工作。首先要让自己身上的伤痕愈合。我落到这种境地，心里并不感到奇怪。要是你也像我这样四处漫游，并不清楚自己的目的地在哪儿，对自己的旅程也不预先作好安排，你的性格看上去就会显得无比坦诚。这就是首先出现的那批哲人都徒步漫游的原因。基督也曾徒步漫游。我想像着自己住在那儿的头一天，盘着腿坐在一个蜡防印花布的地板坐垫上，从一个热得烫手的日本瓷杯里喝着绿茶，抬头用我那充满希望、专注好奇的大眼睛望着佐拉。我的头发很短，这样我的眼睛就显得更大了，甚至比东正教圣像上某位圣者的眼睛都大。那位圣者是一位登上通往天堂阶梯的人物，始终举目向上凝望，而他的同辈则沦为下界性情暴躁的恶魔。在经受了我的所有那些不幸后，难道我没权期望自己得到以认识或启示的形式出现的某种报偿？在佐拉那充满卷烟纸的屋子里，从窗户里透进来一些朦胧的光线，我就像一块空白的画布，等着用她告诉我的事物在上面点染描绘。

"卡尔，两性人一直存在。一直如此。柏拉图说原始的人是一个两性人。你知道这一点吗？原始的人是由男性跟女性的两个半体所构成的。后来这两个半体分开了。所以大家老在寻找他们自己的另外一半。只有我们不用这样。我们已经获得了两个半体。"

我并没有说起那人儿的事。

"不错，在某些文化群落中，人家把我们看成畸形的人，"她继续说。"但在另外一些文化群落中，恰好相反。纳瓦霍族①中有一类被他们称作伯达契的人。一个伯达契，从根本上说，就是某个选定了与其生物性别不同性别的人。记住这一点，卡尔。性是生物性的。性别是文化性的。纳瓦霍族明白这一点。如果一个人想要改变他的性别，他们就让他这么做。他们并不对这个人加以诋毁——他们对他十分尊重。伯达契是部落中的巫师，他们是医治疾病的人，了不起的织布工和工匠。"

我并不是唯一这样的人！在听佐拉说话的时候，这是主要切中要害的话儿。当时我明白我得在旧金山待一阵子了。命运或运气把我带到这儿，我必须从中获得我所需要的东西。为了赚钱，我可能只好去干那份活儿，但这并没什么关系。我只想跟佐拉待在一起，向她学习，不在世上显得那么孤单。我已经跨过那些吸毒迷幻、兴高采烈的青春岁月的充满魔力的门洞儿。在我住到佐拉那儿去的头一天下午，我肋骨处的疼痛已经逐渐减轻。当时就连空气也好像着了火，似乎正难以察觉地在熊熊燃烧，正如你年纪很轻，神经十分冲动，而死亡还离得十分遥远的时候所会有的那样。

佐拉正在写一本书。她说这本书将由伯克利的一家小出版社出版。她给我看了出版商的目录。他们选择出版的书籍不拘一格，各个方面都有，既有佛教方面的书籍，也有探讨对密特拉斯神②的神秘膜拜的书籍，甚至

---

① 纳瓦霍族，散居于新墨西哥州、亚利桑那州及犹他州的北美印第安人。
② 密特拉斯神，波斯神话中的光明之神。

有一本混杂了遗传学、细胞生物学和印度神秘主义的奇特书籍（本身就是一种混合而成的产物）。佐拉正在着手写作的那本书肯定会与这份书单的要求一致，可是我一直不清楚她的出书计划究竟有多真实。我一直在寻找佐拉的那本名叫《神圣的两性人》的书，却始终没有找到。要是她一直没有写完，那可不是能力的问题。我本人看了那本书的大部分章节。在我那样的年纪，我算不上什么评判文学或学术质量的行家，但佐拉真的很有学识。她曾对她的专题深入研究，并把大部分研究成果都记在心里。她的书架上摆满了人类学的教科书以及法国结构主义和解构主义学者的著作。她几乎每天都动笔写作。她在书桌上摊开纸张和书本，做些笔记，并且用打字机打下来。

"我有一个问题，"有天我问佐拉说。"为什么你要讲给随便哪个人听呢？"

"你这话什么意思？"

"瞧瞧你的样子。谁都不会知道。"

"我要人家知道，卡尔。"

"为什么呢？"

佐拉把两条长腿盘在身子底下。她长着两只神情冷漠的蓝眼睛，形状好像佩斯利涡旋花纹，她用这双仙女般的眼睛紧盯着我，说道："因为我们就是下一个出场的人物。"

"从前有一次在古代希腊，有一个具有魔力的水池。这个水池是专供水仙女萨尔玛奇斯使用的。有一天一个漂亮的男孩赫马佛洛狄忒斯到水池里去游泳。"

这时我把两只脚往下伸到水池里面，在故事给继续往下讲述的时候，懒懒地来回晃荡着。"萨尔玛奇斯看着这个漂亮的男孩，燃起了心头的欲火。她游近前去以便仔细观察。"这时我开始把身子一点一点地往下浸到水里：先是小腿，接着膝盖、大腿。要是我按照普雷斯托所指示的方式定好入水的速度，窥视孔这时就会悄悄地给遮上。有几个客人离开了，但是不少客人把另外一些筹码投到投币口里。幕布从窥视孔上给拉开了。

"水仙女想要保持镇静。但那个男孩俊美的模样叫她实在把持不住。光看着还不够。萨尔玛奇斯越游越近。随后，她无法抗拒自己的欲火，从后面一把抓住那个男孩，用两只胳膊搂住了他的身子。"我开始踢着两条腿，搅动着池子里的水，这样一来，客人就很难看清。"赫马佛洛狄忒斯尽力想要从水仙女的紧紧搂抱中挣脱出来，女士们，先生们。可是萨尔玛奇斯的力气太大了。她的淫欲那样势不可挡，因而两个身子竟然合而为一。他们的身体结合在一起，男性中有女性，女性中有男性。瞧这个神圣的赫马佛洛狄忒斯！"这时我完全浸到水里，我的整个身子都毫无遮蔽。

于是那些窥视孔又悄悄地遮上了。

这会儿谁都没有离开小房间。每个人要延续他在乐园的会籍。我在水下可以听见筹码丁丁当当地掉进放硬币的箱子。这使我想起以前自己待在家里，把头浸在洗澡水里，听着水管里的砰砰声响。我尽力想着这样的事。这使一切都显得相当遥远。我假装自己待在米德尔塞克斯的浴缸里。这当儿，舷窗里布满了一张张脸，他们都紧盯着我，露出了惊讶、好奇、厌恶和渴望的神情。

我们总神思恍惚地前去干活。这是一个前提。我们穿上服装的时候，佐拉和我总点上一支大麻烟卷来开始夜晚的工作。佐拉带了一保温瓶的阿韦尔纳酒①和冰，我就像喝果乐②似的喝着。你想追求的就是一种朦胧麻木的状态，一种私人的聚会的气氛。这使人显得不大真实，不大引人注目。要不是佐拉，我真不知道自己会做出什么事来。我们那隐没在雾霭和树木中的小平房周围匀称地铺展着低矮的加利福尼亚的地被植物，还有一个里面满是供人观赏的金鱼的小池塘，以及一个用蓝花岗岩造的佛教徒的

---

① 阿韦尔纳酒，一种意大利甜酒。
② 果乐，一种软性饮料，创制于一九二七年，一九五三年始由通用食品公司销售。以粉状售出，有各种果味，饮者自己加水冲化。

室外神龛——这是我的一个藏身之处,一个我暂时住下、在准备回到尘世去的中途歇息的客栈。我在这几个月中的生活就像我的身体一样分离对立。每天夜晚,我们都在六十九人夜总会度过,在水池边等待着,一会儿厌倦,一会儿兴奋,时而格格发笑,时而愁闷不快。但是你得对此感到习惯。你要学会用药物来防治,把一切都置诸脑后。

在白天,佐拉和我总保持清醒。她有一百十八页的书要写。书的内容都打在我所见过的最薄的薄光泽纸上。因此原稿很容易受到毁坏。你拿来拿去的时候一定得十分小心。佐拉叫我坐在厨房的桌旁,一边把她的稿子拿了出来,就像一个图书馆管理员拿着一本莎士比亚的剧本的对开本似的。在其他方面,佐拉并不把我当作孩子看待。她让我安排自己的作息时间。她要我帮她分担房租。我们的大部分日子都只是穿着我们的和服式晨衣在屋子里走来走去。佐拉写作的时候脸上露出一副严肃的神情。我坐在屋外的折叠帆布躺椅上,看着她书架上的书籍。凯特·肖邦[1]、简·鲍尔斯[2]的作品,以及加里·斯奈德[3]的诗歌。尽管我们看上去一点也不像,但佐拉却总是强调我们共同一致的地方。我们都面临同样的偏见和误解。我为此感到很高兴,但我从来没有对佐拉感到姊妹般的亲密。并不完全如此。我总是注意到她晨衣下的体形。我走来走去,把目光移开,竭力想要不去盯着她看。在街上,人家把我当作一个男孩。佐拉十分引人注目。男人们对她吹起口哨。可是她并不喜欢男人。只注意女同性恋者。

她身上也有阴暗的一面。她喝起酒来毫无节制,十分厉害,有时表现得相当丑陋。她对橄榄球、男性的情谊、婴儿、下崽的家伙、政治家以及一般男人都充满怒火。佐拉身上还有一种暴力的倾向,那种时候就会叫我感到紧张不安。她曾是中学里的美人。她曾忍受那些对她一点不起作用的爱抚以及好多次痛苦的交合。正像许多美人一样,佐拉引起了那些最不可

---

[1] 凯特·肖邦(1850—1904),美国女作家。
[2] 简·鲍尔斯(1917—1973),美国女作家。
[3] 加里·斯奈德(1930—),美国诗人,创作以自然风光、人与自然关系为主要题材的诗歌。

取的家伙的兴趣。大学体育代表队的跟班。最易感染疱疹的人物。因此她瞧不大起男人，也就不足为奇。只有我得以幸免。她觉得我还可以，压根儿不是一个真正的男人。我觉得她的这种看法相当正确。

赫马佛洛狄忒斯的父母是赫尔墨斯和阿佛洛狄忒。奥维德并没有告诉我们他们在自己的孩子失踪后心里的感受。至于我的父母，他们仍然始终守在电话旁边，不肯一起离开屋子。可是如今他们害怕去接电话，担心听到什么不好的消息。茫然无知似乎总比哀痛伤心要强。每逢电话铃一响，他们在接电话前总要停一会儿，直到电话铃响了三四次才接。

他们的痛苦和谐一致。在我失踪的那几个月里，米尔顿和特茜经受了同样剧烈的惊慌，同样狂热的希望，同样辗转反侧的失眠。他们的感情生活已经有好多年没有这么步调一致了，这桩事结果使他们回到了他们初次相爱的那个时期。

他们频繁地交欢，好多年都没有这样了。要是第十一回不在家里，他们根本顾不上等着上楼，而是使用随便哪间他们正好待在那儿房间。他们试用了书房里的红皮长沙发，他们也在起居室里有着蓝色鸣鸟和红色浆果图案的沙发上摊开手脚；还有几次，他们甚至就躺在有着砖块图案的厚重耐磨的厨房地毯上；他们唯一没有使用的场所就是地下室，因为那儿没有电话。他们的交欢并不怎么热烈，相反缓慢而忧伤，合着那威严的痛苦的节拍进行。他们如今已经不再年轻；他们的体格也不再那么匀称好看。事后特茜有时会哭泣。米尔顿则总把眼睛紧紧地闭着。他们付出的努力并没有叫他们感到心神舒畅，也没有给他们带来什么解脱，或许只有那么很少的一点。

接着有一天，大约在我出走以后的三个月，我母亲心灵的脐带上所有的信号停止了。在特茜肚脐里的那种低微的咕噜声或丁冬声停止时，她正躺在床上。她一下子坐了起来，把一只手按在肚子上面。

"我再也感觉不到她了！"特茜大声说。

"什么?"

"脐带给割断了!有人割断了脐带!"

米尔顿尽量跟特茜讲道理,但无济于事。从那时起,我母亲就相信我遇到了什么可怕的事。

因此,在他们那和谐一致的痛苦中出现了不和谐的地方。米尔顿总设法保持积极的态度,而特茜却越来越悲观绝望。他们开始争吵。米尔顿的乐观态度偶尔会使我的母亲改变看法,有一两天时间,她会变得快活一点。她暗暗叮嘱自己,不管怎么说,他们终究还不知道任何确切的消息。但这种心情并没有维持多久。当特茜一个人的时候,她就设法想要感到经过脐带传来的某些信息,但那儿什么都没有,就连一点灾祸的征兆也没有。

这时我已经失踪了四个月。到了一九七五年一月。我的十五岁生日过去了,他们仍然没有把我找到。有个星期天早上,特茜正在教堂里为我早日回家而祈祷的时候,电话铃响了。米尔顿接起电话。

"喂?"

一开始没有人答应。米尔顿可以听到背景中的音乐声,也许另一个房间里正开着收音机。接着一个把声音压得很低的人说话了。

"你一定很想念你的女儿,米尔顿。"

"你是谁?"

"女儿真是个不寻常的人儿。"

"你是谁?"米尔顿又问了一遍,线路断了。

他并没有把接到这个电话的事告诉特茜。他猜想那是一个性格怪癖的人,或是一个不满的员工。一九七五年,经济开始衰退,米尔顿不得不关闭了几家特许联营店。可是在下一个星期天,电话铃又响了。这一次,米尔顿一听到铃声就接起电话。

"喂?"

"早上好,米尔顿。今儿早上,我对你有一个问题。你想知道这个问题吗,米尔顿?"

"告诉我你究竟是谁,否则我就把电话挂断了。"

"我不相信你会这么做,米尔顿。你要把你女儿接回去,只有找我。"

米尔顿当下做出一个他所特有的行为。他用力咽下一口唾液,挺直身子,微微点了点头,准备好应付出现的无论何种情况。

"好吧,"他说,"我听着。"

接着那个打电话的人就挂断了电话。

"从前有一次,在古代希腊,有一个具有魔力的水池……"如今我在睡梦中也能进行表演。我睡着了,脑子里想着我们在后台的庆祝活动,斟得满满的阿韦尔纳酒,令人安宁的大麻。万圣节前夕①到了,又过去了。感恩节②也一样,随后是圣诞节。在元旦那一天,鲍勃·普雷斯托举行了一个盛大的晚会。佐拉和我喝着香槟酒。等到该我表演的时候,我跳到水池里。我有些迷糊,喝醉了酒,因而那天晚上,做了一个我平常不做的动作。我在水底下睁开眼睛,看到一张张回望着我的人脸,他们并没露出惊骇的神情。那天晚上我在水池里玩得十分开心。从某一方面看,这对我大有好处。这很有疗效。在赫马佛洛狄忒斯内心,正翻腾着一些想要发泄出来的以往的紧张情绪。更衣室里所受的创伤正给慢慢地消除,对自己长着一个与他人都不一样的身体所感到的羞耻也逐渐消失。那种自己是个怪物的感觉也在一点点地淡化。而另一种创伤同羞耻和厌恶自己一样,也正在逐渐愈合。赫马佛洛狄忒斯开始忘了那朦胧的人儿。

我在旧金山的最后几个星期,看了佐拉给我看的所有书籍,想要自修学到一些知识。我知道了我们两性人有些什么种类。我阅读了有关肾上腺皮质功能亢进和女性睾丸的细节,还看到一种被称作隐睾症的适用于我的

---

① 万圣节前夕,指十月三十一日夜晚,儿童可以尽情玩乐。
② 感恩节,在美国为十一月的最后一个星期四。

病症。我也阅读了有关克莱恩费尔特氏综合征①的细节,那种综合征意味着多出来的一个 X 染色体使一个人个子长得很高,好似阉人,性格很不讨人喜欢。与医学材料相比,我对历史材料更感兴趣。从佐拉的书稿中,我了解到了印度的海吉拉斯②,在巴布亚新几内亚的萨比亚部落中的夸卢亚特沃,以及多米尼克共和国的格维多契。卡尔·海因里希·乌尔里希③一八六〇年在德国动手写作时谈到了 das dritte Geschlecht④,也就是第三性。他把自己称为同性恋者,并且认为在他的男性身体里面有个女性的灵魂。地球上的许多文化群落并非以两种性别的人而是以三种性别的人从事活动。而第三种性别的人总是特殊的,地位显赫的,天生具有神秘的才能。

有个寒冷的细雨蒙蒙的夜晚,我作了一番尝试,佐拉出去了。那天是星期天,我们不去工作。我摆出好像盘腿打坐的姿势,坐在地板上,闭上眼睛。我集中思想,十分虔诚,等待着我的灵魂脱离我的身躯。我想要出神入定或者成为一个不寻常的人物。我竭尽全力,但什么都没有发生。说到特殊的能力,我身上似乎一点儿也没有。我并不是一个提瑞西阿斯。

经过生活中发生的所有这些事,总算到了一月下旬一个星期五的夜晚。时间已是午夜以后。卡尔曼待在水池里,做着埃丝特·威廉斯⑤的表演动作。佐拉和我待在化装室里,保持着一向的传统(保温瓶、大麻)。佐拉穿着美人鱼的服装,显得一点也不腿脚灵便,直挺挺地躺在长沙发上,活脱儿像个双鱼宫的宫女。她的尾巴挂在扶手垫子上,湿淋淋的。她在上半截比基尼泳装的外面罩了一件圆领汗衫,汗衫上印着埃米莉·狄金

---

① 克莱恩费尔特氏综合征,即先天性睾丸发育不良症,系男性性别畸形中常见的一种,由美国医师克莱恩费尔特于一九四二年首先描述,故此命名。
② 海吉拉斯,系印度社会中独有的一种由阉人组成的群体,这些人绝大多数是发育初期即被阉割的男性,长大后认为自己是女性。他们大都着女装,靠歌唱、舞蹈、卖淫为生,生活在社会的最底层。
③ 卡尔·海因里希·乌尔里希(1825—1895),德国律师,他发表了系列小册子,宣称"男-男之爱"是天生的,认为那是"在男性身体内的女性心灵"的正常而健康的性表达。
④ 德语,第三性。
⑤ 埃丝特·威廉斯(1923—   ),美国电影女演员,游泳运动员,被称为"好莱坞美人鱼"。

森①的头像。

水池那边的声音传到了化装室里。鲍勃·普雷斯托正说着一大串招徕顾客的话:"女士们,先生们,你们是否准备好来体味一种真实的、勾魂摄魄的经历?"

佐拉和我不出声地跟着说出下面那句话:"你们是否准备好感受一种强烈的激情?"

"我对这个地方感到厌烦透了,"佐拉说。"真的感到厌烦透了。"

"我们应该离开吗?"

"应该。"

"那我们去干什么呢?"

"抵押银行业务。"

水池里出现了一阵溅泼声。"可是今儿埃莉身上的电鳗到哪儿去了?它好像藏起来了,女士们,先生们。难道它死了吗?大概给一个打鱼的人抓去了。对了,女士们,先生们,或许埃莉的电鳗正在渔人码头那儿等着人家来买呢。"

"鲍勃以为他自己是个谈吐风趣的人,"佐拉说。

"打消这种忧虑吧,女士们,先生们。埃莉不会叫我们失望的。各位,就在这儿。瞧一眼埃莉的电鳗!"

从扬声器里传来一种奇特的声音。门砰地一响,鲍勃·普雷斯托嚷道:"喂,到底怎么啦?你们不准进来。"

随后音响系统就失去作用了。

八年以前,警察突袭查抄了底特律第十二街上的一家非法出售烈酒的地下酒店。如今,在一九七五年年初,他们突袭查抄了六十九人夜总会。这次行动并没有引起骚乱,各个小房间里的客人一下子都走光了,四散跑到街上,匆匆忙忙地离开了。我们给带到楼下,跟别的姑娘排成一行。

---

① 埃米莉·狄金森(1830—1886),美国女诗人。

"唔,你好,"一个警官走到我的面前说道。"你究竟多大了?"

在警察局,他们允许我打一个电话。因此我最终支持不住,只好勉强这么做了:我给家里打电话。

我的哥哥接起电话。"是我,"我说。"卡尔。"第十一回还没来得及回答,我就连珠炮似的说了一大串话。我告诉他我在什么地方,遇到了什么麻烦。"别告诉爸爸和妈妈,"我说。

"我无法,"第十一回说,"我无法告诉爸爸。"随后我哥哥用一种显得他自己也几乎不敢相信的疑问口气,告诉我出了一场意外事故,米尔顿死了。

空中飘游

我以助理文化专员的官方身份，但为了一件非官方的使命，在新国家美术馆出席了沃霍尔作品展开幕式。在这座著名的密斯·范·德·罗赫①设计的建筑内，我从那些著名的波普艺术家的著名的丝网印刷的脸庞旁经过。新国家美术馆是一家极好的艺术博物馆，但只有一件事除外，就是没有地方悬挂艺术作品。我并不怎么在意。我凝望着玻璃墙外的柏林，觉得自己十分愚蠢。难道我以为在艺术作品展开幕式上会出现什么艺术家吗？那儿只有资助人、记者、评论家和社会名流。

展厅边上排列着许多把铬革椅子，我从一个经过的侍者手里接过一杯酒后，就在其中一把上坐下。这些椅子也是密斯制作的。你到处都可以看到仿制品，但这些椅子却是原件，如今都已破旧了，椅子边上黑色的皮革都呈现出棕色。我点上一支雪茄，抽起来，想使自己觉得舒服一点。

人们在不少座毛泽东和玛丽莲②的塑像中间绕来绕去，相互谈论。高高的天花板使展厅的音响效果相当模糊。几个剃着光头、身材瘦削的男人从旁飞奔过去。几个披着普通方形披巾、头发灰白的女人则露出了她们嘴里的黄牙齿。在窗外，可以看见对面的国家图书馆。那个新的波茨坦广场看上去就像温哥华③的一个购物中心。远处，建筑施工的灯光照亮了不少吊车的框架。下面的街上一下子冒出不少车辆。我抽了一口雪茄，眯起眼睛，瞥见了我在玻璃上映现出的形象。

我以前说过自己看上去像一个火枪手。但我也往往很像（特别在深夜时的镜子里)一个农牧神。弯弯的眉毛,调皮的笑,闪闪发亮的眼睛。我咬着的那支伸到我的嘴巴外边的雪茄并没有什么帮助。

有只手在我背上轻轻拍了一下。"赶时髦的抽雪茄的人,"一个女人的声音说。

在密斯制作的黑色的玻璃上,我认出了菊池朱莉。

"嘿,这是欧洲,"我面带笑容地反驳道。"雪茄在这儿并不是时髦的玩意儿。"

"我在大学的时候很爱抽雪茄。"

"哦,真的,"我怀疑地说。"那你抽一支。"

她在我旁边的那把椅子上坐下来,伸出手来。我从短上衣里拿出另一支雪茄,把这支雪茄以及切刀和火柴都递到她手里。朱莉把雪茄拿到鼻子底下闻了闻。接着便用手指捻弄着雪茄,看看它是否受潮。她把雪茄的末端剪掉,放到嘴里,擦了一根火柴,点着了,接连喷出好几口烟。

"密斯·范·德·罗赫也抽雪茄,"我为了鼓励她这么说道。

"你见过一张密斯·范·德·罗赫的相片吗?"朱莉说。

"好吧,算你有理。"

我们并排坐在那儿,没再说话,只是抽着雪茄,面对着博物馆的内部。朱莉的右边膝盖不住地抖动。过了一会儿,我转过身子,这样一来就面对着她了。她也朝我转过脸来。

"很好的雪茄,"她承认说。

我朝她探过身去,她也朝我探过身来。我们的脸越凑越近,直到后来两个人的额头几乎要碰到了。我们这样待了十秒钟左右。随后我说,"我来告诉你为什么我没有打电话给你。"

---

① 密斯·范·德·罗赫(1886—1969),德裔美国建筑师,系现代建筑最重要创始人之一,以设计既实用又美观的国际式风格著称。
② 玛丽莲,指玛丽莲·梦露(1926—1962),美国电影演员,金发性感女郎的象征。
③ 温哥华,加拿大西南部港口城市。

我长长地吸了一口气,开始说道:"你应当知道我的一件事儿。"

*　　　*　　　*

我的故事是在一九二二年开始的,当时对于石油的产量十分关注。一九七五年,在我的故事结束的时候,不断减少的石油供应量又使人们充满忧虑。两年以前,阿拉伯石油输出国组织开始实行石油禁运。美国实行部分灯火管制,在汽油加油泵前排起了长队。总统①宣布说他不会把挂在白宫圣诞树上的灯开亮,市面上出现了防护汽车油箱的锁。

那时石油的匮乏沉甸甸地压在每个人的心头。经济正在衰退。全国各地的不少家庭都在一片漆黑中吃晚饭,就像我们过去在西米诺尔人街的一个电灯泡下所做的那样。可是我父亲却对这种避免浪费的政策抱有一种模糊的观点。米尔顿早就不过那种掂量计算自己的用电量的日子了。因此,在他出发去把我赎回来的那天夜晚,他仍然驾着一辆巨大的、非常耗油的卡迪拉克牌汽车。

我父亲最后的那辆卡迪拉克牌汽车:一辆一九七五年的埃尔多拉多。这辆汽车漆成看上去近乎黑色的深蓝色,与蝙蝠车②十分相像。米尔顿把所有的门都上了锁。那时刚过半夜两点。在河流下游的这个地段,路面上布满了凹坑,路边满是野草和杂物。汽车那光线强烈的远光灯照到了路上的一小片一小片碎玻璃、几根钉子、一些金属碎片、旧的毂盖、马口铁罐头和一条给碾平的男人内裤。在一座上跨桥下面,有一辆被拆卸的汽车,轮胎不见了,挡风玻璃被砸得粉碎,所有的镀铬外层都剥落了,发动机也无影无踪。米尔顿加大油门,一点儿也不理会石油的匮乏以及别的许多事情。比如,在米德尔塞克斯缺乏充满希望的气氛,他的妻子在自己那心灵的脐带上再也感觉不到任何颤动。冰箱里缺乏食物,食橱里缺乏点心,而

---

① 指美国第三十八任总统福特(1913—2006)。
② 蝙蝠车,指有关蝙蝠侠的影片中其所驾驶的汽车。

他的衣橱里则缺乏刚熨烫好的衬衫和干净的袜子。也几乎没有社交邀请和电话,因为我父母的朋友害怕向一个陷入不知该欢欣还是该悲伤的境地的家庭打电话。米尔顿顶住所有这些匮乏不足产生的压力,使汽车引擎快速运转,他感到这样还不足以解决问题,便打开摆在他旁边座位上的公事包,在仪表板的灯光下瞅着包里成捆的二万五千美元现金。

米尔顿在不到一个小时之前悄悄下床的时候,我的母亲就已经醒了。她仰卧在床上,听见米尔顿在黑暗中穿衣服。她并没有问他为什么要在深更半夜起来。从前她会开口问的,但如今不再这么做了。自从我失踪以后,家里日常的生活起居习惯就都给打乱了。米尔顿和特茜往往发现自己在清晨四点待在厨房里喝咖啡。只有等到听见前门关上后,特茜心里才感到不安。接着米尔顿的汽车开始启动,朝后退下车道。我母亲一直注意听着,后来发动机的声音逐渐消失。她显得出乎意外地冷静,暗自想道,"也许他再也不回来了。"在她那逃跑的父亲和逃跑的女儿的名单上,又增加了另一种可能: 逃跑的丈夫。

米尔顿出于好些原因才没有告诉特茜他到哪儿去。首先他生怕特茜会对他加以阻止。特茜会要他给警察机关打电话,而他却不想这么做。绑架者叫他不要把法律牵扯进来。再说,他再也忍受不了警察以及他们那种漠不关心的态度了。能取得什么成果的唯一方式就是亲自采取行动。而除了上面所说的这一切之外,整个这件事还可能会是一场白费力气的追逐。如果他把这件事告诉特茜,她只会感到担心。她可能会打电话给佐薇,那样他就会听到他妹妹的一大堆叫他感到厌烦的话。总之,米尔顿正在采取遇到需要作出重大决定时他一贯采取的行动。正如在他参加海军或者把我们全家搬到格罗斯角时那样,米尔顿想要做什么就做什么,确信自己最明白事理。

在接到一个神秘的电话后,米尔顿等着下一个电话到来。接下去的那个星期天,电话来了。

"喂?"

"早上好，米尔顿。"

"听着，不管你是谁，我都想要得到答复。"

"我并不是打电话来听你想要什么的，米尔顿。重要的是我想要什么。"

"我要我的女儿。她在哪儿？"

"她在这儿，跟我待在一起。"

背景中仍然可以听到音乐或歌声。这叫米尔顿想起了很久以前的一件事。

"我怎么知道她在你手里？"

"你干吗不问我一个问题？她告诉我许多她家里的事。许多。"

这时米尔顿胸中升起的怒火几乎叫他无法忍受。但他只能竭尽全力地避免把电话扔到书桌上。同时他用心思考分析。

"她的爷爷奶奶是哪个村子里的人？"

"等一下。"电话给盖住了。接着那个声音说道，"比提尼奥。"

米尔顿的膝头发软。他在书桌旁坐下。

"你还相信我吗，米尔顿？"

"我们有一次曾到田纳西州的那些洞窟去。一个真正的大敲游客竹杠的场所。那个地方叫什么？"

电话又给盖住了。那个声音不久又回答说，"马默索尼克洞窟。"

听到这个回答，米尔顿马上又从椅子里跳了起来。他沉下脸来，用劲揪住自己的衣领帮助自己呼吸。

"嗳，我有一个问题，米尔顿。"

"什么？"

"你花多少钱把你的女儿接回去？"

"你想要多少？"

"这是在做买卖吗？我们在商谈一笔交易吗？"

"我准备做笔交易。"

"多令人兴奋啊。"

"你想要什么?"

"两万五千美元。"

"好吧。"

"不,米尔顿,"那个声音纠正说,"你不明白。我想谈谈价钱。"

"什么?"

"讨价还价,米尔顿。这是做买卖呀。"

米尔顿感到困惑不解。他对这个古怪的要求摇了摇头。但最终他还是满足了对方。

"好吧。两万五千太多了。我付一万三千。"

"我们谈论的是你的女儿,米尔顿。不是热狗。"

"我没有这么多现钱。"

"我可以拿两万两千。"

"给你一万五千吧。"

"两万是我能出到的最低价钱。"

"一万七千是我最后的开价。"

"一万九千怎么样?"

"一万八千。"

"一万八千五百。"

"成交。"

那个打电话的人笑了。"哦,这真好玩,米尔特。"接着,他用低沉沙哑的声音说:"但我要两万五千。"随后他挂断了电话。

早在一九三三年,有个神秘可怖的声音通过暖气格栅对我的奶奶说话。如今,四十二年以后,有个经过伪装掩饰的声音通过电话对我的父亲说话。

"早上好,米尔顿。"

又可以听到音乐声和隐隐约约的歌声。

"我把钱准备好了,"米尔顿说,"现在我要我的女儿。"

"明儿晚上,"绑架者说。随后他告诉米尔顿应该把钱放在哪儿,在哪儿等着我被释放。

在河流下游的低地平原那头,大干线车站耸立在米尔顿的卡迪拉克牌汽车前面。那个火车站一九七五年仍在使用,不过难得如此。一度豪华的铁路终点站如今只是一个空壳儿。哄人上当的国家铁路客运公司的门脸儿遮掩了旁边成片剥落的围墙。大多数走廊都给堵死了。同时,在活动运营的核心区域周围,那幢宏伟的旧大楼继续倾圮坍塌,棕榈大厅顶上的瓜斯塔维诺花砖不断掉到地上,摔成碎片;那家极大的理发店如今成了一个满是废品破烂的地方,天窗都塌陷了,堆积了许多脏东西。附属于铁路终点站的那幢办公大楼如今成了一个十三层的鸽子笼,上面的全部五百个窗户好像都煞费苦心地给砸破了。我的爷爷奶奶在半个世纪前曾来到这同一个火车站。左撇子和黛斯德蒙娜生平仅此一次在这儿向索梅利娜吐露了他们的秘密;如今他们那始终对此一无所知的儿子也秘密地在车站后面停下车子。

这样一个地点,一个交付赎金的地点需要一种阴暗的气氛:一些鬼影儿,一些阴森可怕的黑色的身影。可是天空并不予以合作。眼前出现的是我们所有的那种粉红色的夜晚。这样的夜晚取决于气温和空气中的化学物质的数量,时常出现。当空气中的某种物质充足的时候,地面上的光线就被捕捉到空中,再给反射回来,于是整个底特律的天空就会变成棉花糖那种柔和的粉红色。在粉红色的夜晚,天一直不会黑下来,但光线与白天的时候截然不同。我们的粉红色夜晚闪耀着夜班工人和昼夜不停的工厂所产生的未经处理的冷光。有时天空会变得像佩托比斯摩肠胃药水[1]一样明亮,但多半现出一种不耀眼的、如同织物一般较为柔和的色彩。谁也不觉

---

[1] 佩托比斯摩肠胃药水,一种粉红色的肠胃药水。

得这有什么奇特。谁也没有对此说上一点儿什么。我们大家都是随着粉红色的夜晚长大成人的。这样的夜晚并不是一种自然现象,但在我们的眼里却很自然。

在这种奇特的夜晚的天空下,米尔顿把车子开得尽量靠近车站月台,然后停了下来。他关掉引擎,提着公文包,走出汽车,来到密执安州冬天那种清澈、宁静的空气中。整个世界都给冰封住了,远处的树木,电话线,下游的房屋院子里的草,甚至土地本身。河上有条货船发出一阵轰鸣。这儿万籁俱寂,车站晚上空寂无人。米尔顿穿着他的那双饰有流苏的黑色平底便鞋;先前他在黑暗中穿戴打扮,认定这双鞋穿起来最不费事。他还穿着一件醒醒的米黄色便装短大衣,领口处还围着一个毛皮领圈。为了御寒,他头上戴了一顶帽子,一顶灰毡的博尔萨利诺帽①,在黑色的帽圈上插着一根红色羽毛。在一九七五年,这已经是一个老古板戴的帽子。米尔顿头戴帽子,手提公文包,脚穿平底便鞋,简直像是正在前去上班工作的途中。确实他走得很快。他登上了通向车站月台的金属楼梯,他沿着楼梯往上走去,寻找那个他该把公文包扔进去的垃圾箱。绑架者说他会在垃圾箱的盖子上用粉笔写一个×。

米尔顿急匆匆地顺着月台往前走去,在寒风中他鞋子上的流苏蹦蹦跳跳,他帽子上的那根小羽毛也颤动起来。要说他感到害怕,倒不完全是实情。米尔顿·斯蒂芬尼德斯并不承认他心里害怕。但虽然没有正式承认,他身上却出现了恐惧的生理表现:怦怦乱跳的心,火烧火燎的胳肢窝。在他那一代人中,并不是只有他一个人如此。有很多做父亲的人在心里害怕的时候就大叫大嚷,或者责骂他们的子女来转移对他们自身的责备。可能上述特点在赢得战争的这一代人身上是免不了的。缺乏反思对增强一个人的勇气是有益的,但在最近几个月和几个星期里,却对米尔顿造成了损害。在我失踪的整个那段时间里,米尔顿外表始终显得勇敢无畏,不过内

---

① 博尔萨利诺帽,一种男式宽檐软毡帽。

心却无形地产生了种种疑虑。他就像一个在内部被人挖凿的塑像,给掏空了。头脑里出现的越来越多的想法只叫他感到痛苦,于是他逐渐避免去加以思考。相反他把心思都用在少数几样使他身子感到好受一些的药品上,比如对一切都很有效的溴化钾镇静剂。坦率地说,米尔顿不再对事情全盘加以考虑。他在外面这个黑暗的火车站月台上究竟要做什么?为什么他一个人出外来到这儿?我们永远不能满意地作出解释。

米尔顿并没有花费多少时间就看到了那个用粉笔做了记号的垃圾箱。他迅速掀起垃圾箱的三角形的绿盖子,把公文包放到里面。但他想把胳膊往回抽出来的时候,有什么东西却不让他这么做:原来是他的手。既然米尔顿的头脑不再仔细思考,他的身体如今就为他这么做了。他的手似乎说着什么话儿,正在表示异议。"万一绑架者不让卡利自由怎么办?"那只手似乎这么说道。可是米尔顿回答说,"现在没有时间去想这一点。"他又想把胳膊从垃圾箱里抽出来,但他的手固执地进行抗拒:"要是绑架者拿了这笔钱后,接着又要更多的钱怎么办?"那只手问道。"这是我们不得不冒的风险,"米尔顿反驳说,随即使出所有力气把他的胳膊从垃圾箱里抽出来。他的手失去了控制;公文包掉到里面的垃圾上。米尔顿赶紧回身穿过月台(随身拖着他那只手),钻进自己那辆卡迪拉克牌汽车。

他发动引擎,把暖气打开,为了我让车里变得暖和一些。他探身向前,隔着挡风玻璃瞅着外面,期待着我随时出现。他的手仍然疼痛难受,暗自嘀咕。米尔顿想到那个放在垃圾箱里的公文包。他头脑里充满了公文包里金钱的形象。两万五千美元!他看到那一叠叠一百美元的钞票,在所有这些现钱交叠的镜子中不断出现的本杰明·富兰克林的脸庞。他喉咙发干,身上突然起了一阵所有在大萧条时期出生的孩子都了解的焦虑。紧接着他又跳出车子,重新往月台跑去。

这个家伙不是想要做买卖吗?那米尔顿就会让他看看究竟应该怎么做买卖!他不是想要谈判吗?这么做怎么样?(米尔顿这时正在登上楼梯,脚上的平底便鞋在金属的梯级上发出清脆的声响。)与其把两万五千美元都放在那儿，何不只放一万二千五百美元呢？这样一来，我就有了某种可以讨价还价的手段。现在一半，以后一半。他以前怎么没有想到这一点呢？他到底怎么啦？他太劳累了……可是我父亲刚到月台上面，他就一下子站住了。在不到二十码处的地方，有个戴着圆锥形绒线帽的黑色身影正把手伸到垃圾箱里。米尔顿感到毛骨悚然，不知道自己究竟应该前进还是后退。那个绑架者想要把公文包从垃圾箱里提出来，但无法通过那扇双开式弹簧门。于是他走到垃圾箱后面，掀起了整个金属盖子。在经过化学作用产生的光亮下，米尔顿看到那把好似牧首所有的胡须，没有血色的苍白的脸颊，以及——最明显的——那个五英尺四英寸的矮小身材。迈克神甫。

迈克神甫？迈克神甫就是那个绑架的歹徒？不可能吧。真叫人难以相信！可是一切都确实无疑。站在月台上的就是那个曾经与我母亲订婚、后来又让自己的未婚妻被我父亲悄悄夺走的男人。前来拿赎金的就是以前的那个神学院学生，后来他娶了米尔顿的妹妹佐薇，这种选择使他过上了一种容易引起反感的对比的生活，佐薇老是问他为什么不像米尔顿那样在股票市场进行投资，不像米尔顿那样购买黄金，或者不像米尔顿那样把钱存放在开曼群岛①。这种选择也使迈克神甫成了一个穷亲戚，在接受米尔顿的友好的款待时不得不同时忍受米尔顿那缺乏敬意的态度，迫使他在想要坐下时只好把饭厅的椅子拖到起居室里。不错，在车站月台上发现自己的妹夫，真叫米尔顿感到大为震惊。但这也使事情变得可以理解了。如今就可以明白为什么绑架者想要讨价还价，为什么他想要就此一次感到自己像个做买卖的人，以及，嗨，他对比提尼奥的情况多么熟悉。如今也可以解释清楚为什么电话总是在星期天，每逢特茜前去教堂的时候打来，而且背景中总有音乐声，米尔顿如今认定那是祭司们在唱诵祈祷书。很久以前，我父亲巧妙地夺走了迈克神甫的未婚妻，并跟她结了婚。而我，这场婚姻

---

① 开曼群岛，西印度群岛的三个岛屿，位于加勒比海西北部，一六七〇年沦为英国殖民地。

所产生的孩子却反过来为他施洗，这叫他更为难堪。现在迈克神甫想要进行报复。

但只要米尔顿有法子加以阻止，就别想成功。"嗨！"他两手叉腰地嚷道，"你到底想把什么东西拉出来，迈克？"迈克神甫并没有回答。他抬起头来，出于祭司的习惯，向米尔顿温和地笑了笑，在那把蓬松的黑胡须里显露出他雪白的牙齿。不过他已经慢慢往后退去，脚踩到了被压碎的杯子和其他杂乱的东西，把公文包好像一个捆扎好的降落伞似的搂在自己胸前。他往后退了三四步，脸上挂着那种温和的笑容，随后转过身去，当真拔脚逃跑了。他身材矮小，但动作迅速。他一溜烟就从月台另一边的楼梯上失去了踪影。米尔顿在粉红色的光线中看到他穿过铁轨，跑到他的汽车旁边，那是一辆鲜绿色（根据登记目录，应该是"希腊绿色"）的、相当省油的 AMC 格雷姆林牌汽车。米尔顿也赶紧跑回他的卡迪拉克牌汽车。

那并不像发生在电影里的一场汽车追逐。并没有汽车的突然转向，也没有车子差点儿互撞。要知道，那是一个希腊正教祭司跟一个中年的共和党人之间的汽车追逐。当他们（相对而言）快速离开大干线车站，朝着河边开去的时候，迈克神甫和米尔顿都没有超过车速限制，使车速达到每小时十英里以上。迈克神甫不想引起警察的注意。米尔顿意识到他的妹夫无处可去，就甘心情愿地跟着他朝水边开去。因此他们慢腾腾地往前开去，形状怪异的格雷姆林先在各个交通标志前摇摇晃晃地停上一停，埃尔多拉多略微比它晚一点儿，也在各个交通标志前这么停上一停。迈克神甫把车子开进不少不知其名的街道，经过好几家废品旧货店，穿过高速公路和河流所形成的没有出路的地块，相当愚蠢地试图逃跑。情况就同平时一样。佐姑姑真该待在那儿对着迈克神甫喊上几声，因为只有白痴才会不朝公路而朝河流开去。他所可以选择的每一条街都无法通到什么地方。"我这下子抓住你了，"米尔顿得意扬扬地说。那辆格雷姆林朝右转弯。后面的埃尔多拉多也跟着朝右转弯。那辆格雷姆林朝左转弯，后面的卡迪拉克也跟着朝左转弯。米尔顿的汽车油箱里装满了油,他可以整夜追踪迈克神甫,如果他非得这样的话。

米尔顿感到相当自信,他调节了一下开得太高的暖气,旋开无线电收音机。他让格雷姆林和埃尔多拉多之间的距离变得更大一点。他又抬起头来,看到那辆格雷姆林又在朝右转弯。三十秒后,等米尔顿也转过同一个拐角的时候,他看到了那座跨度很长的大使大桥。他的信心一下子消失了。这种情况可跟平时不同。他的这个当祭司的妹夫一生都在教会的童话世界里度过,今天晚上打扮得像利伯雷斯①一样,总算破例把一切都算计好了。米尔顿一看到河面上那座好像一把巨大的、闪闪发光的竖琴那样串联在一起的桥梁,心里猛地感到一阵慌乱。米尔顿惊恐地明白迈克神甫的计划。正如第十一回扬言说要逃避兵役的时候所计划的那样,迈克神甫正往加拿大开去!就跟私酒贩子吉米·齐兹莫一样,他也朝着北边那片没有法纪的自由的藏身之地开去!他打算把钱带出国去。他不再慢腾腾地行驶了。

不错,尽管那辆格雷姆林装着一个很小的发出像缝纫机一般声音的引擎,但它仍然想要加快速度。这辆车子开开了大干线车站周围的荒地,如今开进了美国-加拿大边境灯光明亮、海关控制的交通繁忙的区域。高高的碳化煤气路灯照亮了那辆格雷姆林,它那鲜绿的颜色从来没有显得这么刺目。那辆格雷姆林扩大了自身和埃尔多拉多之间的距离(就像小丑的汽车逃脱蝙蝠车②一样),加入到卡车和其他小汽车的行列之中,它们正纷纷涌向那座高大的悬索桥的入口。米尔顿加快车速。卡迪拉克的巨大引擎发出一阵轰鸣;排气管里喷出一股白烟。这时两辆汽车才切切实实成为汽车所应成为的样子;它们成了它们的所有人扩展出去的成分。格雷姆林体积小而灵活,就像迈克神甫,它在车流中时而消失,时而又重新出现,跟

---

① 利伯雷斯(1919—1987),美国钢琴家,其蓬松发式、花哨服装和钢琴上所放大枝形烛台甚至比其琴艺更引人注目。
② 系《蝙蝠侠》影片中蝙蝠侠与恶魔小丑争斗的场景。

迈克神甫在教堂的圣像围屏后的表现十分相似。而埃尔多拉多则体积庞大，像一条船——跟米尔顿一样——结果在深夜大桥上的车流中很难行驶。周围有一些巨大的半拖货运车，还有不少开往温莎的卡西诺赌场和脱衣舞夜总会的小客车。米尔顿在所有这些车辆中再也看不到那辆格雷姆林了。他把汽车开进边上一条车道，等待着。突然在六辆汽车前面，他看见迈克神甫飞快地从队列中跑出来，截断另一辆汽车的路线，钻进一个收费亭。米尔顿放下自动车窗，把头伸到外面寒冷的、充满汽车排出的废气的空气中，嚷道，"拦住那个家伙！他拿了我的钱！"可是海关官员并没有听见他的话。米尔顿可以看到那个官员问了迈克神甫几个问题，随后——不！站住！——他挥手让迈克神甫通过。这时米尔顿开始直按喇叭。

　　从埃尔多拉多的汽车发动机罩下面发出的轰鸣也许可以说是出自米尔顿本人的胸膛。他的血压直往上升，他那穿着便装短大衣的身子开始汗水淋淋。他对把迈克神甫送交美国法院审判一直很有信心。可是，一旦迈克神甫到了加拿大后，谁知道究竟会发生什么？那个和平主义并且公费医疗的加拿大！那个有几百万讲法语的人的加拿大！那就像……就像……就像外国！迈克神甫也许会成为待在那边的一个逃犯，在魁北克①纵情作乐。他可能会在萨斯喀彻温省②失去影踪，跟驼鹿一起游荡。叫米尔顿感到恼怒的不单是失去了金钱。迈克神甫不仅带了两万五千美元潜逃，让米尔顿白白地指望我会回去，而且还抛弃了他自己的家庭。在米尔顿起伏的胸膛里，既有对妹妹的关切保护之心，又有损失金钱的做父亲的痛苦。"你不能对我妹妹这么做，你听见我的话了吗？"米尔顿从他那高大的、被围在中间的汽车的座位上白费力气地叫嚷着。接着他朝迈克神甫喊道，"嗨，蠢货。你没有听说过手续费吗？你一兑换那笔钱，就损失了百分之五！"米尔顿坐在方向盘后面大声怒吼，他的汽车夹在前面的半拖货运车跟后面那些上脱衣舞夜总会的人的汽车之间，行进得相当缓慢。米尔顿不住扭动

---

① 魁北克，加拿大东南部港口城市，魁北克省省会。
② 萨斯喀彻温省，加拿大西部一省。

身子，大声喊叫，简直都要气炸了。

不过，我父亲的喇叭声倒并没有受到忽视。海关管理人员对不耐烦的开车人的喇叭声早就习以为常，他们有一种对付这类开车人的方式。等米尔顿刚在收费亭旁停下车子，那个官员就示意他把车开到旁边去。

米尔顿通过开着的车窗朝外大声说道，"有个家伙刚过去。他偷了我的一些钱。你能不能在另一头把他拦住？他开一辆格雷姆林。"

"把你的车停到旁边去，先生。"

"他偷了我两万五千美元！"

"等你把车停到旁边，从车子里出来后，我们就马上谈谈这件事儿，先生。"

"他正想把那笔钱带出国去！"米尔顿最后又解释了一遍。但那个海关管理人员继续命他把车开到检查区域。米尔顿最后只好服从。他把头从敞开的车窗边缩回去，抓住方向盘，顺从地开始把车停到边上那条空荡荡的车道上。然而等他顺利通过海关收费亭后，他就马上把一只穿着上有流苏装饰的平底鞋的脚踩着汽车油门，于是那辆发出一阵吱吱嘎嘎声音的卡迪拉克就飞驶而去。

如今情况变得有些像一场汽车追逐了。因为一到桥上，迈克神甫也加快了车速。他在小汽车和卡车之间悄悄地绕来绕去，朝着国际分界线疾驶而去，而米尔顿在后面紧追不舍，让车头灯光不住闪烁，好使人们不要挡道。大桥展现出一根十分优美的抛物线，高高耸立在河面上，桥的钢索上布满了一串串红色灯光。那辆卡迪拉克的轮胎喀噔喀噔地碾过有线条的桥面。米尔顿把他那只脚一直踩到油门尽头，开始采取他所谓的开足马力的行动。于是一辆豪华汽车跟一辆新型的动画片中的汽车之间的区别就开始显露出来。那辆卡迪拉克的引擎发出充满动力的轰鸣。引擎的八个汽缸都点火运作，汽化器正在吸入大量燃料。活塞发出砰砰的响声，不住跳动，驱动轮发了疯似的转动，同时那辆车形很长、超级英雄似的汽车超越了别的那些好像一动不动地待在原地的汽车。别的开车人看到这辆埃尔多拉多行驶得如此迅速,都把车子开到旁边。米尔顿驾车直接斜穿过车流,最后看到了前面那辆绿色的格雷姆林。"你的最大汽油里程数就这么多,"米尔顿嚷道。"有时你真需要一点儿动力!"

这时迈克神甫也发现那辆埃尔多拉多正在森然逼近。他踩足了油门,但这辆格雷姆林的引擎已经运转到极限了。汽车剧烈地抖动着,却没有增加一点速度。那辆卡迪拉克在后面越靠越近。米尔顿始终踩着踏板,直到他的汽车前面的保险杠几乎碰到那辆格雷姆林的后部才松开踏板。他们目前以每小时七十英里的速度行驶。迈克神甫抬起脸来,看到占据了整个后视镜的米尔顿那复仇的眼睛。米尔顿朝前盯视着那辆格雷姆林的内部,看到迈克神甫的一部分脸。这位祭司似乎在请求宽恕,或是解释他的行动。他的眼睛里有一种古怪的哀伤的神色,一种米尔顿无法解释的软弱样子。

……如今恐怕我只好进入迈克神甫的头脑。我觉得自己被吸了进去,根本无法抵抗。他头脑的表层是纷至沓来的恐惧、贪婪和孤注一掷的逃跑的打算。一切都像预期的那样。可是往里深入一层,我就发现他的一些从来不被我所了解的特征。比如说,他并不举止安详,一点儿都不安详,而且跟上帝也不亲近。迈克神甫所具有的那种温和的神态、他在家里用餐时面带笑容的沉默、他弯下身子面对孩子的那种方式(并不需要把身子弯得有多厉害,但仍要略微弯上那么一弯)——所有这些特征无需与一个超凡的领域交流就已存在。这些特征只是一种继续生存下去的被动而又积极进取的方式,也是拥有一个像佐姑姑嗓门那样高的妻子的结果。不错,在迈克神甫的头脑里面所回响着的,就是自从佐姑姑在没有洗衣机烘干机的情况下在希腊不停地怀孕后她多年来一直发出的叫喊。我都可以听到这样的叫喊:"你把这种境况称作生活吗?"还有:"如果你能让上帝注意听取你的观点,请叫他寄给我一张支票好做窗帘。"还有:"也许天主教徒的那种观念是对的。神职人员就不应当拥有家庭。"在教堂里,迈克尔·安东尼奥被称作神甫。大家都听从他的话,满足他的需要。在教堂里,他有权对罪孽加以宽恕,完成圣体祝圣。可是迈克神甫一踏进他们在哈珀伍兹①的联式房屋的正门,他的地位就立刻下降了。在家里,他是个无足轻重的人。在家里,他被呼来唤去,老是受到抱怨,一点也不受重视。因此不难看出,为什么迈克决定逃避他的婚姻,为什么他需要钱……

……然而,所有这一切,米尔顿在他妹夫眼睛里一点都没有看出。接着那双眼睛又起了变化。迈克神甫把他的视线转回到路上,在那儿看到一个可怕的景象。他前面那辆汽车的红色自动信号灯正在一闪一闪。迈克神甫把车开得实在太快了,无法及时停住。他猛踩刹车,但已经来不及了:那辆希腊绿色的格雷姆林猛地撞上了前面那辆汽车。而埃尔多拉多紧跟在后面。米尔顿做好了撞击的准备。可是这时发生了一桩令人惊讶的事。他听到金属嘎吱嘎吱的声响和玻璃破碎的声音,但这是从前面的那两辆汽车上传来的。至于他的那辆卡迪拉克本身,仍在不停地向前冲去。它一下子爬到了迈克神甫的汽车上面。那辆格雷姆林古怪、倾斜的尾端显得好像一条坡道似的,米尔顿马上就意识到自己已经离开了地面。那辆深蓝色的埃尔多拉多升到桥上发生的那场事故的上方。它越过桥的护栏,穿过钢索在大使大桥的中段往下冲去。

那辆埃尔多拉多头朝前地往下坠落,逐渐加快速度。米尔顿隔着上了色的挡风玻璃可以看到下面的底特律河;但那只有短短的一刹那。在这最后的几秒钟里,由于生命准备离开躯体,便也取消了它的正常法则。那辆卡迪拉克牌汽车并没有马上落入河中,相反朝上冲去,然后趋向平稳。米尔顿相当吃惊,但很高兴。他不记得那个推销员曾提到过什么有关这辆汽车飞行的特点。情况甚至更好,米尔顿并没有为此多付什么额外的费用。当汽车飘然离开大桥的时候,他脸上露出笑容。"嗨,这就是我所谓的空中飘游,"他暗自说道。那辆埃尔多拉多高高飞行在河的上空,费去了不知多少汽油。外边的天空现出一片粉红色,而汽车仪表板上的灯光则是绿色的。那儿有各种各样的开关和计量仪表。其中大部分米尔顿以前压根儿

---

① 哈珀伍兹,美国密执安州一城市,位于底特律附近。

都没有注意到。那看上去不像一辆汽车，而更像一个飞机的座舱，米尔顿正在操纵控制器，米尔顿驾着他最后的那辆卡迪拉克牌汽车飞越底特律河。目击证人所看到的情形，或者下一天报纸报道说桥上发生了十车相撞的事故，而那辆卡迪拉克就是其中之一，这都无关紧要。米尔顿·斯蒂芬尼德斯靠在舒适的皮制凹背座椅上，可以看到闹市区的空中轮廓线渐渐逼近。收音机里正在播放音乐，那是阿蒂·肖演奏的一首旧曲子，干吗不行呢？米尔顿看到佩诺布斯科特大厦上的红灯正在明灭闪烁。经过反复摸索，他学会了如何驾驶飞行的汽车。关键并不在于转动方向盘，而在于用意志的力量对其加以控制，就像在一个清醒的梦境①中那样。米尔顿把汽车带到了陆地上面。他从科博会堂的上面飞过。他绕过以前他带我去吃过午饭的庞查特兰饭店的顶部。不知什么原因，米尔顿不再害怕待在高处了。他猜测这是因为他的死期临近了；再也没有什么好害怕的了。他并没有头晕目眩或汗水淋漓，他瞅着下面的大环形公园，直到他看到了底特律的车轮所留下的痕迹。随后，他朝西区行驶，寻找以前的斑马餐厅。还在桥上的时候，我父亲的头就撞在方向盘上被压伤了。后来把这场事故通知我母亲的那个警探在被问到米尔顿的遗体情况时，只说，"那跟一辆以七十英里以上的时速行驶的汽车的撞车事故相符。"米尔顿已经不再有任何脑电波了，因此可以理解，当他驾着那辆卡迪拉克在空中盘旋的时候，为什么他可能忘了斑马餐厅早在很久以前就给烧毁了。他没有找到那个餐厅，感到相当困惑。以前那个地区所剩下的只是一片空地。当他往下注视的时候，好像大半个城市都消失了。一块空地接着一块空地。可是米尔顿在这一点上也想错了。有些地方玉米长得十分茂盛，杂草又重新长了出来。下面看上去像是农田。"倒不如把土地还给印第安人，"米尔顿想道。"可能波托瓦托米人②会要这些土地。他们会修建一个卡西诺赌场。"天空变成了棉花糖，城市又变成了一片平原。可是如今另一片红色

---

① 指做梦人有一定意识自控能力的清醒的梦。
② 波托瓦托米人，居住在密执安州地区的印第安人。

的灯光一闪一闪。那并不是佩诺布斯科特大厦上的灯光;而是汽车里面的亮光。原来是米尔顿以前从来没有看过的一个计量仪表所发出来的。他知道那预示着什么。

这时,米尔顿哭起来了。突然他的脸变得潮呼呼的,他摸了一下,抽抽搭搭,眼泪汪汪。他把身子猛地向后一靠,张开嘴巴,怀着难以抑制的悲伤哭喊起来,因为周围并没有什么看客。他从小时候起就一直没有这样哭过。听到自己那低沉的哭喊声,他感到很吃惊。那就像是一头受伤或垂死的熊所发出的喊声。在那辆卡迪拉克又开始下降的时候,米尔顿在汽车里面大声吼叫。他不停地哭喊着,并非因为他要死了,而是因为我,卡利俄珀,仍然没有回家,因为他没能救我,因为他竭尽全力地想要把我找回去,但我仍然下落不明。

当汽车车头向下倾斜的时候,河流又在眼前出现。米尔顿·斯蒂芬尼德斯,一个前海军军官,准备迎上前去。在最后的时刻,他不再想到我了。我不得不诚实地记录下米尔顿的头脑里所产生的想法。在临死的时候,他并没有想到我、特茜或我们家的哪个人。根本没有时间。当汽车一头扎进河里去的时候。米尔顿只来得及对结果竟会出现这样的结局感到吃惊。他一辈子始终教导大家应该如何正确处理事务,自己却干出这样的举动,迄今为止最愚蠢的举动。他简直无法相信自己竟把事情搞得这样乱七八糟。因此他既不生气也不畏惧,只是现出困惑和相当勇敢的神情,温和地说出他最后的一句话。"冒失鬼,"米尔顿在他最后那辆卡迪拉克牌汽车里暗自这么说道。随后,河水就把他淹没了。

一个真正的希腊人可以在这种悲剧的调子中了结一生。但是一个美国人总喜欢保持乐观的态度。如今,每当我们谈到米尔顿的时候,我和我母亲总认定他离开得正是时候。因为第十一回接过家里的买卖,在不到五年的时间里就把生意弄得一团糟,而且第十一回也做起黛斯德蒙娜的那种性别预测,开始在脖子上挂一把极小的银匙,而他在这一切发生前就离开了。银行账户里的存款渐渐减少,信用卡的费用渐渐增大,特茜只好把米德尔塞克斯卖了,跟佐姑姑一起搬迁到佛罗里达,而他在这一切发生前就离开了。一九七五年四月,卡迪拉克引进了赛维利亚,一种看上去好像失去了裤衩的节约燃油的车型,此后卡迪拉克牌汽车就再也不像原来那样了,而他在这一切发生前三个月就离开了。他在其他许多事情发生前就离开了,我不想把那些事情包含在这个故事里,因为它们是美国生活中的普通悲剧,与目前这种奇特的不同寻常的记载不相一致。他在冷战结束前,在导弹防御系统、地球变暖、"九·一一"事件①以及第二位姓名中只有一个元音的美国总统②出现前就离开了。

  最最重要的是,米尔顿没有再见到我就离开了。这种情况并不叫人感到安心自在。我总爱这么想:父亲对我的爱十分强烈,肯定会接受我的。但从某些方面来讲,他跟我,我们再也用不着解决这个问题,反而更好。在我父亲眼里,我仍然始终是个女孩。其中会有某种纯洁无瑕的意味,那种童年的纯洁无瑕。

---

① "九·一一"事件,指二〇〇一年在美国发生的恐怖主义袭击事件。
② 指美国第四十三任总统乔治·沃尔克·布什(1946—)。

最后的停靠点

"这仍然有几分关联,"菊池朱莉说。

"这没有关联,"我说。

"这也没什么差别。"

"我告诉你的有关我的这些事跟成为同性恋者或把自己封闭起来一点也没有关系。我一直喜欢女孩。在我还是一个女孩的时候就喜欢女孩。"

"我不会是你的一个什么最后的停靠点吧?"

"更像是一个最初的停靠点。"

朱莉笑了笑。她仍然没有拿定主意。我等待着。最后她说道,"行。"

"行吗?"我问道。

她点点头。

"行,"我说。

于是我们离开了美术馆,回到我的住所。我们又喝了一杯酒;我们在起居室里节奏很慢地跳舞。随后我把朱莉带到我的卧室里,我已经有很长时间没有把谁带到那儿去了。

她把房里的灯关了。

"等一下,"我说。"你关上灯是因为我还是因为你呢?"

"因为我。"

"为什么?"

"因为我是一个腼腆羞怯的东方女子。你可别指望我来给你洗澡。"

"不洗澡吗?"

"如果你不跳一个佐巴舞①就不洗。"

"不管怎么说,我到底把我那把布祖基琴②放到哪儿去了?"我想要保持这种开玩笑的样子。我开始脱下自己的衣服,朱莉也这么做。那就像要跳到冰冷的水里去似的。你必须不去过多地考虑就着手行动。我们钻到毯子下面,彼此搂在一起,紧张得不知所措,心里十分快乐。

"我也可能是你最后的停靠点,"我紧紧抱住她说。"你有没有想过这一点?"

菊池朱莉答道,"我脑子里出现过这种念头。"

*　　*　　*

第十一回坐飞机到旧金山来把我从监狱里接出来。我母亲不得不签署了一封信件,要求警察机关把我释放,交给我哥哥监管。法院会在不久的将来确定一个审判日期,但作为一个初次犯法的少年人,我大概只会受到缓刑的处理(这次犯法并没有记在我的档案里,一点也没有影响以后我在美国国务院的工作机会。当时我倒不怎么在乎这些细节,我惊呆了,伤心得要命,只想回家)。

等我走到警察局的外层大厅里,我哥哥独自坐在一条木头长凳上。他面无表情地抬起头来望着我,眨了眨眼睛。这就是第十一回的方式。一切都在他的头脑里面进行。在他的头脑内部,经过对各种感觉的审核和评估,然后他才作出任何正式的反应。当然我已经习惯了他的这种方式。还有什么会比一个人的近亲的性格特征和习惯更自然的呢? 好多年前,第十

---

① 佐巴舞,根据希腊作曲家米基·西奥多拉基斯(1925—　　)为影片《希腊人佐巴》所作乐曲而跳的舞蹈。
② 布祖基琴,一种希腊式长颈拨弦乐器,主要用于伴唱或伴舞。

一回叫我拉下衬裤,好让他看一看。如今他的眼睛抬了起来,但眼神仍然相当专注。他仔细打量着我那剪去头发的脑袋。他凝神观察着我身上的丧服。幸运的是,我哥哥已经把他手头所有的LSD迷幻药都服用了。第十一回很早就爱好产生幻觉。他注视着摩耶女神①的面纱,注视着人生经历的各个不同的阶段。对于一个经过这样思想准备的人,要他应付自己的妹妹转变成为自己的弟弟这样的事,总要稍微容易一些。自从开天辟地以来,就有像我这样的两性人。但是,当我从自己的笔下出现的时候,除了我哥哥那一代人以外,恐怕没有哪一代人会愿意接受我。尽管如此,看到我身上起了这么大的变化,仍然不能没有一点反应。第十一回把眼睛瞪得很大。

我们已经有一年多没有见面了。第十一回身上也有了变化。他的头发变短了,前额处脱谢得相当厉害。他朋友的女朋友曾用家用烫发器给他烫发。第十一回的以前平直的头发如今在脑袋后面像雄狮的鬣毛似的蓬松起伏,而他的脑门却逐渐后移变大。他看上去再也不像约翰·列侬了。他穿着退色的喇叭裤,戴着老奶奶眼镜的日子已经一去不复返了。如今他穿着棕色的裤腰低及臀部的紧身长裤。他的大领子衬衫在荧光灯的照射下闪闪发亮。六十年代以来就没有真正结束,如今仍在果阿②持续。但是到了一九七五年,对我哥哥来说,六十年代最终结束了。

在别的时候,我们本会仔细思考这些细节。但我们并没有放纵地这么做。我穿过房间。第十一回站起来,随后我们就搂在一起,摆动着身子。"爸爸死了,"我哥哥在我耳边又说了一遍。"他死了。"

我问他究竟出了什么事,他把情况讲给我听。米尔顿驾车冲过了海关。迈克神甫当时也在桥上。目前他住在医院里。在格雷姆林的残骸里找到了米尔顿的旧公文包,里面装满了钱。迈克神甫向警察机关供认了一

---

① 摩耶女神,印度教中虚幻女神。
② 果阿,印度西南部一地区,位于孟买市以南大约二百五十英里处,濒临阿拉伯海,从前为葡属印度一地区,一九六一年为印度收回。

切,他策划的绑架的计谋,索取的赎金。

当我完全明白了前后经过后,我问道,"妈妈怎么样?"

"她没什么。她经受住了这个打击。她责怪米尔特。"

"责怪?"

"责怪他出门去到那儿;责怪他不告诉她。你要回家了,她感到很高兴。这才是她关心注意的事。你正好回家参加葬礼。因此这样很好。"

我们计划当天晚上乘夜航航班离开。葬礼要在下一天上午举行。第十一回已经安排好了葬礼的那套程序,取得了死亡证明,发了讣告。他一点也没有问起我在旧金山或六十九人夜总会的那段日子的情况。等我们上了飞机,第十一回喝了几杯啤酒以后,他才婉转提到了我的情况。"这么说,我大概不能再叫你卡利了。"

"你爱怎么叫我就怎么叫我好了。"

"叫你'小弟'怎么样?"

"我没问题。"

他默不作声,眨了眨眼睛。他思考时通常总这样慢条斯理。"我根本没有听到多少有关你在那个医疗中心的遭遇。我待在北边的马凯特。我并没有跟爸妈谈那么多。"

"我逃跑了。"

"为什么?"

"他们要伤害我。"

我可以感到他目不转睛地看着我,外表显得呆滞的眼神里隐藏着重大的内心活动。"我觉得有点邪门儿,"他说。

"我也觉得古怪。"

过了一会儿,他扑嗤一笑。"哈!邪门儿!相当讨厌的邪门儿。"

我可笑地神情沮丧地摇了摇头。"你说得太对了,哥。"

在我们面临难以置信的事情的时候,除了将其视作正常出现的情况,没有别的选择。请让我来打个比方,我们并没有高音区,而只有由我们共同的经历跟为人处世、玩笑打趣的方式所组成的中音区。但这依然能使我们相互理解。

"不过，我身上的这个基因有一个优点，"我说。

"什么？"

"我永远不会秃顶。"

"为什么不会？"

"你得具有二氢睾酮才会秃顶。"

"嘿！"第十一回摸了摸头皮。"我想我身上的二氢睾酮大概有点儿偏高。我想我就是他们所谓的那种身上富于二氢睾酮的人。"

我们在早上六点刚过一点到了底特律。那辆被彻底撞坏的埃尔多拉多早给拖到一个警察局的院子里去了。等在机场停车场里的是我母亲的汽车，那辆"佛罗里达特色车"。这辆淡黄色的卡迪拉克牌汽车就是米尔顿所留给我们的一切。它已经开始具有遗物的特征。驾车人的座位由于他的体重而凹了下去。你可以在皮面上看到米尔顿的屁股压出来的痕迹。特茜用几个靠垫填没了凹陷之处以便驾驶。第十一回把这些靠垫扔到了后座上。

我们坐在这辆不合时令的汽车上出发回家，车上功率很大的空调设备给关掉了，可以开启的车顶也关着。我们经过了那个巨大的尤尼罗亚轮胎①和英克斯特②的枝柯交织的树林。

"葬礼要在几点钟举行？"我问道。

"十一点。"

天色逐渐亮起来。太阳正从它总升起的无论哪个地方升起，说不定是在远处那些工厂后面，或者从无法看见的河面上。越来越强的光线像渗漏出来的河水或洪流似的渗透到地面上。

"走闹市区那儿过吧，"我对我的哥哥说。

"那样花的时间太长了。"

---

① 尤尼罗亚轮胎,位于底特律城厢九十四号公路旁的艾伦公园内。参见第90页注②。
② 英克斯特,美国密执安州东南部一城市,在底特律附近。

"我们有时间。我想看看那儿。"

第十一回答应了我的要求。我们由九十四号州际公路经过红河城和奥林匹亚体育场，随后在洛奇高速公路上迂回曲折地朝河边开去，从北面开进城市。

只要在底特律长大，你就会明白各方面的情况。你很早就不得不与衰退发生紧密的联系。当我们从低洼的高速公路开出来以后，我们就可以看见那些已经不宜居住的房屋（其中许多已被烧毁）以及那一块块富有天然之美的结冰的灰色空地。以前风格雅致的公寓大楼就坐落在废料场的旁边，过去是皮货店和电影院的地方如今却只看到血库、美沙酮戒毒诊疗所和沃德尔大妈永久慈善会堂。从阳光灿烂的地区回到底特律通常总令我心情抑郁。可是如今我却对这种感觉表示欢迎。衰败的景象减轻了我失去父亲的痛苦，使其显得好像就是普通的事态。至少这座城市并没有呈现出活跃或欢快的气象，以此对我的悲伤加以嘲笑。

闹市区看上去跟过去没什么不同，只是变得更冷落了。租户离开后，你总不能把摩天大楼拆除；因此窗户和门都给钉上木板，这些商业贸易的巨大空壳儿都被搁置不用。在正在施工建造的复兴中心所在的那片河边陆地上，正在开展一场始终没有到来的复兴运动。"咱们就从希腊人居住区穿过去吧，"我说。我的哥哥又迁就了我。我们不久就来到了那片充满餐馆和纪念品商店的街区。在少数族裔的气味庸俗的店铺中间，仍然有几家真正的咖啡馆，常有一些七八十岁的老人光顾。这天上午，有几个这样的老人已经起来，他们在那儿喝着咖啡，下下十五子棋，看看希腊语报纸。等这些老人去世后，咖啡馆就会受到影响，最终关闭。这个街区的餐馆也会逐渐受到影响，它们门口的凉篷会给划破，在莱康餐馆的大门罩上那些巨大的黄色灯泡也会烧坏，而马路转角上的希腊面包店也会由从迪尔伯恩①来的那些南也门人接手经营；不过所有这一切都还没有发生。我们经

---

① 迪尔伯恩，美国密执安州东南部城市，位于底特律附近。

过门罗街上的希腊花园,我们曾在那儿为左撇子举办马卡里亚。

"我们要为爸爸举办马卡里亚吗?"我问道。

"是的。花销都包括在内。"

"在哪儿?在希腊花园吗?"

第十一回笑了。"你开玩笑吧?谁也不想到这儿来?"

"我喜欢这儿,"我说。"我爱底特律。"

"真的吗?那么欢迎你回来。"

他把车折回到杰弗逊街上,开始了穿越破败的东区那漫长的行程。出现了一家假发店。浮华舞厅那家老夜总会如今正在招租。在一家挂着一块用油漆手写的招牌的旧唱片店里,有不少人在震天价响的音乐声中欢快地跳舞。以前那几家廉价杂货店和糖果店都关掉了,其中有克力司吉零售商店、伍尔沃思零售商店、桑德斯冷饮店。外面很冷。街上并没有很多人。在一个转角上,有个男人泰然自若地站在那儿,在冬日的天空下显出美好的体形。他的皮外套一直拖到脚踝上面,在他那气派不凡、下巴很长的脸上戴着一副宇航护目镜,脑袋上戴着一顶紫酱色的丝绒帽子,看去真像一条航行的西班牙大帆船。这个形象并不属于我那平淡无奇的生活天地,因而颇有异国情调,不过倒并不怎么陌生,使人联想到我的家乡城镇那种独特的创造能力。不管怎样,我看见他仍感到很高兴。我无法把目光移开。

在我小的时候,这样待在街道转角的花花公子有时会低下脸上的太阳眼镜,眨眨眼睛,一心想要激怒那个路过的坐在汽车后座上的白人女孩。但是如今这个花花公子却用一种全然不同的神态看着我。他并没有低下脸上的太阳眼镜,但他的嘴巴、他那张开的鼻孔以及他那昂起的脑袋都表现出一种蔑视甚至仇恨的神情。就在这时,我明白了一件叫我极为震惊的事儿。我要成为一个男性就得成为这样的男子,即使我不想如此也不成。

我叫第十一回穿过印第安村,打我们以前的宅子旁经过。在见到我母亲以前,我想沐浴在怀旧的气氛中来安定我的神经。街道旁边仍然满是树木,冬天光秃秃的没有树叶,所以我们可以一直看到那条结冰的河流。我想到世界竟然包含如此众多的生命，真是惊人。在这些街道上，人们陷入无数的麻烦，金钱问题，爱情问题，学校问题。有人坠入情网，有人结婚，有人前往戒毒康复中心，有人学习溜冰，有人配戴双光眼镜，有人准备考试，有人试穿衣服，有人理发，有人出生。而在某些屋子里，有的人正在逐渐衰老，身染疾病，临近死亡，让别人为之伤心难过。这种情形一直都在发生，但并没有受到注意。这才是真正重要的事情。在人生中真正重要的事情、使得人生具有影响的事情，就是死亡。从这方面看，我身体上的变形只是一件微不足道的事情。只有拉皮条的男人可能会感兴趣。

不久我们就到了格罗斯角。光秃秃的榆树树梢从街道两边伸出来碰到一起，而在那一幢幢暖和的、没有什么动静的房屋前面的花坛上覆着一层白雪。我的身体正在作出见到家的反应。我内心冒出了快乐的火花。那就好像一条忠实的狗所有的感觉，充满了热切的爱，却无法用言辞表达自己的不幸。这儿就是我的家，米德尔塞克斯。在那边那扇窗户里面，在周围铺有花砖的窗边座位上，我以前经常一连看上好几个小时的书，一边吃着从窗外那棵桑树上摘下的桑椹。

车道上的积雪并没有给用铲子铲掉。谁也没有时间想到这一点。第十一回开上车道的时候速度快一点，我们在座位上颠动起来，排气管磕磕碰碰。等我们下车后，他打开汽车后部的行李箱，开始把我那搁在里面的箱子拎出来，提到房子里去。可是半路上他停了下来。"嗨，小弟，"他说。"你自己也可以提。"他调皮地露出笑容。你可以看出他很欣赏这种形式的变化。他把我的变形看作一个有趣的难题，就像他的科幻小说杂志封底上的问题一样。

"我们不要感情用事，"我答道。"你随时都可以提着我的行李。"

"接着！"第十一回举起那个提箱嚷道。我接了过来，蹒跚着后退了几步。就在这时，屋门开了，我的母亲穿着室内便鞋，走到外边严寒结霜的空气中。

特茜·斯蒂芬尼德斯在航天旅行还是新生事物的一个不同的生活阶

段，曾经决定同意她丈夫的主意，不择手段地创造一个女孩；如今她看见在自己面前积雪的车道上，就是他们这个计划的成果。压根儿就不再是一个女儿，而是一个儿子，至少外表看上去是这样。她身子疲乏，神情沮丧，没有精力来处理这桩新的事情。如今我竟像一个男子那样生活，这真是一件无法接受的事。特茜认为这不应当由我决定。她生了我，给我哺乳，把我抚养长大。她在我还一点也不了解自己之前就了解我了，如今她对这桩事却根本没有发言权。生命在开始时是一种形态，随后突然转了个弯，就成了另一种形态。特茜不明白这是怎么发生的。尽管在我的脸上，她仍然可以看到卡利俄珀的样子，但脸的每一部分似乎都有所变化，显得粗大厚实，而且在我的下巴和嘴唇上都长着胡须。在特茜的眼中，我的外表看上去有一种罪犯的样子。她禁不住想到我的到来也是某种清算的一部分，在这场清算中米尔顿已经受到了惩罚，而她的惩罚才刚刚开始。因为所有这些原因，她一动不动地站在门口，眼睛布满了血丝。

"嗨，妈，"我说。"我回家了。"

我走上前去和她相见。我放下箱子，等我再抬起头来，特茜的脸色变了。她已经为这个时刻准备了好几个月。如今她的两道颜色暗淡的眉毛扬了起来，她的两边嘴角翘了起来，她那没有血色的脸蛋跟着也皱了起来。她那种神情就跟一个母亲看着医生在给一个严重烧伤的孩子拆除绷带时一样。那是一张乐观的、并不坦诚的、关切的脸。不过，它仍然向我表明了我所需要知道的一切。特茜正想努力接受现实的情况。她为我所遭遇的事情感到身心疲惫，但她仍然预备为了我的缘故而加以忍耐。

我们搂在一起。我个子很高，把头伏在我母亲的肩膀上，她在我呜咽抽泣的时候抚着我的头发。

"为什么？"她不断地轻声哭喊着，一边摇了摇头。"为什么？"我以为她要谈到米尔顿。可是接着她把话说清楚了："为什么你要逃跑呢，亲爱的？"

"我非这么做不可。"

"难道你不认为要是保持原来的样子会比较容易一些吗?"

我抬起头来,正视着我母亲,对她说道:"那是我过去的样子。"

你想要知道:我们怎样习惯目前这种情况?我们的记忆发生了什么变化?是否为了给卡尔留出空间,卡利俄珀就必须死去?对于所有这些问题,我提供的是同一句老生常谈:一个人能习惯这种情况,确实相当惊人。在我从旧金山回来并开始像一个男性那样生活后,我的家人发现,与普通的看法相反,性别并不那么重要。我从女孩变成男孩的这种转变远远没有一个人从幼年进入成年的那段行程么引人注目。在许多方面,我都仍然是我一贯就是的那个人。甚至现在,尽管我像男人一样生活,但在本质上我仍然是特茜的女儿。我仍然是每星期天记住给她打电话的那个孩子。我也是她倾诉越来越多的病痛的那个对象。就像任何一个孝顺的女儿那样,我也会是她老年时照料她的生活起居的人。我们仍然谈论着男人身上的毛病;在回家探访的时候,我们仍然一起去剪头发。"金羊毛"不得不对变化的时代作出让步,如今既为女人理发,也为男人理发(我最终让可爱的老索菲给我剪了她始终想给我剪的那种很短的发式)。

可是所有这些事都是后来发生的。这会儿,我们匆匆忙忙。差不多要十点钟了。从殡仪馆开来的客车在三十五分钟内就要到达。"你最好去洗个澡,"特茜对我说。葬礼按照丧葬所应有的那套程序进行,我们没有时间老想着我们的感情。特茜挽住我的胳膊,把我领到屋子里。米德尔塞克斯也在服丧。书房的镜子上覆着一块黑布。在滑门上都挂着黑色的饰带。一切都带着旧时移民的气息。除此之外,房屋显得异常昏暗寂静。同往常一样,屋外的景象给巨大的窗户带到屋内,因而起居室里一片冬天的景象;我们周围都是皑皑白雪。

"我想你可以穿这套衣服,"第十一回对我说。"这看上去相当合适。"

"你大概连一套这样的衣服也没有。"

"我是没有。我并没有进一所势利的私立学校。不管怎么说你从哪儿搞到这套衣服的?它有股气味。"

"至少这是一套衣服。"

在我跟我哥哥彼此说笑打趣的时候,特茜在一旁仔细观察。我哥哥暗示我所遭遇的事情可能需要轻松灵巧地处理,她正迅速对此作出反应。她并没有把握自己是否能做到这一点,但她看着年轻一代如何取得成功。

忽然传来一个奇怪的声音,听上去像是雕的叫声。原来起居室墙上的内部通话设备发出了噼噼啪啪的响声。有个人尖声说道,"喂!特茜宝贝!"

当然,由于特茜的缘故,房屋里并不是到处都能见到外来的移民。那个在内部通话设备里尖声说话的人不是别人,正是黛斯德蒙娜。

耐心的读者,你可能会纳闷,不知我的奶奶究竟出了什么事。你可能已经发现,自从黛斯德蒙娜一劳永逸地爬上床去后不久,她就开始逐渐衰弱。但这是有意为之。我让黛斯德蒙娜从我的叙述中溜了出去,因为,说实在的,在我变形的引人注目的岁月里,她在大部分时间里都没有受到我的注意。在过去五年中,她一直在供客人居住的屋子里卧床不起。在我待在贝克-英格利斯女子学校的那段日子里,爱上那人儿的时候,我只是极为模糊地意识到我的奶奶。我看到特茜准备饭菜,并把托盘端到供客人居住的屋子去。每天黄昏,我都看到我父亲拿着热水袋和药品孝顺地前往她的永久病房。那时,米尔顿变得越来越难以用希腊语跟他母亲说话。战争期间,黛斯德蒙娜没能教会她儿子书写希腊语。如今在她老年的时候,她惊恐地认识到米尔顿也慢慢忘了该怎么讲希腊语了。偶尔,我也给黛斯德蒙娜把食物托盘端去,对她那封闭的生活重新了解上几分钟。装在镜框里的有关她的葬礼计划的照片仍然放在她的床边小几上好让她放心。

特茜走到内部通话设备前。"是,奶奶,"她说。"您需要什么东西吗?"

"我的两只脚今儿十分难受。你有没有泻盐?"

"有的。我给您拿来吧。"

"为什么上帝不让奶奶死掉呢,特茜?每个人都死了!除了奶奶之外的每个人!奶奶现在年纪老得都活不下去了。可上帝做了什么?什么都没有。"

"您用完早餐了吗?"

"用完了,谢谢你,宝贝儿。可是今儿的李子干不怎么好。"

"那就是您一直吃的那种李子干。"

"这些李子干可能有什么问题。请换一盒新的吧,特茜。新奇士牌的。"

"我会的。"

"好吧,我的宝贝儿。谢谢你,宝贝儿。"

我的母亲关掉了内部通话系统,朝我转过身来。"奶奶现在的情况不再那么好了。她的头脑正在衰退。自从你不在家的那段日子起,她就确确实实地越来越不行了。我们跟她谈到了米尔特。"特茜声音发颤,几乎要哭出来了。"谈到了所发生的一切。奶奶不停地哭着。我以为她当场就会死去。随后,过了几个小时,她却问我米尔特在哪儿。她把整个这件事都忘了。也许还是这样的好。"

"她要去参加葬礼吗?"

"她几乎都无法行走了。帕潘尼古拉斯太太前来照看她。她有一半时间都不清楚自己在什么地方。"特茜摇了摇头,伤感地笑了。"谁会想到她竟然活得比米尔特长?"她又伤心得要哭起来,强忍住自己的眼泪。

"我可以去看她吗?"

"你想去吗?"

"是的。"

特茜脸上显出忧虑的神色。"你要对她说什么呢?"

"我该对她说什么呢?"

我母亲默不作声地想了一会儿,接着她耸了耸肩膀。"没关系。不论你说什么,她都记不住的。把这个给她拿去。她想要把两只脚浸泡一下。"

我拿着泻盐和用玻璃纸包着的一块蜜糖果仁千层酥走出屋子,沿着门廊,朝后面供客人居住的房屋走去,一路上经过院子和浴室。门并没有锁上。我推开门走了进去。屋子里的唯一光亮是电视所发出来的,电视给开得响到极点。我一进门,迎面看到的就是好多年前黛斯德蒙娜从庭院拍卖中所抢救出来的那幅阿西纳哥拉斯牧首的旧相片。在窗旁的一个鸟笼里,一只绿色长尾小鹦鹉,我爷爷奶奶以前的鸟舍中剩下的最后一名成员,正在西印度轻木做的栖木上来回走动。其他熟悉的物品和陈设仍然明显可见,左撇子的希腊通俗乐曲唱片、黄铜咖啡桌,当然,还有放在雕花的圆桌桌面中央的那个桑蚕盒。如今那个盒子里塞满了各种纪念品,几乎都关不上了。盒子里有照片、旧信、珍贵的钮扣、安神念珠。我知道在所有这些东西下面的什么地方,有用破裂的黑丝带系在一起的两根长长的发辫跟一个用船上的绳索做成的结婚花冠。我想要看看这些东西,但当我朝屋子里面走得更深一点的时候,床上那个庄严的景象转移了我的注意力。

黛斯德蒙娜十分气派地靠着一个被称作她丈夫的米色灯芯绒靠垫。这个靠垫的两只胳膊搂着她。从一只胳膊外面的那个有弹性的口袋里所伸出来的是一个抽吸器跟两三个药瓶。黛斯德蒙娜穿着一件灰白色的睡衣,床罩给拉到她的腰部,膝头上放着一把她的那种土耳其的趣味恶俗的扇子。所有这一切都并不令人感到意外。叫我感到震惊的是黛斯德蒙娜对她头发的处理。在听到米尔顿的死讯后,她拿掉了头上的发网,用力撕扯着披散下来的大把头发。她的头发已经完全灰白,但仍然显得十分好看,在电视发出的光亮下看上去几乎是金黄色的。头发披散到她的肩头,铺盖住她的整个身体,就像波堤切利①笔下维纳斯的头发一样。可是,在这片惊人的倾泻而下的头发中间出现的那张脸,却不是一个美丽的年轻女人的脸,

---

① 波堤切利(1445—1510),意大利文艺复兴时期画家,其代表作有《春》、《维纳斯的诞生》等。

而是一个年老的寡妇的脸,方方的脑袋,枯干的嘴。在屋子里那静止的空气以及药物和护肤药膏的气味中,我可以感到她在这张床上等待和希望自己死去时所度过的时间的分量。有一个像我这样的奶奶,我拿不准自己是否会成为一个真正的美国人,就是认为生活在于追求幸福的那种真正的美国人。黛斯德蒙娜的痛苦和对生活的排斥包含一个教训,即强调老年不会继续有青年时期形形色色的乐趣,而相反会是连生活中最微小、最简单的快乐也给慢慢剥夺的漫长的苦难。每个人都与绝望作斗争,但最终赢得胜利的总是绝望。它必须如此。绝望就是让我们道别的那个事物。

我站在那儿,上下打量着我的奶奶,突然黛斯德蒙娜回过头来,看到了我。她把一只手举到胸口,脸上露出惊吓的神情,一下子向后倒到枕头上,大声嚷道,"左撇子!"

这下子轮到我感到吃惊了。"不,奶奶。不是爷爷。是我,卡尔。"

"谁?"

"卡尔。"我停顿了一下。"您的孙子。"

这样当然不够光明正大。黛斯德蒙娜的记忆力已经不那么敏锐。可是我却不给她一点儿帮助。

"卡尔?"

"他们在我小时候管我叫卡利俄珀。"

"你看上去像是我的左撇子,"她说。

"真的吗?"

"我还以为你是我的丈夫,到这儿来把我接到天上去呢。"她头一次笑了起来。

"我是米尔特和特茜的孩子。"

就像刚才出现的时候一样迅速,黛斯德蒙娜脸上的风趣幽默的神情一下子消失了。她显得十分伤感,充满歉意。"对不起。我不记得你了,宝贝儿。"

"这是我带给您的东西。"我把泻盐和蜜糖果仁千层酥拿给她看。

"特茜干吗不来呢?"

"她得穿戴打扮。"

"为了什么穿戴打扮?"

"参加葬礼。"

黛斯德蒙娜发出一声喊叫,又紧抓着自己的胸部。"谁死了?"

我并没有回答,相反我把电视的音量调得轻一点儿。随后,我指着那个鸟笼说道,"我记得您过去有大约二十只鸟儿。"

她瞅着鸟笼,但一句话也不说。

"您过去住在一个顶楼上面。在西米诺尔人街,还记得吗?就是您手里还有全部的鸟儿的时候。你说它们叫你想起布尔萨。"

听到这个城市的名字,黛斯德蒙娜脸上又露出了笑容。"在布尔萨,我们有各种各样的鸟儿。绿的、黄的、红的。各种各样。鸟儿虽小,但十分美丽,就像用玻璃做出来似的。"

"我要到那儿去。还记得那儿的那座教堂吗?我总有一天要去那儿,把教堂修缮一下。"

"米尔顿会去修的。我一直在叮嘱他。"

"要是他不这么做,我会做的。"

黛斯德蒙娜看了我一会儿,好像在估量我履行这项承诺的能力。随后她说道,"我不记得你了,宝贝儿,但你可不可以为奶奶把泻盐放好?"

我拿起脚盆,在里面放满了从浴缸水龙头里放出来的温水。我把用于浸泡的盐撒了进去,随后把脚盆端回卧室。

"把盆放在椅子旁边,小娃娃。"

我照着她说的做了。

"现在来帮着奶奶下床。"

我走近前去,弯下身子。我悄悄把她的两条腿都从床罩下面拉出来,让她转过身子用她的一只胳膊扶着我的肩膀,我把她拉了起来,好让她跨上不多的几步走到椅子边上去。

"我什么都做不成了,"她朝椅子旁走过去时伤感地说。"我年纪太大了,宝贝儿。"

"你的身体情况还可以。"

"不,我什么都记不得了。我浑身疼痛。我的心脏也不好。"

我们到了那把椅子旁边。我在她的背后调节控制,让她慢慢坐下。我又绕到她的面前,把她那两只肿胀的、青筋暴突的脚放到充满泡沫的水里。黛斯德蒙娜快活地发出一阵嘟囔声。她闭上了眼睛。

接下去的几分钟,黛斯德蒙娜默不作声,尽情享受着温水泡脚的乐趣。她的脚踝上又有了血色,连她的小腿也变得红润起来。这片红色在她睡衣的卷边下消失了,但随即又在领口处隐隐地显露出来。她的脸也红扑扑的;她睁开眼睛,眸子里面显出一种以前所缺乏的明澈的神采。她目不转睛地看着我,随后她大声喊道,"卡利俄珀!"

她把手举到嘴边。"天哪!你怎么了?"

"我长大了,"我只说了这么一句。我原来并不打算告诉她,但如今话已经说出口了。我觉得那不会有什么两样。反正她不会记住这次谈话。

她仍然仔细端详着我,两只眼睛给眼镜镜片放大了。即便黛斯德蒙娜头脑完全清醒,她大概也无法理解我所说的话。可是,在她衰老年迈的时候,她仍然没法接受这个消息。如今她生活在回忆和梦境中,在这种情况下,那些古老的村子里的传闻又变得似乎就是发生在附近的事。

"如今你是不是一个男孩,卡利俄珀?"

"多少是这样。"

她领会了这句话。"我母亲过去对我讲起一些蹊跷古怪的事,"她说。"很久以前,村子里有时会出现一些外表显得像是女孩的婴儿。随后——到了十五六岁——她们却看上去像是男孩!我母亲对我讲过这种情况,但我一直不相信。"

"这是一种遗传方面的问题。我去看的那个医生说这种情形发生在一些小村子里，那儿大家相互通婚。"

"菲尔大夫过去也谈到这种情形。"

"他真的谈过吗？"

"这都是我的过错。"她神情严肃地摇了摇头。

"是什么呢？你的过错是什么呢？"

她根本没有哭泣。她的泪管都枯竭了，脸蛋上没有一点潮湿的泪痕。但她的面部却不住抽搐，她的肩膀也不住哆嗦。

"祭司们说就连嫡表兄妹也绝不应该结婚，"她说。"远房表兄妹是可以的，但你应当先问一下大主教。"这时她转过脸去，想要回想起祭司说的所有的话。"即使你想嫁给你的教父教母的儿子，也不可以。我以为这只是教会的什么规定。我不知道这是因为婴儿可能会发生什么意外。我只是村子里的愚蠢的姑娘。"她用这种语调继续说了一会儿，不断地自责。有一刹那，她忘了我在那儿，她忘了自己在大声说话。"随后菲尔大夫对我讲了一些可怕的事。我吓得要命，就去做了一次手术！再也不会有孩子了。接着米尔顿有了儿女，我又提心吊胆。但什么都没有发生。因此我认为，经过这么漫长的时间，一切都还顺当。"

"你说什么，奶奶？爷爷是你的表兄？"

"远房表弟。"

"这没什么关系。"

"不单是远房表弟。还是弟弟。"

我的心跳都停了一下。"爷爷是你的弟弟？"

"是的，宝贝儿，"黛斯德蒙娜十分疲乏地说道。"很久以前，在另一个国家。"

就在这时，内部通话设备响了起来：

"卡利？"特茜咳了一声，改口说道，"卡尔？"

"是我。"

"你最好去梳洗一下。汽车不出十分钟就要来了。"

"我不去了。"我停顿了一下。"我打算陪着奶奶待在这儿。"

"你需要到那儿去,宝贝儿,"特茜说。

我穿过房间走到内部通话设备跟前,把嘴对着扬声器,声音低沉地说,"我不到那所教堂去了。"

"为什么不去?"

"你没看见他们对那些该死的蜡烛要收多少钱吗?"

特茜笑了。她没法儿不这样。因此我继续下去,压低了我的声音,听起来好像我父亲的声音似的。"一支蜡烛竟要两块钱?真是乱敲竹杠!也许你可以说服某个来自故国的人为这种东西付钱,但在美国这儿却不行!"

模仿米尔顿是有传染性的。这时特茜也在扬声器里压低了嗓音,说道,"纯属敲诈,"接着又笑起来。我们明白这就是我们所要采取的方式,这就是我们使米尔顿继续存在的方式。

"你肯定自己不想去吗?"她问我说。

"妈,那样情况会变得过于复杂。我不想非得把一切都向大家解释一番。我还不想那样。那会极大分散大家的注意力。还是我不在场的好。"

特茜内心也赞成我的意见,因此不久也就答应了。"我会告诉帕潘尼古拉斯太太,今儿她不必前来陪着奶奶。"

黛斯德蒙娜仍然望着我,但她的眼睛变得朦朦胧胧。她面带笑容,随后说道,"我的银匙是对的。"

"大概是这样。"

"对不起,宝贝儿。对不起,你竟然遭到这样的意外。"

"这没什么。"

"对不起,我的宝贝儿。"

"我喜欢我的生活,"我对她说。"我会有美好的生活。"她仍然看上去很痛苦,我就握住她的手。

"别担心,奶奶。我不会告诉什么人的。"

"去告诉谁呢?现在所有的人都死了。"

"你没有死。我会一直等到你不在了再说出实情。"

"好吧。等我死了以后,你可以说出一切。"

"我会的。"

"好啊,我的宝贝儿。好啊。"

在圣母升天教堂,为米尔顿·斯蒂芬尼德斯举行了一个完整的正教葬礼,这无疑违背了他的意愿。格雷格神甫主持了葬礼。至于安东尼奥神甫,他后来被判犯有企图重大盗窃罪,在狱中服刑两年。佐姑姑跟他离了婚,与黛斯德蒙娜一起搬到佛罗里达去了。确切是去哪个地方?新士麦那比奇。还有什么别的地方呢?几年以后,我母亲迫不得已,卖掉了我们的房屋,就也搬到佛罗里达去了,于是她们三个人就像以前在赫尔伯特街时一样又住在一起了,直到黛斯德蒙娜一九八〇年去世为止。特茜和佐薇如今仍然住在佛罗里达,两个女人独力生活。

米尔顿的棺材在举行葬礼时仍然关着。特茜已把她丈夫的结婚花冠交给那个丧事承办人乔吉·帕帕,这样花冠就可以跟他埋在一起。等到要给死者最后一个亲吻的时候,前来吊唁的人列队经过米尔顿的棺材,并吻一下擦得锃亮的棺盖。前来参加我父亲的葬礼的人比我们所预料的要少。没有一个海格立斯特许经营人出席,也没有一个米尔顿交往多年的熟人到场。因此我们意识到,尽管米尔顿性情和蔼,但他却根本没有什么朋友,只有业务上的伙伴。家里的人却都来了。按摩医师彼得·塔塔基斯驾着他的深红色别克牌汽车到了,巴特·斯基奥蒂也到教堂对死者凭吊悼念,那座教堂的地基就是他用不合标准的材料打下的。格斯·帕诺斯夫妇也在那儿,因为是一场葬礼,格斯的声音在经过气管切开手术后听起来倒更像死人的声音。佐姑姑和我们的表兄表姐并没有坐在前面。那排座位是专门保留给我母亲和哥哥的。

因此,只有我坚持一种谁也记不得的希腊古老的习俗,仍然留在米德尔塞克斯，把门堵上，这样一来，米尔顿的灵魂就不会再踏入这所房屋。这桩事总由一个男人来做，如今我有这个资格。我穿着一身黑衣服，脚下是一双脏巴巴的平跟船鞋，站在对冬天的寒风毫无遮挡的门口。那两棵垂柳光秃秃的，但仍然显得粗壮结实，它们猛然举起缠绕着的枝干，看去好像哀伤欲绝的女人，忽然举起绞扭在一起的胳膊。我们那所淡黄色的立方形的新式房屋轮廓分明地坐落在皑皑白雪之上。如今，米德尔塞克斯已修建了将近七十年。尽管它的风格被我们用殖民地时期式样的家具破坏了，但它仍然是原本预期的那座望楼，一个摆脱了中产阶级生活的陈规积习、几乎没有什么内墙的场所，一个专门为居住在一个新的天地中的新型人物设计的场所。当然，我情不自禁地感到这个人物就是我，我以及其他所有像我一样的人。

　　葬礼之后，每个人都回进汽车，驾车前往公墓。送葬的队列缓缓驶过古老的东区街道，许多紫红色的小旗帜在天线上飘扬，我的父亲就在这个地区长大成人，以前也在这儿，从他卧室的窗户里为我的母亲吹奏小夜曲。车队顺着马克街往前开去，他们经过赫尔伯特街的时候，特茜从小客车的窗户里朝外望去，想要看到那幢老房子。但是她没有找到。周围长着许多矮树丛，院子里都乱七八糟，那一幢幢年久失修的房子在她眼里都是同样的面目。过了一会儿，灵车和一辆辆小客车迎面碰上一排摩托车；我母亲发现驾车人都戴着非斯帽，他们是圣地兄弟会①会员，在城里举行会议。他们十分恭敬地把摩托车开到路边，好让送葬队列过去。

　　在米德尔塞克斯，我仍然站在正门口。尽管寒风凛冽，但我仍十分认真地承担着自己的职责。米尔顿这个放弃信仰的孩子对教义所产生的怀疑想必得到认可，因为他的灵魂那天根本没有回来，试图经过我的身边。那棵桑树上没有一片叶子。寒风刮过表面坚硬的雪地，刮到我那拜占庭人的脸上，这张脸庞是我爷爷的脸庞，也是那个如今已经从我身上消失的美国

---

①　圣地兄弟会，一八七二年创立于美国的一个慈善组织。

女孩的脸庞。我在门口站了一个小时,也许两个小时。过了一会儿,我的思路断了,回到家里,感到十分快活,我一边悼念父亲,一边想着自己的下一步行动。

后记

杰弗里·尤金尼德斯是美国崭露头角的知名作家。一九六〇年他出生于美国的底特律,他的祖父母是从小亚细亚来的希腊移民,父亲生于美国,母亲则是爱尔兰人的后代。尤金尼德斯曾就读于布朗大学,并于一九八六年在斯坦福大学获得英语及创作专业硕士学位。两年后开始在《纽约客》、《巴黎评论》、《耶鲁评论》等众多刊物上发表短篇小说和文章。一九九三年,他发表了首部长篇小说《处女自杀》。书一上市就好评如潮,成为畅销书。其后这部有关青春迷惘的小说由美国名导演柯波拉之女索菲·柯波拉改拍成电影。二〇〇三年四月,尤金尼德斯凭借他历时九年、数易其稿写出的第二部小说《中性》荣获美国普利策小说奖。

《中性》是一部以希腊三代人为背景的有如史诗一般浩荡的巨著。小说由主人公卡尔·斯蒂芬尼德斯讲述自己的故事形式展开:"我出生过两次:第一次是一九六〇年一月,出生在底特律的一个丝毫没有烟雾的日子,那时我是一个女婴儿;第二次是一九七四年八月,出生在密执安州皮托斯基附近的一个急诊室里,那时我是一个十几岁的男孩子。"从这第一句话开始,我们就为他所叙述的故事所深深吸引,急切地想要弄清原委,知道这究竟是怎么一回事。于是主人公卡尔的生命之谜被一步步地揭开。原来卡尔的祖父母本是一对同胞姐弟。一九二二年希土战争期间,两人从土耳其的一个小山村逃到美国并秘密结婚。在两人以前生活的村子里，表亲之间通婚是他们世代沿袭的习俗，而两人的结合较这种习俗更近了一步。 他们的儿子米尔顿成长于二十世纪五六十年代的底特律，经历了第二次世界大战，并娶表姐特茜为妻。 一代又一代近亲结合的恶果最终在卡尔的身上反映出来。 卡尔原名卡利俄珀，出生时是个漂亮的女孩，但十四岁在家乡的女子中学念书时，却惊奇地发现自己竟然受到一个红头发的姑娘的吸引，更为可怕的是，自己身上竟也出现了一些男孩所有的特征。 一场意外促使米尔顿和特茜想要弄清他们女儿身上存在的问题，于是带着女儿去找纽约的一个著名的内分泌医生检查诊断。 结果卡利俄珀偷看了有关自己病情的卷宗，明白自己根本不是女孩，于是决定逃走。 她剪掉了自己的头发，由卡利俄珀变成卡尔，作为男性搭车前往美国西部，寻找自己的出路。 最后经历了一番波折，在父亲去世后重新回到底特律郊外的家中，准备投入新的生活。 整部小说好像一出人数众多的正剧，前半部分讲述人生的颠沛流离，后半部分展示命运的阴差阳错。它跨越了好几个历史时期：叙述者卡尔讲述自己故事的二〇〇一年；一九七四年十四岁的卡利俄珀的中学时期；一九二二年土耳其对士麦那的焚毁；此外希土战争、美国工业革命、禁酒运动、经济大萧条、水门事件等也都有所体现。

《中性》实际说的是一个先天有生理缺陷的青少年成长的故事，也是一个由两性人讲述的家庭故事。 两性人的角色以前就常出现在文学作品当中，古罗马诗人奥维德的《变形记》中就有可以变换性别的先知提瑞西阿斯的故事，而英国女作家弗吉尼亚·伍尔夫也写过《奥兰多》的故事。不过他们笔下的角色多半带有神奇的色彩，具有独特的洞察力甚至未卜先知的能力，而尤金尼德斯却想写一个普通的两性人的成长故事，想从医学和生物学的层面对他进行准确、真实的描写。 一九八四年，当他看了法国哲学家米歇尔·福柯编撰的《亚历克西娜·巴尔班：一个十九世纪法国两性人的回忆录》后，深为这个真实的两性人的故事所吸引，但他对作者缺乏文采的笔法颇为不满，于是决定自己着手创作一部两性人的虚构传记。经过阅读相关书籍和资料,他注意到两性人形成的生物基因条件之一是近亲结合。这时他意识到可以把他本人家族的历史,即由小亚细亚移居美国的希腊人的历史写进书中,这样不但使小说的内容得到充实,而且也使人物变得真实可信。当然小说中的具体细节经过作家的艺术处理,自然也包含有不少虚构的成分。因而卡尔·斯蒂芬尼德斯并不是作者本人,而卡尔的祖父母也并不就是作者的祖父母。

尤金尼德斯创作这本小说的目的之一就是描绘隐性基因突变的影响,书里用了不少篇幅描述卡尔祖父母的姐弟乱伦关系,他把乱伦的因子带进这个故事一方面固然是为了激化、显示物种繁衍、基因遗传的机制,另一方面也是想在一个探讨有关基因的故事中同时展现出完整的"文学基因"。在希腊神话里的宙斯与赫拉,就既是夫妻也是姐弟。作者显然在书中是用卡尔祖父母的关系去映照神话里的宙斯和赫拉的关系。尤金尼德斯在书中也试图勾勒出一个人的寻求自我及性别认同的过程。在他看来,性别认同既不应由后天的文化教养所决定,也不完全是基因作用的结果,而只应是两者折衷的结果。换句话说,人既受到基因的制约,也有一定程度的自由意志。因而,卡尔之所以最后选择以男人的形象生活下去是他最后的决定,是他个人的抉择。熟悉希腊神话、史诗的读者会发现本书的开端部分其实颇像神话,有关布尔萨和小亚细亚的场景,描写的手法相对来说有些超越现实。随着故事的推进,才渐渐转变为一部现代心理小说。本书的主题虽然相当特殊,却包含了读者可以理解、感应的人性成分。实际上,主角卡尔所经历的生理变化跟多数人的经历相比,或许显得十分剧烈,但他的基本生活跟一般的读者并无多大的不同。正如尤金尼德斯所说:"我经常描写一些有点怪诞的事物,而且我总让这些事物变得不再奇怪。我的意思是当你读到这个故事时,你会觉得变成一个两性人是我们大家都有可能经历的事情。这种感觉和大家在青春期时的感觉以及成长时的感觉是非常接近的。我认为这是一个象征性的故事,是我们大家都非常熟悉的一种经历。"《中性》从某种角度看,确实可以算作一部以"青春期"为主题的现代神话。

《中性》主要可以分成两条主线,一是主角以第一人称的方式简述自己目前的生活状况,一是他以近乎全知的观点描述从自己祖父母年轻时代开始的家族历史以及自己的成长道路。作品的写作手法十分丰富,既对人物有现实主义的描写,又有许多现代小说中常见的心理描写,行文诙谐而流畅。古老的写作手法与现代手段相结合。《中性》的前半部分继承了荷马式的史诗精神,采用了古老的讲故事的叙述方式,其后才逐渐呈现出现代小说的心理深度。作者巧妙地将希腊移民故事与两性人的成长故事结合在一起,使得两者相辅相成,而在处理主角卡尔成长的同时,也描写了底特律的城市兴衰的历史和美国近代的历史,庞杂的情节发展既涉及种族冲突、少数族裔的生活环境、家族间的秘密,也谈到了生物学上的基因突变问题,确实给人一种耳目一新的感觉。正如角谷美智子在《纽约时报》的书评中所说:"此书把卡尔长大成人的故事变成一首喧嚣的史诗,把性别错置和家族秘密处理得既有趣又凄婉。"

本书的翻译是由家父与我共同完成的,第一卷和第三卷系家父所译,第二卷和第四卷系我所译,译稿的整理、统一等工作因家父不幸故世,只好由我担任。本书叙述的时间跨度有将近八十年,堪称一部宏大的家庭史诗。作者在创作时阅读了大量书籍,查考了相关资料,因而书中所涉及的范围很广,对希腊民俗、宗教仪式都有相当具体的描写。我们在翻译时适当地添加了一些注释以便读者了解。至于医学方面的疑难问题,则承不少医学界的朋友们不惮烦琐地予以帮助,详为解说,这里谨向他们表示谢意。

叶 尊
二〇〇七年十月